Konger av frost og flammer

Av

Anne Olga Vea

Utgiver: Skogtrollet forlag/Anne Olga Vea

ISBN:978-82-93355-31-1

Første utgave

Kontinentet Hietlai

Hietlai er det store landområdet i nord og nordvest for Zhandoria. Det var en gang en del av en større sammenhengende landmasse. Hietlai strekker seg langt i øst vest retning og er nesten like stort som Zhandoria. I nordområdene er det mest steppe og skog og aller lengst i nordvest ligger isen konstant.

I Hietlai styres folket av et råd av kloke, de har en stridshøvding som er deres øverste ledende mann i strid. Folket består av Hietlaianere som er et folkeslag som opprinnelig kom sørvest fra i gamle tider, de har tilpasset seg og fått sin egen særegne kultur gjennom tiden og sin egen tro. I Hietlai har en også en innfødt befolkning som kalles Kimatier. De består av tretten klaner hvorav noen er såkalte utbrytere. De nekter å leve i fred med Hietlaianerne og kriger mot disse, årsaken til fiendtligheten er ukjent for de fleste. På sørkysten av Hietlai ligger hovedstaden Gardahavn, Hietlaianerne er dyktige sjøfarere, svært stridige og tapre i strid og for dem er kamp og krig en del av livet. De har rykte på seg for å være sjørøvere og skip må som regel betale for å kunne ferdes trygt gjennom stredet mellom Hietlai og Zhandoria. Deres slanke langskip kan seile raskere og manøvrerer bedre enn de tyngre frakteskutene og de er med rette fryktet.

Folket livberger seg stort sett som fredelige bønder, i sør kan de dyrke korn og frukt men lengre nord er det saueavl og hesteavl som gjelder samt jakt og fiske. Hietlaianerne har et nært forhold til naturen og ærer den høyt. De føler at de må gi for å kunne få noe tilbake. Samfunnet styres av eldgamle uskrevne regler og lover og presteskapet har mye makt. I

Hietlai nyter kvinnene stor respekt og det er i bunn og grunn de som styrer hele samfunnet. En datter vil arve like mye som en sønn og kan beholde sitt eget navn om hun gifter seg. Hennes barn kan også velge hennes navn fremfor sin fars. En kvinne kan lett få skilsmisse og beholder alt hun har fått og brakt med seg inn i ekteskapet, hun kan også få krav på store deler av mannens eiendom om han har vært utro eller behandlet henne dårlig. Prestinnene har større innflytelse enn prestene sine de har nærmere forbindelse med gudene.

Om noen får barn utenfor ekteskapet kan farens familie be om å få barnet tatt opp i deres ætt for livet, det kan være en trygghet i noen tilfeller og det er opp til moren. Hun kan også kreve ekteskap og nekter faren kan han bli dømt til å betale en stor erstatning. Den går til henne, ikke familien hennes med mindre også familien er fornærmet.

På Hietlai er sønner og døtre like verdsatt og de har et svært positivt syn på kjærlighet og sex, flere partnere er ikke unormalt men en forventes å være tro så fort en har inngått ekteskapsløfter. Om en ektefelle dør kan enken eller enkemannen gifte seg igjen men ikke før en to års sørgeperiode er over. Reglene for hvordan en skal oppføre seg i denne perioden er svært strenge.

For folket på Zhandoria fremstår Hietlaianerne som hardbarkede og barbariske men de har en kultur som på mange måter overgår den i sør, den er bare mer basert på den sterkestes rett for livet er hardt der i nord og de svakeste klarer seg sjelden lenge. Dette er et av livets fakta og ikke noe de stiller spørsmål ved.

Kontinentet Ardot

Ardot ligger sør for Zhandoria, det er et forholdsvis lite
kontinent som er på størrelse med områdene nord og øst for
Bheki-bukta. Det har også en større ansamling øyer på
østkysten men disse har liten betydning da de er små og uten
større rikdommer
Ardot er underlagt Zhandoria, dets kultur er lang og rik og bare
katastrofen som inntraff for mange tusen år siden gjorde det
mulig for de nordfra å underkaste seg folket der. Opprør og uro
er normalt, de liker ikke sine okkupanter men Zhandoria er
avhengig av handelen med Ardot.
Ardot har en litt avlang form, i midten av kontinentet er det en
svakt buet fjellkjede med noen fjell så høye at de ikke lar seg
bestige simpelthen fordi det ikke er luft der oppe. Det
økosystemet som fantes der ble svært forstyrret av katastrofen,
Ardot var det området som ble mest ødelagt men spådommer
sier at de skal få tilbake det de tapte. Det ble regnet med at
nesten halvparten av kontinentet sank i havet.
Befolkningen er et konglomerat av flere folkestammer og de
snakker mange språk men de ble mer samlet etter katastrofen
og deres kultur var svært rik og avansert. De kjente til magi og
viten ingen i de større kontinentene ante noe om og deres
kunnskaper innen astronomi og fysikk var legendariske.
Befolkningen ble styrt av en kongefamilie som var av et
eldgammelt folk som nesten ikke eksisterte lenger men de ble
sagt å ha magiske evner og at de var beslektet med
dragemestrene. Da Zhandoria begynte å innta Ardot var det
først som handelsfolk og foretnings forbindelser men

rikdommene i Ardot er store og det fristet for mye. Noen ætter som Arcan og Macallif og Ranclin fikk fort stor makt der og står for mye av handelen med Zhandoria. Nurmadag var før nesten eneveldig når det gjaldt å organisere skipstransport nordover men de har mistet mye innflytelse og har begynt å vende blikket nordover i stedet. Uvisst av hvilken grunn.

Motstanden mot inntrengerne er svært sterk i folket men den må skje i det skjulte for folket fra Zhandoria er svært brutale og ser på folket fra Ardot som lite annet enn mindre verdige skapninger og deres før så strålende kultur blir utsatt for stadige angrep. Troen deres er forbudt, skriftspråket og religionen også og selv deres rike forteller tradisjon blir sett ned på. Men folket skjuler sin egentlige lojalitet godt og venter bare på den dagen da de skal få tilbake det de mistet og balansen blir gjenopprettet.

Noen Zhandorianere er på Ardot sin sine, de liker ikke den umenneskelige behandlingen befolkningen blir utsatt for på plantasjer og i gruver og annen industri men det er lite de kan gjøre for å hjelpe. De fleste i Zhandoria har ingen anelse om hvor ille det egentlig er og tror at folket i Ardot er lite mer enn smarte aper. Det var vanlig med slavehandel en stund men folk fra Ardot overlever sjelden lenge i det hardere klimaet i nord, så dette ble stanset fort da tapet av verdier ble for stort.

Kontinentet Zhandoria:

Kontinentet Zhandoria var en gang i tiden en del av et mye større område, i nord ligger Hietlai og i sør Ardot. Begge disse landområdene var en gang en del av denne enorme landmassen.
Kontinentene drev fra hverandre på grunn av voldsomme naturkatastrofer som endte en hel tidsalder og mye ble endret både geografiske og rent praktisk.

Zhandoria er oppdelt i flere riker med underliggende delområder og lydriker hvor de har en egen hersker som igjen står under landets øverste leder.
Rikene er : Nierez,longil;Arzam;Dheesa;Bheki;Altarab; Felderi; Zetir og Unlan.
Zhandorias hovedstad er byen Zhymorne som ligger i Ar-Bheki regionen av Bheki, byen er gammel og ærverdig og rommer mye historie men dens prakt falmer som alt annet i rikene.
Rikene er styrt av kongehus med varierende hell og makt, i Zhandoria var det fra gammelt av seks adelsslekter som satt med mest makt, nå er deres makt blitt svekket, de er utvannet og spredt i et utall underslekter med sine egne vasaller og tilhengere og selv ikke slektene selv har oversikten over hvem som skylder dem lojalitet eller ei. Slektene krangler fremdeles seg i mellom om gammel makt og ære og i det skjulte foregår det et maktspill hvis intriger kan bli både blodige og brutale. De seks slektene er i det store og det hele spredt over hele kontinentet men holder gjerne ekstra mye makt i visse

områder.

Darasher: Denne ætten er den mest ubredte, med mange underfamilier og stor rikdom, de var en gang mektige krigere men deres innflytelse har falmet mye. De er svært ærekjære og svært sta, for dem handler alt om å gjenopprette fortidens tapte makt og storhet. Deres motto er: Glem aldri hva vi var! Deres merke er et dragehode.
Darasher har mest makt i Bheki, Darazzen og Ibar men de har lange armer og har stor innflytelse på andre hus også, gjerne ved hjelp av trusler, korrupsjon og mord.

Ranclin: Ranclin ætten er kjent for å like pomp og prakt men de kan også være forbausende nøktern, de tenker før de handler og er kjent for å være utmerkede renkesmeder. De har stor utbredelse men skryter lite av slekten og er kjent for å være stri, også mot sine egne. Deres motto er: Ære, stolthet, styrke. Deres merke er en steilende hest.
De har mest makt i Or-Altarab,Longaria, Rooz og ytterst ved kysten i Coluria

Arcan: Den mest dystre og innesluttede av ættene, ikke særlig utbredt men de har stor makt i viktige områder og de er kjent for å kunne bli svært grådige og gjerrige. Deres merke er en hodeskalle og deres motto er : Døden vinner alltid.
De har mest innflytelse i Tholir,Ni-arzam og Cerna. Dette betyr at de kan kontrollere mye av handelen mellom øst og vest.

Macallif: Denne ætten var i gamle dager kjent for å ty til trolldom, de avlet mange store magikere og hadde enorm innflytelse men dessverre hadde de en slem tendens tl å gifte seg innad i egen slekt og dette førte til en del uheldige hendelser. De har fremdeles ord på seg for å være upålitelige og farlige og for å kunne spre galskap blant andre. Macallif er lite spredt, de holder seg til sine egne og har noe makt i Ar-Altarab, Solamida og Ebanar men de deler mye av den innflytelsen med de andre ættene og er kjent for å tenke kortsiktig og på lite annet enn øyeblikkelig vinning. Deres merke er en griff og deres motto er ; Ved klo og stål vil vi herske.

Ohdrasar: En av de mest utbredte ættene ved siden av Darasher, de er kjent for å være store og sterke men lite vakre med noen unntak, de er durabelige krigere men mest interessert i handel og slikt og de har mange underfamilier som har lite eller ingen makt. Ohdrasar er kjent for å ville beholde makten innad i familien og de godtar ikke at deres egne går i mot ættens vilje. De regner seg gjerne som de edleste av ættene siden de sjelden deltok i de blodige slagene om makt som sto etter katastrofen, sannheten er at de bare er mere tålmodige enn de andre og de er mestre i å manipulere og sette folk opp mot hverandre. Der er det bare visse familier innen Darasher ætten som slår dem. Ohdrasar har mest innflytelse og makt i Felderi og Unlan, de holder seg stort sett i øst og har lite interesse av hva som skjer vest for Bheki-bukta. Deres motto er : Vi får alltid vårt og deres merke er et villsvinhode.

Nurmadag.: Den minste av ættene og den svakeste, Nurmadag har bare fem seks familier igjen og regnes ikke lenger som en slekt av betydning. En gang i tiden var de ledende innen handel men nå sliter de med å opprettholde det monopolet de hadde. De har kun tilhold i Zetir og ingen annser dem som en maktfaktor. De har en viss innflytelse i og med at de driver skipsfart og frakter varer til og fra Ardot, de er svært rike men viser det ikke og lever ganske nøkternt. Slektens overhode lever som en Zetirer selv om ætten opprinnelig er fra området rundt Tholir bukta. De prøver å holde handel i gang ved å sende skip gjennom stredet mellom Zhandoria og Hietlai og deres leder har inngått en avtale med de mer stridige viking aktige Hietlaianerne om at hans skip skal få passere uhindret. Deres merke er en stor ål tvinnet rundt en skipsmast og deres motto er : Havet gir, vi tar! De har litt innflytelse langs kystene og i Zetir men mange slekter ville slite uten deres flåte av handelsfartøyer.

Ardred:

Gardahavn sør i Hietlai.

Havet var grått denne dagen, grått som et velbrukt gammelt
sverd. Ardred syntes at det var passende for dagen. Og
himmelen var like grå, utenfor de ytterste holmene gikk hav og
himmel i ett, gjorde verden liten. Han lente seg lett mot den
brede karmen i vinduet og stirret ned over byen, hadde gjort
det tusen ganger før. Hvert et hus var velkjent, hvert et smug
og hver en krok. Han kjente hver stein i de brolagte gatene,
hvert et tørkestativ på svabergene, hver ei skute som lå i havna.
Unntatt den ene, den fremmede. Han vendte blikket bort fra
den svartmalte tomastede handelsskuta, ville ikke se på den.
Den så så merkelig ut der den lå side ved side av hans folks
lange smale skuter. Den så bare feil ut, som noe et barn ville
spikke til. Klumpete og stor og stygg.
Han plukket nervøst på klærne, rådsmøte var ikke noe en møtte
opp til iført filler, ihvertfall ikke når en var Takesh av Hietlais
forbund av frie stammer. Halsringen av massivt gull lå tungt
om nakken hans, den var en byrde og en evig påminnelse om
hans status og rolle. Men selv en slave hadde mer frihet enn
ham, ingen slave ville bli beordret av rådet til å gjøre det han
nå måtte gjennomgå. Men når rådet kallet svarte han, og adlød.
Gudene alene visste hva de tenkte på da de gikk med på dette
men det var nok klokt. For rådet gjorde aldri noen feil,
ihvertfall ikke når det gjaldt forhandlingene med folket i sør.
Ardred følte seg som ren handelsvare nå, og skuta der nede i
havna minnet ham på det. Trengte de virkelig den avtalen så
mye at dette var nødvendig? Eller var det bare for å vise at de
kunne styre ham dit de ville? Han skulle ønske han kunne

vende ryggen til rådet men det gikk ikke. De hadde valgt ham og han visste at ingen andre kunne fått til det han hadde gjort på så kort tid. For folkets skyld var det et lite offer.

Skuta hadde brakt med gaver og etterlengtede handelsvarer, og hans kommende hustru som han aldri noen gang hadde sett. Alt for å sikre en handelsavtale. De lot denne lordens skip passere uhindret vestover, og til gjengjeld fikk han denne jentungens hånd og rådet fikk alt det stålet de ønsket. Det var klokt, smedene i hans rike var dyktige men de hadde ikke teken på å lage ordentlig stål. Ikke at det slaget som måtte til skulle en få til gode sverd, bare godt nok til uslere bruk.

Ardred sukket og rettet på vesten. Han hadde trukket på seg sine beste klær, en vakker bukse av hjorteskinn med fine broderier langs sømmene, hvit skjorte av den beste linen som fantes der og en god vest av selskinn. Han så godt ut men gadd ikke tenke på det nå. Han hadde aldri ønsket seg en ny hustru så hvorfor var gudene så strenge mot ham?

Ardred hadde vært gift før, en gang. Og det var et ekteskap inngått mellom to personer og ikke mellom to slekter, det var slik det var der i nord. Han hadde vært gal etter Iselin av Naratha, hun hadde vært luften han pustet inn og jorden han gikk på og han kunne gjort hva som helst for henne. Ihvertfall de første par årene. Så hadde det gått galt, han visste ikke hva det var men antok at det var krigen som kom mellom dem. Han så henne knapt og brått hadde hun sendt tilbake brudegaven han hadde gitt henne og reist hjem til sine foreldre og det var det. I Hietlai var det kvinnene som styrte i slike saker, og det var bra slik. Ardred hadde sørget og lengtet og prøvd å forstå og etter en stund med dyp sjelegransking fant han vel frem til sannheten også. Han var en kriger, valgt til å lede deres styrker mot fienden resten av livet eller så lenge rådet bestemte det. For ham var det ingen plass til et familieliv. Ingen kvinne ville vel gifte seg med en mann hun kanskje måtte begrave etter få måneder? Så hvorfor hadde denne utenlandske jenta gått med på å ta ham til sin husbond? Han visste ikke. Håpet bare at dette ikke endte med fordervelse for dem begge to.

Det banket på døra og hans eldre bror Urdar kom inn, kledd i den vakre svarte drakten som røpet at han var en gode, en prest for deres guder. Urdar så ut som en litt kortere og bredere utgave av ham selv, ansiktet var rundere og mildere og han smilte alltid men det milde utseendet bedro. Urdar var like hard som Ardred, men på en annen måte. Slik skikken krevde hadde han et gedigent fullskjegg og håret bundet i en stram flette nedover ryggen og Ardred la merke til at broren begynte å bli grå. Det var merkelig som tiden gikk, Urdar smilte og gikk bort til vinduet, tittet ut."Jeg har tatt meg den frihet å sende noen gaver ned til din tilkommende, i ditt navn. Jeg regner med at du neppe har tenkt så langt?"

Ardred rødmet ufrivillig, strøk det lange bronsefargede håret ut av ansiktet og skar en grimase."Takk."

Det var alt han fikk seg til å si.

Urdar nikket mot skipet."Jeg antar at du har snakket med Adhina?"

Stemmen var diskret og Ardred følte seg fanget, alle djevler fortære hvor mye broren visste om ham."Ja, jeg har snakket med henne."

Han så ned i gatene under citadellet, de var tettpakket med folk på vei til den store hallen. Broren så kritisk på ham, grep kragen hans og rettet på den, fikk ham til å rette på pannebåndet som holdt håret tilbake."Og hun sa...?"

Ardred sukket tungt."Hun ønsket meg lykke til, uttrykte at hun var glad på mine vegne og at det er på tide at jeg slår meg ned og får arvinger."

Urdar lo lavt, stemmen var myk og Ardred følte seg litt uvel av lyden. Han stolte på broren men av og til var hans snirklete fremgangsmåter vanskelige å fatte for en mann vant med sverdet og øksas lover."Så den skjønne ble ikke sjalu? Jeg hadde veddet tre gullringer på at hun ville bli fornærmet."

Ardred snudde ryggen til vinduet, ville ikke se ut."Nei, hun er ikke slik. Og det vet du godt. For henne har det bare vært ...

forretninger..."

Urdar smilte varmt og klappet ham på skuldrene."Selvsagt, jeg spøker bare med deg. At hun er glad på dine vegne tviler jeg ikke på, men du vil vel ikke benytte deg av hennes tjenester nå, når du blir en gift mann?"

Ardred rødmet igjen, at han hadde valgt seg akkurat Adhina som frille var rent tilfeldig og forholdet deres var også rent fysisk. Han oppsøkte henne når han trengte en kvinne, mer enn det var det ikke. Og hun bestemte selvsagt om det ble noe eller ei. Prestinnene i Iltines tempel var svært mektige og ingen vågde gå mot deres ord. Han aktet aldri å fortelle om det men hun hadde attpå til ofret for at han skulle få et godt ekteskap. Hvordan det nå skulle bli mulig.

Urdar kikket ut på sjøen og knep øynene sammen."Tjeneren jeg sendte med gavene fortalte at din tilkommende ikke har hatt godt av sjøreisen. Den arme jenta var visst ikke vant med båter så hun har vært sjøsyk stort sett på hele reisen. Du får ha det i bakhodet om hun ser sliten og syk ut."

Ardred snudde seg fort mot broren, rynket pannen."Sjøsyk? Det høres ikke bra ut i det hele tatt."

For hans folk var det å være i båt like naturlig som å sitte på en hest, eller gå på egne bein. Urdar klappet ham på skulderen igjen."Ta det med ro, hun blir nok vant med våre skikker etterhvert tenker jeg. Men nå må jeg gå, det er ting som må ordnes før seremonien. Våg ikke å være sen!"

Ardred himlet nesten med øynene."Det er tingmøte først så nei, jeg akter ikke å være for sen."

Urdar gliste bare og gikk og Ardred sukket og fant frem sverdbeltet og kappen sin. Han trakk sverdet halvveis ut av sliren og betraktet det stumt. Stål fra Zhandoria, fra mestersmedene i Zetir, et uvurderlig stykke håndverk som aldri hadde sviktet ham selv i de verste kamper. Sverdet het Irrigad som var et gammelt ord som betydde blod-drikker men mennene hans kalte det bare for ljåen.

Han skjøv tankene på kamp vekk, gudene skulle vite at han

mye heller ville ha kjempet enn å gå gjennom dette men det var ingen vei utenom. Han måtte. Broren hans hadde øyne og ører overalt men Ardred hadde også sine folk ute og de sa at denne jenta var svært eksotiske og meget vakker. Men det hjalp ikke om hun ikke også var noenlunde folkelig.
Hans forrige hustru var bortskjemt og maktsyk og hun krevde all hans oppmerksomhet, han bare håpet at denne kvinnen var annerledes. Ellers gikk det til skogs med dette ekteskapet også. Han var glad for at hans tittel ikke var noe som gikk i arv fra far til sønn, da ble det ikke så ille om han aldri fikk arvinger. Hans mor kom til å få anfall av de tankene så han ville aldri lufte dem for henne men for ham var det likegyldig. Ardred var en stridens mann, så enkelt var det og det var grunnen til at han var valgt som leder. Du kan ikke spenne en vill urokse foran en plog og vente at den skal oppføre seg som en føyelig tam ku så han håpet at rådet ville forstå at han ikke aktet å oppføre seg som en bløt og pysete Zhandoriansk ridder. Det den kvinnen så var hva hun fikk, enkelt og greit. Han sukket og slengte på seg kappen, strammet sverdbeltet og sjekket at alle lamper var slukket, så gikk han og hadde en følelse av at han tusen ganger heller ville stått ansikt til ansikt med en hel hær av Kimati krigere enn å gå den korte veien opp til den store hallen. For folket var den en festdag, for ham var dagen ødelagt da han sto opp av senga.
Urdar gikk med forte steg opp til hallen, den var pyntet og klar og han så fornøyd at alt var perfekt. Det kom til å bli en flott dag om bare hans bror visste å oppføre seg. Urdar visste at Ardred ikke var en utpreget følsom mann, den sosiale intelligensen kunne til tider være bortimot fraværende men han var aldri uhøvisk. I det minste ikke mot kvinner. De fleste i hans situasjon ville sikkert ha utnyttet statusen han hadde men ikke Ardred. Han levde som før han ble valgt til krigsleder og noen syntes det var et flott tegn på at han virkelig var dedisert til oppgaven han hadde fått. Urdar kjente sin bror, det var ganske enkelt tegn på at Ardred i det store og hele var en enkel

mann, han fortsatte som før og gikk rett på som en hest med skylapper. Det var kanskje bra i stridens hete men i det sosiale kunne det skape problemer.

Urdars mor og søster var allerede på plass og han bukket høflig for Gudrun som så mildt på sin sønn og rakte frem handa så han kunne kysse den. Som forhenværende øversteprestinne var hun en meget mektig figur i samfunnet men Urdar så bekymret at hun hadde blitt temmelig mye eldre i det siste. Det var noen linjer i ansiktet som ikke hadde vært der før og det snøhvite håret var matt og stritt. Han hadde folk også i tempelet og noen mente at hun var alvorlig syk og at helbrederne ikke kunne gjøre noe for henne. Tanken på å miste moren på en slik måte var skremmende men hun var gammel. Få kunne regne med å leve så lenge som hun hadde, hun var en sterk kvinne. Den vakre blå kjolen fikk henne til å se svært verdig og opphøyd ut og Urdar visste at Ardred hadde den største respekt for moren. Han ville neppe gjøre noe som ville gjøre henne opprørt med vilje.

Deres søster Iliana sto og prøvde å få et par tjenere til å skjønne at det trengtes puter til stolene og Urdar skar en liten grimase for seg selv. Han likte ikke sin søster, ganske enkelt fordi hun var en kranglevoren og selvmedlidende kvinne som aldri lot en sjanse gå fra seg til å spinne renker. Hun var slu og beregnende og var kjent for å kunne vri hvem som helst rundt fingrene men det gikk ikke med familien. De gjennomskuet henne og nektet å være med på diverse renkespill. Iliana var svært vakker, høy og stolt som moren med en flott fasong hun aldri unnlot å fremheve så godt hun kunne. Håret hadde den samme dype bronsefargen som Ardred og øynene var dypt blå og kunne vært vakre hadde de ikke vært så kalde. Iliana var enke, hennes mann hadde blitt drept i kamp og hun satt igjen alene med en to år gammel sønn hun antagelig kom til å ødelegge totalt om ikke noen grep inn.

Urdar smilte vennlig mot søsteren og vendte seg mot Gudrun igjen, hun så ut over hallen med fornøyd blikk men det var noe

i øynene som røpet en viss uro også. Urdar så at Iliana gikk for
å ordne et eller annet og dermed kunne han snakke fritt med
moren. Han stolte ikke på Iliana og visste at alt hun fikk tak i
av informasjon før eller senere ble utnyttet på verste vis.
Han tok moren i handa.”Det er noe som uroer deg mor?”
Gudrun så litt fjernt ut i luften.”Ja Urdar, det er noe som gjør
tankene mine mørke og fyller dem med frykt.”
Han så bare avventende på henne og hun prøvde å smile.”Jeg
har hatt merkelige drømmer i det siste, om noe som hviler og
venter i jordens dyp. Noe fryktelig. Og jeg føler jorden selv
rope i forferdelse.”
Urdar visste at det antagelig stemte med antagelsene om
Gudruns sykdom, det kunne være et symptom på hennes
sjelelige angst. Han klappet handa hennes.”Mørke drømmer
har vi alle fra tid til annen. Og du er ikke noe orakel, ikke tenk
mer på det kjære mor. Gled deg over dagen.”
Gudrun smilte igjen og så ned.”Å jeg gleder meg, visst gjør jeg
det. Ardred trenger virkelig en hustru, han er for mye en
stridens mann til å være hel. Balansen hans er feil vet du.”
Urdar nikket, hun fikk virkelig sagt alt han bekymret seg for i
en enkelt setning. Ardred ante ikke hva balanse var. Urdar så
noe mer i morens ansikt og hun sukket lavt.”Jeg undrer meg
bare på om en kvinne fra Zetir er riktig, vi vet så lite om folket
der og hva skikker de har. Jeg håper bare at hun vil trives her,
det vil være tragisk ellers. Rådet må følges men noen ganger
tror jeg ikke de bryr seg så veldig mye om de menneskene
valgene deres involverer.”
Urdar nikket, hun hadde rett i dette også. Men han hadde håp
om at det gav broren noe annet å tenke på enn konflikten med
Kimatiene, ihvertfall en stund.
Urdar var på vei til å ordne de siste detaljene rundt seremonien
da det ble litt bråk ved inngangen, noen vakter ble høyrøstet og
Urdar skyndte seg bort dit. En mann sto der og kjeftet på ene
vakten mens den andre prøvde å gå mellom og Urdar kjente
noe kaldt gripe om hjertet ved synet av den arrete karen. Han

så ut som en villmann og klærne var skitne og opprevne, det stinket av ham og Urdar skar en stygg grimase. Kanir så ham og det glitret fort i hvite tenner i noe som ikke var et smil."Denne vakten tror han kan stanse meg, det er min brors bryllup ved gudene og jeg har rett til å være her."

Urdar så kaldt på den nest yngste av brødrene, arrene i ansiktet var skremmende og mannen hadde en aura av noe ubeskrivelig, noe som gav mindre sjelesterke menn angst."Du er ikke velkommen her og du vet det, en utstøtt kan være glad ingen trekker blankt og hugger deg ned der du står."

Kanir flekket tenner kort."Den som trekker blankt mot meg dør, alle vet det. Er noen så dumme at de tror de kan ta meg fortjener de det de får."

Urdar så bare kaldt rett inn i brorens stålgrå blikk."Det forandrer ikke fakta. Rådet har forvist deg, du har ingenting her å gjøre."

Kanir bare knurret lavt."Greit, ved gudene. Jeg skal fjerne meg, men jeg har brakt med meg gaver. Det kan dere ihvertfall ikke si noe på eller hva?"

Urdar nølte et øyeblikk, uansett så var Kanir deres bror og Ardred ville bli fornærmet om han ble kjeppjagd. Kanir gliste kort og trakk frem en sekk fra bak på ryggen."Her, dette er til bruden."

Urdar tok sekken, den var tung og han åpnet den litt usikker. Det var en kappe lagd av pelsen fra en av de enorme hvite bjørnene som holdt til helt oppe ved isranden. Det var en kongelig gave. Han kjente noe hardt i pelsen og trakk frem en lang kniv i et slire av utskåret hvalbein. Bladet var av Zetirsk stål og fantastisk vakkert og skarpt.

Kanir så litt dyster ut."Hun kan trenge noe slikt her oppe, å plassere en Zetirer her oppe i nord er som å stenge en vinterkatt inne i en badstue."

Urdar visste ikke riktig hva han skulle si, gavene var svært verdifulle og Kanir så et øyeblikk litt mindre farlig og dyster ut."Jeg skal ofre for dette ekteskapet bror, Ardred fortjener litt lykke i livet igjen. Jeg vet hvor ille det var for ham da Iselin dro, kanskje kan denne nye kvinnen ta hennes plass i hans hjerte.”

Urdar svelget kort.”Jeg er redd hans hjerte kun tilhører striden.”

Kanir trakk på skuldrene.”Jeg vet det, men det er lov å håpe er det ikke? Gaven til ham står utenfor forresten. Jeg går nå, før vår mor ser meg og blir engstelig.”

Urdar prøvde å forme de ordene han egentlig ikke ville si men det var vanskelig. Kanir burde også vite, han var deres kjøtt og blod men var det riktig? Han så ned i golvet og Kanir så skarpt på ham, mannens instinkter var like skarpe som Urdars egne.”Hva er galt?”

Urdar ville ikke møte brorens blikk, han så ned.”Hun er syk bror, kildene mine i templet sier at det er alvorlig. Men hun har ikke fortalt om det til noen av oss.”

Kanirs øyne utvidet seg og et øyeblikk så han sjokkert ut. Så ble fjeset like lukket som før bak det uklippede skjegget.”Det forundrer meg ikke, hun nekter å bøye seg selv for skjebnen. Gi meg beskjed om det skulle bli nødvendig?”

Urdar bare nikket og Kanir gikk ut av døra igjen uten å si et ord mer. Vaktene så langt etter ham og Urdar gikk sakte ut. Utenfor sto det bundet en stor hest, en hingst av den rasen som ble avlet på østkysten av Hietlai og de var såpass sjeldne at en sjelden så dem så langt sør. Den var mye større enn en vanlig ridehest og beina var kraftige med mye hårvekst. Kroppen var kort og kraftig og nakken krum, den utstrålte formelig kraft og fart. Urdar var imponert, en slik hest kostet vanvittig mye og denne hingsten var et prakteksemplar. Ardred ville bli utrolig glad for denne gaven. Hingsten var mørkegrå med hvit man og hale og hvite sokker og den hadde blå øyne slik den rasen som regel hadde. Urdar ristet bare på hodet og undret seg i sitt stille sinn på hvor Kanir hadde fått tak i en så fantastisk hest.

Kanskje var det best å ikke vite.

Han gikk inn igjen og lukten av maten som ble forberedt gav

ham vann i munnen men han behersket seg. En prest skal tross alt ikke la seg styre for mye av sine kroppslige behov men fokusere på det åndelige og det ble endelig tid nok til å proppe seg med mat senere. Han smilte vennlig mot noen kvinner som herjet rundt gryter og slikt og det begynte å strømme inn med folk allerede. Det skulle være et tingmøte først der Ardred skulle være dommer i tvister og slikt men denne dagen var det ikke tinget folk kom for å bevitne. Det var deres leders nye brud de ville se og Urdar kunne bare håpe at hun var et godt menneske. De hadde allerede en renkemaker i familien, det var en for mye.

I et rom for seg selv sto gudebildene klare, de skulle bringes ut under seremonien og han sjekket at alt var klart. Dette var en dag da ting helst ikke burde gå galt, folk kom til å ta den minste lille feil som et dårlig omen og det burde unngås. Tjenerne var klare og det samme gjaldt de få slavene som tjente der. Folket der brukte lite slaver, og fanget aldri andre for det formålet. I det store og hele så de ned på slaveri og var beryktet for å angripe slaveskip. Det å gjøre seg til herre over andre menneskers skjebne var å spotte gudene slik Hietlaierne så det. De slavene de hadde var mennesker som tjente som straff for forbrytelser eller for å gjøre opp for en eller annen form for gjeld. De var som regel bare slavebundet i noen få år, og så ble de frie mennesker igjen og ingen holdt det mer mot dem, hva de enn hadde gjort. Det var bra slik. Zhandorianerne var barbarer og alle visste det.

Zaribi

De to kammerpikene svinset rundt henne som forvirrede høner, de snakket uavbrutt men hun hørte dem ikke. Det var som et sus i hodet på henne, hun stirret på speilbildet sitt men så egentlig ikke noe. Hun var for fanget i sin egen skrekk til å legge merke til noe annet. Hele reisen hadde vært et mareritt og nå sto hun foran det største marerittet av dem alle. Snart ville hun måtte forlate dette skipet og så var hun ikke sin fars datter lenger men en fremmed manns hustru.

Zaribi hadde flere ganger blitt forsikret om at hun var utrolig heldig, hun var kun en konkubines datter og nå ble hun gift med en mann som var like mektig som en konge. Det var langt mer enn hun burde ha kunnet drømme om men hun greide ikke se det slik. Selvsagt hadde hun visst at hun før eller siden ville bli giftet bort, det var tross alt hennes skjebne som datter av en rik mann men ikke til en mann av et annet folk. Og attpåtil på et annet kontinent! Hietlaianere var barbarer, det var noe alle visste og selv om Zaribi hadde vokst opp med minimal kunnskap om verden utenfor farens palass hørte hun jo snakket til tjenere og andre som besøkte huset.

Hun hadde drømt om å få slippe vekk fra farens hus, få gå dit hun selv ville uten vakter å få lære verden å kjenne men dette var forferdelig. Hun lengtet tilbake til det trygge komfortable haremet med sine velkjente rutiner. Hun skulle gjerne ha fortsatt å spinne og veve og være stille og lydig resten av livet om hun bare slapp dette. Hun hadde ikke fått noe forvarsel, en dag hadde sjefen for haremet bare stått der i døra til det vesle rommet hennes og gitt henne ordre om å følge ham. De hadde gått til badet og Zaribi forsto ingenting. En skulle adlyde Bilar for han var klok og han sladret til deres herre og mester om de var ulydige. Bilar var evnukk, hun ante ikke hva det egentlig

betydde men de andre hvisket om at han manglet det som
gjorde andre menn til menn. Zaribi visste at han hadde en
merkelig pipestemme og var fet og kvapsete men ellers så hun
ikke noe som manglet så hun forsto det ikke.
Bilar hadde gitt henne ordre om å kle av seg og Zaribi hadde
adlyd enda hun følte at det var galt, en kledde aldri av seg
foran andre. Ikke engang foran de andre kvinnene der. Da hun
var naken gikk Bilar rundt henne, betraktet henne kjølig og
beregnende. Hun følte seg brått som et dyr som skulle selges
på en auksjon eller noe slikt. Bilar hadde latt henne kle på seg
igjen og så hadde han skrevet noe på et ark og gått. Zaribi
forsto ikke noe og de andre kvinnene der hadde tisket og
hvisket om at hun skulle selges som slave. Hun var tross alt
bare datter av en konkubine og slike var det mange av der
allerede. Vel var deres herre rik men han kunne ikke ha
ubegrenset mange kvinner heller, og det gikk rykter om at han
ønsket seg noen nye yngre jenter. Zaribi ble oppdratt som de
andre jentene der, til å bli totalt lydige og aldri stille spørsmål
men hun var nysgjerrig, og skremt. Hun hadde sett at Bilar tok
med seg de nye jentene ut når herren skaffet dem og når de
vendte tilbake senere så de som regel vettskremte ut og gråt.
Zaribi hadde sett at de hadde vondt men de ville ikke si hva
som hadde skjedd, og de var livredde for at Bilar skulle
komme etter dem om kvelden.
To dager senere hadde Bilar kommet til henne igjen sammen
med to av slavene. De hadde tatt de få tingene hun kalte sine
egne og lagt dem i kasser og så hadde hun blitt påkledd en av
de fæle svarte draktene herren krevde at de brukte om de måtte
ut av huset. Zaribi var livredd, hun forsto overhodet ingenting
og Bilar sa ikke noe heller. Han sa ikke noe i bærestolen som
brakte dem bort fra huset heller og hun var kald til margen av
frykt. Vanligvis ville hun vært overbegeistret over å få komme
ut men ikke nå. Hun ante at noe var i ferd med å endre seg, at
verden aldri mer ville bli den samme. Bærestolen stanset nede
ved havna, den var full av hennes fars skip og hun så fargene

hans overalt. Det gjorde henne litt stolt men ennå forsto hun ingenting.

Bilar fikk slavene til å bære bylten med tingene hennes og så ble hun geleidet opp landgangen på en skute. Hun hadde aldri vært på sjøen noen gang og kjente seg brått fanget. Det gynget og luktet rart og hun kjente seg svimmel. To kvinner kom og tok henne med seg ned i en kahytt og hun så at Bilar sto og snakket til en eldre kar som så ganske snill ut. Hun hørte ikke hva de sa men forsto at hun måtte være med denne båten hvor den nå skulle. Bilar bare gikk og hun var alene med folk hun ikke kjente og hadde lyst til å rive seg i håret av desperasjon men slikt gjorde en ikke. Hun satte seg på den smale køya og prøvde å være akkurat så lydig og selvutslettende som det ble forventet av henne.

De to kvinnene tok av henne drakten og så granskende på henne, den ene tok til og med på håret henne og Zaribi skvatt for hun var ikke vant med å bli berørt av andre mennesker. De andre kvinnene fikk massasje og slikt av slavene men ikke hun, hun var bare halvt Zhandoriansk og ble regnet som den laveste av de lave der. Hennes mor hadde vært fra Ardot og hun skammet seg dypt over det. Alle hadde fortalt henne at folket på Ardot bare var villmenn uten noe kultur eller sivilisasjon og at hun kunne prise seg lykkelig for at hennes far hadde tatt med seg moren til Zetir der det var sivilisasjon og orden på ting. De to kvinnene var litt eldre enn henne og ganske høye men de var blekere i huden enn henne og øynene var blå. Zaribi syntes de var pene, mye penere enn henne selv. Den ene satte seg ned og stirret bare på henne så Zaribi måtte slå øynene ned men den andre smilte litt forsiktig."Jeg får tro du holder jente, en barbar får være fornøyd med en frilledatter."

Zaribi så uforstående på dem og den tause kvinnen gliste litt hardt."Din far har lovet deg til en Takesh jente, vet du hva det er? Det er en meget mektig mann, nesten en konge. Du er i sannhet heldig."

Zaribi hev etter pusten og kjente at strupen snørte seg sammen, lovet bort?

Hun visste at hun kom til å bli gift men hadde trodd at faren ville gi henne til en handelspartner eller noe slikt, ikke en mann fra et annet folk. Det var noe skadefro i blikket til de to, noe nesten ondskapsfullt."Ja om han ikke blir fornøyd med deg sender han deg vel hjem igjen, eller så blir du vel solgt til et eller annet horehus. Til og med de har vel slikt tenker jeg." Zaribi var for lamslått til å si noe og hun sa da heller ikke stort på resten av reisen. Skuta hadde lagt ut og for Zaribi begynte marerittet med en gang de kom i rom sjø. Hun ble syk og kastet opp og til slutt ønsket hun bare å dø. Det gav seg ikke men de to kvinnene viste henne liten medfølelse. De var stort sett likegyldige og klapset til henne om hun spydde på sengeklærne eller golvet. Hun prøvde så godt hun kunne å treffe bøtta de hadde tatt frem og hun greide ikke få i seg mat. Noen ganger gynget skuta så ille at hun var sikker på at det var slutten på dem alle men det gikk bra, den sank ikke. Lufta der nede var stinn og luktet forferdelig og hun lengtet intenst tilbake til hjemmet. Det spilte ingen rolle om hun bare var en stygg jentunge, bare hun fikk være trygg.

Det gikk dager, hun ante ikke hvor mange men det måtte være flere uker til slutt. Hun orket snaut å ha i seg mat og fikk bare i seg litt vin av og til, og de to prøvde å presse i henne mat uten at det gikk. Hun ble tynn og svak og lå for det meste. Den stakkars magen hennes verket og alt svingte og hun ønsket så inderlig at gudene skulle ta livet av henne der og da. De to snakket uavlatelig om hvor forferdelig primitive folket der borte var, hvor barbariske de var og hvor ille de ville behandle henne når hun kom frem. Zaribi så ikke noe håp lenger. Den eldre mannen var noen ganger utenfor døra og snakket til de to kvinnene men han kom ikke inn og de to var høflige og ydmyke når de snakket til ham men Zaribi så ham aldri. Hun ante at han var en representant for faren eller noe slikt. Hun hadde skjønt at hun var pantet på en handelsavtale og det føltes

24

merkelig sårt.

Til slutt kom de frem etter en reise hun snaut kunne tro hun hadde overlevd, de slo opp noen glugger og slapp inn frisk luft men det var bitende kaldt og Zaribi frøs grenseløst. Hun ble litt bedre siden skuta lå for anker men greide ikke få i seg stort med mat ennå, Hun greide snaut stå på beina lenger og var blek og svimmel. Hun hørte fremmede lyder utenfra, stemmer som snakket et språk hun ikke forsto og lyden av en by. Det var hestevrinsk og rop, bikkjer som gjødde og lyden av kjerrehjul mot brostein. Hadde virkelig folket her kjerrer og brolagte gater? Hun så for seg en myr med sammenfalne telt, det de to hadde fortalt var ikke mye trivelig. Skuta lå der i et par døgn, så en morgen da hun våknet sto en stamp med varmt vann der og de to badet henne temmelig brutalt og likegyldig. De smurte henne med noe som luktet godt og greedde og flettet håret hennes med fine bånd med perler i og de trakk på henne en aldeles nydelig kjole av grønn fløyel med gullblonder langs kantene og hun fikk på seg smykker og øreringer.

Zaribi bare satt der og lot dem gjøre det, hun følte seg som en dukke. Hun var hul innvendig, tom. De sminket henne og gjorde henne så pen som de kunne mens hun stirret tomt ut i ingenting. Hun var alene nå, helt alene. Hun ante ikke hva som nå kom til å skje men det kom til å bli forferdelig, det var det eneste hun var sikker på. De to hadde ymtet frempå små hint om hva hun kunne vente seg av sin husbond og bare tanken gjorde henne vettskremt. De hadde ikke sagt noe direkte, bare at hun fikk holde ut som alle andre, og at hyling og skrik var noe hun fikk holde seg for god til. Og at hun fikk la ham få det han hadde rett på uten å protestere. Zaribi ante ikke hva de mente men hun begynte å skjønne at det kunne ha noe å gjøre med hvorfor de nye konkubinene til faren hennes alltid så skremte ut. Hun hadde vondt i magen ennå men fikk streng beskjed om at hun ikke fikk vanære farens navn ved å klage så hun holdt munn og led i stillhet.

Den ene av kvinnene kom med en kappe, den var lagd av et

eller annet skinn som var helt nydelig sydd og hun fnøs og så
sint ut."Dette er en gave fra din husbond, ekte sobel. Snakk om
å kaste perler for svin men en barbar kan vel ikke skille
mellom en frilledatter og en anstendig kvinne."
Zaribi kunne ikke tro at den kappen var til henne, den var for
vakker til det. Det måtte være et lån, bare så hun ikke skulle
fryse. Den eldre mannen dukket opp bak døra og sa noe til den
ene kvinnen og hun skar en grimase og snudde seg."Det er på
tide å gå jente, husk å oppføre deg. Gjør som du får beskjed
om å husk det vi har sagt. Du får skreve og tenke på dine guder
og be om at du gir ham sønner."
Zaribi så bare skremt på dem, skreve? Hvorfor skulle hun
skreve? Og hun ville jo gjerne ha barn men ante ikke hvordan
det gikk for seg ennå. Hun slapp den svarte kappen nå, det var
visst ikke vanlig at kvinner der dekket seg til og hun ante hva
de to damene i båten ville si om det også. Den eldre mannen
stirret storøyd på henne og bukket kort."Jeg er Bordnan, din
fars utsending til Hietlai. Jeg skal følge deg til din husbond og
se deg gjennom seremonien."
Zaribi så bare stumt på ham og han virket oppriktig bekymret,
det var noe medfølende i blikket hans. Noen tjenere tok sakene
hennes og hun fulgte ham opp på skjelvende bein.
Vel oppe på dekk fikk hun sin første overraskelse den dagen,
det var en stor bukt skuta hadde ankret opp i og en stor vellaget
molo strakte seg utover. Flere dusin lange smale skuter med
høy stavn og en mast lå fortøyd der og det var folk overalt. Og
innenfor bukta var det en by. En ordentlig by. Men den lignet
ingen by hun hadde sett før. Hun hadde bare sett den mindre
byen hennes fars palass lå i og bare litt av den men der hadde
husene vært av mur og firkantede uten vinduer mot gaten. Her
var alle husene var treverk, og de lå i velordnede kvartaler opp
fra havna og opp en slak ås. Hun så flere murer innover og de
var også av treverk, gyldent treverk som formelig glødet i
sollyset. Husene så ut som om de var i flere etasjer og de var
lagd av tykke trestammer som var felt sammen på en måte hun

aldri hadde sett før. Takene var dekket med grastorv eller noe
som måtte være steinfliser og det røk svakt fra pipene. Hun
hadde snaut sett piper på hus, hjemme hadde røyken bare gått
opp gjennom et hull i taket.
Bordnan hjalp henne ned landgangen og det sto en bærestol
der. Flere så vantro på farkosten så det var nok ikke vanlig
med denslags der. Hun så blygt i bakken, en skulle ikke se på
fremmede og hun kjempet mot nysgjerrigheten. De var
høyreiste nesten alle sammen og kledd i klær med ganske
skarpe farger samt mye lær og pels. De fleste var ganske lyse
av lèt og lyshåret men hun så folk med mørkt hår også. De så
velstelt og ordentlige ut, slettes ikke som hun hadde forestilt
seg. Øverst i byen så hun en høy steinbygning som måtte være
et slags utkikkstårn og bak det en gigantisk bygning som måtte
være lagd av tre. Hun kunne ikke tro at noe så stort kunne
lages av treverk og den så utrolig forseggjort ut. Det røk av
mange piper langs taket og hun forsto av instinkt at det var et
viktig sted. Vel ombord i bærestolen ble hun sittende å se i
golvet, ante ikke hva hun skulle gjøre eller si. Hun visste ikke
engang hva denne mannen hun skulle bli gift med het! Men
han var mektig og rik og det var sikkert derfor faren hennes
hadde villet gi henne til ham.
Gatene var ganske riktig brolagt og velholdt og det var lite
søppel og slikt å se. Det var faktisk renere enn hun hadde sett i
hjembyen og hun ble forvirret. Var de ikke så ille allikevel?
Det bar opp mot den store bygningen og hun forsto at det var
der hun skulle møte sin tilkommende. Hun lukket øynene og
prøvde å tenke seg tilbake til hagen i haremet, der hadde hun
alltid likt seg godt. Hun husket lukten av blomster og busker
og freden der. Fantes det blomster og slikt der hun nå skulle
bo? Det så så kaldt og ødslig ut der og hun frøs til margen på
tross av den tykke kappen. Hun husket hva en av de unge
konkubinene hadde sagt en gang, da hadde hun ikke skjønt det
og hun skjønte ikke noe av det nå heller men det hadde vært
noe om at hun nesten hadde følt seg kvalt under sin herre. Hva

hadde hun gjort under Zaribis far? Han var en diger mann, fet og kvapsete etter et rikt liv men også ualminnelig skarp og så avgjort i stand til å styre sitt handelsimperium med jernneve. Akkurat som han styrte sitt hjem og sine undersåtter. Zaribi skjønte at enhver som havnet i en slik situasjon måtte føle seg ganske så presset for å si det pent. Pleide menn kanskje å sove ved siden av kvinnene sine, hadde hennes far rullet over den jenta i søvne? Var det det forferdelige de to damene hadde tisket slik om men ikke ville forklare nærmere? Hun ante ikke og kjente at hjertet slo hardere og hardere mens de nærmet seg den store bygningen. Hun kjempet for og ikke svime av, hun måtte være sterk for sin æres skyld. Å vise seg svak var en skam, hun måtte holde hodet oppe og være verdig uansett hva som skjedde.

Da bærestolen ankom hallen var tinget i gang og Bordnan hjalp Zaribi ut av bærestolen, hun så ut som om hun skulle falle om hvert sekund men var allikevel det vakreste Bordnan hadde sett. De hadde ikke løyet da de beskrev henne i det minste men arme barn! Hun så ut som en hare fanget i en fotsnare omringet av rever. Han visste at lord Oshwart hadde tatt til seg den gamle troen som hadde vært vanlig i Zetir før og fulgte den strengt men det var nesten ingen andre som gjorde det nå for tida. Ingen andre holdt harem eller tvang kvinnene sine til å være inne hele tiden. Men lorden var svært kontrollerende så for ham passet det sikkert med en slik tilnærming til tingene. Han forsto at Zaribi ikke engang forsto språket der og hjertet hans blødde formelig for jenta. Han håpet bare at de hadde noen der som kunne fungere som tolk for selv måtte han returnere med skuta allerede den ettermiddagen.

Et par vakter møtte dem og bukket høytidelig før de gikk foran dem inn porten. Zaribi glante, hun kunne ikke la være. Bygget var enda større enn hun hadde trodd og helt i treverk. Noen av stokkene som var felt sammen var like brede som skuta hun hadde kommet på. Hvordan ved alle guder hadde de greid å sette det sammen? Det var en slags balkong som gikk rundt hele bygget rundt ti meter oppe, den var bred med rekkverk og pyntet med flagg i glade farger. Lengre opp var det en balkong til som var halvparten så bred og litt mindre prangende og hun så rekker med glugger. Midt på bygget var det derimot ingen glugger, bare noen mektige utskjæringer av noe som måtte være fabeldyr. Det så liksom så flott ut, hun hadde ikke ventet dette. De kom ut i et forrom der det sto hyller fra tak til golv, de var fylt med våpen og hun forsto at ingen fikk gå inn med våpen i hånd. Det var et forheng foran døra videre og de ble stående der siden ingen fikk forstyrre mens tinget behandlet en sak. Zaribi kikket varsomt ut gjennom et glippe i forhenget. Det var en svær hall der inne, helt åpen opp til taket og i midten sto et gigantisk ildsted der det glødet i kull. Hun følte varmen helt dit. Det var sand i stedet for golv rundt ildstedet og så førte noen korte trapper opp til et ordentlig golv av treverk. Det var satt ut mengder av bord der og det satt folk overalt. Nærmest ildstedet sto det noe som lignet en trone og en mann satt i den. Flere andre sto foran og snakket og det måtte være en slags tviste av noe slag etter gestikuleringen å dømme.

Zaribi ble nysgjerrig og Bordnan så det, han smilte til henne og pekte.”Mannen der oppe er Ardred, det er din tilkommende.” Zaribi gispet lavt og grep hardt i forhenget, hun stirret med store øyne. Avstanden var for stor til å se stort men han virket for å være høy med hår som bronse og hun kjente hjertet hamre i brystet. Mannen reiste seg og pekte på en av folkene som sto der foran ham, sa noe rolig men bestemt og folkene gikk hvert til sitt igjen og satte seg. Bordnan smilte igjen.”Da kan vi gå inn!”

En av vaktene kom og vinket på dem og Bordnan nikket til henne.”Ta det med ro vesla, de er skikkelige folk.”

Hun samlet det motet hun hadde igjen og prøvde å gå stødig etter vakten. Hun stirret vantro for de hadde kommet inn i øverste halvdel av hallen. Den var over dobbelt så stor som hun hadde sett fra inngangen. Det var gulv også på andre siden av ildstedet og også der var det folk overalt. Det var satt frem noe som lignet på flere troner og det ble stille da hun kom inn. Zaribi kjente at hun skalv, flere hundre øyne stirret på henne og flere virket himmelfalne, hun ante ikke hvorfor. Det var både menn og kvinner der og de satt sammen, det var forvirrende for henne og hun så at kvinnene ikke engang bar slør. De hadde håret løst eller flettet og det var langt på alle. De hadde vakre kjoler i flotte stoffer og mye smykker og mange viste ganske mye hud. Zaribi følte seg brått som en måneformørkelse, vel var disse kvinnene skamløse men ved alle guder så vakre! Hun tvang seg til å gå rolig men ville aller helst ha sunket gjennom golvet.

Urdar sto ved siden av brorens stol og gav råd, han fikk beskjed om at bruden var ankommet og så fort broren avsluttet saken han meglet der og da gav han tegn til at hun kunne komme frem. Ardred hadde vært uvanlig mutt hele formiddagen og selv om han utførte jobben sin godt som alltid kunne alle se at han mistrivdes der. Alle ble stille da to skikkelser kom frem fra inngangen, Urdar hørte hviskingen og tiskingen helt dit han sto. Bare en person til å gi bort bruden? Det var uhørt! Der ville et helt følge av slekt og venner fulgt en brud til hennes tilkommende og hun ville ha blitt båret på et skjold frem til sin husbond så ingen onde vesen kunne finne henne. Så endret hviskingen seg etter som hun kom nærmere, Urdar forsto hvorfor. Hun var det vakreste noen der hadde lagt øye på, en eksotisk juvel ulik noe annet som hadde nådd strendene i Gardarhavn. Hår som blåsvart silke og hud som lynghonning, en ganske høy og smekker skikkelse og et ansikt som var hjerteformet med enorme mandeløyne. Hun var blek og virket svak men om hun hadde vært syk var det ikke så rart. Ardred bare stirret, han hadde et forvirret uttrykk i ansiktet et kort øyeblikk, så tok han seg sammen og nikket kort til mannen som fulgte jenta.

Zaribi stirret i golvet, det spant for henne men hun nektet å

svime av. Mannen som satt der fremme var overveldende, hun
følte det helt dit hun sto. Det var makt i blikket selv om han så
litt merkelig ut da han kikket på henne. Var hun så stygg? Hun
var så mørk og annerledes og skulle ønske at hun kunne ha
båret slør i det minste. Bordnan kremtet og bukket
høflig."Herre Ardred. Jeg presenterer for deg Zaribi av
Nurmadag, datter av lord Oshwart av Nurmadag."
Han gav Zaribi et kort diskre tegn og hun neide fort og
skjelvent. Ardred stirret fremdeles med et merkelig uttrykk i
blikket og Urdar forsto at han måtte gripe roret, ellers kom
broren til å se ut som en fåming etter litt. Han hadde aldri sett
Ardred reagere slik på en kvinne noen gang. Han tok et steg
frem og bukket dypt, i sannhet var denne jenta nesten
overjordisk vakker.
"Ærede gjester, jeg er Urdar, bror til Ardred. Jeg ønsker dere
velkommen på vegne av vårt folk og vår hersker. Vær så
vennlig å sett dere og la tjenerne varte dere opp til tinget er
over."
Han smilte så varmt han kunne til jenta som så komplett
vettskremt ut. Urdar hadde hørt en del rykter om hvordan
folket i Zetir så på kvinner men hadde trodd det var grove
løgner men nå begynte han å mistenke at de stemte. Ved
gudene, dette kunne bli svært stygt. Han gav tegn til et par
tjenere som kom med noen dype gode stoler som ble plassert
foran resten av folkemengden. Bordnan geleidet Zaribi bort til
den ene og hun satte seg usikkert. Hun kunne knapt tro at dette
var hennes husbond, han var en av de høyeste menn hun hadde
sett, bred over skuldrene og hun så musklene bule under
skjorten og vesten, Det var arr på armene der de var bare og
han virket som en hardbarket kar. Hun var mer skremt enn
noen gang i sitt liv og klemte hendene om armlenene på stolen
som om hun ville klemme livet av den.
Folk tisket og hvisket ennå og Urdar så at moren og søsteren
sto et stykke unna. Moren virket henført over jentas skjønnhet
men han kjente søsteren godt nok til å vite at hun var sjalu. Det

lovet ikke bra. Tinget tok for seg det aller meste og de hadde
gått gjennom alt fra arve oppgjør til et tilfelle der en mann
beskyldte en annen for å ha solgt ham en syk hest. Det var kun
en sak igjen nå men den var alvorlig og flere vakter kom og
stilte seg opp langs kanten ned til sandgropa og ildstedet. De
skulle være en sikkerhet om noe gikk galt for dette var en sak
med en potensiell dødsdom. Zaribi satt i stolen og betraktet
hallen for å slippe å tenke på noe annet. Hallen var bare en
tredjedel av bygget selv kom hun til, i begge ender var det en
vegg med noen vakre trapper som gikk opp til flere
døråpninger som ledet lengre inn. Bordnan smilte og lente seg
litt over til henne, hvisket fort."Det er boliger, store fine rom
for de øverste her i Gardarhavn. Du vil også få et rom her,
antagelig i øverste etasje for der er det alltid varmt. Varmen
stiger ser du."
Hun ante ikke hva hun skulle tro om den informasjonen men et
eget rom var sikkert en god ting. Hun så at vaktene stilte seg
opp og så kom flere personer frem på golvet foran Ardred. Det
var to kvinner og den ene var ganske ung, den andre måtte
være hennes mor på utseendet å dømme og hun la armen
beskyttende rundt datteren. Det sto også to menn der, en eldre
kar som måtte være faren og en som antagelig var en bror. De
så sinte ut alle sammen og jenta var rødøyd og så stivt på
Ardred. Zaribi skjønte ikke hvordan hun kunne tørre å se rett
på en slik mann.
De begynte å snakke og hun sanset sinnet i stemmene selv om
hun ikke forsto et ord. Alle snakket etter tur og etter litt kom
noen vakter gående med en mann mellom seg. Han var
bakbundet men pent kledd og så også sint ut. Ansiktet flammet
av sinne virket det for og Ardred begynte å stille de ulike
spørsmål virket det for. Zaribi gyste av stemmen hans, så mørk
og ru men samtidig rolig. Hun kunne ikke se hvordan han slet
med å holde fokus på jobben, synet av Zaribi hadde rystet ham
til margen og han kunne ikke fatte at denne skapningen skulle
bli hans. Hun var vakker som en alv og et øyeblikk hadde han

faktisk trodd hun var en slik. Men han fokuserte på jobben og tvang tankene på henne bort mens han gjorde ferdig dagens offisielle del.

Zaribi så at folkene der fremme snakket om noe alvorlig, jenta var på gråten og pekte flere ganger på mannen som sto der bakbundet og sa noe med skjelvende stemme. Karen svarte med å rope stadig høyere og mer ukontrollert og Zaribi merket stemningen i rommet som noe dystert. Folk sa ingenting for alle fulgte spent med på hva deres leder ville gjøre. Zaribi undret seg på hva det var mannen hadde gjort? Det måtte ha vært noe alvorlig noe. Det ble en del munnhuggeri og skriking og rop og Ardred reiste seg brått. Alle holdt munn og han pekte på den bakbundne og sa noe høyt. Karen spyttet på golvet og svarte noe rasende som fikk alle der til å gispe høylydt. Det måtte ha vært noe sjokkerende han sa. Ardred svarte noe med høy stemme og han så fryktelig sint ut med ett, Zaribi krøp sammen i stolen så skremt var hun.

Ardred trakk sverdet og mannen sank liksom sammen, han flakket med blikket og prøvde visst å stikke av men Ardred var på spranget som en stor panter. Han hugg mot mannen og traff ham i skulderen og sverdet stanset ikke før det kappet selve ryggraden på karen. Blodet sprutet og mannen sank sammen mens blodet rant ut over golvet. Ardred spyttet på liket og ristet blodet av sverdet og Zaribi klynket uhørlig av sjokk. Hun hadde aldri sett noen bli drept før, og denne morderen skulle hun bli gift med? Ardred sa noe med høy stemme og familien som sto der virket meget fornøyd og tok ham i handa etterpå. Hvordan kunne noen være glade for at en mann ble hugd ned slik, rett foran alle? Hun fattet det ikke! Hjemme henrettet de folk ofte men aldri slik, i all offentlighet. Hun var sikker på at disse folkene var gale alle sammen.

Bordnan hadde sett at hun reagerte men fikk ikke sagt noe som forklaring, det ville være uhøflig nå og hun måtte bare venne seg til at folket her i landet hadde en langt mer direkte måte å ta seg av forbrytelser på enn mange andre steder. Og denne karen hadde så avgjort fortjent det. Urdar steg frem igjen og noen tjenere helte sand over blodet på golvet og halte liket vekk. Stemningen i hallen var høy, de hadde sett at de hadde en leder som ikke kviet seg for å handle raskt og nå gledet de seg med ham over hans nye hustru. Urdar slo ut med armene og mante forsamlingen til stillhet, folk adlød spent og lyttet ivrig.”Ærede forsamling, da har vi kommet til den gledelige delen av dagen, min brors bryllup. Først, overrekkelsen av gaver.”

Bordnan reiste seg høflig og en tjener raste bort mot veggen på motsatt side av inngangen. Det var faktisk en dør der også, en svær skyvedør stor nok til å slippe gjennom en hel vogn om det trengtes. Tjeneren skjøv døra opp og bak sto det ganske riktig en vogn med ulike saker i. Det var skikk og bruk at slektene utvekslet gaver ved et bryllup og Zaribi hadde ikke engang tenkt på det. Men hennes far hadde tydeligvis sendt med mye, å vise at en hadde god råd var viktig.

Bordnan kremtet.”Ærede herre, fra lorden kommer dette lasset. Det inneholder fem ruller fin silke, fem ruller fløyel og fire kasser med krydder. Videre femti to kagger med den beste vin, en gull lenke tykk som en manns lår og ti alen lang samt en liten kiste med edelsteiner. Det er også tjue barrer med det beste stål og fem gode sverd.”

Forsamlingen holdt pusten, det var en kongelig skatt! Kunne Ardred toppe det? Ardred rødmet svakt, han visste at denne lorden var skamfullt rik men dette var nesten for mye hadde det ikke vært for at datteren var slik en juvel. Han måtte sette henne utrolig høyt for å sende med en slik skatt. Ardred vinket på sine tjenere og de skyndte seg inn ei dør i enden av hallen og kom tilbake med flere store kister. Hver fire fot høy og fire fot bred og minst seks fot lang. Han kremtet lavt.”Jeg ønsker å overrekke min ærede svigerfar disse kassene. En med pelser av sobel, en med pelser av hermelin. En med pelser av snøbjørn og en kiste med sjeldne steiner gravd ut av fjellene her.”

Forsamlingen jublet, gavene hans var like mye verdt, en kiste

med hermelin i seg selv kunne frigitt en konge fra fangenskap
om det så var. Bordnan bukket dypt."Ærede herre, du er alt for
gavmild! Min herre vil lovprise ditt navn."
Bordnan visste at han sa sannheten denne gangen for slike
pelser var så verdifulle at lorden antagelig kunne tjene inn
igjen ti ganger det han hadde gitt på dette. Jovisst kom han til å
være fornøyd, til de grader fornøyd. Ardred bare smilte vennlig
og tingene ble fraktet vekk. Urdar kom frem igjen og klappet i
hendene."Som skikken krever skal brudgommen vise sin glede
over sin brud ved å gi henne gaver også."
Han gav Ardred et fort blikk og fikk et nikk tilbake, det var
ordnet og Urdar tvilte ikke på at broren hadde slått på
stortromma. Han var en gavmild mann, ganske enkelt fordi
jordisk rikdom ikke betydde så mye for ham. Men uansett var
denne jenta mye verdt ja, Urdar tvilte ikke på det.
Skyvedøra ble skjøvet opp igjen og noen drev inn en flokk
med store sauer, de var i alle mulige farger og Zaribi skjønte
ingenting. Hva skulle en flokk sau inne i hallen? Bordnan
smilte fort til henne."De er til deg, dette er gaver du får av ham
og de er dine for all fremtid."
Zaribi rynket pannen, hennes? En hustru eide da ingenting?
Hun var sin herres eiendom, men dette var kanskje bare for å
vise henne hvor rik han var? Sauene var så vakre og store og
hun stirret forgapt på noen søte små lam som hoppet ved siden
av mødrene. Et av dem spratt like godt opp på golvet og raste
rundt stolen hennes et par ganger og Zaribi lysnet opp og
strakte seg etter det som et barn strekker seg etter en leke. Hun
smilte og Ardred følte brått at hjertet formelig svulmet i ham,
Ved guder, hun var skjønnere enn noen gudinne når hun
smilte. Han ville se henne smile igjen og igjen, kunne han
gjøre henne lykkelig kunne han ofre alt for det.
Sauene ble drevet ut og noen store langhornede kyr ble jagd
inn, de rautet og så forvirret ut og gjeteren slet litt med dem,
Zaribi måtte fnise litt over de ubehjelpelige geberdene han
lagde. Det så komisk ut. Etterpå kom det en flokk med geiter

og en med griser samt noen store langraggede hunder som skremte henne litt og samtidig gjorde henne litt nysgjerrig. De så liksom så farlige ut men øynene var milde og den ene kom frem til henne og slikket henne på armen. Zaribi var glad i dyr men hun var ikke vant med dem for det var ikke lov å ha dyr i haremet. Noen hadde tamme fugler men det var også alt og hun likte ikke det for fugler skulle fly fritt slik hun så det. En mann kom bærende på en liten kasse med kaninunger og en annen på en kasse med noen merkelige dyr hun aldri hadde sett før. De lignet hårete pølser nesten og lagde søte lyder og Bordnan hvisket til henne at de ble brukt til mat og var ganske gode å spise. Zaribi syntes de var for søte til å spises og likte ikke helt tanken på å sette tennene i dem. En kvinne kledd i en svært vakker drakt kom med en annen eske, i den var en katt med fem unger og Zaribi glemte seg helt og hvinte av fryd over de søte kattungene. Bordnan forklarte at der var katter uhyre verdifulle, en god katt var like mye verdt som en hest og en hunnkatt med unger var en fyrstelig gave. Særlig fordi den blodlinjen var kjent som gode rottekatter. Zaribi ville ikke slippe dem fra seg nesten og Ardred smilte av det ivrige fjeset. Hun var glad i dyr og det likte han, han var også kjent som en stor hestekjenner og likte andre skapninger også.

Flere kvinner kom med kasser med kjoler og andre ting en kvinne trengte og Zaribi begynte å skjønne at dette faktisk var til henne allikevel. Visste han kanskje at hun ikke hadde fått med seg stort så det var derfor? Han ville sikkert vise folk at han kunne kle sin hustru rikt men hun var nervøs for de kjolene. De viste liksom så mye mer enn det hun var vant med. Til slutt ble skyvedøra åpnet igjen og den siste gaven ble ført inn, fem hester så store og vakre at Zaribi gispet. Hun hadde aldri sett slike hester før, de var utrolig langbeinte med lang slank hals og man og hale som nesten nådde golvet. Hodene var brede med smal mule og enorme øyne og nesebor og de beveget seg så lett som om de ikke veide noe. Bordnan gispet lavt.”Det er hopper fra ørkenen i nord, guder jeg trodde aldri jeg skulle få se noen slike i mitt liv.”

Zaribi stirret betatt, to av hoppene var snøhvite, en var sølvgrå og spettet og en hadde en dyp leverrød farge men den siste var den som fanget blikket hennes mest. Den var svart som en stjerneløs natt og pelsen glinset i blått der den danset rundt og betraktet folket med store nysgjerrige øyne. Hestene var ikke redde, de hadde aldri vært dårlig behandlet og elsket mennesker.

Ardred så at hun likte hoppa og nikket mot dyret som stanset og betraktet dem med hodet løftet og halen svingt inn over den smekre ryggen. Det lyste formelig av intelligens i de store mørke øynene.”Hun heter Irrih Dhub.”

 Bordnan oversatte og forklarte at navnet betydde Sorte vind og Zaribi kjente at hun hadde lyst til å ta på den silkeaktige pelsen men visste ikke om hun burde gjøre det. Ardred så blikket hennes, han ville ta henne med ut på en ridetur neste dag om hun ønsket det. Det fulgte land med gavene hans også og han ville vise henne mer av landet hans.

Urdar smilte og hestene ble ført ut, Zaribi sukket skuffet og Urdar så minen hennes. Godt, hun var ikke helt knekt av reisen allikevel, det var bra.”Ærede forsamling, gavene er utvekslet, nå er det tid for det mer seremonielle.”

Zaribi ble mer urolig igjen, hun ante ikke hva som skulle skje og ble gradvis redd. Hva nå? Bordnan smilte beroligende til henne.”. Nå skal Urdar som er prest vie dere, etterpå skal det ofres for deres lykke og så skal det festes til langt på kveld.” Hun så litt tvilende på ham men han bare smilte så bredt han kunne.”Det er ikke farlig ærede, ikke noe som skjer her er farlig.”

Hun ville si til ham at Ardred var farlig men greide ikke få frem et ord. Bordnan tok henne i handa og så gikk de ned fra plattingen og over sandgropa til der de to tronaktige stolene sto plassert foran et gedigent bord. Det var satt på tallerkener og vinglass og mye annet der hun ikke ante hva var men hun greide ikke å kjenne noe sult. Hun var for engstelig.

Hun ble plassert i den ene stolen som var god å sitte på og Ardred satte seg ved siden av henne, hun skalv ved å ha ham så nær. Hun kjente at han luktet svakt av lær og hest og noe annet hun antok var hans egen lukt. Den var ikke ubehagelig, bare fremmed. Bordnan satte seg bak stolen hennes for å oversette og hun så at Urdar stilte seg foran dem. Han holdt et beger med noe i handa og roet forsamlingen med en myndig gest. Zaribi syntes han så streng ut, men han virket snill også og hun var mindre redd for ham enn hun var for Ardred. Urdar begynte å messe et eller annet, han skvettet noe som antagelig var vin på golvet foran dem og ropte noe som måtte være gudenavn. Deretter kastet han noen lapper med papir bort i ildstedet og helte vin fra begeret i en sirkel rundt stolene. Hun skjønte at det nok var et rituale for å jage bort onde ånder eller noe slikt. Forsamlingen var stille og fulgte med og Zaribi ville gjemme seg igjen. Ardred så hvor ubekvem hun var, stakkars jente, hun kunne ikke være vant med store forsamlinger og han følte at medfølelsen stadig steg i ham.

Til slutt fikk Urdar dem til å reise seg og Ardred rakte frem neven, Urdar gjorde tegn til at hun måtte gjøre det samme og så la presten Zaribis hånd i Ardreds. Hun rykket til av hudkontakten og et lite klynk unnslapp henne ufrivillig. Urdar så litt skeptisk på henne men avbrøt ikke seremonien. Ardreds hånd var så stor, og den var hard og ru med træler og arr men var også merkelig varm og trygg på et vis. Hun rødmet og så ned, greide ikke se på ham. Urdar la et klede over hendene deres før han helte litt vin på det og ropte noe høyt. Deretter fjernet han kledet igjen og kastet det i ildstedet. Folket begynte å juble og Zaribi forsto at det nå var gjort. Hun var gift! Men var dette virkelig alt? Hun så forvirret rundt seg, ingenting hadde forandret seg stort virket det for. Ardred kjærtegnet varsomt den vesle handa, den var så spe og kald og han ville varme henne men hun så temmelig usikker ut og han ante ikke hvor langt han fikk gå, slik før de ble kjent.

Bordnan hvisket til henne.”Nå kan du sette deg igjen.”

Hun satte seg usikkert og Ardred smilte til henne. Han så ikke
så farlig ut nå men hun kunne ikke glemme at han akkurat
hadde drept en mann rett foran henne. Urdar gjorde et tegn og
noen kom bærende inn med noen merkelige trestatuer. Det var
to av dem og de ble plassert foran plattingen de satt på men
nede i sanda. Zaribi rynket pannen, det var to
menneskelignende figurer men de var uten ansikt og med svært
lite trekk i det hele tatt. En av dem hadde bredere skuldre enn
den andre og en merkelig bule i skrittet og den andre hadde to
buler på brystet. Hun rødmet da hun forsto at det var en
mannlig og kvinnelig figur, bulene på brystet på den ene var
bryster og det på den andre var det menn hadde som kvinner
manglet. Hun visste ikke helt hva det var men det var visst det
som den evnukken hjemme ikke hadde.
Urdar begynte å messe og rope igjen og av og til svarte
forsamlingen med høye rop som skremte henne til hun ble vant
med dem og skjønte at ikke noe farlig skjedde. Deretter kom
en tjener inn med et stort kar med noe det dampet av. Zaribi
trodde det var varmt vann men det viste seg å være friskt blod.
De måtte ha drept et eller annet dyr utenfor veggen der og
Urdar helte blodet sakte over støttene mens han messet igjen.
Zaribi ble nesten kvalm av synet, lukta var sterk siden hun satt
bare noen få fot unna og hun kjempet mot hysteriet. Ardred så
at hun mislikte situasjonen men tradisjonene måtte
opprettholdes, om gudene ble vrede kunne forferdelige ting
skje. Seremonien tok lang tid, Urdar virket for å fortelle en
lang historie og Bordnan hvisket til henne at det var folkets
skapelseshistorie, slik de så verdens tilblivelse. Zaribi forsto
ingenting men det hørtes ut som om det var spennende det som
ble sagt for ingen forstyrret. Til slutt var det over og statuene
ble snudd så de sto med ryggen mot ildstedet men såpass langt
vekk at de ikke tok fyr av varmen. Noen tjenere hadde kastet
på svære vedtrær hele tiden så ilden ikke sluknet og Zaribi
oppdaget at hun ikke frøs lenger. Hun hadde ikke tenkt på det
på lenge. Nå begynte folk å snakke igjen og tjenere begynte å

løpe frem og tilbake fra et rom i enden av hallen med svære fat
og mugger. Det var mat og hun oppdaget til sin forskrekkelse
at det luktet aldeles himmelsk.

Hun hadde snaut spist på to uker og magen ulte brått men hun
forsto at hun måtte ta det meget pent. Hun tålte lite ennå og var
fremdeles litt svimmel og uvel. Men det kunne være på grunn
av sulten også. Noen runde og svettende jenter kom farende
med fat som ble satt på hennes og Ardreds bord, det gikk
lynende fort og brått hadde hun et helt dekket bord foran seg
med mat hun aldri hadde smakt noen gang. Mesteparten visste
hun ikke engang hva var. Bordnan lente seg frem igjen og
hvisket til henne."Da må jeg gå, skuta skal ut med tidevannet.
Må gudene være med deg ærede, la dem se hva for en skatt de
har fått i hende."

Zaribi følte en brå trang til å be ham bli, hvem ellers skulle
oversette for henne? Hun så fortvilet på ham og han sa noe til
Ardred som svarte vennlig. De to snakket litt til og Bordnan
nikket til henne.

"Det er en kvinne her som kan være tolk, hun kommer i
morgen."

Zaribi svelget hardt, i morgen? Men hun trengte noen nå! Noen
hun kunne forstå og som kunne forstå henne! Ikke i morgen
når han hadde gjort hva det nå var av forferdelige ting menn
gjorde med konene sine. Hun kvinket nesten men tok ham i
handa som takk for hjelpen og bød ham en god reise tilbake.
Hun følte seg totalt forlatt og alene og øynene ble enda mer
skremte.

Ardred så hvor fortvilet hun var og forsto henne, han skjønte
ikke et ord av det språket de brukte i Zhandoria heller så
hvordan skulle de greie å kommunisere? Det var et dilemma.
Han tok begeret hennes og helte i litt av det svake ølet som sto
der. Hun tålte neppe noe mer og med en mage i opprør var det
ikke lurt med vin. Zaribi så usikkert på begeret, det luktet
faktisk veldig godt og hun tok prøvende en slurk. Det var godt,
og det roet magen med en gang hun fikk det ned. Hun sukket

lettet og drakk litt til og Ardred tok et fat og lempet noe på tallerkenen hennes fra det. Han gjorde det samme på sin og hun så tvilrådig på det store stykket med kjøtt. Hvordan skulle hun spise det? Det var ingen kniv der eller gaffel eller noe slikt. Det var tydeligvis fjærfe som var rullet i krydder og stekt og lukten gav henne vann i munnen. Hun så litt fortvilet på Ardred som smilte og tok opp sitt stykke med handa. Hun forsto at man spiste med fingrene, det var barbarisk men det sto boller med vann der og noen små kluter var plassert like ved så hun antok at det var slik en rensket seg etter måltidet. Hun tok nølende tak i kjøttbiten og satte tennene i den og han nikket til henne, det blinket i hvite tenner i smilet hans. Zaribi hadde snaut møtt andre menn enn husholdningens men hun forsto at han var det kvinnene i haremet ville kalt flott, og hun skjønte hvorfor også. Han så sunn og sterk ut og hadde makt og rikdom, men hun var allikevel redd ham. Hva var det egentlig han ville med henne? Hun var redd hun snart ville finne det ut. Ute på sanda hadde noen brått dukket opp og danset rundt til lyden av en slags fløyte. Melodien var munter og glad og Zaribi gispet da hun så hva slags akrobatiske øvelser som ble utført. Hun glemte seg igjen og fulgte med og Ardred sørget for å fylle på tallerkenen hennes svært diskret når hun så bort. Hun smakte på noen stekte grønnsaker som var utrolig gode og på noe som måtte være grillet lam. Hun fikk biter med fisk og sjømat og en slags stuing som var så god at hun selv fylte på mer og Ardred var overlykkelig over at hun brått hadde matlyst. Ute på sanda var det noen som sang og gjøglet, to jenter danset iført nesten ingenting og Zaribi rødmet av synet men samtidig var de så utrolig vakre og elegante. Til slutt orket hun rett og slett ikke mer mat og Ardred hadde fylt begeret hennes med noe som måtte være en slags vin. Den smakte himmelsk og hun ble fornærmet da han ikke gav henne mer enn bare litt. Hun så snurt på ham og han gliste litt og pekte på hodet sitt, lot fingeren snurre litt rundt mens han skjelte og hun forsto, den var sterk og ville gjøre henne full.

Ute var forsamlingen i gang med festen nå, folk skrålte og sang og skålte og Ardred skålte tilbake mens han betraktet Zaribi som virket skremt av all støyen men også fascinert og nysgjerrig. Noen danset med hverandre og hun gjorde store øyne siden hun aldri hadde sett menn og kvinner som danset sammen før. Og noen kom frem foran dem og la igjen ting i sanda der og hun skjønte etterhvert at det var bryllupsgaver det også, Det var alt fra smykker til våpen og hun så bare forvirret på Ardred som smilte og virket for å ta det rolig.
Hun ble sittende å se på hvordan folket slo seg løs, de var skamløse men hun lengtet brått etter å være akkurat slik, så skamløs. Bare danse rundt og ikke bry seg om at noen så beina hennes og skråle og synge så høyt hun ville. Hun hadde drømt om det da hun var liten, å kunne gjøre som hun ville. Et par kollapset i sanda like foran dem og hun så at mannen hadde handa oppe under skjørtene på kvinnen som fniste og ikke virket for å ha noe i mot det. I stedet så det heller ut som om hun likte det? Zaribi så storøyd på helt til de to kom seg på beina og vaklet bort, temmelig drukne. Ardred spiste litt ennå, han var sulten etter dagen og var usikker på hvordan han nå skulle gripe tingene an. Hun var åpenbart utrolig naiv og garantert jomfru, han regnet ikke med at han ble sluppet inn til henne denne første natta og hadde vel ikke regnet med det heller men ved alle guder, han hadde lyst på henne. Den vakre gylne huden han kunne se gav ham lyst til å se hele henne, og glede henne som han aldri hadde gledet en kvinne før. Bare tanken gjorde ham hard og han måtte rette på buksene siden de brått ble ubehagelige å ha på. Zaribi så at han rettet på klærne og regnet med at han hadde spist for mye, selv følte hun seg sprengt og strøk seg over magen med et lite gisp. Så det var slik det føltes å være forspist.
Ardred visste at moren hans og søsteren var der, men ingen av dem hadde kommet for å hilse på jenta. På en måte var han glad til, hun trengte ikke mer forvirring og fremmede denne dagen enn hun allerede hadde hatt men han ønsket morens råd.

Hun forsto seg på kvinner og så dypere enn de fleste, han
trengte hennes visdom. Han stanset en av tjenerne og ba ham
hente Gudrun og mannen nikket og gikk. Zaribi var opptatt
med å se på noen gjøglere som kastet alt mulig i luften og
fanget det igjen og det var noe barnslig ved henne som han
ikke helt forsto men samtidig var hun jo en voksen kvinne
fysisk sett. Gudrun kom etter litt, heldigvis var ikke Iliana med
og Ardred så lettet på sin mor. Zaribi så nysgjerrig og ærbødig
på den aldrende kvinnen som kom gående, hun så vis og
verdig ut og en skulle respektere de eldre, alltid. Ardred pekte
på kvinnen og seg selv og Zaribi svelget nesten feil da hun
skjønte at det var Ardreds mor, Hun prøvde å neie der hun satt
og slo nesten nesa i bordet og Gudrun så på jenta med
medfølelse i blikket. Stakkars liten, hun var havnet i en helt
fremmed verden hva skikker og kultur gjaldt.
Gudrun tok Zaribi i handa og smilte vennlig, hun forsto at
jenta ikke forsto deres språk så hun fikk ønske henne
velkommen senere når de fikk en tolk. Men ved den hellige
gudinnen for en skjønnhet, og hun så at hennes sønn allerede
var totalt forgapt i henne. Zaribi prøvde å være så ærbødig hun
kunne og håpet bare at Gudrun ville like henne. Det så ut som
om hun ihvertfall ikke mislikte henne og det var jo bra, men de
hadde jo ikke møttes før nå. Ardred smilte til Zaribi og vendte
seg mot Gudrun.”Mor, jeg trenger et råd.”
Gudrun smilte men det var noe vemodig i blikket hennes.”Jeg
tror jeg vet hva du vil spørre om sønn.”
Han så ned i bordet og rødmet svakt.”Ja mor, du kjenner meg.”
Hun klappet ham på armen.”Ikke spør henne i kveld, la henne
hvile og samle krefter i noen dager først. La henne bli vant
med deg. Hun er åpenbart urørt og jeg ser på henne at hun er
av det slaget som gjerne vil gjøre alle til lags. Når hun velger å
åpne seg for deg skal det være fordi hun ønsker å dele
gudinnens gave med deg, ikke fordi hun føler at hun skuffer
deg om hun sier nei.“
Ardred sukket og kysset morens hånd takknemlig.”Takk mor,

dine ord er som alltid vise."

Hun bare smilte og rusket ham i håret."Ta det pent med denne sønn, hun vil gi deg stor glede om du gjør alt rett, det kan jeg se."

Gudrun smilte til Zaribi igjen og gikk tilbake til sitt bord og Zaribi følte at hun likte den gamle kvinnen. Hun hadde en forbundsfelle der.

Gudrun gikk tilbake til Urdar og Ilana, de satt og drakk og hun så at Urdar som vanlig tok det meget forsiktig med sterkt drikke. En Gode skulle da heller ikke vise seg overstadig beruset, han hadde sin verdighet å tenke på.

Iliana stirret mot Ardred og Zaribi, det var noe i blikket Gudrun ikke likte. Av sine barn var Iliana den hun var mest bekymret for, selv Kanir gav henne ikke så mange dystre tanker som den vakre kvinnen med den skarpe tungen og det heftige temperamentet. Hun var lei for at Alvgeir var død, han hadde kunnet temme henne og roe ilden som brant i henne men det virket ikke for at noen andre kunne klare det kunststykket.Iliana var en katastrofe som ventet på å skje, før eller siden gikk hun for langt og prisen kunne bli fryktelig å betale. Gurdrun sukket og satte seg og Urdar smilte fornøyd."Det er merkelig å se vår bror så interessert i noe som ikke har med kamp og krig å gjøre."

Gudrun ville si seg enig men nøyde seg med å nikke, hun ville ikke kaste mer ved på bålet for hun så allerede at Iliana var sjalu på Zaribi. Gudrun tenkte fort, det måtte gå an å få henne bort fra Gardarhavn for en periode. Slekten eide noen store eiendommer i nord vest og Iliana elsket luksusen der oppe. Og Gudrun visste også at guttungen hennes trivdes der, bortskjemt som han ble etter alle regler. Hun burde kunne trekke i noen tråder å få Iliana invitert dit, deres slekt der likte ikke Iliana men om Gudrun skrev og fortalte om situasjonen burde de innse slektens beste og prøve å få henne dit. Hun ville sannelig skrive og sende en rytter allerede dagen etter. Ilianasatt og plukket i maten, redd som hun var for å legge på seg. Gudrun var engstelig for at Iliana med sitt heftige temperament ikke skulle bli gift igjen. I deres kultur var det fullt mulig for en kvinne å leve ugift uten at noen sa noe på det, prestinner var som regel ugift og de var på toppen av samfunnstigen der, men Iliana trengte en motvekt i livet. Hun var allerede kjent for å ha krøpet under fellen med litt for mange menn til at det så bra ut. En kvinne kunne gjerne være promiskuøs, å elske æret gudene og deres folk hadde et svært åpent og lyst syn på sex men de satte en grense ved utroskap. De fleste Iliana hadde forført hadde vært gift og i noen tilfeller hadde Gudrun måttet roe temmelig hissige husfruer og betalt store bøter på sin datters vegne. I sannhet hadde dette hennes siste barn gitt henne mer bekymringer enn de tre andre til sammen.

Bare Iliana hadde gitt henne legitime barnebarn, Urdar kunne ikke gifte seg som Gode, og Kanir..? Han hadde noen bastarder Gudrun kjente til og hun ønsket inderlig å bringe de barna dit og knesette dem så de ble tatt opp i slekten men ingen av mødrene var interessert i det. Hun ante ikke hvorfor for ingen av dem var av sterke ætter eller rike. Å se at barna ble oppfostret hos en av de sterkeste ættene i Hietlai måtte da være en stor lettelse skulle hun tro, men på den andre siden, Kanir hadde gjort sitt til å gi dem et frynsete rykte.

Hun håpet inderlig på Ardred nå, han var tjue og fem år selv om han så litt eldre ut. Det harde livet som kriger gjorde det med en, mesteparten av tiden var han ute i villmarka og styrket grensene deres og det var ikke noe liv for de bløte og bortskjemte. Hun undret seg på hvor denne stridbarheten kom fra. Hennes Thorgrim hadde vært en mild mann, bestemt og streng om han måtte være det men ingen kriger. For ham var kunnskap og visdom viktigere enn den blodige æren mange hentet på slagmarkene. Han døde for fem vintre siden og Gudrun savnet ham ennå, han hadde vært hennes lys og gitt henne de fire barna og sammen med ham hadde hun følte seg ung og sterk igjen.

Ardred satt der og prøvde visst å vise Zaribi diverse detaljer med hallen, hun prøvde tydeligvis å henge med men det var vanskelig for henne. Stakkars jente, hun måtte savne sitt hjem og sin slekt. Hun måtte være modig som hadde gått med på dette, eller hadde hun kanskje ikke hatt noe valg? Folket i Hietlai hadde svært liten kontakt med Zhandorianerne selv om en på en god og klar dag faktisk kunne se fra den ytterste sørvestlige spissen av Hietlai til nord i Zhandoria. De var for forskjellige på mange måter og Gudrun visste at mange av folkeslagene der sør hadde helt andre skikker enn hennes folk. Noen av tingene hun hadde hørt sjokkerte henne og hun håpet at det bare var rykter og ikke sannhet. Zaribi virket svært medtatt, hun var tynn og tydelig svak så Gudrun håpet at noen dager med hvile og god mat ville hjelpe henne. Selv hadde hun aldri vært sjøsyk men ante at det nok var forferdelig. Folk hun hadde snakket med som var plaget med det sa at de mye heller ville bli kjølhalt tusen ganger enn å lide seg gjennom dager med den plagen.

Zaribi virket som en ærlig og åpen jente men hun var sky som en vill hind og helt åpenbart livredd. Gudrun skulle likt å vite hvorfor, hadde noen skremt henne? Hun virket så merkelig naiv på noen måter og Gudrun hadde sett det før, hos jenter som var holdt for hardt av foreldrene og manglet livserfaring når de plutselig sto der som husfrue og skulle herske og råde over sin manns eiendom. I Hietlai var det kvinnene som satt med den reelle makten, vel var det mennene som tilsynelatende styrte men det var bare fordi de oppgavene de hadde med handel og krigføring og slike ting var regnet som så mindreverdige at ingen kvinne ville nedverdige seg til å gjøre dem. Noen kvinner kriget og var gode soldater men det varte som regel bare en kort periode og så slo de seg ned og nøt den opphøyde posisjonen de fikk i kraft av å være gudinnens yndlinger.

En kvinne gav liv og i deres kultur var det den største ære, selv barnløse kvinner ble høyæret siden de tross alt delte gudinnens blod. Menn sto hakket under dem sosialt siden menn var mer aggressive og voldelige og det var ikke sett på som noe å hige etter. Idealet var det milde og moderlige, det som skapte og brakte grøde og rikdom og fruktbarhet. Ødeleggende og negative egenskaper ble ikke sett på som så verdifulle men som noe som kunne være nødvendig for å beskytte det som var godt fra fare. Deres guder og gudinner var et symbol på det, menn og kvinner var kanskje ulike men de hadde sine roller og var avhengige av hverandre for balansen sin del. Gudrun hadde vært prestinne i flere år før hun slo seg til ro og hun lengtet ennå av og til etter det stille og kontemplative livet i tempelet. Der hadde alt hatt sin plass og sin tid og ingenting skjedde utenfor den faste rutinen. Det hadde vært slik et trygt men også til tider utfordrende liv. Nå var det andre og yngre kvinner som hadde tatt hennes plass og de gjorde jobben godt men hun var ennå æret for den rollen hun hadde hatt. Den gav makt, selv når septeret og kappen var gitt videre til den neste øversteprestinnen. Gudrun hadde stor makt der, og hun visste også å bruke den

Zaribi følte seg litt susete, hun var så sliten at hun egentlig ikke maktet oppfatte stort men hodet var samtidig fylt med så mange tanker at det surret som et bol bier der inne. Hun så at Ardred pekte på ulike deler av hallen og hun prøvde å skjønne hva han mente. Hun ante at det bodde mange der for det var to korridorer innover i hver etasje og det var fire etasjer så vidt hun kunne se. Trappene ledet opp til gangveier som gikk hele veien rundt hallen så en kunne gå fra ene siden av bygget til den andre uten å være nede på golvet i hallen og overalt var det vakre utskjæringer og figurer. Hun prøvde å skjønne hva de skulle forstille men det var vanskelig. Noen kjente hun igjen som hester og andre dyr mens noen var umulige å identifisere som noe hun hadde hørt om. Men alt var skåret ut med mesterlig hånd og hun måtte vedgå for seg selv at dette bygget var vakrere enn noe palass hun hadde hørt om før. Alt virket så varmt og levende i motsetning til hvordan en hall i stein fortonet seg. Her og der hang det store vevde tepper på

veggene og de var i glade farger med vakre motiver som virket
for å nesten utelukkende være kvinner sammen med dyr og
mytologiske figurer.
Hun stirret på folk som danset og rødmet hver gang noen
passerte dem, damenes kjoler var så annerledes enn det hun var
vant med. De var gjerne utringet med vide ermer og noen
hadde splitt i siden helt opp til hoften. Og de satt tett etter
kroppen så en kunne se hver en detalj på de som bar dem.
Noen hadde visst et slags underskjørt under men noen hadde
ingenting og de fleste kvinnene bar svært forseggjorte
smykker. Hun stirret litt betatt og misunnelig på en mørkblond
jente som hadde en utrolig lang og tykk flette helt dekket av et
slags forgylt nett som glinset som gull mot håret. For alt Zaribi
visste kunne det være ren gulltråd, disse folkene virket svært
rike. Ardred så hva hun stirret på og smilte."Håret ditt er
hundre ganger vakrere min skjønne."
Zaribi ante ikke hva han sa men hun følte på en måte at det var
noe rosende og hun rødmet ufrivillig og så ned i bordet. Hun
følte seg skrekkelig usikker der hun satt, foreløpig hadde han
jo ikke gjort henne noe som helst men det hadde virket på de to
kammerjentenes snakk som at det fæle først begynte når de
skulle legge seg for kvelden. Hun skottet stjålent bort på ham
igjen, han satt og snakket til en mann som sto nede på
sandgolvet og var ikke oppmerksom på henne for øyeblikket.
Zaribi så at håret hans var langt og flettet fra nakken og holdt
borte fra ansiktet med et forgylt pannebånd, Han hadde ikke
skjegg enda flere av mennene der var skjeggete og ansiktet var
merkelig edelt i profil. Av en eller annen grunn minnet han
henne om de hoppene hun hadde sett, det var noe foredlet og
vitalt ved ham. Øynene var grågrønne og han hadde lange tette
vipper som fikk det til å se ut som om øynene hans var
innrammet med en svart strek. Det gjorde dem ganske skarpe å
se på men de var milde når han så på henne. Hun flyttet blikket
fra ansiktet hans, klærne var rene og hele og hun beundret
broderiene på buksene. Den som hadde lagd dem var utrolig

flink. Selv var hun ikke så veldig god på broderi men hun var dyktig til å veve og det var hun stolt av.

Hendene hans lå på bordet og hun så på dem også, store grove never som tydeligvis var vant med å bli brukt. Men de var velstelt, han var ren under neglene som var pent klippet og et eller annet ved synet gjorde henne litt forvirret. Han hadde hugd en mann rett ned med en brutalitet hun aldri kunne forestille seg men neven hans hadde vært trygg da han tok handa hennes. Han kunne sikkert ha knust handa hennes om han ønsket det men i stedet hadde han vært veldig varsom, hun forsto det ikke.

Ardred avsluttet samtalen med den fjerne slektningen som ønsket ham lykke til og vendte oppmerksomheten mot Zaribi igjen. Hun skalv lett og han rynket pannen og la handa på armen hennes, hun var ikke kald men skalv allikevel. Hun gispet av berøringen og øynene ble store og skremte igjen. Ved alle guder, hun var mer nervøs enn en katt i en hundegård. Han strøk sakte opp og ned langs armen og hun slappet litt mer av igjen men så fremdeles forskremt ut. Hva i verden var det som gjorde henne så sky? Kanskje hun trodde at han kom til å glemme alt som het folkeskikk og hive seg over henne som en annen villmann? Ardred hadde aldri vært ufin mot en kvinne noen gang og satte sin ære inn på å oppføre seg korrekt til enhver tid. Han ville aldri bryte de uskrevne reglene som deres folk fulgte. Han husket ennå sitt forrige bryllup og rødmet av minnet. Han hadde vært ung da, og de hadde ikke hatt øye for annet enn hverandre. Det hadde vært vilt og lidenskapelig og han visste at det kun hadde vært ungdommelig kåtskap som drev dem sammen. Det forholdet hadde vært dødfødt fra starten av men det var først nå han var moden nok til å innse hva slags feil det hadde vært. Han ville ikke gjøre den feilen igjen, han aktet å bli virkelig kjent med Zaribi, hun var fascinerende og han gledet seg til å vise henne sin verden og kultur.

Zaribi skvatt da han la handa på armen hennes men det var

ikke farlig, faktisk var det noe merkelig beroligende i det og han så urolig ut, det var usagte spørsmål i blikket hans og hun skulle ønske hun kunne fortelle hva hun følte men hun trodde ikke at hun ville turt å si noe selv om de kunne forstå hverandre. Han var for skremmende for henne. Men handa hans var varm mot armen hennes og nærheten var merkelig god selv om det skremte henne. Hun skulle ønske hun visste mer om hva som ble forventet av henne, hun følte at hun virret rundt i mørket uten et glimt av lys noe sted. Hun lot ham ha handa der og han ble ved å stryke varsomt og kjærlig. Ardred merket at hun var tynn, hun var så stakkarslig der hun satt og han hadde lyst til å ta henne i armene og holde henne i et ordentlig favntak men slik hun reagerte på en lett berøring besvimte hun vel. Men han hadde så inderlig lyst til å være god mot henne. Han trakk den store stolen sin nærmere hennes og tok en karaffel som sto på bordet, skjenket i litt fra den og holdt det spørrende opp foran henne. Zaribi snuste forsiktig, hun ante ikke hva dette var og tok en varsom slurk. Det smakte som honning og sommer og etterlot en behagelig varme i magen og han smilte til henne og tok en slurk selv også. Det var deres beste mjød og han var glad hun virket for å like det. Mjød ble brygget og drukket til alle høytidelige anledninger, hun måtte bli vant med det. Zaribi så spørrende på ham og han rakte henne begeret igjen, hun tok en stor slurk og slikket seg fort om munnen, det smakte bare bedre og bedre og hun fikk lyst på mere av det. Hun hadde sølt litt og noen dråper hang på haken hennes, Ardred strakte frem handa og strøk dem bort og hun hikstet av berøringen, Ardred slikket fort dråpene av fingeren og det var noe ved det synet som brått gjorde henne merkelig svimmel. Hun rødmet og kjente at hun ble mer og mer forvirret, hva var dette?
Ardred så at hun ble merkelig fjern i blikket og skjønte av rent instinkt hva det var. Hun skjønte bare ikke selv hva det var hun reagerte på, og hvorfor. Hvordan kunne en fysisk voksen kvinne være så totalt uvitende? Han tok handa hennes igjen og

kjælte varsomt med den mens han så henne dypt inn i øynene. Hun ville se bort men greide ikke å trekke til seg blikket, øynene hans var så milde og vennlige og hun syntes hun så et skøyeraktig glimt der som var svært tiltalende. Ardred løftet sakte handa hennes, slapp ikke øynene hennes med blikket og gav håndflaten hennes et lett kyss. Zabiri gispet og så forskrekket på ham mens hun rødmet og blunket forvirret. Han hadde en liten ide nå om hvordan han skulle angripe dette, her gjaldt det å ta det virkelig pent og rolig og bruke små steg av gangen. Han kysset handa hennes igjen, svært varsomt og forsiktig og hun så storøyd og uforstående ut men gjorde ikke motstand.

Han kysset fingertuppene hennes en etter en, gav seg lang tid og ignorerte helt verden rundt dem. Han måtte lese henne like godt som han ville ha lest en utemt hest han ønsket å fange og temme og han hadde hele sin oppmerksomhet mot henne. Hun fniste usikkert når han kysset knokene hennes og strøk leppene mot den tynne huden på innsiden av håndleddet hennes.

Øynene hennes var ennå forvirrede men ikke fullt så skremte. Zaribi skjønte ingenting av det han gjorde, hvorfor kysset han handa hennes? Hun visste hva kyss var, hun hadde sett andre kvinner i haremet kysse hverandre når noen skulle reise bort eller for å gratulere med et eller annet og hun visste at det var et uttrykk for følelser. Hun hadde syntes det virket ekkelt og merkelig men nå begynte hun å tvile på det hun selv hadde trodd. Var det skikken der at folk kysset hendene til hverandre? Betydde det at han likte henne? Hun så storøyd på og kjente at leppene hans var varme og myke mot huden hennes og av en eller annen grunn følte hun seg brått varm helt igjennom. Han slapp ikke øynene hennes med blikket et øyeblikk og hun følte seg aldeles fanget av det grågrønne blikket så nær henne. Var dette riktig? Hun kunne bare la det skje for hun skulle jo adlyde men det gjorde henne forvirret til margen.

Ardred kysset fingertuppene hennes igjen, og da han kom til

pekefingeren la han leppene rundt den og lot tungespissen gli fort rundt et par ganger før han slapp igjen. Zaribi sperret øynene opp og gispet, hvorfor følte hun det som om han hadde tatt på henne helt andre steder? Det var brått en merkelig tung varme i henne som gled gjennom kroppen og det var som et sug på steder der hun hadde fått streng beskjed om at en dannet dame aldri føler noe. Hjertet banket i henne igjen og hun visste ikke om det var fordi hun ennå var redd eller fordi han satt så nær og gjorde disse merkelige tingene. Hun bet seg i underleppa, ville så gjerne ha spurt om dette var riktig? Var hun ulydig nå som kjente en slik merkelig uro i kroppen? Var noe galt med henne?

Ardred smilte kjærlig til henne, hun hadde reagert og det ganske tydelig også, det var antagelig mye lidenskap i henne og han lengtet vilt etter å se den ubundet og fri. Han la ene handa mot kinnet hennes og strøk varsomt over den silkebløte huden, hun rykket nesten hodet vekk men så svelget hun synlig og lot ham gjøre det. Han lot handa hvile mot kinnet hennes og strøk forsiktig en finger på den andre over leppene hennes i en fjærlett berøring. Dette var merkelig interessant, hun var et ubeskrevet ark og hver reaksjon hun viste var totalt ny for henne. Spørsmålet var om hun i det hele tatt forsto hva han gjorde.

De vakre brungylne øynene var oppsperret og forvirret men de hadde fått et litt matt glimt han kjente igjen. Hun reagerte fysisk på kjærtegnene hans og han svor for seg selv på at han skulle greie å tenne henne ordentlig. Om hun fikk en forsmak på hva han kunne gi henne av gleder ble hun kanskje litt mindre engstelig for ham, og ivrigere på å lære ham å kjenne. Zaribi kjente at hjertet hamret i brystet som om hun hadde løpt og hun følte varmen fra ham siden de nå satt svært tett sammen. De merkelige berøringene hadde vekket noe i henne hun ikke ante hva var, men brått var det som om hun lengtet etter noe ukjent, og lengtet sterkt. Øynene hans var milde og kjærlige, han ville henne ikke noe vondt for det kunne hun se i blikket hans men hva var dette? Var det normalt og skulle hun finne seg i det? Det var kanskje forventet? Den merkelige varmen i kroppen slapp ikke og hun rødmet og endret litt på vekten. Hun satt litt rart til og det føltes brått så varmt på hennes mest hemmelige steder. Ardred så at hun flyttet seg og smilte for seg selv. Visst reagerte hun, en jente fra hans folk ville skjønt hva dette var med en gang og vært forberedt men hun virket helt blank for erfaringer. Vel, han aktet å gi henne erfaringer, og kun av det gode slaget. Ardred dreide ansiktet hennes varsomt mot seg og lente seg litt forover, smilte så beroligende han kunne og så lente han pannen mot hennes. Zaribi hikstet og rødmet og samtidig skjønte hun på et eller annet instinktivt nivå at det ikke var farlig, men det var så merkelig å ha en annen person så nær. Smilet hans var kjærlig og hun forsto at han var ærlig, han lot ikke som. Og denne tilsynelatende snille personen skulle gjøre noe helt forferdelig med henne om natten? Hun fikk det ikke til å rime og skjønte ingenting. Ardred la forsiktig hendene på kinnene hennes og lente seg enda litt mere frem, så kysset han henne varsomt på munnen. Leppene hennes var så utrolig myke og smakte av mjøden hun hadde drukket og han lot kysset vare lenge. For Zabiri føltes det som et lynnedslag, hun hadde lukket øynene på rent instinkt og følelsen av munnen hans mot hennes egen fikk det til å sitre i hele kroppen. Den tunge varmen ble brått en brann og hun hev etter pusten. Han smilte til henne og det glitret i blikket, igjen dette skøyeraktige glimtet, som om de gjorde noe hemmelig bare de to visste om.

Men alle kunne jo se det og hun visste ikke om det var riktig. Blikket hennes flakket over salen men ingen så på dem, alle hadde nok med seg selv og det ble skrålt og sunget og danset overalt. Noen hadde kollapset av utmattelse og drukkenskap mens andre virret rundt og måtte være helt gale så det ut til. Ardred så spørrende på henne og lente seg mot henne igjen, hun ante ikke hva hun skulle gjøre! Følelsen hadde vært merkelig og ny og så sterk at den skremte henne men hun hadde likt det. Det kriblet i kroppen og hun følte seg så utrolig mer levende enn noen gang før. Han la hendene rundt kinnene hennes igjen og hvisket til henne.”Ja?”

Zaribi forsto ikke ordet men skjønte meningen og nikket litt skjelvende og så kysset han henne igjen. Det snurret for henne, alt gikk rundt og den merkelige varmen var så god. Han tok hendene hennes og plasserte dem på skuldrene sine. De var varme og faste under hendene hennes, så levende. Han var brått et levende menneske for henne, ikke noe fremmed og ukjent og farlig men kjøtt og blod. Kysset varte like lenge denne gangen og hun hev etter pusten da han slapp henne. Hun kjente smaken av mjød fra ham også og rødmet, kjente at hun ville ha mer av denne følelsen.

Uansett hva det var han kom til å gjøre med henne senere, hun ville ha mer av dette først. Ardred kysset henne enda en gang og denne gangen gjorde han mer enn å bare presse leppene mot hennes, han beveget på dem og sugde forsiktig på underleppa hennes og det kokte brått i henne. Hun la hendene tettere rundt halsen hans og han trakk henne enda nærmere.

Hun skvatt igjen da hun kjente noe glatt og vått mot leppene og skjønte at det var tunga hans, hun ville trekke til seg hodet igjen men noe stanset henne. I stedet åpnet hun nølende munnen og tunga hans strøk fjærlett mot hennes. Følelsen var vanvittig, hun hev etter pusten og kjente at hun hadde begynt å skjelve igjen. Den tunge varmen samlet seg der lårene hennes møttes og hun forsto ikke hvorfor? Det var et område hun ikke engang fikk lov til å nevne og hun skjønte at det var noe skammelig og unevnelig, så hvorfor føltes det så merkelig godt der nå?

Ardred lot tungespissen gli sakte frem og tilbake og hun klynket og møtte ham. Det var instinkt som styrte henne og hun la armene rundt nakken hans. Ved alle guder så god hun var, han strøk ene handa nedover langs ryggen på henne og kjente at hun var nesten mager, hun ville trenge mye mat fremover. Ardred slapp henne sakte, han ville ikke gå for langt der og da, nei det beste var å gi henne et lite hint av hva han kunne gjøre så hun fikk lyst på mer. Og hun hadde blitt tent, han så det på mattheten i blikket og hørte det på pusten hennes også. Hun var praktfull.

Zaribi ville nesten protestere da han slapp henne, følelsen hun hadde fått var så god men den skremte henne også siden den var så sterk. Hun kunne ikke bare tvinge den tilbake og hun ante ikke hva det var heller. Men det føltes som om hun trengte noe men hun ante ikke hva. Ardred smilte igjen og strøk henne over håret, det var noe vemodig i blikket hans."Jeg skulle ønske jeg kunne komme til deg i kveld, bli din helt og holdent. Men du er svak ennå og uerfaren vil jeg tro. Du skal få hvile i noen dager men jeg lover deg, når du ønsker meg velkommen skal jeg gi deg en natt du aldri vil glemme. Det sverger jeg på tro og ære."

Stemmen hans var lav og litt hes og dirret av et eller annet som fikk henne til å sitre, hun forsto ikke hva han sa men det var ektefølt. Det visste hun. Han holdt henne i handa og hun hun rødmet og så ned. Visste han hva hun følte nå? Ante han hva slags storm som raste i henne? Hun skammet seg for det måtte sikkert være stygt av henne å kjenne noe slikt, og så der av alle steder. Det hadde blitt så varmt og hun følte hjerteslagene sine der og hun hadde blitt våt også. Det måtte være noe galt med henne.

Ardred så at hun virket usikker igjen men han kunne ikke hjelpe henne siden han ikke snakket språket hennes, han kunne bare smile til henne og prøve å virke sikker og trygg. Hun tok en slurk til med mjød og det var noe nesten bestyrtet i blikket hennes. Han begynte å tro at hun ikke engang visste hva lyst var men hvordan kunne det være mulig? Hun var fysisk voksen, de hadde fortalt ham at hun var seksten nesten sytten somre og så blank kunne da ingen være? Rundt dem var de aller fleste i full gang med festen og ingen brød seg noe særlig med å oppføre seg verdig lenger. Hans mor og resten av familien hadde gått til ro og han så at det allerede var sent.

Zaribi måtte være sliten og han tok en fort beslutning. Det var en dag i morgen også og hun trengte hvile. Han vinket på to tjenestejenter som visste hvor hun skulle bo og forklarte dem at de fikk vise henne vei til rommet hennes og hjelpe henne med å gjøre henne klar for natten. De to fniste og så ut til å trekke sine egne konklusjoner om hva det innebar men han så strengt på dem."Hun skal bare hvile i natt, jeg vil ikke spørre om jeg er velkommen før hun er sterkere."
De to så litt forbauset på ham men det var respekt i blikkene deres. Å sette hennes ve og vel foran noe annet var en holdning de likte.
Zaribi så forvirret på de to jentene og Ardred lot som om han gjespet og la hodet på skakke som for å sove. Hun svelget kort, hun var trøtt nå som han nevnte det men det verket ennå i kroppen og hun ble brått redd igjen. Var det nå det skulle skje? Det skrekkelige de to hadde hintet om? De to jentene smilte vennlig og vinket på henne og hun reiste seg. Ardred kysset handa hennes og bød henne god natt, hun så bare forvirret og fortvilet på ham og ble nesten halt med av de to som var svært beæret over jobben de hadde fått.
De gikk opp trappene i den motsatte enden av hallen og Zaribi så seg rundt med beundring og andakt. Det var så vakkert alt sammen, til og med bærestengene i gelenderet var håndskåret som vakre naturlige former og lignet greinene i en tett skog.
De gikk helt opp til fjerde etasje og der var det bare en korridor som gikk innover midt i bygget. Hun nølte litt før hun fulgte de to innover, korridoren var bred og golvet var dekket med vevde tepper som var tykke og varme og på veggene var det også vevde tepper. Det var ikke mange dørene der, bare fem på hver side og rommene måtte være store. De to stanset foran en dør med noen vakre utskjæringer av steilende hester og Zaribi la merke til noe merkelig. Det sto et stativ utenfor hver dør og det hang en sadel på hvert av dem. Det var en sadel på hennes også, utrolig vakkert lagd i svart og hvitt lær med fine reimer med sølvspenner og et tydelig salhorn som det måtte gå ann å

feste tau og slikt i. Det hadde en litt merkelig form hun aldri hadde sett før og de to så spørrende på henne. Det var tydelig at de forventet et eller annet av henne men hun visste ikke hva så hun bare trakk på skuldrene. Hun så at noen av sadlene sto vendt med salhornet mot døra og andre bort fra den, det så litt uryddig ut.

Den ene jenta åpnet døra og Zaribi måpte. Rommet var stort og lyst siden det var fettlamper overalt, en enorm seng sto mot veggen på motsatt side og det sto skap der som også var av tre. Det var tykke tepper på golvet og rommet var lunt og varmt. Hun ble bare stående å glane. På motsatt vegg fra skapene var en dør og jentene vinket på henne. Hun gikk forsiktig etter, kunne ikke tro at hun skulle sove der? Var det bare for denne natten eller var det her hun faktisk skulle bo?

Døra ledet inn til et litt mindre rom med en svær stamp som måtte være skåret ut i en slags stein. Det var en benk med et vaskevannsfat der og et slags møbel hun aldri hadde sett før. Det var en stol men det var en skål i setet på den og fra skåla gikk et slags rør nedover langs veggen og forsvant under golvet. Hva var det? Den ene jenta skjønte at hun undret seg og skar en liten grimase. Hun gikk bort og lot som om hun trakk opp skjørtene og satte seg på den merkelige stolen, så lagde hun noen rislelyder og reiste seg igjen. Zaribi rødmet intenst, så det var slik det ble gjort der. Jenta tok opp en bøtte med vann som sto der og lot som om hun helte vann ned i skåla. Zaribi så at skåla og røret var av metall og hun skjønte ideen. Den var god! Der hun var fra gikk folk bare utenfor veggen og gjorde fra seg og i haremet var det et hull i golvet i et rom og en kum under og om sommeren luktet det aldeles forferdelig der. Jenta pekte på en liten benk ved siden av, der lå noen ark med noe som måtte være sammenstampet myrull, Zaribi skjønte at de var til å rense seg med og hun rødmet igjen. Og hjemme trodde alle at folket her var barbarer?

De to jentene fikk henne til å sette seg på en stol, så tok de av henne smykkene og løsnet håret hennes, gredde det ut med

varsomme tak og hun kjente nå at hun virkelig var sliten. Det
svingte for øynene hennes og hun greide snaut å holde seg rett
men fremdeles var den merkelige søte murringen der. Hva var
det han hadde gjort med henne? De trakk av henne kjolen og
hun følte seg merkelig forsvarsløs enda hun ikke var redd
andre kvinner. Disse var mye vennligere og forsiktigere enn de
to på båten og de smilte til henne og virket for å like henne.
Hun fikk på en lang hvit nattkjole som var så tynn at den var
gjennomsiktig men utrolig vakkert sydd med blonder og slikt
og hun følte seg brått merkelig rørt. De var så snille mot henne
alle sammen. De to neide og gikk ut og hun ble stående der.
Det var et speil i skapet der og hun måtte bare glane, speil var
så sjeldne at ingen hjemme hadde det. Og hun så seg selv i
helfigur for første gang, det sjokkerte henne, var dette virkelig
henne selv? Hun så jo bra ut! Hun strøk fingrene gjennom
håret og trakk det frem, det nådde henne til knærne når det var
utslått slik og hun så bort på det merkelige møbelet med
rørene. Hun trengte å bruke det kjente hun. Hun fniste usikkert
mens hun satte seg og gjorde det hun skulle. Da hun helte vann
i ble alt borte og det luktet ikke engang. Etterpå slukket hun
lampene der inne før hun gikk til soverommet.
Senga var utrolig bred og lagd av en stor treramme med en stor
utskåret plate i hodeenden og fire sengestolper som hadde en
merkelig fasong ytterst. Det så nesten ut som noen slags sopp
men var for skrå i fasong til det. Uansett var madrassen utrolig
myk og god og sikkert fylt med høy for den luktet sommer og
sol. Sengetøyet var av lin og helt hvitt og det var en ordentlig
dyne og svære puter. Hjemme hadde hun hatt et tykt teppe og
en tepperull til pute. Dette var utrolig luksus. Hun slukket
lysene bortsett fra det som sto plassert på det vesle bordet ved
senga, så satte hun seg nølende ned og trakk dyna og
sengeteppet etter seg. Hun ble usikker igjen, når var det
egentlig at det fæle skulle skje? De hadde sagt at det var så fort
hun ble gift og hun husket det andre også, om skrevingen og at
hun ikke skulle skrike. Men hun hadde da ikke noen grunn til å

skrike? Skulle han komme til henne? Var det kanskje slik det var? Hun ble liggende å gruble, hun var brått redd igjen og prøvde å roe seg ned men greide det ikke. Det de hadde ymtet om skremte henne for mye og hun lå der og klynget seg til dyna og småskalv.

Men det han hadde gjort før på kvelden hadde da ikke vært så farlig? Hun hadde jo likt det selv om det sikkert var galt av henne. Bare tanken på kyssene fikk det til å bli så varmt og rart i henne igjen. Hun ønsket nesten at han skulle gjøre det igjen. Hun lukket øynene og et merkelig tankebilde formet seg i henne, om menn virkelig la seg oppå kvinnene sine, kom han til å legge seg oppå henne? Hadde det noe å gjøre med at hun skulle skreve å gjøre? Hun prøvde å se det for seg og rødmet, da fikk hun et bein på hver side av ham og hva var det godt for? Hun fattet ikke noe av dette. Hun ble liggende der å småskjelve en stund men senga var så utrolig myk og god og hun var sliten etter lange netter med lite søvn og sykdom. Magen var full og hun var litt brisen og selv om hun var livredd for at han skulle komme å gjøre dette hun ikke kjente til så overvant utmattelsen selv angsten og hun gled inn i søvnen. Lampen på nattbordet sluknet av seg selv og det ble mørkt og stille. Det var mye bråk fra festen men så langt vekk fra den var det lite en hørte og Zaribi sov tungt for første gang på lange tider.

Midar

Midar var utålmodig, dagene gikk og det virket ikke for at
Imla på noen måte aktet å sende dem avgårde. Hun var ofte
borte hele dagen og Midar kjente seg temmelig frustrert. Han
skulle bryte seg inn i et tempel av alle ting? Og stjele en hellig
relikvie? Det var ikke akkurat en spasertur i parken og han
syntes at han hadde et ansvar for Meyret også. Hun var jo kun
et vanlig menneske nå og sårbar. Imla tok ikke nok hensyn til
det syntes han. Meyret virket deprimert, hun virket ikke for å
ønske seg kontakt med noen av dem og var heller kort når hun
ble tilsnakket. Midar fryktet igjen at hun hadde fått disse
tåpelige tankene om å ta livet av seg og prøvde nesten desperat
å gi henne nye ting å tenke på. Han viste henne planter og dyr
og formelig halte henne med seg på spaserturer rundt hytta og
hun så bare lidende ut og fulgte med heller motvillig.
Midar skulle nesten ønske hun hadde vært mer snakkesalig,
han ville foretrukket villsinne fremfor denne apatiske
tausheten. Uansett hva han gjorde så spilte det liksom ingen
rolle for henne og han prøvde å forstå henne men det var
vanskelig. Tross alt var han et vanlig dødelig menneske, og
han hadde aldri vært noe annet heller. Riktignok hadde han ord
på seg for å være uvanlig heldig og dyktig men det kunne også
vært sagt om andre. Meyret var noe helt annet, for henne hadde
vel mennesker stort sett vært ubetydelige småting hun brukte
og kastet som hun selv fant det for godt. Det irriterte ham på et
vis men samtidig var det noe han kunne forstå. Det var vel bare
slik tingene hadde vært for henne, slik hun var skapt. Om en
aldri har sett en annen virkelighet enn sin egen er det vanskelig
å tro at noe annet eksisterer.
Imla virket for å forberede et eller annet og av en eller annen

grunn gav det Midar bange anelser. Han visste ikke hvorfor men det hun hadde sagt om krig uroet ham. En kveld hun faktisk var til stede tok han mot til seg og satte seg ned, så rett på henne."Si meg, hvor ille er det? Krigen mener jeg? "
Imla så ikke engang opp fra arbeidet, hun sydde i knapper i en kappe og så ut som en helt vanlig husmor der hun satt. Men han visste at hun var så mye mer enn det."Ikke så ille ennå som det skal bli."
Han svelget og så bedende på henne."Hva mener du med det?"
Hun la ned kappen og bikket på hodet, igjen dette merkelige glimtet i øynene."Med det mener jeg at det snaut har begynt, ættene har reist seg mot hverandre og søker blod for blod, det vil tidsnok ende. Ulvene eter seg mette på slagmarkene og ravnene lever godt men landet selv roper i pine."
Midar rynket pannen og hun smilte, et sakte og temmelig illevarslende smil som gav ham frysninger nedover ryggen. Hun tok opp plagget igjen."Sorgens ridder vil kvele flammen og samle de glemte, og havet vil komme."
Midar bare gapte for det sa ham ingenting og hun så stille på ham."Bekymre deg ikke for slikt, for skjebnen vil skje fyllest uansett. Den kommer til alle så sørg ikke over de skjebner som synes harde. Verden vil fødes på nytt."
Han trakk pusten hardt, spådde hun om en eller annen slags katastrofe? Var det ingenting han kunne gjøre? Hun smilte igjen."Nei Midar, det er ingenting du kan gjøre, annet enn det skjebnen har utpekt deg til å gjøre. Først til tempelet og så nordover."
Han svelget og kjente at noe som lignet sinne jobbet i ham. Hun var så arrogant, så likegyldig. Imla fortsatte å sy."Ta vare på det sinnet Midar, du vil trenge det. Det dere skal gjøre vil være vanskelig."
Han sukket og reiste seg igjen."Som om jeg ikke kunne ha gjettet det på egenhånd."
Han gikk for å spikke litt og følte seg merkelig hjelpeløs og fanget. Det var ikke en god følelse og han forbannet igjen

dagen da han tok på seg å stjele den edelsteinen.

Meyret var like stille og han så at hun ofte stirret på hendene sine og virket for å betrakte dem, kanskje med avsky. Hun hatet å være svak, det var sannheten og han kunne ikke skjønne hvordan hun skulle kunne være til noe nytte om hun ikke fikk en annen holdning til seg selv. De var ute å gikk da han fikk en liten ide, spørsmålet var om hun hadde noe konkurranseinstinkt. Hun burde ha det, og han ventet til de kom til en lang rettstrekke der stien var jevn og god."Jeg skal banne på at du ikke klarer å løpe fra meg! Du er kortbeint."

Det var en løgn, men Meyret så på ham og et øyeblikk flammet det i blikket hennes. Hun tålte ikke å bli utfordret, flott! Midar ventet ikke på et svar, det kunne få henne til å nøle. I stedet la han på sprang så fort han greide og hørte at Meyret gispet kort og forferdet før hun også tok beina fatt.

Meyret hatet å tape, hatet å føle seg underlegen og hun glemte helt sin svakhet og menneskelighet der hun langet ut over bakken så løv og torv sprutet. Midar var rask siden han var langbeint og han var på forhånd veltrent. Meyret var ikke vant til å bruke kroppen, hun hadde ligger der i dvale i århundrer og det hun hadde gjort av fysiske utfoldelser senere var ikke av det trivelige og oppbyggelige slaget. I begynnelsen slet hun med å finne beina, så fikk instinktet overhånd og hun begynte og virkelig løpe. Midar gav alt han hadde, om han sakket av og lot henne ta seg igjen ville hun bli dødelig fornærmet. I stedet gjorde han det til et virkelig kappløp og gav alt han hadde til hjertet brant i ham. Meyret gispet etter luft men det virket som om hun hadde grodd vinger på føttene, hun tok ham sakte igjen og etter som kroppen ble varm ble hun raskere og raskere.

Midar hadde nådd grensen for hva han greide, han løp som om han hadde alle Zhymornes palassvakter i hælene men greide ikke holde unna. Hun passerte ham med hivende pust og det korte håret danset rundt ørene på henne i det hun tok de siste stegene og var forbi.

Midar stanset øyeblikkelig og kjempet for å få puste, han var

småkvalm av anstrengelse og slet virkelig med å ta seg inn igjen. Meyret kollapset på bakken og ble liggende å hive etter været mens brystet hevet og senket seg krampaktig.”Ha, der kan du ha det så godt.. skilpadda! “
Midar gliste og satte seg ned ved siden av henne.”Men i eventyret vinner skilpadda fordi haren roter seg bort.. så det så!“
Hun fniste og slet seg opp så hun satt, hun var rød i ansiktet og svett og ennå påkjent av anstrengelsen men øynene glitret. Det var herlig å se henne slik.”Nå? Hadde du trodd at du var så rask? “
Hun så forbauset på ham.”Vel... nei? “
Midar klappet henne på kneet.”Du slo meg, ingen har greid det noen gang. Jeg kunne løpe fra alle hjemme. Du er fankern meg raskere enn en stupende hauk.”
Midar kunne slått seg selv for den siste kommentaren siden den pekte alt for mye tilbake på den hun hadde vært men det virket ikke for at hun tok det. Hun rødmet bare fort av rosen og slet seg opp igjen. Han hjalp henne på vei og børstet av klærne. Meyret så på hendene sine igjen, de skalv. Det var noe som lignet sorg i blikket hennes og han forsto, klemte handa hennes varsomt.”Jeg kunne...”
Hun lukket øynene et øyeblikk og da hun åpnet dem glitret det i tårer i dem.”Jeg kunne knuse kampestein med en hånd, og rive overende selv trær som de som vokser her...”
Stemmen var tonløs og hun bet seg i underleppa og holdt på å snu seg vekk. Midar handlet på ren impuls, tok tak i skuldrene hennes og snudde henne mot seg igjen. Han gjorde stemmen streng igjen.”Du kan fremdeles de tingene Meyret, de krever bare litt mer tid, og en slegge og en øks.”
Meyret så litt vantro på ham, så fniste hun kort og han trakk henne inntil seg i en tett klem. Hun protesterte ikke, lot ham gjøre det.”Det er så merkelig, jeg har aldri sett på mennesker som sterke... Men det er styrke i antall, jeg ser det nå. Dere var som maur for meg og mine, men en maurtue kan rydde en hel

skog om den får nok tid på seg.”
Midar nikket bare og snuste ned i håret hennes.”Det stemmer,
du er ikke svak Meyret. Selv som menneske er du uvanlig
sterk, jeg kan se det! Å utrent løpe fra meg er en stor
prestasjon. Jeg undrer meg på hva ellers du kan få til.”
Hun så brått ivrig ut.”Hva mener du? “
Han smilte lettet over at hun tok det slikt hun gjorde.”Jeg
mener, du er rask til å løpe men klarer du å for eksempel skyte
med pil og bue? Ri en hest? Fekte? Svømme? Det kan være at
du får bruk for alle de tingene der! “
Meyret så litt bestyrtet på ham, brått gikk det visst opp for
henne at hun også måtte delta på turen videre og at den ville
kreve mye av henne.”Åh guder.. jeg vet ikke.. Jeg har aldri
prøvd? “
Han så forbauset på henne.”Ikke noe av det? Du har vært
menneske før? Eller var det første gangen da de fanget deg? “
Hun knep øynene sammen.”Jeg tror ikke det, men jeg kan ikke
huske det.”
Midar smilte bredt.”Da tror jeg at jeg vet hva vi skal gjøre nå
fremover til du kan reise. Trene deg! Du må kunne hoppe og
sno deg og krype og alt jeg kan.”
Hun så forbauset på ham.”Men hvordan trener en til det? “
Midar var brått fyr og flamme og iveren skinte i blikket hans,
han tok henne i handa.”Det vet jeg! Kom, jeg er sikker på at
Imla kan hjelpe der! “
Hun løp forvirret med ham og Midar hadde brått hodet fullt av
ideer. Dette kunne bli bra og i det minste ville det fylle dagene.
Imla bare smilte da han kom med ideene sine og sa ingenting
men han visste at hun forsto og at hun også hadde ventet på
det. Da de skulle gå til ro for kvelden hadde hun halt frem en
kasse fra under ene benken og plassert den på Meyrets seng.
Meyret løftet usikkert kassa og åpnet den. Det var klær i den
men ikke slike hun var vant med. Dette var klær en gutt ville
hatt på seg, gode bukser, en tunika med halvlange armer og
slike ting. Hun smilte litt skjevt ved synet og Midar forsto

hvorfor Imla gav henne klærne. Det gikk ikke å trene i skjørter og kjole, ihvertfall ikke om en ikke ønsket å støtt og stadig henge seg fast i alt mulig. Midar følte en merkelig iver da han la seg, han hadde ikke trodd at han skulle greie å sovne men han sluknet faktisk i samme øyeblikk som han la hodet på puta, noe som var høyst uvanlig for ham.

Neste morgen var han rimelig ivrig da han sto opp, Imla var ikke å se noen steder og Meyret sov ennå så han slengte beina ut over sengekanten og stiltret seg bortover det kalde golvet til han kunne kikke ut døra. Han gispet og følte en brå trang til å juble, Imla hadde ordnet det. Gudene visste hvordan men et stykke unna huset var et merkelig byggverk reist i løpet av en natt. Det lignet et overvokst lekestativ for barn med tau og bjelker og smale passasjer. Her kunne en tyv virkelig få testet sine ferdigheter og det til det fulle. Og det var ikke noen enkel konstruksjon heller, alt der ville sette selv ham på prøve og for Meyret ville det bli temmelig hardt men han tvilte ikke på at hun etter hvert ville greie det glatt. Like bortenfor var det reist en liten innhegning og i den sto den svarte ridehesten han hadde brukt men sammen med den og pakkhesten var det også to andre hester. En liten kraftig ponny med stri man og en større edlere hoppe som så ut som om hun kunne løpe livet av nesten hva det skulle være. Meyret måtte visst lære å krype før hun kunne gå. Det var lagt frem treningssverd og skjold, buer og kogger og alt annet de trengte og Midar trippet nesten av iver. Når han var ferdig med henne kom hun til å være hans like, han kom ikke til å nøye seg med noe mindre.

Meyret våknet og de fikk i seg litt mat men Midar advarte henne mot å spise mye, en full mage var ikke bra når en skulle trene hardt. Hun virket ivrig men også litt nervøs da de gikk ut og Midar bestemte seg for å begynne som om hun var en ung tyv som skulle læres opp. Han tok to tønner og la en ganske sterk planke mellom dem. Meyret så nysgjerrig på hva han gjorde og han slo ut med handa.”Ok, hopp opp på ene tønna og hopp fra den til den andre på et bein, over planken.”

Meyret så vantro på ham og fniste litt usikkert men hun spratt opp på tønna som bare var to fot høy og trakk pusten hardt. Det så enkelt ut fra bakken men når en sto der var det brått temmelig vanskelig. Hun samlet seg og hoppet ut på planken, den var litt smalere enn foten hennes og hun skar en grimase. Selv med støvler på gjorde det vondt siden hun ikke var vant med å bruke beina.

Hun greide to hopp, så mistet hun balansen og gikk overende på graset med et stønn. Midar smilte ikke, han bare sto der og betraktet henne rolig.”Du greide to hopp, det er bra. De færreste greier ett. Se her.”

Han spratt opp på kassa selv og hoppet fort bortover på en fot. Han greide det uten noen vansker og hun bare måpte av hvor lett det var for ham. Midar gliste kort.”Det er ikke så ille, men du kjenner ikke kroppen din. Du må finne balansen din først.”

Han satte seg ned på graset, så bøyde han seg fremover og gikk opp i håndstående.”Prøv!”

Meyret prøvde virkelig, hun greide det når hun fikk ha armene i bakken til støtte og bare sto på hodet men å stå på armene gikk ikke. Midar holdt henne i beina og da greide hun det til slutt men hun klarte ikke balansere uten ham. Han sukket lavt og visste at det ville ta tid å trene henne. Hun kjente ikke seg selv i det hele tatt og kroppskontrollen var elendig. Han måtte begynne med det helt grunnleggende, som om hun var et barn. Derfor skiftet han til å kaste ting mot henne hun måtte fange i lufta, i begynnelsen greide hun ikke pare øyne og hånd men så gikk det lettere.

Han fikk henne til å løpe rundt og hoppe over diverse ting på bakken og hun lærte å kjenne beina sine.

Da de hadde holdt på hele formiddagen tok de en liten pause og Meyret var grundig blåslått men nektet å gi seg. Midar likte det, hun ville ikke gi seg før hun ble så god som det var fysisk mulig for henne å være. Etter pausen gikk han over til ridningen, hun måtte lære å ri godt og ponnien var passende å starte med. Og den var en utfordring! Som de fleste andre av sin rase var den egen og tidvis direkte sta men han tillot henne aldri å sparke eller slå dyret. Hun måtte lære å være lett på handa og styre hesten mest med vekt og stemme ellers ville hun få problemer om hun skulle ri et mer fyrig og følsomt dyr senere. Meyret svettet og slet og hun greide ikke slappe av og følge hesten særlig godt. Det hjalp ikke at ponnien hadde et merkelig kluntet trav som ristet en rytter totalt i filler om en ikke greide å følge den mildt sagt merkelige rytmen. Midar visste at Imla hadde valgt hesten med vilje, bare for å sette Meyret på prøve.

Da kvelden kom var Meyret totalt utslitt men også merkelig tilfreds. Hun hadde utrettet noe den dagen og Midar kom ikke til å legge opp treningen slik at hun ble lei. Han hadde lovet at de skulle ha avveksling i det, slik greide hun å holde motivasjonen oppe. Midar likte også utfordringen det gav ham. Å jakte var jo gøy men det var begrenset hvor mye kjøtt de ville trenge der. Og lange rideturer var interessant men han visste jo nå at det ikke var helt ufarlig å ferdes rundt der. Det å være lærer var noe han aldri hadde trodd at han skulle bli men en fikk ta ting som de kom. Og Meyret kom til å bli god, men det ville ta tid. Hun sluknet som et tent lys i striregn den kvelden og Imla bare gliste av dem. Det virket ikke for at den godeste Imla aktet å blande seg inn i opplæringen i det hele tatt.

De neste dagene byttet han på å presse henne til å løpe og løfte og å ri samt å holde balansen. Meyret begynte å skjønne det med ridning, hun fikk det fort bedre til men var utålmodig og skulle ønske at hun kunne lære alt på en dag. Midar måtte roe henne når hun eksploderte i frustrasjon og sakte ble hun bedre til å fordele kreftene sine. Midar begynte å lære henne å bruke bue og sverd og der overrasket hun ham med en villskap og iver som var litt betenkelig. Hun var for ivrig og han gav henne grundig juling inntil hun greide å beherske seg og innse at det krevde taktikk og teknikk ikke minst. Med buen var hun farlig god svært fort og han trengte ikke lære henne stort før hun

skjønte det meste. Midar prøvde å presentere andre våpen for henne også, dolk og klubbe gikk på et vis, øks og hellebard var det verre med og spyd var rent katastrofalt men hun trengte forhåpentligvis ikke å være som en trenet elitesoldat heller. Midar glemte verden utenfor, han fokuserte bare på Meyret som sakte men sikkert ble bedre og bedre. Hun klatret i tauene som en ape nå og kunne sno seg frem overalt, hun kunne gå på hendene og balansere på en fot og hun var svært fokusert og målbevisst. Hun gikk fra å ri ponnien til å ri hoppa og greide den fint. Hun hadde en egen evne til å føye seg etter omgivelsene som var ganske så fascinerende å være vitne til. Midar bestemte seg for å heve lista et hakk, hun greide fint treningsapparatene nå og hadde blitt smidigere og sterkere enn før. Imla nesten tvangsforet henne med god og sunn mat og resultatet lot ikke vente på seg. Meyret ble brun av sola og nå strålte hun hver morgen. Midar var overlykkelig over å se hvor forandret hun var. Når hun greide å slå ham på noe vis var hun jublende glad og han måtte smile av gleden hennes. Nå begynte han å få henne til å prøve seg på øvelser med bind for øynene. Det var mye verre, hun kjente apparatene men uten å kunne se ble det igjen mange blåmerker og fall. Hun satte seg fast og slet virkelig hardt og han hjalp henne ikke. Enten måtte hun klare det selv eller så var det ingen vits i det.
Han trente henne i nærkamp uten våpen og hun ble god på å fekte etterhvert. Å bryte prøvde de seg ikke på, Midar hadde liksom en sperre mot det og nevnte ikke engang at det stort sett ville vært en normal del av en lærlings opplæring men han syntes liksom ikke at han kunne gi seg til å være så fysisk med henne. Meyret ble vakrere for hver dag som gikk, øynene var ikke innsunkne og fulle av skygger lenger og selv om hun nok aldri ble kraftig fikk hun mer muskler og ble mer elegant. Bevegelsene minnet ham mer og mer om en stor katt og hun ble mer og mer sikker på seg selv. Hun beklaget ikke det fakta at hun var menneske lenger, i det hele tatt nevnte hun det ikke. Midar begynte å ta henne med ut på rideturer rundt i skogen,

han var ganske godt kjent i traktene nå og Meyret var utrolig nysgjerrig og ivrig på å se seg rundt. Hun elsket å galoppere langs elvene og hvinte av fryd når hestene krysset elver og bekker så vannspruten sto.

Midar glemte nesten hvorfor de var der, han tenkte ikke over oppdraget eller noe annet, bare øyeblikket der og da. Og det var godt. Når Meyret greide å komme seg gjennom løypene han la op med bind for øynene og med en arm bundet opp var han like stolt som om det var ham selv som hadde greid det og roste henne grenseløst. Meyret kroet seg som en katt med en skål fløte og formelig svevde i flere dager. Til slutt hadde de bare en ting igjen hun trengte å lære, og det gruet Midar seg for. Han var ingen god svømmer selv og fryktet at det kunne skje en ulykke men Imla fortalte ham om en kulp i den nærmeste elva som var grunn og trygg og Midar måtte med et sukk vedgå at det ikke var noen vei utenom. En god tyv måtte kunne svømme over en vollgrav eller langs en brygge og han aktet å gi henne samme opplæring som han selv fikk. Men tanken på å være der i vannet med henne gjorde ham urolig. De gikk ned til elva en morgen det var ganske varmt og rolig vær og Meyret så litt spent ut. Hun hadde på en kortbukse og en gammel skjorte Imla hadde klippet ermene av og så litt guttaktig ut i det merkelige antrekket men det var greit å bade i. Midar gruet seg men prøvde og ikke la det vises, han vadet utti selv og viste Meyret hvordan en beveget seg når en svømte og hun så på med stort alvor og konsentrasjon. Hun la seg til og med over en stein og tørr trente litt og det så fullstendig latterlig ut men var en god ide. Da hun gikk i vannet ble det fort klart at dette kunne bli vanskelig, ja at det faktisk kunne bli veldig vanskelig. Hun sank som en sekk med blylodd. Hun sank så fort at Midar begynte å skjønne at hun neppe kunne være helt menneskelig allikevel, for folk flyter faktisk ikke så verst. Meyret fløt ikke i det hele tatt. Han prøvde å hjelpe henne ved å legge en arm under henne men merket fort at hun var tung som en person mange ganger hennes størrelse. Men

det gjaldt bare så lenge hun var i vann, i lufta veide hun det
hun normalt burde med sin høyde og kroppsbygning.
Midar måtte hale henne ut av vannet flere ganger mens hun
hostet og harket og slet og han begynte å miste motet, hun
kunne klare seg uten å kunne svømme for egentlig var det få
personer som behersket den kunsten men han hadde helst sett
at hun greide det. De kunne får bruk for denslags evner senere.
Meyret var bekymret og bedrøvet, hun hadde jo greid alt annet
svært godt så hvorfor ikke dette også? Det irriterte henne
tydelig og Midar følte at hun neppe ville gi seg før hun hadde
prøvd alle muligheter for å lære. Dagen etterpå fant hun en
flytende trestamme hun holdt fast i mens hun sparket med
beina. Det gikk heller dårlig men hun gav seg ikke og lå og
plasket så lenge at Midar på spøk mente hun var i ferd med å
gro finner og gjeller. Hun greide å sparke seg rundt etter et par
dager og etter enda noen temmelig våte treningsøkter kunne
hun holde seg fast med kun en arm og allikevel flyte. Det holdt
hardt men hun fikk det til. Midar satt for det meste på bredden
og kom med oppmuntrende rop og Meyret gav alt hun hadde
og enda mer for å klare også denne utfordringen.
Det gikk en hel uke, så kunne Meyret svømme og da hun først
fikk det til gikk det lynende fort fremover. Han ante at det
egentlig ikke burde vært mulig siden hun tilsynelatende hadde
like stor flyteevne som en kampestein men av en eller annen
grunn greide hun det lell. Det var nok litt magi igjen i henne
ennå. Og hun elsket brått å svømme, hun lekte seg i vannet
som en unge, dykket og stupte og koste seg og han elsket å se
henne så fri og ubekymret. Det var et godt syn. Imla drev med
sitt men det virket for at hun nå virkelig var i gang med viktige
ting for hun var mye borte og Midar tok med Meyret på stadig
lengre turer unna hytta. De red til steder han ikke hadde vært
og han fortalte henne at det fantes alver der og viste henne de
små skjulte sporene de etterlot seg. Meyret var som en svamp,
hun sugde i seg all ny kunnskap med en forbausende iver og
han forklarte navnene på planter og dyr og de satt som regel

ved første forsøk.

En ettermiddag red de langs en smal og ganske grunn innsjø og Meyret insisterte på å bade, Midar var svett og varm så han var med på det men var litt forsiktig da han gikk uti og holdt skarp utkikk. Han aktet ikke å komme ut for vann nymfer enda en gang. Meyret la merke til hvordan han oppførte seg og spurte ham ut og han fortalte litt svevende om at han hadde blitt overfalt av vann skapninger og at en alv berget ham, Meyret så litt forbauset på ham.”Hvorfor har du ikke fortalt om det før?” Hun så nervøs ut.”Er de farlige for meg tror du? Kan det være noen her? “

Midar ristet på hodet.”Tror ikke det er noen her, og de er ikke farlige for kvinner visstnok, bare menn.”

Meyret rynket pannen.”Hvorfor det? “

Midar rødmet og ville egentlig ikke fortelle noe mer men hun gikk på og han måtte forklare litt mer om at de to vann åndene hadde prøvd å være intime med ham. Meyret fniste og så litt skjelmsk på ham.”Så de prøvde å forføre deg? “

Midar rødmet helt ned i tærne kjentes det ut for.”Ja, den ene hun... hmmm, ja hun æh..”

Meyret løftet et perfekt øyebryn i en spørrende gest og Midar følte seg temmelig hjelpeløs men gjorde en talende gest med ene handa foran skrittet. Meyret rødmet og så litt forskende på ham .

“Vet du, jeg har ikke tenkt på det i det hele tatt, hva du egentlig har følt. Jeg mener, du ønsket vel neppe dette her, å bli nødt til å være med meg hele tiden. Du hadde et liv før vil jeg tro.”

Han så forbauset på henne, så dyp hadde han egentlig ikke regnet med at hun var. Han skar en grimase.”Vel, jeg var en tyv så stort til liv kan en vel ikke kalle det. Jeg overlevde, men det var da også det hele.”

Meyret nikket sakte, blikket hennes var fjernt.”Jeg har skjønt en ting Midar, jeg har vært ute av verden så lenge at jeg ikke lenger kjenner den. Alt er fremmed for meg. Om du ble borte

for meg var jeg hjelpeløs, jeg vil aldri klare meg alene."
Midar visste ikke riktig hva han skulle si til det for hun hadde
så inderlig rett. Alene ville hun ikke overleve lenge, hun var
for naiv og som hun sa, ting hadde endret seg for mye. Meyret
vadet uti og svømte noen runder, hun virket mer avslappet nå,
mer fornøyd med seg selv og det var bra. Midar undret seg
bare på hvor god tid de ville ha på seg før Imla mente at de
kunne reise. Egentlig ville han bli der for alltid, i trygghet.
Men det var visst ingen vei utenom.

Olric

Skodda drev tjukk bortover som biter av forrevne slør, råkulden bet i bar hud men ingen hadde tid til å bry seg med den nå. Rop og skrik fylte luften sammen med vrinsk og dundring fra våpen som støtte sammen. Olric hadde bare en lett rustning men befant seg allikevel i første rekke, slaget hadde vart en god stund nå og fremdeles var det helt åpent hvem som ville gå av med seieren. Han hev seg unna en pil som kom susende og kylte stålkanten på skjoldet sitt rett ned i hodet på en av fiendens menn som kom ravende mot ham med ei øks i neven. Karen gikk i bakken med et brak og Olric parerte et hugg fra en annen mann før han lot sverdet gli i en stram bue og kappet ene beinet halvveis av ham. Mannen skrek og vaklet bakover og Olric avsluttet med å kjøre sverdspissen gjennom brystet på mannen. Kampen var alt som var, han var døv for alt annet enn sine egne hjerteslag og blandingen av frykt og sinne gjorde ham ør.

Rundt ham stormet hans egne menn frem, de lot seg ikke stanse av noe eller noen og han visste at seieren var så godt som sikret. En litt tjukkfallen kar iført en fillete tunika og våpenkjole prøvde desperat å få tak i tøylene på en løs hest som sprang rundt, han klarte det nesten men Olric var raskere og kappet hodet rett av fyren med et kraftig sving med sverdet, det var en god klinge for det hadde vært Thomas eget sverd. Olric syntes det var en deilig ironi i å bruke det for å spre ytterligere kaos. Deres motstandere var en gruppe krigere fra en av Macallif slektene, de aktet å inngå en fredsavtale med Arcan men det ville ikke Olric ha noe av. Derfor hadde han og hans folk angrepet leiren i ly av grålysningen og samtlige bar et eller annet på seg som identifiserte dem som medlemmer av en annen familie fra Arcan ætten. Mennene hadde fått ordre om og ikke drepe alle, noen øyenvitner måtte være tilbake som kunne spre ordet og han gliste for seg selv. Den fredsavtalen var dødfødt fra starten av. Til slutt kom bare de sterkeste og hardeste til å stå tilbake og Olric var mer og mer overbevist om at det var slik det måtte være. Ættene hadde blitt svake og bløtaktige over tid, en real krig var alt som trengtes for å stramme tingene opp igjen.

To menn i brynjer og Macallif sine farger kom susende mot ham og Olric nølte ikke, han hadde gjennomskuet hullene i den treningen disse folkene hadde fått. Han hev seg ned og forover og spant rundt under sverdene som ellers ville ha delt ham i to. Deretter kappet han senene i ene beinet på den ene fyren og kjørte skjoldkanten inn i nakken på den andre. Den første karen prøvde å hive seg unna men Olric drepte ham uten å blunke engang. For ham var dette blitt hverdagslig.

Etter en snau halvtime til var det over, det var noen få sårede igjen og resten var døde. Olric tørket blod og svette av ansiktet og plasserte sverdet tilbake i sliren. Han følte seg merkelig sterk og kjente en trang til å brøle i triumf, han hadde alltid hatt det i seg men uten å være klar over det selv. Som hærfører var han et strategisk geni som selv onkelen ville ha blitt imponert over.

Hans nestkommanderende kom sprengende på en stor brun stridshest, han hadde Olric sin grå ganger i et tau og Olric grep tømmene og svang seg i salen. Hesten var en av de beste han hadde ridd og han takket i sitt stille sinn onkelens sans for kvalitet. De tingene de hadde tatt var alle av ypperste type. Olric hadde valgt seg en leiesoldat fra nord som nest kommanderende, karen var kjent for å være hard og hensynsløs og han var også smart. Det var en egenskap Olric visste å sette pris på. De hadde snart et par tusen soldater under sin kommando og Olric aktet å skaffe flere. Det var mange der ute som ikke hadde noen lojalitet å snakke om og som sloss for den som gav dem litt mat og en mulighet til å plyndre og drepe. Hæren var råskinn og avskum og Olric hadde ingen dårlig samvittighet for å utnytte dem. Døde noen hundre var det flere å ta av.

Leiesoldaten var kjent som Jakar og var antagelig en utstøtt adelig skulle en tolke de til tider synlige tegnene på en god oppdragelse. De var det vanskelig å legge av seg og Olric la merke til at mannen ikke likte å bli minnet på hva han en gang måtte ha vært. I stedet behandlet han mannen akkurat som en vanlig fyr og det virket for at han satte pris på det. Jakar pekte vestover og holdt hesten inne med et stramt grep. Det var en nervøs ganger han hadde men hesten var rask som et lyn og meget veltrent."Det er en karavane et stykke unna, flyktninger tror jeg."

Olric klappet den grå beroligende og rettet på skulderbeskyttelsen. Det kokte læret gnog her og der men var bedre enn ingenting og om noen av dem brukte ordentlige rustninger så det bare mistenkelig ut. De måtte se ut som vanlige utkommanderte menn av det slaget alle ættene har mange av. Olric klødde seg i skjegget et øyeblikk."Hva slags flyktninger da? "

Jakar trakk på skuldrene."Det vanlige, kvinnfolk og unger og noen prester tror jeg. De er nok på vei mot Tholir bukta."

Olric gliste kort."Ta en femti seksti karer og se til at de alle bærer Macallif sine farger. Kverk hele bunten men la det ligge igjen såpass med bevis at alle tror det er Macallif sin skyld."

Jakar bare nikket og sporet hesten og Olric smilte stivt for seg selv. Før ville tanken på å drepe uskyldige vært horribel, han ville ha blitt kvalm bare ved å høre det bli nevnt men nå var han en annen mann. Han var ilden som skulle renske landet, brenne bort alt det gamle og la en ny tidsalder begynne. Mennene plyndret de døde på slagmarken og ingen av dem var løsmunnet i tilfelle noen overlevde som kunne snakke. De tok våpen og rustninger og hester og satte fyr på telt og vogner. Alt for å se ut som et totalt meningsløst plyndringsraid. Olric gav tegn til samling og mennene trakk sammen igjen, de adlød forbausende fort for de hadde fått respekt for sin leder og mange så på ham med om ikke hengivenhet så i det minste velvillighet. Han skaffet dem alt de trengte og de fikk drepe og herje alt de orket. Olric fikk fort karene inn i geledd og rytterne tok de ekstra hestene på slep. De kunne komme godt med senere. Før eller siden måtte de slåss mot en virkelig godt utstyrt arme og da trengte de mye kavaleri. Olric hadde ikke lagd en virkelig god hærstyrke av mennene, de var ikke av det slaget som ville duge i en beleiring for de var for utålmodige. Det var rene sjokk angrep som var deres styrke og den visste han å utnytte. Og han visste å spre frykt, å drepe flyktninger var horribelt, å drepe prester enda mer horribelt og han visste at Arcan ætten ville bli rasende. De kom til å hevne dette sporenstreks og Macallif sine områder der i landet hadde ingen virkelig sterke borger. Det var kun mindre fort en sterk hærstyrke kunne knekke på få timer om de hadde noen gode katapulter.

Olric hadde beveget seg vestover i det siste, han reiste rundt på ren måfå og sørget for å få konfliktene til å koke mer enn noen gang før. Et sted hadde han tent fyr på en herregård og fått alle som prøvde å rømme skutt, samtlige brant inne der. Et annet sted overfalt han og noen av karene noen reisende deriblant døtrene til en ganske høytstående mann av Ifhari-Ohdrasar. De satt med mye makt ute mot kysten nord for Tholir bukta i Arzam og han lot karene voldta de tre jentene lenge og grundig før han bant dem til hver sin hest og slapp dem løs. Den ene jenta var allerede død av mishandlingen men det spilte ingen rolle. Så lenge en av dem overlevde og kunne fortelle at det var folk ikledd Ranclin sine farger som sto bak det. Resten av reisefølget fikk han halshugd og karene hans satte hodene på stolper langs veien mens kroppene havnet i et dike like ved. Jo mer ufyselige og umenneskelige gjerninger, jo raskere kom det til å bli reagert og jo mindre sjanse var det for at noen skulle sette seg ned og tenke gjennom situasjonen. Når det gjaldt provokasjon var han en mester.

Han fikk karene sine til å stjele alt kveget til en lokal høvding
som hadde lojalitet mot Macallif og slapp det inn på beitene til
en annen mann som var en fjern Darasher slektning. Et annet
sted brente han ned et tempel og fikk en av mennene som var
litt kunstnerisk til å lage noen utrolig fantasifulle og perverse
tegninger på de gjenværende murene. De forestilte overhodet
for Ranclin ætten i området og ei sugge og ei ku. De jagde bort
alle beboerne i et lite kloster for regnguden, det var i et område
der Darasher alltid hadde vært sterke og han visste at
overhodet der var svært religiøs. Derfor var det virkelig ille at
han lot hestene få stå inne i hovedbygget over natta å pisse og
drite over alt. Det kom til å trenges mer enn et regnskyll for å
gjøre den plassen hellig igjen som han sa det. Når hæren tok en
pause og hvilte sørget Olric for å skrive flere brev med ganske
så avslørende innhold. Han var flink til å endre håndskrift og
brukte ulike typer papir og penn så ingen skulle se at alt kom
fra en og samme mann. Han lot som om han var en
handelsmann som trengte hjelp, han hadde flere skip liggende
innerst i bukta og de var blitt kidnappet av pirater som tilhørte
Arcan ætten og kunne den velbårne herre Jhonar av Macallif
være så vennlig å hjelpe så skulle han få en femtedel av lasten
som lønn. Til en annen kunne han røpe hvor en stor skatt var
gjemt og at folk fra en annen ætt allerede var på vei får å kreve
den. Han lokket og truet og lurte og satte folk opp mot
hverandre med like stor dyktighet som en sjakkmester styrer et
parti.
Et sted han tok inn for natten under dekke av å være en
pilegrim satte han kona og mannen i huset opp mot hverandre,
de var fra to ulike ætter og han visste at de to familiene fort
ville bli dødsfiender igjen. Det gledet ham å vite at hans
kunnskap om menneskets natur kom til slik nytte. Det var bare
å så et lite frø og stå å se det vokse seg stort og sterkt og
destruktivt. Vinteren var så avgjort på vei men det stanset ikke
ham og hans menn. De stjal det de trengte av utstyr og mat og
han hadde sørget for å skaffe klær og rustninger med merkene

til omtrent alle de slektene som var. I sannhet var han et geni. Han red i front for gruppen og passerte den vesle karavanen eller hva som var igjen av den. Det var et par seilduksvogner pepret med piler i riktig farge og mennene hans hadde felt et par hester også bare for å vise at det hadde vært et sjokk angrep. Det lå døde overalt, grotesk sammensunket og blodige og Olric så bare kaldt på likene. Det var som Jakar hadde sagt mest kvinner og barn, og synet gjorde ham ingenting lenger. Selv ikke da hesten hans nesten snublet i et barnelik med knust hode fortrakk han en mine. Folk var blitt spillebrikker for ham, de var ting han brukte og intet offer var for stort. Sin egen familie ofret han knapt en tanke lenger, han var del av noe større enn seg selv nå, det gjorde alt verdt det.

Vardhys

Vardhys og Esther fant fort ut at det gikk fortere å reise når en
hadde en hest. Og de følte seg mye sikrere også ikke minst.
Vardhys prøvde å te seg så voksent som mulig og Esther holdt
seg stort sett skjult i den dype hetten på ponchoen. De så få
mennesker langs veien der de nå ferdes, det virket for at alle
hadde flyktet bort eller var døde og Vardhys var meget
forsiktig. Han aktet ikke å sette dem i fare unødvendig så det
hendte at de red inn i skogen og gjemte seg når det var tegn til
mennesker langs veien. Vardhys var litt bekymret for Perle,
hoppa slet med å bære begge de to og tingene deres så da de
kom over en forlatt flokk husdyr i en liten elvedal var gleden
stor. Det var blant annet en ponni og noen muldyr og Vardhys
fanget dem inn. Ponnien var av det langraggede kortbeinte
slaget som var så vanlig der i høylandet og den var sedat og
rolig av seg. Esther fikk en kort innføring i å ri og så ble hun
plassert på den. De hadde ingen ordentlig sal så hun fikk et
teppe å sitte på og så red hun den i bare grima. Heldigvis var
den så lydig at det ikke var noe problem.
Vardhys plasserte oppakningen deres på de to muldyrene. De
var mer sta men store fine dyr som nok var verdt en del og nå
så han virkelig ut som en omreisende ridder med sin væpner.
Riktignok en fattig ridder men like fullt. Han teljet seg til en
slags lanse av en slank trestamme og han lot Esther få en dolk
og et smalsverd. Deretter fjernet han bumerket på et skjold og
red med det. Det var vanlig at eiendomsløse riddere red uten
noe bumerke så det var ikke merkelig i det hele tatt. Strøket de
nå red gjennom var temmelig kupert med små smale daler og
strie bekker, det var ennå langt til kysten og Vardhys kjente
seg merkelig utålmodig. Det var liksom så lite han fikk gjort

slik. Ikke var de helt trygge og hver kveld måtte de slå leir i villmarka uten å engang tenne bål. Det hendte at de så folk på avstand men Vardhys tok ikke kontakt i det hele tatt, han var redd for landeveisrøvere for det yrte det med nå som kongen ikke lenger hadde folk ute som patruljerte veiene. Det var en mindre by noen dagsreiser lengre fremme og Vardhys var i tvil om hvorvidt de skulle stikke innom der eller ei. De hadde lite mat og Esther trengte en sal og han visste at de nok ikke ble lagt merke til. De var bare to fremmede og slike var det mange av nå. De passerte forlatte gårder og til og med en herregård som måtte ha vært brent ned, det lå fremdeles rester av døde dyr der og noen hadde gravd noen grunne graver der. En av dem var for grunn for åtseletere hadde gravd opp igjen den eller de som var begravd. Vardhys gyste da han så det og skyndte seg å ri videre.

De hadde startet på en ny dagsetappe da de kom ned til en ganske stor sjø. Den var av den langgrunne smale typen som var så vanlig i dette landskapet og Vardhys vurderte å prøve fiskelykken da han brått hørte rop i det fjerne. Esther stanset ponnien og skygget med handa og Vardhys hev leietauet til muldyrene bort til henne. Egentlig ville han ri bort så fort han kunne men det var tydelig et menneske i nød som ropte og han gav Esther beskjed om å ta med muldyrene inn i skyggen bak noen svære trær mens han undersøkte om det var trygt å fortsette. Han sporet Perle og holdt den enkle lansen støtt mens han red rundt en sving i veien.

Det lå en liten høyde der som sperret for utsikten og han så storøyd på det som utspant seg på stranda foran ham. Fire personer prøvde å holde stand mot to menn til hest, det var tydelig at de prøvde å fange de fire men at det ikke gikk særlig lett siden de fire slo tilbake med stokker og steinkasting. Vardhys så at de fire var unggutter, kanskje på hans egen alder eller yngre og de to rytterne så ut som noen heller tvilsomme typer. De red dårlig og var kledd i filler og Vardhys antok at det nok var slike som jobbet for slavehandlere. Begge to var bevæpnet med sverd men de hadde ikke buer eller armbrøster og Vardhys tok en brå beslutning. Han aktet ikke å stå der å se på at fire uskyldige personer ble tatt til fange av to slike ubeist. Han trakk opp skjoldet sitt og festet det riktig, så la han lansen an slik han hadde lært av sin mester og satte hælene i siden på Perle.

Hoppa var godt trent, den hadde antagelig vært ridd i turneringer for den visste akkurat hvordan den skulle te seg. Den skjøt frem og løp jevnt og stødig med hodet lavt og stø kurs. Vardhys trengte bare å bruke beina for å styre henne og de to rytterne ble var at noen kom mot dem i full galopp. De hadde vært for opptatt med å prøve å få tau rundt guttene til å legge merke til omgivelsene men det gjorde de til de grader nå. Det var tydelig at den som kom der kunne å ri, vedkommende var bevæpnet og bar et skjold og rustning og ingen av de to kunne stå seg mot en ridder. De visste det også. Den ene prøvde å tvinge hesten sin rundt men dyret var for nervøst til å adlyde rolig og behersket som en god ridehest skal. I stedet bykset den rundt så kraftig at rytteren mistet balansen. Den ene gutten fikk tak i beinet på mannen og hakte ham ned på bakken med et dunk, deretter hev alle fire seg over karen. Den andre fikk snudd hesten men dyret var ikke særlig raskt og Perle siktet seg elegant inn mot mannen. Vardhys senket lansen til angrep og Perles fart gjorde resten. Treverket traff karen i korsryggen og slo ham rundt så han traff sanden så støvet sto. Ene beinet hang igjen i stigbøylen og den vettskremte hesten sparket vilt bakut og traff karen gjentatte ganger. Etter bare et par treff sluttet mannen å skrike og bare hang der helt slapp. De fire guttene fanget fort inn de to hestene og Vardhys så forskende på de fire.

Det var gutter yngre enn ham, han så det nå. Den ene av dem var faktisk svært liten og tynn, en ren spjæling med langt mørkt uvasket hår og et ansikt som fikk Vardhys til å tenke på en ilder. Fyren skalv synlig og Vardhys så at han var elendig kledd. Det var de forresten alle sammen. En annen av guttene var heller kortvokst og fet, han var våt av svette og ansiktet var knallrødt etter anstrengelsene, han var også mørk men håret var krøllet og det var noe litt feminint ved trekkene. Den tredje gutten var høy og bredskuldret med digre never og Vardhys kjente igjen en arbeider når han så det. Gutten var rødhåret med fregner og grønne øyne og det var noe litt edelt ved trekkene som fortalte ham at gutten nok var av ihvertfall delvis adelig opphav. Den siste var tynn og lang med lyst hår i en hestehale og en egen ulveaktig gange som fortalte at han tilbrakte mye av tida på å gå. Vardhys prøvde å se så voksen ut som han kunne og de fire bukket usikkert for ham, den lyshårete tok et steg frem.”Ærede herre, vi takker for at du hjalp oss. De to prøvde å overmanne oss og tvinge oss med seg. De var nok slavehandlere.”

Vardhys nikket rolig.”Jeg antok det også. Går det bra? Ingen av guttene virket såret og den lyshårede nikket fort.”Det gjør det, vi er på vei mot byen, jeg har slekt der. Herren vi jobbet for er død og hjemmet vårt plyndret så vi flyktet og her er vi da. I live om ikke annet.”

Han bukket igjen og prøvde tydeligvis å virke veloppdragen.”Jeg er Oldar, jeg gjeter sauer vanligvis.”

Han pekte på den fete gutten. .”Dette er Birram, han er kjøkkenhjelp, mora hans var kokke. Rødtoppen var stallkar for herren og antagelig hans bastard også, han heter Alfons og den lille fyren der kaller vi bare småen. Han hjalp tjenerne med å bære ved og vann og snakker nesten ikke. Han er ikke som han skal i hodet.”

Vardhys tenkte fort og smilte vennlig.”Det var flaks at jeg kom denne veien da. Jeg er Vardhys Eikelanse av Tholir.”

Oldar så storøyd på ham.”De er svært ung herre? “

Vardhys tvang rødmen bort.”Min egen ridder døde i kamp men lot meg gi løftene før han vandret.”Oldar bare nikket.”Mange dør om dagen, for mange. Reiser du alene? “

Vardhys ristet på hodet.”Nei, jeg har min..væpner med meg, oppe i skogen der.”

Han snudde seg og vinket voldsomt og Esther så det og kom sakte ridende frem. Hun holdt ansiktet skjult dypt i kappen og stanset like ved Vardhys. Oldar så skrått på henne, det var et ironisk glimt i blikket."Væpner sier du? Vel, dere kan kanskje lure vanlige folk men ikke en som er oppvokst i en borg. Er hun din kvinne eller din søster eller noe slikt?"
Vardhys så fort på Esther, fjeset syntes ikke men om en så nøye på bakenden og formen på hender og bein så en at hun var ei jente. Han sukket lavt."Ingen av delene, hun er en person jeg har sverget å beskytte og hjelpe frem til sin søster ved kysten. Familien hennes døde i et jordskjelv."
Oldar smilte bare vennlig."Mange er blitt alene i disse tider ja, om du tillater det vil vi gjerne reise videre sammen med dere. Det er tryggere med mange samlet."
Vardhys nølte litt, Birram så ikke ut til å kunne gjøre stort nytte for seg i kamp og det gjaldt ikke Småen heller men Oldar og Alfons så ut til å kunne bite fra seg. Og med et helt følge virket han enda mer troverdig. Han nikket kort."Det er greit, jeg synes også at det er godt med litt selskap."
Esther vred på seg."Trenger jeg dekke meg til nå da? "
Vardhys ristet på hodet."Nei, om det er så lett å avsløre deg er det bedre at du kler deg som ei jente igjen. Da ser det mer naturlig ut. Spør noen så si at du er min søster."
Oldar og de andre guttene så litt storøyd på Esther da hun trakk unna hetten, hun var tross alt en meget pen jente og Birram stirret nesten fortryllet på henne. Småen bare glodde og pirket seg i øret og Vardhys forsto at Oldar hadde rett i det han hadde sagt. Gutten var ikke normal. Vardhys følte en slags lettelse, disse fire var gode gutter og han kunne stole på dem, han følte det. Med enda flere å reise med kunne det bli noe lettere for dem alle. Oldar og Alfons tok de to hestene etter slavehandlerne og så fikk Birram og Småen sitte opp på muldyrene. Oppakningen var ikke så stor at det ble for tungt for dyrene men Birram slet før han greide å komme seg opp på sitt ridedyr. Det var helt tydelig at den gutten hadde tilbrakt det

meste av tida i den behagelige temperaturen på et kjøkken.
Og det ble også etterhvert ganske så åpenbart at gutten ikke var
av det stoiske slaget. Han stønnet og gryntet og bar seg hele
tiden og Vardhys skjønte at Oldar og Alfons var temmelig leie
av å høre på ham. Småen derimot kom det ikke et knyst fra og
det virket for at han sjelden egentlig oppfattet hvor han var.
Esther hadde vært taus og forknytt hele turen men nå var det
som om en forandring skjedde med henne, ikke brått men sakte
og gradvis og Vardhys visste ikke riktig om han likte den. Hun
flørtet med guttene, ikke åpenlyst og inviterende men i smug
og svært diskre. Var det vanlig oppførsel blant jenter eller var
det noe annet? Vardhys husket hvordan hun hadde oppført seg
hjemme og gyste av minnene, han hadde latt seg bruke og
hadde det ikke vært for løftet han gav hennes far ville han ha
bedt henne klare seg selv.
Sjøen svingte vestover og de fulgte bredden på den, det var lett
å ri der og åpent så de kunne se fiender på lang avstand. Oldar
svingte hesten sin opp ved siden av Vardhys, han var ingen
god rytter men greide da å styre dyret i det minste. Alfons red
som om han aldri hadde gjort annet, kanskje ikke så rart om
han hadde vært stallkar. Oldar kremtet kort, det var bekymring
i blikket hans."Har dere noen oversikt over hva som skjer? De
sier at kongen her i landet er død, og at nabokongen også har
blitt drept. Herskerne i lydrikene er visst i strupen på hverandre
alle sammen.
Vardhys nikket."Forundrer meg ikke om det er sant, jeg har
ikke hørt noe men jeg har sett at folk slåss, har passert
slagmarker der det var farger fra nesten alle slektene. Noe er
virkelig galt."
Oldar snøt seg i fingrene og ristet på skuldrene som for å hive
av seg en byrde."Det går et rykte rundt på bygdene nå, ingen
vet om det er sant eller ei. Men det forklarer hvorfor de slåss."
Vardhys så forbauset på ham."Et rykte? Hvordan kan et rykte
gjøre noe slikt? "
Alfons presset hesten sin opp på andre siden av Vardhys."Vi

vet jo ikke om det er sant, men sjefen min fortalte om det like før herren sin eiendom ble angrepet. Alle vet om det, til og med bøndene for løse tunger har de aller fleste. Jeg tror nesten hele befolkningen i vårt len stakk lenge før det brøt ut åpen krig, de trodde at det ville bli virkelig ille om det var sant." Vardhys knep øynene sammen og prøvde å se skummel ut."Jammen så hva er det de snakker om?"

Oldar skar en stygg grimase, det var ukledelig siden han var en pen gutt i utgangspunktet."De sier at en av familiene i Darasher ætten hadde en drage i fangenskap og aktet å bruke den mot de andre. Men så fikk noen av Ohdrasar greie på det og stakk av med den, og nå vet ingen hvem som har den lenger og alle tror at de må slå til først før de blir grillet til peiskull hele gjengen."

Vardhys gapte nesten, så lo han."Det er jo fullstendig absurd! Det finnes ikke drager! De er utdødd for svarte! Ingen har sett en på flere hundre år."

Birram rakte opp neven litt usikkert."Jeg serverte ved herrens bord en gang, de diskuterte situasjonen og en eller annen fyr der sa at kong Hanek hadde avslørt en konspirasjon. Var visst noen som aktet å stjele den dragen selv og temme den med magi. Men et eller annet kvinnfolk myrdet en av dem og stakk med den magien. Det høres litt for fantastisk ut til å være sant..."

Det siste kom heller vagt og Vardhys svelget hardt for å ikke røpe hva han følte der og da. Det kunne bare være hans mor, moren han aldri hadde kjent og som aldri hadde vist noen interesse for ham. Men hun var hans mor og Wulf hadde forklart hva hun hadde røpet om ham og hans opphav. Et øyeblikk følte han et irrasjonelt sinne, den kongen hun hadde myrdet hadde drept hans halvsøster. Vardhys hadde sett prinsessen noen ganger og syntes hun var en utrolig søt liten jente. Han kjente på seg at han ville gjort det samme som sin kongelige mor om han hadde vært i hennes sted. Men magi? Da var det ikke rart at så mange var etter henne. Han kunne bare be om at hun greide seg og kom seg trygt over til Ardot. Kanskje han skulle satse på det samme selv?

Han tok seg sammen.”Hvilken ætt var det deres herre tilhørte?“

Oldar sukket.”En temmelig liten og fjern grein av Ranclin. Ishvar Ehrem av Ranclin. De er også i slekt med Macallif og Arcan gjennom gamle giftermål men det spiller visst ingen rolle lenger. De slåss som om de bare vil drepe absolutt alt og alle. Det var forferdelig! “

Vardhys så litt nysgjerrig på de fire guttene.”Ja hvordan unnslapp dere? Eller fikk dere gå? “

Alfons spyttet i graset, det var noe kaldt i de grønne øynene.”Åh nei, de slapp ingen skal jeg si. Tror det var to lorder av Macallif som angrep sammen med en fyr av ætten Niedr Thurlan, de er vasaller til Macallif. Herren vår hadde ingen egentlig borg, bare en gammal mur siden noe annet aldri har vært nødvendig og den var umulig å befeste. Det var nesten ingen som rakk å gjøre motstand en gang.”

Vardhys så at Esther red ved siden av Birram nå, hun virket for å skru sjarmen på maksimalt. Et øyeblikk kokte det litt for ham, så trakk han på skuldrene av det. Hun kunne gjøre som hun ville, det var ikke hans sak.”Så det var et brått angrep uten forvarsel? “

Oldar nikket stumt og Alfons så ned i nakken på hesten han red.”Vår herre mente at han var trygg, han var ikke særlig rik eller mektig, ikke i rekkefølgen for noen arv av noen størrelse og egentlig bare en hvem som helst. Men en eller annen mente at de hadde sett en overdekket vogn komme dit sent en kveld og noen slo to og to sammen og fikk førti. De trodde han hadde den dragen.”

Vardhys måtte måpe.”Hæ? Virkelig? “

Oldar nikket.”Jepp, de bant alle der til tjoringsbommene og torturerte dem, til og med herren selv. Vi unnslapp på ren flaks for vi var i stallen alle sammen da angrepet skjedde.”

Vardhys rynket pannen.”Til og med Birram? “

Oldar gliste litt uskikkelig.”Ja, herren hadde en gammal kall som liksom skulle være medikus, og han ville lære opp Birram for han trodde at en så lite voldelig gutt kunne bli perfekt. Ene hesten til herren var syk så medikus ble tilkalt og Birram måtte være med.”

Alfons spyttet igjen.”Eneste knepet den gubben kunne var å gni gommen på gampen med en blanding av knust kull og olje fra surbær. Selv en klovn kan bedre enn det.”

Vardhys nikket, det var et gammelt universalknep som ikke virket på noe som helst men som så imponerende ut siden det blandingen ble gnidd på røk og ble blått.”Og så?”

Oldar bet seg i underleppa og Vardhys så at han skalv lett.”Stallmesteren stakk da det brått kom fullt med riddere der som bare hogg folk ned. Jeg var i stallen fordi jeg sover der hver natt og det samme gjaldt småen. Ja Alfons var jo alltid der.”

Alfons brøt inn med en grimase.”Stallmesteren hadde vist meg en gammel gang fra stallen ned til en gjødselkum utenfor murene. Hadde ikke blitt brukt på lenge men det berga oss. Ingen la merke til oss.”

Oldar fikk et litt mer muntert glimt i øyet.”Birram ble nesten sittende fast ned gjennom den gangen, den var ikke særlig stor og temmelig bratt. Og full av daue rotter og slikt.”

Alfons gliste.”Ja, Småen sparka ham i ræva for å få ham løs, var enda godt han ikke skreik!”Vardhys syntes det faktisk var ganske imponerende at de hadde kommet seg vekk.”Men de andre der?”

Oldar så ned igjen.”Vi stakk, gjemte oss under ei lita bro like ved murene. Vi satt der i gjørma med nesa såvidt over vannet i flere timer. Men vi hørte skrikene lenge.”

Alfons så opp, det glødet stygt i øynene hans.”Jeg så litt mer enn de andre for jeg er lang. De gikk gjennom alt der, absolutt alt. De endevendte hvert et rom, hver en kiste og hver en krok. Hakket til og med i stykker trauene i grisebingen. Og de tok med seg alle dyra der også, alt av verdi.”

Vardhys svelget hardt.”Så de pinte alle ihjel?! “
Alfons så hardt på ham.”Hver eneste en, til og med kvinnfolk
og unger. Jeg så en diger ridder i en blå rustning som gikk og
klubbet ihjel småunger med en stridsklubbe, som om han var
en gartner som går å slår larver av kålblader. Og herren selv
hang de opp fra et tørkestativ utenfor stallen og tente et
saktebrennende bål under ham, de stekte fyren langsomt. Jeg
har aldri hørt slike skrik noen gang. Til slutt satte de fyr på
hele gården, alle bygningene.”
Vardhys kjente seg kvalm, dette var ikke slag, dette var ikke
noe av det han hadde sett for seg og lest om mens han var
væpner. Dette var for forferdelig til å være sant men det var jo
sant. Og mennesker hadde gjort det Han fattet ikke hvordan det
var mulig.
Oldar stirret dystert ut i luften.”Det er ingen grenser for hva
folk kan gjøre om de tror det gavner deres egen sak.”
Vardhys nikket usikkert og hyppet på Perle, han begynte å
skjønne det nå. Han hadde vært naiv, han innså det. Det han
hadde lært som væpner var foreldet og usant, basert på gamle
regler om ridderlighet som ikke lenger holdt mål. Riddere som
gikk og knuste hodene på unger? Ved alle guder, hans lærer
ville tatt sin død av å høre om noe slikt. Han kastet et blikk
bakover, Småen bare satt der på muldyret og virket overhodet
ikke interessert i omgivelsene, han kunne vært på månen for
den del. Og Birram red ved siden av Esther og virket for å ha
en interessant konversasjon gående med henne. Vardhys bare
ristet på hodet og konsentrerte seg om å finne en god vei, han
forsto seg ikke på jenta i det hele tatt for Birram var ikke pen
eller kjekk eller noe slikt. Fjeset var et realt månefjes med
kviser og begynnende skjeggstubb og håret temmelig fett, og
han stinket også. Vardhys mistenkte at det var gammelt
stekefett som nesten måtte ha impregnert gutten i lukta.
De holdt god fart ganske lenge til de nådde enden av dalen, der
var det et tett skogholt omringet av et tornekratt av en annen
verden og Oldar fant en vei inn langsmed noen store

steinblokker. De burde være noenlunde sikre der, og Alfons trakk noen løse greiner foran åpningen for sikkerhetsskyld. Om noen kom forbi så de bare et forferdelig kratt ingen ville våge å prøve seg på. Oldar red litt rundt og fant til slutt en liten lysning der de kunne slå leir for natta, det var beite der for hestene og ikke så alt for kaldt og Vardhys begynte å verdsette dette med å ha flere i følget. Småen smatt ut i skogen som en annen røyskatt og Alfons skaffet ved mens Oldar hjalp Esther med å sette opp et enkle teltet deres. Birram rotet gjennom det Vardhys hadde av utstyr og virket for å godkjenne den ene kjelen de hadde. Småen kom tilbake med to kaniner og en bunt med noen slags runde røtter som luktet litt stramt samt en neve med noen tørre blader Birram virket begeistret over. Det var nok et krydder av noe slag. Uansett forvandlet den fete gutten kaninene og det andre til en overraskende god stuing i løpet av kort tid. Vardhys kjente at munnen løp i vann bare ved tanken på et realt måltid igjen. Småen hadde fort samlet nok tørt gras til å lage noen gode liggesteder for dem alle sammen og med hestene og muldyrene tjoret rundt leiren var de rimelig sikre. Dyrene ville varsle om noe skjedde.

Måltidet var over all forventning og Vardhys følte at han ikke hadde spist noe så godt på lenge, han åt til han var aldeles stinn og det gjaldt de andre også. Esther roste Birram høylydt og gutten rødmet ned i skosålene og mumlet noe uforståelig mens han glante forelsket på henne. Vardhys kunne bare tenke at det var synd på ham, hun kom til å fordreie hodet på stakkaren totalt. De lot bålet brenne ned og la seg til som best de kunne. Vardhys la seg i kappen sin og gav teppet sitt til Alfons og Oldar mens Småen tok et salteppe og Birram et annet. Det kunne bli en kald natt men det var lunt der og bakken hadde fanget litt varme fra sola så det var ikke uutholdelig heller. Vardhys sovnet ganske fort men han så lenge for seg brennende bygninger og andre skremmende ting før han greide å lukke øynene. Det han hadde fått høre hadde skremt ham alt for mye.

Vardhys våknet brått av at han måtte late vannet, han hadde nok drukket litt for mye før han la seg og kjente at han ikke kunne vente til det ble lyst. Det var ikke helt mørkt rundt ham og han stivnet til da han så at Esthers teppe var tomt. Og et annet teppe var også uten beboer. Vardhys bannet lydløst for seg selv og kom seg på beina uten å lage lyd. De andre lå og sov og Småen beveget seg i søvne og lagde klynkelyder omtrent som en hund som drømmer. En av hestene sto og stirret bakover og Vardhys listet seg varsomt forbi uten å uroe dyret. Det var en gruppe mindre steinblokker der borte i mørket og han syntes han hørte svake lyder. Egentlig hadde han ikke noe med det, egentlig skulle han ikke bry seg med det men han følte at han måtte. Han måtte få det bekreftet, det han mistenkte.

Han listet seg frem over den myke skogbunnen som var dekket av fallent løv og mose og kikket frem mellom to steiner. Han bet seg i underleppa og følte en brå trang til å slå noe, hva som helst. Esthers hud lyste nesten like hvit som Birrams der hun satt overskrevs på den runde gutten og red ham av hjertens lyst virket det for. Selv i halvmørket var det tydelig at Birram var så skitten at det var tydelige skiller der klærne hans sluttet og bar hud var eksponert vanligvis. Og hver bevegelse hun gjorde fikk det til å disse og gynge og Vardhys tenkte et kort øyeblikk ganske så irrasjonelt på hvordan hun fikk det til? Birram kunne da ikke ha all verden til redskap, eller hadde han det? Tanken var stygg, Vardhys visste det og skammet seg og samtidig var han merkelig sint på henne. Hun burde ikke... Han var ikke sjalu, han kunne ikke være sjalu! Hun hadde brukt ham og nå brukte hun denne stakkars gutten som sikkert trodde at hun likte ham! Hun var et uhyre, hun bare utnyttet folk. Så hvorfor føltes det så merkelig sårt i brystet da?

Birram gispet og stønnet og stirret totalt henført på henne og hun økte takten og gispet av fryd og Vardhys snudde seg og gikk, han greide ikke se mer. Det var for rått, for uforståelig. Var hun så avhengig av å få en mann i seg at hun hev seg over

absolutt alt? Brydde hun seg ikke om hva andre tenkte og
følte? Vardhys kjente seg kvalm igjen men tvang det bort,
Birram var i det minste en mester til å lage mat og det var synd
å la det gå til spille. Han fant teppene sine og la seg, kjente seg
merkelig kald og tom. Han ante ikke hva han burde gjøre med
situasjonen, ikke i det hele tatt. Hvorfor Birram? Hvorfor ikke
Oldar eller Alfons som var flotte karer? Eller sparte hun det
beste til sist? Tanken var som et iltert bistikk i tankene hans.
Han bet tennene sammen og tvang seg til å slappe av men det
tok tid før han sovnet igjen.
Neste morgen var det kaldt og tåke og Vardhys frøs da han
våknet. Oldar var oppe og fant ved til bålet og Småen satt og
slikket ut restene av gårsdagens måltid fra kjelen, det fikk
Vardhys til å skjære en grimase men han innså at gutten neppe
hadde opplevd annet i sitt liv. Å slikke ut matrester var vel
nesten luksus for ham. Alfons kom seg opp og ristet på seg,
gikk og så til hestene og Birram satte seg opp fra sitt leie med
et merkelig uttrykk i øynene. Som om han ikke riktig visste om
han hadde drømt eller om det var virkelighet. Esther strakte
seg som en katt og hadde et selvbevisst og fornøyd uttrykk i
ansiktet som fikk det til å koke i Vardhys. Han var brått sint på
henne, mer enn noen gang før. Uansett om hun hadde noe galt
i hodet eller ei, hun oppførte seg som ei tispe!
Birram kokte opp en slags tynn suppe så de fikk i seg noe
varmt før de red videre, Vardhys hadde ikke lyst på mat men
visste at han måtte spise. De andre la ikke merke til hvor taus
han var, de kjente ham ikke ennå og siden han i deres øyne var
en ridder trodde de vel at han så seg for bra til å dele småsnakk
med dem. Alfons salte opp dyrene og plystret mens han gjorde
det og Oldar ryddet sammen tingene deres mens han
lattermildt ba Alfons slutte med å blåse ut trommehinnene på
dem. Det var tydelig at disse guttene kjente hverandre og var
trygge på hverandre. Esther småflørtet med Birram, gav ham
små blunk og vink som fikk gutten til å rødme så øreflippene
glødet, de to andre la merke til det og virket forbauset og

Småen brydde seg som vanlig ikke om noe slikt i det hele tatt.
Vardhys hadde en ekkel følelse i magen da de red videre, et
eller annet kom til å skje og han var redd det ville bli stygt.
Dalen de red ned i endte nær en by av litt størrelse, det var
gode veier der og de så fort at det var en del trafikk. Sporene
etter tunge hjul og hover var dype og tydelige og ingen av dem
var særlig gamle. Men de så ikke folk noe sted så antagelig
hadde de som kunne reise mot byen passert forlengst. Her og
der krysset veien en grunn og sakterennende elv som var iskald
og klar og Vardhys så noen få dyrkede områder der men alt var
forlatt. De passerte gjeterhytter der det verken var folk eller fe
og noen gårder som hadde brent. Bare svartsvidde rester av hus
sto igjen sammen med pipene og murene som var av stein. Så
også her hadde det blitt plyndret. Vardhys flyttet våpnene
nærmere nesten bare på refleks, Oldar så det og fikk et
engstelig uttrykk i ansiktet og Alfons nikket kort.”Jeg kan litt,
stallmesteren lærte meg noen knep, han mente at jeg var så god
at jeg burde ha blitt ridder hadde jeg ikke vært en bastard.”
Vardhys smilte fort.”Det er bra, jeg er redd vi kan trenge flere
som kan svinge et sverd.”
Den byen som lå der fremme var bare en liten samling hus, han
hadde hørt om den og var den full av flyktninger ville den ikke
være noe blivende sted. Det kunne kanskje være mulig å bytte
til seg litt forsyninger men han tvilte på det. Det var neppe
ressurser nok for noen der og var de smarte holdt de seg unna
stedet. Synet av hestene og muldyrene kunne antagelig være
litt i overkant fristende for noen.
Esther ble ridende ved siden av Alfons og spurte han
tilsynelatende ut om hvordan livet hadde vært som stallkar.
Alfons virket litt flattert av at hun viste slik interesse for yrket
hans og svarte villig vekk og Vardhys la merke til at hun ikke
flørtet med ham. Hun var derimot veldig voksen og lyttet nøye.
Birram red bak og det var noe forvirret i blikket hans og
Vardhys følte at en sterk medfølelse truet med å fylle hjertet
hans helt. Birram hadde neppe hatt hell hos jentene med det

utseendet og han hadde kanskje tro på at Esther var den rette?
Hvordan skulle en egentlig løse noe slikt? Hun ville splitte
gruppen var han redd. Vardhys red foran og holdt utkikk, han
så ravn og kråke som samlet seg et sted og gav signal bakover.
Han var ikke sikker på hva det kunne være så de nærmet seg
med stor varsomhet.
Det var restene av en liten flokk reisende, en vogn med to
hester og resten fotfolk. Det lå minst åtte døde personer der og
en død hest som ennå lå forspent vogna. Antagelig hadde de
som sto bak drept ene hesten for å stanse dem og så tatt med
seg den andre. Alle var ranet, likene lå der blåfrosne og stive
og nesten samtlige var nakne siden ranerne hadde tatt alt.
Vogna var antagelig for tung og besværlig å ta med så den sto
der men de hadde strippet den for seilduk og alt av verdi.
Esther snudde seg vekk og gjemte ansiktet og Oldar hadde fått
et stivt uttrykk i ansiktet. Det var flere barn blant de døde og
det så ut som om ranerne ganske enkelt hadde ridd dem ned. Et
par menn så ut som om de hadde prøvd å slåss men hugg
sårene viste med all tenkelig klarhet at det ikke hadde gått.
Alfons pekte på sporene i snøen og det frosne
graset.”Antagelig ikke mer enn fem menn, sannsynligvis
leiesoldater for de har hatt gode hester med bra sko.”
Vardhy’s løftet på øyebrynet, Alfons hadde gode øyne, selv
ikke han ville ha merket noe til noe slikt.”Godt observert! “
Alfons bare mumlet noe og jaget på hesten.
Oldar spyttet i snøen og roet den nervøse merra han red.”De
var desperate, det er det ihvertfall ingen tvil om. De har tatt
absolutt alt av verdi og det er nesten rart de ikke har kappet
opp likene også, og spist dem! Jeg har hørt om slike tilfeller.”
Vardhys måtte hoste for å skjule forferdelsen han følte
“Virkelig? Det er jo aldeles horribelt.! “
Oldar smilte skjevt.”Ja, men situasjonen er horribel i seg selv,
det er krig overalt, det er vinter og gudene vet hva mer som vil
skje.”
Birram trakk klærne tettere om seg og hutret.”Gamle kokka

var visstnok synsk. Hun mente at verdens ende snart kom og så
kom en ny alder til å begynne med nye dragemestre og en ny
orden."
Oldar blåste i nesa og Alfons ristet på hodet."Synsk? Gamla
var riv rav ruskende gal, hun kunne neppe se noe annet enn sin
egen nese! "
Vardhys måtte le av uttrykkene deres."Så? Hun var ikke til å
stole på? "
Alfons ristet på hodet."Folk kom jo til henne for å spås, men
for noen spådommer! Ene kjøkkenjenta ble spådd at hun innen
året var omme ville bli godt gift og forlate stedet men det
skjedde aldri. Forloveden hennes fant en annen og bare stakk."
Vardhys sukket, slike spåkjerringer kunne stelle til mye
elendighet om folk valgte å tro på dem.
Alfons slo neven i salhornet og gliste bredt."Tror dere ikke at
hun spådde meg også en gang? Hun sa at jeg en dag ville
kjempe side om side med den siste sanne ridder og at jeg ville
bære et banner med en drage på. Hun sa også at jeg ville bli en
annen enn jeg er, og at jeg skulle være halvt av mørket og
halvt av lyset og ri en ganger som ikke er en hest. Hørt makan
til tullprat? "
Han lo og Vardhys lo med ham men han følte en kald klo i
brystet. Et eller annet ved det Alfons sa skremte ham og
skremte ham til margen. Oldar bare gren på nesa."Hun spådde
meg også, hun sa at jeg ville dø ved drukning. Dere kan ta dere
faen på at jeg aldri vil ut i båt noen gang! "
Birram så ned og det var noe dystert i blikket hans, Vardhys
holdt igjen Perle til han var på høyde med den fete
gutten."Ikke si at den gamle spådde deg også? "
Birram skar en grimase og trakk på skuldrene."Jeg tror ikke
det var en spådom, hun sa bare at jeg ville drepe fem menn og
så vil jeg dø for hendene til en venn."
Vardhys gyste og Birram bare smilte litt vagt, det var mørke i
blikket hans."Da får vi håpe at du aldri trenger å ta livet av
noen Birram. "

Den fete gutten trakk på skuldrene og Vardhys red til front
igjen. Esther begynte å skravle med Oldar nå og Vardhys fikk
en følelse av at han kanskje var urettferdig mot henne. Hun
hadde jo tross alt sett så lite av verden og lært så minimalt. Det
var vel naturlig at hun var nysgjerrig på hva andre hadde
opplevd og sett av verden. Vardhys skammet seg litt så han
smilte litt fåret til henne og fikk et strålende smil tilbake. Det
var nesten merkelig så blid hun var nå.
Dagsetappen brakte dem ned til et steinete område der veien
snodde seg gjennom svære områder så ufremkommelige at det
var merkelig at det i det hele tatt var en vei der. Digre
steinblokker lå slengt rundt over og under hverandre og noen
steder gikk veien gjennom de rene portaler. Vardhys undret
seg på hva slags krefter som hadde kunnet flytte slike steiner,
det var en steinete ås med bratte sider på ene siden av området
men på den andre var det en bred elv og en ås med en avrundet
form. Birram mente at det kunne ha vært troll som hadde
slengt dem dit og Oldar og Alfons hev seg inn i en diskusjon
om hvorvidt det kunne stemme. Vardhys måtte glise av noen
av de vanvittige ideene de lurte ut av seg, troll var nesten det
mest sannsynlige. Esther så litt nysgjerrig ut.”Finnes troll
virkelig? “
Alfons slo ut med nevene.”De gamle hjemme svor på at de
hadde sett troll før i tiden, at de var svære som... ja svære som
store furuer og stygge som juling.”
Oldar nikket og fikk et innfult glimt i blikket.”Og de stinker til
himmels og eter søte jenter til frokost.”
Esther fniste litt og Vardhys måtte glise også. Han trodde ikke
på slikt, troll var overtro men en kunne nesten tro på det når en
så hvordan de svære steinene var hevet rundt. Hvor kom de
egentlig fra?
De slo leir i en liten hule bak en stor blokk som var bikket
fremover og holdt på plass av en annen like stor blokk. Steinen
var merkelig svart og det var rødaktige årer med en annen stein
i den. Vardhys var litt forvirret for åsene rundt der var av den

vanlige sandsteinen som var så vanlig i området. Småen var avgårde som vanlig og antagelig var fyren rask som en røyskatt for han kom tilbake etter en kort stund med to store fugler med mørke fjær og tre digre feite dyr som lignet litt på et murmeldyr. Vardhys undret seg på hvordan han fikk livet av dem og gutten trakk frem en liten sprettert av lomma. Den var primitiv men Vardhys forsto at Småen var livsfarlig med den. Birram tilberedte to av de rare dyrene og så sparte de fuglene til senere. De var store nok til å holde til dem alle sammen så Vardhys var glade for at de kunne spare litt om jakthellet ikke var like stort senere. Måltidet ble perfekt og Vardhys ante at Birram burde kunne bli en god kokk!

Alfons brukte litt ekstra tid på ene muldyret den kvelden for han så at det var litt halt på et bakbein og mente at det hadde vært dårlig skodd en eller annen gang så hoven var blitt skjev. De fikk bare se hvordan det bar seg til som han sa det. Vardhys ante at Alfons var særdeles flink med hester, antagelig hadde han dette medfødte ubeskrivelige noe som fikk dyrene til å roe seg i hans nærhet. Vardhys manglet det, han var god med dyrene men ikke mer enn det. Han visste hvordan en hest skulle ris og behandlet og det var det.

Esther gikk bort til Alfons og spurte ham visst ut om hestestell for han viste henne hvordan en løftet føttene på dyrene og andre ting. Vardhys så at Birram så merkelig fortapt ut der han satt og ordnet tingene etter maten. Oldar mente at de ville nå byen dagen etter og Vardhys forhørte seg om hva guttene aktet å gjøre? Oldar ville finne slekta si, om de ennå var der kunne de kanskje få slå seg ned hos dem. Vardhys hadde en ekkel følelse av at ting neppe ble så enkle og passet seg vel for å røpe det men han ante at Oldar nok også hadde sine tvil. Det var lunt og godt der de hadde slått seg ned så de kunne funnet mer ubehagelige steder men Vardhys følte et stikk av ubehag. Det var så mange steder å snike seg bort

Neste morgen da han våknet virket alt normalt og været hadde endret seg så det var klar himmel og temmelig kaldt. Han kom seg opp og gikk bak en stein og pisset før han gav seg å pirke i bålrestene for å finne glør. De trengte litt varme nå. Han studerte de andre, Småen satt og mumlet et eller annet for seg selv, han virket for å være i sin egen verden. Oldar og Birram diskuterte om hvorvidt det var bra at fuglene var frosne nå og Alfons gikk gjespende for å se til hestene. Vardhys syntes alt virket helt vanlig til han tilfeldigvis så at Alfons løftet på den tynne skjorten og jakken for å klø seg på ryggen. Han hadde kloremerker på ryggen, etter negler og fingre og Vardhys så at de var helt ferske. Esther satte seg opp og gjespet så en kunne telle alle tennene hennes, hun virket like fornøyd som en katt som har fanget en fet rotte og Vardhys kjente at hjertet sank i ham. Dette var som å bli dolket i brystet igjen og igjen. Gav hun seg aldri? Birram satt og plukket på kjelen deres og stirret på henne med jevne mellomrom og av og til belønnet hun ham med et smil. Det var tydelig at Birram ikke lenger forsto noe som helst.

Vardhys kjente en brå trang til å gi faen og reise fra henne, men han hadde gitt et løfte og det aktet han å holde. Da de red videre den dagen så han tydelig at hun nå siktet seg inn mot Oldar, et eller annet ved henne minnet ham om en unge i et spiskammers, fast bestemt på å smake på alt tilgjengelig. Kom hun til å hive seg over Småen også? Fyren var så liten og tynn og stakkarslig at Vardhys tvilte på at han var kjønnsmoden ennå. Og uansett ante han vel neppe hva jenter var til for. Muldyret var litt mindre halt og de fulgte veien men begynte å få bange anelser. Det første som skjedde var at de møtte en flokk med geiter ingen passet på. Dyrene stimlet sammen rundt dem og slapp dem nesten frem og det var tydelig at de var desperate etter mat og omsorg. Flokken fulgte dem til de kom til noen små jorder. Det sto en liten løe der og den var stengt av men det var høy i den så Alfons brøt opp døra og fylte noen sekker med høy til hestene før han slapp geitene inn. Dyrene hev seg over foret og Vardhys måtte le litt av iveren de viste. Men en flokk geiter var verdifulle, så en manglende gjeter var illevarslende og det var såpass kort vei til byen at han ikke helt likte hva det kunne bety. Ei bru over elva var nesten helt ødelagt og de måtte ri over en for en siden de ikke var trygge på om den tålte dem alle. Noen hadde tent på den flere steder og det måtte ha vært kjempet der etter sporene å dømme. På andre siden av elva var det åpne enger som var beitemark for dyrene til byens beboere og her gikk det også dyr alene. Noen kyr rautet saktmodig da de så rytterne og Vardhys så flere løse griser som rotet vilt rundt i gjørma langs elvebredden på jakt etter noen godbiter. Men hester så de ikke og det fikk ham til å gjette på at ingen slike var sluppet løs.

Byen lå et stykke nedenfor engene siden terrenget der sank ganske bratt i terrasser mot en vid elveslette der en stor elv gikk ned mot bukta og Vardhys stanset hesten bak noen store trær og stirret ned mot den vesle klyngen med hus. Han så ned og sukket, han hadde ventet seg dette. Mye av husene var svartbrente og det røk ennå av noen av ruinene. Oldar bannet matt og Alfons bare stirret med stivt ansikt på den dystre scenen. Det var ikke ravn og kråker der, det virket stille slik sett så Vardhys tok en brå beslutning. Han snudde hesten og så seg rundt. Langs sidene på dalen der vokste det tett skog og det burde være mulig å gjemme seg bort der om nødvendig. Oldar så forvirret på ham og Vardhys gren på det. ”Vi gjemmer hestene og sniker oss ned, jeg tror ikke vi skal ta noen sjanser her! “

Alfons nikket sindig. ”Godt tenkt.”

De red bort til skogkanten og videre innover. Det gikk krøtterstier overalt og til slutt fant de en liten ravine med tett kratt der hestene neppe ble oppdaget så lett. De holdt seg stille og snakket ikke, Vardhys hadde en følelse av at de ikke var alene der i området så han satte Småen til å passe dyrene og Esther meldte seg frivillig til å bli der også. Vardhys var glad til egentlig. Han likte ikke tanken på å ha henne med ned dit om de så ting hun ikke burde se.

Han og guttene snek seg frem gjennom terrenget og fulgte

åssiden til de var nede på høyde med byen. Derfra snek de seg langs steingjerdene og buene som lå overalt til de kom til den enkle bymuren. Det var helt stille der og Vardhys så strengt på de tre. Ingen lyder nå, det kunne bli farlig. Det var en ganske bred port i muren som i seg selv ikke var nok til å stanse noe, den var bare et par meter høy, delvis sammenrast noen steder og lagd av grovt tilpassede kampesten fra jordene. Det stinket svidd treverk der samt en annen udefinerbar lukt han umiddelbart fikk avsky for. Husene var svidd av med presisjon, han visste at det var vanlig med stråtak i denne delen av landet så de hadde antagelig brent både godt og hett. Her og der lå det rester av husgeråd og eiendeler og sannsynligvis var stedet grundig gjennomsøkt før det ble tent på. Nirram vætet leppene og så seg rundt som om han regnet med at et eller annet skrekkelig kom sprettende frem hvert øyeblikk.”Det er ingen lik her?“

Vardhys hysjet på ham og snek seg videre. Husene var bygd i sirkler rundt et sentralt torg med en brønn, det var slik mange små landsbyer var organisert og han så på bakken at det hadde vært mye folk der. Det var spor etter føtter og hover og Alfons betraktet sporene med smale øyne.”Folk har vært tjoret sammen, jeg ser det på sporene. Og ryttere har holdt dem under kontroll.”

Vardhys bet seg i underleppa.”Slavehandlere? “

Den rødhårete trakk på skuldrene.”Antagelig, for dem er folk verdifulle.”

Oldar kikket fort inn i noen hus som ennå sto med bare delvis avbrent tak og han skar på nesa.”Er ingenting igjen her, verken mat eller noe annet. Alt er rensket totalt for ting som er brukbare.”

Vardhys så seg rundt igjen, det var en egen lukt der han gren på nesa av, noe fremmed og ekkelt som minte ham om en sump. Birram gikk bort til den store oppmurede brønnen, den var utstyrt med en vinde og håndtak og var virkelig godt laget. Den som murte den opp var en mester! Vardhys så at Birram fikk et litt forbauset uttrykk i ansiktet, så gikk han frem og kikket i brønnen og stivnet til før han hev seg rundt og kastet seg ned på kne. Fyren spydde som en gris og Alfons og Oldar raste bort til ham og stanset foran brønnen, kikket fort ned og begge to ble bleke som snø før de også hev seg tilbake og ble stående og bare gispe. Vardhys ville ikke se, han ante ikke hva det kunne være som skapte en slik reaksjon og visste at han egentlig ikke trengte vite det men han gikk sakte bort og stålsatte seg. Brønnvannet var svart der nede og først så han ingenting men så ble han var noe blekt der nede og da øynene hans oppfattet hva det var raste han også tilbake og hev etter været. Det svimlet for ham og han var glad ikke Esther hadde blitt med dem dit.

Han tvang seg til å puste igjen, tvang seg til å te seg som den voksne personen han prøvde være, men det var hardt.”Det er...”

Han greide ikke si mer og Alfons avsluttet for ham med hes stemme.”Det er druknede barn. De har ikke tatt med ungene herfra for de er vel mest til bry.”

Oldar kikket opp i brønnen igjen, litt lengre denne gangen.”Ser ut som de eldste er i fem seks årsalderen. De eldre enn det kan vel jobbe vil jeg tro.”

Vardhys stønnet lavt igjen og tvang det fryktelige synet bort fra tankene. Dette var virkelig rå og hensynsløse personer, uten barmhjertighet og samvittighet i det hele tatt. Han burde prise seg lykkelig om de greide å holde seg vekk fra slike.

Alfons trakk håret ut av ansiktet og så seg rundt.”Det er ikke mer her å se, vi bør komme oss tilbake til småen og Esther.”

Vardhys var enig og de snek seg tilbake samme veien som de kom med en syk følelse i kroppen. En slik råskap hadde ingen av dem forestilt seg. Skogen de gikk gjennom var stille nå, det var langt på dagen og bare noen fugler holdt leven her og der. Vardhys undret seg på hvor de nå skulle gjøre av seg og Oldar foreslo de større byene langs kysten. Der var det kanskje bruk for folk også så de kunne tjene til brød. Vardhys var enig men

tanken på mange folk var egentlig ikke særlig fristende for ham. De kom seg tilbake til hestene og Småen men Esther var ikke der og Vardhys ble nervøs med en gang. Småen pekte bare oppover i skogen og trakk på skuldrene. Antagelig hadde hun kjedet seg og bestemt seg for å gå en tur og Vardhys forbannet i sitt stille sinn den stae jentungen. Han nikket til de andre guttene."Greit, vi må lete etter henne. Her er det ikke trygt å bli for lenge og det blir snart mørkt."
Oldar nikket og Alfons ristet oppgitt på hodet. Birram så sliten ut og svetten fikk håret til å klebe til pannen men gutten var tydeligvis i stand til å yte mer enn en skulle tro slik ved første øyekast. I det minste ville han ikke vise seg svak. Alfons fant sporene hennes lett og de fulgte dem gjennom skogen. Hun hadde vandret litt rundt på måfå men så fikk de tydeligvis en mening og gikk rett mot et eller annet. Vardhys bråstanset, han hadde hørt lyder og Alfons nikket stille. Han hadde hørt det også. Og dermed begynte de å snike seg frem, det var folk der fremme, fremmede folk. Snart kjente Vardhys lukta av røyk og hørte tydelig stemmer og hester som rørte seg og de andre så advarende på ham. Det var tydelig at Esther var der fremme og de måtte se hva som hadde skjedd. Vardhys beregnet terrenget. De kom inn i en smal liten dal med bratte sider og mye kratt og stein i dalsidene. Alfons fant et dyretråkk de kunne følge med mye kratt og steiner som dekket det og dermed snek de seg sakte frem. Det begynte så smått å mørkne og det var en fordel situasjonen tatt i betraktning. De så at det blafret i ordentlige bål og Vardhys trakk pusten hardt. Hva var dette? Var det tilfeldige reisende hun hadde rotet seg borti eller var det noe verre?
De kom nærmere og nærmere, stien gikk visst akkurat i kanten av den vesle lysningen leiren der fremme lå på, men antagelig var ingen der klar over den siden den var dekket av kratt og stein. Det var nok rev og grevling og slikt noe som brukte den til daglig etter lukten å dømme men Vardhys lot ikke det stanse seg. Han krabbet fremover så sakte han greide og lagde ikke en

lyd. Det gjorde ikke de bak ham heller og nå kunne de skille
stemmer fra hverandre. Det lot til å være flere menn og en
stemme han kjente igjen som Esther. Hun hørtes avslappet ut
og han håpet at hun var ok og at dette var vanlige reisende.
Til slutt kunne de se rett inn i leiren på få meters avstand og
Vardhys la seg til bak noen steiner som hadde en glippe han
kunne se ut mellom. Det var to bål der som var ganske store,
noen klær var hengt til tørk over det ene og over det andre
hang en gryte til kok. Det sto en flokk hester tjoret bakerst i
lysningen og fem karer satt på en stokk mens Esther satt på en
stein foran dem og tydeligvis forklarte et eller annet på
gestikuleringen å dømme. Vardhys skjerpet ørene, prøvde å
høre hva hun sa. Esther påsto at hun var gjeter fra landsbyen
der nede så såpass vett hadde hun da. Og hun sa at hun hadde
vært i fjellet og lett etter et par kyr og kom hjem etter at byen
var plyndret. Hun hadde ikke vært der nede for hun var redd
for de døde sa hun og hun holdt til i ei gjeterbu lenger inn i
dalen. Det var troverdig, selv Vardhys måtte innrømme det.
Hun så ut som ei budeie også med de slitte klærne som var
halvveis mannfolkklær og kvinneklær.
Han vendte oppmerksomheten mot karene. De var forholdsvis
godt kledd og hadde et anstrøk av klasse men de så ikke ut som
reisende. Vardhys følte seg litt skremt, det var noe ved dem
som fortalte ham at dette var leiesverd. Og slike vet en aldri
hva en kan vente seg av. En av karene gikk bort til gryta og
helte i litt i en bolle Esther fikk og hun takket tilsynelatende
pent og tok for seg som om hun ikke hadde sett mat på lenge.
Vardhys holdt pusten, hvordan ville dette gå? Det ble mer prat
etterhvert og Esther flørtet tydelig med dem, hun spilte
tydeligvis ut alle de kortene hun hadde og måten karene så på
henne på antydet ganske mye. Og Vardhys forsto også hva
som kom til å skje. Han bet tennene sammen, han og de tre
guttene sto ikke en sjanse overfor fem bevæpnede og godt
trente karer. Disse mennene visste hvordan de skulle slåss og
nølte neppe med å drepe. De kunne bare håpe at de ville la

henne gå når de var fornøyd.

Den karen som måtte være lederen for gruppen rakte henne en
pengepung med noe i, det måtte være en del for hun strålte opp
og veide den i hendene. Karen reiste seg og vinket henne med
seg bort til noen tepper som var rullet ut og gjort klare i
skyggen av en stor stein. Esther bare vippet opp skjørtet hun nå
bar og fniste og fyren kneppet opp med tydelig iver og fikk
henne under seg på bakken. Vardhys stirret hardt ned i graset
mens det foregikk, mannen pumpet ivrig mellom de sprellende
hvite beina og Esther hvinte frydefullt. Vardhys ville ikke se
bakover for å se hvordan de andre reagerte, han følte det helt
dit han lå gjemt. Birram var antagelig forferdet og Alfons følte
avsky og forakt, lufta oste av det. Esther nøt det visst etter
lydene å dømme og snart gikk det for karen så han brølte håst
og kollapset over henne. Esther fniste og ristet på seg og en av
de andre karene kom bort dit. Hun virket mer usikker nå men
spredte villig beina også for ham og det hele gjentok seg.
Vardhys så stivt ned i bakken mens alle fem hadde en omgang
med henne. To av dem tok henne bakfra og det virket
etterhvert som om hun begynte å mislike det en smule.
Lydene var ikke så frydefulle og Vardhys tenkte bistert at hun
nok begynte å bli sår, og karene var temmelig hardhendte mot
henne også. Kanskje hun nå innså hva det virkelig innebar å
oppføre seg slik? Hva slags konsekvenser det kunne ha? Da
alle fem var ferdige lå hun der og ristet og Vardhys antok at
hun var på gråten men det hjalp ikke. Det var ingen nåde å få
fra disse mennene. De gikk på for runde nummer to og nå
prøvde hun å protestere. De fem bare lo av henne og Vardhys
hørte at de kalte henne en hore og hun prøvde å gjøre motstand
men da bare grep de henne og holdt henne så de kunne komme
til. Vardhys skar tenner der han lå, dette var voldtekt av verste
sort, hun var ikke lenger villig og de skadet henne men det
brydde de seg ikke om. Esther skrek av smerte nå og kjempet i
mot desperat men til ingen nytte. Vardhys så bakover, Birram
var på gråten kunne hans se, Oldar bare så ned i bakken og det

flammet stygt i de grønne øynene til Alfons. Vardhys ristet
sakte på hodet. De kunne bare håpe at de lot henne gå og at de
ikke ødela henne totalt.
Alle de fem hadde henne igjen, til slutt bare lå hun der og hun
hadde nok besvimt. Den siste av dem reiste seg og sparket
henne i magen med en foraktfull grimase mens han kneppet
igjen buksene. De sa noe og lo høyt og en av dem tok henne i
armene og halte henne med seg bort til bålet. Der bant han
hendene hennes sammen og tjoret henne til en rot som stakk
opp av bakken. Vardhys bannet innvendig. De ville beholde
henne for å kunne benytte seg av henne senere. Lederen tok
tilbake pengepungen og Vardhys hørte ham si at hun ikke var
verdt en sølvmynt, langt mindre ti. Vardhys dirret innvendig,
de måtte redde henne på et vis men hvordan? Kunne de greie å
snike seg bort til leiren mens mennene sov? Det ble vanskelig
om hun ikke våknet for å bære henne var for tungt, det ville de
høre. Vardhys ante ikke hvordan de skulle løse dette, og han
ante ikke helt hva han følte heller. Han syntes synd på henne
men hun hadde selv rotet seg bort i denne situasjonen og nå
satte hun også de andre i fare siden de måtte prøve å berge
henne. Forbaskede egoistiske jentunge! Men hun hadde
akkurat blitt brutalt mishandlet og Vardhys hadde ingen tro på
at disse ugjerningsmennene ville la henne gå. Hvordan løste de
dette?
Karene roet seg for kvelden, satt ved bålet og skravlet, det kom
frem av praten at de var leiesoldater på vei mot kysten for å
tilby sine tjenester til den som ønsket dem og det gikk rykter
om at det kanskje var noen i denne trakten som kunne trenge
flere menn. Vardhys fulgte nøye med på praten, han var våt nå
og kald så han ristet men han brydde seg ikke om det. Alt som
han tenkte på var å få befridd Esther og han snudde seg stille
mot de andre tre. De så fortapte ut der de lå med nesa i møkka
og skalv av kulde og han nikket til Oldar og pekte tilbake mot
der de hadde hestene. Noen måtte holde Småen med selskap og
Oldar nikket som tegn på at han forsto og snek seg tilbake i all

stillhet. Vardhys fokuserte hardt på karene som virket for å
ønske å gå til ro. En av dem la mer ved på bålet og det flammet
opp temmelig mye mens en annen gav hestene litt havre. En av
dem gikk bort til Esther som lå såpass nær bålet at hun sikkert
var god og varm i det minste men nå var hun helt opplyst og
fyren stirret på ansiktet hennes. Han hadde en merkelig mine i
fjeset, som om han husket et eller annet han ikke ønsket å
huske. Han vendte fjeset hennes mot ilden og glante stivt på
det. En av de andre kom bort til ham og så forbauset ut."Å erre
du glor på?"
Fyren tok et steg tilbake og så røsket han ned blusen hennes og
blottla brystet og magen. Han lagde en merkelig lyd og pekte
på henne og Vardhys husket at Esther hadde to ganske tydelige
føflekker under ene armhulen. De var store og nesten et
fødselsmerke. Den andre karen så forundret på mannen som
lagde noe som lignet et rasende hves."Hva erre med deg? "
Fyren snudde seg voldsomt og pekte igjen."Hu har løyet for
oss, hu er ikke herifra. Hu er fra en by lengre inn i landet, sted
med masse smier og slikt."
Den andre karen kom nærmere og glante og de andre tre
stimlet også sammen."Hva er det du prøver å si? "
Lederen så stramt på karen som pekte med dirrende finger.
Han spyttet nesten av opphisselse "Jeg røyk i spjelet der for
løsgjengeri i vår som var, og denne lille tispa var der. Hun var i
fengselet og drev å ertet oss. Hu var dattera til mestermannen
karer! "
De andre tok et steg tilbake og nå var det noe som lignet avsky
i fjesene deres også."Er du sikker mann? "
Karen nikket nesten desperat og Vardhys stønnet lavt, hva nå?
Han visste at folk flest avskydde mestermannen og hans slekt
og ingen mer enn de kriminelle.
Karen freste nesten."Jeg så de føflekkene mange ganger for hu
tok av blusen og ertet oss, hu var helt gal! Ingen har like
føflekker, det er samma kvinnfolket! "
De fem karene så brått temmelig merkelige ut, de fikk en mine

av avsky i fjeset og trakk unna.

"Ved alle guder, vi har knulla dattera til mestermannen! "

Lederen bannet grovt og sparket i bakken."Hu lurte oss, faens kåte tispe! Men det skal hun ikke slippe unna med."

Vardhys kjente at tærne krøllet seg i støvlene, han ante hva som kom og det var ingenting han kunne gjøre for da satte han dem alle i fare. En av de andre karene virket lett hysterisk."Vi blir aldri rene igjen nå, hu kan ha gitt oss hva som helst! "

Den første karen var nesten på gråten."Ja, vi blir fordømt! Ingen må vite om detta."

Lederen bannet stygt og gikk et par runder, han rev seg formelig i håret og brått brast det visst for ham. Han trakk en lang kniv og hev seg ned på kne ved siden av den ennå bevisstløse jenta. Vardhys så bort, han hørte bare lyden av stål gjennom kjøtt og en slags gurgling fra jenta. Det rykket i beina på henne og kroppen skalv litt, så ble hun stille og Vardhys kjente at tårene brant i øynene. Han hadde mislykkes igjen, og denne gangen hadde noen betalt med livet. Bak ham kjente han at de to guttene trakk hardt etter været. De så forferdet ut og han gav dem tegn til å være stille.

Mennene slepte det blodige liket ut i krattet og bare dumpet henne der og Vardhys visste at de ikke ville kunne flytte seg derifra før mennene sovnet. De skravlet sammen med tydelig motvilje og avsky i stemmene og så la de seg i teppene sine og gikk til ro. Vardhys frøs så han nesten ikke kjente tær og fingre lenger, han bare ba om at han ikke forfryste noe. Han måtte finne Esthers søster, hun burde vite at familien hennes var døde, og hvordan det hadde skjedd. Han kjente at tårene rant nedover kinnene og de var iskalde. Han ante ikke om det var ham selv eller Esther han gråt for lenger.

Det ble stille, karene sovnet visst og et par av dem snorket høylydt, han ønsket å snu nå og snike seg tilbake men da han snudde seg ble han var at Birram manglet. Han så storøyd på Alfons som trakk på skuldrene med et forvirret uttrykk."Han var her et øyeblikk siden."

Alfons hvisket det meget stille og Vardhys kikket ut mot leiren igjen, han rykket til. En sammenkrøpet og lav skikkelse snek seg frem mot ene bålet. Bevegelsene var klønet men allikevel raske og Birram stanset ved gryta og virket for å strø noe i den før han raskt listet seg tilbake. Vardhys og Alfons møtte på ham igjen på stien og de snek seg fort gjennom skogen til de var et godt stykke unna leiren. Alfons så rasende ut og Birram hadde fått noe underlig kalt i blikket som skremte Vardhys."Hva i alle guders navn gjorde du? "

Birram så ned, det var bitterhet og trass i ansiktet."Jeg kjente igjen en plante da vi snek oss opp dit. Jeg knuste blader fra den i maten deres. De kaller den Ulvebane i traktene hjemme. Bare litt er nok til å drepe."

Alfons så vantro på ham."Spådommen..."

Vardhys svelget hardt."Nåda, det er bare møl."

Birram så kaldt på ham."Jeg bryr meg ikke om jeg må dø for det jeg har gjort nå. De var onde menn og de drepte henne. Jeg bryr meg ikke om hvem eller hva hun var, hun var god mot meg."

Alfons sukket lavt og blikket han sendte Vardhys fortalte at han forsto alt. Esther hadde vært en hore, men Birram greide ikke se det slik., Han hadde helt til det siste trodd at hun likte ham spesielt og kanskje var det kanskje grunnen til at det var slikt raseri i ham nå. Å kanskje måtte revurdere sine ideer kan være tungt for noen og enhver. Særlig når det er følelser involvert.

De kom seg ned til hestene og lagde en enkel leir der, alle var merkelig tause og Vardhys kjente at hjertet var en kald hard klump i ham. Han hadde feilet, feilet totalt. Han var da en mann av ære, og han hadde latt henne dø slik. Eneste trøsten var at hun ikke hadde sett døden komme. De gikk til ro og Vardhys visste instinktivt at det ville bli en pris å betale for dette, før eller senere kom han til å måtte svi for sine feiltagelser. Han greide ikke sove i det hele tatt den natten. Kulda bet i ham ennå og enda verre var den kulden som kom innenfra.

Da morgengryet kom snek Alfons seg tilbake mot leiren til de fem karene. Han var borte lenge og kom til slutt tilbake med hestene deres og tepper og slike ting. Ansiktet hans sa alt. Birram stirret bare trassig på dem, det var noe nesten utfordrende i blikket og noe som lignet stolthet i minen. Vardhys sa ingenting på det, om noen hadde drept en han trodde elsket ham ville kanskje han ha reagert likedan. Men giftmord var å trekke det langt. Vardhys sukket og så på Alfons som skar en grimase."De lå rundt bålet alle sammen, to av dem så fredelige ut som om de hadde dødd sovende men tre hadde lidd, og det kraftig. En hadde bitt av seg tunga og en annen grep seg om magen med en stygg grimase. Lederen deres hadde prøvd å krype til hestene, han hadde spydd blod hele veien, så ikke ut."

Vardhys kjente seg kvalm, og han så skrått bort på Birram som sto ved muldyret og klappet det. Slik kunnskap var farlig, visste Birram i det hele tatt hva han hadde gjort?

Alfons så smalt på Vardhys."Hun var ikke riktig i hodet sitt, jeg skjønte det med en gang. Noen kvinner er slik, de nedlegger alt de kommer over for å føle seg tiltrekkende."

Vardhys var tørr i munnen."Det gjør det ikke noe bedre, jeg skulle passe på henne."

Alfons så tungt på ham, la ene handa på skulderen hans."Ikke klandre deg selv Vardhys, hun brakte dette over seg selv. Ingen kan endre den skjebnen som er utpekt for hver enkelt."

Vardhys trakk på skuldrene og følte seg som en totalt katastrofe."Det hjelper ikke, jeg sverget å bringe henne trygt frem."

Alfons så fast på ham."Hadde vi grepet inn ville de ha drept oss alle. Det var ikke noe du kunne gjort."

Vardhys sukket og kom seg i salen på Perle. Fremtiden så temmelig mørk ut uansett og Oldar så forskende på ham. De to guttene visste hva en mann kunne føle etter noe slikt og de fryktet for Vardhys sin forstand. Han var slik en ærlig person med redelige og gode motiver. De måtte alle gjøre sitt for å berge ham fra å gå under. Da de red videre havnet han ved siden av Birram og Alfons ledet veien. Vardhys brydde seg ikke lenger, hun hadde gitt ham motiv og et mål. Nå var målet borte og han hadde sviktet henne. Han burde ha gjort noe, et eller annet, samme hva. I stedet hadde Birram gjort noe og hevnet henne i det minste men på en måte som for en ridder fremsto som aldeles avskyelig og forferdelig.

Daithe

Det var bitende kaldt, trærne var dekket med et tykt lag med frost og snøen som hadde lagt seg knaste under hestehovene. Daithe ante at de hadde gjort noe veldig dumt ved å reise inn i fjellene på denne tiden av året men Lamara hadde insistert og hun undret seg over hva det var den jenta visste. De var dårlig utstyrt for å reise nå, de hadde lite vinterklær og det var lite mat å finne for hestene også. Hun var redd de ville lide under det, men mer redd var hun for det merkelige som hadde skjedd. For det hun selv hadde gjort. Hun hadde kommandert de merkelige små beistene, kommandert dem vekk og hun ante ikke hvorfor eller hvordan det hadde skjedd. Hun følte seg fremmed, både for seg selv og de andre, og følelsen satt dypt i henne. De hadde ridd videre gjennom smale daler som noen ganger gikk øst og andre ganger vest og Daithe ante ikke lenger hvor de var. Lamara ledet dem og sa lite eller ingenting om hvorfor hun valgte denne ruten. Ighal og de to soldatene var nervøse nå, hun så det på dem. Ighal holdt motet oppe men de to andre var på bristepunktet og hun angret nesten på at hun hadde tatt dem med. En mann som svikter i et avgjørende øyeblikk er nesten verre enn å være uten folk.
Moyesh og Tåkesang brukte evnene sine til å skaffe dem mat og varme, de trengte sjelden sulte men Daithe undret seg mer og mer over hele meningen med denne reisen. Cherdis hadde etterhvert blitt den hun holdt seg mest til, paradoksalt nok var det henne hun følte hun hadde mest til felles med. Cherdis var svært utdannet og visste mye Daithe aldri hadde lært noe om og på en måte var de like i kraft av sin forhenværende status. Daithe hadde vært en dronning og Cherdis en prestinne for Arfone og svært mektig på sitt vis. De kunne forstå hverandre.

Fjellene der var ville og vakre og her fantes ikke folk i det hele tatt. I det hele tatt visste få noe særlig om dette området og Ighal svor på at han hadde hørt sagn om både uhyrer og kjemper. Daithe ante ikke om hun skulle tro det men Aidan mente at det kunne være sannhet i det. Daithe undret seg litt over gutten, han var helt klart en person preget av sin oppvekst og brorskapet han nesten hadde blitt medlem av men samtidig var han forbausende oppvakt og tok ting fort. Det ville i sannhet vært bortkastet om han hadde blitt en snikmorder. Ighal hadde sett en del spor i det siste han ikke likte og de to andre soldatene var også tydelig nervøse, han hadde røpet for henne at han trodde det fantes orker i disse dalene og Daithe følte seg merkelig kald innvendig da han sa det. Det hadde lite med temperaturen der ute å gjøre, det kom innenfra. Hun visste nok om denne rasen til å vite at de var livsfarlige og nesten umulige å unnslippe om de først aktet å drepe noen. Ighal mente de holdt til i huler i fjellsidene omtrent som dverger men at orkehuler var noe ganske annet enn en dvergby. Det var som å sammenligne et kongelig palass med en offentlig kloakk. Moyesh lot de to arphaene streife rundt fritt og det virket for at hun hadde en slags kontakt med dem for hun fortalte at Ighal hadde rett. Det var virkelig orker i området og bare det fakta at snøen stengte dem inne gjorde at de ikke hadde vært oppdaget ennå. Daithe ville at de skulle snu men Lamara insisterte, de måtte videre i samme retning. Noen ganger kunne hun forbanne det stae kvinnfolket men et orakel var hun så avgjort. Og det var liten tvil om at de burde lytte til henne.
Gruppen hadde blitt forbauset og skremt av det Daithe hadde fått til men på en måte virket det underlig riktig. Det virket for at de alle var en del av noe større enn dem selv og skjebnen var noe en ikke kunne unnslippe. Aidan følte seg ofte forvirret over alt dette men han hadde en merkelig følelse av at også han hadde en rolle å spille, han visste bare ikke hvilken. Når de slo leir prøvde han å være så nyttig som mulig, han hentet ved og stelte hestene og sto til tjeneste som best han kunne. Ofte holdt

han seg nær Lamara og hun virket glad for oppmerksomheten han gav henne, han syntes på en måte at de var like. De hadde begge vært utnyttet for sine evner og sett lyset på en brutal måte, de var mer enn ved det blotte øyet så. Lamara hadde begynt å vise en forbausende sikkerhet nå, hun førte seg som en voksen og vis person og det var noe ved henne som gjorde at ingen protesterte. Det virket for at Moyesh og Tåkesang visste mer om dette enn de ville ut med og Aidan ble ofte frustrert over det. Han var den mest vanlige der egentlig. Soldatene var veteraner, de hadde slåss før og visste hva de skulle gjøre i ulike situasjoner men han var ganske blank. Stjernehimmelen var uvanlig klar denne kvelden, og det var nesten ikke noe lys fra den smale sigden av en måne. Arphaene hadde brakt med seg en liten hjort og de hadde lagd et skjult lite bål og stekt litt kjøtt. De kunne ikke bruke store ilden nå men Tåkesang kunne skape en slags boble av varm luft rundt leiren og det hjalp mye. Men det virket ikke når de var i bevegelse og Aidan frøs ofte bitterlig. Dew holdt vakt fra en stein litt høyere i terrenget, han hadde funnet et bra sted der ingen ville lete etter en vakt og gjemt seg godt. Ingen kunne nærme seg leiren usett. Aidan hadde funnet seg en liten plass bak en liten gran, det var mykt der og det tette treet hadde stanset snøen fra å treffe bakken. Det var et godt sted å sove og han var litt stolt av seg selv som hadde funnet et så godt sted. Han rullet seg inn i teppene sine og slappet av, neste dag måtte de i retning et fjellpass og de trengte kreftene sine. Han likte å reise og han likte å se nye steder men dette var på mange måter gal manns ferd. De hadde så lite forsyninger og bare Lamara syntes å vite hvor de skulle. Og hun sa så forsvinnende lite om det. Aidan sovnet fort, han var sliten og drev dypt inn i søvnen, leiren falt til ro og bare hestene sto og prustet lavt mens de gnog på de få grasstustene de kunne finne under snøen.
Det ble brått bevegelse, en skikkelse rullet seg sakte ut av teppene og stirret mot himmelen med øyne som skinte som stjerner i mørket. Tiden var inne, de måtte alle oppfylle sin

skjebne, gjøre det som gudene krevde av dem. Intet offer var
for stort eller for tungt. Skikkelsen snek seg stille bort til den
tette skjørtegranen. Aidan sov tungt og hun knelte ned ved
siden av ham, smilte svakt. Han var en vakker gutt egentlig,
trekkene var fine og hun likte ham. Valget kunne vært
vanskeligere. Sakte strøk hun fingrene over ansiktet hans uten
å røre ham mens hun mumlet ord ingen ville ha kunnet forstå,
ord som gjorde den unge mannens søvn enda dypere. Han ville
ikke våkne nå, uansett hva som skjedde. Hun visste hva som
måtte gjøres, hvilke krefter som en dag ville måtte blidgjøres
og hun nølte ikke. De andre sov like tungt som ham nå, bare
vakten var våken og han ville ikke se noe av dette. Hun rullet
Aidan varsomt over på ryggen og løsnet beltet hans varsomt.
Hun aktet ikke å gjøre ham noe vondt, han var for kjær en
venn for henne til det. Men hun trengte det han kunne gi, de
trengte det alle sammen. Skulle det de måtte gjøre kunne
gjennomføres trengtes dette offeret fra hennes side, hvor
merkelig det enn syntes der og da.
Hun trakk varsomt klærne hans unna og kjente at rødmen fikk
ansiktet til å brenne men det var ikke tiden til å være blyg nå.
Hun berørte ham forsiktig, kjælte varsomt men insisterende
med manndommen hans og han reagerte og ble hard i hendene
hennes. Hun smilte svakt for seg selv, hun hadde aldri gjort
dette før men hun visste akkurat hva som måtte til. Aidan
gispet lavt i søvne og vred seg litt, hun så litt trist på ham. Han
ville aldri vite om dette om ting gikk som de skulle, om hun
lykkes. Hun så at han var klar og hun sukket og trakk opp det
vide rideskjørtet hun hadde begynt å bruke i det siste, det var et
uformelig plagg men det skjulte det meste. Hun gled inn over
ham, plasserte seg riktig og ledet ham riktig med handa. Hun
skar en liten grimase, den eneste erfaringen hun hadde med
dette var en vond en, en hun ville glemme. Og dette ble ikke
mye bedre men hun vek ikke fra veien hun måtte gå bare på
grunn av barnslig frykt. Hun var allerede åpnet, det ville ikke
gjøre så vondt denne gangen. Hun styrte det hele og alt hun

trengte var hans nytelse og utløsning. Hun senket seg sakte ned over ham, tok ham inn i seg og gispet lavt av følelsen. Det var ganske riktig ikke like vondt som da uskylden hennes ble stjålet men det sprengte og hun måtte virkelig konsentrere seg for å greie å tvinge seg til å gjennomføre det. Det var en merkelig følelse, da den kidnapperen voldtok henne hadde hun vært for redd til å egentlig føle noe men nå følte hun og tillot seg selv å dvele over det. Det var en helhet i det, en fylde som virket riktig og hun smilte igjen. Visst var det riktig, det var nødvendig.

Hun begynte å bevege seg, hikstet lavt og bet seg i underleppa, det gikk fra å være ubehagelig til å bli underlig tilfredsstillende, hvor ofte hadde hun ikke undret på hvordan det egentlig var å ha en mann? Å kjenne ham i seg uten at det skjedde med tvang? Aidan stønnet lavt men våknet ikke, om han husket noe av det var det som om han hadde drømt. En god drøm så avgjort men allikevel bare en drøm. Hun fant en rytme som virket nesten velkjent på et vis, den satt i kroppen fra før og hun støttet hendene mot brystet hans og lukket øynene. Det var faktisk forbausende hvor fort det hadde blitt godt, hun forsto nå hvorfor folk likte dette. På rent instinkt brukte hun ene handa til å gni seg selv og hun følte hvordan hjertet hennes hamret i hele kroppen av ren nytelse. Han vred seg litt, kroppen begynte å bevege seg mot hennes i rene refleksbevegelser og hun visste at han var like ved . Ivrig senket hun seg enda mer og kjente at han bunnet henne og følelsen fikk det til å formelig eksplodere i henne, hun kastet hodet bakover i et lydløst skrik mens kroppen ristet i utløsningen og Aidan skalv som et gjensvar. Hun følte det, hvordan det støtvis strømmet ut av ham og fylte henne og hun kvinket lavt av fryd og omfavnet følelsen av hele sin sjel.

Hun ble sittende der, kjente hvordan sammentrekningene i henne formelig trakk det dypere inn og hun stirret mot månen og smilte et merkelig vitende smil. Etter litt lot hun ham gli ut og satte seg ned ved siden av ham igjen, Hun tørket varsomt av

ham med en klut hun hadde i lommen på skjørtet, så fikk hun
på ham buksene igjen, spente på ham beltet og rullet ham inn i
teppene igjen. Hun strøk ham ømt over håret, hans oppgave
var gjort. Hva som nå ville skje visste bare gudene men hun
var takknemlig. Han ville vel neppe noen gang vite det, men
han hadde gitt henne en stund hun aldri ville glemme. Hun
snek seg tilbake til sine egne tepper, kjente etter med ene
handa med en litt brydd grimase. Hun var seig og våt og litt
øm men det var en god ømhet. Om det ikke hadde gått bra
denne gangen kunne det være at det måtte gjentas, hun håpet
nesten det.
Da morgenlyset sakte strakte seg over himmelhvelvet ble de
vekket av at Bhikoor rusket i Ighal og Moyesh, han pekte mot
fjellene og gryntet et eller annet og Moyesh virket
skremt."Han har sett orker, i sidedalen her."
De andre kom seg opp og brøt leir raskt. Daithe så at Lamara
virket underlig hemmelighetsfull og det var et rart glimt i
blikket hennes. Hadde hun sett noe igjen? De ordnet seg fort
og Moyesh sendte ut de to digre kattene som speidere, de ville
ikke la noen se seg om de ikke ville bli sett. Tåkesang virket
for å meditere og Cherdis virket redd. Aidan kom seg ut av
teppene sine og ristet forvirret på hodet, han hadde en merkelig
følelse i kroppen som om han hadde drømt noe veldig
behagelig. Han sjekket diskret og litt flaut om han hadde hatt
en av de drømmene som fikk ham til å søle seg til men han var
ren. Det var merkelig, han kunne ha bannet på at han hadde
hatt en våt drøm eller noe slikt for det var den merkelige
følelsen i kroppen han pleide å ha i slike tilfeller og han syntes
vagt å huske å ha kommet. Han spente på seg klærne igjen da
han kjente noe annet, han luktet. Han snuste fort på handa si og
fikk et forvirret uttrykk i øynene. Han luktet som om han
hadde hatt sex, og ikke bare med seg selv. Hva var dette?
Begynte han å bli gal av dette? Han så at de andre virket
temmelig opprørt og skyndte seg å rulle sammen teppene og
sale opp men forvirringen slapp ham ikke. Hadde han ligget

med en av kvinnene der i søvne? Nei, han måtte ta feil, det var lenge siden noen av dem hadde fått et godt bad og det var så lenge siden han hadde hatt en kvinne at han neppe husket hvordan det luktet etterpå. Og han hadde ikke akkurat vært sammen med så mange så han kunne ikke akkurat skryte av å være svært erfaren. Han kom seg i salen og Ighal så til at alle var til hest og leiren skjult. Lamara pekte bare i retningen de måtte ta og veteranen nikket og satte fart på hesten. Det var åpenbart at han mislikte det sterkt men de måtte bare komme seg derifra, og det fort. Dalføret de måtte følge var bratt og kronglete med en elv i bunnen som hadde gravd seg ned gjennom berget i gjennom tusener av år og skapt et temmelig smalt og bratt juv. De måtte holde seg klar av det og holde stø kurs mot fjellpasset.

Tåkesang virket for å være i transe og hun kom av og til med små hvesende beskjeder som Moyesh oversatte til Ighal. Det var tydelig at hun kunne merke hvor fienden var. Dew red litt ut fra gruppen for å speide og kom fort tilbake. Han så urolig ut og pekte bakover.”Det er en hel horde av dem, kanskje en hundre til hundre og tjue stykker, og de virker sinte. De har funnet sporene våre er jeg redd.”

Lamara stirret fremover, det var noe fjernt i blikket hennes.”Vi har krenket dem, dette er hellig grunn.”

Ighal bannet stygt og snudde hesten, så hardt på henne.”Og det har du ikke sagt før nå? “

Hun smilte drømmende.”Jeg visste det ikke før nå! “

Han svor igjen og så seg rundt.”Vi rir på, det er ikke mye snø her så hestene kan løpe men vær forsiktige. En slik gruppe vil ikke stanse for noe, det er en fordømt religiøs plikt for dem.”

Daithe sjekket våpnene sine, hun var tørr i munnen og merket at frykten gjorde henne merkelig kald. Ighal så fort på henne.”Vi som kan slåss rir bakerst, de beistene lar seg ikke skremme av noe men om vi dreper noen kan det hende at det stagger kamplysten litt.”

Hun så litt forvirret på ham.”Kan vi ikke ri fra dem? “

Ighal ristet på hodet."Ikke i lengden, en god hest kan løpe mye
fortere enn en ork så klart men de beistene er utrolig
utholdende og seige. En ork kan være nesten hogd i to men
allikevel slåss, husk det."
De lot hestene galoppere langs elva, Bhikoor løp uanstrengt
ved siden av og det var noe i ansiktet på den som fortalte
Daithe at den ikke likte orker særlig godt. Hun hørte rop nå,
merkelig nasale utrop som lød opphissede og sinte og hestene
rullet med øynene og gav alt de kunne bortover den tvilsomme
stien. Moyesh lagde en underlig lyd og de to arphaene dukket
opp foran dem, de sprang i front og var merkelig vanskelige å
få øye på. De gikk liksom så i ett med terrenget. De red rundt
en sving i elva og der delte veien seg, hestene sprengte frem og
tok veien som gikk rett frem langs elva, det virket ikke for å
være noe dårlig valg for det var jevnere der og farten økte.
Daithe så bakover, hun så noe som beveget seg, noe mørkt som
på avstand så ut som en stor flokk dyr men ropene røpet at det
ikke var dyr. De kom nærmere og hun så fortvilet på Ighal som
hadde noe merkelig mørkt i blikket. De var fem der som kunne
slåss, det var ikke mye mot en slik styrke. Hestene løp så
snøen sprutet fra hovene og strakte nakkene, de sanset faren og
ville bort. Elva svingte og snudde og det var lite trær og slikt
der å gjemme seg bak, det var for steinete der. Noen få busker
sto der men de var små og tynne og beskjedne. De var
temmelig høyt nå og snøen gjorde landskapet underlig
pregløst.
Moyesh bråstanset hesten hun red med et rykk, foran dem var
det slutt på veien. På ene siden var det en loddrett fjellvegg
som gikk mange titalls fot rett i været og på den andre var elva,
foran dem var det bare et stup ned i en foss og alle slet med å
stanse dyrene før de havnet utfor. Ighal svor igjen og snudde
hesten. De hørte noe som lignet triumferende rop, orkene
kjente terrenget og visste at de var fanget der. Daithe hikstet og
kjente seg underlig matt, hun hadde ihvertfall ikke trodd hun
skulle ende slik. Tåkesang virket for å mumle et eller annet og

så strakte hun ut en lang hånd og la den på Daithes skulder.
Daithe rykket til, en merkelig varme spredte seg i henne og
hun følte noe hun aldri før hadde følt. Hun følte liv, alt liv
rundt seg. Det var som om det var små glødende punkter
overalt, punkter hun ikke så men allikevel merket og alt var
levende vesen. Fra de minste krek til de største og hun forsto
ikke. Orkene nærmet seg og Ighal hev seg ned av hesten, de
andre gjorde det samme. Daithe så dem nå, korte kraftige
skikkelser bevæpnet med alskens våpen og de virket svært
ivrige nå.
De to arphaene sto bak Moyesh og virket for å vente på noe,
Bhikoor sto helt inntil bergveggen, han virket usikker og
forvirret. Bhan og Dew trev buene sine og begynte å skyte. De
siktet over fienden og lot pilene fly i en bue og flere falt men
orkene nærmet seg fremdeles, temmelig sikre på seier. Aidan
hadde trukket blankt og Daithe gjorde det samme men et eller
annet forstyrret henne. Hun følte liv svært nært, liv som virket
påfallende sterkt. Hun så seg rundt med forvirring i blikket.
Inne ved bergveggen sto en stein på skrå mot berget og hun
følte noe bak steinen. Orkene så ut til å ha med armbrøster men
de har kortere rekkevidde enn en langbue og de to gjorde mest
mulig ut av de kraftige våpnene. Daithe gikk bort til steinen,
den var løs og hun bikket den utover. Skvatt tilbake med en ed
og gyste mens hun følte en trang til å danse rundt. Brått yrte
det med små dyr der, små svarte dyr med kort hale som lignet
litt på markmus men var større. Det var hundrevis av dem og
de fløy rundt og pep og alle så vantro på dem. Det var
tydeligvis et vinterbol og Daithe skulle til å si at dette bare var
en unødvendig distraksjon da hun ble var Bhikoor, Den var
tydelig i totalt sjokk, stirret på de myldrende skapningene med
total angst i de rovdyraktige øynene. Daithe fikk en ide, den
var gal og helt vanvittig men noe i henne fortalte henne at det
kunne gå. Hun følte alle de små krekene som raste rundt og
prøvde å presse sin vilje over på dem, få dem til å løpe mot
Bhikoor. Det virket, brått samlet de små pelsdottene seg og

yrte seg sammen mot Bhikoor som så ut som om den skulle til
å klikke når som helst.

Det ble for mye for den da dyrene prøvde å krype oppover
beina på ham, Bhikoor grep en diger stokk som lå der og la på
sprang mens han slo mot bakken og brølte. Og de brølene
hørtes, de drønnet mellom fjellveggene og han løp den eneste
veien han kunne, bort fra de små dyrene han tydeligvis var
livredd. Og Daithe lot dem jage etter ham, hun følte alle de
levende vesen som skjulte seg i kløfta der og da og drev dem
ut av snøen og ut i lyset. Noen bare ravet rundt mens andre løp
inn blant orkene som nå hadde stanset og stirret vantro på det
som kom brølende mot dem. Ingen av dem hadde sett noe slikt
noen gang og nå yrte det med mus og lemen og alt annet smått
og pelskledd på bakken rundt beina på dem. Bhikoor traff
orkene som en kampestein treffer en rekke flasker, orker
formelig fløy gjennom lufta med vræl og skrik og Bhikoor
gikk berserk. Noe annet kunne ikke beskrive det. Den svingte
stokken overalt rundt seg siden den bare så de forferdelige
smådyra den hatet slik og orkene rakk ikke forme noe forsvar
for ohrusen var alt for rask og sterk. Hele tiden burte han av
sinne og trev tak i alt den fikk i av våpen der. Til slutt fikk han
tak i en diger klubbe kledd med støpejern og da gikk han over i
et nytt gir.

Daithe og de andre kunne bare kikke på i vantro mens han
svingte klubba rundt seg, nå var han brått klar over hva han
slåss mot og hvorfor og Daithe forsto at han var en
drapsmaskin. Skrekken og raseriet gav Bhikoor forferdelige
krefter og orkene ante ikke hva han var. De hadde aldri sett en
skapning som ham og trodde kanskje at han var et slags troll.
Og troll fryktet de, mer enn noe annet. Og dette trollet sloss i
dagslys? Det var ikke naturlig. Orkene gav opp alle tanker på å
hevne dette overtrampet det var at fremmede var på deres
grunn, de måtte komme seg bort for her var det onde makter på
spill og skrik og rop fylte luften.

Bhikoor hadde fått tak i et digert slagsverd og svingte det med

ene armen mens han svingte klubba med den andre, blod og
kroppsdeler fløy rundt ham der han formelig danset seg
gjennom flokken. De hadde fanget seg selv i en felle for stien
var smal der, de hadde det samme problemet som gruppen de
hadde villet fange og drepe. Bakover var det fullt mulig å
rømme men brått sto to enorme kattedyr der og arphaene var
ikke mindre effektive enn Bhikoor. De svære potene knuste
hoder og rev over struper, kjevene knuste orker og slengte
kroppene rundt som når en huskatt leker med en mus.
Tåkesang satt ennå til hest, hun berørte fjellveggen med ene
handa og de ynkelige små buskene vokste brått som det
villeste ugras og slynget seg rundt bein og armer, og dermed
tok enten Bhikoor eller arphaene dem. Og de små dyrene var
også med på kampen, de krøp rundt på de kjempende orkene
og bet der de kom til og noen av orkene hev seg over kanten
og ned i elva for å unnslippe. Men elva var dyp og vill og
iskald så det var lite sannsynlig at det var mer enn en liten
utsettelse på dødsdommen.
Noen orker løp fremover og Ighal og de to soldatene hev seg i
gang med Aidan og Daithe i hælene. Daithe hadde aldri
kjempet mot noe slikt noen gang men alt hun hadde lært kom
tilbake til henne og gjorde det merkelig lett. Hun visste hva
hun skulle gjøre, hvordan hun skulle bevege seg og forsvare
seg. Hun møtte den første orken med sverdet i et lavt
svingende hugg som traff den over lårene. Skapningen skrek
vilt i det bladet skar gjennom muskler og bein og stupte om på
bakken uten bein. Hun kjørte bladet ned gjennom brystet på
den og parerte et hugg fra en annen, hun var konsentrert nå,
iskaldt til stede i øyeblikket. Hun fintet og orken trodde den
hadde henne men dengang ei. Hun dukket og snudde klingen i
grepet, kjørte sverdet gjennom magen på beistet og rev det ut
igjen så blodet sprutet før hun kappet av den ene armen og
deretter tok av den hodet. Hun følte noe som lignet rus, en
slags galskap. Det var merkelig enkelt der og da, hun måtte
drepe eller bli drept og det var alt som var. Bhikoor brølte

fremdeles så det dundret mellom åsene og de overlevende
orkene rømte for livet nå. De forsto at de ikke hadde en sjanse
og overtroen tok overhånd.
Daithe fant seg brått stående der med et blodig sverd og ingen
flere fiender å felle. Og hun følte nesten en slags skuffelse.
Hun rettet seg opp, så seg om med flakkende blikk. Bare et par
håndfuller orker hadde unnsluppet, det lå hauger med døde der
og det stinket til himmels. Synet var groteskt. Hun så på sine
egne og rykket til. Ighal sto der og virket uskadd men Bhan lå
og synet fortalte henne at han var død. Dew var blek og grep
seg til siden og var åpenbart såret men de andre var ok. Aidan
var blodig og vill i blikket men haugen døde orker rundt ham
fortalte at opptreningen hans ikke hadde vært forgjeves. Han
var dyktig, ingen tvil om det. Ighal ristet blodet av sverdet sitt
og så fort på henne.”Er du ok? “
Hun nikket bare, tok seg sammen med et rykk. Hun følte ikke
livet lenger, merket ikke lenger noe til alle dyrene der ute og
hun var glad til. Hun følte seg svimmel og kvalm og Cherdis
løp bort til henne og hjalp henne ned på en stein.
Ighal så fort til Bhan og bannet matt før han vendte sin
oppmerksomhet mot Dew. Moyesh og Tåkesang stimlet også
sammen rundt ham og Daithe så at de undersøkte skaden hans.
Det virket alvorlig og Daithe kjente noe som lignet et skrik
presse seg frem gjennom sjelen. De hadde mistet en mann og
kanskje de mistet en til, og hun ville ikke at noen skulle dø.
Hun hadde sett for mye død! Ighal fikk halt Dew opp på
hesten, så tok han av Bhan klær og våpen og vippet liket ned i
elva. Daithe så forferdet på ham og Ighal så bare kaldt på
henne.”Bedre enn at orkene finner ham og eter ham! “
Hun gyste og kom seg sakte i salen på hesten igjen. Bhikoor
sto og blåste stygt i nesa og det glødet formelig i blikket på
den. Daithe smilte litt usikkert til den svære skapningen,
hornene var blodige, den hadde brukt dem også i
kampen.”Bhikoor flink? “
Hun nikket intenst.”Ja visst var du flink, veldig veldig flink var

du, en helt! "
Bhikoor så storøyd på henne, så fikk den et utrolig stolt uttrykk
i ansiktet og gikk med hodet høyt hevet og brystet ut.
Ighal smilte stivt."Vi må komme oss opp over passet, og så
finner vi et leirsted. Dew trenger pleie og det fort."
Moyesh så litt skjevt på ham og Daithe oppfattet det usagte i
de ordene. Han ville neppe overleve, det var bare for å spare
ham for unødig lidelse. Alle var til hest igjen og de red hardt,
dyrene var opphisset og nervøse men Ighal ledet dem ut av
kløfta og nå fant de riktig vei mot passet. Det var steinete og
bratt og hestene kjempet for å komme seg opp men det gikk på
et vis. Det var som om dyrene forsto hva som sto på spill.
Arphaene løp også der og sjekket at det ikke var orker i
bakhold noe sted og brått var de på toppen. Dalgangen bikket
nedover mot en annen større dal og Ighal jog på den pesende
hesten. Snøen lå dypere der og hestene bakset med desperasjon
i blikket men kom seg frem og snart ble det lettere å komme
seg frem for her var det ikke så bratt og det var ganske jevnt.
Arphaene løp foran og Daithe forsto at Moyesh hadde bedt
dem finne en god leirplass. Her var de trygge for orkene for de
krysset aldri slike fjellpass, for dem var det hellige steder der
gudene holdt til og dalen de skulle ned i var ikke bebodd av
noen.
Etter litt kom den ene arphaen tilbake og de fulgte den ned
gjennom en glissen fjellskog og langsmed en temmelig bratt
fjellvegg. Daithe kunne se en sjø langt der nede i dalføret og
det virket for å være et bra sted å være så hvorfor var det ikke
orker der? Ighal forklarte at de hadde en religion som tilsa at
visse steder var forbudt område for dem, uvisst av hvilken
grunn. Og denne dalen var slik, han hadde lagt merke til
merker på steinene i passet som fortalte det. Arphaen ledet
dem til en stor hule, den var ikke særlig høy under taket men
det var flatt og det samme var golvet og den var bred innenfor
åpningen og svært dyp. Golvet var av sand og stedet så ut som
om noen hadde bodd der for det var et tydelig ildsted der. Det

var gammelt og Ighal gryntet.”Det er andre folk her i fjellene
enn orker. Men ingen jeg frykter her og nå.”
Aidan raste ut etter vann og Tåkesang tok seg av hestene mens
Moyesh og Ighal bar Dew inn i hulen og la ham ved ildstedet.
Daithe og Cherdis gikk gjennom de få tingene de hadde etter
noe som kunne være bandasjer og slikt og Lamara satt bare i
huleåpningen og stirret ut. Aidan kom med vann og Cherdis
satte over en kjele til kok, det var ved der og den var beintørr
så det brant godt. En smal sprekk i berget ledet bort røyken og
hulen var egentlig et godt sted å slå leir men ingen tenkte på
det nå. Ighal trakk til side Dews klær og stirret nøyere på såret,
Daithe gikk nærmere halvt i nysgjerrighet og uro og halvt i
avsky. Det var stygt, svært stygt.
Et digert hugg i siden som måtte ha vært gjort med en øks eller
noe slikt for et sverd etterlot seg mye renere kanter. Dew
stønnet av smerte og var svært blek, han hadde mistet mye
blod og Moyesh la handa varsomt over såret, hun sukket bare.
Ighal bannet igjen og så fortvilet ut.”Har vi noe medisiner i det
hele tatt?”
Cherdis ristet på hodet og kapteinen lukket øynene et øyeblikk
i ren desperasjon. Dew hostet og grep handa hans, han prøvde
å smile.”Det er ingen vits kamerat, vi har kjempet mange slag
sammen men dette var det siste. Det er et siste slag for oss alle,
og du vet det. Dette var mitt.”
Daithe så en merkelig ømhet i Ighals øyne, han strøk Dew over
håret.”Du kjempet godt som alltid min bror, du har ingenting å
skamme deg over. Mange har møtt gudene med langt færre
dåder under skjorta enn deg.”
Dew smilte blekt og en smerteilning fikk ham til å rykke til.
Ighal var grå i ansiktet og klemte Dews hand hardt, det måtte
være hardt for ham å miste to av sine menn på en gang. Og
disse var de siste han hadde også. Dew hostet grunt.”Det er
ikke så ille kaptein, hadde det ikke vært så forbasket vondt.
Men det er greit, gudene venter på meg nå.”Moyesh satt med
tårer i øynene og Tåkesang så litt forbauset ut. Lamara satt og

gråt åpenlyst og Cherdis bet seg i underleppa og så lidende ut.
Ighal svor og strøk Dew over håret igjen."Jeg burde ha
avsluttet dette for deg min bror... men jeg.. jeg klarer det ikke!
"

Dew bare nikket."Gudene henter meg når de vil, det er slik det
er. Jeg klandrer deg ikke min venn, den eneste jeg klandrer er
den forbanna orken men jeg tok hodet av ham, jaggu gjorde
jeg! "
Ighal prøvde å smile men det ble merkelig stivt og Dew
stønnet lavt og det gikk en skjelving gjennom kroppen. Han
led tydelig og Daithe skulle så inderlig ønske at det var noe
hun kunne gjort for å lindre det. Men de hadde ingenting slikt
med seg. Da var det at Cherdis reiste seg, hun så fort på Ighal
og det var noe bestemt i blikket hennes som fortalte at hun
ikke ville bli motsagt nå.
Hun gikk ut på golvet foran den døende mannen og smilte
sakte."Du kjempet tappert og har gjort det totale offer, det
fortjener en belønning. De sa at dansen min kan vekke de
døde, den kan ihvertfall lette en døende manns smerte og gjøre
hans hjerte lettere i hans siste stund. Om du tillater det? "
Ighal så forvirret ut men Dew smilte brått varmt."Jeg er
beæret, jeg har hatt et godt øye til deg hele veien vesla."
Cherdis nikket og smilte og øynene var blanke."Det vet jeg,
jeg er lei for at jeg ikke får vist deg mine andre kunster.."
Dew hikstet lavt."Det ville vært for voldsomt tror jeg, jeg
godtar en dans med glede du vakre."
Cherdis nikket og slapp av seg klærne. Hun sto der helt naken
men det var en verdighet ved henne som gjorde at ingen følte
seg brydd ved synet. Hun begynte å bevege seg som til en
indre musikk bare hun kunne høre og snart fulgte alle henne
med blikket. Til og med Bhikoor stirret med store øyne og
Daithe kunne knapt fatte hvor vakker Cherdis var i dette
øyeblikket. Håret glødet rundt henne i bållyset og bevegelsene
var som flytende vann over steinene i en kulp, som hjorter som
springer over en eng om våren. Hun var ild og vann og vind,

begjær og lyst og henrykkelse i ett. Alle følelser var i ett i
henne og Daithe så at smerten var borte i Dews øyne, i stedet
var det noe henført der. Som om han allerede skuet gudene han
snart skulle møte. Og som gudinnen var hun, som Arfone selv.
Ighal gråt og Aidan stirret bare med blankt blikk, Moyesh satt
med en underlig henført mine og Tåkesang svaiet til en
merkelig rytme.
Cherdis danset og tiden var stille, alt var bare der og da og
Daithe var mer i nået enn noen gang før i sitt liv. Hun skottet
bort på Dew og så at pusten hans ble langsommere og fargen
blekere men han smilte. Det var et trist og vemodig smil men
det bar en stolthet i seg, en glede over en kamp og et liv som
sikkert hadde vært rikt. Daithe holdt blikket på ham, så
hvordan øynene hans fulgte Cherdis mens ånden hans sakte
gav tapt og hun danset ham over til den andre siden. Daithe så
det, at blikket hans brått brast og pusten stanset i ham og hun
følte noe merkelig bygge seg opp. Hun hadde aldri sett noen
dø slik, det var noe underlig verdig ved det, og samtidig skulle
hun så inderlig gjerne sett at det aldri hadde skjedd. Cherdis
fortsatte å danse litt til, Ighal satt der og gråt åpenlyst og
Cherdis så på ham med et merkelig lys i blikket. Hun rakte
hendene mot ham.”Du var glad i ham som en bror, kom, ær
ham en siste gang. Gudinnen krever hva gudinnen ønsker, det
er prisen å betale for hennes nåde.”
Ighal virket forvirret og Daithe hadde en sterk følelse av hva
det var som nå skulle skje, men det var noe underlig sakralt
ved tanken. Noe rent og riktig, død og liv forenet i en eneste
seremoni som mer enn noe hyllet kjærligheten. Han reiste seg
usikkert og Moyesh og Tåkesang begynte å synge, lave ord
ingen av de andre forsto men de hadde en underlig forheksende
rytme i seg. Daithe grep seg i å rugge til den også og Aidan
satt der og stirret inn i ilden og gynget med i den merkelige
sangen. Cherdis leide Ighal med seg ut på sanda og tok
langsomt av ham klærne, han protestere ikke for det virket for
at han forsto at dette var mer enn det en først skulle tro. Dette

var virkelig et offer, for å sikre en sjels salighet og evige lykke.
Daithe så at han hadde en god kropp enda han ikke var en
ungdom lenger, han var muskuløs og senete, herdet av et hardt
liv som kriger med arr og merker mange steder. Hun hadde sett
nakne menn før så synet gjorde henne ikke noe og hun ble ikke
brydd av det enda hun vanligvis ville følt seg litt fnisete av det.
I stedet var det noe urgammelt og riktig ved de to sammen der.
Sangen steg og sank og Cherdis kjærtegnet ham sakte og
kjærlig, han begynte å gjengjelde kjærtegnene og nå måtte
Daithe rødme, det var ingen tvil om at han var klar nå og hun
følte et fort stikk av noe som nesten lignet misunnelse. Cherdis
hadde rett i det hun hadde sagt før, Daithe hadde aldri følt
gudinnens velsignelse med sin mann, han hadde ikke vært
noen dyktig eller hensynsfull elsker og hun begynte å undres
på om hun noen gang ville la noen andre ta hans plass, i det
minste mellom lårene hennes om ikke i hennes hjerte.
Cerdis trakk Ighal med seg ned på sanden og ilden fikk det til å
glitre i svetten på huden hennes, som om hun var dekket med
edelsteiner. Daithe gispet lavt av synet, hun så hvordan
Cherdis tok i mot ham, hvordan hun slynget beina om kroppen
hans og ble ett med ham. Hun hadde aldri sett på at andre
elsket og det gjorde henne flau men samtidig greide hun ikke
trekke blikket til seg, det føltes brått varmt og lengtende i
hennes egen kropp og hun følte mer enn bare varmen fra bålet.
Ighal beveget seg langsomt, han støttet seg på albuene og hun
strøk hendene over huden hans, hvisket åpenbart et eller annet
til ham. Det var noe ved rytmen som var direkte plagsomt for
Daithe som prøvde å se bort men ikke greide det. Hun husket
Feargus, hvordan han hadde hamret løs på henne så hun følte
seg aldeles tommelomsk i hele kroppen og avsluttet før hun i
det hele tatt rakk å kjenne om det var godt eller ikke. Å se
hvordan musklene i Ighals rygg og bakende jobbet mens han
sakte lot seg gli frem og tilbake i Cherdis var utrolig pirrende
og de lave stønnene han slapp fra seg gjorde det ikke bedre.
Brått ønsket hun at det var hun som lå der, med Ighal over seg

og i seg. Det hadde ikke gjort noe om de andre så på engang.
Hun bet seg i underleppa og prøvde å overhøre lydene fra de to
men det gikk ikke. I stedet lukket hun øynene men synet var
som brent fast i hjernen på henne. Ighal hevet farten etter litt,
Cherdis stønnet og klynket lavt og møtte bevegelsene hans
med hoftene og så skrek hun lavt og langtrukkent mens hun
skalv og ristet under ham. Lyden fikk Daithe til å skjelve selv.
Ighal løftet seg på strake armer, Cherdis løftet hoftene litt mer
og bevegelsene hans ble harde og raske og han stivnet til og
skrek ut. Det var et merkelig håst rop i en underlig blanding av
sorg og ekstase og Daithe kvalte et klynk av ren lyst. Hun
måtte virkelig ta seg sammen for ikke å røpe hva hun følte men
hun forsto hvorfor Cherdis var så etterspurt nå. Hun kunne
tenne Arfones ild i enhver som så henne, uansett. Og Daithe
var hjelpeløs mot den siden hun aldri hadde kjent den søte
flammen i kjødet før nå. Det var merkelig, hun var enke og
hadde hatt en ektemann men noe slikt hadde hun allikevel aldri
følt.
De to ble liggende der og da Ighal slapp Cherdis virket han
brydd men også merkelig lettet, nesten i en slags døs. Moyesh
rakte ham et teppe og han satte seg ved bålet og stirret inn i det
med fjernt blikk. Cherdis kom seg opp og smilte sakte, ristet
sand ut av håret og fikk på seg klærne igjen med sikre
bevegelser. Hun hadde en slags ild i blikket og Daithe ble
sakte klar over omgivelsene igjen. Aidan satt der litt
sammenkrøpet og peste virket det for og Cherdis så på ham og
smilte vitende før hun pekte på utgangen av hulen. Aidan bare
hev seg på beina og for ut som om han hadde brann i baken og
Daithe forsto hva han skulle på den litt sammenkrøpne
holdningen. Hun skulle ønske hun kunne gjort det samme, men
hun vågde liksom ikke. Moyesh og Tåkesang trakk Dews
kropp bort til åpningen av hulen, der tok de av ham klærne og
vasket kroppen før de rullet den inn i et teppe og grov en dyp
grav i den myke jorda langs veggen av hulen. Det var lite
sannsynlig at noen ville forstyrre hvilen hans der. Daithe

prøvde å føle sorg over at han var død men av en eller annen
grunn greide hun det ikke. Han var på et bedre sted nå, hun var
sikker på det.

Arphaene brakte inn litt vilt og Tåkesang fant noen urter som
de kokte sammen med kjøtt til en slags stuing som slettes ikke
ble så ille. Alle var stille og sa lite men Daithe merket en ny
stemning blant dem nå. Det hadde virkelig gått opp for dem
alle hva de hadde blitt med på og hva som sto på spill. Dette
slottet de skulle finne, hvor skulle de ta veien når de fant det?
Hva var vitsen med alt? Og når skulle hun få hevne sin mann?
Hun ante ikke, alt hun visste var at hodet spant av tanker som
ikke lot henne få fred, selv ikke da hun rullet seg inn i teppene
sine i den myke hvite sanden. Hun hadde følt og kontrollert liv,
bare dyr men allikevel, var det mer ved henne enn hun selv
visste om? Det virket for at Moyesh og Tåkesang visste noe
men Daithe var langt fra sikker på om hun selv ønsket å vite
om det. Hun var redd for å måtte møte en sannhet som kanskje
var for stor for hennes forstand.

Cian

Cian vrengte Tordenkile rundt med et lett trykk av foten, svingte sverdet i en krapp bue og traff soldaten som prøvde å trekke ham av hesten rett i halsen så blodet sprutet i en vid bue fra såret. Karen falt om med et skrik av smerte og Cian drev hingsten fremover igjen, den vrinsket og slo ut med bakbeina, knuste brystkassen på en mann som kom bakfra. Like ved dem presset Karma seg frem gjennom mengden med soldater, den unnvek alle forsøk på å stanse den med letthet, de gigantiske potene traff som stridshammere og fienden hadde begynt å trekke unna når de så den. De visste hva den enorme s'hagaen var og hva som fulgte i dens spor. Cian blottet tennene, en ridder prøvde å ri rett på for å dytte hesten hans ut av balanse men feilberegnet totalt, ingen annen hest var så sterk som Tordenkile og den brune hingsten mannen red vek unna i angst og Cian drev i stedet den borkete stridshesten rett inn i siden på den brune. Dyret vaklet sidelengs og rytteren prøvde desperat å komme i balanse igjen men det var for sent, hesten mistet fotfestet og ramlet om og Tordenkile slo ut med forbeina og traff mannen i hodet med en stålskodd hov. Cian brølte av triumf og så at resten av hæren hans var like i hælene på ham. De var gode menn og de var erfarne også. Mange av de soldatene de møtte hadde aldri sett krig før, de ble skremt og vek og dermed var de et lett bytte.
Cian og hans menn hadde avansert nordover i flere dager, de hadde skaffet seg forsyninger og fått med flere folk ved en by i enden av Bheki bukta og nå var de ganske mange. Cian hadde tenkt å etterfølge Marcellius ordre men det kom i andre rekke når de ble angrepet rett som det var av folk som trodde de var fra en eller annen fiendes styrke. Og ingen gadd spørre først,

det var et problem. Dessuten hadde lovløshet og vold spredd
seg til alle lag av folket. Det var røvere langs veiene og han
hadde prøvd å gjøre sitt for å ende den galskapen også, kom de
over slikt viste de ingen nåde. Det ble vanskeligere å reise med
en så stor hær og han måtte snart se til å finne et sted å
tilbringe vinteren på, det ble umulig å komme seg videre når
snøen nådde lavlandet. De hadde krysset grensa til Ar"Altarab
nå og her hadde Macallif sittet med mye av makten men det
hadde endret seg. Som i de andre landene var maktbalansen
totalt omrokkert og for øyeblikket virket det for at det var en
gren av Darasher som hadde mest makt men noen fra Arcan
ble sagt å puste dem opp etter ryggen så det kunne snu når som
helst. Lavlandet var for det meste forlatt, her og der så de
forlatte landsbyer og slikt men ingen steder var velegnet for en
overvintring. Det hadde begynt å bli virkelig kaldt nå og Cian
visste at mange av karene ikke hadde tilstrekkelig utrustning
for en vinteraksjon. De trengte å komme i hus snart. Han måtte
legge planer og studere kart og finne en god vei videre, og så
fikk de bare håpe at vinteren bremset litt på kampviljen til folk.
De hadde fått tak i to hundre ekstra hester fra en hestehandler
som hadde vært så godt som strandet i den forrige byen de
besøkte, ingen hadde råd til å kjøpe hester nå og mange av
dyrene var slike som hadde blitt sluppet løs og som så hadde
trukket mot folk for mat og stell. Med såpass mange i kosten
trengtes det mat og for og utstyr og Cian merket at det å være
hærfører var noe annet enn å bare være en ridder. De hadde fått
med noen riddere også nå, menn som ønsket å få freden tilbake
og som ville kjempe for en nobel sak. Et par av dem var unge
pappskaller som var så fulle av seg selv at de neppe overlevde
mange slagene mens resten var gode nok. Karer som hadde sett
litt og visste hva de gikk til, og hva de slåss for. Cian måtte
glise av noen av de unge mennene, de så på ham som om han
var noe i nærheten av skaperen selv og de prøvde på alle
tenkelige måter å smiske seg inn på ham men det prellet bare
av. Personlig ære betydde ingenting lenger, alt han tenkte på

var å få roet ned galskapen og få stanset den krigen som nå
herjet så vilt. Det var alle mot alle noen steder og om ikke
noen snart fikk stukket kjepper i hjula for denne galskapen
fryktet han at landet ville stå ribbet tilbake til slutt.
De hadde ridd langs elva i noen dager da de møtte en speider
som mente å ha sett et egnet sted for overvintring. Det var et
gods som lå et stykke opp i liene der og det var gammelt og
ærverdig men fattigslig nå. Det virket for at eieren var en
gammel mann og det var lite mannskap der. Cian tenkte seg
om litt, de kunne ta det nærmere i øyesyn i det minste. Han
ønsket ikke å tvinge seg på noen om han ikke måtte men det
kunne være at beboerne var vennlige mot ham, i det minste
kunne han håpe på det. Det var en drøy dagsreise dit og veien
var elendig, det virket for at hele lavlandet langs elva var
redusert til gjørme og rent slaps og Cian fikk en litt merkelig
følelse noen ganger. Det hunndragen i drømmen hadde sagt til
ham, havet kommer.. Det virket nesten for at tidevannet nådde
lengre inn enn normalt? Han sendte ut speidere langs elva og
ut mot bukta og de kom tilbake og fortalte at mange av
fiskerbuene langs bredden av estuariet var delvis under vann,
det virket for at landet hadde sunket eller så hadde havet steget
og begge deler var like ille. De sa også at de så mengder med
syk og død fisk og døde fugler også. Noe var virkelig galt.
Cian kunne bare håpe at gudene ikke straffet denne galskapen
med en fullstendig katastrofe men noe i ham fortalte ham at det
var en solid mulighet for det.
De nådde godset sent på kvelden og Cian følte seg deprimert
av synet, det var elendige greier. En stor trebygning omkranset
av en gammel ringmur og noen andre steinbygninger som
nesten så falleferdige ut. Men det var lys der og noen krøtter
beitet på det magre graset utenfor muren. Det ville neppe holde
som overvintringssted for så mange menn så de fikk be om å
overnatte og ri videre. Han lot hovedflokken bli igjen et stykke
unna murene, det var ikke verdt å skremme beboerne der
heller. Han red opp mot porten sammen med Georg og et par

av de eldre ridderne, de var menn som kunne virke både vennlige og skarpe om de trengte det. Cian banket på med sverdknappen og drev hesten litt tilbake, en glugge ble åpnet i den enkle treporten og et rynket gråsprengt hode ble synlig. Det måtte være en gammel mann og ene øyet var hvitt og melkeaktig mens det andre rant og var rødsprengt."Ja? " Stemmen var rusten og nesten uhørlig men Cian fremførte fort ønsket om tak over hodet for natta og gluggen smalt igjen. Det gikk litt tid, så hørte de fottrinn og porten gled opp på skrikende hengsler. En skulle nesten tro at den ikke hadde vært åpnet på lenge men det måtte den jo. En eldre kar sto der sammen med en eldgammel kvinne og en yngre langhåret og spe mann med et underlig vekt og feminint ansikt. Den eldre mannen så vennlig ut, det var noe sorgtungt over ham og han hadde linjer i ansiktet som fortalte om slit og forsakelse. Men hans så edel og god ut og Cian likte ham umiddelbart."Ærede herrer, det vil være en stor glede for oss å huse deres følge for natten. Det er en stor låve bak godset, deres soldater og hester vil få god plass der."
Cian smilte lettet, å ha tak over hodet ville bli godt. Mannen bukket lett og det var noe gammelmodig over ham som var svært sjarmerende men også påfallende."Jeg er Charbian av Ar-Altarab, jeg er herre på dette stedet."
Han pekte på kvinnen som sto der og stirret i golvet."Hun er min søster Madhila og gutten er hennes sønnesønn, Tandhar." Cian kjente en merkelig frysning når han så på gutten, han så liksom feil ut. Som om noe ved ham ikke stemte. Men hva? Cian tok seg sammen og steg av hesten, de andre ridderne gjorde det samme men Georg hadde en litt dyster mine i ansiktet og steg bare sakte av hesten sin. Det virket for at et eller annet der gjorde ham ille til mote. Cian takket høflig for gjestfriheten og fulgte Charbian gjennom porten, innenfor var det en ganske stor grå gårdsplass som var helt dekket med brostein. Det var ikke noe liv å se der og Cian rynket pannen og så seg rundt. Stedet var forholdsvis velholdt men han så nå

tydelig alderen. Alt var bygd på en måte alle hadde gått bort
fra for flere hundre år siden. En av ridderne ledet soldatene til
låven bak godset og Cian følte et fort gys, han misunte brått
mennene. Selve hoved bygget var egentlig vakkert men
dystert. Han visste ikke hvorfor han fikk den følelsen men den
var sterk. Det var grått på farge og uten utsmykking av noe
slag og de små gluggene og vinduene lignet et øyeblikk på
blinde øyne som stirret tomt ut på verden. Karma hadde fulgt
etter ham og han ble litt forbauset over at den gamle mannen
og de to andre ikke reagerte på dyret. Karma knurret lavt og
gned hodet mot ham med et litt fjernt glimt i de rødgylne
øynene. Det var en advarsel der og Cian nikket til katten.
Karma forsto mer enn en skulle tro og når den ikke likte stedet
ville Cian også ta alle forhåndsregler.
Stallen der var stor men nesten tom, bare et par gamle øk av
noen trekkhester sto der og tygde bedagelig på litt høy, de
løftet hodet og snøftet da de så de fremmede hestene men
reagerte ikke særlig sterkt og Tordenkile og de andre
stridshestene overså dem glatt. Georg bar høy til dyrene og
Cian fulgte den eldre mannen inn, det var en stor dør med
doble slåer som gikk rett inn i hovedsalen i bygget. Det var slik
gamle bygg gjerne var lagd men Cian forsto at stedet var heller
primitivt. Det var kort og godt et eneste digert rom som var
både riddersal og kjøkken og soveplass for de fleste der. Og så
var det noen få rom bak i bygget for stedets herre og hans
nærmeste slekt. Cian ville tro at dette bygget var minst fire
hundre år gammelt og sot og skitt hadde farget veggene
mørkegrå. Halmen på golvet var ren og bordene skuret men det
var slitt og lappet på så mange ganger at de fleste tingene der
neppe hadde noe igjen av det opprinnelige materialet. Det sto
en diger kvinne ved ildstedet, hun snurret sakte på et
steikespidd og det hang noe som måtte være en geit til steking
over ilden. Cian skar en liten grimase, geit? De var fattige der,
ingen tvil om det. Ingen som kunne unngå det åt geit! Han så
fort på ridderne som nikket tilbake, de ville ta av rasjonene

sine heller enn å ete disse folkene ut av huset.

Charbidan smilte litt unnskyldende.»Vi får sjelden gjester her, vi bor så avsides til og slekten vår er nesten utdødd. Min søster og hennes sønnesønn er de eneste andre jeg har her, min hustru døde for fem år siden og vi fikk aldri barn. Av og til er gudene onde.»

Cian bare nikket, han ville ikke rippe opp i ting for den vennlige gamle mannen og han så at Georg kom inn og la fra seg sakene sine ved døra som de alle hadde gjort. Noe ved kroppsspråket til mannen røpet at han overhodet ikke likte seg der. Cian prøvde å være høflig.»Hva ætt er dere av?»

Charbidan la hodet på skakke, han hadde noe nesten unnskyldende i blikket.»Ereshere, vi stammer fra en handelsmann som fikk en tittel som takk for en tjeneste han gjorde kong Knurach.»

Tandhar hadde ikke sagt noe til da, men brått åpnet han kjeften og Cian rykket til. Gutten så nesten ut som en jente men stemmen var uvanlig dyp og hes og noe ved den gav Cian gåsehud.»Han smuglet kongens frille ut og inn av slottet, det var tjenesten han gjorde. Og dermed var han brått en adelig mann.»

Det var forakt i stemmen og Charbidan så skremt på gutten.»Så så, ikke kjed disse ridderne med slike historier.»

Cian visste at en del slekter hadde langt mer tvilsomt opphav enn det, så han holdt det ikke mot dem men kong Knurach? Det var for helsikke snart tusen år siden den mannen levde, han var en av de største kongene rett etter at dragemestrene forsvant og de sa at han var den som bygde ut Zhymorne til den byen den nå var. Cian smilte høflig.»Det kjeder oss ikke, vi er på vei nordover og litt historie kan være god underholdning.»

Charbidan smilte litt fåret og gutten snerret nesten, det var noe mørkt i blikket som gjorde Cian meget urolig.»På vei nordover? Men hva slags ærende kan dere ha der så sent på året? «

Charbidans stemme skalv, han virket for å være redd for
Tandhar på et eller annet vis. Cian så i smug nærmere på ham,
han kunne være alt mellom atten og tredve, alderen var umulig
å bedømme og vekheten i trekkene virket nesten tilgjort? Som
om utsiden og innsiden av mannen ikke stemte overens. Hva
var dette? "Vi er på vei på vår konges ordre, vi skal bringe
orden til et område viktig for hans ætt."
Charbidan bare bikket på hodet og smilte sjarmerende."Det
forklarer saken, ja det er jo vanskelige tider vi lever i."
Han sa ikke mer om krigen og Georg sendte Cian et advarende
blikk. Det var tusen usagte ting i øynene hans og Cian følte seg
mer nervøs enn noen gang før på denne ferden. Mennene slo
seg ned ved bordene og den ene ridderen så seg rundt"Har dere
ikke særlig med tjenere her? "
Charbidan slo ut med nevene."Nei desverre, vi har en portvakt
og kokka og et par kvinner som steller huset her men det er alt.
Vi har ikke råd med mer og ikke trenger vi det heller."
Cian gav ridderen et blikk som røpet at han hadde tenkt på det
samme spørsmålet, han så at flere av mennene hadde tatt med
våpnene sine inn i salen der. Det var ikke vanlig men han
visste at de var menn som ikke tok noen sjanser og dette stedet
gav ham gåsehud av en eller annen grunn. Nå var de ti menn
der med Cian og Georg og selv de unge ridderne var gode
krigere så de burde kunne slåss mot en relativt stor gruppe og
greie seg men det var ikke mennesker Cian fryktet. Et eller
annet sa ham at dette stedet rommet noe langt farligere enn
vanlige folk.
Kokka kom vaggende med en gryte mellom hendene, hun var
sterk og nevene digre og slitte. Ansiktet var kvapsete med små
øyne og lange loddrette linjer, hun var stygg og det var noe
lurende i blikket Cian ikke likte.
Gryta inneholdt noe stuing som fikk Cian til å bli svært glad
for at han hadde annen mat å ty til. Den virket for å være like
grå som veggene der og ubestemmelige biter med fett og kjøtt
fløt rundt i en væske som lignet litt på gammelt vaskevann.

Georg kastet et kort blikk på det og hvisket til Cian.”Ser ut som om hun har kokt gamle vaskefiller i det vannet, og hevet oppi et par utgåtte sokker som krydder! “

Cian måtte hoste for å skjule reaksjonen på ordene, Georg hadde så evig rett. Karene tok frem rasjonene sine nesten demonstrativt for å vise at takk, de hadde egen mat. Georg og Cian sine ansiktsuttrykk hadde advart dem grundig nok. Kokka gikk og hentet steika og Cian måtte skjære en grimase da han så at dyret ikke engang var skikkelig flådd, det hang igjen biter med skinn her og der og det var en bukk på lukta å dømme. Og folk åt det der? Vel var det nød men ved alle guder...

Charbidan og den gamle kvinnen og Tandhar skar seg noen reale stykker og begynte å spise og det var stille mens alle fikk i seg maten. Cian så seg rundt i smug, veggene var upyntet, det var ingen pyntegjenstander noe sted og alt som fantes der var slikt folk gjerne bare etterlot seg. Det var nesten så han begynte å tro at stedet hadde vært fraflyttet men at de hadde vendt tilbake.

Geitekjøttet luktet så grabukk at Cian nesten fikk tårer i øynene og Georg så vantro på at de tre stappet i seg. Til og med kokka åt litt der hun satt ved ildstedet og portvakten satt ved døra og gnog på en skank. Disse folkene måtte være totalt utsultet, eller så eide de ikke smakssans noen av dem. Georg hadde noe i blikket som fortalte Cian at mannen forventet vansker. Han lente seg over til Cian og hvisket til ham.”Jeg har latt hestene stå med bittene på, stål vet du! “

Cian visste at mange trodde at rent stål jagde bort onde makter og han kjælte ubevisst med skjeftet på sverdet sitt. Tandhar rykket til og så et øyeblikk på ham, det svarte blikket var nesten fornærmet. Cian ville helst ha reist igjen, å ha tak over hodet var riktignok godt men til hvilken pris? Han følte at han gikk fra asken til ilden nå, de burde ha reist forbi dette stedet. Madhila så bare i bordet, det gamle rynkete ansiktet var lukket og nesten fiendtlig å se på, lange tufser av grått hår hang frem under enke kysen og hun så svært ustelt ut. Det sto en egen lukt av uvaskede klær og gammel urin av henne og huden på hendene var skjoldet av skitt. Hun virket for å være en svært lortferdig person eller så var hun kanskje så gammel at vettet hadde sviktet. Cian ante ikke helt hva han skulle tro om denne familien, var de kanskje bedragere som hadde tatt over stedet i de egentlige herrenes navn? Eller var det en ætt som virkelig hadde fallert gjennom årenes løp? Bare Charbidan virket normal og selv han var det noe merkelig ved. Cian så at husets folk drakk noe som måtte være en utvannet vin, den luktet mer eller mindre eddik og han var glad de hadde feltflaskene sine med rent vann. Normalt sett ville han ha satt pris på litt vin men han ante at de burde være edru. Det var allerede sent og mennene ordnet seg til langs veggen, det var et tykt halmlag der og antagelig var det behagelig å ligge i men Cian var ikke trygg. Han aktet ikke å sove for alt i verden og han ville be mennene sove på skift.

Charbidan reiste seg og bød dem god natt før han gikk inn døra bak i rommet og den gamle kvinnen fulgte ham men Tandhar sendte ham et fort blikk og nikket i retning utgangen. Den unge mannen fulgte de andre inn døra men Cian gikk nølende ut, han fikk Georg til å følge seg og mannen ventet like bak døra. Cian trengte ikke vente lenge, etter bare et minutt sto brått den unge mannen der ved siden av ham og Cian kjente en merkelig lukt fra ham, den var ubehagelig og søt og Cian nøs nesten. Tandhar gliste bredt, det var noe som lignet vanvidd i blikket hans."Sov ikke i natt, ikke engang lukk øynene. Be mennene dine ha sverdene sine trukket og lagt fremme og så fort sola stiger grav bort halmen foran peisen. Dere vil finne sannheten da, og gjør det dere må uten tvil. Den som søker den siste skal ha det som voktes, husk det. Ri mot de tre vinders fjell, der vil dere kunne overvintre trygt. De glemte venter deg ærede."

Ordene kom så fort at Cian nesten ikke rakk å oppfatte dem og så var gutten borte vekk og Cian trakk hardt etter pusten et par ganger. De var i stor fare og Tandhar hadde advart ham.

Hvorfor? Og hva betydde alt det andre?

Cian skyndte seg inn igjen, mennene hadde gått til ro og han meddelte stille det han hadde fått vite, ingen av dem motsa ham. De sanset alle at noe var galt der og trakk blankt, de la sverdene ved siden av seg og et par av karene trakk også dolkene sine og festet dem i klærne så de lå på brystet deres. Georg så kaldt på Cian."Dette stedet er en felle, jeg kjenner det helt inn i margen Cian. Vi må være forsiktige! "

Cian trakk sverdet han hadde funnet under fjellet, bladet skinte svakt i lyset fra peisen og det var som om han hørte en svak stemme som snakket til ham når han holdt det. Han begynte å tro at dette bladet var mer enn bare et vanlig sverd. Det tålte hugg og pareringer ingen andre våpen ville greid å motstå og ble aldri sløvt. Men var det en velsignelse eller en skjult forbannelse? Cian trakk ikke av seg rustningen en gang, han satte seg i halmen med alt på unntatt hjelmen og Georg satte seg ved siden av ham. Han så at mannen var nervøs og det var svette under den krøllete luggen men Georg ville ikke svikte, uansett hva de støtte på.

Det ble stille der, karene hadde bestemt seg for å sove på skift så annenhver mann sov og var våkne og Cian kjente at det uansett ville bli vanskelig å holde seg våken. Det var noe ved selve stedet som var søvndyssende. Georg lekte med snøringen i jakka si og Cian bestemte seg for å tenke på ting som ikke akkurat manet til ro for å holde søvnigheten stangen. Han tenkte på kampene de hadde vært gjennom, på det året som hadde gått siden sist vinter og hva han hadde tapt. Han merket hvordan det skjerpet sansene og gjorde ham mer fylt med spenning enn noe annet. Noen av karene lot som om de sov og snorket teatralsk og Cian måtte trekke på smilebåndet av dem, han tvilte på at noe eller noen ville la seg lure av det. Tiden krøp sakte av gårde, langsommere enn bek og Cian kjente seg merkelig irritabel, det var som om noe konstant gnog på ham uten at han riktig greide å identifisere følelsen det dreide seg om. Georg skulle til å be ham passe på at ingen snorket for høyt da Cian så at mannen brått stivnet til og stirret mot veggen med stivt blikk. Cian fulgte blikket hans og slapp nesten fra seg et ufrivillig gisp. På veggen var det merkelige mørke punkter som beveget seg, skygger som sirklet og snodde seg over murene og Cian følte seg kald til margen. Her var det fare og han nikket fort til Georg som fort fant frem et flintstål og knusk. Han hadde liggende noen fakler i saltaska han tok med inn og og de var satt inn med et stoff som gjorde at de tente fort og brant bra.

De kunne høre en slags lav mumling, monoton og messende og hul å høre på men Cian brydde seg ikke særlig mye om det. Antagelig var det et forsøk på å få folk til å sove dypere men mennene vekket hverandre nå og alle hadde trukket blankt. Georg fikk fyr på en fakkel og hev den til en av de andre ridderne som holdt den høyt. De to andre faklene Georg tente ble fordelt mellom karene og nå så de tydelig at det ikke bare var tilfeldige skygger på veggen. Det var som om noen hadde helt en slags form for seigtflytende tjære på veggen og denne seige substansen fløt rundt og trosset tyngdeloven totalt. Det tok merkelige former og Cian kastet et advarende blikk til karene sine. Dette var ikke ufarlig og han kjente litt på sverdet, det føltes merkelig kaldt i hendene hans. Messingen ble høyere og Cian så at karene var klare for det meste. En fyr fikk fyr på en ekstra fakkel og tok veien ut for å se til soldatene og de andre som var i låven og Cian kunne bare håpe at ilden var nok til å holde mannen trygg. De mørke skyggene virket for å stanse, de været formelig og samlet seg på veggen overfor mennene. Cian ante hva som kom, et angrep! Men hvordan og hva kunne de vente seg? Han svingte sverdet og brølte en kort utfordring og det virket for at skyggene brått ble forbauset eller skremt. Antagelig pleide ikke folk å merke noe til dem. De kunne høre et slags pipende hyl og så rev noe svart seg løs fra veggen og kom susende mot Cian som en svart kappe fanget av vinden.

Cian reagerte lynraskt, han lot ikke skrekk eller forferdelse

stjele vettet fra ham, eller kamplysten. Han vek unna med en
dansers eleganse og lot sverdbladet gli i en vakker bue rett mot
det svarte fugleskremselet. Stålet gled rett gjennom som om
det var luft men effekten var uovertruffen. Et forferdelig hyl
som skar gjennom luften, den mørke skyggen var kappet i to
og ene halvdelen virket for å løse seg opp. Cian kjørte sverdet
gjennom den gjenværende delen som lå på bakken og han
syntes et øyeblikk at han så et grusomt ansikt i det mørke, et
ansikt med et svært gap med uhyggelige tenner og stikkende
øyne. En skygge til kom farende mens en annen prøvde å
krype seg fremover langs golvet men mennene var forberedt
nå. De var livredde men de var for godt trent til å la det stanse
seg. Skarpt stål gjorde slutt på skyggene og Cian la fascinert
merke til at sverdet hans nå glødet svakt rødt, som om det var
selvlysende. Den skyggen han hadde spiddet løste seg opp til
ingenting med et jamrende skrik, det var fremdeles noen igjen
på veggen vis a vis dem men de virket for å nøle og Georg fikk
et nikk fra Cian. Mannen var blek som en kalket vegg men
rykket frem allikevel, det virket for at ild var noe de fryktet for
de vek tilbake for fakkelen hans og karene formet en linje med
fakler bak ham. Cian gjorde seg klar til å hugge til igjen, han
ville bli nødt til å kutte i veggen selv nå siden skyggene ikke
var løsrevet fra den.
Brått kom et smell og steiner i grunnmuren i enden av salen
ramlet ut sammen med en skrekkelig stank, et forferdelig beist
kom ravende ut fra hullet sammen med et annet og litt mindre
ett. Det var en nesten apeaktig skapning med grå rynkete hud
og lange kjever med skarpe tenner. Øynene var røde og
ondskapsfulle og skapningen var på alle fire men kunne nok
også gå på to. Cian bannet kongelig og Georg skjønte hva han
burde gjøre nå. Han satte fakkelen rett borti skyggene på
veggen, de hørte et vræl og så løste de seg opp mens det røk
stygt av treverket. Og de to skapningene der borte brølte vilt av
sinne og kom byksende langt fortere enn en skulle tro var
mulig siden de så klumpete ut. Cian rakk ikke undre seg over

hva de var, de voldsomme overkroppene med groteske armer med kraftige klør på fingrene etterlot ingen tvil om at de antagelig kunne gjøre stor skade om de rakk å komme borti folk. Så han gikk til motangrep, hev seg fremover i noen raske sprang fremover og i det det fremste beistet kom byksende mot ham med gapet på vidt gap spratt han i været og lot seg rotere gjennom luften. Han hadde begge hendene på sverdskjeftet og lot bladet suse gjennom luften og det traff beistet midt i ansiktet og farten hans drev det gjennom hele skallen så spissen kom ut igjen bak i nakken. Cian snudde seg i luften og snerret, landet støtt i en angrepsposisjon og det andre beistet bråstanset da det første gikk i bakken med skallen kløvd i to. Et øyeblikk nølte det, så snurret det rundt og hev seg mot Cian for å hevne sin døde felle men da det kom nærmere stoppet det brått og noe som lignet akutt panikk åpenbarte seg på det fryktelige fjeset. Beistet pep og spant rundt seg selv et par ganger, det virket ikke for å vite hva det ville men så grep desperasjonen tak og det hev seg mot Cian igjen.

En arm føk forbi ham i et dødelig og djevelsk angrep men han spant unna og bladet sang formelig i det han hugg til, armen falt til bakken i krampetrekninger og skapningen skrek høyfrekvent. Den falt nesten om men langet ut igjen med den andre armen i et djevelsk forsøk på å gripe tak i ham. Cian parerte lett og kappet av senen bak i ene beinet. Skapningen hylte igjen og falt sammen og nå prøvde den å rømme men Cian ville ikke tillate det. Han grep tak i det tynne grå håret som vokste over hodet på den og svingte bladet i en vid bue, beistet prøvde vri seg løs men for sent. Sverdet skar gjennom halsen på det som en kniv gjennom varmt smør og grønnaktig blod sprutet i en kraftig bue før kroppen ramlet sammen med et klask. Cian gled sakte ut av angrepsposituren og rettet seg opp, han holdt sverdet klart men ikke noe mer skjedde og han så seg om med smale øyne. Det hele hadde skjedd forbausende fort. Georg så storøyd og skremt på ham og de andre mennene virket også temmelig sjokkert.

Georg løftet fakkelen litt mer.”Hva i alle uhellige guders navn
er det der? “
Cian sparket til kadavrene med en grimase av avsky, de stinket
ille.”Jeg aner ikke, har aldri hørt om noe lignende.”
Mennene så nervøse ut og Cian gav dem et beroligende
blikk.”Ta det med ro, jeg tror det var det siste.”
De fleste så tvilende ut men gikk tilbake til plassene sine, Cian
grep en fakkel og sjekket hullet i muren. Det var et lite rom
bak der med en enkel dør og ingenting annet. Det var helt tomt
og stinket enda verre enn beistene hadde gjort. Georg så seg
om med flakkende blikk, han virket klar for å legge på sprang
når som helst. Cian forsto at dette skremte mannen mye mer
enn noe slag. Det var uforklarlig og det å skulle møte det
ansikt til ansikt er mye verre enn å stå mot en fiende en tross
alt kjenner til. Mannen de hadde sendt til låven kom tilbake,
heseblesende og blek.”Det er ok hos de andre, de har ikke
merket noe og hestene er rolige.”
Cian sukket lettet.”Vel, det er da noe! “
Mannen fikk øye på beistene og slapp fra seg et svært lite
maskulint hvin mens han rygget bakover med forferdelse
skrevet over hele fjeset.”Ved alle guder.....”
Cian bare gliste.”Det kan du saktens si ja.”
Han kikket ut døra, det var ennå bekmørkt og lenge til sola
steg igjen så han beordret peisen tent og et par av ridderne la
på det de fant av ved og slengte på litt halm også. Snart brant
det svært lystig der og hallen ble lys. Men trivelig ble den aldri
og Cian sukket og satte seg ned på teppene sine med sverdet i
hendene. Han satte det ikke i sliren igjen nå, han følte seg
ganske sikker på at det verste var over men trygg kunne en
aldri være. Han tenkte over det Tandhar hadde sagt, de tre
vinders fjell. Det var et fjellområde mot øst, et godt stykke
nord for der de befant seg nå. Han visste at noen skydde stedet
fordi de mente at uforklarlige ting skjedde der. Og der skulle
de kunne overvintre? Han tvilte sterkt på det! Men nordover
skulle de jo uansett. Det burde være landsbyer og slikt lengre

innover i landet også men ville de egne seg som bosted for så
mange gjennom en hel vinter? Så mange karer og hester
krevde mye mat og han ville ikke ruinere folk heller. Det var
aberet ved å være så mange, en kunne ta det en ville ha men
om en ikke likte den løsningen sto en der og var helt avhengig
av andres godvilje.

Mennene satt og snakket sammen med lave stemmer og Cian
var ganske stolt av dem, de hadde vist seg som bra karer alle
sammen og han ønsket ikke å miste noen av dem unødvendig.
Når de kom seg nordover og fikk krysset fjellene ville han
trenge hver eneste en av dem. Over grensa til Longil regnet
han med at det ville være temmelig ville tilstander og kjente
han slektene der nord nektet de å gi seg før de var døde hver
eneste en. Han undret seg over hvor lett folk lot seg gripe av
det hysteriet som nå virket for å ri hele landet, var de virkelig
så ærekjære og maktsultne? Svaret han fant i sitt indre var at
det nok stemte. Noen prøvde kanskje å holde igjen men ble
presset med av resten av slekta. Men han måtte få stanset det
på et eller annet vis. Om de var desperate og blodtørstige fikk
han bare være enda mer blodtørstig. Det var kun makt som
talte i disse tider og om folk ikke ville høre på fornuft fikk han
banke den tilbake inn i dem.

Han begynte å føle seg søvnig men tvang følelsen tilbake, det
lønte seg ikke å være trøtt om noe mer skjedde og Georg
prøvde å holde dem våkne ved å fortelle heller vovede historier
fra sin ungdom. Cian måtte nesten be ham roe seg et par
ganger for mannen ble ivrig og overdrivelsene ble litt
vanskelige å tro på. Omsider begynte sola å stige og Cian fikk
karene til å dytte opp den store døra til hallen så den sto helt
oppe. Sollyset gled innover golvet og fikk halmen til å glinse
og karene virket lettet. Sola traff de to døde beistene og det
begynte å ryke og ose surt av dem, huden ble svart og krøllet
seg og lemmene skrumpet liksom inn. Mennene rygget vekk
og trakk ermer og halslinninger over nesa for å beskytte seg
men Cian ble stående å stirre på det som skjedde med kaldt

blikk. Etter en stund var det bare to skjeletter igjen og de var menneskelige. På det ene hang det et lite kjede han kjente igjen. Så dette var selve herren for stedet ja, og hans søster måtte være det andre og litt mindre beistet. Cian så skarpt på karene.”Når vi reiser herfra tenner vi på hele rukkelet, ingenting skal stå tilbake.”
Ingen protesterte og Cian så på sola som sakte steg over åsene. Han ventet til den var helt klar av horisonten, så nikket han kort.
“Fjern halmen foran peisen.”
Karene skyndte seg å adlyde, de skyflet unna halmen og avdekket et solid steingolv med en tydelig åpning. En stor stein var dyttet over den og den passet meget godt i fordypningen så det ble en verre jobb å få den løs igjen men de greide å vippe den løs ved hjelp av utstyr fra peisen. Noen av karene trakk steinen bort mens andre sto klare med fakler og sverd men det var ikke nødvendig. Det var en krypt der nede og det var ingenting levende der. To svære sarkofager tok opp plassen og den ene var tom mens den andre hadde lokket på. Cian vinket på Georg som gikk etter ham ned trappa med en gusten gråfarge i huden og tydelig litt for god fantasi. Krypten var helt naken, det fantes ikke noen form for utsmykking og den gav et temmelig dystert inntrykk. Cian rynket pannen og kikket mot den overdekkede sarkofagen, det var lagt et eller annet på lokket og han skuffet unna det som måtte være flere hundre års oppsamlede støv. Det var et slags kjede lagd av vakre slipte krystaller i en nydelig blågrønn tone og han rynket pannen og løftet det varsomt. Det var verdifullt, han kunne se det.
Georg så fremdeles skittredd ut, han trippet nesten.”Er du sikker på at det er trygt å fjerne det der? Det kan være magi i det! “
Cian så nærmere på smykket, det var inngravert noe som lignet runer på noen av krystallene og han gliste bare til Georg.”Det er godt mulig, men det er pent og mye verdt. Slike krystaller er mer verdt enn gull, det vet jeg.”

Georg så ut som om han bannet kongelig for seg selv. Cian så
at karene stimlet sammen foran åpningen og han vinket dem
unna litt irritert.”Slipp sola frem karer! “
De vek unna og han nikket til Georg som svettet synlig.”Hjelp
meg med lokket her.”
Georg sperret øynene opp.”Lokket?! Ikke si at du vil... nei nei
nei, ikke gjør det..”
Cian sukket lavt og tok tak i kanten og skjøv. Han var
unormalt sterk og greide fint å skyve lokket unna på egenhånd
men han hadde vel egentlig sett for seg at han kunne få litt
hjelp. Men Georg var åpenbart livende redd for alt som smakte
av det overnaturlige.
Lokket gikk i golvet med et knas og et drønn og Cian stålsatte
seg, kikket ned i sarkofagen med et fort kikk. Det lå en slags
mumie der, godt innpakket med reip faktisk og kjettinger
utenpå det. Og han skimtet flere tunge blylodd nede i støvet.
Han ristet på hodet.”De prøvde visst å gjøre det rimelig sikkert
at denna karen aldri rusler herfra igjen nei.”
Han ble var noe som blinket i støvet like ved mumien og
strakte seg ned og fisket det ut. Georg så ut som om han ventet
at et eller annet brått skulle gripe tak i dem begge to.
Merkelige at en mann som var så fryktløs på slagmarken var så
pysete i slike situasjoner. Cian løftet det han hadde funnet opp
i lyset, det var en slags medaljong med helt glatt bakside og
noe som lignet et slags symbol på fremsiden men Cian hadde
aldri sett det før. Han la medaljongen i belte lomma og så på
mumien, den lå i skyggen og han bestemte seg for å prøve noe.
Han visste at sarkofagen neppe var golv fast så han la alle
krefter til og skjøv den litt ut fra veggen så sola såvidt traff
innholdet. Og reaksjonen var temmelig øyeblikkelig, og
voldsom.
Det lød et dumpt drønn og noe som lignet et fjernt skrik,
mumien satte seg opp i sarkofagen så støvet gov og den ristet
mens underkjeven falt ned så det så ut som om den gapte og
prøvde å bite eller noe slikt. Reipene tok fyr og ilden spredte

seg fort og hele tiden hørte de en slags høyfrekvent pipelyd som gjorde vondt i ørene. Karene løp bort og Georg så svimeferdig ut. Cian stirret bare kaldt på mens mumien forvandlet seg til et bål. Det brant faktisk svært så lystig og sola fikk godt tak nå så etter bare noen minutter var det bare aske tilbake. Georg skalv og kikket fort opp i sarkofagen, han så lettet ut da han så at det ikke var noe tilbake av den forhenværende beboeren. Cian gliste kort."Jeg tipper at de var redd han skulle komme tilbake."

Georg gyste synlig."Hvem var det? "

Cian hev en fakkel på golvet der, støvet ulmet litt men så tok det fyr og de gikk opp igjen. Karene var i full gang med å pakke sammen og Cian så til at de fikk med seg alt."Jeg tror det var Tandhar, men hva han var for noe aner jeg ikke. De var ihvertfall redd ham siden de la blylodd der og lenket kroppen til dem."

Georg så ut som om han ikke kunne komme fort nok ut fra stedet, de siste som gikk ut satte fyr på halmen og snart brølte flammene mot taket der.

Soldatene ville nesten ikke tro på det ridderne fortalte da de møttes utenfor porten, men hallen brant godt nå og snart ville hele bygget være historie. Cian kjente fort på lomma der kjedet og medaljongen lå, han ante på en måte at det hadde vært meningen at de skulle havne der. De tingene ville bli nødvendige etterhvert. Været var godt og klart og karene hadde hvilt godt om selv om ridderne hadde hatt en hard natt. Cian sendte ut et par speidere og så satte de seg i bevegelse igjen. De fikk følge elva enda et stykke innover før de svingte nord østover mot fjellene. Han så ikke frem til det men det måtte til. Før eller siden måtte de finne et sted å tilbringe vinteren på, var de uheldige ble den hard og karene trengte tak over hodet. Ansvaret hvilte tungt på ham men han skulle vite å greie dette. Han aktet ikke å svikte det oppdraget han hadde gitt seg selv. Freden skulle returnere til Zhandoria, koste hva det koste ville, og han skulle være mannen som fikk det til å skje.

Zaribi

Zaribi våknet sakte, hun hadde en følelse av at alt gynget og et øyeblikk trodde hun at hun ennå var på skipet. Så slo hun øynene opp og innså at hun var i dette nydelige varme rommet i den gode varme senga. Hun svelget og så seg rundt, hun var alene der og forsto ingenting. Men hun var lettet, ved alle guder så lettet hun var over at ingenting hadde skjedd. Hun hørte lyder utenfra, stemmer og barn som skrålte. Vrinsk og rauting og slike ting, hverdagsliv antok hun. Det måtte være morgen forlengst og hun merket at hun følte seg mye bedre enn dagen før. Hun var ikke svimmel lenger og hun var sulten. Hodet kjentes litt lett men hun antok at det ville gi seg og hun satte seg opp sakte og litt møysommelig. Madrassen var så myk og god og det var en slik deilig doven følelse i kroppen på henne. Hun var uthvilt og hun følte en trang til å legge seg til igjen men hun ville ikke virke lat heller, ihvertfall ikke på første dagen der. Hun trakk beina ut av senga og ble sittende der og strekke seg å gjespe. Hva kom til å skje nå? Hun ante ikke om hun skulle grue seg eller ei og visste ikke riktig om hun gledet seg til å se ham igjen eller ei. Hennes ektemann, tanken var totalt vanvittig. Hun gikk inn i siderommet og brukte det rare møbelet som sto der, hva skulle hun ha på seg resten av dagen?

De to som hjalp henne kvelden før hadde hengt kjolen hennes i det store skapet og hun gikk mot det litt nysgjerrig. Det var fullt av klær i det og hun måpte litt og rygget bakover. Hun visste ikke engang hva alt var! Hun så at det var sko og noe som måtte være underkjoler og slikt sammen med de kjolene hun hadde sett at hun fikk kvelden før. Hun trakk frem en liten eske med noen slags plagg hun ikke riktig greide identifisere.

Det var en slags bukser? Men de var små og uten bein og vakkert brodert med små blomster langs kanten. Og det var et veldig mykt stoff i dem hun riktig måtte beundre. Skulle en bruke de plaggene der under alt det andre? Det var kaldt der så kanskje? Hun så at det var kapper der også, den vakre hun hadde fått på båten lå der sammen med en av en hvit pels som var utrolig bløt og så hvit at hun knapt fattet det. Hun strøk fingrene over den og motsto trangen til å løfte den og stryke den mot kinnet. Det var mange kjoler der, noen var tynne og forseggjorte og måtte være finkjoler og så var det en del som var varme og noen som var mer hverdagslige men hun kjente at hun ikke helt kunne se for seg seg selv i noen av dem. De var liksom så frivole i forhold til det hun var vant med.
Hun sto der og prøvde å bestemme seg for hva hun skulle gjøre da det banket på døra. Zaribi rykket til før hun krakset frem et hest kom inn og døra gikk opp. To kvinner kom inn og den fremste av dem smilte vennlig og neide kort.”Jeg er Hebba, jeg skal være din tolk og lære deg det du trenger for å klare deg her.”
Zaribi hikstet av lettelse over å ha en person der som snakket hennes språk, riktignok snakket hun med en aksent tykk som smør men det var forståelig og Zaribi visste at hun trengte opplæring også. Hebba var en ganske kort og kraftig kvinne med en tykk brun flette lagt i ring rundt hodet to ganger så håret måtte være langt, Hun hadde et rundt men vakkert ansikt med myke blå øyne og var kledd i en merkelig kjole som besto av en slags enkel hvit underkjole med et stort stykke tøy over som hadde hull til hodet og som så var trukket sammen i livet med et bredt belte. Zaribi så at hun bar en del vakre smykker og det var fine små detaljer innbrodert langs linningen på den hvite underkjolen så Hebba var antagelig en person av betydning. Zaribi ante at hun nok var en del eldre enn henne selv men ikke gammel, bare godt voksen.
Kvinnen bak Hebba smilte også og neide, hun var liten og lys og spe og det var noe ved henne som minte Zaribi om en fugl

av en eller annen grunn. Det var liksom en egen rastløs energi ved henne. Hebba pekte på kvinnen.”Dette er Jelena, hun skal være din kammerpike og hjelpe deg med påkledning og slikt.”
Zaribi forsto det knapt, kammerpike? Men Ardred var jo en slags leder så da var det kanskje normalt at kona hans hadde tjenere? Hun kjente at hun rødmet, så mye oppmerksomhet var hun ikke vant med. Hebba pekte på skapet og gikk bort til det.”Du har fått mye klær men om det er noe du savner må du si ifra. Jelena skal vise deg hvordan du kler deg til hverdags først. I dag vil jeg vise deg litt rundt her og så vil Ardred også vise deg litt av byen.”
Zaribi smilte litt unnskyldende siden hun var så uvitende. Jelena tok frem noen av de små buksene og en slags myk undertrøye. Zaribi så på blikket til den lyse kvinnen at hun skulle ta av nattkjolen og gjorde det temmelig skjelvent. Hun var ikke vant med å kle av seg for folk men det så ikke ut til at disse kvinnene brydde seg noe om det. Hebba så anerkjennende på henne.”Du er virkelig vakker frue, en slik figur er det mange som ville drept for.”
Zaribi så litt vantro på henne, mente Hebba virkelig det? Jelena rakte henne en av de små buksene og hun trakk dem nølende på seg. Hebba smilte skjevt.”Du er ikke vant med underbukser er du vel? Her lønner det seg å ha noe på under skjørtene, en kan få stygge katarrer ellers, er kaldt her vet du.”
Da underbuksene og trøya var på kjente Zaribi at begge deler var svært behagelige og hun fikk på en lang underkjole med et ekstra skjørt påsydd før Jelena begynte å rote gjennom rekken med kjoler og fant frem en kjole i sølvgrå ull med vakre blå broderier av små blomster langs halslinningen og ermene. Den var utrolig vakker og Zaribi var nesten redd for å ha på noe så pent. Hebba slo hendene sammen da hun så resultatet.”Ved gudene, Ardred vil tro du er en gudinne! “
Jelena sa noe lavt og smilte og Hebba gliste kort.”Ryktene sier at han er aldeles forgapt i deg allerede og det er ikke merkelig i det hele tatt.”

Zaribi skjønte ikke helt det der så hun bare smilte litt skjelvent.
Jelena fikk henne til å sette seg på senga og så hentet hun en
kam og noen snorer og begynte å gre igjennom og flette håret
hennes. Zaribi ble sittende å nyte følelsen av å bli stelt med og
Jelena festet båndene i flettene og organiserte dem på et eller
annet vis så en kunne ane lengden av håret hennes men
samtidig var det nøye flettet og bundet opp. Hun fikk på et par
lange hoser som gikk helt opp på låret og ble bundet fast der
med en snor som gikk opp til underkjolen og så fant Hebba
frem et par høye støvler av skinn som ble snørt inntil leggene
og som var varme og tette. Zaribi følte seg uanstendig fin da
alt var klart.
Hebba smilte og pekte på døra."Da er det frokost, det er langt
på dag men vi lot deg sove lenge for du trengte det visst sa de.
Du så ut som et spøkelse i går. Føler du deg bedre i dag? "
Zaribi nikket og fulgte etter Hebba ut. Jelena ble igjen for å
rydde som hun sa og Zaribi kjente seg et øyeblikk brydd over
at noen måtte gjøre det for henne. De gikk bortover korridoren
og ned den vakre trappa. Tregolvene var ryddet nå og bord og
stoler stablet sammen i hjørnene. Noen mindre bord sto der og
golvet måtte ha blitt skurt, det luktet rent der og sanda var også
renset. De måtte være veldig effektive der. Hebba satte seg ned
ved et av bordene og noen kvinner kom svinsende med en kurv
med brød og noe som måtte være ost og pølse. Det var en
kagge med noe drikke og hun fikk en keramikk tallerken foran
seg og et krus. Zaribi kjente at det pep i magen og så litt
spørrende på Hebba som bare smilte."Jeg har spist allerede i
dag så bare hugg innpå du. Det er deg vel unt."
Zaribi smilte og tok et brød og brøt det, det luktet aldeles
herlig og hun helte i av kanna. Det var noe som luktet merkelig
fruktig og friskt og Hebba smilte litt stolt."Det er cider av
epler, en spesialitet fra dalene innenfor her. De dyrker mye
epler."
Zaribi stappet innpå til hun følte seg lettere sprengt i magen og
hun følte seg litt susete av drikket men ikke så mye at det ble

ubehagelig. Hebba så henne rett i øynene og så litt nysgjerrig ut."Så frue, er det noe du lurer på som du vil ha avklart før vi begynner dagen? Det må ha vært veldig merkelig for deg å komme hit? "

Zaribi måtte fnise og nesten klype seg i armen, frue? Men det stemte jo, hun var gift med Ardred og hun prøvde å ta seg sammen og være verdig men det gikk liksom ikke. Tanken var så totalt fremmed for henne. Men det var en ting hun lurte på og hun ante ikke om det var greit at hun spurte om det eller ei men hun ville ha et svar. "I går da jeg ankom... Det var visst et slags råd? Og Ardred han.. han drepte en mann.. Hvorfor? "

Stemmen hennes var tynn og ynkelig og hun husket råskapen og brutaliteten i det. Men hvilken Ardred var den virkelige, den ville krigeren som bare hugg ned en mann foran hele forsamlingen eller den mannen som hadde vært så vennlig mot henne senere på kvelden.

Hebba så fort på henne, det kom et medfølende glimt i det myke blå blikket."Å gudinne, du visste ikke... Du må ha blitt skremt, arme barn."

Hebba vred seg litt."Det var et ting, Ardred avgjorde i tvister og rettsaker mellom folk. Det du så der var en ganske stygg sak, mannen som ble drept var anklaget for å ha voldtatt en jente og gjort henne med barn. Og han tvang henne til å tie om det og si at en annen var faren men da barnet ble født tok han det og drepte det. Det er dødsstraff for slikt her, og så alvorlige saker avgjøres der og da. Gudene liker ikke at illegjerningsmenn går fritt rundt."

Zaribi ante ikke hva voldtekt var for noe men hun hadde skjønt at det var noe forferdelig menn kunne gjøre mot kvinner og å drepe et barn? Da forsto hun hvorfor Ardred hadde vært så sint, og hun ble litt sint også. Da hadde mannen fortjent det, Ardred var virkelig en klok leder som tok livet av slike uhyrer. Hun så ned i bordet."Da skjønner jeg hvorfor den mannen ble drept, for et uhyre!"

Hebba nikket."Ja, han prøvde å kaste skylden på andre helt til det siste men det var mange som vitnet for jenta og hun var totalt uskyldig i det hele. Hun løy bare for å spare sin søster for en lignende skjebne. Her er vi harde mot de som bryter lovene, det er bare slik det er."

Zaribi kjente en stråle av stolthet, så Ardred var virkelig en stor leder? Og hun var hans kone, det måtte bety at hun i det minste neppe trengte sulte eller fryse mere.

Hebba så at hun var ferdig med måltidet og pekte på ildstedet."Det blir lagd mat her hele tiden, som Ardreds frue trenger du ikke lage mat selv, du kan be om hva du vil, og han vil nok regne med at du sørger for å få mat klar til dere to ihvertfall når han er her i byen. Det er faste kokker her og de er svært dyktige."

Zaribi kjente seg litt usikker med en gang, hun visste ikke hva slags mat folk der spiste og langt mindre hva Ardred likte.

Hebba så utrykket hennes og smilte beroligende."Ta det med ro, han vil nok fortelle deg hva han vil ha etterhvert."

Zaribi skar en grimase, det var litt fremmed for henne."Så en husfrue skal ordne slikt? "

Hebba sukket lavt."Du er fra Zetir, og om jeg ikke har hørt feil så er det vanlig at en kone der bare gjør det som hennes mann gir henne ordre om ikke sant? "

Zaribi nikket forvirret."Ja, en god hustru er lydig og stiller aldri spørsmål? "

Hebba himlet med øynene."Ved alle guder for en idiotisk holdning, ja ikke at du er idiot men skikkene der er idiotiske. Her har en husfrue ansvar og plikter så klart men det er hun som bestemmer i husholdet. Nå som dere er gift er alt hans ditt Zaribi, hans eiendommer og rikdom er også til din disposisjon og du forventes å kunne styre husholdet etterhvert. Det er du som skal bestemme hva som skal lagres av mat og slikt og hva som skal selges. Det er en stor oppgave men jeg tror du vil klare det når du blir vant med det."

Zaribi bare gapte, hennes også? Og hun skulle styre alt sammen? Ved alle guder! Brått følte hun seg bitte bitte liten og

dum som et nek, hvordan skulle hun klare det?
Hun måpte og så vantro på Hebba.". Jammen..."
Hebba klappet henne på skulderen."Du vil venne deg til
tanken, tro meg! Men nå får vi ta en runde før Ardred kommer
tilbake fra hva det nå er han driver med i dag."
Zaribi reiste seg og Hebba ledet an ut døra. Bak hallen sto det
lange rekker med store bygninger hun ikke hadde sett dagen
før og hun måpte. Det var nesten som en by i seg selv og
Hebba forklarte kort at Gardarhavn var hovedstaden i denne
delen av Hietlai og det var høvdingsetet der så det meste av
Ardreds eiendom og ansvar lå der i byen. Bygningene
inneholdt alt fra fjøs til lagre og hus der folk drev med
håndtverk av ulikt slag. De svippet innom alle byggene og folk
hilste høflig og interessert til henne. Hebba lærte henne ordene
for god dag og hun prøvde så godt hun kunne å uttale det
riktig. I ene huset vevde de og Zaribi ble interessert med en
gang, vevene var annerledes enn de hun var vant med, mye
mer avansert og svært store men hun forsto konseptet og
kvinnene der stimlet sammen og prøvde å forklare både det
ene og det andre mens Hebba hadde litt av en oppgave med å
oversette. Men Zaribi fikk brått mange medspillere der siden
hun viste slik interesse og tydelig hadde både kunnskap og
talent. Nå visste disse kvinnene at Ardreds hustru slettes ikke
var helt hjelpeløs og praten gikk om hvor vakker hun var og
hvor vanskelig det måtte være for det stakkars barnet å komme
til et så fremmed sted.
Zaribi ble imponert over hvor rent det var overalt, det lå lite
dyremøkk ute og alle gater og stier var dekket med heller som
måtte bli feid hver dag. Og veier og stier var drenert så det
aldri ble dammer der. Det var noe annet enn det hun hadde sett
hjemme. Det var farger og lukter og lyder overalt og hun
kjente seg temmelig forvirret men samtidig var det en slags
barnslig iver i henne etter å se mer, lære mer og oppleve mer.
Zaribi fikk hilse på dyrene hun hadde fått og koste lenge med
kattene og hundene før Hebba måtte be henne skynde seg. De

gikk tilbake til stallene og der sto Ardred og ventet. Zaribi kjente at hjertet hennes gjorde et lite hopp ved synet av ham. Han hadde på en skinnbukse som dagen før men over den var en slags tykk tunika med et belte og en lang jakke med broderier på ryggen. Håret hang løst men han hadde et bredt pannebånd og han så ut som om han hadde vært ute en stund. Ved siden av ham sto en enorm gråblå hingst og det var noe begeistret i Ardreds blikk som fikk ham til å stråle. Hebba neide fort og så beundrende på hesten, Ardred stirret på Zaribi, hun var enda vakrere nå i dagslyset og kjolen var fantastisk på henne. Han tok varsomt handa hennes og kysset den forsiktig. Hun så ned og rødmet og han smilte forelsket til henne. Hun var skjønnere enn noe annet han hadde sett. Hebba så på hesten med en fjern mine."For en ganger! "

Ardred gliste litt stolt."En gave fra min bror, jeg vil kalle den Frosthammer."

Hesten snudde hodet og stirret på Zaribi, så senket den hodet og snuste på henne og hun fniste litt og klappet den på nesen. Den var så svær og hun visste ikke engang at hester kunne bli så store.

En stallkar kom ut med en liten grå hoppe med korte bein og stødig gemytt som Hebba tok tøylene til. Zaribi så spørrende på henne og Hebba smilte kort."Han vil vise deg rundt, og det skjer lettest fra hesteryggen. Snart kommer de med en hest til deg også."

Zaribi bet seg i underleppa, hun hadde snaut nok ridd i sitt liv. Hun hadde såvidt fått sitte på en hest en gang for svært lenge siden men den hadde damesal og her red damene overskrevs som mennene. Var det virkelig godtatt der? Hun så litt beskjemmet i bakken."Jeg... jeg har snaut nok ridd noen gang.."

Hebba oversatte det og Ardred så litt forfjamset på henne, det var nesten utenkelig at en voksen person ikke kunne ri der men han forsto at hun kom fra en kultur som var temmelig forskjellig fra den han var vant med."Si til henne at hesten

hennes er meget veltrent, hun trenger ikke gjøre stort. Det er ikke farlig."
Hebba oversatte og Zaribi fniste nervøst og trippet litt av ren spenning.
En stallkar kom leiende på den vakre sorte hoppa hun hadde fått dagen før og Zaribi gjorde store øyne. Salen var den som sto på stativet utenfor rommet hennes og den passet hesten perfekt. Og hun ante ikke engang hvordan hun skulle greie å komme seg opp på hesten. Merra så vennlig på henne og hun sto og glante nølende på salen som var høyere oppe enn hodet hennes, hvordan i alle guders navn kom en seg opp dit? Ardred så dilemmaet hennes og gikk til aksjon. Han grep henne om livet med begge hender og løftet henne rett opp. Zaribi hvinte kort og grep panisk tak i manen på dyret. Ardred viste henne hvordan hun skulle holde tømmene og hun fikk plassert beina i stigbøylene med litt vansker men følte seg langt fra trygg. Og bedre ble det ikke da hestene begynte å sette seg i bevegelse. Hun klamret seg til salhornet og Ardred kastet et litt merkelig blikk på hendene hennes, hun ante ikke hvorfor. Hebba så det også og rødmet svakt og Zaribi bare skar en grimase og prøvde å holde balansen der hun satt. Heldigvis reagerte ikke Irrih på at hun ikke kunne ri, hesten fulgte etter de andre to hestene og Zaribi slappet av etterhvert.
De red bort fra stallområdet og satte kursen mot en vei som gikk gjennom byen, den var bred og velholdt og Zaribi kikket rundt seg med nysgjerrige øyne. Ardred så at hun undret seg over det meste der og kremtet forsiktig der han red ved siden av henne. Frosthammer var så høy at han satt langt høyere enn henne og han angret nesten på at han hadde tatt den store hingsten. Han hadde da mange mindre ridehester han kunne ha valgt men hingsten var den beste han noen gang hadde ridd og han ville ikke gå glipp av noen sjanse til å bli bedre kjent med dyret."Er det noe spesielt du vil vite mer om? "
Hebba oversatte og Zaribi svelget og prøvde å finne noe å spørre om, egentlig ville hun vite alt om det meste hun så men

hun fikk begrense seg. Hun valgte et tema på ren refleks og pekte på det nærmeste huset. Det var i to etasjer og bygd av tømmerstokker som alt der, taket var torvtekket og vindskiene vakkert dekorert med utskjæringer av fabeldyr.''Hvordan lager dere husene deres?''

Hebba oversatte spørsmålet og Ardred så litt forundret ut men begynte å forklare om lafte teknikken og hvordan de felte store trær i skogene i nord. Zaribi hørte tålmodig på oversettelsene og prøvde å legge seg alt på minnet. De red ut av byen og på andre siden av åsen var det store kveer der hester og kyr gresset samt noen velholdte lunder med frukttrær. Det var utrolig mye mer grønt og frodig enn Zaribi hadde sett ved første øyekast og hun pekte på stadig nye ting og fikk det forklart av Ardred. Han fant nysgjerrigheten hennes sjarmerende men også litt foruroligende. Hun hadde tydeligvis minimalt med kunnskap om verden og han begynte å stille spørsmål tilbake, helt diskret. Hebba oversatte som best hun kunne og sakte begynte han å skjønne hvorfor hun virket så innskrenket. Og hvorfor hun kunne så forsvinnende lite om hvordan ting ble gjort andre steder enn der hun vokste opp. Han trodde snaut det han fikk vite om oppveksten hennes og hennes status, hvordan kunne noen behandle denne juvelen slik? Hun var skamfull over sin mor og sitt opphav men han svor for seg selv på at han skulle gjøre alt for å gjøre henne stolt og selvsikker. Det kom til å ta tid men det ville gå.

Han hadde trodd at hun hadde vært vel ansett og æret av sin far men sannheten var altså at hun bare var en ting han hadde kvittet seg med og det med lett hjerte. Det var hjerteskjærende og han syntes inderlig synd på henne. Og han innså at det var enormt med ting hun ville trengte å lære og det på ganske kort tid også. Men det fikk skje som det ville, først og fremst ville han at hun skulle vite at hun var trygg og verdsatt der hos ham. Mens de red over enger og forbi gårder og åkre forklarte han om hvor mye land han hadde og hvor mye hun hadde fått som sin del av ektepakten. Han forklarte hva de dyrket og hvor mye

dyr som var på eiendommene og hvor mye folk som arbeidet
der. Og hun lyttet og begynte å slappe mer og mer av. Ikke noe
skjedde som var farlig og hun begynte å like å ri rundt slik,
hesten var rolig og stø og hun var ikke redd den lenger.
Ardred så at hun ble mer sikker på seg selv og likte det, hun
ville trengte å kunne ri senere og han visste at denne hoppa var
en utmerket ridehest for en utrenet rytter. De krysset en liten
og smal elv og Zaribi så en sjø i det fjerne. Noen store holdt
med enorme bartrær reiste seg langs veien her og der og etter
en stund tok Ardred av på en annen vei og tok en ny kurs.
Zaribi red ved siden av Hebba og begynte å spørre henne også
om ting. Hun var nysgjerrig på hva Ardreds tittel egentlig
innebar og Hebba forklarte fort at en Takesh var en valgt leder.
Rådet som besto av eldre og vise personer fra alle forskjellige
yrkesgrupper valgte ut en person de mente passet best til
oppgaven og det var ulike typer Takash. Ardred var en
krigsleder, en som skulle sikre landet mot fiender og angrep og
Zaribi så litt engstelig ut med en gang.”Er det krig her?”
Hebba skar en grimase.”Krig her er noe annet enn det en
forbinder med krig i ditt land frue, her er det mer mindre
angrep og slag og ikke store hærstyrker mot hverandre. Men
ja, det er en krig her i Hietlai og den har pågått svært lenge.”
Ardred red litt foran dem nå og Zaribi så spørrende på Hebba
som smilte litt plaget.”Vi er i krig med Kimatiene, det er en
annen folkegruppe som har levd i nord i uminnelige tider. Eller
vi er vel egentlig ikke i krig med hele folket, bare med to
klaner. De består av tretten klaner og de elleve andre er
fredelige og bor her sammen med oss andre helt som vanlige
folk. Det er bare de to tre utbryter klanene som skaper
problemer.”
Zaribi rynket pannen.”Hvorfor det? Hvorfor kriger de? “
Hebba heiste på skuldrene og klappet hesten sin på
nakken.”De er krigerklaner, og de tror på gamle spådommer og
overtro som sier at de skal herske over hele Hietlai. Ja jeg
kjenner ikke de sagnene og spådommene de tror på men de er

fanatikere som angriper fredelige bønder og landsbyer helt vilkårlig og dreper og herjer uten nåde. De er en pest og en plage for hele riket, ja for andre Kimatier også faktisk.”
Zaribi så fort på Ardreds rygg der han red bortover veien med myke bevegelser.”Og Ardred leder forsvaret mot dem?”
Hebba nikket.”Ardred er en utrolig dyktig kriger og strateg frue, han har sikret grensene mot de tre klanenes områder og det er sjelden det er angrep nå men det hender fremdeles av og til og da må han samle menn og gå inn og hevne de døde og sørge for at de skyldige blir straffet. Kimatiene har egentlig sverget troskap til våre lover og guder og skulle ha levd i fred og fordragelighet så når de bryter lovene må de straffes.”
Zaribi skar en grimase.”De høres stridbare ut! Har de noen form for ledere eller bare slåss de?”
Hebba nikket kort og ganske så hardt.”De to klanene er forenet under en høvding, Khebar Jernneve. Hadde det ikke vært for ham ville de vært i strupen på hverandre i stedet for å slåss med alle andre og Ardred hadde helst sett at noen fikk drept fyren. Men samtidig beundrer han ham, for Khebar er også en meget dyktig leder og kriger. Bare synd at mannen har bestemt seg for å angripe alt og alle som ikke er enig med ham.”
 Zaribi ristet på skuldrene og gyste svakt, hun likte ikke å snakke om slikt.
Hebba så ut på åkrene de red forbi.”Du har såvidt hilst på Ardreds mor Gudrun og Urdar, han har også en søster som heter Iliana og er en renkesmed av rang. Jeg sier det her og nå kjære deg, pass deg for Iliana for hun er sjalu og forrædersk av seg.”
Zaribi så forbauset på Hebba, hun kunne forstå at folk var ulike også innenfor en familie men til de grader? “Virkelig? Men Ardred virker da så .. fornuftig? “
Hebba sukket lavt.”Ja, men Iliana lider av den vakre kvinnes forbannelse, hun er så alt for klar over hvor pen hun er, og hun ble bortskjemt siden hun var eneste jente i familien. Noen tåler ikke det, det bringer ut det verste i dem.”

Zaribi nikket tenksomt og strøk Irrih over nakken, manen på
hoppa var myk som silke."Så Ardred har en bror og en
søster?"
Hebba så litt ned."Han har to brødre, Urdar er eldst og så er det
han som heter Kanir. Men ikke nevn ham, han er en utstøtt og
ingen vil ta hans navn i sin munn."
Zaribi så forvirret på Hebba som slo bort en innpåsliten
flue."Utstøtt? "
Hebba nikket."Ja, og ikke spør meg hvorfor for jeg akter ikke å
snakke om det. Ardred kan forklare det om han orker."
Zaribi hørte på stemmen til den eldre kvinnen at hun absolutt
ikke ville få høre noe mer angående denne broren så hun
prøvde å skifte tema.
De var på vei tilbake til byen nå og Zaribi så havet som
skimret der fremme. Det så vakkert ut nå men hadde ikke vært
særlig morsomt å krysse og hun gyste av synet. Hun ville aldri
mer ut i en skute, det lovte hun seg dyrt og hellig. Ardred
slakket av på farten og red ved siden av henne og pekte ut flere
steder og ting han ville gjøre henne oppmerksom på og hun
begynte etter litt å kjenne igjen noen få ord og uttrykk. Hun
hadde ingen problemer med å lære, hodet hennes var bare ikke
riktig vant med det. De lot hestene trave forsiktig siste biten
tilbake mot byen og Zaribi ble nervøs igjen, hun likte ikke
bevegelsene og hun klamret seg til salen stort sett hele tiden.
Hun greide ikke følge hesten i det hele tatt. Ardred sukket for
seg selv og antok at hun ville trenge en del ridetrening før hun
kunne slippe til helt på egenhånd. Da de stanset ved stallen var
Zaribi aldeles mo i knærne og hun slet virkelig med å komme
seg av hesten så Ardred måtte løfte henne ned. Et øyeblikk
holdt han henne helt inntil seg der de sto og hun kjente lukten
av ham og varmen fra ham. Den var merkelig god men gjorde
henne urolig på nytt.
De gikk tilbake til den store hallen siden de hadde vært ute en
god stund og Ardred var sulten og ville ha litt mat. Han hadde
vært og inspisert treningen av noen karer som skulle bli

soldater i hans spesial styrke og hadde gledet seg til dette
avbrekket hele morgenen. Zaribi var glad for å komme inn
under tak igjen for hun var litt kald og beina skalv ennå etter
rideturen. Det var merkelig så kraftløse de var blitt og Ardred
smilte medfølende og forståelsesfullt. Inne var det lite folk nå,
de fleste var ute og arbeidet og de satte seg ved et bord. Noen
tjenestejenter kom løpende med mat og krus og annet som
trengtes og Ardred skar opp en ost og bød Zaribi på noen biter.
Hun tok nølende i mot for osten luktet sure sokker og hadde en
merkelig gråhvit farge som var langt fra tillitsvekkende men da
hun smakte på den smakte det nydelig.
Ardred betraktet henne litt i smug der hun satt og spiste, det
han nå visste om henne gav ham noen svar på hvorfor hun
hadde oppført seg som hun hadde kvelden før men det skapte
også spørsmål. Hvor mye visste hun egentlig? Var hun totalt
uskyldig? Han syntes ikke at han kunne begynne å spørre
henne ut heller, det virket litt desperat men han ønsket å vite
hva han kunne vente seg av henne. Og hvordan han skulle
vinkle dette. En god hærfører sjekker alle angrepsvinkler før
han velger den beste og han antok at det å skulle komme innpå
henne kunne sammenlignes med å erobre en festning.
Heldigvis hadde han Hebba og han gav henne beskjed om å
prøve å spørre Zaribi ut om hvor mye hun visste om
ekteskapets realiteter som han kalte det. Han hadde virkelig
begynt å se frem til å ha henne men forsto at han måtte tøye
tålmodigheten en del, hun var antagelig svært lett å skremme.
Ardred prøvde å lære henne navnene på noen matvarer mens
de satt der og hun prøvde virkelig med besluttsomhet i blikket.
Ordene kom ut på tvers virket det for og det endte med at de
satt der og lo hjertelig alle sammen. Zaribi følte seg litt flau
men da han ikke ble fornærmet over at hun ikke fikk det til
turte hun å le av feilene og stemningen var god. Han tok handa
hennes igjen og det føltes litt merkelig men også trygt men
samtidig var det denne merkelige følelsen som forvirret henne.
Hun følte seg merkelig brydd og rødmet og virret og skulle så

gjerne ha forstått mer. Ardred måtte gå igjen siden han hadde flere plikter men lovte å komme tilbake senere på ettermiddagen når arbeidet var unnagjort. Han blunket til Hebba som svelget og gruet seg for oppgaven han hadde gitt henne. Riktignok hadde folket i Hietlai et meget naturlig og åpent forhold til sex men det var tydelig at det ikke gjaldt Zaribi og hvordan angrep en dette uten å gjøre henne for brydd og ubekvem.

Zaribi var faktisk sulten så hun spiste en god del og Hebba var glad for det, hun trengte å legge på seg litt igjen og det var et godt tegn. Hebba viste henne ulike kombinasjoner av brød og pålegg og Zaribi var ivrig og ville prøve alt. Resultatet var at hun ble aldeles overspist og nesten ikke orket røre seg etterpå. Hebba foreslo at de skulle gå opp på balkongen og sitte der litt mens maten fikk synke og Zaribi var helt enig med henne i det. Det var en ypperlig ide for hun orket snaut flytte seg så sprengt føltes magen. Men maten var så utrolig god og hun kunne snaut fatte at hun fikk alt hun ønsket seg å spise, hjemme hadde hun bare fått det som ble igjen til overs når de andre hadde spist. Hun gikk etter Hebba opp på den brede balkongen der det sto myke og gode benker langs veggen. Noen kvinner satt og strikket og passet barn og Zaribi så på ungene med et litt lengtende smil.

Hebba så det og visste brått hvordan hun skulle angripe dette. Det var tydelig at Zaribi likte barn og et par virkelig bedårende hjerteknusere raste forbi dem i munter lek. Zaribi så langt etter dem og Hebba lente seg mot veggen og rettet på skjørtene. Hun så på barna som småslåss om et par dukker og nikket mot dem."De er virkelig skjønne i den alderen, bare så synd de vokser så fort."

Zaribi sukket og bet seg lett i underleppa."Har.. har du barn? "
Hebba nikket."Jeg har to, en datter på femten og en gutt på tolv. De er hos min mor i landsbyen jeg er fra. Jeg er her nå for å tjene gudene i et år. Det er vanlig at en gjør det i løpet av livet."

Zaribi dirret svakt, hun ante ikke om det var riktig av henne men hun følte at hun bare måtte spørre. Hun ville så gjerne ha slike skjønne unger selv men hvordan gikk det til? Hun så ned i golvet og presset fingrene ned i trekket på benken. "Hvor.. hvordan får man egentlig barn? "

Hebba var lettet, når Zaribi selv stilte spørsmålene var det lettere å legge det opp. Allikevel var det ikke enkelt, for slike spørsmål ventet en seg fra små barn som såvidt kunne snakke og ennå ikke hadde skjønt stort, ikke fra en fysisk voksen kvinne som i mange tilfeller allerede ville ha vært en mor. Hebba samlet seg og prøvde å lyde så rolig og vanlig som mulig."Vel, hva vet du om det? "Zaribi så litt forundret ut."Hva mener du? "

Hebba vred litt på seg."Hva vet du om.. menn og kvinner? Hva de gjør sammen? "

Zaribi rødmet og stirret ned på skotuppene sine."Æh.. veldig lite? "

Hebba sukket og smilte beroligende til henne."Greit, bare fortell meg hva du vet! "

Zaribi svelget panisk og skulle ønske at hun hadde latt være å bringe temaet på bane. Men hun ville jo gjerne vite også. Hun samlet seg og prøvde å være rolig. Hun forklarte skjelvende om det damene på båten hadde fortalt henne og det hun hadde opplevd hjemme med de nye jentene faren skaffet seg. Hebba så storøyd på Zaribi og fattet knapt hva hun hørte.

For en hietlaiansk kvinne var det direkte blasfemi å si slike ting, gudene ville at menneskene skulle ha glede av denslags. Holdningene som Zaribi hadde fått innpodet var horrible og Hebba forsto av rent instinkt at det trengtes ganske mye arbeide for å få dem utradert. Og hun hadde ikke det minste dugg av reell kunnskap. Zaribi så fremdeles ned og rødmet intenst."Jeg vet ikke hva jeg skal si, men ... Ardred kysset meg på munnen i går kveld. Er det riktig? Og jeg følte meg så merkelig.. på ...på de hemmelige stedene..."

Hebba følte en brå trang til å rive seg i håret, det var mer

informasjon enn hun strengt tatt ønsket men samtidig var det
da godt å vite at jenta ikke var kald. Det var nok håp der men
her måtte en ta tingene en av gangen. Hebba kjente at hun selv
rødmet og var glad hun var erfaren."Det å kysse er helt normalt
Zaribi, og at du kjente deg litt rar er også helt normalt...det er
faktisk bra."
Zaribi så forvirret ut."Bra? "
Hebba nikket vennlig."Ja, det ... har å gjøre med det du spurte
om.. om barn."
Zaribi skar en merkelig grimase."Sant? "
Hebba svettet kjente hun, men dette måtte bli avklart. Hun
forsto at Ardred var ivrig men hun hadde også respekt for ham
siden han ikke bare presset på og skremte jenta. Hun burde vite
hva hun gikk til når hun slapp ham opp i senga til seg. Hebba
svelget og ønsket at hun hadde hatt en mugge mjød der og da,
å være litt småfull ville gjort dette mye enklere."Vel, du har
fått med deg noe riktig, ahem."
Zaribi så spørrende på henne og jammen kledde rødmen
henne. Den gjorde det."Hva da? "
Hebba trakk etter pusten og stirret ut på plassen foran hallen,
prøvde å ha et normalt uttrykk i ansiktet selv om dette var en
totalt absurd samtale."Joo, det er vanlig at en ..æh.. skrever
med beina.. og mannen kan ligge oppå kvinnen..."
Zaribi så skremt ut igjen."Er...er det? "
Stemmen var ynkelig og Hebba syntes synd på henne."Ja, men
kjære deg Zaribi, de damene ville bare skremme deg. De var
ondskapsfulle. Det er ikke noe farlig eller noe slikt. De fleste
liker det veldig godt. Og det er slik en får barn av.
Zaribi så nesten dårlig ut."Er det sant? Men hvordan kan det
bli barn av at en mann legger seg oppå en? Og kan noen
virkelig like det? "
Hebba stirret på noen skyer som drev forbi og noen måker som
slåss om en fisk slik måker gjør. Hun prøvde å holde seg
alvorlig men det var ikke enkelt. Ardred skulle virkelig få igjen
for dette.

"Det krever nok litt mer enn at en bare ligger der oppå hverandre. Vet du hvordan barn blir født da?"

Zaribi så litt brydd ut."En av kvinnene i haremet fikk barn, hun hadde veldig stor mage og så ble den veldig liten igjen og da hadde hun barnet? "

Hebba kunne ha slått seg selv i pannen, jenta var mer uvitende enn en skulle tro det var mulig å være. Hun samlet seg og tok på seg sin beste læremester mine."Det er fordi barnet var inne i magen hennes akkurat slik kalven er i magen til kua og føllet i magen til hoppa."

Zaribis ansiktsuttrykk fortalte med all mulig tydelighet at tanken var overveldende for henne.

"Men.... hvordan kom den inn dit? Og hvordan kommer den UT?! "

Hun så forferdet ut og Hebba himlet med øynene."Der kommer den ligginga inn Zaribi. Men den kommer ut der den kommer inn, mellom beina dine. På det hemmelige stedet du kaller det."

Zaribi ristet på hodet."Jeg tror deg ikke, det er ikke mulig? "

Hebba sukket oppgitt."Tro meg, det er slik det skjer, jeg har selv fått to barn så jeg vet det utmerket godt."

Zaribi så ennå forvirret ut."Du sa at den ligginga hadde med det å gjøre? "

Hebba nikket stumt og ønsket seg ti nei tjue mil vekk."Ja, jeg skal forklare det for deg vennen. Men først hvordan barnet kommer ut tror jeg."

Zaribi hadde en bekymret rynke mellom øynene, hun så redd ut."Det høres ... helt merkelig ut.. og fælt."

Hebba nikket."Det er ganske ille ja, jeg skal ikke lyve for deg. Det å få barn er skrekkelig vondt og det hender faktisk at kvinner dør av det men som regel går det bra og så har man en unge som er bare ens egen. Det er verdt det faktisk, tro meg eller ei."

Zaribi svelget synlig og satt med hendene klemt sammen mellom knærne, hun så brydd og ynkelig ut."Men hvordan går det an? "

Hebba sukket igjen."Jeg antar at du har begynt å blø hver måned? "

Zaribi rødmet dypt igjen og nikket forsiktig."Ungene kommer ut der det blodet kommer ut, når du har begynt å blø hver måned betyr det at du kan få barn. At du er gammel nok."

Zaribi lysnet litt opp og det virket for at hun forsto litt mer."Det..jeg skjønner det. Men...."

Hebba la beina over kryss og prøvde å holde maska enda hun nå hadde lyst til å le hysterisk."Og så hvordan den kommer inn dit ja. Vi kommer jo ikke unna den delen heller. Men det tar ni måneder før ungen blir født Zaribi, den må vokse mye."

Zaribi nikket og så seg sky rundt. Det ville være flaut om noen hørte på denne heller pinlige samtalen. Hebba svelget og konsentrerte seg, hvordan skulle hun best ordlegge seg? "Som jeg sa så har det å gjøre med at mannen ligger på eller inntil kvinnen og... å ved gudinnen, har du noen gang sett en naken mann? "

Zaribi ristet på hodet og så spørrende ut og Hebba skar en grimase."Det er noen anatomiske forskjeller du bør kjenne til før jeg forklarer mer."

Zaribi rynket pannen."Mennene har noe vi ikke har? "

Hebba nikket og fikk brått en ide. Hun klappet Zaribi på kneet."Orker du gå litt igjen, jeg tror jeg vet hvordan jeg skal få forklart dette best mulig."

Zaribi strøk seg over magen og nølte litt før hun nikket og reiste seg. Hebba ledet an ned trappene og satte kursen mot plassen foran rådshallen nede i byen. Den var et ganske stort bygg som var ganske enkelt og stilrent men også vakkert bygget. Foran var det en ganske stor plass som var dekket med flate brostein og midt på sto en statue av en av Hietlais gamle helter. Den var lagd av stein og et mesterverk og Hebba håpet at det ikke var folk der akkurat da. Statuen var gammel men så helt ny ut og den var noe alle der var vant med. Hebba visste at den forestilte en av de første store kongene i det samlede

Hietlai. Før hadde landet vært delt i mange små kongedømmer som kriget seg imellom men denne ene mannen samlet alle og gjorde riket sterkt og samlet. Kong Ulrek av Hietlai hadde vært en stor kriger og billedhuggeren hadde visst lagt vekt på nettopp det med stor! For mannen som sto der med ene foten på en fallen fiende og med ene armen hevet med et spyd klart til kast var helt tydelig en stor helt. Det var tvilsomt at den gode Ulrek hadde vært så muskuløs og høy eller hatt så flotte trekk. De som kjente historien sa at han hadde vært en heller kortvokst og satt kar med antydning til vom og vikende hårfeste men denne statuen fremstilte ham som den rene adonis med lang bølgende hår og et stolt uttrykk i ansiktet. Og han var fremstilt splitter naken med bare sandaler og en skulderplate og hjelm på.

Hebba fortalte heseblesende historien om statuen og mannen den forestilte og Zaribi forsto ingenting, hvorfor skulle en statue hjelpe henne å skjønne mer av dette hun undret seg slik over? Hun rødmet da de nærmet seg statuen for de kom bakfra og hun så med en gang at den var naken, om billedhuggeren hadde brukt en levende modell hadde det i såfall vært en kar like høy og bredskuldret som Ardred og hun stirret fascinert på musklene og alle detaljene som var ypperlig skåret ut av den harde steinen. Det fortsatte hun med helt til de kom på fremsida av statuen! Zaribi måpte og stirret og kjente seg svært brydd enda dette bare var en statue og ikke et levende menneske. Men nå skjønte hun virkelig at det var noe som skilte menn og kvinner, og det var svært fremtredende og tydelig. Hebba så at de var alene på plassen, de fleste jobbet på denne tiden av døgnet og det var stille. Zaribi stirret som hypnotisert på midtpartiet på statuen og Hebba kremtet litt tørt.”Ja da ser du den største forskjellen på kjønnene frue. Og den er det som gjør menn til menn.“

Zaribi fniste lettere hysterisk og Hebba forklarte fort hva de ulike delene var for noe, Zaribi trodde knapt det hun hørte.”Så de.. later vannet med den... greia der?! “

Hebba nikket sindig."Ja, de er heldige, de trenger bare trekke
den fram fra klærne mens vi damene må av med mye mer klær,
ihvertfall om vinteren når en bruker noe under skjørtene."
Zaribi måtte gjemme ansiktet i hendene et øyeblikk og Hebba
trakk pusten dypt. Nå kom den rent praktiske delen av dette og
hun måtte forklare det på en måte som ikke skremte jenta mer
enn nødvendig."Og nå er du klar til å vite hvordan barna blir
til, den greia du kaller det som henger der blir hardere og større
når en mann vil .. eh.. ha en kvinne og gjøre det jeg skal
forklare med henne."   Zaribi så vantro ut og kikket nærmere
på attributtene til statuen som sant og si var ganske overdådige.
Billedhuggeren hadde nok overdrevet en smule der
også."Hardere? Hvordan er det mulig? "
Hebba prøvde å beholde roen men det var ikke enkelt, dette var
absurd."Det.. det vet jeg ikke helt, spør en helbreder om det,
men fakta er at den blir hard og stiv og så kan han stikke den
inn der vi snakket om at ungene kommer ut."
Zaribi måpte, et øyeblikk så hun ut som om hun hadde ramlet
ned fra månen. Det kom et litt underlig glimt i øynene
hennes."Jeg så en hund som gjorde noe merkelig med en tispe
en gang, bare på avstand men den stakk visst noe inn bak på
tispa? "
Hebba smilte temmelig fåret."Det var noe av det samme ja, de
lagde hvalper. Det er likedann med folk Zaribi. Og det er ikke
farlig eller ekkelt eller noe slikt. Gudene har skapt det som en
gave til menneskene, for at de skal glede hverandre og få
barn."
Zaribi fikk et lukket uttrykk i ansiktet."Det høres så underlig
ut, er det virkelig ikke noe å være redd for? Kvinnene på skipet
sa at jeg ikke skulle skrike? "
Hebba stønnet innvendig, så mye måtte forklares som
vanligvis ville vært helt selvfølgelig. Hun kunne ikke fatte
hvordan folkene der i Zetir tenkte, det var direkte kriminelt å
behandle en uvitende jente slik de kvinnene hadde. Hun tok
seg sammen igjen og smilte beroligende til Zaribi."De ville

skremme deg og være slemme, men det hender ofte at en skriker av det.”
Zaribi så nervøst på henne og Hebba smilte igjen.”Men da er det fordi det er godt, ikke fordi det er fælt. Og Ardred vil nok være veldig forsiktig i begynnelsen også, han er en veldig omsorgsfull person.”
Zaribi trakk pusten dypt.”Så det er ikke slik de kvinnene sa i det hele tatt? “
Hebba svelget fort.”Det kan være litt vondt eller ubehagelig de første gangen en gjør det, til kroppen blir vant med det. Men når det har skjedd er det bare fint. Det er så nær hverandre som det er mulig å være for to personer.”
Zaribi rødmet igjen.”Så da jeg følte det så merkelig så var det bra? På grunn av de tingene der?“
Hebba nikket og håpet at de snart var ferdige med å forklare, hun følte seg langt fra vel og ønsket igjen at hun hadde sluppet dette.”Ja, det er kroppen din sin måte å si ifra på, at den var klar til å gjøre det. Og det blir bare enda bedre når en virkelig kommer i gang.”
Zaribi fniste litt lavt.”Hva mener du med det? “
Hebba himlet med øynene og lette etter ord.”Vel, det er vanlig at en... tar på hverandre først, så en blir klar. En kjæler med hverandre kort og godt, og det er en fin ting. Av og til kler en av hverandre og slikt også.”
Zaribi nikket sakte og ettertenksomt.”Og så stikker han den greia inn der nede? Og så er det liksom gjort? “
Det var forhåpning i stemmen hennes og Hebba måtte fnise.”Vel, da blir du nok skuffet etterhvert, så fort bør det ikke være unnagjort.”
Zaribi rynket pannen og Hebba så opp på skyene i et forsøk på å finne styrke.”Ikke? Men hva mer er det egentlig da? “
Hebba tok mot til seg og prøvde å smile normalt men munnen ble så merkelig stiv og rar og hun kjente hvordan hun rødmet.”Det er bare starten det kjære deg, det normale er at han deretter beveger seg frem og tilbake og det er da det blir

godt for begge to."
Zaribi fniste og gjemte ansiktet i hendene igjen."Så både kvinner og menn liker det altså? "
Hebba nikket og var glad ingen andre var der på plassen."Ja, noen sier at menn trenger det mer enn kvinner men det er neppe sant. De viser det bare litt mer tydelig."
Zaribi nikket og så ut som om hun la det seg på minnet."Men hvor lenge gjør en det da?"
Hebba skar en grimase, hvor forbasket detaljert var det egentlig hun ville ha det? "Vel, de fleste stopper når..."
Hun lette etter ord igjen."En sier at det går eller at en kommer, men det betyr at det blir så godt som noe i det hele tatt kan bli. Det er virkelig høydepunktet og etterpå gir en seg som regel. Ihvertfall for en stund."
Zaribi var ennå blussende rød og bet seg i underleppa og hun så ned i bakken hele tiden."Og da er det nok? Det blir barn? "
Hebba sukket lavt, her fikk en kjøre løpet helt ut skjønte hun. Hun kremtet skolelærer aktig."Ja om en er heldig men som regel må en prøve en stund før det blir noe av det. Og han må ..eh.. komme for ellers blir det ikke noe."
Hun så bort på hustaket mens hun temmelig brydd prøvde å forklare mer."Det kommer litt væske ut av den greia du kaller det når han når toppen. Du kan kalle det frøet det blir et barn av om du vil, det blir ganske riktig."
Zaribi så ut til å ha roet seg litt, hun så konsentrert ut.
Hun så på Hebba og det var en merkelig grimase om munnen på henne."Så om jeg vil ha barn så må jeg la ham få.. gjøre de greiene med meg? Jeg trodde at han skulle komme til meg i går kveld og da var jeg veldig redd men han gjorde ikke det. Jeg er glad for det, for nå vet jeg mer."
Hebba nikket og ønsket å tørke svetten av pannen."Jeg vet hvordan du har blitt oppdratt Zaribi, til å tro at menn skal bestemme alt men slik er det ikke her. Du er ikke din manns eiendom kjære deg, han har ingen rett til deg på noe vis. Her er det kvinnene som bestemmer på soverommet og det er du som

bestemmer når han skal få komme til deg."
Zaribi så vantro på henne."Er det sant? Virkelig? "
Hebba smilte bredt, hun var evig glad hun var fra Hietlai og
ikke fra Zetir."Ja, helt sant. Og du kan forlate ham også om du
ikke trives med ham. Mange kvinner gjør det her, altså forlater
mennene sine."
Zaribi trakk øyenbrynene sammen i en spørrende
gest."Hvorfor det? "
Hebba sukket."Det er mange grunner egentlig. Men det
vanligste er om han er utro, eller behandler sin kone
respektløst. Det er også noen som forlater menn som ikke gir
dem barn, eller ikke duger i senga."
Zaribi trakk på smilebåndet, hun trodde knapt det hun hørte
men begynte å skjønne at dette var et godt sted for kvinner.
Kanskje det var derfor alle hun hadde sett så så glade og
fornøyde ut."Ikke duger i senga? Hvordan da? "
Hebba fniste litt brydd."Det betyr at de ikke greier å få den
hard, eller at de ikke klarer å gjøre det godt for henne, eller
bare er klønete og uvitende. Det er god nok grunn til å forlate
en mann her i landet, men jeg tviler på at du noen gang vil få
lyst til å forlate Ardred av den grunnen. Om ryktene ikke lyver
er han god under sengefellen."
Zaribi svelget hardt."Så hvordan lar jeg ham vite om han er
velkommen eller ei? "
Hebba så litt skrått på henne."Du bør vente en stund før du lar
ham få adgang, du er ikke sterk ennå og kroppen din trenger å
være sterk og sunn om du vil ha barn."
Zaribi rødmet og så ned i golvet."Men han vil vel sikkert ha
sønner? Arvinger? "
Hebba sukket igjen og vendte blikket opp i oppgitthet."Zaribi,
her i landet er alle barn velkomne, uansett kjønn. En datter
arver like mye som en sønn og hun beholder sin fars navn også
i ekteskapet om hun vil. Og hennes barn kan også ta det navnet
så en sønn og en datter er likeverdige her. Han kan vente
uansett, til du er klar. Men det er klart, du kan jo la ham gjøre

deg vant med seg først. Har en først begynt får en som regel fort smaken for det kan jeg love deg."

Zaribi fniste igjen, hun kunne ikke riktig se for seg Ardred naken og sammen med henne i senga men noe ved tanken var merkelig lokkende også."Så en trenger ikke gjøre alt med en gang mener du? "

Hebba nikket." La ham ta litt på deg, bli kjent med deg. Og lær hva du liker og ikke liker. Du bestemmer, husk alltid det. Men Ardred er høvisk, han vil gjøre som du vil, jeg tviler ikke på det."

Zaribi så ned og det var noe merkelig forventningsfullt i blikket."Jeg begynner å se frem til å bli bedre kjent med ham ihvertfall. Men det jeg spurte om?"

Hebba nikket."Greit, du la sikkert merke til salstativet utenfor døra di, om du vil at han skal komme til rommet ditt vender du salen så salhornet peker mor døra. Så enkelt er det."

Zaribi fikk brått et merkelig uttrykk i ansiktet, hun så fort på statuen og så rødmet hun igjen.

"Salhornet, det..."

Hebba nikket med et glis."Det er formet nesten som det menn har mellom beina ja, og du vil se at den formen er brukt mye her i landet. En ærer gudene ved det. Viser dem at en setter pris på deres gaver. Og det er et symbol for fruktbarhet og vekst også. Du vil også se at det kvinner har er brukt en del også, en trekantform med en sprekk i."

Zaribi fniste og Hebba begynte å gå tilbake mot hallen. Dette hadde tatt tid men hun var glad for at det var unnagjort. Zaribi hadde ennå den fine rødmen i kinnene og virket litt brydd men det var et glimt i blikket som ikke hadde vært der før. Hun så ikke så redd ut lenger. Noe av det hun var mest skremt over var avklart og nå visste hun i det minste hva som ble ventet av henne.

Hun skakket litt på hodet og så skjevt på Hebba som trasket ivrig oppover gaten. Hebba la merke til det og så spørrende på henne."Er det mer du vil vite? "

Zaribi trakk på skuldrene.”Er det virkelig godt det du fortalte om? Du snakket sant? “

Hebba forsto at Zaribi var nervøs men nå begynte hun å bli grundig lei.”Ja kjære deg, jeg kan garantere det ! Jeg har to barn Zaribi og en veldig god ektemann. Tro meg, det kan være himmelsk. Og et lite tips, før du lar ham slippe til helt og fullt så vit at vi jenter kan gjøre det godt også for oss selv. Bare kjæl litt med deg selv du og tenkt på ham så skjønner du fort hva det dreier seg om. Mennene er veldig flinke til akkurat det, ihvertfall når de er unge og ivrige.”

Zaribi måtte le men det var en flau latter.”Er det lurt? “

Hebba nikket.”Ja, for da vet du hva som er godt for deg og kan be ham gjøre det for deg. La ham varte deg opp og glede deg. Ardred vil være glad om du kan veilede ham.”

Zaribi nikket og Hebba satte farten opp og småjogget opp til hallen igjen, hun ville over på noe annet nå og trakk Zaribi med seg opp til huset de vevde i. Det var full aksjon der som vanlig men en vev var ledig og Hebba satte henne inn i de ulike ordene og uttrykkene som ble brukt.

Zaribi var snart i gang med å veve, hun valgte seg garn i vakre farger hun snaut hadde sett noen gang og begynte på et mønster hun hadde lært hjemme. Hun satt der med tungespissen ut av munnen og iver i ansiktet og de andre kvinnene stimlet sakte sammen og betraktet arbeidet med ivrige blikk. Nye mønstre var alltid velkomne og snart hadde Hebba en svare jobb med å oversette. Zaribi fikk noen biter med pergament stukket i nevene sammen med en fjærpenn og hun var fort i gang med å tegne av mønstre hun hadde lært og diskusjonene gikk høyt om hvordan de burde legges opp og veves og hvilke typer garn som var best. Zaribi oppdaget brått at hun var glad, ja bent frem lykkelig! De hørte på henne og de likte henne tydeligvis og hun fikk respekt. Hun hadde nesten lyst til å gråte bare på grunn av det. Hun viste dem hvordan de pleide å veve der hun kom fra og damene snakket i munnen på hverandre og roste håndlaget hennes og takket for mønstrene

og hun hadde mer enn nok med å skjønne hva som ble sagt for
Hebba glemte seg av og til og slo over på sitt eget språk igjen.
Brått begynte det å mørkne ute og damene begynte å pakke
sammen, Zaribi forsto ingenting men tiden hadde fløyet
vanvittig fort og hun merket at hun faktisk var sulten igjen. Det
ulte i magen og hun gledet seg allerede til neste omgang med
veving. Hun trodde hun kunne lage virkelig fine tepper der.
Hebba ble med henne til hallen igjen, og der var det full
aktivitet nå med middag til de som pleide å spise på stedet. Det
yrte med folk og mange hilste vennlig og høflig til Zaribi som
skjelvent hilste tilbake og fikk overbærende smil tilbake som
svar på de lettere uforståelige hilsningene. Stemningen der var
høy og Hebba geleidet henne bort til et bord som var plassert
litt for seg selv foran på golvet. Det var tydelig at det var
hennes og Ardreds plass og hun satte seg og prøvde å ignorere
den knurrende magen. Hun følte seg litt flau over at det hørtes
så godt men ingen virket for å merke det. Hebba så seg rundt
og smilte fort til Zaribi."Jeg går og ser om jeg finner Ardred,
han må få beskjed om at det er mat og at du venter på ham."
Zaribi bare smilte og tok et krus med vann og Hebba skyndte
seg ut.
Hun lette en stund men fant Ardred nede ved stallen der han
sto og diskuterte skoene til Frosthammer med stallkaren. Det
virket for at de ikke hadde store nok sko ferdigsmidd til hesten
så de måtte lage dem etter mål. Hebba neide fort og Ardred
smilte og avsluttet samtalen med stallkaren. Han virket sliten
men også glad og fornøyd og Hebba var glad for det. Hun
ventet til han var alene med henne før hun kremtet og kjente at
hun ble litt brydd."Jeg spurte henne som du ba meg om."
Ardred lyste opp og det kom noe ivrig i blikket."Og? "
Hebba sukket."Som antatt så var hun fullstendig uvitende, og
det vesle hun visste var helt fordreid. De hadde skremt vettet
av henne Ardred. I går kveld lå hun våken og var livredd for at
du skulle komme til rommet hennes og gjøre fryktelige ting
med henne."

Ardred så forskrekket på henne.”Nei? Hva hadde de fortalt henne? “

Hebba forklarte fort om hva Zaribi hadde lært og hvordan hun var oppdratt og Ardred bannet stygt, noe som var høyst uvanlig for ham. Det skjøt lyn i de grågrønne øynene og han knyttet nevene.

“Det er jo helt forjævlig, men hun fikk vite litt reelle fakta håper jeg? “

Hebba hørte det håpefulle i stemmen hans og måtte glise.”Jeg hadde mitt livs mest absurde samtale med henne ja, hun var mer uvitende enn et barn. Jeg viste henne statuen på torget foran rådsbygget for at hun skulle bli kjent med menns anatomi og det var en særdeles besynderlig opplevelse. Jeg håper du setter pris på det for noe slikt gjør jeg aldri igjen!”

Ardred gliste litt men det var noe nesten forferdet i blikket hans.”Så hun visste ikke engang hvordan menn er skapt? Å guder! Men hun likte at jeg kysset henne så hun kan da ikke være helt kald? “

Hebba smilte og småtrippet litt. Det føltes meget underlig å stå der og snakke med selveste herskeren over hæren deres og det attpåtil om slike emner. Hebba nikket.”Hun likte det ja, og jeg forklarte henne hva det går ut på i grove trekk. Men hun er ennå nervøs og vet lite og det er kun det mest viktige jeg forklarte.”

Ardred nikket og sukket lavt.”Hva bør jeg gjøre Hebba? Du er kvinne og kjenner til hva dere kvinner føler og ønsker.”

Hebba følte seg litt beæret over å bli spurt om råd men det var slik det var hos dem, menn spurte og kvinner gav råd. Det var sjelden det gikk andre veien. Hun svelget kort.”Hun er nok klar for det selv, for hun er svært ivrig etter å bli mor. Hun liker barn svært godt. Men fysisk sett bør hun vente en stund for hun er ikke sterk ennå. Hun bør nok ikke risikere å bli med barn før på flere måneder.”

Ardred svelget hardt, han så ned.”For meg spiller det ingen rolle om vi får barn eller ei, men om hun ønsker det vil jeg

ønske det velkommen også. Så jeg bør ligge unna så lenge? "
Det var noe skuffet i stemmen hans og Hebba skar en liten
grimase.
"Vel, det er urter hun kan ta som vil hindre henne i å bli med
barn, jeg vet ikke om jeg vil få dem i henne men hun er
fornuftig og gjør det nok om jeg sier at det er til det beste. Men
først og fremst bør du la henne bli kjent med deg og du må bli
kjent med henne. Husk at du skal dele livet med henne, hun er
ikke noen frille du bare skal erobre og nedlegge."
Ardred så bedende på henne."Ok, så hva da? "
Hebba smilte og klappet ham på skulderen."Fortsett der du
slapp i går, kjæl med henne og gi henne glede slik at hun blir
trygg på deg. Ikke ta henne før hun er helt klar for det. Om hun
ønsker deg velkommen til sitt rom så ikke utnytt det."
Ardred skar en grimase og gliste litt skjevt."Det blir hardt for
meg, å skulle glede henne uten å kunne gå helt i mål, men jeg
må vel bare prøve."
Hebba rødmet svakt."Hun bør bli vant med deg, hele deg. Så
om du lar henne se og kanskje også berøre deg er det bare bra."
Ardred rødmet."Om jeg tolker det du sier riktig nå så mener du
at jeg skal la henne kjæle med mine mest private kroppsdeler.
Ved gudene, jeg kommer til å eksplodere med en gang."
Hebba løftet øyebrynene i en skjelmsk grimase. "Så ille
allerede? Det er ok, da ser hun hva som skjer med dere menn.
Det kan kanskje fjerne litt av nervøsiteten for henne."
Ardred himlet med øynene men smilte."Ved gudinnen, dette
kan bli interessant."
Hebba bare trakk på skuldrene."Bare du greier å beholde
selvkontrollen går det nok bra, jeg tror hun er varmblodig av
seg innerst inne. Ilden i henne er bare ikke vekket ennå. Og nå
sitter hun og venter på deg ved bordet så du får skynde deg før
hun blir alt for sulten."
Ardred nikket og klemte Hebbas skulder varsomt."Takk for at
du sa fra, jeg skal løpe."
Zaribi satt og koste seg med et lite krus med svak vin da

Ardred kom gående, han satte seg ned ved siden av henne og smilte så vennlig han kunne mens han vinket på tjenestejentene for å få dem til å dekke bordet. Hebba kom gående litt etter siden hun ikke var langbeint som Ardred og hun orket ikke løpe som hun sa. Maten ble brakt frem og Ardred fikk en liten forklaring på hva Zaribi hadde gjort, og hvor morsomt det hadde vært å skulle veve og han hørte tålmodig på henne. Til daglig dreide hans verden seg om krigen mot kimati klanene og egentlig hadde han glemt alt annet de siste månedene. Angrepene hadde vært uvanlig harde og voldsomme og han hadde hatt sitt svare strev med å skulle sikre nok menn og ressurser til å holde grensene trygge. Om klanene hadde holdt seg innenfor sitt område hadde han latt dem være i fred men de gjorde nesten aldri det. Men det var merkelig godt å sitte der og skulle snakke om dagligdagse ting. Og den nesten barnslige gleden hennes over hva hun fikk til var ytterst sjarmerende. Zaribi fikk en tallerken nesten helt full av stuing og hun hev seg over den med glupende apetitt. Ardred hevet øyebrynene overrasket over hvor fort hun hadde kommet seg etter sjøsyken og regnet med at det bare var naturlig at kroppen hennes nå prøvde å ta igjen det tapte. En av tjenestejentene kom med en kagge med vanlig vin og Zaribi skjenket seg et helt beger fullt før Ardred eller Hebba rakk å advare henne om hva det var. Zaribi helte på som om det var vann og ble sittende å gispe etter luft mens Ardred dunket henne varsomt i ryggen. Hebba visste ikke riktig hva hun skulle si og Zaribi hostet grunt og samlet seg igjen.”Hva i alle guders navn er det der? “
Ardred gliste litt skyldbetynget.”Vi burde advart deg, det er en vin som lages her i distriktet og den er veldig sterk, den brygges på noen typer bær som vokser her langs kysten.”
Hebba oversatte og Zaribi så med store øyne på begeret sitt igjen.”Det smakte jo godt, men fy... som det slo! “
Da Ardred fikk vite hva hun sa gliste han og klappet begeret.”Det slår som en hest slik du hev det innpå, en skal sippe forsiktig til den vinen der, ikke late som om det er øl

eller vann."
Zaribi nikket litt omtåket og Hebba fant frem en klut så hun fikk tørket seg om munnen.
Det ble brakt frem en slags dessert også, noen store frukter som var skåret i biter og kokt sammen med saft og sukker og det smakte så godt at Zaribi ønsket at hun ikke hadde spist noe først. Men hun ante at en ikke burde ha i seg for mye av den blandingen før en ble kvalm av det. Ardred var svært varsom med det og det samme gjaldt Hebba som snaut smakte på den. Hun mente at hun ble fet om hun så mye som snuste på en skål med denslags. Etterpå var Zaribi merkelig tung i hodet og litt småsvimmel og hun følte seg salig der hun satt. Det begynte å tynnes ut på de andre bordene siden folk ble ferdige med maten og det ble stille igjen. Noen tjenere løp rundt som piskede skinn med diverse husgeråd som skulle vaskes til neste måltid og Ardred tok Zaribi i handa."Om du orker kan vi gå en liten tur. Det er noe jeg vil vise deg."
Zaribi nikket forsiktig da Hebba hadde oversatt og reiste seg. Ardred vinket på en tjener og ba ham hente en kappe for henne, det begynte å bli kjølig ute nå og hun ville trenge den. Etter litt kom mannen tilbake med kappen hun hadde fått av Ardred og den var utrolig god og varm å ha..
Ute mørket det fort, det var begynt å komme stjerner til syne på nattehimmelen og månen sto lavt over horisonten og var nesten usynlig. Det lå et underlig kaldt men vakkert lys over landskapet og det skinte av lamper i vinduer og glugger. Byen virket ganske stille og rolig. Zaribi gikk forsiktig ved siden av Ardred og de var på vei mot havna. Hebba trasket like bak og hun følte seg ganske trygg med den eldre kvinnen til stede. I det minste skjedde det neppe noe uventet når hun var der sammen med dem. Ardred ledet an langs stranda og fant en sti som gikk ut mot en holme et stykke nord for havna. Den var ganske åpen og gold med bare noen tørkestativer for fisk og et par små buer og det vokste et lavt kratt med stive vekster på toppen av den. Ardred kjente visst veien godt for han gikk rett

178

mot en benk som var satt opp der og hjalp Zaribi ned på den. Hebba så litt betenkt ut men satte seg også ytterst på kanten og Ardred smilte og pekte på stjernene."Jeg pleide å komme hit ofte som barn, tittet på stjernene og drømte om fremtiden." Zaribi ble vant med mørket og skimtet mer, så hvordan månen speilte seg i havet, så stjernene glitre på himmelen og lyset sakte svinne i vest. Det var vakkert og hun forsto at han likte denne plassen. Det var noe drømmende i blikket hans og hun kunne forstå at det sikkert var godt for ham å slippe unna pliktene litt. Ardred begynte å fortelle om livet der, om skipene og hvordan de ble bygget. Han fortalte om store helter og mindre kjente folk og han la ut om oppdagelser og sjøreiser og alt de krevde. Zaribi hørte på med tålmod og økende interesse, Hun stilte spørsmål og fikk svar tilbake og Ardred satte seg ned og roet seg, la armen rundt skulderen hennes og bare slappet av og nøt å kunne briljere med annen kunnskap enn den han til daglig brukte. Han fortalte om forferdelige stormer da utallige skip gikk ned, han fortalte om konen til en av lederne i landet for mange hundre år siden som egenhendig svømte ut til noen skip med sjørøvere og senket dem ved å bore hull i skroget. Han fortalte om svære isfjell som brått dukket opp og om de enorme hvalene som en av og til så der ute. For hans folk var hvaler av alle slag hellige, en trodde de bar sjelene til druknede sjøfolk så ingen fra Hietlai ville noen gang skade en hval. Faktisk hendte det at de mindre hvalene hjalp folk som var havnet i vannet i land og beskyttet dem mot haier som det av og til krydde av.
Zaribi svarte med å fortelle noen eventyr hun hadde lært som barn, om en stor helt fra Ardot som visstnok hadde temmet et sjøuhyre og red på det til noen øyer som lå så langt sør at ingen hadde kjent til dem. Og han vendte tilbake som en meget rik mann men fortalte aldri noen hvor øyene var så ingen kunne finne dem igjen etterpå. Ardred mente at hans folk hadde noen lignende eventyr og de to satt og diskuterte så godt det lot seg gjøre. Zaribi var vant med at armen hans lå rundt henne nå, den

var varm og hard og han lot fingrene gli varsomt gjennom
håret hennes. Det føltes godt og hun lente seg mot ham og
kjente at han var varm og at han pustet. Ardred var dypt rørt
over at hun stolte såpass på ham, han kjente at hjertet svulmet
av ømhet for henne og nøt følelsen av henne så nær og lukten
av henne. Det var fantastisk å sitte slik. Etter litt tok han mot
til seg og kysset henne forsiktig på pannen og hun vendte
ansiktet mot ham med en fin rødme i kinnene. Ardred presset
ikke på, han lot henne få komme til seg og leppene deres strøk
varsomt mot hverandre et par ganger før hun ble modigere og
turte ta mere i.
Langsomt kjente hun at den merkelige varmen våknet igjen,
følte de samme følelsene som dagen før og hun lot ham trekke
seg nærmere og bare levde i øyeblikket. Hun kjente at hjertet
banket hardere og hun ble varm og tung i kroppen. Ardred
holdt rundt henne men lot hendene gli litt rundt. Kjente at
midjen hennes var utrolig smal og fast og hun var så varm og
god og fristende. Ardred visste ikke riktig hvor langt han burde
gå men han lot ene handa skli varsomt over ene brystet hennes,
nesten slik tilfeldig og han kjente at det var utrolig mykt og
passet så utrolig godt i neven. Det begynte å bli vanskelig å
sitte stille og klærne ble merkelig stramme også. Zaribi hikstet
når han slapp leppene hennes og hev seg på igjen nesten med
en gang. Hun var virkelig ivrig og Ardred likte det. Til slutt
satt hun nesten på fanget hans og hadde lagt armene rundt
nakken hans og Hebba satt med ryggen til og så på stjernene
og prøvde å ikke bli for brydd av det som foregikk. Zaribi
kjente at hun hadde like mye lyst til å fortsette med denne
kyssingen som kvelden før, det brant formelig i henne og hun
var ikke så redd lenger. Hun likte det utrolig godt og tanken på
hva som kunne skje videre gav henne skjelvinger men av det
gode slaget. Ardred tok mot til seg, han hadde så lyst på henne
at det gjorde vondt og han tok handa hennes og kjælte forsiktig
med den. Zaribi kysset ham igjen og han la varsomt handa
hennes mot bulen i skrittet.

Zaribi rykket til, brått trodde hun virkelig på det Hebba hadde
fortalt, det kjentes ut som om han hadde stukket skaftet på en
sleggehammer ned i buksene og hun hørte at han stønnet lavt.
Zaribi rettet seg opp og stirret litt forbauset og samtidig
fascinert på ham. Han hadde lukket øynene og pustet tungt og
hun følte at pulsen hans slo der handa hennes fremdeles lå mot
ham. Brått kjentes det nesten uutholdelig varmt mellom beina
hennes og hun gned lårene sammen med en litt plaget mine.
Det burde virkelig være sannhet i det Hebba hadde sagt, det
var merkelig lokkende. Hun lot handa ligge der og Ardred
gispet og skar en grimase. Hebba satt der og utstrålte formelig
ubekvemhet og Ardred tok handa hennes igjen og klappet den
lett.”Jeg.. jeg tror vi avslutter nå kjære deg, før vi gjør Hebba
for brydd. Og jeg må sende buksene til vask.”
Hebba kremtet og hvisket frem en slags oversettelse og Zaribi
sukket litt skuffet og kom seg opp. Det var fremdeles en tung
varm følelse der nede og hun skulle ønske Hebba ikke hadde
vært der. Ardred tok henne i handa og de gikk sakte tilbake
mot byen og hallen og Zaribi holdt godt fast i handa hans og
gledet seg til de kunne forstå hverandre litt bedre. De få ordene
hun hadde greid å lære seg var ikke nok, ikke på langt nær.
Da de kom opp veien mot hallen kom et par karer løpende og
Ardred stivnet til og slapp Zaribis hånd, han fikk en følelse av
at noe var galt og de to stanset heseblesende og trakk pusten
dypt et par ganger før de hilste stivt.”Vi har lett etter deg herre,
det har skjedd noe merkelig.”
Ardred så fort på Zaribi som så litt engstelig ut men bestemte
at hun fikk bli der, hun måtte bli vant med hva som foregikk
der i landet.”Hva da? “
Mennene pustet hardt ennå og den ene lente seg litt på spydet
sitt, han spyttet i bakken før han snakket igjen.”Et par bønder
fra Steinåsene kom for litt siden, all fisken i ene sjøen der oppe
har dødd helt plutselig. Og alle kyrne har rømt også.”
Ardred himlet med øynene, han var en krigs leder, ikke en
prest eller vismann.”Javel? Og hva har det med meg å gjøre?

Det er ikke mitt felt.”

Mannen gispet lavt.”Vi vet det, men de brakte med seg noe underlig, du bør se det! “

Ardred rynket pannen og fulgte etter karene opp mot hallen der det sto en flokk menn og gestikulerte og snakket høylydt sammen. Zaribi fulgte etter og så at Hebba virket urolig, lyset fra faklene avslørte at hun hadde fått noen merkelige rynker mellom øyebrynene.

Mennene så at Ardred kom og bukket fort, de trakk seg unna og han så en sekk som lå på bakken der foran dem. Det stinket ille og han så spørrende på en eldre kar som tydeligvis var lederen av dem, han var godt kledd og så velstelt ut og det var noe verdig ved mannen som fortalte at han hadde en viss makt og nøt respekt fra andre.”Dere har brakt noe med dere? “

Mannen nikket kort og slo seg for brystet.”Jeg er Eigil av Steinåsene, sønn av Dharek. Vi fant dette flytende i elva som kommer fra isfjellene, og vi har aldri sett noe slikt før.”

Ardred bukket kort og så spørrende på mannen.”I elva? Greit, la meg få se! “

Eigil kastet et skrått blikk på Zaribi som sto der og så nervøs ut, Hebba hadde lagt armen rundt henne og hun virket meget ung der og da.”Er det ikke best om du sender kvinnene bort? Det er ganske.. spesielt.”

Ardred så fort på Zaribi som ristet på hodet.”Jeg vil se, jeg takler det meste.”

Hebba oversatte og Ardred sukket og avfant seg med det. Hun bestemte selv hva hun ville se siden hun ikke var et barn.

Eigil trakk bort stoffet og Ardred rygget et par steg tilbake mens han gispet lavt, han forsto hvorfor mennene var så redde. Det som lå på bakken der var en skapning han ikke engang hadde kunnet forestille seg i et mareritt. Det var like stort som et menneske med et menneskes form men huden var vokshvit og nesten gjennomsiktig og det var merkelige klør i stedet for fingre og tær. Hår var det ikke på beistet og ansiktet var helt rundt uten noen synlig nese med bare et bredt gap med skrekkelige nåleskarpe tenner og et par enorme svarte øyne uten øyelokk eller noe. Det så forferdelig ut, som noe fra et eller annet helvete. Her og der var det noen slags tatoveringer i huden i bisarre mønstre og rester av noe som måtte ha vært en slags metallrustning satt ennå rundt halsen og midjen på beistet. Det var ikke noe dyr, det var et intelligent vesen som åpenbart kunne bite fra seg. Ardred hadde aldri i sine levedager sett noe så stygt og groteskt, eller så skremmende. Slike ting eksisterer ikke var det en stemme som sa i hodet hans men tingesten lå der foran ham og var ekte og mennene var åpenbart rystet over synet. Zaribi sto der med store øyne og hendene presset sammen foran brystet og han kjente et øyeblikk et irrasjonelt sinne overfor seg selv som ikke hadde insistert på at hun skulle gå bort.

Han tok seg sammen, tenkte fort. Han var god til det og mennene sto der og var klare for å lytte til hans ordre.”Send bud på Urdar og få ham til å se på den. Men ikke si det til andre og skjul den greia igjen. Hold kjeft om det er dere snille. Men send menn oppover langs elva og om dere finner flere slike så si ifra. Den kommer noe steds fra og vi vil ikke ha noe slikt krypende inn på oss i mørket vil vi vel? “

Karene ristet på hodene og mumlet og en rullet kroppen inn i sekken igjen og gjemte den bak en stabel med ved. Ardred følte seg brått usikker og det var ikke en følelse han likte i det hele tatt. Det tok bare noen korte minutter før Urdar kom løpende, han hadde vært nede i byen på besøk hos en syk mann som ville ha åndelig trøst og han rygget også bakover og gispet da han så skapningen. Ardred så bedende på broren som grep amuletten han bar for beskyttelse. Det var åpenbart at den vanligvis så rolige Goden var alvorlig rystet.”Aner du hva dette er? “

Urdar trakk ham nærmere og gikk litt bort fra karene, ansiktet hans var blekt.”Jeg tror jeg vet hva det betyr i det minste. Jeg hørte et gammelt sagn da jeg var novise for mange lange år siden, om en katastrofe som skjedde for så lenge siden at

Hietlai og Zhandoria var et landområde og ikke delt fra
hverandre. Jeg husker ikke i detalj hva som skjedde men
landene ble angrepet av uhyrer, bleke beist som var
blodtørstige og farlige og bar rustninger. Jeg er redd dette er et
ondt omen, jeg føler det i beina mine Ardred. Vær varsom
fremover. Noe vil skje og jeg tror ikke det er godt.”
Ardred ble skremt av brorens ord, han svelget og nikket.”Jeg
har bedt mennene holde kjeft om det, de vil adlyde.”
Urdar nikket kort.”Utmerket, men noe vil nok slippe ut
uansett. Hold øynene åpne bror, jeg liker ikke dette. Jeg liker
det ikke i det hele tatt.”
Ardred svelget hardt og prøvde å se rolig ut men Urdar så
glimtet i øynene hans.”Gå nå. Ro ned din unge brud, hun ser
vettskremt ut stakkars.”
Ardred så fort bort til der Zaribi og Hebba sto og forsto at han
måtte tenke på henne nå, først og fremst. Han klappet broren
på skulderen og gikk bort til Zaribi som skalv litt og så
ubekvem ut.
 “Hva slags monster var det der? “
Stemmen hennes var ynkelig og Ardred kunne bare trekke på
skuldrene.”Jeg vet ikke kjære deg, det tror jeg ikke noen vet,
men det var stygt ikke sant? “
Han prøvde å ta en lett tone og hun smilte litt forsiktig og han
klappet henne på kinnet.”Det er sent og vi bør gå til ro, i
morgen er atter en dag vet du.”
Zaribi nikket litt blekt og ble med Hebba som nesten trakk
henne med seg inn i varmen. Vel inne fikk hun et digert krus
med krydret vin og så hjalp Hebba henne til sengs siden
kammerjenta allerede hadde gått til ro for kvelden. Zaribi
ønsket brått at Ardred kunne være der hos henne til hun sovnet
for hun var alvorlig skremt. Og samtidig hadde hun ennå den
lengtende følelsen i kroppen og skulle så gjerne ha visst mer
om dette mysteriet og hvordan det egentlig ville føles.
Allikevel sovnet hun fort og først hadde hun et par friske
mareritt om beistet mennene hadde brakt med seg. Så endret

det seg og hun drømte en merkelig drøm der hun gikk gjennom snøen i et isdekket og vilt landskap med høye skarpe fjell. Det var noe underlig lokkende over det, en slags frihet som trakk på henne. Men hun var liksom ikke seg selv heller, det var noe ved bevegelsene som var feil og hun kjente en underlig kraft i alle lemmer. Hun så ned og føttene hennes var poter med klør og hun gikk på alle fire. Et sted hørte hun en stemme som ropte navnet hennes og ba henne huske sin mors blod og fra en annen kant ropte en annen merkelig dyp og skarrende røst at hun måtte skynde seg dit elva fødes og at noe ventet henne der. Drømmen seg sakte vekk igjen og hun sov tungt men hun husket allikevel da hun våknet morgenen etter.

Det var tidlig men hun følte at hun trengte å stå opp og hun ordnet seg og kom seg ned til hallen på egenhånd. Hebba satt og spiste frokost og ble sjokkert over at hun hadde kledd seg selv og alt uten hjelp og Zaribi kjente seg nesten skyldbetynget over det. Det var visst uhørt å gjøre slikt. Etter maten gikk de til veveriet og Zaribi tilbrakte mye av dagen der i ivrig prat med kvinnene som snart så henne som en av sine. Hun trengte hjelp med oversetting ennå men det ville bedre seg for hun trakk til seg lærdom som en svamp og kunne snart enkle setninger ihvertfall. Hun var bare i hallen igjen for mat et par ganger og så ikke noe til Ardred den dagen.

Han var ridd ut med noen menn for å sjekke hvordan det sto til i en forlegning et stykke unna byen. De måtte sende ut karer for å se etter flere slike uhyrer og han måtte sikre at det ikke ble for få tilbake der om det kom et angrep fra Kimatiene.

Zaribi savnet ham virkelig men merket noe nytt utpå dagen. Folk var tydeligvis klar over det som hadde skjedd for flere virket engstelige og snakket gikk men ingen hadde svar så en fant sine egne forklaringer på tingene. Hebba hadde en hilsen fra Gudrun, hun ville gjerne hilse på Zaribi en dag med det første men var dessverre litt dårlig så hun orket ikke med en gang. Hebba fortalte at Gudrun antagelig var syk men nektet å fortelle om det og Zaribi følte seg engstelig med en gang. Hun hadde likt den gamle kvinnen som virket så hjertevarm og kjærlig. Ardreds søster Iliana var reist nordover for å besøke slektninger og Zaribi var glad til, det hun hadde hørt om kvinnen var ikke bare positivt og hun gruet seg til å møte henne ansikt til ansikt.

Dagen etter kom også uten at hun så noe til Ardred og hun la alt inn på å lære språket og arbeide så hun fikk respekt. Hun vevde så fort hun kunne og begynte å lære såpass at hun kunne klare enkle samtaler men ordene stokket seg rett som det var så det ble mye latter i vevsalen. Det var ikke før det hadde gått fire dager at Ardred kom tilbake og da var han sliten og møkkete og tydelig i egne tanker. Det var noe ved kroppspråket som fortalte at han hadde slitt mye og han hilste på Zaribi svært hjertelig men fort før han gikk til badehuset. Zaribi hadde lengtet etter ham og ble litt snurt over at han ikke ble og snakket men forsto at han ville bli ren og hvile først. Ardred kom til middagen den kvelden, da var han renvasket og luktet godt og så friskere ut og Zaribi lysnet opp og klemte handa hans. Han kysset henne fort og fortalte at de hadde vært nødt til å reise ut og lete etter noen menn som var blitt borte, kimatiene hadde tatt dem og det de fant igjen var ikke mye vakkert så han gikk ikke i detaljer. Zaribi gyste av det og var glad han var trygt tilbake og Ardred holdt henne godt inntil seg mens de spiste. Hun følte seg allikevel litt betenkt, nå fikk hun virkelig et innblikk i hva det betydde for henne at han var Takesh, hun kunne miste ham når som helst og det før de i det hele tatt hadde vært sammen på alvor. Så hun bestemte seg for at hun skulle invitere ham jo før jo heller. Hun hadde lært å bruke badestampen på rommet men den krevde at en bar vann opp og ned så det var et slit for tjenerne. Badehuset hadde hun ikke besøkt ennå men hun aktet å be Hebba vise seg det dagen etter. Hun ville være ren om hun skulle be Ardred til sengs. De ble sittende der og snakke og kjæle og hun hadde lyst til å be ham komme til henne alt den kvelden men han var tydelig sliten ennå og hun ville ikke virke for ivrig heller, selv om det

tydeligvis var helt greit der. Så hun gikk til køys og sovnet
ganske sent siden tankene som fløy rundt i hodet hennes gjorde
henne urolig og forvirret. Det var som om noen et eller annet
sted ropte noe til henne, uten at hun greide å fatte hva som ble
sagt. Det var merkelig irriterende og hun sluknet til slutt med
kroppen i en ball sammen med teppe og puter øverst i senga.
Zaribi våknet til et kaos og hun skjønte først ikke noenting for
hun hørte et bråk av en annen verden og hele senga ristet. Ting
falt ned fra hyller og skap og det knaket i veggene. Hun sperret
øynene opp og kjente at hele huset beveget seg og hun med
umiddelbart livredd. Hun hørte skrik og rop og vrinsk fra
hester og brak utenfra og hun skrek og grep tak i ene
sengestolpen desperat mens senga danset under henne. Hun
skjønte at det var et jordskjelv enda hun aldri hadde opplevd
det før og bare hørt om det og det føltes som om det var
verdens undergang. Hun klamret seg til treverket og hylte og
følte seg mer alene enn noen gang før.
Brått gikk døra opp og Ardred raste inn, han måtte nesten
hoppe og danse for å holde seg på beina og han hev seg opp i
senga til henne og grep tak i henne. Zaribi skrek ennå og han
vred henne løs fra sengestolpen og trakk henne inntil seg,
omfavnet henne hardt."Ssssshhhh, rolig jente, det går bra."
Zaribi hulket og grep tak i ham, takknemlig over at hun ikke
var alene lenger. Ardred hadde bare på seg et par løse bukser
og håret var løst og ukjemmet. Han måtte ha kommet rett fra
senga for han virket søvndrukken og allikevel hadde han altså
løpt til hennes rom for å trøste henne. Zaribi gjemte ansiktet
mot halsen hans og han strøk henne over hodet og nynnet rolig
men hun følte uroen i stemmen hans og så at hjertet hans slo
hardt og fort på årene på halsen. Hun ble var at han var naken
fra livet og opp og rødmet ubevisst, han var så hard og
muskuløs og brystet var bredt og kraftig og han hadde en tett
matte av hår som forsvant i en stripe nedover magen. Det så
fremmed ut men Zaribi brydde seg ikke om det. Der og da var
han trygghet og hun kjente at senga ikke ristet så hardt lenger.

Det roet seg sakte ned og Ardred ble sittende å stryke henne
over håret lenge. Hun kjente at han småskalv og ante at det
ikke var av kulde for det var godt og varmt der. Han hadde nok
også vært redd, men gått dit for å trøste og bli trøstet samtidig.
Hun roet seg ned, greide å slippe taket i ham og han smilte litt
skjelvent og kysset henne på pannen. Øynene hans var milde
men det var ennå frykt i dem og hun skjønte at han var redd for
hva som kunne ha skjedd der ute."Ok? "
Han prøvde å være stø i røsten og virke selvsikker og trygg og
hun prøvde å smile tilbake."Ok."
Ardred kom seg ut av senga og Zaribi ville stå opp også men
han ristet på hodet og skjøv henne tilbake, trakk teppene opp
rundt henne."Nei, bli her! "
Hun forsto såpass og så bare bedende på ham. Han ristet på
hodet igjen."Jeg finner Hebba! "
Han forsvant ut og Zaribi følte en brå trang til å skrike etter
ham og be ham bli der men hun forsto at han måtte gå og se
om noen trengte hjelp. Hun ble sittende der i senga og
omfavne seg selv og etter litt kom Hebba løpende med håret
løst og en nattkjole slengende om kroppen. Hun så svært
opprørt ut og klemte Zaribi hardt."Ta det med ro kjære deg, det
går bra. Det er ingen fare."
Zaribi skalv lett."Sikker? Det ristet noe forferdelig! "
Hebba nikket."Ja, men husene våre er trygge, de kan ikke rase
slik som murbygg kan. Det kan være småskader på mindre hus
og på redskap og slikt men det kan repareres. Ardred skal
sjekke at ingen er skadet av ting som har falt ned og slikt."
Zaribi sukket og la seg bakover i senga igjen, hun var engstelig
ennå men forsto at faren var over for denne gangen. Hebba
satte seg på enden av senga og smilte beroligende."Jeg blir her
helt til Ardred kommer tilbake, greit? "
Zaribi smilte litt snurt men nikket."Greit."
Ardred løp barbeint ned i hallen og fant Hebba i
tjeneravdelingen i første etasje, han sendte henne til Zaribi før
han raste ut. Det han fryktet var branner og ganske riktig, det

brant i flere hus men folk var fort på plass og begynte å slukke og selv om det var forvirring og panikk tok folk seg fort sammen og begynte å sjekke hvordan det sto til med de forskjellige bygningene og eiendelene. Noen soldater fra vaktgarden løp rundt og organiserte frakt av skadde til det bygget som huset helbrederne og Ardred så til sin lettelse at folk fort kom i orden igjen. Han løp opp til sykestua og de som kom dit var bare lettere skadd. En av stallkarene kom inn med et kne ute av ledd siden en hest i panikk hadde sparket ham og en soldat ble halt inn av bekymrede venner siden han hadde fått en takstein i hodet men det virket for at det nesten var det verste. Det virket for å ha gått bra og Ardred begynte å roe seg ned. Angsten vek for undring for ingen hadde opplevd jordskjelv der i landet på nesten en mannsalder. Han husket at faren hadde fortalt om et han hadde opplevd som guttunge og det hadde bare såvidt fått det til å gynge i taklampene. Dette var noe helt annet, han var fullt klar over det og undret seg om det var en sammenheng med det og de merkelige tingene som hadde skjedd i nord.

Han kommanderte en del soldater til å gå rundt og ta opp lister over skader og sendte også noen ryttere ut til bygdene og gårdene rundt for å finne ut hvordan det hadde gått der. Det begynte å bli kaldt nå som adrenalinet var ute av kroppen og han var ennå barbeint og i bare en lett bukse så han merket at han hadde fått gåsehud og skalv lett. Men han fikk tenke på eget ubehag senere, nå gjaldt det å være en leder og sørge for at folk følte seg sikre. Noen av de eldre og ærverdige medlemmene av rådet hadde blitt temmelig rystet og han sendte Urdar til dem for å roe dem ned, broren var også skremt men skjulte det godt med litt grovkornet humor og fandenivoldske glis. Den som kjente ham godt visste at det var et tegn på at han ikke var seg selv. Ardred skulle gjerne ha besøkt moren og sett hvordan hun hadde det men først var det andre ting han burde gjøre. Han hjalp noen menn med å rette opp igjen noen vogner som hadde tippet over i gata da han

hørte rop igjen. De kom fra havneområdet og han løftet hodet og stirret nedover mot havna. Det lå en holme et stykke utenfor innseilingen og i månelyset var den godt synlig som en mørk figur i stripen av gjenskinn fra månen. Men nå forsvant den brått og Ardred så noe som lignet brottsjø i stedet? Han rettet seg opp og undret seg og hørte brått at noen av sjøfolkene som holdt til i husene nærmest havna ropte høyt og begynte å løpe oppover mens de veivet med armene og skjøv andre foran seg oppover bakke. Han hørte ropene nå og kjente at han ble iskald til margen i noen sekunder før kroppen tok over og tvang ham på sprang oppover sammen med de andre.”Løp! Skjelvbølge!” Ardred hjalp folk oppover og halvveis oppe i hovedgaten opp mot hallen stanset han og kikket bak seg. Det var ikke noen høy bølge som kom, den var kanskje et par meter men han følte kraften i den helt dit han sto. Skutene var fortøyd med lange fortøyninger i tilfelle storm og løftet seg bare elegant men bølgen skyllet over moloen og raste innover havna og oppover langs husveggene til den stanset et stykke oppe i gatene. Der sto vannet en god stund og kvernet rundt med tang og tare og fisk og løse gjenstander til havet brått trakk seg tilbake med et svusj og nådde vanlig vannstand skremmende fort. Sjøfolkene sto der og stirret med alvor i blikket.”Det kommer flere, det kommer alltid flere. Noen ganger blir de bare større og større.”
En eldre sjøulk sa det og Ardred så at karen var i bare undertøyet og sjøstøvler. Det så absurd ut. Soldatene raste ned til husene som var blitt truffet for å sjekke at ingen hadde blitt skadd eller fanget der inne men heldigvis hadde alle kommet seg ut på grunn av jordskjelvet.
Alle gikk opp i terrenget og havet kom tilbake som sjøfolkene hadde spådd, hele tre ganger. Og vannet nådde like høyt hver gang. Til slutt roet det seg og alle trakk et lettelsens sukk. Ardred snudde seg og grep tak i en av de sjøfolkene som først slo alarm.”Du har opplevd slikt før?”
Mannen nikket, han var en diger type med et svært arr tvers

over panna og et heller rufsete utseende men han virket sikker og sterk og antagelig var han svært erfaren og bereist.”Ja, mange ganger. Jeg har seilt langs kysten nedover mot vest og der var det ofte jordskjelv. Noen ganger ble det bølger og andre ganger ikke men de sterke skjelvene ga alltid de verste bølgene og om det gikk ras i havet var de ekstra ille. Jeg er redd for noen av områdene i nord, det er smale fjorder der og i slikt terreng kan bølgene bli flere titalls fot høye.”
Ardred tok seg sammen, han tvang tankene på egen frykt til side og ble effektiv. Han vinket til seg et par offiserer fra vaktgarden og mennene så avventende på ham. De kjente og respekterte ham og visste at han alltid tenkte fornuftig.”Send duer til forlegningene oppover langs kysten og be dem avlegge rapport om skader og det fort. Og send ryttere på raske hester langs kysten østover også, det kan ha gått hardt ut over bygdene der også om vi er uheldige.”
Mennene gjorde honnør og løp for å utføre ordren.
Ardred følte seg et øyeblikk unyttig, han visste ikke hva mer han skulle gjøre der for alt ble tatt hånd om og han kom på Zaribi. Hun var sikkert redd ennå og han hadde bare forlatt henne. Det sakk i ham men han hadde ikke hatt noe valg. Han måtte gjøre sin plikt først og fremst.
Han la på sprang opp mot hallen der folk hadde begynt å samle seg for å få varme og mat. Kvinnene løp rundt som piskede skinn for å koke opp nok stuing til alle og det var et svare leven. Mange var urolige ennå men Ardred fikk seg ikke til å stanse for å berolige dem, han hastet opp trappene og løp innover gangen mot Zaribis rom. Han banket på og hørte at Hebba ba ham komme inn. Zaribi satt på senga sammen med Hebba og spilte et brettspill, hun var litt blek og det var en bekymret linje i ansiktet hennes. Ardred svelget hardt og så fort ned på seg selv, han var dekket med søle helt opp til lårene, føttene hans var blodige siden han hadde skåret seg på diverse han hadde tråkket på og han hadde ikke engang merket det. Men han så ut som en villmann og skammet seg brått, han

burde ikke bare ha rast inn dit uten å stelle seg først.

Zaribi hikstet lettet da hun så ham og raste ut av senga, løp bort til ham og omfavnet ham og det føltes så velsignet godt å kjenne de smale armene hennes rundt seg. Han gjengjeldte omfavnelsen hjertelig til han kom til å tenke på hvor skitten han var. Han løsnet seg varsomt og så ned på dem, kjolen hennes hadde overtatt en god porsjon av møkka og han svelget og prøvde å smile."Beklager, du overtok skitten. Jeg burde ha vasket meg."

Zaribi så ned også og ble var blodet på føttene hans. Hun gispet og så forferdet ut."Du er skadd!"

Ardred forsto såpass av de ennå temmelig ubehjelpelige glosene hennes og ristet på hodet."Det er bare småflenger, ingenting å bry seg med."

Zaribi så hardt på ham."Det kan gå betennelse i slikt, de må vaskes! "

Hun snudde seg mot Hebba og det var noe nytt i blikket hennes, en slags autoritet som fikk henne til å virke både voksen og myndig der og da."Få tjenestejentene til å fylle badestampen, og gjør det fort. Og hent bandasjer og salver. Jeg vasker føttene hans."

Ardred rynket pannen og Hebba oversatte fort før hun løp avgårde som en veddeløpshest ut av startporten.

Jelena kom løpende rett etter at Hebba gikk men Zaribi kommanderte henne til å hjelpe til med å lage mat. Hun trengte ikke hjelp med klær eller noe der og da. Ardred ante ikke hva han burde gjøre og han kunne ikke forklare hva som hadde skjedd der ute uten Hebba til stede for så godt ordforråd hadde Zaribi ikke så han bare sto der som en annen statue og dryppet gjørme og vann på det vakre golvet. Heldigvis hadde han ikke gått ut på teppene så det burde være greit å få det bort. Tjenestejenter begynte å komme bærende på store bøtter med varmt vann og helte det i stampen og Hebba kom med alt det andre Zaribi hadde ønsket å få brakt dit. Hun hadde ofte vært til stede når medikus hjemme behandlet noen og den gamle

mannen hadde av og til lært henne litt. Ikke mye men nok til å
behandle små sår og skader og hun var stolt over det vesle hun
kunne. Til slutt var stampen full og Zaribi kommanderte
tjenerne og Hebba ut. Hebba rynket pannen og så litt
advarende på henne uvisst hvorfor men Zaribi så bent frem
stridig ut så den eldre kvinnen adlød og gikk. Hun håpet bare
ikke at Zaribi gikk for langt. Zaribi vinket Ardred etter seg inn
på badeværelse og pekte på stampen. Ardred svelget hardt og
så ned på de skitne buksene og Zaribi satte det brungylne
blikket i ham så han nesten rygget. Det var virkelig vilje i jenta
når hun ville noe og han bøyde seg for viljen hennes om enn
noe nølende.
I det hun snudde seg for å ta frem en bøtte til skittentøy
vrengte han av seg buksa i en fort bevegelse og dekket skrittet
med hendene Det var absurd å være så sjenert overfor sin egen
hustru men han følte seg som en liten guttunge igjen. Zaribi
snudde seg og så ham stå der med hendene lagt over skrittet og
rødmet heftig men grep buksa og hev den i bøtta før hun pekte
på stampen. Hun kunne ikke dy seg for å stirre, han var
solbrun over det hele unntatt akkurat rundt hoftene og hun
undret seg over naturen som gjorde ham så smal der og så bred
lengre oppe. Beina var lange og sterke med tydelige muskler
etter år på hesteryggen og hun prøvde å ikke fnise ved synet av
stripen med hår som strakte seg ned fra brystet og forbi navlen.
Magemusklene var flate og harde og tydelige men han var ikke
svulmende stor, faktisk mer senete og det var tydelig en krigers
kropp for her og der var det arr som måtte skyldes skader
pådratt i kamp.
Zaribi følte den merkelige varmen igjen når hun så på ham og
han rødmet faktisk dypt. Han pekte på henne og snurret handa
og hun sukket og gjorde som han signaliserte, snudde seg
rundt. Da hun snudde seg tilbake var han i stampen og hun
satte seg på stolen ved siden av den og fikk ham til å strekke ut
en og en fot så hun kunne sjekke dem for skader og fjerne
møkka mellom tærne. Det var små rifter flere steder og hun

vasket grundig av dem selv om han freste litt over smerten når hun helte urteblanding i dem. Og han følte seg ytterst brydd, å bli degget med slik var uvant og han følte seg direkte irettesatt. Det var ikke en god følelse og han satt der med vann til halsen og hendene over skrittet ennå og led. Men hun var dyktig og han ble kvitt gjørme og småstein og slikt og han var lettet over at det ikke var farlige sår der. Zaribi undret seg over føttene hans også, de var store og lange men vakkert formet og hun så at han slappet av og likte vaskingen etter litt.

Hun tok opp en svamp og begynte å tørke av skuldrene hans og halsen og hun lente seg over stampen og sørget for å gå over hele kroppen på ham. Ardred nøt varmen og berøringene men det begynte å bli plagsomt også. Nattkjolen hennes var nesten helt gjennomsiktig og slik hun lente seg ut over kanten for å nå ham hadde han av og til yndighetene hennes like i synet på seg. Han holdt hendene der de var enda såpeskummet nå dekket vannoverflaten og prøvde å tenke på iskalde bad i frosne elver men det hjalp minimalt. Zaribi fikk ham til å lene seg forover og skrubbet ryggen hans og brukte en øse og vasket håret hans og Ardred nøt det men følte seg underlig delt også. Det var tydelig at hun likte å stelle for ham men hvor langt hadde hun tenkt å gå?

Blodet kokte i ham og han kjente at han snart ikke orket mer, det var tortur å sitte der med henne så nær og ikke vite hva hun egentlig ville. Zaribi fikk ham til å lene seg tilbake og møtte blikket hans og rykket til. Øynene hans var nesten svarte og det var noe som lignet hunger i blikket men hun forsto av rent instinkt hva det var han hungret etter og rødmet dypt. Hun nølte et øyeblikk, så lente hun seg frem og kysset ham og Ardred stønnet hult og besvarte det, grep tak i henne nesten desperat og trakk henne over kanten og ned i stampen til seg. Zaribi hylte litt forskrekket og holdt seg fast i ham nesten panisk men vannet var varmt og godt og stampen stor så hun ble stående der på kne ved siden av ham. Ardred lente seg fremover og kysset henne igjen og hun la hendene på

skuldrene hans og besvarte det. Det føltes deilig og hun var
ikke redd ham, ikke nå lenger.
Ardred strøk hendene over den faste kroppen, kjente at han
nesten ikke holdt ut men visste at han måtte. Han ville ha
henne der og da men det var ikke riktig tid og sted til det, det
var for tidlig ennå. Zaribi rettet seg opp og grep den dyvåte
nattkjolen som nå var fullstendig gjennomsiktig, trakk den av
seg med et gisp og Ardred stønnet av synet av henne. Blikket
hans brant og han pustet tungt og hver gang han rørte huden
hennes var det som om den glødet. Ardred var i virkelig
villrede, hva gjorde han nå? Han kjente at han måtte komme
og det ganske så fort for kroppen verket men han kunne ikke ta
henne, ikke ennå. Zaribi kysset ham og han grep henne om
livet og strøk hendene ned over den runde myke baken og
bakover lårene hennes. Zaribi gispet og lukket øynene og brått
hadde han henne sittende skrevs over lårene på seg. Dette kom
til å gå galt, han prøvde å finne argumenter for å bare gjøre det
der og da, trekke henne inntil seg og trenge inn i henne men
fornuften sa at hun burde blir mer erfaren først.
Zaribi kjente at det formelig verket der nede, og hun ville det,
ved alle guder som hun ville det. Hun ville skli seg fremover
og sette seg over ham men Ardred stønnet og holdt henne
tilbake. Det var nesten pine i blikket hans da han gjorde
det."Ikke ennå kjære, vent litt."
Zaribi så forvirret og skuffet på ham og han tok handa hennes
og ledet den varsomt dit han trengte berøring aller mest der og
da. Hun åpnet munnen og så vantro på ham da hun følte ham
mot hånda og hun ble brått litt nervøs igjen. Hun lot fingrene
forsiktig og nølende utforske ham og kunne ikke tro at noe så
stort og grovt og hardt kunne få plass inne i henne der nede.
Det kunne aldri gå bra! Men han stønnet og lukket øynene og
likte det visst veldig godt så hun fortsatte å la handa gli over
ham. Det fascinerte henne, at noe kunne være så steinhardt
men også fløyelsmykt og de lave lydene han gav fra seg fikk
det til å gå skjelvinger gjennom henne. Hun ville gjøre det godt

for ham, brått brydde hun seg ikke noe om sin egen merkelige trang. Hun så litt blygt på ham.”Hvordan? “

Stemmen hennes var myk og Ardred tok handa hennes og viste henne hvordan hun skulle tilfredsstille ham. Zaribi rødmet men festet grepet og fant snart en god rytme. Ardred hikstet og det var et uttrykk i ansiktet hans som nesten var av smerte, han hadde aldri trodd hun kunne lære så fort men ved alle guder for et håndlag hun hadde. Varsomt lot han en hånd gli bortover låret hennes og inn dit han visste hun trengte ham. Zaribi rykket til da hun følte berøringen, fjærlett og varsomt mot det stedet på kroppen hun aldri hadde fått snakke om engang. Og det føltes som en ren eksplosjon i kroppen, det var så voldsomt for henne at hun snaut greide å puste. Ardred lot handa gli varsomt frem og tilbake et par ganger før han lot en finger gli ned i sprekken hennes og utforske henne helt og holdent. Den varme glatte våtheten han møtte der fikk det til å stramme seg i underlivet hans og han kjente at det ikke lenger var noen vei tilbake. Det var i ferd med å gå for ham og han la handa rundt hennes og holdt den der i det de første kraftige rykningene raste gjennom ham. Zaribi så halvt i sjokk og halvt fascinert på at ansiktet hans fortrakk seg, så at han la hodet bakover og stønnet navnet hennes så det knapt var forståelig og hun kjente at det hun holdt i ble merkbart stivere før det begynte å rykke i det.

Zaribi forsto hva som skjedde av rent instinkt og det Hebba hadde fortalt gav også en viss forståelse, hun stirret ned på det som skjedde med ham og kjente en desperat trang til å ha ham inne i henne der og da. Ardred hev etter pusten og prøvde å samle seg igjen, det spant for ham og han ville ha brølt som et dyr hadde det ikke vært for at han var redd hele bygget ville høre det. Han fant frem til henne igjen og smilte matt men bestemt.”Din tur Zaribi!”

Hun så vantro på ham i det han begynte å gni henne forsiktig, følelsen var så sterk at det overgikk hennes erfaring å kunne beskrive det for seg selv, hun kunne bare gi seg over. Hun satt

der skrevs over fanget på ham og han kjælte forsiktig men
bestemt med henne til alt formelig kokte og varme bølger
spredte seg ut i hele kroppen og hun ikke kunne la være å
stønne og jamre seg. Ardred skjønte at hun var like ved og han
aktet å føre henne helt til topps før hun rakk å bli engstelig å
kanskje spenne seg. Han lente seg frem og fanget ene
brystvorten hennes i munnen, slikket og sugde forsiktig på den
mens han gav hennes mest følsomme deler sin fulle
oppmerksomhet og Zaribi skalv i grepet hans og hev etter
pusten. Det var som om hele henne brant av nytelse og det bare
økte og økte til noe brått strammet seg et sted i henne og hun
skrek i det noe nesten eksploderte der nede og raste gjennom
kroppen og det var så skjønt at hun kunne ha dødd.
Ardred holdt henne støtt mens hun dirret kraftig og han kjente
at musklene i henne jobbet. Han gledet seg bare til han kunne
få oppleve det mens han var i henne, det ville bli fantastisk.
Zaribi følte seg tung og lett på en og samme tid, og det var en
utrolig følelse i hele kroppen på henne. Hun lot seg falle
fremover mot ham og han la armene rundt henne og bare holdt
henne der, godt og trygt.”Takk kjære deg, det var fantastisk.”
Zaribi bare rødmet og ville ikke bort derfra igjen men visste at
stunden ikke kunne vare evig. Men det hadde vært det mest
fantastiske hun noen gang hadde opplevd og hun ville ha den
opplevelsen igjen, og igjen. Så fort de bare kunne.
Ardred kjente at han begynte å bli døsig og faktisk så var det
ennå natt, det var fremdeles en stund til soloppgang og han
visste at de begge trengte hvile. Han nikket i retning
soverommet og gjespet overdrevent.”Jeg tror vi trenger litt mer
søvn.”
Zaribi nikket usikkert, hun forsto hva han mente men var ikke
riktig sikker på hvordan hun skulle svare ennå. Ardred pekte
på håndklærne som var lagt frem og hun reiste seg og gikk ut
av stampen, rakte ham et par og han trakk et rundt livet mens
hun sto med ryggen til. Han følte seg ennå flau og brydd,
uvisst hvorfor. Zaribi var ikke blyg for ham lenger, det var

tydelig men nå var han for trett til å bry seg noe om det. Han tørket seg fort og kysset henne lett på kinnet."Jeg går og legger meg igjen kjære deg, vi sees i morgen."

Zaribi følte seg på en eller annen måte snytt men forsto også, hun smilte tilbake og fikk tørket av seg det verste vannet. Hun følte seg også sliten, det hadde vært mye sinnsbevegelse på en gang og hun tullet inn håret i et håndkle og gikk til sengs. Tjenerne fikk fjerne vannet neste morgen, hun orket ikke uroe dem nå og hun sovnet nesten momentant.

I mens var det andre som slettes ikke sov, Urdar sto foran de samlede rådsmedlemmene og følte at han aller helst ville ha vært i sin egen seng, i likhet med dem alle sammen. Flere av de ærverdige gamle ansiktene virket ekstra gamle og et par var faktisk ikledd nattklærne sine ennå. Det så merkelig ut siden han var vant med å se rådet meget flott kledd vanligvis. De mistet liksom litt av den respektinngytende auraen slik men Urdar voktet seg nøye for å røpe hva han tenkte. Mange av dem var særdeles hårsåre. Stemmene surret i rådslokalet, flere så svært engstelige ut og Urdar forsto dem godt. De var hele folkets støtte, dem alle vendte seg til for kloke råd og slikt og at de sto der og var rådløse var mildt sagt illevarslende. De kunne ikke tillate seg selv en slik situasjon, de måtte gjøre noe for ikke å miste ansikt!

Den eldste av dem vendte seg mot sin nærmeste og det var et glimt av virkelig beklagelse i blikket hans, Urdar hadde alltid sammenlignet mannen med en bedrøvet jakthund som ikke har greid å finne vilt, alt hang liksom nedover på ham. Og det ble ikke bedre av at karen en gang hadde vært fet men nå var blitt direkte mager. Huden var liksom to tre nummer for stor. Men han var klok og tenkte raskt og noen ganger til og med utenfor boksen. Det var det ikke alle av disse folkene som var i stand til. Mannen hvisket noe til kvinnen ved siden av og så kremtet han høyt og tiltrakk seg hele rådets oppmerksomhet."Ærede forsamling, jeg har et forslag å komme med. Situasjonen er uhørt, vi vet ikke hva som skjer eller hva gudene ønsker av

oss. Jeg foreslår at vi benytter oss av orakelet.”
Det ble dødens stille i salen, alle glante som om han hadde
foreslått at de alle skulle kle av seg og danse rundt som barn.
En yngre mann med et gedigent fullskjegg rensket stemmen og
så tvilende ut.”Er det særlig trygt? Ingen vet hva som kan skje
når orakelet taler, og i de fleste tilfellene er det bare
uforståelige ting hun sier. Det er ikke noe en bør feste sin lit
til.”
Den eldste nikket stille og sukket.”Jeg vet det, men har noen
av dere en bedre ide? Vi må ha noe å fortelle folket, noe de kan
stole på og føle seg trøstet ved. Og hun taler gudenes ord, vi
vet det! Det er bare vi usle mennesker som ikke alltid greier å
tolke det hun sier.”
Den yngre mannen skar en grimase og kikket bort på Urdar
som sto der og følte seg temmelig utenfor. Orakelet? Han
hadde ingen tiltro til det vesenet og han hatet ideen om å
snakke med henne men det var en strime av sannhet i det som
ble sagt. Hun snakket virkelig med maktene og det var mulig
at hun i det minste kunne gi dem et hint om hvorvidt
jordskjelvet var forvarselet til noe mer.
“Urdar? Hva mener du vår Gode?”
Urdar kremtet og prøvde å se verdig og klok ut.”Jeg sier at vi
bør prøve, så har vi da i det minste gjort noe! “
Den eldste nikket fornøyd.”Da er det avgjort. Vi taler med
oraklet og vi gjør det nå i natt. Jeg blir med deg Urdar, jeg tror
vi bør være flere når slike alvorlige saker skal legges frem.”
Urdar sukket lettet, å møte henne alene ønsket han aldeles
ikke. Den eldste vinket med handa og en tjener dukket frem av
mørket og hjalp ham på med en kappe mens en annen løp ut og
sørget for at en vogn ble kjørt frem. Det var en god stubb dit
orakelet holdt til og den eldste kunne ikke ventes å gå så langt
enda han var meget sprek for alderen. Det var alle
rådsmedlemmene, ingen som var rørete eller svakelig kunne få
en slik ærerik og ansvarsfull tittel.
Etter litt var vogna klar og Urdar steg opp i den etter den eldste

som ble fulgt av en tjener og en prestinne som også insisterte på å bli med. Urdar kjente henne godt, hun var en god kandidat til å bli ypperstaprestinne en vakker dag og kom nok til å bli med i rådet også når hun ble gammel. Hun het Ylesa og var datter av en forgangen Takesh de hadde hatt for en del år siden. Vogna kjørte ganske fort men Urdar ble ikke engstelig, han visste at kusken så godt og kjente veien og hestene kjente veien enda bedre så han slappet av og prøvde å forberede seg på oppgaven som sto foran dem. Den eldste hadde tatt med gaver som seg hør og bør og virket ganske rolig men Urdar var grepet av en slags merkelig uro. Det var som om han ante at dette ville ende med noe forferdelig, at noe ville skje som ville sette all hans erfaring og visdom på prøve.

Urdar hadde aldri vært en mann av sverdet, hans interesser hadde alltid vært i retning mystikken og troens snirklete stier og han hadde aldri angret men nå misunte han nesten sin bror. Å være en kriger var enkelt i forhold til dette, alt var svart hvitt og det var kun to valg som gjaldt. Å drepe eller å bli drept, enkelt å greit og ikke noe å filosofere over. Hans veier var mye mer skjulte og langt mindre ærlige også på et vis. Å skulle forstå alle menneskesinnets irrganger krevde noen ganger at en måtte kjenne alle de gjemmer ens eget sinn har og den prosessen etterlot seg alltid arr. Og noen ganger så mange at man aldri ble hva man så for seg at man skulle bli. Han kjente til prester og prestinner som ble som barn igjen, som måtte lære alt på nytt og noen ble lallende idioter også. Det var sjelden men det skjedde dessverre. For en Gode var veien til toppen hard og kronglete med fallgruver overalt. Han hadde greid det men bare ved hjelp av flaks og eget mot. Det hadde han i det minste til felles med sin bror.

Etter en times tid stanset vogna på en lysning i skogen. En liten hytte sto bygd mellom to enorme steinblokker og i det svake lyset så den nesten ut som en del av dem men det var en illusjon. Den var menneskeskapt. Urdar nølte kort, så gikk han ut av vogna og hjalp den eldste ned på bakken. Det var kaldt der og en egen rå lukt som ikke var direkte behagelig. Kusken nikket bare og Urdar tok seg sammen og gikk med rolige steg mot hytta. Den eldste og prestinnen kom bak ham og begge to virket nervøse. Urdar forsto det godt, han var nervøs selv. Han svelget og så seg om, det lå alt mulig søppel rundt hytta, stinket gjorde det til himmels og vedlikeholdet var det så som så med. Han rakk ikke frem før døra gikk opp, han rykket til men ble stående og skapningen pliret med øynene og gliste bredt."Så, der er dere. Jeg ventet på dere! "

Hun snudde og forsvant inn i mørket og Urdar samlet alt motet han hadde og fulgte etter. Innenfor var det mørkt som i en sekk og det luktet av urter og tørkede kroppsdeler av dyr og mennesker. Det var utrivelig og skremmende og Urdar måtte bruke alt han hadde av viljestyrke for ikke å rygge ut igjen. Den gamle kvinnen kastet ved på et bål midt på golvet og det ble litt lysere, ikke at det gjorde omgivelsene noe mer tiltalende men en slapp da å snuble i alt mulig uidentifiserbare levninger. Urdar prøvde å ikke se på henne. Ingen visste hvor gammel hun var eller hvor hun kom fra men hun var over hundre vintre og liten og sammenkrøket som en tørket frukt. Håret var pistret og tynt og hvitt og det var ingen tenner i kjeften som så ut som et sår i det rynkete ansiktet. Og øynene var hvite og måtte være blinde men allikevel så hun. Og hun så godt også. Skremmende godt. Hun var kledd i rester av gamle klær så fillete og fulle av hull at den opprinnelige fasongen var tapt for lengst og hun stinket ille av gammel svette og skitt. Hvorfor måtte alltid slike hellige mennesker ha en uhellig hygiene?

Hun snudde seg mot dem, pliret på dem og så direkte umenneskelig ut."Sååå.. Urdar og Arelf av Gardahavn... dere vil vite mer om jordskjelvet ja, og hva det betyr. Det er en pris å betale! "

Hun rakte ut en hånd og Arelf tok frem en stor pose fra kappen og rakte den til kvinnen, ikke uten vansker for den var tung men hun tok i mot den som om den ikke veide noe som helst.

Hun kikket nedi og nikket fornøyd."Nok gull... og nok ost og brød og smør til en stakker i uker fremover. Godt godt! "
Hun la posen fra seg på noe som kanskje hadde vært et godt bord en gang og forsvant innover i mørket. Arelf så nervøs ut og prestinnen som holdt seg bak var blek og så ut som om hun ville kaste opp av lukta der inne. Urdar forsto henne godt, han var like ved det stadiet selv.
Hun kom sjokkende tilbake og bar på en sekk med noe som sprellet vilt, Urdar trakk pusten og prøvde å holde seg rolig men det var ikke lett. Hun halte frem en kanin, en stor og fet en med myke ører og kraftige bein. Dyret pep desperat og sparket rundt seg og forsto visst hva som skulle skje og hun kaklet og holdt den opp over bålet til det begynte å lukte svidd pels. Urdar skar en grimase av dyrets vettskremte skrik, han likte ikke slik, det var det ingen sann Hietlaianer som gjorde. Kvinnen fniste nesten i det hun trakk frem en lang utrolig smal dolk fra klærne, med et raskt snitt skar hun halsen over på kaninen som rykket og sparket i dødskramper en god stund før den ble stille. Deretter slengte hun kadaveret ned på bordet og skar den opp med en bemerkelsesverdig dyktighet og halte frem innvollene på den.
Arelf svelget hørbart og prestinnen hadde snudd seg, Urdar så at hun nå antagelig var mer grønn enn blek i ansiktet. Orakelet betraktet innvollene lenge og grundig, snudde og vendte på dem og mumlet uforståelige ting før hun kastet restene i bålet. Deretter trakk hun frem en slags flakong fra beltet og satte seg på en kubbestol ved bordet. Hun tok en slurk av innholdet og hostet litt før hun lukket øynene og begynte å mumle noe svært enstonig og rytmisk. Urdar fikk gåsehud, brått var det som om rommet var fylt med underlige levende skygger som stirret på ham. Skygger har ikke øyne prøvde fornuften å fortelle ham men den hadde vansker med å trenge igjennom flommen av overtroisk frykt. Orakelet satt slik en stund, vugget sakte og mumlet og stemmen steg og sank mens alle de andre der ble underlig søvnige. Det var monotonien i det som skapte den

følelsen og Urdar kjempet i mot alt han greide. Han aktet ikke
å bli sløvet for da kunne de bli lurt av det hun eventuelt sa.
Til slutt slo hun øynene opp og de flammet formelig, det lå et
slags smil om munnen på henne og hun virket brått sterk og
merkelig myndig."Maktene har snakket, maktene har talt og
sannheten har de vist meg."
Hun reiste seg fra stolen og stemmen var klar og nesten en ung
kvinnes. Urdar gyste av det og Arelf virket direkte rystet."Hva
sa de ærede gamle? Hva ønsket maktene av oss dødelige? "
Han holdt pusten mens de ventet på svaret.
Kvinnen gliste stygt, det var et glimt av noe hensynsløst og
kanskje nesten ondskapsfullt i det tomme blikket."Jordskjelvet
er kun et forvarsel.. et tideverv er til ende og et nytt skal fødes
gjennom flammer og blod og død. Det som var vil igjen bli og
verden skal våkne til en ny orden, en ny makt vil våkne av
stein og ild og samles av de valgte."
Hun slo ut med armene"Ve dere barn av dødelige, for sverdets
tid er inne. Ulvens tid er inne. Ravnens tid er inne."
Hun så skarpt på dem alle tre."Dere frykter for deres folk og
deres land. Vit at en ting kan mildne maktene, og kun en ting."
Stemmen var streng og Urdar undret seg over myndigheten
hun viste. Hun måtte en gang ha vært en person med stor stor
makt, men hvem? Arelf svelget."Hva ærede gamle? Hva kan
mildne dem?"
Hun kaklet lavt."Blod offer barn av dødelige, merkets
seremoni. Og kun kongelig blod duger denne gangen, intet
mindre!"
Urdar følte at han nesten besvimte, at verden snurret for
øynene hans. Men han visste med sikkerhet at hun snakket
sant, at det var hva maktene ønsket, og han skulle ved alle
guder ha ønsket at det ikke stemte. At det ikke var sant. Arelf
kremtet kort."Og det er sannheten? "
Kvinnen nikket og bikket på hodet."Det er sannheten. Merkets
seremoni. Ved fullmåne! "
Arelf tok seg sammen men var synlig urolig."Vi takker deg for

dine råd ærede gamle."

Kvinnen bare gliste igjen."Det var så lite, kun hva jeg kunne se."

Hun snudde seg mot Urdar, blikket var tomt igjen og han gyste fra topp til tå."Den siste vil møte den største der elven fødes, av ufødt blod vil han vekkes den som hersker over frosten. La den blodfødte vise vei og la den fordømte være skjebnens hånd. Det er alt jeg har å si til deg Urdar, bror av vår Takesh."

Urdar så uforstående på kvinnen som bare ruslet inn i mørket igjen. Prestinnen skyndte seg ut og de to mennene gikk etter, de kunne ikke løpe for skams skyld men skulle ønske at de kunne. Arelf stanset ved vogna og Urdar så at mannen så flere tiår eldre ut enn han var."Er det mulig? "

Stemmen var nølende og Urdar kjente seg kald til margen."Ja, det er mulig."

Arelf nikket sakte og blikket var i bakken."Vil han gjøre det? "

Urdar svelget en sur smak i munnen, kjente at frykt og tvil grep hjertet hans i et iskaldt grep."Om vi forklarer det vil han gjøre det. Jeg kjenner ham, han svikter aldri sin plikt."

Arelf sukket stille."Din bror er en edel mann Urdar, kanskje for edel for sitt eget beste. Vi kan ikke kreve dette av ham, det er for mye. Jeg vet ikke om noen som har gått gjennom seremonien på en mannsalder."

Urdar trakk pusten dypt."Jeg vet det, men hun snakket sant ærede, det må gjøres. Forsto vi bare resten av det hun sa."

Arelf slo ut med hendene."Jeg frykter at vi før eller senere vil forstå det uansett."

Urdar bare nikket og hjalp ham opp i vogna igjen og kusken virket for å ikke kunne komme seg vekk fra stedet fort nok for han pisket på hestene og det gikk virkelig unna tilbake til byen.

Urdar satt der og tenkte over det inntrufne, det var skremmende og uforståelig og han kjente at han ble mer og mer sliten og mer og mer forvirret. Hvordan fremla han dette for Ardred? Kunne han virkelig selv fortelle dette til sin bror? Til sitt eget kjøtt og blod? Av ti menn som gjennomgikk seremonien overlevde stort sett kun halvparten. Tanken på å miste Ardred slik var lammende, han vurderte et kort øyeblikk å tilby seg selv i stedet men han var ingen Takesh. Hans offer ville ikke blidgjøre noen. Og Gudrun? Gudene forby! Hun ville ta sin død av den nyheten og Urdar kjente at han snart ikke visste sine arme råd.

Tilbake i byen var alt stille enda det nå lysnet, folk var for slitne til å stå opp tidlig og bare noen hunder løp rundt og bjeffet forstyrret. Arelf tok ham i handa.»Vi kaller til rådsmøte senere i dag. La din bror hvile til da Urdar, vi vil ikke uroe ham for mye, for tidlig.»

Urdar smilte men ansiktet var stivt, han hadde en følelse av tap uten ennå å ha tapt noe.»Gudene har talt, vi må handle deretter.»

Ordene kjentes kvalmende da de forlot ham og Arelf bare nikket og gikk inn, Urdar ble stående igjen alene på gaten før han tok seg sammen og gikk til sine egne rom for å tenke og forberede seg. Månen var snart full, det var kun dager om å gjøre. Og hjertet hans gråt allerede!

Zaribi sov lenge den morgenen, hun ble vekket av Hebba som også var smaløyd og tydelig preget av natten. Tjenerne tømte stampen og Zaribi ble påkledd og stelt etter alle kunstens regler av Elena og Hebba som skravlet seg mellom om det som hadde skjedd. Hun så godt ut etterpå men følte seg merkelig nummen innvendig. Det hadde skjedd små mye så fort. Det ble ryddet overalt siden ting hadde falt overende under skjelvet og mange raste rundt og reparerte små skader, Det var en intens aktivitet der og Zaribi følte seg et øyeblikk direkte forvirret. Hebba fikk ordnet så hun fikk frokost og de satte seg for å spise men det var tydelig at stemningen der var anspent og amper. Det gikk rykter om at rådet hadde kontaktet orakelet og Hebba måtte forklare Zaribi hvem det var. Zaribi fikk en merkelig urolig følelse i hjertet da Hebba snakket om den gamle kvinnen med de merkelige evnene.

Ardred dukket opp etter litt, han var pent kledd og hadde stelt seg og han klemte Zaribi fort men det var noe skremt i blikket hans som hun fanget opp med en gang.”Hva er det? “

Ardred prøvde å smile.”Jeg har fått bud fra mor, hun vil snakke med oss.”

Zaribi rynket pannen.”Med en gang? “

Ardred nikket og Hebba oversatte det Zaribi ikke forsto. Det var tydelig at skjelvet hadde gått inn på henne og Ardred fryktet det verste. Zaribi svelget fort og så over seg selv for å sjekke om hun var presentabel. Hun var pent kledd i den grå kjolen med blå broderier og håret hennes var vakkert flettet så ingen burde ha noe å si på det. Ardred så minen hennes og smilte litt stivt.”Du ser flott ut, ikke bry deg om utseendet. Mor ser dypere enn som så.”

Zaribi prøvde å se rolig ut men greide det ikke helt, det ble litt overveldende å møte sin svigermor så brått. Ardred spiste også litt og fikk beskjed om et rådsmøte senere på dagen av en tjener. Han bannet lavt over det men regnet med at det ikke var til å unngå etter en slik hendelse som nattens.

Da de var ferdige gikk de til templet og bygningene bak der prestinner og andre som holdt til der bodde. Det var store vakre hus like fine som det store huset med festsalen og rommene var minst like luksuriøse. Zaribi kjente at hun ble mer og mer nervøs og Ardred virket direkte skremt. Han hadde sett hvordan moren hadde tapt seg i det siste og det var ikke et godt tegn. Hun var slettes ikke så veldig gammel men hun hadde giftet seg og fått barn relativt sent og var hun syk var det ikke rart at hun virket sliten før tiden. Det gikk prestinner rundt der og gjorde sine plikter og en yngre kvinne kom mot dem og viste dem til Gudruns gemakker. Som tidligere ypperstepestinne hadde hun nå noen svært gode rom og Zaribi måpte av prakten og skjønnheten der. Men hun følte stemningen der med en gang hun kom over dørterskelen. Tjenerne virket opprørt og det var som om noe lurte i krokene der, noe truende. Ardred hadde blitt blek og han løp nesten inn gjennom dørene. Zaribi forsto ham også, han fryktet for morens liv og helse.

Da de kom til rommet der hun ventet måtte Zaribi snu seg et kort øyeblikk for ikke å røpe seg. Det var helt tydelig at noe hadde skjedd og det noe svært alvorlig. Den aldrende kvinnen var likblek i ansiktet og hun så mye eldre ut enn før. Hun lå i en seng og var godt pakket inn i tepper men skalv allikevel og det var en smerte i øynene som traff en som hestespark. Det var både fysisk og sjelelig pine og Ardred gav fra seg et kort gisp og grep morens hånd. Gudrun prøvde å smile men det ble et grin. Hun vendte blikket mot Zaribi og vinket henne bort til sengen og Zaribi adlød litt nølende. Det var en svak søtlig lukt der som antagelig stammet fra en eller annen type medisin og Zaribi ble var et brev som lå på en stol ved siden av senga. Det var våte flekker på det, antagelig etter tårer. Ardred hvisket morens navn og Gudrun strøk over handa hans med en plaget mine.”Min sønn, mitt kjære barn. Ulykke har rammet oss, og rammet oss hardt! “

Ardred så uforstående på moren som pekte på brevet.”Det kom nå, med en ørn sendt fra Vindengene. Din søsters..”

Gudruns stemme brast og hun hev etter pusten før hun kunne fortsette.”Din søsters sønn er gått bort min sønn. Han havnet under en vegg som kollapset.”

Ardred hev etter pusten og sto som manet i stein.”Det.. det kan ikke være sant..”

Gudrun stønnet lavt og skjøv seg opp i senga.”Det er sant Ardred. Jeg har sendt bud også til Urdar. Dette er sorgens dag for oss alle.”

Ardred bare sto der og Zaribi så at han kjempet mot tårene, hun omfavnet ham impulsivt og han klemte henne tilbake. Hun kjente at han gjemte ansiktet mot håret hennes og hun følte at han skalv svakt i grepet hennes. Hun hadde aldri møtt sin svigerinnes sønn men at et barn hadde dødd var uansett tragisk, og så attpå til i familien. Hun syntes synd på den arme gutten og kjente at halsen ble merkelig tykk og tårene sprengte seg frem i øynene. Gudrun så det og smilte vemodig.”Du har et

godt hjerte kjære barn, be gudinnen om at det også er et sterkt
hjerte. Jeg ser vanskeligheter fremover. Du vil trenge all din
godhet og all din styrke er jeg redd."
Ardred svelget og klemte morens hånd."Åh mor, det er
forferdelig. Ditt eneste barnebarn..."
Gudrun smilte blekt."Ikke mitt eneste min sønn, mitt eneste
legitime barnebarn. Du vet hva ... hva han har bedrevet."
Ardred så bare ned i golvet og Zaribi så uforstående på dem.
Hebba hvisket til henne."Hans utstøtte bror har flere bastarder
rundt omkring. Skrekkelig skjørtejeger! "
Zaribi forsto det og skar en kort grimase. Gudrun så vennlig på
Zaribi og tok handa hennes, klemte den fort."Det haster kjære
deg, jeg føler det. Noe.. noe venter. Men jeg vet ikke hva som
venter eller hva det venter på. Vær sterk kjære deg. Jeg ser
ondskap i din vei."
Ardred så skremt på moren."Hva er det du sier mor? Er ikke
Zaribi trygg? "
Gudrun svelget og lukket øynene, det var tårer i dem."Jeg er
svak min sønn, jeg kan ikke engang reise for å ta del i min
dattersønns begravelse. Forfedrene kaller på meg nå, jeg hører
dem. Og de hvisker til meg min sønn, de hvisker til meg om
gamle sagn og ting tiden glemte."
Hun snudde på hodet og så på Zaribi, det var frykt i
blikket."Du er den siste sier de, og skal vekke den som hviler.
Men først skal du kjenne svikets sanne ansikt og fortvilelsens
sjel. Jeg vet ikke hva det betyr kjære deg."
Zaribi kjente noe kaldt snøre seg om sjelen og Ardred la armen
rundt henne for sikkerhetsskyld. Han så skremt ut og Zaribi
kunne formelig lukte hva han følte."Men mor.. du kan da ikke..
du må ikke dø! Du er ikke så gammel du..."
Hun avbrøt ham."Jeg er syk min sønn, dere har skjønt det
lenge. Det som vokser i meg er ikke liv men død. Og det
krever mitt kjød og mitt blod. Jeg vil møte forfedrene med
hevet hode min sønn, som en prestinne skal."
Ardred hulket og sank på kne foran sengen, Gudrun strøk ham

over håret."Så mitt barn, jeg er ikke død ennå, men tiden renner ut. Vær sterke, for min skyld, Sørg ikke men husk meg med glede!"
Ardred bare hikstet og Zaribi kjente at tårene hennes også rant. Gudrun så kjærlig på henne."Du er den rette for min sønn, det var et gudenes hell at du ble valgt. Vær sterk for ham, vær ved hans side og jeg vet at gudene vil belønne deg, og belønne deg rikt."
Zaribi bare hikstet frem et ja og Gudrun hostet grunt."Jeg er sliten nå, gå og la meg hvile. Jeg har bedt mine terner skrive et brev til din søster, hun er velkommen hit når hun har begravd sin sønn. Noe annet vil være uanstendig av oss, uansett hvordan hun er."
Ardred bare nikket og tok Zaribi i hånden før han kysset moren varsomt på pannen. Det var tydelig at han var redd han så henne for siste gang.
Gudrun lukket øynene og så rykket hun til og vinket på en av tjenerne."Jeg glemte det nesten, vent litt."
De to så spørrende på henne og Gudrun smilte blekt til Zaribi."Jeg har en gave til deg, som seg hør og bør fra en mor til hennes nye svigerdatter.»
Tjeneren kom inn igjen fra siderommet med et lite skrin og rakte det til Zaribi som nølende tok i mot det. Det var ganske tungt på tross av størrelsen og treverket var mørkt og lakkert og meget vakkert. Gudrun hostet igjen."Jeg har hatt det siden jeg var småpike men aldri brukt det. Av en eller annen grunn vet jeg at det har ventet på den rette, og jeg tror det er du. Min oldefar seilte over hele verden og tok det med seg fra en av sine ferder, Jeg vet ikke hvor han fikk tak i det men det har fulgt slekten. Du får se på det når du kommer tilbake til dine egne rom kjære barn."
Zaribi fikk oversatt og neide dypt som tegn på takknemlighet før Ardred leide henne med seg ut.
Han strammet seg opp tydelig men det var klart at han var meget preget og Zaribi fikk så vondt av ham, hun ville så

gjerne trøste ham og vise at han ikke var alene. Hebba var også på gråten og Ardred grep Zaribi i en kraftig omfavnelse så fort de var ute av huset. Han bare sto der lenge og holdt henne og hun nøt følelsen men var også trist siden han var trist. Til slutt slapp han taket og blikket var mildt."Jeg er glad jeg har deg nå Zaribi, dette er en sorgens dag."

Hun bare nikket og kysset handa hans og han strøk henne over kinnet."Jeg må gå til møtet min kjære, men jeg kommer tilbake etterpå. Se på gaven i mens du."

Hun smilte litt skjevt og klemte skrinet inntil seg, det føltes nesten uvirkelig der og da.

Hebba ble med henne tilbake til den store hallen og hun gikk opp til rommet og satte seg på senga mens Hebba ryddet noen klær og vasket stampen innvendig. Skrinet var av det slaget der toppen kan vippes vekk og hun trakk pusten og vippet den opp med en varsom bevegelse. Det som lå i skrinet fikk henne til å trekke pusten dypt et par ganger. Det var et kjede, et smykke som sikkert var utrolig verdifullt men det var formen som var mest spesielt ved det. Selve kjedet var av spunnet gull men i et anheng var det festet en stor krystall av noe som måtte være en edelstein av noe slag. Og om den sekskantede vakre krystallen som var like lang som tommelen hennes var det snodd en figur av gull. En slags dragefigur som var utrolig livaktig der den klorte seg fast til krystallen med bittesmå klør. Zaribi kunne ikke annet enn å undre seg over verdien i det, og det fantastiske håndverket. Det var detaljer i den vesle figuren hun virkelig måtte myse for å se og hun merket at hun var glad for gaven og det den representerte. Gudrun stolte tydeligvis på henne og det var en god følelse selv om den var blandet med sorg. Hun gledet seg bare til å vise Ardred hva hun hadde fått og se reaksjonen hans.

Ardred hadde gått til rådsmøtet i en tilstand av innvendig kaos, det var allikevel vanskelig å se på ham hvor opprørt han var og han ankom som vanlig med steinansikt og rolige steg. Urdar satt for seg selv i en krok, han var tydelig påkjent av det han nå hadde fått vite om deres mor og sin søstersønn og Ardred så at han hadde fått noen mørke skygger under øynene og virket sliten. Det virket som om hele verden rottet seg sammen mot dem nå. Rådsmedlemmene satt samlet rundt det store bordet de brukte under diskusjoner og alle så ned da Ardred kom gående. Det virket for at de ikke ville se på ham og han rynket pannen, hva betydde dette? Arelf reiste seg og han virket mye eldre enn ellers, også han virket brydd eller i tvil og ansiktet hang mer enn normalt også. Han så ut som om han ventet bank når som helst.

Urdar reiste seg sakte og gikk bort til ham, det var noe som lignet smerte i blikket."Min bror, rådet sendte meg og Arelf ut i natt, for å oppsøke orakelet. Og hun talte Ardred, hun gav oss gudenes ord og fortalte hva de ønsker av oss."

Ardred så avventende på broren som stirret i bakken, det var antydning til svette under hårfestet hans og hendene skalv. Ardred ble urolig, noe var virkelig galt, han sanset det. Arelf kremtet."Hun spådde om store endringer Ardred, og blod og død. Men det var en måte å redde vårt folk på."

Han så bare fort på Ardred, som om han var brydd for noe og Ardred fikk en merkelig følelse av å vite. Gudene krevde alltid noe tilbake for sin beskyttelse, så hva var prisen denne gangen? Han kjente at han ble redd, han var villig til å gi det aller meste men det er en grense for alt og han fryktet for Zaribi. Det hadde ofte hendt at en uskyldig kvinne ble ofret i de riktig gamle tidene bare sagn fortalte om nå.

Urdar knyttet nevene, han tok seg synlig sammen."Vi kan ikke kreve dette av noen, bare fortelle hva hun sa. Ardred, hun mente at gudene ønsket en merke seremoni... og du må være den som skal bære merket. De ønsker blodoffer."

Ardred stivnet til, så smaløyd og nesten vantro på broren som så ned i golvet med en merkelig plaget mine."Og det er sannheten? Det er hva de krever? "

Arelf nikket sakte."Det er sannheten, vi sverger på det. De vil spare vårt folk om det skjer.. og det allerede ved fullmåne! "

Ardred gispet lavt. Det var kun fire dager til månen var full, og han kjente såpass til den seremonien at han visste at forberedelsene i seg selv tok to fulle dager. Urdar la handa på skulderen hans, den skalv.”Min bror, jeg ønsker ikke dette, kunne jeg selv tatt den byrden ville jeg gjort det uten å nøle. Det er ditt valg og ditt valg alene og ingen vil klandre deg om du velger å si nei. Det er en grunn til at merke seremonien ble avsluttet. Vi mistet for mange gode menn, og for mange ble ødelagt av det.”

 Ardred lukket øynene, kjente at en bølge av kvalme steg gjennom magen og han grep ryggen på en stol på instinkt, klemte hardt om treverket, bare for å føle noe reellt mot huden. Dette var hinsides noe han hadde forestilt seg, det var galskap og totalt utenkelig men samtidig visste han så alt for godt hva hans plikt var. Hans liv var for folket, han levde kun for å fylle sin oppgave og sin skjebne og om dette var hva gudene krevde for å spare hans folk for ulykke ja da fantes det egentlig ikke noe valg.

Han kremtet og følte at beina var som visne strå under ham, merkeseremonien, bare ordet skremte sterke menn. Og ikke uten grunn, han visste om mange som hadde dødd under seremonien selv eller etterpå, som følge av blodtap eller infeksjoner. Men han var rolig utenpå, ansiktet var som hugget i stein og blikket kaldt da han nikket til Arelf.”Jeg er Takesh av Hietlai, om dette er gudenes vilje ja da la det bli slik.” Rådsmedlemmene sukket samtidig og så både lettet og betenkt ut og Arelf så plaget ut.”Jeg skulle ønske det var en utvei...” Ardred smilte svakt.”Jeg også, men orakelet taler sannheten. For vårt land og folk er det et lite offer.“ Urdar klappet ham på skulderen, han så gammel ut.”Jeg vil ikke anbefale at mor får vite om dette. Det vil knuse hjertet hennes.” Ardred nikket og følte seg et øyeblikk merkelig sikker på at det var en sammenheng der. Det offer han ville gjøre ville også være for moren, i det minste så han det slik.”Hjertet hennes er allerede knust bror, du vet det.”

Urdar svelget hardt og øynene ble blanke.”Jeg vil be gudene være nådige bror, hvert sekund av hver en dag fremover. De kan ikke ta deg fra henne også.”

Ardred samlet seg, tenkte fort.”Urdar, om det verste skjer...”

Broren klemte skulderen hans hardt.”Jeg vet bror, jeg vil sørge for at hun blir godt tatt vare på. Og æret over alle så lenge hun lever. Har dere? “

Ardred rødmet fort, kjente at spørsmålet på et vis irriterte ham men samtidig vokste det en slags beslutning i ham.”Nei, men jeg akter å få det unnagjort, før... det skjer. “

Urdar smilte litt fjernt.”Gjør det bror, så står hun kanskje ikke helt alene igjen om... om gudene krever mer enn bare blod denne gangen.”

Ardred svelget hardt men visste at Urdar hadde rett. Om galt var ville det kanskje trøste henne men samtidig føltes det feil også. Han hadde aldri tenkt på å få barn noen gang, det hadde vært helt andre ting i livet som hadde opptatt ham men han visste at han aldri bare ville ha vendt ryggen til sitt eget avkom. Eller unnlatt å være der for ham eller henne. Og sjansen var så avgjort til stede for at nettopp det ville skje. Han rettet ryggen og så seg rundt, prøvde å tenke logisk, å planlegge.”Hva må jeg gjøre? “

Urdar så i bakken.”De to siste dagene må du faste og be, men det vet du sikkert. Og du kan ikke forlate tempelet. Du har to dager på deg til å gjøre hva du nå enn ønsker unnagjort...”

Ardred nikket sakte og tok broren i handa.”Jeg vet det.. jeg stoler på at du arrangerer det nødvendige. Jeg.. jeg må gå og forberede Zaribi.”

Urdar nikket og gav broren en rask klem, brydde seg ikke om at andre så det.”Jeg skal sørge for at mor.. for at hun også er forberedt.”

Ardred bare nikket og trakk pusten dypt, snudde seg og gikk sakte ut av rådssalen. Han hadde en følelse av at han drømte, at ingenting av dette var virkelig men det var virkelig og han hadde nettopp tatt et forferdelig valg. Et som kunne koste ham absolutt alt. Men han kunne ikke ha handlet annerledes og nå måtte han vise seg som mann nok til å stå for det han hadde gjort. Han gikk med rolige steg tilbake til hallen, ingen kunne se på ham hvor opprørt han var men noen undret seg kanskje over skyggene i blikket hans.

Han gikk til sitt eget rom, satte seg på senga og prøvde å samle tankene. Hva burde han gjøre? Han visste at hans bror ville ordne alt det praktiske om det verste skjedde. Hans eiendeler ble uansett Zaribis og en ny Takesh ville bli valgt av rådet men fantes det virkelig noen der som kunne ta hans plass? Ingen andre enn ham hadde den viljen og erfaringen som trengtes for å slå Kimatiene tilbake, gang på gang som han hadde gjort.

Han lente seg bakover, lukket øynene og kjente at det faktisk svingte litt for ham. Han følte på følelsene det gav ham, de var langt fra gode. Men han var ikke direkte redd, ihvertfall ikke ennå. Det fremsto som for uvirkelig for ham, han greide ikke helt å fatte at det faktisk skulle skje.

Men han skar en grimase av ren tvilrådighet, burde han prøve å komme seg i seng med Zaribi? Det fristet ham umåtelig, det kunne være siste sjansen han fikk til det, til å være ett med henne. Og det var noen bakstreberske idioter langt ute i slekten som kunne finne på å bestride gyldigheten av ekteskapet om det ikke var som det så vakkert het fullbyrdet.

Han rødmet der han lå, jovisst, han ville gjøre det. Ikke bare for sin egen del men også for Zaribis skyld. Om han nå ble borte var det ikke sikkert at den neste som meldte sin interesse for henne ville være like omtenksom som ham selv. Han var sikker på at hun ville være enig, og hun var så avgjort villig, det hadde han sett natten før. To netter, det var alt han hadde igjen. Og om han nå overlevde ville han neppe greie noe slikt på lenge etterpå. Det tok ofte måneder å komme seg igjen etter en slik påkjenning.

Han ville ikke uroe henne, skremme henne og gjøre henne trist men det var ingen vei utenom. Hun måtte få vite om det, først

som sist. Han reiste seg fra senga igjen, rettet på klærne og så
at han var presentabel før han gikk til rommet hennes og
banket på. Zaribi og Hebba satt og spilte brettspill på senga da
han kom inn og han så at Zaribi med en gang forsto at noe var
galt. Den jenta var utrolig følsom og hun så storøyd på ham.
Han stanset og visste ikke hva han skulle si, egentlig ville han
helst snu ryggen til og rase ut igjen. Zaribi reiste seg fra senga
og løp bort til ham, grep tak i ham nesten desperat.”Hva er
det? “
Han svelget, prøvde å si noe men tunga kjentes underlig tykk
og det var noe som trakk seg sammen i strupen og gjorde det
umulig å få ord ut. Hebba kom bort til dem, hun var villøyd
også. Hun kjente Ardred godt nok til å vite at noe virkelig
alvorlig hadde skjedd. Hun svelget.”Gudrun?”
Ardred gispet lavt, det løsnet liksom på noe av sperren.”Nei,
ved gudene, det er ikke henne. Det er... det er..”
Han gikk i stå og Zaribi så skremt og uforstående på ham. Å
det ansiktet, så fortvilet og uskyldig og han ønsket ved gudene
ikke å påføre henne noe mer sorg og tvil.
Hebba satte blikket i ham, hardt.”Hva er det Ardred, ikke stå
der som et annet mehe! Du skremmer oss! “
Han lukket øynene, det ble enklere da.”Urdar og Arelf har
snakket med orakelet. Og gudene krever en merke seremoni
for å blidgjøres. Ved fullmåne. Jeg...”
Hebba forsto, han så det på henne da han åpnet øynene, hun
bleknet synlig og sank liksom sammen. Zaribi så komplett
uforstående ut. Han grep handa hennes og klemte den
varsomt.”Zaribi, det.. det er en seremoni jeg må gjennom, fordi
jeg er Takesh. Og det er svært farlig. Det er en god sjanse for..
for at jeg ikke vil overleve det.”
Zaribi så målløst på ham, munnen hennes var som en stor O og
hun ble likblek under den gylne huden. Han grep henne, trakk
henne inntil seg. Hun skalv og hev etter pusten.”Men.. er det
ingen vei utenom, må du dette? “
Han nikket og så at Hebba sto der med øynene igjen og

leppene beveget seg som om hun ba.

Ardred klemte Zaribi inntil seg og kjente en merkelig trøst i det."Det går nok bra kjære deg, jeg vil klare det. Jeg er sterk og sunn, det feiler meg ingenting og ..."

Han visste ikke hva mer han skulle si og Hebba oversatte fort for å være sikker på at Zaribi hadde fått den fulle meningen av det han fortalte. Hun svelget og tårer sto i øynene hennes."Er det fryktelig farlig? "

Stemmen hennes skalv og han strøk henne over håret, kysset henne på pannen og følte at stille fortvilelse jobbet i ham, som en bever på en feit trelegg."Det er ganske farlig ja, men jeg har klart meg gjennom fare før. Og som jeg sa, jeg er sterk. Hebba kan forklare detaljene for deg."

Zaribi så ut som om hun var på gråten og klynget seg til ham, nektet å slippe."Jeg vil ikke miste deg Ardred, aldri! "

Han nikket og følte seg et øyeblikk svært brydd, så fort bort på Hebba som løftet ene øyebrynet og snudde seg rundt. Det føltes litt bedre med en gang.

Han kremtet lavt."Jeg har vel egentlig ingen rett til å spørre men kan jeg få komme til deg i kveld? Jeg vil ikke være alene de siste nettene før seremonien."

I det samme han sa ordene visste han at de var sanne, han ville ikke være alene! Ikke når han hadde sjansen til å være sammen med henne. Om det verste skjedde ville han ta minnene om henne med seg ut i evigheten, eller hvor det nå var en endte. Zaribi ble rød og hvit om hverandre men nikket heftig uten å si et ord, hun bare klynget seg til ham, hardt. Han sto der med armene rundt henne og nøt nærheten og ville ikke slippe henne, aldri. Hebba brøt stemningen, hun smilte litt skjevt og la armene over kors."Jeg tviler på at det er hvile du søker da Ardred men det er slik det skal være. Jeg skal se til at hun er klar."

Ardred bare nikket og lukket øynene, snuste i seg lukten av håret hennes som kilte ham under nesa. Han visste der og da at det var for henne han ville gå gjennom med det utenkelige, og

bare for henne. For å sikre hennes trygghet for fremtiden ville
han om nødvendig ofre livet selv.
Zaribi løftet ansiktet og så fort på ham.”Din mor, vet hun om
dette? “
Ardred skar en grimase.”Urdar skal fortelle om det, på sitt eget
vis. Hun må vite det men han vil prøve å gjøre det skånsomt.
Hun tåler ikke så mye nå stakkar.”
Zaribi nikket og gjemte ansiktet mot brystet hans igjen, ville
ikke at øyeblikket skulle ta slutt. Det hun hadde fått vite nå
skremte henne og gjorde henne fortvilet. Hebba klappet henne
på skulderen.
“Jeg skal fortelle henne hva det går ut på Ardred. Du får gå nå
og ordne det som må ordnes, jeg vet at det er en del. Jeg skal
se til at ting blir gjort klart her.”
Ardred slapp Zaribi motvillig og hun sukket og så ned i golvet.
Øynene var triste og han følte en merkelig trang til å slippe
følelsene helt fri og grine som en unge men det gikk bare ikke
an. I stedet kysset han henne varsomt og gjorde seg fri fra
grepet hennes før han snudde og gikk ut. Uten å si et ord mer.
Han visste at om han ble ville han ikke greie dette.
Zaribi stirret fortapt etter ham og hikstet, hun slo hendene for
ansiktet og Hebba tok henne under armen og geleidet henne
tilbake til senga.”Slapp av frue, det vil gå bra. Gudene er ikke
så grusomme at de vil ta ham fra deg slik. Det vet jeg de ikke
er.”
Zaribi svelget hardt.”Er du sikker på det? “
Hebba strøk henne over håret.”Selvsagt, gudene må bare elske
noen så vakker og god som deg. Det vil gå bra, han vil klare
seg og gudene vil være fornøyd så folket blir spart for ulykke.
Det er en edel ting han gjør Zaribi, en svært edel ting.”
Zaribi satte seg på senga, hun kjente at hodet spant av
spørsmål og vantro.”Men hva er det egentlig han skal gjøre,
hva er en merke seremoni? “
Stemmen hennes var ynkelig og Hebba sukket og satte seg
godt til rette.

Hun tenkte seg om et øyeblikk før hun snakket igjen, "Det er
en eldgammel skikk Zaribi, fra før alle stammene ble samlet.
Den ble praktisert i flere århundrer men for snart førti år siden
gikk man bort fra den. Den krevde for mange liv, og man så
ikke behovet lenger."
Zaribi så spørrende på henne og Hebba kremtet og trakk
skjørtene tettere rundt seg."Den gangen var det ikke som offer
en gjorde det frue, det var for å vise mannsmot og styrke og for
å skape en forbindelse med åndene. Her tror vi at alle har et
åndedyr som følger en overalt og om en bant det til seg
gjennom en merkeseremoni ville det hjelpe en om en kom i
fare."
Zaribi rynket pannen, det vakre ansiktet var alvorlig."Så det
handler om det åndedyret med andre ord? "
Hebba nikket vennlig."Det stemmer. Den som utfører
seremonien er en slags prest, en sjaman som kan tale med
åndene og se hva slags dyr hver person har."
Zaribi spisset munnen et øyeblikk."Det høres da ikke så farlig
ut?"
Hebba nikket."Det er den lette delen av seremonien."
Hun så fort på den yngre jenta og sukket lavt, det var
nødvendig at hun fikk vite, ellers ville hun aldri ha gått i detalj
på dette."Det som er farlig derimot er merkingen. En får
åndedyret bundet til seg fysisk gjennom den, og en vil alltid ha
det med seg deretter. Synlig så alle kan se."
Zaribi så forvirret ut."Hvordan da? "
Hebba tenkte seg om litt, prøvde å finne en god
angrepsvinkel."Vet du hva en tatovering er? "
Zaribi nikket litt blygt."Ja, jeg har sett det på noen. Det er
tegninger i selve huden ja?"
Hebba smilte og klappet henne på handa."Det stemmer kjære
deg, en lager en tegning i huden ved hjelp av farge og nåler.
Det gjør vondt, noen ganger veldig vondt avhengig av
teknikken, og noe av merkingen er nettopp tatovering. Men en
merke seremoni inneholder mer enn bare det Zaribi. For at

merket skal bli riktig blir det også skåret og brent i huden, så
bildet blir skapt av arr og farge om hverandre. Det kan se svært
flott ut til slutt men det er skrekkelig vondt og en mister mye
blod, og mange klarer det ikke.”
Zaribi gyste fra hode til fot, ansiktet uttrykte vantro.”Skjærer
de i en? Og brenner også? “
Hebba nikket med et lite sukk.”Ja, en bruker spesielle jern som
skaper mønstre når de legges mot huden og er rødglødende. Og
det blir snittet i huden som så blir løftet på og risset i, så arrene
står opp.”
Zaribi hadde tårer i øynene.”Å guder, han kan ikke gjøre det!
Det er grusomt! “
Hebba nikket.”Det er grusomt, du har rett i det. Men menn er
nå engang som de er, de vil vise at de klarer ting de slettes
egentlig ikke burde ha gjort. Og når gudene krever det så har
han ikke noe valg, ikke egentlig. Han vil svikte selve kjernen i
sin sjel om han trekker seg. Og det vil han aldri gjøre Zaribi,
han er for pliktoppfyllende.”
Zaribi hikstet lavt.”Jeg skulle ønske han ikke var så edel, så
slapp han det der. Er det noe mer jeg bør vite? “
Hebba sukket og smilte litt skjevt.”De siste to dagene må han
være i templet og be og faste. Så det er bare to dager før han
må ta farvel med deg. Jeg foreslår at dere utnytter tida vel, gi
ham noe godt å tenke på så blir det lettere for ham.”
Zaribi rykket til og noen underlige miner gled over ansiktet
hennes.”Å guder, jeg glemte nesten det, at han vil være hos
meg i natt.”
Hun så ned i noen sekunder.”Men om han kan ofre så mye kan
jeg også, jeg er ikke så redd lenger.”
Hebba smilte og klappet henne på kneet.”Det er bra Zaribi,
egentlig burde dere ha ventet litt til for du er ikke helt restituert
ennå men jeg antar at dere ikke har noen ny mulighet på en
god stund, selv om det går bra.”
Zaribi fniste.”Da vi badet i går natt så.. så tok jeg på ham. Og
han likte det, og han tok på meg og det kjentes utrolig ut. Og

jeg ville det Hebba, jeg kjente det i hele kroppen at jeg ville det. Men han ville vente litt til."

Hebba prøvde å ikke rødme men hun var litt imponert over at Ardred hadde greid å styre seg. Men denne gangen var det neppe noen vei utenom, hun forsto litt av tankegangen hans også. Om han døde og Zaribi ble sittende igjen som enke var det langt fra utenkelig at hans søster ville prøve å mase til seg mer av hans ting enn hun hadde rett til. Særlig om ekteskapet kunne trekkes i tvil.

Hebba klappet Zaribi på handa og smilte deltagende."Men nå trenger du snart ikke vente lenger før du blir hans, og han din."

Zaribi rødmet intenst og gjemte ansiktet i hendene et øyeblikk, fniste lavt. Hun så utrolig ung ut der og da."Jeg vet det, og jeg vet ikke om jeg gleder meg eller gruer meg."

Hun så på Hebba med et bedende blikk."Tror du.. tror du det blir veldig vondt? "

Hebba ristet på hodet."Om du får tid på deg til å bli klar tror jeg ikke det nei, og han er nok varsom med deg også. Ikke tenk på det kjære deg. Jeg skal be dem re opp senga med noe fint og så skal vi gå og spise og etterpå skal jeg hjelpe deg med å vaske deg og gjøre deg ekstra pen for ham."

Zaribi fniste igjen men det var noe trist i blikket hennes."Tenk om det blir første og siste gang vi kan være sammen? "

Hebba ristet på hodet."Det blir det ikke Zaribi, Han må nok vente en stund før han kan besøke deg igjen etter seremonien men før eller senere er han sterk igjen og da kan du bare glede deg."

Zaribi fniste lavt men det var noe vemodig i blikket hennes. Hebba gikk og fant noen tjenestejenter som lovte å skifte på senga, deretter tok hun med seg Zaribi ned til spisesalen og fikk servert et bedre måltid. Hun la merke til at Zaribi var merkelig stille, det var som om hun for det meste var i sin egen lille verden og ikke tenkte stort over alt som foregikk rundt henne. Det hadde vært fryktelig mye på en gang for en så ung sjel, kanskje alt for mye men Hebba ante at Zaribi var sterkere

enn en skulle tro. Det var godt to i jenta, virkelig. Hebba ba
noen varme opp i badehuset og så gikk de to seg en rolig
spasertur i byen mens ting ble gjort klart. Hebba ante at Zaribi
trengte å få klarnet tankene en smule.

Ardred på sin side hadde også behov for å klarne tankene så
han hadde salt opp hingsten sin og red en tur. Frosthammer var
mer enn ivrig etter å strekke ut og Ardred red til engene nord
for byen og lot hesten strekke ut. Det var en fryd å kjenne
kjempekreftene under seg men samtidig var det en fryd blandet
med en slags sorg. Han visste ikke om han ville få oppleve
dette igjen, og nå begynte selve alvoret i det å sige inn. Han
visste at det som kom ville være grusomt, det var så ille at
Kimatiene lenge anså menn som var merket for å være
bortimot hellige. Ingen tortur de pønsket ut var like fryktelig
som merkeseremonien og han tenkte litt galgenhumoristisk at
det ville være en fordel om han ble tatt til fange. Han ville ha
tjuv trent. Men han gruet seg, ved alle guder som han gruet
seg. Noen menn tok droger forut som sløvet dem og dempet
pinen men han kunne ikke gjøre det. Han måtte være ren for
gudene, blodet kunne ikke være tilsmusset med noe som helst.
Han jaget på hesten og prøvde å være i nået og ikke tenke på
noe men det gikk ikke. Frykten snek seg inn i ham gang på
gang og han undret seg over om hans beslutning om å ligge
med Zaribi var et forsøk på å gjemme seg for virkeligheten.
Antagelig var det akkurat det det var, han var ikke så dum at
han ikke innså det. Han håpet brått at disse nettene ville vare
evig, at de ble alt han var og alt han hadde.

Zaribi ble forundret over badehuset, det var tydelig at folket
der var nøye med rensligheten for stedet var utrolig flott med
store basseng lagd i stein og mange rom der en kunne ta
dampbad og bli massert også om en ville det. Hebba hadde
bedt om å få et eget rom gjort klart og to tjener jenter sto der
og var klare til å hjelpe til. Det var fylt vann i et stort kar og
Hebba hjalp Zaribi med å kle av seg, hun følte seg litt flau over
å være der sammen med fremmede og det attpåtil naken men

det virket ikke for at de to fremmede brydde seg noe om det så
hun slappet av etter litt. De fant frem ulike ting som åpenbart
skulle has i håret hennes og Hebba hjalp henne over i karet.
Vannet var varmt men godt og hun nøt å slappe av mens håret
hennes ble gjennomskylt og så vasket med en slags duftende
såpe. Etterpå ble hun skrubbet over det hele og gnidd inn med
noen oljer som luktet utrolig godt og Hebba festet håret hennes
i en enkel flette. Zaribi følte seg veldig fin etterpå men Hebba
fikk henne til å sette seg ned på en stol og så tok hun et eller
annet på øynene hennes som gav mer farge som hun sa og
dynket parfyme på halsen og håndleddene.
Zaribi kjente at en knute av nervøsitet var i ferd med å danne
seg i magen, det føltes så underlig å skulle gjøre det på alvor.
Men hun ville gjennomføre det, det var ingen tvil i henne slik.
Hebba hadde vel kanskje sett at de kunne ventet litt lengre men
hva om det ikke ble noen flere sjanser. Og hun ville være god
mot ham nå før dette fryktelige skulle skje, hun ville gi ham
gode minner om de ble de siste han fikk av henne.
Hun fikk på seg en ganske enkel kjole og kjente at rødmen
sved i kinnene og samtidig følte hun et slags alvor. Hun hadde
endret seg på den korte tiden hun hadde vært der, og endret seg
mye. Hun var blitt mye klokere og visste mye mer og samtidig
hadde hun sakte oppdaget at hun faktisk hadde vilje og en egen
mening også. Og hun aktet ikke å svikte, hun sto ved de valg
hun hadde gjort. Men tanken på det som skulle skje var
skremmende, hun kom ikke bort fra det.
Hebba ble med henne tilbake til rommet og Zaribi så at det var
lagt på nytt på senga, og noen friske greiner med duftende
urter var satt i en vase på ene skapet. Det var tent lys flere
steder og stedet virket veldig lunt og trivelig men den nervøse
knuten i magen ble bare sterkere og sterkere. Hun fniste
skjelvent og kjente at hun skalv lett. På en måte ønsket hun
bare at han skulle komme så de kunne gjøre det og få det
ferdig overstått men hun hadde forstått at det egentlig ikke var
slikt en skulle forhaste seg med. Hebba så minen hennes og

nølte litt, visste ikke riktig hva hun burde gjøre. Hun kunne nesten ikke være til stede og selv om Zaribi hadde lært det grunnleggende av språket deres på forbløffende kort tid gjensto ennå mye. De mere subtile meningene var nok for vanskelige for henne ennå og hun misforsto lett. Og hun var skrekkelig nervøs, Hebba så det godt. Hun tok en beslutning og håpet at den ikke var gal, men jenta trengte virkelig å slappe av og Hebba trodde hun visste råd.”Vent litt her, jeg skal hente noe.”

Zaribi så forvirret på henne men sa ikke noe og Hebba løp til sitt eget rom i andre enden av bygget og kom tilbake etter litt med et par små flasker. Hun skjenket i av den ene i en liten kopp og gav det til Zaribi som tok koppen og snuste med en litt betenkt mine.”Smak, det vil hjelpe deg å slappe av.”

Zaribi rynket pannen men stolte på Hebba, det luktet ganske sterkt men godt og hun nippet varsomt til den mørkt gylne væsken. Den var sterk, brutalt sterk og det sved på tunga men det etterlot en behagelig litt svømmende følelse og varme i magen. Og smaken minte henne om bål av en eller annen grunn. Hebba smilte.”Det er brennevin lagd i Nordengene, det er viden kjent og selv om det er sterkt er det godt.”

 Zaribi tok en liten slurk til, smaken ble bedre etterhvert og etter litt hadde hun drukket alt. Hebba så fornøyd på og tok frem en annen flaske. Den inneholdt en slags olje og hun rakte den til Zaribi sammen med et lite speil av det slaget kvinner ofte bruker når de fikser på utseendet. Zaribi så uforstående på henne og Hebba rødmet svakt.”Den oljen skal du gni inn deg selv med, på de hemmelige stedene du kaller det. Det vil gjøre det lettere. Og mens du gjør det så kan du tenke på ham og late som om det er han som gjør det, og bruk speilet så du ser. Jeg tror ikke du noen gang har virkelig sett hvordan du ser ut der?”

Zaribi ristet på hodet og forsto brått at det kunne være lurt, hun nikket bare og Hebba klappet henne på skulderen.”Bare slapp av og ta det med ro, la det skje som det selv vil. Det er tross alt naturlig. Og husk at du bestemmer, ikke la deg herse med av

ham.”
Det siste var sagt i en humoristisk tone og Zaribi smilte litt
skjelvent. Hun følte seg litt rar etter den drikken, litt svimmel
men også merkelig vel. Det var som om hun brått kunne klare
alt mulig og følelsen var ganske god. Hebba klemte henne
fort.”Lykke til kjære deg, jeg tror du vil gjøre ham svært svært
lykkelig Zaribi, og jeg håper ved gudinnen at han gir den
samme lykken tilbake.”
Zaribi nikket bare og gjengjeldte klemmen og Hebba gliste
konspiratorisk og klemte handa hennes.”Jeg tror du vil være en
mye visere og mye lykkeligere kvinne når sola står opp i
morgen, jeg tror jeg kan garantere det.”
Hebba gikk og Zaribi ble stående igjen med flaska og speilet
og følte seg temmelig tåpelig.
Etter litt gikk hun bort på senga og satte seg, stirret på flaska
med alvorlig mine. Det skulle gjøre det lettere? Hun kunne
trenge det men det var liksom en sperre i henne mot å berøre
seg selv der nede, det var liksom et slags tabu hun hadde fått
inn fra barnsben av. Men måtte en så måtte en. Hun satte seg
helt opp i senga og kjente at hun skalv litt ennå, av ren
nervøsitet og spenning. Men hun var alene der og ingen ville
komme dit før Ardred dukket opp og hun ante at det ennå ble
en stund før han ankom så hvorfor ikke? Hun lærte kanskje litt
på den tiden. Hun trakk opp kjolen og plasserte noen av lysene
så hun så bedre, la speilet ned så hun så og stirret litt forundret
og blygt på seg selv. Hun hadde aldri sett på seg selv fra den
vinkelen, det meste hun hadde gjort var å vaske seg og det
alltid uten å se og fort og effektivt med en klut. Men det var
altså slik hun så ut, og der var det altså at det skulle skje? Hun
husket hvordan det hadde føltes ut da Ardred tok på henne i
badestampen og hun bet seg i underleppa og helte litt av oljen
på handa, lot fingrene gli over huden slik han hadde gjort.
Og følelsen var underlig, det kilte så hun nesten knakk
sammen men så greide hun overvinne nervøsiteten og ble
sikrere. Hun stirret storøyd på seg selv, utforsket og ble kjent

med seg selv og forsto mer og mer. Hun fant ut hvordan hun var skapt og visste nå hvor det var han skulle inn, og hvordan det så ut der nede. Tanken var god, i det minste trengte hun ikke lure på slikt lenger. Og hun visste at han likte henne så hun gledet seg egentlig til å se hvordan han reagerte.

Følelsen av berøringen var god og hun lukket øynene og så for seg da de var i stampen sammen igjen, hvordan han hadde sett på henne og hvordan det hadde kjentes når han tok på henne. Hun kjente at pulsen slo raskere igjen og hun fikk den lengtende følelsen i kroppen. Hun ønsket den velkommen for hun visste nå at det var riktig, hun kjente tydelig hvor det føltes godt å bli berørt og instinktet hennes ledet vei. Hun måtte stønne lavt og kjente hvordan kroppen hennes endret seg og gjorde seg klar. Nå kunne han ha kommet inn døra og hun ville ha bedt ham om å bare gjøre det med en gang. Hun lengtet etter ham, og ville være hans fullt og helt. Sakte lot hun en finger gli inn dit hun aldri hadde vært berørt før, det var glatt og varmt og hun gispet og så på i speilet. Følelsen var helt ny for henne, og hun kjente at hun skalv men nå var det av lengsel.

Hun forsto hva som ville skje om hun fortsatte slik hun gjorde nå, og hun ville spare det til ham. Men det var nesten motvillig hun la bort speilet og trakk kjolen ned igjen. Blodet kokte i henne, trangen var nesten mer enn hun klarte motstå. Men hun var klar for ham, uten tvil. Hun smilte svakt for seg selv og la seg ned på senga, prøvde å roe seg litt ned. Engstelsen var så godt som borte og hun visste at det ville være riktig av henne. På et eller annet vis føltes det faktisk som om det var skjebnebestemt, som om det bare måtte skje. Hun lukket øynene og følte på det søte begjæret som brant i henne og undret seg over hvor totalt dum og uvitende hun hadde vært. Men det endret seg nå, og det endret seg fort. Og snart kom hun til å være en kvinne fullt ut.

Ardred hadde også tatt seg en rundt i badet etter at han kom tilbake fra rideturen. Han hadde instruert stallkaren om hvordan Frosthammer skulle behandles om det verste skjedde, han ønsket at hingsten aldri mer skulle ris men brukes til avl og stallkaren var enig men mente at Ardred kom til å klare seg. Og mannen svor på at han alltid hadde rett i slike antagelser så Ardred smilte litt skjevt og takket ham ekstra med en bit sølv. Han badet fort og vasket seg nøye over det hele, det var ikke verdt å skremme henne med ufin lukt og han så litt skjelmsk ned på seg selv og tenkte ironisk at det var en ganske annen strid han ellers pleide gi seg inn i, med ganske andre våpen også. Men dette var en strid han ønsket og så frem til. Han hadde aldri hatt en jomfru noen gang, hans første kone hadde vært svært erfaren og lært ham mye og det samme stemte vel for de andre kvinnene han hadde vært i seng med også. Og for noen råd han hadde fått av diverse av karene som var ham nærmest. Fra å ta det svært langsomt til å være rask og få det fort unnagjort, fra å bite eller klype henne i det han tok henne for å ta fokuset bort fra smerten til å la henne være øverst og selv styre alt. Han ville blitt halvgal skulle han hørt på alt sammen så han bestemte seg for å bare la tingene skje som de ville, det var antagelig best.

Han trakk på seg et par lette bukser og en tunika og gredde gjennom håret, prøvde å bare fokusere på de neste timene og ikke det som ventet om få dager. Da han var presentabel gikk han tilbake til hallen og prøvde å ta det rolig men han kunne ikke nekte for at hjertet hamret ekstra hardt og han kjente seg merkelig usikker. Det var tross alt Zaribi han skulle i seng med, og han visste alt nå at hun var den han ville dele resten av livet med, uansett. Han ville at det skulle bli perfekt for henne, på alle måter. Han ville glede henne som han aldri hadde gledet noen kvinne før og det eneste han fryktet nå var å miste selvkontrollen og gjøre noe galt. Han samlet det motet han hadde og gikk til døra hennes, banket på og hørte at hun svarte. Han nølte et lite øyeblikk, visste på et vis at det var et skjebneøyeblikk, så åpnet han døra og gikk inn. Rommet var lunt og vakkert opplyst og Zaribi lå henslengt på senga i en

tynn hvit kjole som var nesten gjennomsiktig. Brått føltes det
veldig varmt der og han svelget og tok seg sammen. Han fikk
se til å oppføre seg, og ikke rase på som en annen villmann.
Zaribi smilte litt blygt men han så at blikket hennes var svakt
sløret og pulsen hennes slo allerede fort på halsårene hennes å
dømme. Var hun redd eller var hun faktisk allerede tent? Han
kjente en svak lukt og rynket pannen, brennevin?! Hadde
Hebba skjenket henne full?! Men det var kanskje ikke så dumt,
om det hjalp henne til å slappe av. Han gikk bort til senga og
hun strakte seg og kysset ham lett på kinnet. Ardred smilte og
betraktet henne grundigere, jovisst var hun tent. Zaribi rødmet
svakt."Hebba gav meg litt å drikke, og noen råd. Jeg har fulgt
dem, og lengtet etter deg."
Han kjente en varm bølge slå gjennom kroppen av ordene
hennes."Jeg har lengtet etter deg også. Hva slags råd? "
Hun satte seg bedre til rette og rødmet svakt men det var noe
merkelig skjelmsk i blikket.
"Hun ba meg.. se på meg selv. Og late som om jeg var deg.."
Hun tok frem speilet og viste det til ham og Ardred kjente brått
at denne vesle betroelsen hadde en ganske så utrolig effekt på
ham, han var klar, mer enn noen gang før. Han kjente at
stemmen var rusten da han svarte."Og det gjorde du?"
 Zaribi nikket blygt, bet seg litt i underleppa og sammen med
det rampete glimtet i øynene hennes var det vanvittig
opphissende."Likte du det? "
Zaribi smilte igjen og hun virket blyg men nikket ivrig."Jeg..
jeg ville fortsette men jeg ville ikke.. la det skje før du kom
hit."
Ardred gispet lavt av det hun sa, så hun hadde nesten nådd helt
frem på egenhånd, det lovte godt. Og han hadde fått en
mulighet til å gi henne mest mulig nytelse før han måtte påføre
henne noe ubehag. Han lente seg mot henne og kysset henne
på munnen, leppene hennes var ivrige og myke og smakte
svakt av brennevinet og hun lar armene om halsen hans og
ville ha mer. Han så henne inn i øynene, kjente at han var

utrolig spent og samtidig rørt. Det var en opphøyd stund."Vis meg, vis meg hva du gjorde, hva som var godt."

Zaribi fniste blygt men brennevinet hadde virkelig fjernet hemningene hennes, hun så ned men trakk opp kjolen og Ardred tok hendene hennes og kysset dem varsomt."Trekk den helt av kjære deg."

Hun nølte et øyeblikk, så trakk hun den over hodet og var helt naken og han tok inn hele henne, drakk formelig i seg synet av den utrolig vakre kroppen med den vakre gylne huden og de nydelige elegante linjene. Zaribi la seg bakover mot putene og Ardred skjøv seg litt nedover som for å se best mulig men han hadde en plan med dette. Hun lot fingrene gli over de følsomme stedene og Ardred kjente hjertet hamre som en tromme i brystet og han var tørr i munnen av lyst, å se henne udekket så nær var en søt tortur. Og det hun gjorde fikk ham til å skjelve, men han måtte styre seg litt til. I stedet for å berøre henne trakk han av seg tunikaen og kastet den pokker i vold ut i rommet uten engang å se hvor den havnet hen. Zaribi stønnet lavt, å ligge der og vite at han så på gjorde det bare enda mer intenst og hun ønsket at han skulle røre henne.

Hun løftet hodet og stirret bedende på ham."Vær så snill..." Stemmen var hes og Ardred visste at det var nære ved for henne. Han skjøv seg til side så han lå mellom beina hennes og lot håret falle fremover som en annen gardin før han kysset henne forsiktig nederst på magen. Og så lot han tunga gå på utforskning mellom de glatte foldene hennes og han hørte henne hive etter pusten og følte henne spenne seg mot ham i sjokk og nytelse.

Zaribi følte det som om alle nerver i kroppen brått brant, berøringen var så lett og varsom at hun knapt kjente det men nettopp det gjorde den så utrolig intens og tunga hans var så glatt og våt og visste akkurat hvor det kjentes mest intenst. Hun hikstet navnet hans og ene handa hennes hadde havnet på hodet hans nesten uten at hun hadde tenkt over det og plutselig skjedde det og hun lagde en merkelig hås lyd i strupen og

spente kroppen mot ham. Ardred skjøv en finger inn i henne, kjente spasmene som fortalte at hun virkelig kom og stønnet av ren opphisselse. Han måtte vente litt til, men det krevde virkelig mye av ham. Zaribi ble liggende å riste litt og hun hikstet og kjente seg lamslått over hvor voldsomt det hadde vært. Det hadde vært mye sterkere enn i badestampen og Ardred skjøv seg opp på siden av henne og kysset henne på kinnet.
Hun fniste lavt.”Hva nå?”
Ardred svelget fort, prøvde å høres rolig ut.”Mer av det gode Zaribi min, for oss begge.”
Han kysset henne varsomt og hun besvarte det. Langsomt begynte han å stryke over henne, lot hendene løpe over perfekt gylden hud og myke former og lot leppene gli over halsen hennes og kysset de stive små brystvortene. Zaribi hikstet og lukket øynene, den ilden han hadde slukket brant brått igjen, krevende og ivrig. Ardred lot tid være tid, utforsket og pirret og lot henne få tid på seg til å bli virkelig tent på nytt. Det var fantastisk å se hvor sanselig hun var, hvordan hun lot seg selv gå totalt opp i følelsene og bare nøt og det var et privilegium å se henne våkne til live slik. Ardred satte seg opp på kne i senga og nikket mot snoren som holdt buksene hans oppe.”Vil du? “
Hun skjøv seg opp også og løsnet den, Ardred lot plagget gli ned og sparket det fort av seg, satt der like naken som henne og hun stirret på ham og det var en blanding av lyst og engstelse i blikket hennes som var fengslende. Ardred smilte beroligende til henne.”Du husker stampen? Hva du gjorde? “
Hun nikket og forsto, strakte frem handa og rørte ham varsomt. Ardred rykket til, greide ikke styre reaksjonen og hun så halvveis forskrekket og fascinert på ham.”Bare fortsett..”
Stemmen hans var så grøtete at hun nesten ikke forsto men ansiktet hans fortalte henne alt hun trengte å vite. Hun utforsket ham varsomt og kjærlig og Ardred sto der på kne med lukkede øyne og gispet etter pusten som om han hadde løpt. Til slutt tok han handa hennes og kysset henne på

munnen igjen. Han ville ikke komme ennå, og det var nære ved."Det holder nå, din tur igjen."
Han fikk henne ned på senga og la seg bak henne, lot ene armen ligge under henne og holde rundt henne mens han strøk henne med den andre handa. Hun var utrolig våt og glatt og klar og han konsentrerte seg om å øke nytelsen hennes sakte. Å gi henne tid og bli helt klar var viktig for han visste hvordan han skulle gjøre det nå. Han lot fingrene gli rundt det punktet som var hennes mest følsomme og hun begynte å klynke og vri seg. Han holdt henne på kanten og nøt å se øynene hennes sløret av opphisselse og nytelse. Zaribi var ikke redd lenger, ikke i det hele tatt. Hun måtte ha ham men visste at han ville gjøre det når han mente det var riktig og stolte på ham. Og det var fantastisk, deiligere enn noe hun kunne ha tenkt seg og hun ville ikke at det skulle ende noen gang. Ardred la seg nærmere henne, så de lå i skje. Zaribi skalv av følelsen av huden hans mot hennes og varmen fra ham og ikke minst det harde lemmet hans som lå presset mot henne. Ardred fortsatte å gni henne varsomt og sakte og så løftet han det øverste beinet hennes opp og bakover så det lå over låret hans. Han ville trenge inn i henne delvis bakfra så hun skulle slippe vekten av ham og følelsen av å bli holdt fast. Zaribi snudde hodet og så litt forskrekket på ham og han smilte anstrengt og kysset henne i nakken."Ikke riktig ennå kjære deg."
Han begynte å la seg gli frem og tilbake mellom beina hennes, lot henne føle ham mot seg og holdt beinet hennes bakover samtidig som at han lot en finger leke med henne. Og hun lukket øynene og stønnet og hvisket navnet hans igjen og igjen. Følelsen av den varme hardheten som kjærtegnet sprekken mellom beina hennes var nesten mer enn hun holdt ut. Ardred stønnet og bet seg selv for å styre seg, det var vanvittig vanskelig å beholde selvkontrollen nå. Han kysset og slikket henne i nakken og hun sitret og presset seg mot ham og han forsto at hun var av dem som tente voldsomt på det. Greit å vite til senere. Han pekte på speilet som lå på det vesle

bordet ved senga."Se, se hva som skjer."
Zaribi nølte litt men gjorde som han sa, hun tok speilet og
holdt det slik at hun så ham gli frem og tilbake der nede og
synet fikk henne til å komme med et merkelig kvink og hun
begynte å bevege hoftene mot hans i samme rytme. Ardred
konsentrerte seg beinhardt, nå gjaldt det å beregne perfekt. Han
ville gjøre det minimalt smertefullt for henne når han sprengte
møydommen hennes og han antok at om han tok henne akkurat
i det hun kom ville hun snaut merke det engang.
Han hevet rytmen litt, lot fingrene få litt mer kraft og holdt
godt rundt henne med en andre armen. Det var ubekvemt for
ham men i helvete heller, det betydde ingenting. Alt som
betydde noe var å gjøre dette riktig for hennes skyld. Zaribi
kvinket for hver bevegelse han gjorde, beveget hoftene
automatisk mot hans og Ardred kysset henne i nakken igjen,
lot tennene skrape mot huden i noe som nesten var et bitt."Snu
hodet kjære, se på meg. La meg se deg."
Hun adlød, snudde hodet og fanget blikket hans, øynene
hennes var svarte og munnen halvåpen av lidenskap. Ardred
lot ikke blikket slippe hennes, gned henne ivrig og så
orgasmen stige i henne i blikket hennes og minen. Og han la
handa fort på hoften hennes som støtte før han endret
hoftevinkelen og støtte til.
Det var utrolig trangt og han måtte ta i for å komme inn og
Zaribi sperret øynene vidt opp i noen sekunders sjokk før hun
klemte dem sammen og skrek høyt i en blanding av intens
ekstase og smerte. Ardred greide ikke holde munn heller,
nytelsen var så intens for ham at han brølte som et dyr og
fortsatte å støte hardt og fort uten sjanse til å ta seg inn. Zaribi
skrek igjen, kroppen hennes rykket i grepet hans og han kjente
hvordan musklene hennes formelig kjærtegnet ham og hoftene
hennes støtte tilbake mot ham. Og allikevel var det smerte i
skriket hennes og det skar ham i selve sjelen selv men han
kunne ikke stanse. Det brøt seg frem i ham, kroppen hans var
utenfor hans kontroll nå og han greide ikke engang skrike i det

han kom så voldsomt at han bare så gnister og stjerner og det var på grensen til å være direkte smertefullt. Faktisk svartnet det nesten for ham og han tenkte i noen korte sekunder at om han døde nå ja da var det virkelig en verdig ende på livet, men han greide å trekke pusten igjen og stønnet langtrukkent under de siste sammentrekningene.

Zaribi hadde ikke vært forberedt i det hele tatt, hun hadde sett ham inn i øynene i det de voldsomme bølgene begynte å skyte gjennom henne igjen og så hadde han gjort en brå bevegelse og hun kjente at noe gled inn i henne og det sprengte noe intenst samtidig som det gjorde bølgene i henne enda mer intense enn før, det var så intenst at hun hørte seg selv skrike og det var så vanvittig deilig og samtidig gjorde det brått skrekkelig vondt som om noe inne i henne røk og hun skrek igjen og alt var et kaos av smerte og intens fryd. Hun kjente at han rørte seg i henne, at han gled fort frem og tilbake og hørte brølet hans og kjente også at han stivnet til i det han kom og hun hev etter pusten og hørte ham stønne og hikste. Hun kunne kjenne det inne i seg, hvordan han skalv og følelsen fikk henne til å presse seg mot ham for brått spilte ikke smerten noen rolle i det hele tatt. Hun kunne tatt så mye smerte som bare det bare for å vite at det skjedde, det hun ønsket over alt annet.

Ardred hvisket navnet henne lavt og merkelig sårt, strøk henne over kinnet. Han så at det glitret av tårer i øynene hennes og var et øyeblikk redd han hadde skadet henne. Han visste selv at han var i største laget for en så uerfaren kvinne og han hadde ikke greid å styre seg i det hele tatt. Han kunne slått seg selv i anger over det men gjort var gjort. Zaribi lukket øynene og konsentrerte seg om følelsen der nede, det sprengte ennå men den skarpe smerten hun hadde følt var borte. Det var ikke så ille nå men hun visste jo at han neppe var hard lenger.

Ardred omfavnet henne men trakk seg ikke ut, han ville ha nærheten så lenge som mulig, bare være ett med henne og føle seg trygg og elsket hos henne. Zaribi tok handa hans og klemte den, smilte svakt og han kysset skulderen hennes kjærlig. ”Går

det bra? Jeg.. jeg skadet deg vel ikke? "
Stemmen hans var tynn og engstelig og hun måtte nesten le av
det. Det var så åpenbart hva han tenkte og hun følte seg brått
sterk, sterkere enn noen gang før. Det var ingenting hun ikke
kunne greie nå."Neida, jeg har det bare bra. Det er ikke vondt
lenger nå."
Det var en hvit løgn for det verket i henne men ubehaget var på
en måte godt, det var unnagjort og hun var hans, som han var
hennes. Ardred sukket lettet og kjente seg underlig rørt, han
klemte ansiktet mot nakken hennes og lukket øynene i en
merkelig ro. Han elsket henne, han hadde trodd han elsket sin
første kone men det hadde bare vært forelskelse, brå vill og
fortærende som et flammende bål som før eller siden må
brenne ned av mangel på mer ved. Dette var noe annet, det
grep hele hans sjel og han svor til alle guder han kjente at han
aldri ville svikte henne.
De ble liggende der en god stund før han motvillig slapp henne
og hun gispet da de gled fra hverandre igjen, brått følte hun seg
merkelig tom. Ardred grep teppene som lå der og trakk dem
opp rundt dem, det kunne fort bli kaldt og han trakk henne
inntil seg og slappet av. Zaribi sukket lavt og la hodet på
skulderen hans og han kysset henne på pannen og mumlet at
han elsket henne. Zaribi bare kroet seg og Ardred lukket
øynene og følte seg utrolig søvnig
Det var tidlig på kvelden ennå men han ønsket å sove litt, ikke
for å få tida til å gå fortere på noe vis men for å våkne uthvilt
og i stand til mer om hun var i stand til det. Zaribi på sin side
var glad det var gjort, og hun smilte svakt for seg selv der hun
lå. Om hun var heldig kunne det være at det alt var i ferd med
å skje, og om ikke hadde de ennå over et døgn på seg. Og hun
følte på seg at hun ikke ville miste ham, ikke ennå, ikke noen
gang. Han ville overleve seremonien og hun strøk en finger
gjennom håret hans og undret seg over hva slags merke han
ville få. Hva slags åndedyr var det han ville trekke til seg?
Det var noe ulveaktig over ham til tider og andre ganger syntes

hun at han minnet henne om en katt men samtidig var han så
kraftfull. Det var ikke godt å vite og hun håpet ved alle guder
at han kom fra det uten noen større skader. Å bli skåret og
brent i var neppe særlig sunt. Men hun skulle være der for ham
og stelle og pleie ham tilbake til styrke og aldri vike fra hans
side. Det var et hellig løfte og et hun sverget å aldri bryte.
Lysene brant ned i rommet og de siste blafret svakt før de også
gav opp ånden. Et øyeblikk syntes hun at hun så skygger som
gled rundt på veggene men det var nok bare innbilning og snart
sov hun fast tett sammen med Ardred som også hadde sluknet.
Ingen av dem hørte stemmen som hvisket i mørket, glidende
og fjern."Snart vesle Ashitani, snart!"

Vardhys

Vardhys stirret stivt på mennene som sto der foran dem, han kjente at hjertet hamret vilt i brystkassen og han var tørr i munnen. Det var piler rettet mot dem alle fem og ingen sjanse for å slippe unna. Vardhys og de fire guttene hadde ridd ned en smal dal og ant fred og ingen fare og brått hadde de vært omringet på alle kanter av disse karene som tydeligvis kunne slå fra seg. Han så flere som bar rustninger av ulik type og de måtte være fra forskjellige landområder også men felles for dem alle var at de bar et armbind i rødt tøy med en sort blomst påbrodert. Det så merkelig ut men antagelig var det merket til deres herre. Etter at Esther døde og Birram drepte de fem røverne hadde de ridd mer eller mindre på måfå, prøvd å finne en noenlunde trygg vei til kysten. De hadde sett flere landsbyer som hadde vært plyndret men i det siste hadde det vært noe nytt ved det. Det virket planmessig og nesten renslig. Ingen hus var brent og dyrene var ikke drept.

I stedet var det som om verdiene der var blitt fjernet sammen med alt av folk og de hadde undret seg. De fant døde flere steder men det var enten menn som tydeligvis hadde kjempet eller gamle og syke som hadde bukket under. Vardhys hadde prøvd å forstå hva dette kunne bety men greide ikke helt å samle tankene. Esther og hennes død hadde plaget ham lenge og han greide ikke slippe minnet om henne.

Og nå dette, han stirret skremt på de tre karene som tydeligvis var lederne for denne gruppen. De hadde ridd frem i front og glante på Vardhys og de fire guttene med smale øyne. Alle tre var rustningskledd og måten de red på fortalte ham at de var riddere men de bar ingen slektsmerker og virket ustelt og rå på noe vis. Han svelget og tøylet Perle som trakk i bittet, hoppa sanset at han var urolig og han kunne bare håpe at disse mennene ikke aktet å drepe dem. Den eldste av de tre spyttet i bakken og så skjevt på ham, nikket mot de fire guttene."Dine tjenere gutt?"

Vardhys prøvde å samle seg, om han greide å overbevise dem om at han var en ridder kunne det være at de i det minste ikke drepte ham."De er mine tjenere ja. Jeg er Sir Vardhys av Eikelansen. Og hvem har jeg den fornøyelse av å snakke med" Mannen gliste skjevt."En ridder ja, vi gjettet på det, men du ser ikke ut som om du har fått dun på haka ennå."

Vardhys kjente at det kokte litt under luggen hans."Min herre, jeg er eldre enn jeg ser ut til å være!"

Mannen gliste kort og gav et signal, bueskytterne senket våpnene og Vardhys trakk et lettelsens sukk men passet seg for å vise det."Du har den glede å snakke med Den sorte rosens utvalgte krigere. Og du vil snart få den glede av å snakke med vår ærede leder også."

Vardhys rynket pannen."Og om jeg ikke ønsker det?"

Mannen gliste stygt."Da får vi håpe at det er noen i området som gidder å begrave åtsel, og hesten og tjenerne dine blir våre"

Vardhys kjente at det gikk kaldt nedover ryggen på ham."Da så, men hva vil deres leder med meg?"

Mannen snudde hesten og de to andre så bare kaldt på ham."Det vil du tidsnok finne ut gutt, følg oss eller ta konsekvensene"

Alfons og Oldar så skremt ut og Birram skalv rent men Småen så ikke ut som om han brydde seg stort der han satt på muldyret sitt og småmumlet for seg selv. Vardhys gav dem et fort beroligende smil men kjente at han var redd selv. Hva var dette? Var det disse folkene som hadde plyndret dette området? De virket profesjonelle og det var noe ved måten de førte seg på som fortalte ham at de ikke var tilfeldig sammenraskede leiesoldater. De hadde disiplin og adlød sine overordnede og det fortalte ham at den som ledet disse mennene hadde makt og kunnskap. Hvem kunne det være? Den sorte rose? Han hadde aldri hørt om noe hus med en sort rose som slektsmerke noen gang. Ingen av soldatene gadd så mye som å se på ham og de fire guttene og Vardhys følte seg bent frem ensom der og da. Han turte ikke å snakke til de andre og undret seg på hva disse folkene ville med ham og vennene hans.

Dalen de red ned var lang og kronglete og Vardhys ble mer som imponert over hvor ordentlig og ryddig troppen forflyttet seg. Det var på en måte skremmende for en hær som er veldisiplinert er så mye mer skremmende enn en som er tilfeldig sammenrasket. Det var minst femti menn i gruppen foruten de tre ridderne og Vardhys antok at dette var en vel sammensluttet gruppe. De virket for å kjenne hverandre og det tydet på at de hadde kjempet sammen lenge. Hvem kunne det være som sto bak? Han kjente at han ble mer og mer nysgjerrig på tross av frykten og prøvde å resonnere seg frem til et svar. Men han fant ingen han var fornøyd med, og han så ingenting ved soldatene som røpet noe mer om dem heller.

Etter en god stund red de ned i en sidedal, den var bred og flat og dekket med telt og vogner. Overalt var det folk, soldater og sivile om hverandre og det var store flokker med fe i digre kve samt at det var satt opp telt og hytter på hver en ledig plass. Det så ut som en liten by og Alfons bet tennene sammen."Det er her alt har havnet"

Vardhys kunne bare nikket, han skjønte hvor folket og deres eiendeler var blitt av. Hva var dette egentlig? Overalt vaiet et rødt flagg med en svart rose på, og flere riddere red rundt på hester med merket på salteppene. Det måtte være en mektig hærfører som ledet dette for det måtte være tusenvis av folk der.

Soldatene spredte seg og Vardhys oppdaget at han red etter de tre ridderne som om de fremdeles ble geleidet av en flokk med bueskyttere. Men der i leiren var det neppe noen sjanse til å slippe vekk og han forsto at eneste muligheten var å følge etter. Leiren var vel anlagt, det så ut som kaos på lang avstand men det var anlagt brede veier mellom rekkene med telt og kveene med dyr lå også plassert slik at de ikke var i veien. Vardhys var såpass godt opplært at han var imponert, men han var ennå urolig. Hva ville herskeren over dette med ham? De tre ridderne ledet ham mot et enormt telt i rød silke dekket med broderte svarte roser og noe ved det fikk ham til å stusse. Det var noe underlig ved måten alt var plassert på, noe som virket nesten feminint? En av ridderne steg av hesten og forsvant inn, de to andre ble sittende til hest og stirret på Vardhys som følte seg ille berørt av det. Han var kanskje ung, men han var da en mann like mye som dem. Han hadde drept og sett død nok og om ikke annet så burde det gjøre ham jevnbyrdig med dem. Mannen kom ut igjen og nikket kort til Vardhys.”Gå inn og ta med deg tjenerne dine, og vær høvisk om du vil beholde tungen og hodet!”

Han steg av Perle og de andre gjorde det samme med sine ridedyr, de så nervøse ut og sørget for å te seg om passelig ydmyke tjenere. Vardhys gikk inn døra til det røde teltet. Innenfor var det lyst av mange lamper og stedet var luksuriøst, andre ord kunne ikke beskrive det. Det var dyre møbler og tepper og kunstgjenstander og det luktet svakt av parfyme. Vardhys følte en brå trang til å nyse men greide å holde det inne. En dør åpnet seg og tre skikkelser kom ut, han stirret. Det var to riddere kledd i sølvfargede rustninger med vakre inngraveringer og dyre ringbrynjer under stålplatene, de bar hvert sitt dragne sverd og så farlige ut. Antagelig var de mestere med ethvert våpen og Vardhys svelget kort. Mellom dem var en høy kvinne kledd i en helt rødfarget rustning med svarte roser på. Hun var kraftig og samtidig smekker med en stolt holdning og langt krøllete mørkebrunt hår. Ansiktet var skarpt og for spesielt til å være klassisk vakkert men det var fengslende med høye kinnbein og en bred munn. Øynene var brune og kunne vært myke men de var som mahogny. Det var var ingenting mykt ved denne kvinnen, ingenting i det hele tatt!

Hun så skarpt på Vardhys, målte ham opp og ned som en person som skal kjøpe en hest på et marked.”Så, hva kaller du deg unge mann? Og hvem er disse unge herrene som følger deg?”

Stemmen var ikke uvennlig men den krevde å bli besvart og Vardhys presenterte seg fort før han presenterte Alfons som sin væpner og Oldar som hestepasser. Han kalte Småen sin kammertjener og Birram for kokk noe han jo også var og kvinnen så smalt på ham.”Du er ung, nesten for ung til å være ridder ennå men allikevel har du flere tjenere, og ikke en ubetydelig rikdom. Flere hester, gode våpen. Du må enten være av god ætt eller så har du hatt mer flaks enn det som er normalt for en så ung mann”

Vardhys kunne bare svelge og hun smilte kaldt til ham, så på de fire andre på den samme vurderende måten.”Du lurer på hvorfor du har blitt brakt hit ikke sant? Og hvem jeg er?”

Hun pekte på en stol og Vardhys satte seg nølende. Hun så ham rett i øynene og han ble motvillig fascinert av styrken i ansiktet.”Jeg er Mahrepa, kun det. De kaller meg den sorte rosen for det er mitt merke, mitt egentlige navn er glemt av alle.”

Hun pekte på de to mennene bak seg.”Mine lojale tjenere, som så mange andre er blitt. Du skal også tjene meg unge Vardhys.”

Han så forvirret på henne og hun smilte sakte.”Hadde du ikke vært en ridder ville mennene mine ha drept dere og tatt hestene og muldyrene. Men jeg samler på de stridsdyktige og tar dem i min tjeneste til dagen kommer da jeg kan ta tilbake det som er mitt.”

Vardhys kremtet.”Jeg forstår ikke..”

Hun ristet på hodet.”Selvsagt ikke, men jeg skal forklare. Min far var adelig, og han var rik og mektig og styrte sitt område

godt. Men så kom en mann fra en annen ætt og forrådte ham
og etterlot ham med et ødelagt navn og en ødelagt fremtid.
Den mannen ødela alt Vardhys, også min fremtid. I stedet for å
bli godt gift var jeg brått fritt vilt for enhver og da min far døde
var jeg uten noe forsvar. Jeg sverget på at jeg aldri mer skulle
være svak og en dag skal jeg ta tilbake det som vi tapte og
gjenopprette vår ætts ære og makt”
Hun så skarpt på ham.”Gudene ledet meg gutt, de viste meg
veien til sann makt. Ættene slåss der ute nå, slåss til blodet
fyller elvene og sjøene og bare de døde er tilbake. De slåss for
å få tak i den siste dragen men de vet ikke at den er i mine
hender”
Hun lo og Vardhys så vantro på henne.”En drage? Det.. det er
umulig!”
Hun smilte sakte.”Åh men det er sant, og med den skal jeg
vinne tilbake alt vi tapte og mer til, og du vil sverge å tjene
meg som så mange andre Vardhys av Eikelansen. Du vil ikke
ha noe valg om du er en sann ridder for dine tjenere vil være
mine gisler. Svikter du er det de som får svi. Du forstår det?”
Han nikket skremt og hun gikk bort til Birram og så på
ham.”Du er en kokk, er du dyktig?”
Birram nikket nervøst, svetten rant av ham.”Jeg er meget
dyktig deres nåde”
Hun likte visst at Birram kalte henne det for hun smilte vennlig
og knipset i fingrene. En tjener kom inn og hun pekte på
ham.”Bli med ham til kjøkkenet, du vil finne alt du trenger der.
En god kokk er meget verdifull her”
Birram så fort på Vardhys som nikket svakt og gikk, han så
usikker ut.
Mahrepa så på Alfons og Oldar, rynket på nesa.”Din væpner
får være hos deg, en ridder skal ikke skilles fra sin væpner
noen gang. Men denne stallkaren her kan stelle krøtterne, vi
trenger folk til det.”
Oldar svelget nervøst og hun så litt foraktfyllt på småen.”Han
er ikke riktig i hodet?”

Vardhys nikket nølende og hun snudde seg.”Han kan bære ved
til kjøkkenet, noe annet duger han ikke til”
Hun så skarpt på Vardhys igjen.”Tjen meg vel, og det vil gå
dem godt. Jeg er gavmild mot de som tjener meg godt”
Han svelget nervøst og ante ikke hva han skulle gjøre. Sverge
troskap til denne kvinnen? Han hadde en følelse av at det var
jevngodt med å selge sjela til de mørke maktene. Hun vinket
på ham.”Men det er ingen grunn til å tvile unge Vardhys, jeg
skal la deg se med egne øyne, og så vil du se at jeg vil seire.
Og det vil være lønnsomt å være på min side.”
Hun grep ham i handa og han overvant trangen til å rykke til
seg neven, trakk ham med seg ut og rundt teltet. Det var en
liten høyde bak teltet og han fulgte henne nølende opp på den.
På baksiden var det gravd ut en stor grop, over hundre meter i
diameter og kanskje ti meter dyp og i bunnen av den lå et dyr
sammenkrøpet. Vardhys slapp fra seg et gisp av synet og
kjente at han ville få vansker med å holde ansiktet i de riktige
andektige uttrykkene. Hun misforsto ham riktig og smilte
fornøyd.”Et imponerende syn ikke sant? Den eneste dragen
som eksisterer og den er min!”
Vardhys svelget igjen og igjen, han ante ikke hva han skulle si.
Joda, synet var imponerende ingen tvil om det. Men dyret der
nede var ikke mer enn drage enn han var en minotaur! En gang
for flere år side hadde han hjulpet sin herre med å lete gjennom
biblioteket under Lathisas slott etter noen gamle papirer som
ville avgjøre en tviste angående noen landområder hans herres
folk mente de hadde større rett på enn den slekten som bodde
der for øyeblikket. Og mens de rotet gjennom støvete papirer
og eldgamle bøker hadde Vardhys kommet over et gammelt
bestiarium, en bok med beskrivelser av sjeldne dyr.
Mesteparten av dem var kun oppspinn og ren overtro men
noen av dem eksisterte og han hadde sett en særdeles god
tegning av denne skapningen i den boka.
Dyret som lå der nede kunne kanskje tas for å være en drage av
en lekmann og for vanlige folk var det neppe tvil i deres sjel

men enhver med litt dannelse burde se at dyret var alt for lite til å være en drage. Den var kanskje femten meter lang og den lange slangeaktige kroppen var slank og glatt.

Fire korte små bein satt langt fra hverandre og det merkelig brede hodet var prydet med noen små horn og skinnfliker i skarpe farger. Den hadde et par korte små vinger som aldri ville kunne bære den og antagelig krøp den rundt som en slange på bakken. En solid lenke var festet om halsen på den og den var forankret i den massiv steinblokk.

Dyret lå der og pustet sakte og Vardhys fikk en brå følelse av den led, at den slettes ikke hadde noe godt av dette. Han undret seg på om Mahrepa i det hele tatt visste at dette ikke var noe i nærheten av å være en drage. Det var en lindorm, og den var kun et dyr og ikke noe mer enn det. Dødsens giftig såklart og særdeles farlig men ingen drage, ikke på langt nær. Hun stirret henført på dyret og det var noe merkelig begjærlig i blikket hennes.”Vi brakte ham med oss da jeg sloss mot Lord Durant av Mehdrar-Ranclin, og mennene hans flyktet som hodeløse høns. Det var et kostelig syn!”

Hun så dvelende på ham”Nå unge mann, hva tror du? Er du rede til å sverge troskap til meg?”

Han så på dyret der nede, en ide formet seg lynraskt.”Jeg er, jeg sverger å være tro mot dragens herskerinne og mitt skjold og sverd skal være hennes nå og for alltid”

Hun smilte fornøyd.”I sannhet, du er virkelig en ridder. Så høvisk av deg”

Hun klappet ham på skulderen.”Dragens herskerinne, jeg liker det!”

Han så ned i bakken, hun var kanskje en skarp hærfører og temmelig hensynsløs også men hun likte smiger. Han måtte utnytte det.”Si meg deres nåde, hvor har du fått tak i dette..makeløse dyret?” Hun smilte drømmende.”Gudene ledet meg til ham, den hvilte i en hule og jeg fikk hjelp av en magiker til å binde den. Og han la en besvergelse over den så den må tjene meg.”

Han svelget og så på dyret igjen. Den så slettes ikke frisk ut, skjellene var matte og det var noe i den sammenkrøpne posituren som fortalte om smerte. Det var et sykt dyr de så der nede, ikke den respektinngytende drapsmaskinen hun så for seg.”Men alle vil jo ha den, er du ikke redd for at noen skal stjele den fra deg? Alle slektene begjærer den jo!”
Hun bare viftet ham av.”Når de finner ut at jeg har den vil jeg forlengst ha blitt mektig nok til å overvinne noen og enhver. Og den vil være utvokst og mektig. Nå er den jo bare en unge ennå, men den vil vokse seg enda større. Jeg forer den med geiter og når den blir fullvoksen skal jeg gi den krigsfanger så den får smaken på menneskekjøtt”
Vardhys gyste av den likegyldige tonen i stemmen hennes.”Men er det ikke farlig? Hva om den vender seg mot deg?”
Hun fnøs “Ingen fare for det unge mann, magien som binder ham er sterk”
Han så på dyret igjen, en unge? Så langt ifra, den var fullvoksen og antageligvis gammel. Ellers ville den ha brutt seg fri forlengst. Den magikeren var en sjarlatan i beste fall.
Hun smilte igjen og pekte på leiren.”Se bare unge mann, jeg har tusenvis av lojale tjenere og snart skal vi marsjere mot vest og erobre mer land enn mine forfedre noen gang kunne drømme om”
Vardhys smilte skjelvende.”Storslåtte visjoner deres nåde. Jeg er sikker på at seieren blir total”
Hun nikket stolt.”Ja unge Vardhys, den vil bli total, og du vil få ta del i den”
Hun vinket på en tjener som sto der ved teltet.”Dette er Vardhys av Eikelansen, se til at han får et godt telt og en tjener til å ta seg av hestene og tingene hans.”
Hun så skarpt på ham.”Du er en ridder og for meg er det verdifullt av flere grunner enn bare en. Du skal hjelpe til med å trene mine menn, og du begynner i morgen”
Han bare nikket og hun gikk. Alfons kom gående bort til ham,

han så blek ut og det var noe mørkt i blikket hans."Jeg forhørte meg litt blant tjenerne her mens du var borte. De er ikke mye vennlige mot de som svikter. Den som rømmer og blir tatt får beina hugd av og folk som ikke adlyder blir pisket. Det skjer nesten hver dag."
Stemmen hans var lav og Vardhys gyste. Hva var det de hadde rotet seg inn i? De fulgte tjeneren gjennom leiren og ingen så på dem, det virket for at alle hadde nok med sitt. Alfons hvisket igjen
"Når de er ute og plyndrer beholder hver mann det han kan ta, det er deres rett. Men virkelig verdifulle ting tilfaller henne. Og de beholder folkene som tjenere og for å fø hæren. Menn og gutter blir soldater og de blir godt behandlet også så lenge de adlyder. Det er virkelig kadaverdisiplin her. Vær glad du er ridder."
Vardhys nikket stille.
Tjeneren stanset foran et ganske lite telt midt i leiren, det var tomt men det var satt inn en seng og noen tepperuller og det sto et bord der og et par stoler samt et lite skap av noe slag. Det var ikke luksus men det var bra nok og Vardhys sukket og satte seg ned på senga, han følte seg forvirret og skremt men mest av alt underlig svimmel. Det hadde skjedd for fort.
Alfons sukket og så seg om. Han prøvde å smile."I det minste tror jeg ikke at vi vil sulte her."
Vardhys sukket og lenge hodet i hendene."Som om det var vår minste bekymring. Jeg håper ingen forteller kvinnfolket sannheten om hva hun har i hende"
Alfons så seg rundt og senket stemmen."Er det sant? Har hun en drage?!"
Vardhys blåste i nesa."Hun har en gammel og svakelig lindorm som nok kreperer snart og hun tror det er en drageunge. Enten er hun tåpelig eller så er hun så uvitende at det er skremmende i seg selv. Men det er selvsagt lett å tro det er en drage når en aldri har sett en slik noen gang. Og skremmende er den jo"

244

Alfons måpte.”En lindorm? Ved gudene, de er jo slettes ikke ufarlige i seg selv. De sier at de vokter skatter og at giften deres kan ete opp stål!”
Vardhys nikket.”Ja den er skrekkinnjagende nok uten å bli kalt for drage. En drage ville ha brukt den som tanntråd!”
Alfons gliste og et øyeblikk så han munter ut men så kom alvoret tilbake i øynene hans.”Men hva nå? Hva gjør vi?”
Vardhys rettet seg opp.”Å rømme er neppe aktuelt, ikke ennå. Vi blir sikkert voktet til de tror de kan stole på oss. Og dit er det langt ennå. Men jeg akter ikke å kjempe for henne, uansett hva slags urett hun har vært utsatt for”
Alfons svelget.”Så hva gjør vi da?”
Vardhys bet tennene sammen.”Gjør gode miner til slett spill regner jeg med. Vi prøver så godt det lar seg gjøre å overbevise dem om at vi alle vil gjøre vårt beste.”
Han strøk seg gjennom håret.”Se om du kan holde øye med de andre to, jeg kan neppe gå til tjener avdelingene uten at det ser mistenkelig ut. Se til at de blir skikkelig behandlet.”
Alfons nikket sakte og Vardhys klemte nevene sammen.”Før eller siden skal vi komme oss herifra, og da skal vi komme oss til kysten som vi har planlagt.”
Alfons smilte svakt.”Avtale, jeg står ved deg Vardhys, du vet det!”
Vardhys nikket svakt og prøvde å ta seg sammen. Det måtte være en måte å komme seg ut av dette på uten å risikere vennenes liv. Alfons satte seg ned på en tepperull og strakte de lange beina, det litt aristokratiske ved ham bare under bygget at han var en væpner.”Hvordan vet du forresten at det var en lindorm?”
Vardhys gliste litt skjevt.”Så det i en eldgammel bok en gang, det var en tegning av en slik der. Men den så langt friskere ut enn den hun har, det må jeg si.”
Alfons tenkte tydeligvis hardt.”Vardhys, vet du hva? Om du tilfeldigvis kunne ha hjulpet henne med denne lindormen hennes tror jeg at du ville blitt veldig populær, ja faktisk veldig

verdsatt. Husker du noe mer om dyret enn bare utseendet?”
Vardhys så litt forbløffet på Alfons, gutten var skarpere enn en
skulle tro og han begynte å grave i hukommelsen. Det hadde
stått en del om dyrene i den gamle boka og han hadde faktisk
tatt seg tid til å lese litt, bare fordi han var nysgjerrig slik gutter
gjerne er.”Jeg tror..jeg husker noen ting om dem ja. Det sto at
de levde ved elver og vann og at de ikke tåler særlig kulde.”
Alfons rynket pannen og tenkte tydeligvis så det knakte.”Min
sjef hjemme sa ofte at en jeger bør kjenne sitt bytte før en kan
ha noe håp om å jakte med hell. Og en må kunne resonnere seg
frem til hva et dyr trenger og bruker for å kunne jakte på det”
Vardhys lysnet opp, han svelget opphisset.”Ved gudene, de
lever ved elver og sjøer fordi det er der de finner mat. Og hun
forer den med geiter, ikke rart den misliker det. Og ser elendig
ut!”
Alfons gliste.”Så om du gir den fisk blir den frisk igjen mener
du? Og da havner du ihvertfall i kritthuset hos Mahrepa. Men
samtidig gir du henne et våpen vet du.”
Vardhys bannet.”Et dilemma så sant men ikke uløselig. En
lindorm blir aldri en drage uansett Alfons. Den kan verken fly
eller spy ild og selv om den er skremmende har den
begrensede evner.”
Han lente seg bakover mot madrassen på senga og prøvde å
legge planer.”Det er ei elv like bak leiren her, de vanner
hestene der. Se om du kan greie å fange litt fisk der i morgen
tidlig. Ingen vil fatte mistanke til at en væpner gjør slikt. Og så
får vi se hvor det bærer hen.”
Alfons så mistenksomt på ham.”Du akter da vel ikke å?”
Vardhys nikket kort.”Jeg gjør, jeg akter å få i det dyret fisk om
jeg så må håndfore den.”
Alfons så smalt på Vardhys.”Jeg har aldri anklaget deg for å
være feig min venn, og nå vet jeg at du er modigere enn de
aller fleste. Men det er selvmord om det ikke stemmer!”
Vardhys bare lukket øynene.”Det kan hende, men jeg vil ikke
la noe skje med dere, dere er de eneste vennene jeg har. Om

jeg lykkes og får den til å bli bedre vil hun bli veldig fornøyd med meg, og da kan det hende at vi kan få en mulighet til å stikke av."
Alfons bikket på hodet, trakk av seg støvlene med et stønn."Det kan kanskje virke Vardhys, la oss håpe at det gjør det."
Vardhys smilte bare og skjulte hvor vettskremt hans egen plan gjorde ham.
De gikk til ro og neste morgen ble de vekket av en tjener som røsket i teltduken og ba dem stå opp og stelle seg. Det ble mat på litt. Vardhys kjente at han var tørr i munnen, alt avhang av at de hadde rett og at lindormen faktisk åt mest fisk og sjødyr. Alfons smatt ut og forsvant i retning elva og Vardhys fulgte noen andre mot et enormt telt som måtte være en slags kantine for ridderne i leiren. Det stemte. Svære langbord var satt opp og det var folk overalt der allerede. Noen svære bål var tent i enden og digre svarte gryter sto til kok med noe som måtte være en slags suppe. Noen kokker løp til og fra og han syntes han så Birram blant dem men var ikke sikker. Avstanden var for stor. Han begynte å skjønne at leiren var temmelig permanent. Det gikk ikke å flytte dette i en håndvending og om Mahrepa nå ville erobre mer land måtte hun gjøre det med denne dalen som utgangspunkt. Det betydde lange forsyningslinjer og større fare for angrep fra fiender. Det var egentlig ikke verdens beste taktikk og han undret seg på hvor mye hun eventuelt visste.
Han fikk en tallerken med suppe og litt brød og ost og satte seg for seg selv, prøvde å analysere folkene han så der. En stor andel var kanskje riddere men halvparten av dem var familieløse menn som var mer leiesoldater enn noe annet. De var brautete og høyrøstede og generelt utrivelige og det var lite ridderlighet å spore hos noen av dem. Resten var nok bra menn men de var da altså forsverget til å kjempe for Mahrepa. Han undret seg på hva hun presset dem med. Var det dragen mon tro? Eller hadde hun familiene deres der? Eller trodde de

kanskje at de virkelig gjorde noe riktig ved å kjempe for henne? Det var ikke godt å vite. Han så at mange av dem var arrete veteraner, vel vant med kamp og de få som var unge virket også harde og herdet. De var en formidabel styrke og han forsto at hennes ambisjoner ikke eide grenser. Tjenere og sivile samt andre spiste visst utenfor, det var noen benker der også og maten de fikk var sikkert et hakk uslere men neppe dårlig. Det virket ikke for at noe var dårlig der i leiren, alt var ordentlig og velorganisert, til og med latrinene som var gravd ut var nesten trivelige. Vardhys var sulten og suppa var faktisk forbausende god, lagd av kjøttkraft og grønnsaker og forsiktig krydret. Han fikk i seg alt og følte at alt virket mye lettere med en gang, det var utrolig hvor mye en full mage hjalp på humøret.

En eldre mann med lange grå barter og et sørgmodig blikk stanset ham da han gikk ut av teltet, mannen så grundig på ham og nikket sindig.”Vår nådige herskerinne vil at du skal hjelpe til med å trene noen nye menn, som ridder kan du sikkert det meste om hester, så du skal lære dem å ri”

Vardhys kunne stønnet men gjorde gode miner til ordren, han var en god rytter som seg hør og bør og hadde vokst opp med hester. Men hva slags dyr var det slike nyankomne fikk og hva slags folk var det han skulle lære opp?

Han fulgte den gamle mannen som kalte seg Jonhar til en plass som var ryddet i enden av leiren. Den var gjerdet inn med et enkelt taugjerde og det sto hester bundet der. Vardhys rynket pannen, det var en brokete flokk mildt sagt. Et par gode ridehester, en stridshest og minst ti trekkhester samt fire fem halvstore ponnier av det langbeinte spe slaget som var så populære i byene. Og en håndfull muldyr samt et par dyr som nok hadde vært ypperlige en gang i tida men som var så gamle nå at de snaut orket røre seg. Og dette skulle han drive rideundervisning med?

Humøret ble ikke bedre da han så mennene han skulle trene, de var antagelig tvangsvervet hele gjengen og ville ikke dette og

det var tydelig i minene også. Ingen av dem så på ham og han forsto at han neppe fikk til noe som helst med denne gjengen om han ikke fikk deres respekt og tiltro. Og de så en ung mann, bare en barnerompe i deres øyne, ikke noen de ville ha respekt for i det hele tatt. Jonhar så avventende på ham og Vardhys tenkte fort. Dette ville bli en real fiasko om han bare startet med å be dem sette seg til hest, å ri som en ridder betydde mer enn å bare være passasjer på en hest. En måtte virkelig kunne ri, kunne lese hesten og få den til å gjøre ting som vanligvis ville være unaturlig for den. Og en fiasko hadde han ikke råd til, om han greide dette godt også ville han ha enda en større sjanse til å komme seg vekk med vennene sine. Han så fort på den gamle mannen."Si meg, har dere noen virkelige stridshester her? Ordentlige dyr, gjerne en som er vanskelig?"
Jonhar smilte smalt og skjevt, strøk seg over barten. Han forsto hva den unge ridderen mente og også hva han planla. Han nikket og vinket på en tjener som sto klar like i enden av banen."Hent den gampen den Felderiske ridderen tapte"
Mannen måpte men forsvant og Vardhys betraktet gruppen med menn. De fleste var over sin første ungdom, og de røpet at de ikke var krigere noen av dem. Dette var bønder, menn vant med hardt arbeide og forsakelser men ikke med å ri i kamp. Han ante at Mahrepa hadde valgt dem ut til ryttere ene og alene fordi alle var høye og staselige å se på. Hun tenkte visst på stil også der. Jonhar smilte men det var noe hardt i blikket hans."Greier du å gjøre gode soldater av denne gjengen her vet jeg at hun vil belønne deg rikelig."
Vardhys nikket og svelget nervøst.
Tjeneren kom tilbake med en stallgutt som leide på en utrolig høy langbeint sølvfarget hingst av en rase Vardhys aldri hadde sett før. Dyret hadde uvanlig lang hals og et bredt hode med smal mule og store øyne. Og den danset og vrinsket og skrek mens den rev i tømmene og prøvde å bryte seg løs fra stallkaren. Vardhys ble nesten skrekkslagen ved synet av det

digre dyret men den var vakker, en av de vakreste hester han
noen gang hadde sett. Jonhar klukklo og det var noe sardonisk
i latteren. "En ridder fra Felderi kom hit, prøvde å innynde
seg. Han tapte alt gitt, også detta dyret. Men ingen greier ri den
så den har bare gått her og vært til pynt. Hadde den vært ridbar
ville vel vår nådige herskerinne hatt den selv men den hiver av
alle som prøver."
Vardhys kjente at beina var som gele av nervøsitet, han hadde
aldri ridd en så stor hest noen gang. Eller en så vill. Men han
måtte prøve, skulle han virkelig få disse karenes respekt var
det ingen vei utenom. Han trakk pusten dypt og mannet seg
opp, gikk bort til stallkaren og trev tøylene. Han så fort på
mannen som så mer eller mindre utskremt ut."Har den noe
navn?"
Mannen ristet på hodet og Vardhys sukket lavt."Greit, heretter
heter den Skygge!"
Han grep salen og på et eller annet vis greide han å hive seg
opp i den og fikk beina i stigbøylene. Hesten reiste seg på
bakbeina og skrek med en gang den merket tyngden i salen
men Vardhys husket knep hans mester hadde nevnt og la
vekten så over at hesten måtte gå ned igjen for å ikke ramle om
kull. Den var stor og sterk og utrolig smidig men Vardhys
svettet og hang på, den bukket og slo og han prøvde å ganske
enkelt få hesten ut av balanse før den rakk å gjøre noen sprell.
Det virket for etter noe som virket som en evighet roet den seg,
Vardhys verket i armer og bein og følte det som om han hadde
vært med et steinras nedover en bratt skråning. Han tvang
hesten til å trave en runde og så en til, den slappet mer av og
han merket at den faktisk var meget godt trent. Etter litt gikk
det faktisk veldig bra og han fikk den til å gjøre dressur
øvelser. Alle der fulgte med, også mennene han skulle trene og
han stanset Skygge foran dem og prøvde å virke myndig og
voksen. Mennene så litt avventende på ham og han smilte så
vennlig men skjevt han kunne."Om dere syntes det der var
imponerende bare vent et par måneder, så skal dere kunne

gjøre det like godt om ikke bedre.”
Karene så på hverandre med litt bleke ansikter og Vardhys
presset frem en latter, den hørtes ikke bra ut men han håpet det
hjalp.”Ikke vær bleke gutter, hestene dere skal øve på er rene
skinnfellene i forhold til denne så vær ikke urolige. Så gutter,
ta hver deres hest og kom dere opp. Jo før dere lærer dette jo
før kan dere kjempe ærefullt for den sorte rosens navn og ære.”
Mennene adlød, de kom seg opp på de heller sedate dyrene og
fordelte seg heldigvis fornuftig så de største og tyngste tok de
sterkeste hestene. Vardhys begynte å instruere og sakte
begynte karene å adlyde ham og lytte. De hadde sett at denne
tilsynelatende unge ridderen faktisk var en mester til dette og
de visste også at den eneste sjansen de hadde var å lære å ri
ordentlig. Så etter en stund var undervisningen virkelig i gang
og Vardhys merket at Skygge faktisk godtok ham nå. Den
sølvgrå hingsten var den beste hesten han noen gang hadde
ridd men den hugg ondskapsfullt etter alle andre og han hadde
en følelse av å ri på en vulkan. Før eller siden eksploderte den!
Da dagen omsider var på hell kunne samtlige av mennene styre
og kontrollere hestene sine noenlunde og Vardhys roste dem
opp i skyene. Karene var støle og såre siden flere av dem
hadde smakt grundig på grastorva men de var stolte av seg selv
og Vardhys hadde sørget for å diskre pumpe opp selvfølelsen
deres ved å nevne hvor mye mer verdifulle de ble som ryttere
og ikke minst hvor gale jentene var etter riddere. Jonhar hadde
kommet og gått og han virket imponert men Vardhys visste at
mye gjensto ennå. Mennene hadde byttet hester ofte så de ikke
stagnerte med stilen til det ene dyret de satt på men han visste
at om han skulle gjøre disse karene om til en ryttertropp
trengte de gode hester. Skygge hadde ikke eksplodert men
hesten hadde så enorme krefter at Vardhys ofte undret seg på
om noen annen hest ville greie å holde følge med den. Med de
lange beina var den antagelig rask som et lyn.
Stallkaren hentet den og Vardhys traff Alfons utenfor
kantineteltet, han sto der med en svær sekk i neven og så

fornøyd ut.”De andre brydde seg ikke noe om meg, jeg satt i
flere timer med en kjepp som stang og ei bøyd synål til krok
men jaggu tok jeg fisk. Det er mye av dem i elva”
Vardhys sukket lettet og tok sekken. Den var full av en slags
sølvblank slank fisk med vid kjeft og store øyne. Den stinket
allerede og han skar en grimase men tok sekken og begynte å
gå i retning gropa der lindormen lå. Alfons så tvilende på ham
og rynket pannen.”Er dette trygt?”
Vardhys ristet på hodet.”Nei, men vi må prøve.”
Det var ingen ved gropen akkurat der og da og en halvspist
geit lå foran lindormen som lå som før med hodet flatt på
bakken og øynene lukket. Vardhys så grøssende på de brede
kraftige kjevene og tennene som syntes selv når kjeften var
igjen. Dyret var antagelig svært raskt og han samlet det motet
han hadde. Han skyldte de andre det, og han skyldte det for
Esthers skyld også. Han måtte få fortalt hennes søster hva som
hadde skjedd med familien hennes. Og han måtte sone for det
han hadde latt skje ved å berge vennene sine.
Han gikk litt ned i kanten av gropa, kjente at hjertet hamret vilt
og svetten haglet nesten av ham. Den var lenket men hva om
lenken ikke var sterk nok? Han åpnet sekken og hvisket nesten
mest for seg selv.”Rolig der nede, jeg vil hjelpe deg”
Dyret hørte ham, den åpnet øynene og Vardhys gispet lavt.
Øynene var triste, ikke ville eller ondskapsfulle men bunnløst
triste. Han innså i det øyeblikket at dette ikke bare var et dyr,
den var intelligent og tenkende og den led. Der og da bestemte
han seg for at den måtte befris, han kunne ikke la dette
fortsette. En ridder hjelper de svake og hjelpeløse og dette
dyret var svakt og hjelpeløst. Den stirret på ham og knurret
lavt, en dyp dur som fikk bakken til å skjelve men han tok opp
en fisk og kastet den i bakken foran kjeften på den.”Se, fisk.
Du liker det?”
Lindormen snuste litt, så gikk det et rykk gjennom den slappe
kroppen og den grep fisken nesten desperat og gulpet den ned
hel. Den så på ham igjen og det brant noe som lignet

desperasjon i blikket dens. Vardhys tok mot til seg, hev enda
en fisk ned og nå tok den fisken i lufta før den rakk å lande,
gulpet den ned med vill iver. Vardhys kjente en absurd trang til
å le, han hadde rett. Det var fisk dette dyret helst livberget seg
på. Han kastet fisk etter fisk ned til den og den åt samtlige,
med stor glede og iver og da sekken var tom rapte den og det
var noe salig i blikket på den. Vardhys smilte fort til
dyret."Velbekomme"
Han gikk opp igjen til Alfons som sto og var blek som friskt
lerret, det røde håret så enda rødere ut enn ellers.
Han gliste kort og klappet Alfons på skulderen."Da vet vi hva
som trengs, vi må fiske så ofte vi har anledning til det"
Alfons bare nikket og Vardhys gikk til kantineteltet for å spise.
Alfons gikk for å se om han fant de andre og Vardhys satte seg
og fikk en bolle med stuing. Den var god men han forsto at han
helst ikke burde spørre hva den inneholdt. Det var noen
fettaktige klumper som var vanskelige å få ned uansett hvor
mye krydder som var brukt. Utenfor det store røde teltet var
det tydeligvis et slags rådsmøte for flere av de øverste der var
samlet og han kunne skimte Mahrepa blant dem, hun pekte på
kart og la tydeligvis planer og mennene applauderte helhjertet.
Han så ikke detaljene men enten var hun et strategisk geni eller
så jattet samtlige bare med henne. Dette var harde karer,
veteraner fra utallige slag. De om noen burde kunne si fra om
taktikkene hennes hadde feil. Kanskje de ikke turte eller anså
henne kun for å være et samlende symbol.
Alfons kom med rapport om de andre da det ble mørkt, han
fortalte at Småen ikke hadde det så alt for ille og var så liten og
kvikk at ingen nesten la merke til ham. Han var vant med å
holde seg unna de som kanskje ville plage ham og Alfons
bekymret seg ikke for ham. Oldar måtte gjete kyr og
mistrivdes med det men han holdt ut siden han var vant med
dyr og karene som var sjefene hans var bønder og ganske
greie. Birram derimot var brått blitt kastet fra et liv i elendighet
til et der han faktisk regjerte. Han var blitt utrolig populær på

kjøkkenet siden han kunne mye og fikk frie hender og på bare litt hadde han avslørt at han kunne skape retter få andre fikk til. Mahrepa hadde allerede smakt på kaker han hadde bakt og nå lagde han maten hun personlig spiste. Det var en stor ære og Vardhys begynte å mistenke at det for Birram kanskje var best å bli ved sin lest og bli der. Som kokk for henne burde han være ganske sikker. Tiden fikk vise hvordan det ville gå.

Den neste dagen ble det mer ridetrening og Vardhys prøvde å huske alt han hadde lært og hvordan han selv hadde vært trent og karene gjorde fremskritt for hver økt. Og han greide Skygge bedre og bedre. Det var som om den sølvgrå hesten knyttet seg til ham og etter noen få dager humret den til ham og prøvde ikke lenger hive ham av. Et par andre prøvde å ri den siden de trodde den var temt nå men det trodde de ikke lenge. Det var bare Vardhys den adlød og han følte seg merkelig ydmyk over det.

Og Alfons fisket i hvert et ledige øyeblikk og Vardhys var med ham så ofte han kunne. De skiftet på å sitte på ulike steder så ingen skulle begynne å lure og av og til gikk Alfons til kjøkkenet med storfisk til kokkene og ble dermed snart et kjent og kjært ansikt der. Fersk fisk var en luksusvare og snart merket begge guttene at de fikk litt ekstra service fra kjøkkenfolkene. Og når det ble mørkt og leiren var stille snek de seg til gropen og gav lindormen fisk og den hadde begynt å vente på dem nå. Den visste når de var i anmarsj og Vardhys kunne gå helt ned til den uten at den gjorde ham noe. I stedet var det noe som lignet vennlig forventning i det blodrøde blikket når den så ham. Han så at den ikke lenger var så sløv, skjellene var blitt litt blankere og beina sterkere og øynene var ikke matte lenger. Den ble sterkere og han visste ikke om det egentlig var en fordel men han kunne ikke annet. Han måtte hjelpe den.

Og til slutt gikk det opp for også Mahrepa at noe skjedde og det gikk bare et par korte dager før Vardhys ble tilkalt til teltet hennes. Han var nervøs, nå måtte han spille kortene riktig og ordlegge seg riktig. Mahrepa var ikke kledd i rustning denne dagen, i stedet gikk hun i en meget vakker mørkeblå silkekjole og så ut som en ekte dame. Men utseendet bedro, det stålharde blikket var der fremdeles og hun bar en dolk i beltet og fingret med den hele tiden. Hun så skarpt på Vardhys da han kom inn flankert av de to livvaktene hennes, han svelget nervøst og bukket dypt for henne. Hun pekte i retning gropen.”Mennene mine sier at du har foret dragen min med fisk? Og den liker det?!”

Vardhys bare svelget kort, så ned.”Deres nåde, den er som de sier en unge, og unger er jo engang slik at de gjerne blir matleie.”

Mahrepa skakket på hodet, så skjevt på ham.”Du må ha rett, for den ser mye sunnere ut nå. Og en guttunge har greid å skjønne hva mine beste menn ikke har klart å finne ut av. Jeg vet ikke hva jeg skal mene om det!”

Vardhys prøvde å se ærbødig ut.”At dragen din blir sterkere for hver dag herskerinne, at den vil gjøre stor ære på deg”

Mahrepa smilte sakte.”Kanskje det, jeg ba to av ridderne mine gi den fisk i dag, den spyttet gift på den ene så han døde der og da og den andre er døende. Men den lar deg mate seg nesten fra handa. Jeg skjønner det ikke”

Vardhys trakk pusten skarpt, det forbauset ham for den var gal etter fisk.”Æhm, jeg har et godt lag med dyr”

Mahrepa så skarpt på ham, hun rynket pannen.”Uten tvil, Jonhar sier at du rir den gale hingsten ingen andre engang kommer opp på ryggen av, og rir den som om den var en rolig damehest. Og karene du trener har blitt dyktige ryttere på mindre enn en uke. Jeg tror jeg har funnet en skatt i deg unge mann! Enten det eller så spiller gudene meg stygge triks”

Hun trakk frem et pergament fra en lomme i kjolen.”Heretter er den grå hingsten din, som takk for hjelpen med dragen. Om det er noe annet du trenger si ifra. Og du og bare du skal ha ansvaret for å fore ham.”

Vardhys ble litt rød i ansiktet. Det var ingen tvil om at hun

belønnet de som hjalp henne men den belønningen kunne nok
ha en sur bakside. Men han fikk smi mens skoen ennå
glødet."Ærede herskerinne, da er det en liten ting jeg vil be
om"
Hun så smalt på ham og han svelget kort."Mennene jeg trener,
de trenger bedre hester skal de bli gode rytter soldater. De
hestene de har nå er elendige herskerinne. Ploghester og øk.
Ingen ridder vil klare seg i kamp på noe slikt."
Mahrepa var stille noen sekunder, så smilte hun sakte, det var
noe nesten dvelende i blikket hennes. Hun så granskende på
ham."Vi har lite hester til overs, men jeg tror du kan få disse
mennene til å bli en god tropp. Og jeg vil gi deg en mulighet til
å vise hva du kan få til også. Du får fem av mine beste riddere
og en sporfinner. Vår fiende i nord har en stor leir ved Issjøen,
der er det mange hester. Greier dere fange dem blir de dine å
disponere. Forstått?"
Vardhys gispet lavt og nikket litt frenetisk. Det var ikke noe
slikt han hadde sett for seg men han måtte bare avfinne seg
med det. Om han var uvillig ville hun kanskje mistenke at han
ikke var lojal. Hun smilte vennlig til ham og strøk det lange
håret tilbake."Greier du dette er du i sannhet en av mine beste
menn, og jeg vet hvordan jeg skal belønne mine beste menn
Vardhys."
Han kunne bare bukke og hun vinket på en av vaktene
sine."Vis min venn her veien ut, og gi ham en god rustning og
si ifra til tjenerne at han skal ha bedre utstyr og et finere telt
nærmere mitt. Og heretter skal han tituleres dragepasser."
Det var noe surt i blikket til vakten da han gikk etter Vardhys
ut og Vardhys kunne bare glise for seg selv. Det var kanskje
ikke så populært at andre kom og tok plassen eldre menn
hadde fått forut. Men han skulle vite å melke denne kua til den
var tom. Om han vel og merke greide dette oppdraget. Å stjele
hestene til en av Mahrepas fiender? Det var neppe så enkelt
som det hørtes ut men han måtte bare prøve. Og greide han det
hadde karene ekte stridshester å øve med.

Den kvelden var det mange som sto ved gropa og så på at han
foret lindormen og Mahrepa hadde fått en hel skokk med
guttunger til å stå for fiskingen så Vardhys og Alfons trengte
ikke gjøre det selv. Men Vardhys begynte på et vis å sette pris
på dyret, den hveste rasende mot enhver annen person som
nærmet seg men når han kom med fisken mol den nesten og
det røde blikket var mildt. Han undret seg på om dyret forsto at
han ville hjelpe den. Av og til snek han litt kjøtt inn blant all
fisken sammen med noen pølser stappet med grønt og slikt og
for hver dag ble den blankere og rundere og tydelig sunnere.
Og Mahrepa strålte nesten over det. Alfons på sin side var i tvil
men han protesterte ikke på hva Vardhys gjorde og i stedet
prøvde han å følge med på hva som skjedde i leiren av
planlegging og forberedelser. Det var tydelig at Mahrepa aktet
å gjøre et utfall så fort dragen hennes var sterk nok til det og
lederne hennes diskuterte strategier og angrepsvinkler hele
tiden mens de lavere mennene styrte leiren. Og Alfons så alt
det Vardhys ikke hadde anledning til å se.
Han så baksiden av leiren, baksiden av den strenge disiplinen.
Han så skafottene i skogkanten med hengte menn og avhugde
lemmer. Han så tjenerne som ble pisket om de ikke adlød godt
nok og de mange kvinnene som solgte seg til soldatene for en
matbit og litt trygghet. Og han innså at Mahrepa nok var en
dyktig leder men også en tyrann. Vardhys trodde ham når han
fortalte om det men han var for konsentrert til å reagere noe
særlig. Han hadde møtt de fem karene som skulle være med på
raidet og han prøvde så godt han kunne å innynde seg hos dem.
Ikke åpenbart å nei men sakte og gradvis slik at de stolte på
ham uten å egentlig vite hvorfor. Vardhys hadde vokst opp i et
slott der det var ganske mye grums under overflaten og selv
om han ikke hadde vært involvert i det hadde han lært. Han
visste hvordan han skulle lese en manns personlighet.
Et par av karene var hovmodige så de skrøt han av og var lutter
øre når de fortalte om sine meritter og sørget for å virke over
seg av ærbødighet. En av dem var en stille og nesten forsagt

kar som var arrete og underlig smidig, Vardhys forsto at han var den farligste av dem, ingen ridder men en mann som sloss utenfor alle regler og uten høviskhet. Han lot som om han prøvde å lære fra denne karen og for de to andre som var eldre karer med en egen grov humor og underlig livssyn var han tilsvarende grov i kjeften og rå. Og det virket for å fungere. Sporfinneren var en merkelig fyr som antagelig hadde en god porsjon alveblod i årene, han var lang og ulenkelig med en merkelig sky mimikk og han virket ikke for å like seg rundt andre. Vardhys skjønte at han var dyktig men han forsto også at denne karen var en det ikke nyttet å presse, da stakk han antagelig bare av så han sørget for å stryke karen med hårene, ihvertfall til å begynne med.

Mahrepa hadde gode kart og Vardhys sørget for å få brakt karter fra området rundt Issjøen til teltet sitt, han satte seg ned og prøvde å komme opp med en god plan. De ville neppe ha stor sjanse til å stjele dyrene uten å bli oppdaget så de måtte satse på å komme seg bort lynraskt og helst uten at de ble hindret av noen. Og fluktruten måtte være klar på forhånd også. Vardhys fikk sporfinneren til å komme til teltet sitt, mannen het Ussar og kjente faktisk terrenget i området så de fikk en fordel der, men det ville ikke bli enkelt. Ussar mente at leiren lå langs bredden av sjøen, dyrene beitet sannsynligvis ovenfor selve leiren og sjansen for å bli oppdaget var temmelig stor. De ville bli nødt til å tenke svært ukonvensjonelt for å få til dette. Vardhys betraktet kartet, noe som slo ham var at sjøen var svært lang men også veldig smal, bare en fem seks hundre meter bred på det bredeste og i ene enden var det en høy bratt fjellvegg. Ussar fortalte at den veggen for det meste besto av ei ur og at den var svært ustabil.

Vardhys fikk en ide, men den ville kreve mye av dem. De trengte en avledningsmanøvre, og sjøen i seg selv kunne gi dem hva de trengte. Men det betydde også at de trengte flere folk, og en god porsjon flaks. Han bestemte seg for at de to litt hovmodige karene ville være perfekte til det han så for seg, de

burde kunne klare å få noe av ura til å rase ut. Så kunne den
still farne karen stå vakt mens han fikk de to eldre karene til å
hjelpe seg med dyrene. Antagelig trengte de to karer til som
kunne hjelpe til i ura og han var litt urolig for akkurat det. Han
ville ikke spørre henne om for mye, det kunne trekke hans
anseelse ned så han spurte litt rundt og tre løsarbeidere som
hjalp til med å reise telt og slikt sa seg villige til å bli med om
de kunne få han til å legge inn et godt ord for dem senere så de
kunne få trening i stedet. Dermed var de fulltallige og Vardhys
og Alfons kunne begynne å smi planen i detaljer. Det var på en
måte spennende, selv om han selvsagt kviet seg for det han
skulle gjøre så var det stimulerende med en utfordring i det
minste og han klarte liksom ikke helt å se for seg at ting kunne
gå galt.
Vardhys la ikke skjul på at han hadde totalt tillit til de fem
karene som skulle til ura i enden av sjøen og de måtte reise et
helt døgn før de andre skulle de rekke frem og gjøre de
forberedelsene de trengte. De hadde tatt med en hel masse
utstyr og to muldyr til å bære alt og Vardhys krysset bare
fingre. Om Ussar hadde rett var denne ura virkelig rasfarlig,
det burde ikke kreves så veldig mye for å få den til å rase ut i
sjøen og han visste hva et steinras ned i vann medførte. Da han
og de andre forlot leiren var det med en økende følelse av
alvor, han måtte bevise at dette var noe han kunne, og at
Mahrepa kunne stole på ham.
Veien mot området der sjøen lå var kronglete og lang og de
måtte forflytte seg mest mulig i skjul, det tok tid og det var
nesten tre dager før de nådde sjøen. Vardhys så leiren på lang
avstand, den var temmelig stor og vel organisert langs bredden
og han så at den som styrte der hadde store styrker tilgjengelig.
Det var en hel hær som holdt til der og han kviet seg for å
rapportere om synet til Mahrepa. Hun ville ikke like det men
han måtte være ærlig. Ussar forsvant for å speide og finne en
god rute og Vardhys Alfons og de to eldre karene slo seg ned i
skjul ved et tett snar. Det var ikke noe vilt igjen i området så

det var lite trolig at de ville bli oppdaget. De tente ikke bål
eller noe og bare satt der i stillhet og ventet. Vardhys hadde et
knep i trøyeermet, et hans læremester hjemme hadde lært ham.
Han hadde brukt det en gang for å spre kavaleriet til en fiende
og det var svært virksomt men kunne også slå totalt feil. Han
kunne bare håpe at det ville fungere. Ussar kom tilbake da det
begynte å mørkne, han var andpusten og svett og det lange
mellomblonde håret bare hang. Han pekte mot leiren."De har
dyrene i et kve, så alle er samlet. Det er en stor flokk, jeg telte
minst hundre stykker"
Vardhys bet seg i leppa, han hadde ikke trodd det var så mange
men på en måte var det bra, om flokken løp ut var det
vanskeligere å skjønne at de faktisk ble stjålet. Han og de
andre snek seg nærmere leiren da det ble ordentlig mørkt,
ventet bare på at ting skulle begynne å skje i andre enden av
sjøen. Den var et par mil unna så de så ikke mye men da
månen omsider kom opp kunne de såvidt skimte det bratte
berget i enden langt der borte. Vardhys nikket til Alfons som
forsvant i mørket som en skygge, de to eldre karene fulgte
ham. Månen nådde senit før noe skjedde, de hørte en fjern lyd
og Vardhys hørte at leiren våknet litt til liv av den uvante
rumlingen. Flere kom ut av teltene og normalt sett ville dette
vært noe de for all del burde unngå men ikke denne gangen.
I andre enden av sjøen hadde de fem mennene han sendte gjort
en god jobb, de hadde studert ura først, den besto av store
steinblokker og det var tydelig hvor ustabil den var for det
vokste ingenting i den, ikke engang gras. Bare litt mose her og
der hadde fått ro til å vokse frem og etter litt diskusjon fant de
den beste måten å starte et ras på.
Noen svære steinblokker lå aldeles å bikket på toppen av
skrenten, de hadde nok ligget der lenge men det var lite som
skulle til før de ville løsne. Karene felte trær og ordnet til så de
kunne velte blokkene fremover ved hjelp av tau og muldyrenes
styrke. Da tiden var inne spente de dyrene for og trakk selv
også og i nesten sakte film løsnet blokkene og begynte å

dundre nedover skrenten og ura. Og reaksjonen lot ikke vente
på seg. Tusener av tonn stein kom i ubalanse og begynte å røre
på seg. Varsomt først, bare som en svak skjelving, men så kom
ura virkelig i bevegelse, tyngden av steinen var nok til å
overvinne tregheten og nå var det ikke lenger noe som kunne
stanse skredet. Med et forferdelig bulder og en os av knust
stein braste hele ura nedover mot sjøen og karene sto øverst i
sikkerhet og greide nesten ikke fatte at de hadde løst ut dette.
Og steinen traff vannet med et smell, lufttrykket presset vannet
unna og raset raste utover sjøbunnen i flere hundre meter før
vannet fikk mulighet til å dekke det. Og da det kom tilbake ble
det øyeblikkelig slått tilside igjen av steinmassene. I andre
enden av sjøen hørte Vardhys det, det var som torden og han
følte at bakken skalv en smule. I leiren ble det tent bål og folk
løp rundt og Vardhys kom seg i posisjon. Han visste hvor det
sto vakter og alle var mer opptatt av det som skjedde på andre
siden av sjøen enn av å holde vakt. Fra leiren steg terrenget
bratt opp til enga der hestene beitet og Vardhys plystret
varsomt et signal. Han fikk svar, Alfons var klar og han så at
den store flokken med hester ble urolige. De vrinsket og løp
rundt og innhegningen som var lagd av tau var ikke solid nok
til å holde en hel flokk vettskremte dyr.
Ute på sjøen var det som om en så en slags linje nå, en hvit
strek i alt det mørke og Vardhys kunne bare håpe at de ikke
hadde undervurdert bølgen. Det hørtes en slags brus og i
månelyset kunne han se at oddene der ute forsvant, han svelget
hardt og kunne bare be om at dette gikk bra. Hestene hadde
begynt å virre rundt med ville øyne, de sanset faren og
Vardhys hørte en ny plystrelyd. Det kom folk løpende fra
leiren for å se til dyrene og prøve å roe dem men det var for
sent. Det var et brøl i lufta nå og en mørk vegg reiste seg der
ute, kronet med en hvit stripe med skum. Varselrop og skrik
hørtes og mange prøvde å løpe oppover i terrenget men nå
jobbet naturen mot dem. Bølgen reiste seg enda mer på grunna
og kom mye fortere enn noen kunne fatte. Vardhys tok frem

noe fra jakka, det var en liten fløyte, og han førte den til
leppene og blåste det han klarte. Ingen lyd hørtes men hestene
som allerede var livredde ble aldeles rebelske av det de hørte.
Fløyta etterlignet lyden av vingene til en angripende drage og
nå fikk flokken panikk. Det var nå det gjaldt. De to eldre
karene raste frem og rev gjerdet, grep tak i en hest hver og kom
seg på ryggen av dem. Alfons var allerede på ryggen av en
blakk merr og Vardhys hugg tak i en brun vallak og hev seg på
ryggen av dyret. Hestene ville følge den som først brøt ut og
viste vei og alle presset sine ridedyr over gjerdet og i den
retningen de hadde valgt seg.
De hadde etterlatt sine egne hester langs den løypa og flokken
gjorde som Vardhys hadde forutsett. De fulgte dem og de red i
full galopp langs veien. Tilsynelatende var hesteflokken på vei
nordover men Ussar visste om en tverrdal som ville bringe
dem på rett kurs igjen. Bak dem brøt kaos løs, vannet braste
inn over teltleiren og rev telt og folk med seg i løpet av få
sekunder. Vannet stanset ikke før det nådde sletta der hestene
hadde vært, så trakk det seg tilbake litt før det kom tilbake
flere ganger. Få kunne svømme og mange ble klemt ihjel
mellom flytende trestammer og annet som vannet trakk med
seg. Skrik og rop fylte lufta og ingen tenkte på hesteflokken.
Vardhys hadde lyst til å juble men holdt kjeft, han holdt
vallaken i galopp så lenge den greide og flokken raste innover i
et panikkdrevet løp. Da de nådde sine egne hester byttet de og
nå red de to eldre karene foran mens Vardhys og Alfons tok
baktroppen. De skulle se til at ingen forfulgte dem. Med
Skygge under seg var det få som kunne ta igjen Vardhys så
han følte seg ganske trygg. Alfons gliste bredt.”Det er fine dyr
dette! Hun blir fornøyd!”
 Vardhys kunne bare nikke, Alfons hadde rett i det og han
måtte prøve å utnytte dette for alt det var verdt. De svingte inn
tverrdalen og holdt hesteflokken i trav, dyrene kunne holde
den farta lenge og de stanset bare av og til for å la hestene
drikke og puste på. De måtte komme seg så langt vekk som

mulig før det ble oppdaget at hestene var stjålet og ikke bare
rømt. Han følte seg på en måte litt tvedelt innvendig. Mange
hadde blitt drept av bølgen og det var på en måte hans feil men
han kunne ikke gjort noe annerledes. Han måtte sikre at han
selv og hans venner ble frie, koste hva det koste ville.
De stanset noen få timer på morgenkvisten, så drev de flokken
videre og Alfons prøvde å dekke sporene best mulig.
Sporfinneren red foran nå og sjekket at det ikke var
overraskelser på veien og da det ble mørkt den kvelden nådde
de Mahrepas leir. De hadde holdt et svært høyt tempo og
dyrene var slitne men et par dagers hvil ville gi dem kreftene
tilbake. Flere av offiserene som sto for kavaleriet var over seg
av begeistring og Vardhys plukket ut de hestene han ønsket til
sin tropp. Han var kresen og brukte alt han hadde lært og det
gav ham enda mer respekt fra de andre. Dagen etter var
Mahrepa personlig til stede og roste ham og han bare rødmet
beskjedent og prøvde å ikke stikke seg for mye frem på tross
av all viraken. Han hadde skjønt allerede at det var farlig.
Han fortsatte å trene troppen og fore lindormen og han hadde
begynt å kalle den Ildøye, dyret var blitt mye sterkere og han
fikk en merkelig følelse av at den endret seg. Det var som om
den var i ferd med å avsløre et eller annet ved seg selv som han
ikke ante noe om. Ting gikk i riktig retning men brått skjedde
noe som forandret alt, noe som ristet Vardhys tilbake til
realitetene. Han hadde oversett alt det tragiske og onde som
skjedde der i leiren men brått var han nødt til å innse at han
ikke kunne tilpasse seg eller tjene med et godt hjerte.
Han og Alfons hadde ridd trening med troppen en stund da de
ble var rop og leven i andre enden av leiren, i retning elva.
Vardhys var i godt humør for karene var gode nå, de var ikke
gode nok til å ri kamp men godt på vei og Mahrepas spioner
hadde fortalt at nesten halvparten av soldatene i fiendens leir
var drept eller skadd av bølgen så hun hadde satt enda en fjær i
hatten for ham, Alfons mente at han burde kunne bli hærfører
for henne eller noe slikt om han spilte kortene riktig men han

hadde ingen slike ambisjoner. Vardhys red fort mot elva, noe i ham fortalte ham at et eller annet virkelig var galt og han hadde frysninger nedover ryggen. Det var en flokk gutter der, omringet av diverse soldater og et par offiserer, de var våte og så skremt ut og Vardhys så at det var flere gjetere. Han så etter Oldar men så ham ikke og visste med et at noe hadde skjedd. Offiserene så ham og hilste usikkert, de hadde forstått at denne alt for unge ridderen hadde en meget høy stjerne hos deres leder og det han hadde fått til i løpet av kort tid var virkelig imponerende. Han holdt Skygge inne og så på guttene, en eldre kar gikk rundt med rasende blikk og dengte løs på dem med en krøtterpisk.”Hva har skjedd?!”

 Mannen ristet oppgitt på hodet, han var blek om munnen og det var noe vilt i blikket.”Guttestreker med et helvetes resultat min herre. To gutter er døde på grunn av disse døgeniktene her. De bør kakstrykes alle som en! “

Alfons så stille på Vardhys, han svelget hardt.”Oldar...”

Mannen sukket og senket pisken.”De har det med å plage de som er nye her disse slampene, de tok de to guttene og bant dem på hver sin okse og mente vel bare at de skulle få seg en riktig så vill ridetur men oksene løp rett ned i elva i panikk havnet i pølen under fossen. Mahrepa vil ikke like at to fine okser har druknet.”

Vardhys greide å skjule hva han følte med en kraftanstrengelse, han bet tennene sammen og prøvde å se uberørt ut. Den gamle spåkvinnen hadde spådd at Oldar skulle drukne, det hadde faktisk skjedd. Mannen dengte til den nærmeste gutten igjen.”Vi begravde skrottene der oppe ved fossen, ingen vits i å dra kadaver ned hit, men gjett om vår herskerinne vil bli rasende.”

Vardhys smilte stramt og så at Alfons var blitt farlig blek.”Det tviler jeg ikke på, se til at disse..stymperne.. får sin rettmessige straff!”

Mannen spyttet i graset og snudde seg og Vardhys snudde Skygge og red bort. Alfons hev etter pusten og var vill i blikket og de skyndte seg til teltet. Alfons snudde seg heftig med en gang de var inne, stemmen hans var lav.”Det ble som hun sa, han druknet. Og det betyr at jeg kan risikere at det hun sa om meg stemmer også.”

Vardhys ristet på hodet.”Det kan ha vært tilfeldig? “

Alfons blåste i nesa.”Tilfeldig? Birram skulle drepe fem menn, det har han gjort, og så skal han dø for en venns hånd. Og jeg skal være av både livet og døden, mørket og lyset og ri en ganger som ikke er en hest, og følge den siste sanne ridder.”

Vardhys prøvde å smile.”Det høres absurd ut, du er klar over det? “

Alfons satte seg tungt ned, lente seg mot et bord.”Ja, det er absurd, men det som skjer her er absurd i seg selv. Vi må vekk herfra Vardhys, jo før jo heller!”

Vardhys kunne bare nikke, han ante ikke hva annet han kunne gjøre.

Den kvelden hadde han problemer med å sove, han følte at han hadde sviktet på et eller annet vis, at det var hans skyld at Oldar hadde dødd. Nå hadde han bare tre venner igjen og han ville gjøre alt han kunne for å beskytte dem. Spørsmålet var selvsagt om det ville være nok, om han kunne klare å sikre at de alle sammen slapp helskinnet fra dette forbannede stedet. Tankene gav ham ingen ro før han ble overmannet av sin egen slitne kropp og sovnet som en stein. Han hadde noen stygge drømmer som blant annet inneholdt Esther og det hun hadde gjort med ham på soverommet hans hos hennes far. Og han så Oldar også, bli trukket under vannet av en baksende panisk okse mens han kjempet desperat for livet. Han var nesten like sliten da han våknet som da han gikk til sengs kvelden før. Ildøye virket for å stortrives nå, lindormen hadde blitt riktig så sprek og rørte mye mer på seg enn før og Mahrepa var overbevist om at den snart ville begynne å spytte flammer. Vardhys sa ingenting på den påstanden for han visste at disse skapningene aldri får ild. De kan spytte gift langt men ild er det bare drager som har. Ildøye mol når han var nær den, lot ham få røre den også og han følte på seg at han faktisk kunne stole på det skremmende dyret. Den var intelligent og forsto tydeligvis situasjonen og han hadde en følelse av at den la planer og tenkte forover. Spørsmålet var selvsagt hva den la planer om. Lenken som holdt den var for svak, den burde ha revet seg løs for lengst og Vardhys undret seg på hvorfor ikke. Men den fikk all den maten den trengte der, så kanskje den rett og slett var lat og ville ha alt så lettvint som mulig.

Alfons hadde snakket med Birram rett etter morgen måltidet og han hadde ikke helt likt kokkens mentale tilstand, han virket rett og slett for å være i ferd med å fortæres av sinne. De fire guttene hadde vært gode venner, de hadde overlevd sammen og Birram hadde en sterk følelse av plikt og ære. Alfons skulle ønske at Vardhys kunne ha snakket med Birram men det lot seg ikke gjøre, Vardhys burde ikke ha åpenbar kontakt med en kokk, det kunne få folk til å stille spørsmål ved hans lojalitet og egnethet. Vardhys ba Alfons holde øye med Birram men det virket ikke for at Alfons greide å roe gutten ned. Vardhys hadde spådommen i minne, han fryktet at noe skulle skje også med Birram. Mahrepa var i full gang med å forberede en offensiv mot fienden, hun la planer og samarbeidet med sine generaler og Vardhys fikk en følelse av at ting kunne bli satt på spissen meget snart. Troppen hans ble bedre for hver dag som gikk, de var snart klare for krig og han håpet på et vis at det aldri ville komme så langt. At Mahrepa ville ta til vettet, men det skjedde vel neppe. Hun var for fanatisk og for grepet av sitt eget behov for hevn.

Vardhys undret seg over hvorfor generalene hennes lot henne få holde frem på den måten, hun kunne umulig være så dyktig og hadde hun egentlig noen sjanse til å oppnå det hun ønsket? Han var ikke sikker og det plaget ham. Det var kriger overalt nå, adelsslektene var i strupen på hverandre overalt og gammel lojalitet og ære var glemt nå. Det virket for at ingen brydde seg om hverandre lenger, alt som telte var å hevne gammel urett, både reell og oppdiktet og skaffe seg mer makt. Mennene snakket om situasjonen når flere var samlet, han lyttet på samtalene og fikk en del informasjon, det virket ikke for å roe seg heller på tross av årstiden og noen av karene mente at det var tegnet på at verdens ende nærmet seg. Vardhys var nesten enig med dem, det så ut som om alt var i ferd med å gå rett vest.

Og så en dag våknet han og Alfons av et skrekkelig leven, folk ropte og skrek og det var løping og anløp til kaos og Alfons trakk på seg noen klær og kom seg ut for å undersøke. Han var borte bare litt og var blek da han kom tilbake, han var synlig rystet og Vardhys fikk en ekkel følelse i magen av synet.”Hva er det?”

 Alfons satte seg ned, så hardt på Vardhys.”Han har gjort det Vardhys, om skjebnen ikke er god kan han ha dømt oss alle.”

 Vardhys svelget, kikket forvirret på Alfons som strøk det lange røde håret ut av ansiktet.”Birram har prøvd å forgifte henne!”

Vardhys reiste seg, veltet stolen og så vantro og forferdet på sin væpner som så sliten ut.”Hun ble ikke forgiftet, hun har en slave som smaker på maten for seg, og han døde. Men hun forsto at det var Birram som gjorde det.”

Vardhys stønnet.”Guder, hva skal vi gjøre?”

Alfons så alvorlig på Vardhys, det var noe mørkt i blikket hans.”Det er bare en ting vi kan gjøre Vardhys, du må bevise at du er lojal mot henne, ellers er vi ferdige alle som en.”

Vardhys presset øynene sammen, kjente at det svingte for ham.”Hvordan? Hvordan skal jeg kunne være så overbevisende at hun ikke tror jeg har noe med det å gjøre, dere er liksom mine tjenere!”

Alfons reiste seg, det var noe trist i blikket hans.”De må ha merket at jeg har snakket med Birram, og det er fort gjort å legge to og to sammen og få fem. Du må gå til henne nå med en gang, og be henne om å få være den som straffer ham.”

Vardhys stirret storøyd på ham, ristet på hodet.”Guder, nei. Hun vil kreve at han tas livet av! “Alfons nikket.”Ja, sakte og

pinefylt også, det kan jeg banne på. Men jeg har en ide, og den
er god."
Vardhys satte seg igjen, skjelvent og han kjente at svetten
silte."Spytt ut!"
 Bare noen minutter senere løp Vardhys mot Mahrepas telt, det
sto flere folk der ute og blant dem var Mahrepa selv og et par
generaler samt den mannen hun brukte som bøddel og noen
soldater som holdt Birram mellom seg. Han virket uskadd men
det var en iskald trass i blikket hans og Vardhys så at han var
bakbundet. Nå måtte han spille kortene sine og spille dem
godt. Han brøytet seg vei mellom folkene og trakk dolken sin,
la ansiktet i de riktige rasende minene og løp frem mot Birram
med dolken hevet mens han skrek utydelig."Ditt svin, hvordan
våger du å prøve å gjøre henne noe ditt kryp!"
Soldatene så vantro på ham og han var nesten helt fremme ved
Birram før to av dem grep tak i ham. Han hylte igjen."Jeg
håper hun tar hodet av deg din usle forræder, tro ikke at du
bare kan ødelegge for meg på denne måten!"
Han sloss mot soldatene og freste mot Birram som så merkelig
uttrykksløst på ham. Det virket ikke for at den fete gutten
brydde seg om noe lenger. Mahrepa så granskende på Vardhys
som spyttet av sinne og prøvde å slite seg løs for å angripe
Birram."Ærede, la meg kverke ham! Vær så snill, det krypet
fortjener ikke å være i nærheten av deg engang!"
Hun så litt forvirret ut et øyeblikk, så fikk hun et innadvendt
uttrykk på ansiktet og det kom et merkelig smil rundt den
velformede munnen. Hun så nesten smektende på Vardhys
som stirret tilbeende tilbake og hun gikk noen steg nærmere.
"Jeg trodde et øyeblikk at det kanskje var noe han gjorde på
din ordre men jeg vet at du er lojal, vi har alle hatt dårlige
tjenere ikke sant? "
Flere der nikket og hun strøk Vardhys over håret på samme
måte som en klapper et elsket kjæledyr."Jeg skulle gjerne latt
deg drepe ham men jeg vil gjøre et eksempel av ham, og du er
ung ennå. For uerfaren vil jeg tro til å få til den effekten jeg

ønsker. Så nei, jeg vil ikke la deg drepe ham. Men jeg setter pris på omtanken! "
Hun smilte igjen og Vardhys satte opp et skuffet uttrykk.
Hun gav et tegn til bøddelen."Pisk ham, og heng ham opp i den store eika, han kan få tid til å tenke over hva han har prøvd å gjøre."
Birram virket ikke for å reagere og Vardhys stønnet innvendig. Han forsto hva hun mente, han

hadde sett det blir gjort med andre der. Det ville bli en svært langsom og smertefull død. Det måtte være noe han kunne gjøre men hva? Mennene trakk med seg Birram og Vardhys spyttet etter ham før han gikk tilbake mot teltet sitt med senket hode som om han var dypt skuffet. Alfons ventet der, han så dyster ut."Nå? "
Vardhys sukket og senket hodet, satte seg tungt ned på en stol."Hun mistenker ikke oss heldigvis, men han skal piskes og henges opp i eika. Jeg har sett hva den bøddelen gjør med folk. Det blir ikke pent."
Alfons sukket, strøk seg over hodet og så med smale øyne på Vardhys."Så, hva blir det neste mon tro?"
Vardhys trakk på skuldrene."Gudene vet, men jeg frykter at vi må komme oss herfra så fort som mulig,før det er for sent."
Alfons lente seg bakover, lukket øynene."Jeg er redd vi allerede er der."
 Da det ble mørkt snek Alfons seg ut ikledd en stor kappe som gjorde ham rimelig anonym, han tok en vid bue rundt leiren og kom tilbake fra skogen mot den store eika som sto for seg selv et stykke fra elvebredden. Treet var meget høyt og de nederste ti meterne av stammen var svært rett og uten noen greiner. Stedet stinket for det hang som regel lik å råtnet der og Alfons var som en skygge i natten da han sakte snek seg nærmere treet i le for noen små busker. Birram hang der, som Mahrepa hadde beordret. Han hadde tydeligvis vært pisket både over rygg og forside for huden var trevlet opp til stygge sår mange steder og fluene surret allerede rundt ham. Han var naglet til treet med

lange grove nagler gjennom armer og bein og var naken, blod
hadde farget barken mørk under ham og han virket for å være
bevisstløs. Alfons stønnet innvendig, det var lite de kunne
gjøre for ham. Han snek seg tilbake til Vardhys for å avlegge
rapport og Vardhys tok det som han hadde ventet, med
fortvilelse. Det gikk ikke å nærme seg treet, bakken var myk
og spor ville synes. Å prøve å slippe ham fri var fånyttes,
Birram ville neppe overleve dette uansett, det eneste de kunne
gjøre var å ende lidelsene men hvordan?
Vardhys gikk for å fore Ildøye den kvelden, han gav lindormen
flere sekker med fisk og den åt med stor glede, han klødde den
under den massive haken og den mol kjælent til ham. Om de
måtte rømme ville han slippe den fri, han orket ikke tanken på
at dette makeløse dyret skulle være fanget hos en slik
misdeder. Han sto og beundret den vakre glansen i skjellene på
den da han fikk en ide, den var vanvittig men den kunne virke.
Giften fra en lindorm er ekstremt sterk, bare minimale
mengder er nok til å drepe noen og han bestemte seg fort. Det
var ingen andre der akkurat da så han tok et lommetørkle og
tørket fort av litt gift fra noe halvspist fisk. Det rant fra dyret
hele tiden og giften var temmelig tyktflytende og slimete når
den var i kontakt med luft. Han løp nesten tilbake til Alfons
som satt og sydde på et salteppe, han så forundret på Vardhys
som la lommetørkleet ned i en liten boks og satte den til
side.”Kan du skaffe til veie en liten armbrøst, en av de virkelig
små?”Alfons rynket pannen.”Ja? Hvordan det?”
Vardhys smilte litt skjevt.”Det vil du se”
Neste dag hang Birram der ennå, han var bevisst og Alfons red
liksom tilfeldig forbi uten å tilsynelatende legge merke til ham
engang men den rødhårete var svært oppmerksom og la merke
til ting allikevel. Birram var åpenbart sterkt plaget av smertene
og mangelen på vann ikke minst. Det var varmt der på tross av
at det nesten var vinter. Han var oppsvulmet og armer og bein
hadde fått en ekkel blåaktig farge. Alfons visste at det allikevel
kunne ta flere dager før han fikk fred for pinslene og han forsto

Vardhys plan. Den var modig og krevde mye av dem men den kunne fungere. Alfons hadde fått tak i en slik armbrøst, han hadde sneket den til seg fra våpenlageret da vakten gikk for å pisse og han tok med bolter også. De var små, bare på lengde med en hånd og svært tynne. Vardhys bare håpet at det han tenkte på lot seg gjennomføre.

Da det ble helt mørkt snek de to seg mot eika, de hadde dekket seg med mørke klær og maskert seg og de tok stilling i noen busker. Vardhys hadde vært en meget god armbrøst skytter, hans læremester hadde insistert på at han skulle lære å bruke det av mange forhatte våpenet og han hadde tro på at han ville greie dette. Spørsmålet var bare om hvorvidt de fikk nok lys til å se. Han måtte se målet for å treffe riktig. Birram beveget seg av og til, stønnet hult og det verket i dem begge to av medfølelse og fortvilelse. Spådommen var sann, Birram ville bli drept av en venn og Vardhys ventet utålmodig på månen. Det var delvis overskyet og mye vind så skyene drev fort, av og til vistes litt lys men det ble fort borte igjen og han la seg til med armbrøsten og ventet. De hadde filt av en bolt så den var enda tynnere enn før og spissen var grundig innsmurt med lindormgiften. Den burde ta livet av ham nesten øyeblikkelig. Omsider kom et et større glippe i skydekket og månelyset var sterkt og klart, han gjorde seg klar, fjernet alle tanker fra hodet og fokuserte bare på målet. Det var ikke noe enkelt mål og ihvertfall ikke i halvmørket og i vind men armbrøsten var temmelig sterk og han håpet at den hadde kraft nok til å sende pila av gårde dit den skulle. Alfons holdt pusten nesten, Birram stønnet igjen og vred seg og Vardhys ventet til han hang stille igjen. Så siktet han nøye, ba gudene lede pila rett og så trakk han av. Pila fløy rett og sikkert, den hvinte gjennom lufta og Vardhys holdt pusten, bare ba om at den traff riktig. Den fant målet, boret seg inn og Birram rykket kort til, kroppen presset seg forover i en krampetrekning. Det hørtes en ralling og så hang han stille. Alfons svelget hardt, han var blank i øynene.”Han puster ikke lenger!”

Vardhys sukket og nikket."Han er i fred nå, vi må skynde oss tilbake."
Alfons så smalt på liket på treet."La oss håpe at pila forsvant helt inn øregangen, de vil aldri gidde å undersøke ham."
Vardhys nikket bare, han følte seg merkelig vemodig. Var det hans lodd i livet å begå barmhjertighetsmord?
De to guttene kom seg tilbake til teltet usett og Vardhys kjente seg lettet og samtidig merkelig skremt, han ante at han måtte få med seg sine siste venner bort derfra, og det meget raskt om det ikke skulle gå galt med dem alle. De to gikk til sengs men det var lite ro å finne for noen av dem. De sørget over Birram og Oldar og begge kjente at raseriet brant i dem. Det burde vært en mulighet for å straffe Mahrepa for hva hun hadde stelt i stand men de var begge sørgelig klar over at hun slettes ikke var den verste nå for tiden. Det var mange hærførere og folk der som var mye verre enn henne. Vardhys sov tungt da han endelig sovnet men Alfons hadde problemer med å falle til ro. Han hadde sett at den gamle spåkvinnens ord fikk makt to ganger, han fryktet for at det også skulle gjelde en tredje gang. Han klynket i søvne, vred seg. Fant ingen ro denne natten.
 Neste morgen var ting merkelig normale, de gikk til kjøkkenteltet, fikk mat og ble fortalt hvor de skulle møte opp for treningen denne dagen. Vardhys kjente en ekkel følelse av trass i magen, han ønsket ikke å tjene denne kvinnen lenger men måtte, i det minste måtte han gjøre gode miner til slett spill og fortsette å trene karene. Han fortalte seg selv at han gjorde en god ting slik, at han i det minste gjorde dem en tjeneste. Og de var gode menn, de fortjente en sjanse.
De var allerede svært lojale mot ham og han begynte å få en merkelig følelse av at denne lojaliteten kunne utnyttes på noe vis, at de nå i prinsippet var hans menn, ikke Mahrepas. Denne dagen red karene trening i skogen og Vardhys drev dem hardt, han var sint og redd og de merket at sinnstemningen hans var annerledes enn normalt, og de forsto. Ryktene gikk i leiren svært fort og alle visste at Birram hadde vært Vardhys tjener

før. Uansett hva han mente i Mahrepas øyne, de forsto. Med de nye gode hestene hadde karene fort fått god teknikk og han begynte å lære dem angrepsteknikker og strategi. På en måte var det harde arbeidet en lettelse, han slapp å tenke stort slik, og han likte virkelig å lære fra seg. Det ble mer og mer tydelig at han snart ville ha en tropp med gode kavaleri soldater tilgjengelig og ubevisst begynte han å knytte mennene tettere til seg selv. Han sørget for å lære seg navnene deres, sørget for at de fikk det de trengte av utstyr og ting og ingen av dem ble skadet. De respekterte det og han brukte det han kunne om folks psyke til å forme en meget god gruppe mentalitet blant dem. Han ante at det kunne behøves.

Da kvelden kom hadde de lært mye allerede og både menn og hester var slitne. Han var utslitt selv også, fikk Alfons til å pusse Skygge og skulle gå til teltet for å ta seg et bad da han ble var leven i andre enden av leiren. Det var hyl og skrik av et slag han aldri hadde hørt før og han ble nysgjerrig og gikk nærmere. Det var flere menn der, han kjente igjen sporfinneren og et par av de andre karene han hadde brukt på raidet mot fienden og de hadde tydeligvis vært ute på et speider oppdrag for Mahrepa. Og de hadde funnet et eller annet og tatt det med tilbake til leiren. Han følte brått en underlig følelse av at dette var noe han burde holde seg langt unna men han greide det ikke. Han var for ivrig på å se og samtidig var han svært klar over at ingenting burde gå ham hus forbi om han skulle klare å overleve der. Det var en liten gruppe folk der som var bundet sammen, de virket fattigslige og var tydeligvis flyktninger. Ingen virket for å bry seg stort om dem, de bare sto der med et par soldater til vakt. Han kikket fort og nesten likegyldig på gruppen, det var for det meste litt eldre folk samt noen barn som ikke var bundet og sto vettskremt sammen med sine foreldre. Han hørte de rare lydene igjen og skimtet en stor skikkelse bak en samling av soldater. Noe som beveget seg voldsomt og vilt.

Sakte gikk han gjennom mengden og stirret storøyd og

uforstående på dyret som sto der, tjoret med solide tau til flere
kraftige stolper som var slått ned i bakken. Det var ikke noe
dyr han hadde sett noen gang før. Ussar så ham og hilste
vennlig."Vardhys, har du sett noe slikt noen gang? "
Han måtte bare riste på hodet, greide ikke trekke blikket bort
fra skapningen som slapp ut enda et høyfrekvent hvin og
prøvde å bakse mot tauene igjen. Til ingen nytte. Han tok seg
sammen, prøvde å se litt intelligent ut i det minste."Vet du hva
det er? "
Ussar ristet på hodet."Nei, de skal hente magikeren til
Mahrepa, kanskje han vet hva dette er!"
Vardhys bare nikket, noe sa ham at ikke engang denne såkalte
magikeren kunne svare på mysteriet for dette lignet ikke noen
skapning han hadde sett i bestiariet engang. Og var denne
magikeren så mye av en idiot at han ikke kjente igjen en
lindorm når han så den kunne han neppe mye uansett hva han
påsto.
Dyret prøvde å steile og hylte rasende, karene rygget bakover
og det var en blanding av frykt og fascinasjon på ansiktene
deres. Vardhys forsto dem, skapningen var noe av det vakreste
han hadde sett men samtidig så utrolig fremmed og nesten
skremmende på et vis. Han stirret på den, så den sterke
kompakte kroppen, det merkelige hodet med underlige
beinutvekster oppover langs neseryggen og de lange kraftige
beina. Den lignet litt på en hest i fasong men allikevel ikke,
kanskje den lignet mer på en enhjørning men var det ikke. Og
fargen, han kunne snaut beskrive fargen på den underlige
skapningen. Den var svart med dypt blodrøde striper som på en
tiger, øynene var røde også og den hadde skarpe rovdyrtenner i
kjeften. Magikeren kom rennende med ville øyne, Vardhys
hadde sett mannen et par ganger, han var eldre og lut og så
ekte ut men det var et eller annet ved måten han oppførte seg
på som fortalte ham at det meste var et skuespill. Karen sto der
og klødde seg i håret og virket for å ønske å gjemme seg siden
han åpenbart ikke hadde noe svar. Mennene så avventende på

ham og han bleknet og tok seg sammen, pekte på dyret med en litt skjelvende hånd.”Det er en demon, fra et eller annet plan av helvete. Jeg er sikker!”

Med de ordene bare snudde han og gikk og mennene ristet på hodet og bare skulte etter ham. Ikke en av dem trodde et ord på det han hadde sagt.

Ussar gryntet kort og trakk på skuldrene.”Hva det er spiller ingen rolle, men vår herskerinne finner vel en måte å utnytte det på uansett tenker jeg. Den greier neppe å slite seg så vi får se hva som skjer! “

Vardhys nikket og så på skapningen igjen, den virket så vill og så stolt og et sted inne i ham ønsket han at den skulle greie å slite seg og rømme.”Hvordan fanget dere den? “

Ussar skar en grimase.”Den hadde surret seg inn i noe fiskegarn en eller annen hadde glemt igjen langs elva, men den greide nesten å ta livet av et par karer før vi fikk tauene rundt den. Jeg vet ikke om det var bryet verdt.”

Vardhys stirret på de ville røde øynene og kjente et gys gå nedover ryggen. Hvorfor ante han ikke.

Han snudde for å gå da han ble var at fangene ble telt opp og fordelt, de fleste virket for å passivt godta det som skjedde men det var tumulter i enden av rekka og noen soldater sto og holdt en person som både sparket og slo virket det for. Det var en kort skikkelse og Vardhys trodde først at det var et barn men det var en jente og hun var godt voksen, bare kortvokst. Et kortklippet svart hår sto som en sky rundt hodet på henne og hun skrek eder mens hun prøvde å slite seg fra mennene som holdt henne. Hun var kledd i et par slitte bukser og en lang skjorte og så mer eller mindre ut som en gutt men ansiktet var feminint og for markert til å være svært vakkert.

Soldatene som sto der virket for å være klare for å hugge henne ned men Vardhys kjente at han ikke kunne la det skje med noen, ikke om han kunne hindre det. Han spankulerte bort til dem liksom likegyldig og kastet et blikk bort på jenta som virket for å nesten gløde av raseri. Hun lignet ikke resten av gruppen, de var høye og lyse som flesteparten av beboerne av dette landområdet og hun hadde et mørkt let også som fortalte om røtter ganske andre steder.. Han gliste konspiratorisk til soldatene.”Fanget dere en villkatt?”

 Karene nikket og den ene dro til jenta over kinnet med hansken sin, hun glefset etter handa hans. Raseriet i blikket hennes grenset til galskap og Vardhys følte seg et øyeblikk nesten skremt av det han så.”Ja, hun prøvde å stjele proviant fra oss men vi tok henne på fersken. Burde hogge hendene av henne, forbanna tispe!”

Vardhys tok noen runder rundt jenta, som for å vurdere henne.”Jeg tar henne, jeg trenger noen til å varme senga mi, og Mahrepa har sagt at jeg kan få det jeg ønsker her.”

Karene så litt vurderende på ham, øynene smalnet men de visste at han var i kritthuset hos Mahrepa så de gliste etter litt og nikket. Brått sto han der med tauet hun hadde om halsen i handa og en av soldatene gliste rått.”Lykke til kompis, hun der bør du ikke slippe nær følsomme kroppsdeler, hun er troende til å bite den rett av!”

Vardhys bare skulte og så nærmere på jenta. Hun var ganske kort og tynn men forholdsvis grovbygd og hun stirret på ham med avsky og sinne. Han ante ikke hva han skulle si til henne, dette hadde skjedd på ren refleks og nå måtte han prøve å berge henne også. I helvete, han fikk bare svi for at han prøvde å gjøre gode ting.

“Jeg heter Vardhys og er ridder her for den sorte rosen. Hva heter du? Jeg regner med at du er sulten?“

Hun freste nesten, stirret ned i bakken med flammende øyne.”Det har ikke du noe med!”

Vardhys sukket, mennene hadde gått og han gikk litt nærmere henne.”Hør, jeg reddet deg nettopp fra å bli drept av disse karene, for de ville ha drept deg, tro ikke annet. Er du ikke brukbar til noe blir du tatt livet av her, så enkelt og greit er det. Du må tjene eller dø.”

Hun så ned, skuldrene skalv svakt så det var tydelig at det han

sa sank inn tross alt.”Jeg skal prøve å hjelpe deg som best jeg
kan men da må du hjelpe til selv også, ellers går det til helvete
med oss begge to, forstår du det?”
Hun nikket sakte, det var noe bittert i minen.”Jeg er Iarda, fra
Neflhet.”
Han nikket smilte til henne, var ennå nervøs.”Bli med meg, om
du blir stående her ender det med at noen andre krever deg som
slave og da går det neppe lenge før du enten blir voldtatt eller
drept”
Hun sukket, fulgte nølende etter ham men det var tvil i blikket
hennes. Vardhys gikk til teltet og undret seg på hvordan han
skulle forklare dette til Alfons, men han kunne ikke bare ha latt
jenta bli hugd ned foran seg uten å gripe inn. Alfons var inne,
han så sliten ut og så uforstående på Iarda som ble stående å
glane ned i bakken med den samme sinte bitre minen. Vardhys
skar henne løs, hun gned håndleddene sine og han forklarte
situasjonen til Alfons som tydelig forsto men var
mellomfornøyd med det som hadde skjedd. Han fant et fat med
litt brød og ost som var igjen og Iarda hev seg over det. Hun åt
som en gris og avslørte en stor mangel på manerer og Vardhys
satte seg ned ved siden av henne.”Jeg er redd du blir nødt til å
holde deg her inne så lenge som mulig, der ute er det utrygt
selv om de vet at du liksom tilhører meg. Men vær ikke redd,
jeg skal gjøre mitt aller beste for å beskytte deg.”
Hun fnyste og prøvde å dytte et ekstra stort stykke med ost inn
i munnen, det gikk heller ille.”Tenk, jeg kan beskytte meg
selv! Jeg er ikke en slik fisefin liten frøken som ikke kan ta
vare på seg selv!”
Vardhys bare smilte litt kort.”Og her vil du ende med å få
hendene kappet av om du stjeler, eller så blir du bare drept.
Som jeg sa, du tjener eller du dør, så enkelt er det. Om du bare
klarer å tøyle deg littegrann vil du oppdage at du i det minste
slipper å fryse og sulte så lenge du er her og gjør som jeg sier!”
Hun så dvelende på de to guttene.”Og hva er det så du ønsker
av meg? Tro ikke at jeg bare går ned på kne og suger'n for

hvem som helst! Og mellom beina mine slipper ingen til, bare
så dere veit det!"
Vardhys rødmet, han ante at denne jenta var temmelig
hardhudet og svært forskjellig fra de jentene han var vant med.
Men et hardt liv kunne nok gjøre hvem som helst så ufin og
lite polert så han godtok det der og da."Ingen fare Iarda, ingen
av oss blir særlig fristet av deg, det kan jeg garantere!"
Hun så på dem, plirte med øynene."Jasså, dere foretrekker
stjerten på hverandre i stedet kanskje?"
Vardhys sukket og bare trakk på skuldrene."Tro hva du vil,
men husk det jeg har sagt. Hold deg her i teltet, så er du ganske
trygg."
 Alfons så oppgitt ut men protestere ikke og Vardhys lagde til
en slags sengeplass av noen tepper og puter på golvet innerst i
teltet. Han bare håpet at jenta skjønte alvoret, stakk hun av
kunne det få konsekvenser for dem alle. Han var nervøs da han
la seg og kunne bare be de gudene han kjente til å være på
hans side i dette. Han drømte ikke engang noe spesielt den
natta og da han våknet var det allerede lyst. Alfons satt på
senga si i bare undertøyet og klødde seg udiskret og Iarda lå
sammenkrøllet på teppene sine og sov. I søvne så hun svært
ung ut og han innså at hun neppe var like gammel som ham
selv en gang. Bare barnet med andre ord men livet hadde
tydeligvis herdet henne til de grader og gjort noe ganske annet
av henne enn hva hun opprinnelig var. Hun var søt når hun
sov, hadde egentlig ganske fine trekk men hun var møkkete og
antagelig hadde hun lus. I det minste ville det ikke forundre
ham et spor om hun hadde det. Han noterte seg bak øret at han
fikk be tjenerne komme med et kar og vann så hun fikk vasket
seg, og noen bedre klær. Det var for kaldt å gå rundt så
tynnkledd nå.
Ute var det grått og snøflak seilte ned fra en ganske så lav
himmel, det var få ute nå og Vardhys hutret og skyndte seg til
kantineteltet. Han så at det var ganske mange der inne som satt
og drakk et eller annet varmt og noen hostet også. Annet var

ikke å vente nå om vinteren men han ble litt engstelig. Han
husket vintrene hjemme, hvordan epidemier med halssyke
hadde sveipet gjennom stedet og mange hadde faktisk dødd
siden det var lite å gjøre om halssyken ble til lungebetennelse.
Han fikk mat og et krus med varm toddy og satte seg ned og
spiste med litt varierende apetitt. For øyeblikket ante han ikke
hva han skulle gjøre, det var klart at de måtte komme seg vekk
men når? Og ikke minst hvordan? Og hva med Iarda? Han
tvilte på at de kunne stole på jenta, i det minste ikke foreløpig.
Han satt der og funderte da en av Mahrepas vakter kom inn,
den høye staselige karen så på ham med noe som måtte være
avsmak men bukket kort og pekte mot teltet hennes."Vår
herskerinne vil snakke med deg, nå!"
Vardhys sukket og adlød med en gang, det var ikke verdt å
terge hennes høyhet.
Mahrepa satt ved et bord med sin egen frokost, hun var kledd i
en vakker kjole av grønn silke med en tykk pelskåpe over og
hun virket ikke sint eller irritert, bare forbauset på et eller annet
vis. Magikeren satt der også, han var lettere blek og hendene
hans skalv under bordet. Vardhys bukket dypt for henne og
hun så skjevt på ham."Du har skaffet deg sengevarme forstår
jeg?"
Vardhys luktet lunta med en gang, Mahrepa hadde et godt øye
til ham, hun kunne bli sjalu så han gliste bare litt
sardonisk."Vel, egentlig sengevarme til min væpner, han
trenger det tror jeg. Drar'n alt for mye."
Mahrepa virket lettet et lite øyeblikk og kastet et nesten kjærlig
blikk på Vardhys som rødmet med vilje og så ned i golvet, som
en forelsket guttunge. Hun rettet seg opp."Grunnen til at jeg
har tilkalt deg Vardhys er at dragen min har gått i dvale!"
 Han rykket til, så vantro på henne."Dvale? Det var
da..merkelig!"
Hun så skarpt på magikeren."Ja, ikke sant? Jeg visste ikke at
drager går i dvale, men han her sier at de kan gjøre det når de
ennå er unge, og vinteren setter inn. Vi får tro på det, men jeg

syns det virker underlig!"

Vardhys kjente at noe kaldt samlet seg i brystet på ham, han tvang følelsen vekk og stirret irritert på magikeren."Vel, mange dyr gjør jo det, og den trenger vel styrken sin til å vokse. Jeg sier at vi lar den være i fred, den vil nok våkne igjen, langt sterkere enn før."

Mahrepa så fort på ham, det var et glimt at tiltro i blikket hennes som et øyeblikk gav Vardhys dårlig samvittighet. Hun trodde på det hun gjorde, uansett hvor galt det var i hans øyne. Hadde han egentlig noen rett til å dømme andre for det de gjorde? Han hadde sannelig gjort nok av dumme ting selv. Hun reiste seg, vasket av hendene i et fat med parfymert vann og tørket dem grundig."Gå og se til den Vardhys, den liker deg tydeligvis og kanskje du kan se til at alt faktisk er i orden og at den ikke er syk eller noe? Mennene mine sier at den har spunnet seg en kokong!"

Vardhys gispet nesten, en kokong? Bestiariet hadde aldri sagt noe om noe slikt? Han bukket dypt for henne og gjemte engstelsen dypt i hjertet."Jeg skal gå med en gang ærede, dette gjør meg engstelig også."

Hun så nådig på ham, trakk pelskåpen tettere om seg."Godt, jeg vet jo hvor dypt du bryr deg om vår kjære skatt"

Vardhys bare nikket og gikk ut, dvale og kokong? Var gudene blitt gale? Ingen hadde da vel hørt om en lindorm som gikk i dvale, men på den andre siden, ingen visste stort om dem uansett.

Han gikk til gropa, det var ingen andre der akkurat da og han stirret og måpte. Det var som hun sa, den hadde lagd seg en kokong, en slags pose av et silkeaktig ugjennomsiktig stoff som lå der som en slags oppblåst pose rundt kroppen. Vardhys kunne ante konturene av den gjennom kokongen men det var da også alt. Han gikk sakte nærmere, følte noe som lignet anspent frykt. Hva var dette? Han hørte at den pustet men det var noe fremmed ved lyden, og han syntes konturene var merkelige også. Et øyeblikk tenkte han på sommerfugler og hvordan de forvandles fra åme til ferdig insekt ved å ligge i en kokong en stund. Hva om det var likedan med lindormer? Hva om det dyret folk kalte en lindorm bare var forstadiet til det ferdige vesenet? Og hva var i fåfall det?

Han rygget tilbake noen steg, fikk en følelse av at noe forferdelig skjulte seg der inne, noe ingen kunne forestille seg. Hva om det som kom frem derfra var noe som ikke lenger brydde seg om at han hadde vært en venn? Hva om det ville drepe alle, også de som hadde hjulpet det? Han skyndte seg ut av gropa og hadde en følelse av at det nå hastet mer enn noen gang med å komme seg vekk derifra. I teltet hadde tjenere gjort som han gav beskjed om og satt inn et kar og vann samt noen ganske gode klær, Iarda hadde badet og skiftet og nå var hun en helt annen person. Hun var ren for det første og det avslørte at hun faktisk hadde fin hud og at håret hennes var som silke selv om det var kort. Og de nye klærne avslørte at hun hadde gavmilde former selv om hun var tynn. Vardhys stirret litt på henne, hun gliste og virket svært tilfreds med klærne og seg selv og han undret seg i sitt stille sinn på hva hun hadde gjennomgått i livet for å bli så bitter som hun åpenbart var. Hun var god å se på men han reagerte ikke på henne, når han så henne så han bare Esther og ethvert lite gnist av tiltrekning forsvant som dogg for sola. Han begynte å undre på om den forbaskede flyfilla hadde ødelagt ham for all fremtid. Det var satt inn mat der og Iarda hev seg over den som vanlig, hun var åpenbart i stand til å legge innpå nesten uavbrutt når hun hadde muligheten til det.

Vardhys gikk for å trene mennene og brukte mye av dagen på det, karene hadde hørt om det merkelige dyret som var fanget dagen før og snakket gikk ivrig om hva den var. Noen menn hadde lagd et høyt og kraftig kve til den og de hadde sluppet den inn i det kveet, der gikk den nå og angrep alle som nærmet seg gjerdet. Vardhys deltok i diskusjonene mens han prøvde å lære karene å samle hesten før et angrep, de var respektfulle mot ham nå men også vennlige og han så på dem som venner

mer enn folk han skulle trene. De slet lenge men da dagens økt
var over var han godt fornøyd med innsatsen og gav beskjed
om at alle karene skulle få en gratis runde med øl i
serveringsteltet. Den nyheten ble mottatt med jubel og han
følte seg ganske fornøyd da han gikk tilbake til sitt eget telt.
Der satt Alfons og snakket med Iarda, hun hadde tullet et teppe
rundt seg og så bare søt ut og et øyeblikk følte han en
irrasjonell frykt for at hun skulle greie å kapre Alfons. Men
antagelig var den gutten for erfaren til å la seg dupere totalt av
ei jente, uansett hvor tiltrekkende hun var. Alfons smilte mot
ham og Vardhys satte seg ned, trakk av seg støvlene med et
stønn og kjente at han hadde drevet seg selv litt vel hardt den
dagen.
"Det kom en ny gruppe folk i dag mens du trente, de ville
slutte seg til den sorte rosen sa de, antagelig går det rykter nå
om at hun er så mektig at hun antagelig vil vinne alle kamper.
Det lønner seg å være på den vinnende siden."
Vardhys nikket sakte, han tvilte på at det egentlig var så lurt,
hva om gudene grep inn? Kanskje hun hadde rett i at hun
skulle hevne sin familie men hva med alle de andre familiene
hun hadde ødelagt? Hva med alle hennes folk hadde drept?
Hva med de døde barna? Han følte bare på seg at dette ville gå
til helvete, før eller siden. Men det var mulig at gudene hadde
glemt menneskene nå, i det minste så det litt slik ut. Alfons
rakte Iarda et ekstra teppe og hun takket kort, så bare ned i
golvet med det samme innadvendte mørke blikket."Og noen
begynner å bli engstelige, det har visst brutt ut sykdom i leiren
med flyktninger Antagelig er det bare skittent vann som er
problemet men noen tror det er pest!"
Vardhys så opp, bet seg i underleppa."Folk der bor jo så å si
oppå hverandre, tror du det er noe i det?"
Alfons trakk på skuldrene, det aristokratiske trekket hans ble
tydeligere."Aner ikke egentlig, men jeg tror det kan være noe i
det. Den delen av leiren her er jo rene slummen og hun har jo
sendt alskens folk dit, om noen bærer smitte vil det spre seg

fort."

Vardhys kjente seg kald til margen. Pest, ordet i seg selv var nok til å gi mange akutt angst. Han kunne bare håpe at det ikke var sant, med så mange folk presset sammen på et lite område ville pest spre seg som ild i tørt gress.

Kvelden senket seg over leiren, vakter gikk og tente fyrfatene og stedet var opplyst og så nesten innbydende ut men sannheten var skjult i skyggene. En enslig skikkelse snek seg stille frem i mørket, dekket av en tykk lang kappe.

Bevegelsene var myke og raske og skikkelsen stanset ved den kraftige innhegningen, så fornøyd på dyret som sto der inne. Det blåste i nesen men angrep ikke, det kjente denne skapningen og en svak duving i kappen avslørte at den der inne nikket sakte.

"Snart er tiden inne, snart skal din sanne herre stige frem" Dyret stampet i bakken, som av utålmodighet. Skikkelsen gikk viere, kikket ned i gropa med den svære kokongen, passerte Vardhys telt med et lite smil. Snart var tiden inne til å bryte veggen mellom verdener og la den neste av de utvalgte bli forberedt. Det hadde blitt spådd, slik ville det også bli.

Wulf/Lathisa

Det merkelige følget hadde begynt å bevege seg bort fra fjellene nå, det gikk ikke fort for stier og veier var ødelagt av skred og dekket av aske mange steder og Fhadan hadde sin fulle hyre med å finne veier som var trygge og ikke brått endte i løse luften over juv elvene hadde skåret ut. Wulf undret seg over den gjengen de hadde møtt på, han kjente Jochmun som en dyktig kriger og ante at mannen nok var en snikmorder men en snikmorder med en stor porsjon ære og moral. Og han forsto også at denne mannen brydde seg om Lathisa, faktisk var han påfallende omtenksom overfor henne og hun reagerte også på en måte som fortalte offiseren at vennskapet stakk dypt. Og så var det den åpenbart vettskremte dvergen og den vakre jenta som Fhadan virket nesten skremt av. Det var åpenbart at halvalven visste et og hint om henne som han ikke delte med de andre. Wulf ante at hun var farlig, den farligste av dem alle sammen, det digre dyret iberegnet.

Lathisa hadde fortalt om oppholdet i berget og hvordan hun møtte Kalek og Ublan, Wulf hadde skjønt at Ushara hadde evner men ikke hva slags, ikke annet enn at hun var en helbreder. Men han mistenkte så mye mer. Og han sanset også frykten hennes, angsten for at det skulle ha gått dårlig med hennes folk, at de skulle ha dødd i utbruddet og rasene som fulgte. Hun virket merkelig lukket og innadvendt og prøvde ikke engang å blande seg i samtalene og forsøkene på planlegging. Hun var som i sin egen verden og han følte at hun var den eneste av dem han ikke følte seg trygg på. Den merkelige dvergen var grei nok, vettskremt for å få himmelen i hodet som han sa og en smule forstyrret men det var ikke rart omstendighetene tatt i betraktning. Og den gale halvdragen?

Om ikke annet burde synet av det gigantiske beistet holde eventuelle fiender langt vekke. Ingen med vettet i behold prøvde seg på et mange tonns uhyre som trodde det var en hundevalp.

Det som virkelig bekymret ham var hvor de nå skulle sette kursen, det de hadde lært av møtene på turen fortalte ham at situasjonen var prekær mange steder, om alle adelshusene virkelig var i strupen på hverandre så burde de prøve å holde en meget lav profil. Og med denne gjengen var det vanskelig for å si det pent. Han var fristet til å be Lathisa bare følge ham og overlate dvergen, halvdragen og den merkelige jenta til seg selv men han visste innerst inne at hun ville protestere på det. Og de kunne trenge alle sammen i verste fall. Fhadan og Barech holdt seg for seg selv nå, de virket litt ille berørt til tider siden de ikke kjente til disse nye folkene og visste ikke helt hvordan de skulle takle dem. Wulf snakket ofte med Lathisa, han hadde fortalt hva han hadde gjort for Vardhys og hun var dypt takknemlig. Han hadde ikke røpet hvor han hadde gjort av gutten for han mente at det var tryggest for henne å ikke vite det og hun var enig.

Jochmun hadde vært tilknappet og nesten bister i begynnelsen men tinte opp da han forsto at Wulf faktisk var en grei kar. Han underholdt med anekdoter om sin tid i hæren og Wulf begynte å forstå at Jochmun faktisk hadde vært noen å regne med en gang i tiden, antagelig en ganske høytstående offiser. Men noe måtte altså ha gått galt og ledet ham på denne stien mot en karriere som forbryter, Wulf undret seg på hva det kunne ha vært, for mannen hadde ennå både moral og disiplin. Selv dømte han ingen før han visste med sikkerhet hva som lå bak, mange gode og edle menn hadde mistet alt, ofte på grunn av nettopp deres godhet og edle sinnelag. Ofte var det direkte farlig å tenke på den måten, den som ikke har noe å tape bryr seg ikke med slikt. Fhadan mente at en dal de snart kom til ville lede dem østover mot et mer åpent område som muligens kunne gi dem en lett ferd mot kysten ute ved grensa mot

Dheesa eller lengre innover bukta. Wulf satset ikke på de store byene men han håpet på å finne en liten fiskebåt eller kanskje en frakteskute som kunne ta passasjerer. Å reise med en av de større skutene som både var luksuriøse og dyre ville bare trekke uønsket oppmerksomhet mot dem.

Lathisa var dypt takknemlig for å få vite at sønnen var i trygghet, hun brydde seg ikke om å vite hvor for hun forsto hvorfor Wulf nektet å fortelle henne det. Det mer enn en person vet, det vet snart flere og hun var ikke sterk nok til å motstå tortur om noen prøvde å tvinge ut av henne hvor sønnen var. Hun respekterte Wulf, hadde hørt om ham før og visste at han var en av kongens beste menn.

Hun visste at han var til å stole på og da stolte hun også på følgesvennene hans. Den svære karen var helt opplagt en dyktig kriger og den vakre feminine halvalven var neppe mindre livsfarlig, hun forsto hva som foregikk mellom de to og syntes kanskje at det var litt merkelig men hun godttok det. Hun visste godt at det var menn som foretrakk andre menn og også kvinner som likte andre kvinner best så hun stilte seg ikke til doms over noen. Men det var litt merkelig å se hvordan den vakre lyshårete halvalven puslet rundt svære maskuline Barech som om han var ei jente. Kalek satt som regel sammen med Ushara når de slo leir, de to kjente hverandre fra før og delte maten og prøvde å styrke og trøste hverandre. Lathisa merket allikevel at det neppe var stor trøst å finne, ihvertfall ikke for Ushara, hun virket knust fremdeles og den forhenværende dronningen fryktet for vettet hennes. Noen folk ble gale av slike hendelser, om de ikke fikk visshet i det de tvilte på gikk det ille med dem.

Sakte kom de seg vekk fra området som var skadet av utbruddet, det var små landsbyer der med store åkre rundt og veien svingte seg langsmed elva nedover. Snøen lå tykk mange steder her og det var kaldt, men det røk ikke fra noen piper. Det var som om døden selv hadde sveipet over landet og ikke etterlatt seg noe levende annet enn et og annet forvillet husdyr.

Fhadan og Barech red ofte ut og rekonnoserte og de kunne fortelle at folket der åpenbart hadde flyktet, antagelig på grunn av jorskjelvene. Det lå igjen lite etter dem, det meste hadde blitt tatt med og det fortalte dem i det minste at folk ikke bare hadde flyktet i hodeløs panikk. De måtte ha gjort det i ordnede former. Kulda var et problem men de holdt farten oppe, tvang seg nedover mot de lavereliggende områdene. Ublan jaktet og fanget seg vilt den åt og Wulf var på en måte glad de hadde den, uansett hvor halvgal den var. Den skremmende skapningen var svært på vakt og ville gi beskjed om noe skjedde, og Kalek virket for å ha den under god kontroll. Men de var allikevel årvåkne og hadde vakter om natten, for alt Wulf visste kunne det ennå være folk der ute som jaktet på Lathisa, det var ikke sikkert at krigen fikk folk til å glemme hva hun hadde gjort og belønningene som var utlyst for henne. Lathisa viste Wulf skrivet hun hadde tatt fra Arustere ene kvelden ved leirbålet. Hun viste ham også det Jochmun mente sto skrevet på det og Wulf kjente at han ble nervøs. Det var en sammenheng der et sted som var skremmende. Om det virkelig var ekte, og det virkelig var en drage et sted der ute så kunne dette skrivet gjøre eieren meget mektig. Faktisk var det nesten viktigere enn selve dragen for uansett hvem som hadde den så måtte den altså adlyde eieren av skrivet. Han og Jochmun og Barech hadde en stille samtale den kvelden, de prøvde å legge planer og finne ut hva de burde gjøre for å få Lathisa trygt til Ardot. Hun var godt forkledd, det var så sin sak men noen kunne kjenne henne igjen allikevel. Mange adelige og mektige ikke adelige hadde vært på besøk hos henne og hun var godt kjent i de adelige kretsene i flere riker. Nå var denne berømmelsen så avgjort en hemsko.
Men hun kunne ikke angre på det hun hadde gjort, hun hadde hevnet sin datter og hun hadde befridd verden fra en skrekkelig person. Det måtte da telle for noe? Om hun bare kom seg over havet til Ardot ville ting falle til ro igjen, det var hun sikker på. Ushara og Kalek hang med henne ganske enkelt fordi de ikke

hadde noe annet sted å gjøre av seg. Ushara kunne nok ta seg rundt blant folk ganske lett og tas for å være en normal halvalv eller noe slikt men det var verre med Kalek. Dverger var slettes ikke normale å se ute blant de andre rasene og mange så på dem med mistro og forakt. Gudene skulle vite hvorfor men hun hadde hørt hvordan en del omtalte dette folket og lite av det hadde vært bra. Elva de fulgte ble bredere og sterkere og landskapet mer åpent, åsene ble slake og innbydende i stedet for bratte urer og skogen sto tett og frodig mange steder. Det var et vakkert område å reise gjennom men Wulf var bekymret. Det var ingen andre der, alle landsbyer og gårder de så var tomme. Og veien var mye brukt så det burde vært andre reisende der, selv om det var vinter. Fhadan og Barech var enige med ham, et eller annet hadde skjedd i dette området men det hadde neppe vært slag eller krig eller slike ting. De så ingen tegn til stridigheter, det hele var et mysterium for få folk forlater hjemme sine slik, rett før vinteren slår til for fullt. De hadde vært på veien i et par uker allerede da de kom til en av hovedveiene som gikk langsmed zetirbukta ut mot havet. Da hadde de også sett større byer som var forlatt og ennå var det nesten ikke noe liv å se. Men nå endret det seg, og nå ble Ublan et problem. De ble nødt til å reise om natten og hvile om dagen og Fhadan og Jochmun red forut og fant gode steder å slå seg ned på. Her var det folk overalt, hver en landsby og by var overfylt med folk og det av alle typer. Wulf kjente at han hadde nervene på utsiden nå, de var ikke mange og selv synet av flere bevæpnete menn var ikke alltid nok til å holde banditter på avstand. Han prøvde å legge ruten deres unna bebyggelse og holdt seg til skogen stort sett hele tiden, men samtidig var han ivrig på å finne ut hva som egentlig foregikk der i landet. Hvorfor var de indre områdene forlatt?
En morgen etter at de hadde slått leir red han og Barech ut for å finne et svar, de trakk på seg klær og våpen og prøvde å se ut som om de kunne bite fra seg og så red de ned til hovedveien. Det var følge på følge av flyktninger der, noen hadde følge av

bevæpnete ryttere men de fleste var fattigfolk som slettes ikke hadde råd til noen beskyttelse og de stirret med nervøse øyne på de to rytterne. Wulf overså dem, han ante at disse stakkarene neppe kunne gi reelle svar på hva som var problemet og han søkte seg derfor ut folk som virket for å være litt høyere opp på samfunnsstigen. Et følge hadde to litt aldrende riddere som passet på og en utgammel adelsmann var åpenbart årsaken til det. Mannen måtte være nesten hundre år gammel men var klar som krystall og han var mer enn villig til å fortelle om hva som hadde skjedd i området. Wulf slo i ham en liten løgn og at han og Barech hadde kommet fra Ardot nylig og mannen virket for å tro ham.

Den gamle presenterte seg som Grev Ulderhin av Shwaar-Atthatt og Wulf kjente igjen navnet. Det var en utgammel adelsslekt som aldri hadde blandet seg i maktkampen de andre yndet så å beskjeftige seg med. Ulderhin kunne fortelle om jordskjelv langs hele bukta, og de ble verre og verre men allikevel flyktet folk i den retningen for nordover var det bare galskap som rådet. Krigen som nå raste mellom adelshusene var total, det virket for at det eneste som betydde noe var å ødelegge for de andre før en selv ble ødelagt og Ulderhin var overbevist om at enden var nær. I fjellene var det ikke krigen som hadde skremt folk bort men rykter om at det var sett uhyrer og drager i fjellene, og sør for fjellene hadde en eller annen begynt å samle folk til eget bruk. Det ble snakket om rene raid der alle som kunne arbeide ble tvangsvervet uavhengig av hvor deres lojalitet hadde ligget.

Wulf fant det vanskelig å tro at alle dalene var forlatt bare på grunn av rykter men sammen med skjelvene og vulkanutbruddet så kunne det antagelig få overtroiske folk til å bryte opp. Og det er trygghet i mengder, folk stimler gjerne sammen mot sine egne for å søke trøst og samhold. Uldherin fortalte også om voldelige sammenstøt mellom grupper av flyktninger, det var smått med ressurser nå og for mange var veien til å ty til vold relativt kort. Fortvilelse og frykt kunne

forvandle det mest rasjonelle og smarte menneske til noe helt
annet. Mange håpet på å krysse havet til Ardot og det gjorde
Wulf enda mer betenkt. Å finne et skip som kunne ta Lathisa
over til Ardot kunne med andre ord bli meget vanskelig. Han
og Barech takket høflig for informasjonen og red videre og
Barech virket dyster. Wulf kjente ham godt nok til å vite at det
sjelden var noe godt tegn og Barech bare fyrte opp under uroen
ved å være uvanlig taus hele turen tilbake til leiren.
Wulf prøvde å spørre ham ut da de satt for å spise og Barech
bare brummet. Fhadan hadde ikke mye bedre hell og det var
uvanlig for ellers pleide den svære karen å tine opp når
halvalven brukte sjarmen på ham. Det var åpenbart at det som
lå Barech på sinnet var alvorlig og humøret hans bedret seg
slettes ikke. Og de hadde fått et annet problem men det var et
de andre ikke la merke til. Det var lenge siden Ushara hadde
vært på jakt nå og blodtørsten hadde begynt å bygge seg opp i
henne igjen, nå var det kommet dit hen at det var plagsomt for
henne og hun fryktet at hun snart ikke kunne kontrollere seg
selv. Skamfølelsen var overveldende og hun ønsket ved
gudene at hun kunne sluppet dette men det var ingen vei
utenom. Hun var hva hun var og da de andre hadde roet seg
snek hun seg ut av leiren og satte kursen til skogs. Hun kunne
nære seg på dyr og håpet å finne en hjort eller noe slikt.
Skogen var tett der de hadde slått leir, gammel og ærverdig og
hun likte seg der. Hun likte den spesielle stemningen skogen
gav henne og hun visste at det nok var en arv fra hennes
alviske forfedre. Terrenget var kupert med mange store
steinblokker og skarpe åsrygger og hun fant fort en skogssti
hun fulgte innover. Det var stille der, sola var oppe og gav litt
varme og hun nøt friheten og skjønnheten i skogdypet. Her og
der var det små tjern i skogbunnen som skinte som små øyne
mot himmelen og hun glemte tid og sted og bare løp gjennom
skogmørket som et vilt dyr. Hun var kommet ganske langt fra
leiren da hun brått oppdaget at hun slettes ikke var alene i
denne skogen, noe var der sammen med henne og dette noe

hadde slettes ikke bare gode intensjoner. Ushara var langt fra en vanlig kvinne på noe vis, hun var godt trent siden det var vanlig at også jenter fikk kamptrening blant dvergene og hun hadde så avgjort en fordel i og med at hun var den hun var. Hun lot som ingenting men samtidig lot hun sansene jobbe for fullt. Det gikk litt tid, så følte hun på seg at det var et eller annet som fulgte etter henne på litt avstand, det var neppe mange hva det enn var og hun kjente en svak lukt som var langt fra behagelig.

Ushara hadde utforsket dypet under fjellene ganske grundig og kjente til de fleste skapningene som holdt til i dypet. Hun hadde kjent den lukten før og kjente at noe kaldt spredte seg langs ryggen på henne. Det var gnomer, antagelig hadde jorskjelvene jaget dem opp i dagslyset og hun visste at disse skapningene var nesten like farlige som orker. De hadde få svakheter og var både modige og raske. Ushara var bevæpnet, hun hadde et kort sverd og en bue og mange piler men hun følte på seg at hun i seg selv var det farligste våpenet nå. De fulgte henne og det var bra, så fant de kanskje ikke leiren med de andre. Ushara bestemte seg der og da for at hun kunne være et bra åte. Hun måtte bare sørge for at hun hadde fordelen på sin side når angrepet kom. Hun vandret videre, leste terrenget og fant snart et perfekt sted. Tilsynelatende ville det fange henne med ryggen mot en bergvegg men Ushara var ikke et menneske. For henne var ikke bergveggen et hinder men en hjelp. Hun lot som om hun ikke fant veien videre og hun hørte bevegelser nå. Hun skjerpet ørene, det var en svak rasling og tramp, hun hørte svake plystresignaler folk vanligvis neppe ville ha greid å høre. Ushara blottet tennene, i det daglige var hun en mild person, hun fremhevet seg ikke på noe vis og hun var aldri voldelig. Men i dypet av henne var det også et mørke få kjente til, hun kunne eksplodere i villskap om nødvendig og nå anså hun det for å være nødvendig. Om hun skulle kunne beskytte sine venner måtte hun bare ty til den andre siden av seg selv og tørsten ville hjelpe henne nå. Gnomer var ikke mennesker men de var like ved og hun kjente ingen form for samvittighetskvaler ved å ta blod fra en gnom. Tvert i mot. De var ondskapsfulle og djevelske på sitt beste og hun så frem til dette. Hun ville få mettet behovet og kanskje også redde vennene fra fare. Ushara gikk liksom tvilende fremover og prøvde å finne en vei videre og dermed kom angrepet, fort og forholdsvis organisert.

Det var fem gnomer, korte smidige skapninger med grønnaktig hud og svart pistrete hår som raste frem med de korte sverdene sine hevet. De regnet med at dette ville være en grei seier, en enslig kvinne burde ikke bety noen problemer. De tok smertelig feil. Ushara var i bevegelse, fortere enn en skulle tro var mulig. Hun raste frem og møtte angrepet, tok hodet av to gnomer i et enslig sving med sverdet før hun grep tak i en tredje og knakk nakken på den med et rykk. Hun var enormt mye sterkere enn selv en alv og øynene hennes lyste rødlig nå, de gjenværende gnomene skjønte at de hadde forregnet seg totalt og snudde for å flykte men det var for sent. Ushara grep dem begge to etter strupen og de desperate forsøkene på å vri seg løs var forgjeves. Hun hugg tennene i strupen på den ene og drakk den tom før hun kastet liket bort og tok for seg av den andre. Da den også var død slapp hun kadaveret med en grimase, hun hatet dette. Hatet å bli minnet om dette uhyret som levde i henne og som hun aldri kunne bli kvitt men det var ingen ting å gjøre med det. Og nå trengte hun ikke blod igjen på lenge. Hun ristet på seg som for å bli kvitt den gysende følelsen og tørket nøye av seg alt blodet før hun løp tilbake til leiren. Hun aktet å advare de andre om at det var slike skapninger i nærheten.

Wulf satt og halvsov da Ushara brått kom løpende inn i leiren, Fhadan som hadde vakt rykket til og så fornærmet på henne, han hadde ikke engang merket at hun var borte og det likte han ikke. Wulf så på jenta at noe var galt og Ushara pekte bakover mot skogen.”Det er gnomer der inne, jeg traff på fem stykker.” Wulf var på beina i løpet av et brøkdels sekund og trev sverdet sitt.”Er det flere tror du?”

Ushara flekket tenner og Wulf så tegn til blod på leppene hennes, han ante allerede hva hun var og nå fikk han det bekreftet.”Ja, de ferdes alltid i større grupper.”

Fhadan hadde allerede vekket Barech og Jochmun var også på beina. Kalek satt ved bålet og så temmelig blek ut, dverger og gnomer var erkefiender, de kunne ikke samarbeide eller holde fred og han fryktet disse skapningene som et menneske ville fryktet pesten selv. Lathisa tok nyheten med tilsynelatende ro men på innsiden var hun vettskremt. Hun hadde aldri engang sett en gnom, bare sett dårlige tegninger av dem og de hadde neppe fortalt hele sannheten. Barech løsnet øksa si fra beltet, gliste litt skjevt.”Tror du at de vil angripe om de finner oss?”

Wulf nikket, han prøvde å se for seg en god plan. Ublan lå og sov like i utkanten av leiren og Kalek skyndte seg å vekke halvdragen. Den reiste seg og strakk seg som en katt før den gjespet og avslørte en tanngard som kunne skremt livet av hva som helst.”Med han der ved vår side tror jeg ikke at gnomer har så veldig mye å stille opp med, men er de dumme nok angriper de nok allikevel.”

Wulf ante at disse skapningene nok allerede visste at det var folk i terrenget, de måtte ha følt lukta av leirbålet og hørt hestene som knegget og han fikk Fhadan til å samle dyrene og binde dem solid på et sted der det var lite trolig at de kom til skade. Deretter fikk han Kalek til å sende Ublan ut i skogen for å holde vakt. Ushara sto der og kjente seg på en måte stolt over å ha avverget en slik fare men også skamfull over å ha gitt etter for tørsten. Hun hadde ikke drukket av et menneske og det var en lettelse men gnomer var nærme nok til at det føltes litt ubehagelig.

Lathisa forsto henne og gav henne en medfølende klapp på skulderen, mennene var i full gang med å bevæpne seg og Lathisa følte seg svært nervøs. Det var svært stille lenge, så rykket Fhadan til og nikket diskret i retning av et tett skogholt på baksiden av den åpne plassen de hadde slått leir ved. Wulf

forsto med en gang, han tok stilling bak en stein og de andre
fant sine posisjoner også. De var trente soldater og kjente til
farene men også taktikkene som kunne berge dem og Wulf
stolte på de tre karene. Jochmun var antagelig like dødelig som
Barech og Fhadan og Wulf kjente sine egne ferdigheter. Vel
var det lenge siden han hadde kjempet men instinktene hadde
han da ennå og han var i utmerket form.
Gnomer hadde stort sett kun en taktikk de benyttet og det var
et stormangrep der de satset på at sjokk og vantro skulle lamslå
motstanderen lenge nok. Og gnomer angrep aldri alene, de var
i bunn og grunn feige på egenhånd og stolte på styrken det er i
å være flere. Gruppen med gnomer som kom rasende var
derfor som ventet ganske stor, Wulf rakk å beregne en rundt
tredve stykker før Fhadans bue begynte å synge og gnomer
ramlet om med piler pekende ut av skallene som merkelige
tobeinte enhjørninger. Barech brølte og raste frem med øksa si
og Jochmun og Wulf gikk rett på med sverd. Begge karene var
dyktige fektere og parerte og hugg med en letthet som var
skapt av mange års trening. Gnomene hadde nok regnet med
noe motstand for de hadde også bueskyttere og de lot pilene
hagle men karene sto aldri stille lenge nok til at noen fikk
siktet inn et skudd. I stedet danset de rundt som galninger og
tok hoder og lemmer der de hadde muligheten. Gnomene
presset på, desperate etter å få tak i det gruppen hadde av
proviant og andre verdisaker og da det brølte stygt bak dem var
det bare noen av dem som rakk å snu seg å se før Ublan kom
rasende ut av skogen og satte i gang med sin egen variant av
skadedyr bekjempelse.
Den digre halvdragen svingte halen langs bakken i en farlig
bue som rev gnomer overende som leketøy før han dasket til
dem med forbeina og sendte dem himmelhøyt eller klasket til
dem så de endte opp en fot under bakkenivå, totalt flatklemt.
Synet var for mye for de gjenlevende, de skrek og raste bort fra
leirplassen i vill panikk, de hadde aldri sett noe slikt noen gang
og fryktet magi og Ublan brølte så det durte i tretoppene før

han hev seg etter og forfulgte dem gjennom skogen så trærne
ristet. Ushara tok lett igjen de som prøvde å flykte i andre
retninger og gjorde meget kort prosess med dem, det var som
om hun ikke i det hele tatt trengte å tenke over hva hun gjorde.
Lukten av blod var forstyrrende men ikke for påtrengende og
snart sto de alle der og stirret på hverandre. Gnomene var borte
og faren var over for denne gangen.
Lathisa følte seg svimmel av lettelse og skrekk, hun var dypt
imponert over hvor fort fienden var blitt bekjempet men også
skremt. Hun hadde sjelden sett slik vold på nært hold, som
dronning hadde hun vært svært skjermet og hennes eget møte
med den slags sysler var født av desperasjon og ikke vane.
Alene hadde hun ikke en sjanse, hun visste det nå. Wulf ristet
blodet av sverdet og Jochmun gikk over de falne gnomene for
å forsikre seg om at de virkelig var døde og ikke bare lot som.
Et par av dem spiddet han med åpenbar fryd og Fhadan og
Barech tok seg av de som lå i skogkanten. Ublan kom tilbake
med halen veivende som en forvokst hvalp, den virket svært
stolt av seg selv. Wulf sukket lavt.”Vi får holde vakt på skift,
men jeg tror ikke gnomene kommer tilbake.”
 Ushara nikket.”Det gjør de neppe, de har blitt skremt og jeg
tror lederen deres er en av dem vi drepte. De kjemper aldri
uten lederen sin”
Wulf så på henne med respekt i blikket.”Du kjenner til disse
udyra?”
Ushara nikket kort.”Jeg har vært borti dem før, i fjellet. De
kommer ikke tilbake når de først har blitt slått.”
Fhadan blottet tennene i et bredt glis som kolliderte ganske
kraftig med hans vanligvis så vakre utseende.”Synd, det var
god trening dette!”
Barech bare gryntet.”Får håpe at de ikke har skremt alt viltet
her i det minste, jeg kunne spist et helt villsvin alene tror jeg!”
 Det gikk ikke lenge før de hadde leiren i orden igjen og Wulf
greide å skyte et par fete harer i et snar et stykke lenger opp
dalen, Fhadan røpte at han var god til å lage mat og kunne

kunsten å krydre og stemningen var avslappet og rolig. Ublan holdt vakt og Kalek forsikret dem om at den hadde like god nese som noen hund. Ingen kom til å kunne snike seg forbi dem. Wulf stirret inn i bålet med smale øyne, han var usikker på hva de nå burde gjøre, de nærmet seg kysten og snart ville det bli veldig vanskelig å unngå å bli lagt merke til. Ublan var et problem i så måte, hvordan i gudenes navn skjuler man en enorm halvdrage? Han snudde seg mot Lathisa som satt og stirret inn i bålet med fjerne øyne. Hun virket for å være i sin egen verden og han måtte kremte et par ganger før hun reagerte.”Ønsker du virkelig å reise til Ardot?”

Lathisa nikket usikkert.”Ja, det er eneste sjansen jeg har er jeg redd.!”

 Wulf sukket.”Det stemmer vel, men jeg tror at det du gjorde snart er glemt, i dette kaoset er det neppe noen som tenker på et simpelt mord lenger. Særlig ikke når den myrdede var slikt et monster.”

Lathisa skar en grimase, hun trakk beina tettere oppunder seg.”Kanskje, men jeg vil ikke ta sjansen. I Ardot er det ingen som kjenner meg heller, annet enn mine slektninger.,”

 Wulf så skjevt på henne.”Jeg er redd for at det å få deg til Ardot kan bli vanskelig, med mengden flyktninger vil alle båter antagelig være overfylt for lengst, og prisene være skyhøye!”

 Hun så ned i bakken.”Jeg har ennå penger, noen juveler og slikt.”

 Wulf ristet på hodet.”Og om du tilbyr en kaptein juveler verdige en dronning, hva tror du han vil tenke da? “

Hun skuttet seg.”At dette ikke er en vanlig fattigfrans?”

 Wulf nikket.”Spørsmål vil bli stilt og nå er det folk langs kysten fra nesten alle steder. Sjansen er stor for at noen vil legge to og to sammen. Vi må finne en annen løsning!”

Jochmun lente seg forover, fanget Wulf’s blikk.”Det er en mulighet, men den er ufin på det beste!”

Wulf smilte skjevt til den eldre mannen.”Og den er?”

Jochmun nikket i retning havet.”Vi stjeler en båt, ganske
enkelt.”
Wulf måtte nesten hoste, vel var han kongens utsendte med et
viktig oppdrag men han hadde aldri sett seg selv i stand til å
begå simpelt tyveri. Jochmun smilte skjevt.”Det er ekstremt
men det kan gå, jeg har erfaringen kan du si. Til nød kan du
vel rekvirerer en båt? “
Wulf trakk på det.”Jo, jeg kan i og for seg det. I kongens navn
kan jeg kreve en båt men da blir det i hvert fall stilt spørsmål!”
Barech gliste og hadde fått et merkelig glimt i
øynene.”Jammen jeg tror jeg har svaret karer, om de leter etter
Lathisa så la dem finne henne, overalt!”
Wulf så forvirret på den svære mannen som nikket mot
Fhadan.”Hun er en vakker kvinne ikke sant? Blond og elegant
og alt det der! I alle byer er det horer som gjør alt for noen
ekstra mynter og parykkmakere også. Og Fhadan her kan være
med til å gjøre illusjonen perfekt.”
 Halvalven trakk på det men virket ikke for å ha noe i mot
ideen.”Jeg mener, en kjole på ham, litt hemmelighetskremmeri
og flere som ser en dame som passer beskrivelsene?”
Wulf måtte le litt motvillig, Fhadan kunne så avgjort gå for å
være en kvinne.”Det kan gå, men hvordan mener du at vi gjør
det rent praktisk?”
Barech smilte kort.”Det er to korte dagsritt til neste by, jeg vil
tro den er proppet med folk overalt, jeg kan komme meg inn
dit ubemerket og skaffe alt vi trenger. Jeg kjenner folk overalt
og tar jeg ikke mye feil er det en liten militær forlegning der.
Jeg har noen fullmakter som burde gi oss enda mer
troverdighet. Og når mange nok har sett Lathisa der sniker vi
oss til sjøs fra byen som ligger en dagsreise lenger ut.”
Wulf måtte tenke på det. Sjansen for at noen skulle kjenne
igjen Lathisa var ikke stor, kaoset var for stort nå til at noen
tenkte over slike ting men en kunne aldri vite. Det var mange
adelige også som flyktet og blant dem var det ganske
sannsynlig at noen husket og kunne utgjøre en fare. Og så var

det problemet med båtplass. Wulf kunne levende forestille seg kaoset som eksisterte i båthavnene nå. Byene var tettpakket med desperate mennesker og han hadde sett det før, hvordan selv synkeferdige fiskebåter ble solgt eller leid bort til skyhøye priser. De kunne ikke stole på noen, så enkelt og greit var det. Han tok en beslutning der og da. Han snudde seg til Barech.”I morgen rir du og jeg ned til byen og rekognoserer litt, vi bør sjekke om det faktisk finnes folk der som vet om Lathisa. Gjør det ikke det er ting enklere!”

Den svære mannen bare gliste og Lathisa følte seg merkelig tvedelt. Hun visste at hun neppe noen gang ville være helt trygg i Zhandoria, det ville alltid være en eller annen som var loyal mot Arustere’s ætt eller som ønsket penger og hun kunne ikke leve livet i konstant frykt. Ardot var så langt vekk men det var hennes sjanse til å leve igjen, til å være fri. Hun kunne bare be gudene om hjelp til dette for oppgaven virket svært vanskelig. Fhadan virket misfornøyd med å bli igjen der men fant seg i det. To menn er mindre oppsiktsvekkende enn tre og utseendet hans var nå engang slik at alle husket ham om de en gang hadde sett ham. Det var ingen vits i å engang foreslå at Kalek skulle være med og Ushara prøvde å unngå folkemengder. Hun visste ikke riktig ennå om hun ville klare å takle det som hun sa.

Lathisa ble sittende å tenke utover kvelden, Ardot var liksom bare et ord for henne. Hun hadde aldri tidligere tenkt på stedet som noe reisemål og det var lite hun visste om det. Slekten hennes holdt til der, det var så, men det var fjerne slektninger uansett og hun hadde aldri møtt dem. Hva ville de si til dette? De var mektige siden de styrte mye av handelen med Ardot men ville de ta den sjansen det var å huse henne? Hennes slekt der i Zhandoria kunne ikke forventes å gjøre det, ikke i det hele tatt. De var neppe modige nok til det. Og så var det skrivet hun hadde tatt, og de tingene det impliserte. Var det ekte? Kunne det virkelig gi makt over en drage? Hun visste at drager ikke fantes men nå sloss alle om en drage ingen hadde sett.

Galskap var det så visst.

Men om hun nå kom seg til Ardot, hvordan ville livet da bli? Hun visste at Ardot var varmere enn Zhandoria og våtere også og ellers visste hun bare at de grodde kryddere der og at det var enorme skoger med merkelige skapninger. Hun kunne bare ta en dag av gangen og håpe at alt gikk bra til slutt.

Dagen etter startet med regn og Wulf og Barech virket ikke særlig begeistret for å måtte reise helt til kysten i dette været men de måtte. Leirplassen deres burde være trygg nå og Fhadan og Jochmun burde klare å holde vakt der, Ushara var jo også en kraft å regne med. Wulf hadde en litt ubehagelig følelse i magen da han red ut fra leiren, det var noe som murret i bakhodet på ham men han visste ikke riktig hva. Han hadde gode instinkter etter år som kriger og nå ropte de til ham at et eller annet var i gjære. Han kunne bare håpe at det ikke var noe alvorlig. Barech var munter og blid som alltid før og underholdt ham med diverse grovkornede historier som nok kunne løfte humøret hans noen hakk men aldri helt berolige ham. De hadde to dagsritt foran seg før de nådde byen men så fort de fant hovedveien var det klart at de så avgjort ikke var alene der. Det var folk og vogner og dyreflokker overalt. Ikke bare krigen drev folk mot kysten nå, vulkanutbrudd og rykter om uhyrer skremte mange fra hus og hjem, samt at rene røverbander herjet og plyndret uhindret. Mange håpet at de skulle finne trygghet i de godt befestede kystbyene men som mange sa det, byene var så tettpakket med folk allerede at portene mange steder var blitt stengt. Det var kort og godt ikke rom for flere folk.

Wulf og Barech så eksempler på det meste mens de red, folk som tagg desperat etter bare en skorpe brød til sine sultne barn, forhenværende adelige som nå snaut eide annet enn klærne de sto og gikk i. Felles for alle var en slags lammelse, en frykt som stjal selve gnisten i dem og hindret dem i å tenke klart. Der en gikk fulgte resten som en annen flokk med sauer. Det var skremmende. Da de hadde ridd hele dagen slo de leir i

skogen et stykke unna veien og sov på skift. Wulf hadde ikke
sett den minste antydning til den lov og orden som hadde
preget landet før og det skremte ham egentlig. Det virket for at
lovløsheten var blitt det normale heller enn unntaket.
Dagen etter red de ganske hardt for ikke å bli stanset av
strømmen av flyktninger og de passerte snart store leire med
flyktninger. Telt og vogner sto hulter i bulter og stanken kunne
kjennes på lang avstand. Her og der så de hauger med
overdekkede lik, det var tydelig at sykdommer hadde begynt å
spre seg og begge mennene red med våpnene synlige nå. De
tok ingen sjanser for hestene deres var verdifulle for de
desperate. De så byen i det fjerne etter en halv dags ritt, den lå
på en tange som stakk ut i bukta og hadde en stor havn som var
viden kjent for å være trygg og god. Wulf hadde vært der en
gang i sine yngre dager, da hadde havna vært full av store
frakteskuter og handelen hadde fått havne området til å fråde
av liv. Nå var det også folk overalt men havna var tom. Ikke en
eneste skute lå der og det fikk Wulf til å lure. Hvorfor var det
ingen båter der? Det burde ha vært i det minste fiske båter der
men nei, selv ikke en liten robåt var å se.
Mens de red ned de siste strekkene mot byen så de at mange
hadde slått seg til der nå, det var folk overalt. Hver en ledig
liten lapp med jord hadde et telt eller bare noen fattigslige
stokker dekket med tepper eller seilduk og han kunne formelig
lukte fortvilelsen som lå over stedet. Mange stirret på de to
rytterne og han gyste over å se så mange døde blikk. Folk
hadde mistet alt håp virket det for. De som en gang hadde
sørget for orden og ro hadde hevet seg ut i en krig ingen av
folket kunne forstå og det skremte nesten mer enn alt annet.
Var det en galskap som hadde spredd seg? Hadde overklassen
mistet det vesle vettet de en gang hadde? Barech så på
elendigheten med smale øyne, han mente at et angrep mot
denne byen ville bli en komplett katastrofe. Bare noen få
riddere kunne få til en ren massakre slik situasjonen var nå. De
red frem mot den stengte porten og Wulf viste frem papirene

han hadde fått av kongen så han slapp gjennom under tvil. Var forholdene ille utenfor murene var de ti ganger verre på innsiden og allikevel var det dit alle ville. Stanken var overveldende og Wulf kunne knapt tro det han så. Selv de usleste skur var tettpakket med folk og gatene rant med kloakk og avfall. Desperate hender ble strukket ut mot dem og Wulf fikk en merkelig trang til å snu og sprengri bort fra stedet. Det var nesten ingen mat der, lite vann og havna var forlatt? Han red mot havna og sjølukta som vanligvis ville vært frisk og ren var helt borte i stanken av tett boddhet og folk. Det var som de hadde sett, ikke engang en robåt var å oppdrive og Wulf så vantro på de tomme bryggene. Til og med her hadde folk slått seg ned og han visste at dette var blitt et farlig sted. Det var mange desperate mennesker der som ikke lenger brydde seg om hva de gjorde bare de greide å holde liv i seg litt lenger. Barech voktet hestene mens Wulf oppsøke havne mesteren, mannen holdt til i et usselt skur ytterst på ene piren og det var tydelig at den generelle følelsen av håpløshet hadde grepet også denne mannen. Antagelig var han en forhenværende fisker men manglet ene underarmen og et øye og Wulf antok at det skyldtes en ulykke til havs. Fjeset var langdratt med pjusket grått skjegg og værbitt hud som minnet Wulf om en odde langt til havs, pisket og plaget av elementene. Mannen virket nervøs men Wulf prøvde å virke ufarlig og fristet med en hel sølvmynt og da var det brått ingen grenser for hva mannen var villig til å fortelle om. Wulf spurte om båtene og gamlingen satte seg ned på en kasse og pekte ut mot sjøen."Var mange båter her, flere hundre. Flere kapteiner ble rike på å frakte folk over bukta eller helt til Ardot men det tok slutt for to uker siden. Alle båtene var ute da havet brått begynte å oppføre seg merkelig."
Wulf rynket pannen."Merkelig? Det må du utdype mere!"
 Den gamle snøt seg i fingrene og Wulf skar en liten grimase."Jo det skal jeg si deg, jeg har ridd bølgene hele mitt liv, jeg kunne ro før jeg kunne gå. Og slikt har jeg aldri sett.

Det var som om havet selv ble rasende og ikke lenger ville ha oss usle mennesker ridende på bølgene.”

 Han pekte mot noen odder som stakk opp lengre ute.”Havet steg helt plutselig, nesten to meter vil jeg si. Havna her havnet under vann og det samme gjorde flere båter som var forankret stramt. De ble trukket ned før noen rakk å løsne dem. Ja vi er vant med både springflo og stormflo men aldri noe slikt. Det gikk forferdelig fort.”

Han hostet og pekte utover bukta, der var den så bred at en ikke så landet på andre sida.”Og så kom bølgene, merkelige krappe høye bølger som skjøt frem og tilbake, som når en unge rugger på en balje med vann. De fleste skutene ble slått rundt og sank og de som klarte seg søkte nødhavn på andre siden og ingen har vågd seg ut etter det.”

Wulf var forbløffet, han hadde aldri hørt om noe slikt før. Hva slags naturkraft kunne få hele bukta til å oppføre seg slik? Men han forsto de kapteinene som var igjen, de fleste sjøfolk var temmelig overtroiske og ville neppe tørre å utfordre havgudene igjen. Den gamle sukket og bikket på hodet mot folkemengdene som fylte gatene.”De kommer hit og vil flykte fra krigen og alt men de flykter bare til enda større elendighet. De sier at det er verre enda lengre ut mot storhavet. Krigen herjer alle steder nå, det er alle mot alle! “

Wulf nikket stille.”Det er riktig gamle mann, det er alle mot alle. Hvor kommer flyktningen her fra?”

 Den gamle klødde det pjuskete skjegget ettertenksomt, han så ned.”Mange kommer fra dalene innenfor her. De sier at det er en hærfører som har drevet dem på flukt. Det er visst slik at de som blir fanget må tjene kvinnfolket eller dø. Ryktene sier at det er hun som har denne dragen alle er så redde for.”

Wulf trakk på smilebåndet.”Det sier jo alle om sine fiender nå. Men det er bare rykter alt sammen!”

Den gamle mannen ristet på hodet.”Nei, er visst ikke bare rykter. Jeg har snakket med en mann som hadde greid å flykte fra leiren hennes ved å late som om han var død. Hun har en

drage og den er virkelig. Det er visst en eller annen ung ridder
hun har som styrer den, i det minste var det det den mannen
fortalte meg. Dragen er hennes øyestein og hun vil bruke den
til å hevne seg på diverse fiender. Har visst store hærstyrker så
den damen er nok en makt å regne med."
 Wulf sukket."Hærstyrker er det mange som har for tiden,
landet rives i stykker og folket lider. Mon tro om galskapen
noen gang vil opphøre?"
Gamlingen snøt seg igjen."Neppe, dette er dommedag, jeg vet
det bare. Verdens ende er nær! Bare vent og se!"
 Wulf gyste kort av den gamles noe deterministiske uttalelse
og takket høflig før han skyndte seg tilbake til Barech og
hestene. En hærfører som virkelig hadde en drage? Det var en
umulighet! Men hva om det virkelig var mulig? Hva da? Hva
skulle de gjøre mot en slik fiende? Legge seg flate i
underkastelse? Det ble neppe mulig å få Lathisa over til Ardot
allikevel så hva nå? Barech fikk vite det Wulf hadde greid å
finne ut og spyttet i møkka."Alle guder så inderlig bevare meg
for ei suppe! Naturen selv ser ut til å protestere på fanskapet"
Wulf nikket tungsindig."Ja, det forundrer meg ikke. Så vi får
bare ri tilbake og finne en annen plan. Det finnes ikke en
eneste skipper her langs kysten som vil sette til havs etter noe
slikt. Tro meg. De tror gudene er vrede!"
Barech bare skakket på hodet og steg til hest igjen."Vel, jeg
tror det samme som dem, bevare meg vel."
De to mennene red fort ut av byen og fikk mange merkelige
øyekast sendt etter seg, forlate byen nå? For de fleste sto de
solide murene som en vernende barriere men Wulf så dem som
det de var, et stengsel og en felle som kom til å frata folk den
siste rest av menneskelighet. Av alle uhyrer verden rommet var
mennesket så avgjort det aller verste, spesielt når mange ble
samlet på et sted. Da ble det plutselig hver mann for seg selv
og gamle regler for høvisk opptreden ble kastet bort som
utgåtte gamle sko. Wulf var ivrig på å vende tilbake til de
andre og de red hardt forbi gruppene med flyktninger.

I leiren hadde dagen gått sakte, Lathisa hadde sittet å stoppet
på huller i klærne de hadde med seg og Fhadan og Jochmun
hadde sittet å utvekslet diverse fortellinger, noen av dem var
temmelig brutale men Lathisa visste at det neppe var noen
overdrivelse med i bildet. Verden var virkelig ikke særlig
vakker for tiden. Kalek holdt seg for seg selv, og Ushara var
for det meste et eller annet sted i skogen. Den holdt en egen
tiltrekningskraft hun hadde vansker med å motstå, tross alt
hadde hennes mor vært halvt alv og alveblodet var sterkt i
henne, sterkere enn hennes menneskelige side. Kvelden var
fredelig og Fhadan stekte litt fisk og en rapphøne over glørne.
Lathisa var spent på hva Wulf og Barech kunne finne ut, hun
følte seg nesten som i et slags vakuum, ante ikke hva fremtiden
eventuelt ville bringe.
Neste morgen var det helt nydelig vær og Fhadan tok med seg
Kalek ut på jakt, Ushara gikk til elva som rant gjennom dalen
for å bade og Lathisa ble igjen med Jochmun som ble sittende
å slipe sverdet sitt. Lyden irriterte henne til slutt så hun
bestemte seg for å gå en liten tur for å roe nervene. Om hun
holdt seg nær leiren var det neppe noen fare. Det var bitende
kaldt men hun var godt kledd og landskapet var faktisk vakkert
med åpne enger og høyreist skog. Hun ble gående rundt og
beundre synet, hvor mye vakrere dette var enn det hun hadde
vært vant med. Slottet hadde vært vakkert også men det var en
kunstig og stilistisk skjønnhet hun ikke helt kunne
sammenligne med dette. Hun holdt seg i skogbrynet siden det
var en litt sur vind og ble sittende på en stein mens hun bare
nøt stillheten. I det fjerne hørte hun at en hakkespett pep og i
det blå svevde noen kråker høyt over skogens trær. Om hun
ikke hadde vært født adelig kunne hun nok ha blitt boende på
et slikt landlig sted og hvor mye rikere ville vel ikke livet da ha
fortonet seg? Hun hadde alltid beundret og sett opp til rikdom
og prakt men nå innså hun hvor hult og tomt det var. Det var
mange hun hadde misunt som hadde mye men allikevel

ingenting. Verdslig makt betydde ingenting om den ikke også
var støttet av et godt fundament i form av en sterk og sunn sjel.
De færreste hun hadde omgitt seg med hadde hatt noe slikt,
hun selv minst av alle.
Hun hadde vært et usselt menneske, hun innså det nå. Hun
hadde aldri vært noen god mor for noen av sine barn, hun
hadde vært forledet av prakt og rikdom som en annen skjære,
gått etter det som blinket og så flott ut. Hun skammet seg, i
sannhet gjorde hun det. Hun burde hatt styrke til å vise verden
at Vardhys var hennes sønn, vært stolt nok til å stå med rett
rygg selv om andre ville fordømt henne for det. Og hennes
datter, hvor det rev henne i hjertet å tenke over hennes skjebne.
Feig hadde hun vært, og dum. Hun hadde hevnet sitt tapte barn
men forandret det egentlig noe? Antagelig ikke, hun var blitt
en morder på toppen av alt. Hva slags røre var det egentlig hun
hadde greid å lage av sitt eget liv? Hun trakk kappen sin tettere
om skuldrene og gyste. Hun skulle til å reise seg for å gå da
hun hørte en lyd i skogen bak seg, en kvist som knakk. Hun
stivnet til, om det hadde vært noen av de andre ville de ha sagt
ifra.
Hun snudde seg sakte, så ingenting i halvmørket der inne men
noe beveget seg, og beveget seg tungt. Det var stort hva det
enn var og hun kjente at halsen ble tørr av uro. Hun ante ikke
noe om hva slags skapninger som holdt til der i skogen, annet
enn folk, og dette kunne være hva som helst. Hun krøket seg
ned bak steinen, stirret med ville øyne mot stedet lyden kom
fra og slapp fra seg et gisp da hun så hva det var. Det var
enormt og hårete og beveget seg rykkvis i retning lysningen,
hva det enn var så var det antagelig lite vennligsinnet, noe
fortalte henne det. Hun kunne ikke løpe, det visste hun. Om det
var et rovdyr ville synet av et flyktende bytte bare trigge
instinktene. Hun måtte satse på å bli der hun var og håpe at det
ikke så henne hva den nå var.
Da skapningen kom lengre frem ante hun ikke om hun burde
dåne eller ei, hun hadde aldri sett noe slikt noen gang. Dyret

som vagget frem der ute lignet mest på en eller annen slags merkelig krysning av villsvin og bjørn med hodet til et villsvin og bjørne skrott. Det var mye større enn noen bjørn og mer langbeint og det gikk og snuste i lufta mens det lagde lave snerrende lyder. Lathisa kunne se noen stygge flenger i siden på det, antagelig hadde det blitt skadd og hun visste at skadede dyr er farligere enn noe annet. Hva i gudenes navn skulle hun gjøre? Dyret stanset opp, små rødsprengte øyne gled over landskapet mens den lange snuta dirret. Den hadde fanget lukta av et eller annet og denne skapningen hadde enda bedre luktesans enn en hund. Den festet blikket mot stedet lukta kom fra, så la den på sprang.

Jochmun var ferdig med sverdet og slipte på øksa til Barech da han hørte et skrik fra skogen bak leiren, han var på beina i løpet av et sekund og la på sprang. Det var Lathisa som skrek hørte han og det var noe i det hylet som fortalte ham at dette var alvor. Fhadan og Kalek var på vei tilbake fra jakt og de hørte også skriket. De slapp det de hadde i nevene og la på sprang det de klarte. Kalek var forbausende rask til å være så kort i beina, han spratt over stubber og kratt med forbausende smidighet og holdt faktisk tritt med den langbeinte halvalven. Jochmun kom rasende ut på lysningen med sverdet klart akkurat i det Fhadan og Kalek kom dit fra andre kanten. Det de så fikk dem til å stanse et lite sekund i sjokk og vantro, Lathisa hadde klatret opp i et lite tre men et enormt hårete beist prøvde å rive det ned og var i full gang med å klare det. Jochmun hadde aldri sett et slikt dyr før men visste at de eksisterte, de var bare ekstremt sjeldne og ekstremt sky. Noen kalte dem jord bjørner og for noen primitive stammer var de hellige. Det var ikke mye hellig ved den jord bjørnen som prøvde å ta Lathisa, dyret brølte av sinne og skummet rant rundt den digre kjeften. De svære klørne rev flenger i veden og flisene sprutet rundt den, Lathisa skrek og det knaket ille i treet. Kalek nølte ikke, modig var dvergen så avgjort og han var som dverger flest rask til å reagere med sinne i stedet for frykt når all fornuft egentlig

burde tilsi det motsatte. Dverger var nå engang kjent for å være stridbare og hardføre og han var intet unntak fra regelen. Før Fhadan rakk å stanse ham raste han frem med øksa si hevet til angrep. Dvergen hadde neppe mottatt mye trening siden han hadde vært å regne som en utstøtt men instinktene hadde han. Jordbjørnen var for opptatt med byttet til å legge merke til dvergen som kom rasende som skutt ut av en kanon. Da den så Kalek prøvde den å snu seg men var ikke rask nok, Kalek hugg til men i farta traff ikke øksa særlig godt og bladet traff jordbjørnen i baken i stedet for å kløve ryggraden på den. Dyret vrælte av smerte og langet ut med et langt forbein, raskere enn en skulle tro det var mulig for et så stort dyr. Kalek så slaget komme og skulle til å dukke men en stein fikk ham til å snuble og poten traff ham i brystet og hev ham opp og utover så han fløy flere meter og smalt rett inn i en steinblokk med et motbydelig klask.
Treet knaket igjen og nå knakk det i to. Lathisa hylte vilt og var i fritt fall, bjørnen langet ut etter henne og traff, hun traff bakken som en stein. Fhadan hadde strenget buen sin på noen få sekunder og nå begynte pilene å fly, bjørnen hveste og klasket til Lathisa igjen som for å hevne seg før den snudde seg mot de nye motstanderne. Jochmun angrep bakfra mens halv alvens piler boret seg nådeløst inn i dyrets brystkasse. Vanligvis ville et dyr ha stupt etter en slik beskytning men det virket ikke for at denne jord bjørnen engang brydde seg. Fhadan bannet grovt."Ribbeina dens er for kraftige, pilene går ikke gjennom!"
 Jochmun så bare Lathisas blodige kropp, hun beveget seg ikke lenger og han visste at hun var alvorlig skadet. Noe brast i ham og han hev seg forover med sverdet klart til hogg. Bladet var skarpt og godt og han siktet vel, det gled inn i dyrekroppen under skulderbladene og dyret brølte håst, snurret rundt så han nesten mistet taket men han greide å klore seg fast. Fhadan prøvde å sette en pil i øyet på dyret men den sto ikke stille et sekund en gang og det ble nesten umulig å få det til selv for en

mester skytter som Fhadan. Bjørnen vaklet, den kunne ikke riste av fienden på ryggen men den kunne gjøre noe annet. Dyret gjorde et kast på seg som for å hive seg mot Fhadan, så steilet den som en hest og hev seg bakover. Jochmun rakk ikke hive seg unna, han ble klemt mellom dyret og en trestokk og hørte mer enn følte at bein knakk. Bjørnen var på beina igjen og Fhadan innså at denne jordbjørnen nektet å dø. Den var så full av adrenalin at selv ikke dødelige skader stanset den. Han fyrte av noen piler til men nå var koggeret snart tomt. Forsiden av bjørnen så nesten ut som et piggsvin og i ryggen stakk Jochmun's sverd ut som et bisart horn, dyret burde ha stupt for lengst. Fhadan hadde bare det slanke alve sverdet sitt til hjelp nå, han kunne bare håpe at hans hurtighet kunne holde ham unna det forferdelige dyret lenge nok til at blodtapet eventuelt gjorde det av med det. Bjørnen så rødt, den så halvalven som spratt rundt og skjøt etter den og den glemte de andre, nå var det denne plageånden som skulle få svi. Jordbjørnen var rask og smidig som en katt og Fhadan innså at han var i alvorlige vanskeligheter. Han prøvde å lokke den vekk fra de andre tre og greide det men nå var det han selv som var i trøbbel. Uten piler måtte han eventuelt gå i nærkamp med dyret og han innså nå at det var å begå selvmord.

Han begynte å lure på om han skulle løpe til elva da det hørtes et avsindig brøl til og ut av skogen kom Ublan som et steinskred og raste rett mot jord bjørnen. Fhadan gispet en kort takk til gudene og så at bjørnen nølte et ørlite grann. Den enorme halvdragen var tre ganger så stor som den selv og pansret og Fhadan hadde aldri innsett hvor skremmende skapningen egentlig var. Men nå var Ublan sint, den luktet Kaleks blod og visste at dette var en fiende og den hadde åpnet den fryktinngytende kjeften vidt opp så alle de fryktelige tennene syntes. Med øredøvende brøl braste de to dyrene sammen, bjørnen prøvde å slå til Ublan i hodet og normalt sett ville et slikt slag ha drept nesten hva som helst men Ublan blunket knapt. I stedet dasket den til bjørnen med ene forbeinet og sendte skrotten metervis av gårde før den bykset etter og grep hele bjørne skrotten i kjeften. Det så avsindig ut, Ublan løftet hele bjørnen og ristet den og bjørnen vrælte i desperasjon og prøvde å klore mot øynene på halvdragen men til ingen nytte. Ublans kjever var sterke, så sterke at ingen av dem hadde innsett det før nå. Massive muskler drev dem og nå bet den ganske enkelt over bjørnen i et eneste bitt. Et siste vræl og jordbjørnen var død. Fhadan sto ennå å peste av sjokk og frykt, nå tok han seg sammen og løp tilbake til de andre.

Han hev seg ned ved siden av Kalek, et blikk var nok til å fastslå at dvergen var død, hodet hadde blitt knust som et egg mot steinen og Fhadan hikstet og kvalte kvalmen som steg i ham av synet. Lathisa lå på bakken som en forvrengt og henkastet dukke og hun var også borte, klørne hadde revet henne nesten i to og synet var nesten ikke til å holde ut. Fhadan prøvde å holde det inne men smaken av galle steg i munnen på ham og han hev seg rundt og kastet opp alt han hadde spist den dagen. Han hadde ikke rukket å bli egentlig kjent med noen av dem, men nå var sorgen merkelig tung og påtrengende. Han løp bort til Jochmun, han lå mot steinen som før og var i live men bare et kort blikk var nok til å se at han var alvorlig skadet. Halvalven knelte ved siden av ham og Jochmun smilte blekt.”De er borte er de ikke?”

 Fhadan nikket usikkert og Jochmun hostet grunt, det var blod på leppene hans.”Alle guder fortære, jeg trodde aldri at dette var slik jeg skulle fare når dagen kom.”

 Fhadan visste ikke hva han skulle si.”Om vi finner en helbreder…”

Jochmun ristet på hodet.”Nytter ikke gutt, uansett, hvor skal dere finne en slik her? Ryggen min er knekt, jeg kjenner ingenting fra brystet og ned lenger. Og lungene på meg fylles med blod, jeg kjenner det.”

 Fhadan svelget og grep handa hans.”Du kan klare det…”

Jochmun ristet på hodet.”Nei, jeg har sett såpass mye slag og skader at jeg vet at jeg dør, ingen kan redde meg nå.”

Fhadan så seg rundt.”Ushara kunne kanskje?”

Jochmun gren på det.”Nei, ikke Ushara. Hun bør ikke legge ytterlige stener til sin byrde. Å prøve å berge meg vil svekke henne, det går jeg ikke med på. Og i verste fall ender jeg opp som noe forferdelig som vil være en fare for dere alle. Nei, la meg fare. Det eneste jeg angrer på er at jeg ikke greide å berge Lathisa, hun var mer for meg enn hun visste.”

Halvalven nikket bare og Jochmun stønnet lavt.”Begrav meg sammen med henne, jeg vil vokte henne i døden som jeg gjorde i livet, kanskje gudene gir meg en ny sjanse.”

Det rant blod fra munnen på den aldrende snikmorderen nå og han gliste svakt.”En jævla jordbjørn ble min bane, ikke et sverd eller en dolk i ryggen. Merkelig egentlig, men kanskje rettferdig. Men jeg har levd et fullt liv, sørg ikke over meg.” Fhadan strøk ham over håret, følte seg hjelpeløs og fortvilet. Jochmun hostet opp mer blod og så grotesk ut nå.”Skriftet Lathisa tok fra Arustere, Wulf må ta vare på det. Det kan være at det faktisk er sannhet i det som blir sagt, og da må det beskyttes og aldri finnes av de som kan misbruke det. Finnes det virkelig en drage der ute fortjener den å være fri, skjønner du? Ingen slik skapning skal måtte krype i støvet for oss usle dødelige.”

Fhadan rensket stemmen.”Jeg forstår, jeg skal si det til ham.”

Jochmun lukket øynene, det var smerte etset inn i ansiktstrekkene hans.”Guder, jeg trodde aldri at en slik skog skulle bli mitt hvilested men hvorfor ikke. Bedre enn søppelfyllinga utenfor bymurene ikke sant? “

Fhadan prøvde å smile men ansiktet var merkelig stivt. Jochmun rallet, brystet hevet og senket seg anstrengt et par ganger og han åpnet øynene igjen en siste gang.”Jeg…elsket henne”

Blikket brast og Fhadan brast i gråt, han ble sittende der og hikste til han hørte at Ublan kvinket og så opp. Ushara kom løpende ut av skogen og hun stanset med et forferdet skrik da hun så hva som hadde skjedd. Brått måtte Fadan la de døde være og ta seg av en besvimt Ushara.

Det tok en stund før hun våknet, han måtte gråtende forklare hva som hadde skjedd og så gråt de sammen til det begynte å mørkne og de innså at det var arbeid som måtte gjøres. Ushara fikk Ublan til å grave en stor grop i skogbunnen, halvdragen sturet noe voldsomt og sutret uavbrutt men gjorde som den fikk beskjed om. Den hadde alltid adlydd henne uten spørsmål og gropa ble flere meter dyp til slutt.

Ushara fant noen fine greiner med grønt og vakkert bar de la i bunnen. Fhadan vasket av de døde og prøvde å få dem til å se noenlunde verdige ut. De la Jochmun og Lathisa tett sammen som om de hadde vært et ektepar, Kalek la de overfor dem igjen og Ushara hikstet mens hun prøvde å dekke ham med litt bar før de fikk Ublan til å dekke graven med jord.”Han var så klaustrofobisk stakkar.”

 Fhadan klappet henne på ryggen.”Han er på et bedre sted nå Ushara, et sted der ingenting skremmer ham mer. Han var så utrolig tapper!”

 Ushara nikket og la de siste greinene over likene, dekket dem ordentlig til. Ublan klynket trist men grov jorda tilbake i gropa og så dekket de godt over med løv og mose og løse greiner så ingen skulle se at det hadde vært gravd der. Ingen skulle få forstyrre deres hvile. Jordbjørnen lot de bare ligge, Ublan bare knurret til kadaveret og nektet å røre det igjen og Ushara måtte hjelpes tilbake til leiren. Hun hulket og gråt ennå og Fhadan undret seg på hva de nå skulle gjøre? Wulf sitt oppdrag hadde feilet i og med at Lathisa var død, han var ikke lenger bundet til kongens ordre. Skrivet var det de måtte konsentrere seg om nå, og om mulig prøve å hjelpe på situasjonen. Ushara falt utmattet i søvn ved bålet og Fhadan ble sittende der alene med sin egen sorg og tvil. Han savnet Barech så det verket i brystet og ville gjort alt for å kjenne elskerens trygge sterke armer rundt seg igjen. Wulf og Barech kom tidligst tilbake dagen etter, det ville bli en lang og tung venting. Han rullet seg sakte inn i teppene sine, stirret fjernt inn i ilden. Nå virket ferden videre som en umulighet men noe de like fullt måtte gi seg i kast med. For verdens skyld, for fredens skyld. Ingen skulle få makt til å kontrollere dragen, ingen som ikke fortjente den kraften.

Midar og Meyret.

Midar hadde begynt å undres på om de noen gang kom til å få forlate Imla's trygge lille sted, det virket for at hun aldri ville slippe de av gårde. Meyret var utålmodig og han hadde ikke mer å lære henne heller. Hun var like god som ham på mange områder nå og stolt av det også. Hun fant seg mer og mer til rette i sin menneskelige kropp og maste ikke men han visste at hun snart ønsket å prøve seg ut. Midar hadde allikevel sine tvil, hun hadde virkelig ikke sett mye av verden, og enda mindre av hva mennesker kunne få til, og hvordan de oppførte seg mot hverandre. Han fryktet at det ville bli et sjokk for henne på mange måter, og han var ikke sikker på om han ville klare å gjøre det sjokket noe mildere. Av og til satt hun der og plukket med halsbåndet med en innadvendt mine og han visste at hun hatet det og ville bli kvitt det. Men ville det virkelig endre noe som helst? Ville hun kunne ta sin gamle skikkelse om det ble borte? Eller var hun for evig fanget i denne menneske kroppen hun så tydelig foraktet i begynnelsen.

Midar prøvde å huske hva han hadde lært om Ar-Marnhu, byen lå helt ytterst i bukta mot storhavet og var temmelig stor. En gang i tida hadde den vært et befestet fort som voktet inngangen til bukta mot pirater og noen mente også at den hadde vært større og mer prektig enn selv Zhymorne. Men det var lenge siden. Det han hadde hørt fra andre var at byen nok var stor men for det meste en slum og at de fleste unngikk den om de kunne. Det hørtes ikke bra ut. Og dette templet der denne relikvien var oppbevart skulle da altså ligge i utkanten av byen, og være ganske godt bevoktet om han ikke husket helt feil. Det var fornuftig, templer inneholdt som regel store verdier siden mange ofret til gudene der og overlot store rikdommer til presteskapet. Antagelig var det så som så med gudeligheten til disse prestene, som regel var det hunger etter makt eller rikdom som trakk dem, eller rett og slett en lengsel etter å kunne føle seg bedre og helligere enn alle andre. Han hadde sett det før, mange ganger. Det var ikke få ganger han hadde ranet templene i Zhymorne for deres rikdommer og sett hvor desperate mange var etter å oppnå gudenes gunst.

Imla gikk der og så like utilnærmelig ut som vanlig og det kom derfor nesten som et sjokk da hun brått en ettermiddag annonserte at tiden var inne og at de kunne reise. Meyret bare stirret og Midar svelget nesten feil i sjokket. Imla bare stirret alvorlig på dem og det var noe i blikket som gav ham frysninger nedover ryggen. Han følte på seg at dette neppe ble noen enkel reise, på noe vis. Imla la hendene på bordet.»Om to dager skal dere reise herfra, dere vil ankomme like ved byen og så er det opp til dere. Ta relikviet, før det til det hellige stedet og magien som binder henne vil forsvinne.»

Midar sukket og prøvde å samle tankene.»Så, da er det jo avgjort. Men hva er dette relikviet for noe og hvordan vet vi hvor vi skal lete?»

Imla fisket frem en bit pergament fra forkleet, det var merkelig hvor lik hun var en vanlig bondekone der og da men utseendet bedro, noe så inderlig også. Hun la biten på bordet, det var en tegning. Midar så på noe som måtte være et slags beger av noe slag, det så ut til å være av metall, temmelig enkelt og uten særlig utsmykking av noe slag. Kort og godt et drikkebeger av det slaget en finner på ei hver kro langs veien.»Er det der et hellig relikvie?»

Vantroen i stemmen hans var temmelig åpenbar og Imla gliste skjevt.»Ja, tro det eller ei. Det ser enkelt ut men utseendet bedrar. Dette begeret var en gang en dolk, og den dolken ble brukt til å riste de hellige runene som gav dragemestrene makt over sine gangere. Prester fryktet makten den hadde og smeltet den om og den havnet i det tempelet for noen hundre år siden. De fleste har glemt hva det egentlig var.»

Midar sukket lavt.”Greit, jeg tror deg. Vet du hvor i tempelet det er?”

Imla ristet på hodet.”Nei, men de fleste slike steder har et skattkammer har de ikke? “

Midar blåste i nesa og følte seg nervøs, det skulle endelig skje og han var langt fra sikker på om dette var så lurt. Imla så smalt på ham.”Det er ille der ute nå, jeg skal ikke lyve for deg. Folk kriger og det vil neppe gi seg, og verden vil endres mye før alt er over.”

Meyret hadde vært taus, hun så ned i bordet med en dyster mine.”Jeg gruer meg, jeg har aldri møtt verden slik før, hva om jeg feiler?”

Imla tok handa hennes nesten kjærlig.”Frykt ikke for det kjære deg, du minst av alle vil feile. Tro meg. Du er sterkere enn du tror, og viktigere enn du tror.”

Meyret bare sukket og så saktmodig ut og Midar ønsket at det var noe han kunne si som kunne muntre henne opp. Imla snudde seg mot ham og gliste litt skjevt, det var noe fandenivoldsk i blikket hennes.”Du vil få bekreftet eller avkreftet ryktet ditt nå Midar, de sa at du var den dyktigste tyven i Zhymorne, det vil si at du var blant de beste som finnes noe sted. Jeg tror du vil få en utfordring her.”

Han gyste og håpet at hun ikke hadde rett i det, han følte seg uforberedt og usikker. Imla reiste seg fra bordet.”Jeg vil se til at dere har alt dere trenger til reisen, frykt ikke for det. Bruk disse to dagene godt, forbered dere og ta farvel med dette stedet, dere vil aldri se det igjen.”

Midar ble litt satt ut av hva hun sa, han følte brått at det ville bli sårt å reise derfra tross alt, det hadde vært slik en fredens plass og han hadde egentlig lært mye mens han var der. Meyret bare satt der og han gikk ut for å trekke frisk luft.

Instinktet sa ham at de nok ville bevitne ting han aldri hadde kunnet forestille seg og bare hans lojalitet til Meyret gav ham styrke til å møte dette på en ordentlig måte. Det å introdusere henne for verden kunne bli en interessant ting på noen måter,

han håpet at Imla gav dem de riktige tingene så de ikke vekket
for mye oppsikt. Han ble sittende å stirre på stjernene en stund
før han gikk inn igjen. Meyret hadde lagt seg og sov
tilsynelatende og Imla var ikke noe sted å se. Han fant senga
med en viss følelse av at han neppe kom til å få sove men
allikevel sovnet han ganske fort.
Neste morgen hadde Imla dekket på til frokost og Midar så
med en gang de nye oppakningene som sto ved døra. De var
fylt med forsyninger og Midar så også våpen som var stappet
ned i dem. Han fikk på seg klærne og løp nesten bort til
utstyret, det var av ypperlig kvalitet og han trakk frem et sverd
fra bunten. Det var nydelig og vanvittig skarpt og han beundret
det flotte håndarbeidet. Den som hadde lagd dette hadde vært
en sann mester i sitt fag. Meyret våknet også og uttrykte sin
forbauselse over de nye tingene. De spiste utålmodig og Midar
visste at han i hvert fall ville savne Imla's mat. De hørte
fottrinn utenfor og Imla kom inn, hun nikket til dem og klappet
på ene sekken."Det er klær og alt annet av felt utstyr, kjeler og
slikt også. Dere vil få bruk for det."
Hun pekte ut døra og smilte litt."Det er noen her som dere bør
møte."
Midar gikk ut, i innhegningen der den svarte ridehesten hadde
stått før sto det nå to vakre skimler, de samme han hadde sett i
drømmen. De var enda flottere nå og han måpte litt. Imla bare
smilte det vanlige nesten likegyldige smilet."De er en gave,
behandle dem vel ellers vil de stikke av."
Midar gikk andektig bort mot innhegningen og hestene kom
bort til ham. De var så like at han hadde problemer med å
skille dem fra hverandre men den ene hadde en liten hvit snipp
og den andre en stjerne midt mellom øynene. Imla krysset
armene over brystet."De heter Vinterfrost og Stjernesang, de
vil ta godt vare på dere for de er mer enn vanlige dyr."
Midar hadde allerede sett det i blikkene deres, de betraktet ham
grundig og ettertenksomt. Meyret kom ut også og gispet
andektig av synet og hestene prustet og så nysgjerrig på henne.

Det hang sadler og hodelag på gjerdet og Midar så at det passet
disse vakre dyrene perfekt. Imla så fort på ham.”Du tenker på
drømmen du hadde ikke sant? “
Midar rykket til., hvor mye var det egentlig hun visste? “Æh,
ja, jeg ventet meg hestene, men..”
Imla så bare kjølig på ham.”Ulvene kommer også, dere vil
finne dem i tempelet. Finn en urne med den glemte gudinnes
segl og knus den.”
Midar svelget kort.”Er de også ment å følge oss?”
Imla nikket.”Skjebnen taler barn, nå mer enn noen gang før.
Verden skifter kurs igjen, maktene blir levende på nytt som
sjelden før. Natt og Mørke er deres navn, de vil hjelpe dere på
ferden.”
Midar gyste kort, for noen navn. Meyret så bare drømmende ut
og Imla nikket til hestene.”Dere kan sadle dem og ri en tur, bli
kjent med dem. I morgen må dere reise, og dere har to dager på
dere for å finne relikvien og komme dere bort fra Ar-Marnhu.”
Midar snudde seg, så skarpt på Imla.”To dager bare? Hvorfor
det?!”
Den merkelige kvinnen så bare rolig på ham.”Fordi Ar-
Marnhu ikke lenger vil eksistere den tredje natten etter at dere
ankommer.!”
Midar trakk pusten skarpt, kunne snaut tro det hun sa.”Hva?!
Hvordan kan det skje? Hvor skal vi gjøre av oss forresten?”
Imla bare så fjernt på ham.”Dere skal ri opp i åsene bak byen
så fort dere har relikviet, der vil dere være trygge. Så skal
kartet jeg gir dere vise dere veien videre.”
Midar satte blikket i henne.”Ved gudene, du gir bare halve
svar. Hva vil skje med byen?!”
Imla trakk på skuldrene, liksom likegyldig.”Det som skjer med
alle byer til slutt, den finner sin ende. Havet kommer Midar, og
krever tilbake det som en gang ble gitt.”
Med de ordene snudde hun og gikk og Midar så bare etter
henne med en følelse av kommende dom i hodet. Meyret
klappet den hesten som måtte være Stjernesang på nesa.”Skal

vi gjøre som hun sa?"
Midar rykket til, et øyeblikk var han forvirret."Ja, det kan vi.
Vi rir en tur. Jeg trenger å få ting litt på avstand. Ved gudene,
om hun bare for en gangs skyld kunne gi et rett frem svar!"
Meyret ristet på hodet."Det tror jeg aldri skjer, Imla vil nok
neppe noen gang endre seg. Jeg tror hun er like gammel som
verden selv, like vanskelig å flytte som de enorme trærne."
Midar bare nikket og hentet en jakke, kledde seg fort om og
salte på hestene. Dyrene sto veloppdragent stille og avslørte at
de var godt trent og sadlene passet perfekt på dem. Midar følte
en slags barnslig fryd over å kunne ri en så flott ganger og
passet på å klappe og stryke Frostvind mye så han fikk et godt
bånd med hesten. Meyret var i salen med et hopp, hun virket
svært ivrig og snart galopperte de langs en skogsti så torv og
jord sprutet fra hestehovene. Midar hadde aldri ridd en bedre
hest noen gang, han visste det umiddelbart.
De hadde dagen foran seg så de la kursen mot åsene over
dalen, Midar hadde snaut vært der og syntes det var merkelig
godt å se noe nytt nå. Skogen sto frodig der og på toppen
senket de tempoet og lot hestene gå langs åsranden der det
vokste lite trær. Utsikten var utrolig flott og de så utover et
land Midar forsto lå et ganske annet sted enn den verdenen han
hørte til i. Et slikt område ville han ha visst om hadde det
eksistert noe sted på hans klode. Imla visste så mye, hun måtte
være en gudinne av noe slag og det hun sa skremte ham. Det
virket ikke for at alt var sikkert ennå, ting kunne skje som ville
endre alt fremdeles og det skremte ham enda mer at han og
Meyret åpenbart hadde så viktige roller i det. Meyret smilte og
virket lite bekymret for øyeblikket, hun var blitt en mesterlig
rytter og han kjente at hjertet svulmet i ham når han så på
henne. Hun hadde blitt så utrolig vakker nå, frisk og sunn og
sterk og det halvlange sølvfargede håret kledde henne
utmerket. Det var umulig nesten å se for seg det mishandlede
knuste vesenet hun hadde vært, og enda vanskeligere for ham å
forestille seg hva hun egentlig var. For ham var hun bare

Meyret og han måtte innrømme for seg selv at han hadde tapt
hjertet sitt til henne. For henne var ikke noe offer for stort.
De red ned igjen fra åsen og satte kurs langsmed sjøen, lot
hestene strekke ut. Midar følte det som om dette var den siste
dagen han hadde i frihet. Neste dag ville de bli nødt til å se
annerledes på tingene, neste dag var de på et oppdrag de ikke
kunne tillate seg å feile med. Det virket ikke for at disse
hestene visste hva det ville si å være slitne og de hadde ridd en
lang tur da de snudde tilbake mot Imla's skog. Meyret var
merkelig taus nå, hun betraktet omgivelsene med fjerne øyne
og han spurte henne hva det var hun tenkte på. Meyret så ned i
manen på Stjernesang, sukket lavt."Dette stedet er så vakkert
og rent, det virker ikke for at det er mye ondskap her. I morgen
tror jeg vi vil måtte møte ondskap Midar, jeg føler det."
 Han kunne ikke svare på det, tok bare handa hennes og gav
den en kort klem og hun klemte tilbake. I et minste ville de
være sammen men Midar var ennå usikker på om han burde ta
henne med seg inn i tempelet eller ei. Han fikk se hvordan ting
var før han tok noen beslutning. Det var stille da de kom
tilbake til hytta. Det sto mat klar for dem og de spiste stille,
Imla var nok et eller annet sted og gudene alene visste hva hun
gjorde. Midar gikk og tok et bad før han la seg den kvelden,
han ante at det kunne bli den siste muligheten han hadde til å
gjøre noe slikt på lenge. Som vanlig sovnet han fort da han la
seg og sov drømmeløst og tungt helt til Imla vekket ham
morgenen etter.
Da var Meyret allerede oppe, hun var kledd i reiseklær og
virket brått voksen og verdig. Det var noe ved henne han ikke
hadde sett før, et slags vemod som kledde henne og han forsto
at hun hadde vokst på flere måter under dette oppholdet.
Antagelig hadde Imla lært henne mye han ikke hadde noen
anelse om. Imla ventet til han hadde kledd seg også, så fikk
han rakt seg en tung jakke med innsydd ringbrynje i. Han
undret seg for så lett og smidig brynje hadde han aldri hørt om
noen gang. Med den på så han ut som en rik mann, kanskje en

ridder til og med. Det aristokratiske ved ham ble mye
tydeligere i hvert fall. De spiste en rask frokost og det virket
nesten som om Imla nå ikke kunne få dem av gårde fort nok,
det hastet visst. Hestene sto klare med oppakning og alt og
Midar følte seg merkelig forvirret, alt skjedde så fort.
Imla rakte ham et stort sammenbrettet kart og en ring av noe
slag, det virket for å være et skjell som var saget opp og satt
sammen igjen for det glimret som perlemor og det var en
meget vakker gjenstand. Hun så strengt på ham.”Når dere er i
åsene legger du ringen over kartet på stedet jeg har avmerket,
magien i ringen vil ta dere dit. Kartet vil vise dere ruten mot
det hellige stedet. La ikke noe sinke dere eller hindre dere for
tiden er kort.”
Midar la kartet og ringen i saltasken og Imla så skjevt på
ham.”Du er forsverget til henne Midar, med kropp og sjel.
Husk det.”
 Han så litt forvirret på henne.”Som om jeg kan glemme det.”
 Imla bare smilte det vitende smilet sitt igjen og klappet ham
på armen.”Hun vil trenge deg unge mann, på flere måter enn
en. La ikke fornuften bli druknet nå.”
Hun rakte Meyret en pose hun stakk ned i saltasken og så steg
de til hest. Midar så at de hadde fått med mye forsyninger og
ante at noe av Imlas magi sikkert lå ved forpakningene så de
aldri ble tomme. Imla satte strenge øyne i dem begge to.”La
ikke noe av det dere ser forlede dere til å forlate den stien dere
skal følge. Dere kan ikke endre noe, husk det. Bare ved å gjøre
det dere skal kan dere forandre skjebnen.”
 Midar klappet hesten på nakken, han følte seg nervøs og redd
og så at Meyret følte det på samme måten. Imla bikket på
hodet, det var noe nesten ertende i det uutgrunnelige blikket
hennes.”lykke til mine venner, og ha en god ferd. Gudene vil
følge dere, tvil ikke på det.”
Midar bare trakk på skuldrene og Meyret rødmet svakt, som
om ordene minnet henne på et eller annet. Imla lukket øynene
og gjorde et slags tegn foran seg i luften, de hørte en dur som

320

av en fjern foss og brått skimret en del av luften foran dem og
de så at noe som lignet en tunell åpnet seg i tomme ingenting.
Den var mørk men det var et hint av lys i andre enden og
Midar kjente at hårene reiste seg på hodet hans. Meyret hikstet
og så ned og Imla så kvast på dem.”Ri nå, åpningen kan ikke
holdes opp særlig lenge, noen i andre enden kan se den.”
 Midar så fort på den merkelige kvinnen, halsen hans føltes
merkelig tett.”Takk…takk for alt du har gjort for oss…”
Hun nikket.”Det er som det skal være. Ri nå, bli hva dere er
ment å være!”
Hun lagde en merkelig lyd og hestene rykket til og travet frem
mot åpningen uten å nøle det aller minste, Midar kunne ikke
gjøre annet enn å henge på. Han så seg tilbake en gang, Imla så
merkelig alene ut der hun sto men han visste at hun neppe var
det. Det var mer ved henne enn noen kunne tro og hun var
antagelig så mektig at han neppe greide fatte det. Midar greide
ikke holde øynene åpne mens de red gjennom tunellen, han
hørte at hestehovene lagde ekko som om de red gjennom
porten til en borg eller noe slikt og så ble det brått stille og han
kjente lukta av sjø og skog. Meyret mumlet noe og han slo
øynene opp, tunellen var borte og de sto i et skogholt som
åpnet seg mot slake åser ned mot havet. Han så byen godt, den
lå et stykke unna og han forsto at ryktene ikke var usanne.
Dette var bare restene av en fordums storhet, en ruin og parodi
på hva den en gang var.
Rundt byen var det mye bebyggelse men det kunne godt
klassifiseres som en slags slum og det var lite farger å se. Mest
bare brunt og grått og trist. Meyret gren på nesa.”Jeg har aldri
skjønt meg på mennesker.”
 Midar måtte trekke på smilebåndet.”Når du nevner det, ikke
jeg heller!”
De smattet på hestene og red sakte nedover. Trakten virket
nesten forlatt, det måtte ha bodd folk der for det var åkre og
små gårder der men ingen var å se og ingenting var tatt vare
på. Midar kjente seg underlig kald nedover ryggen, noe var

aldeles galt der. Han stanset på en liten høyde og stirret mot byen igjen, tempelet var lett å se med sin store flotte kuppel men det virket forfallent. Selv på avstand så han folkemengdene som stimlet sammen i og rundt byen og han forsto at det måtte være folk på flukt fra noe. Antagelig krigen som herjet landene. Det var merkelig men han visste ikke hvor lenge han hadde vært der hos Imla, tiden kunne ha gått i et helt annet tempo enn resten av verden for alt han visste. Meyret pekte mot byen."Det ser ut som om det er ekstra mye folk nær tempelet."

Midar nikket."Antagelig søker de trøst i religion, det er vel normalt i vanskelige tider."

Meyret bikket på hodet."Kan være at det gjør jobben lettere for oss?"

Midar måtte stanse og tenke over det, hun hadde rett. Med så mye folk kunne det være enklere å snike seg inn og han berømmet henne for tankegangen. De fant fort et forlatt lite gårdsbruk ikke så veldig langt fra byen hvor de satte igjen hestene med beskjed om at ingen skulle få røre dem. Dyrene virket for å forstå og Midar visste at det ikke ville nytte å ankomme på slike flotte hester. De ville bli lagt merke til med en gang. I det hele tatt burde de ikke la noen se dem og han aktet ikke å bruke hovedporten. Byen hadde vært viktig en gang i tida, faktisk et realt forsvarsverk men det var lenge siden. Nå vokste det skog helt inntil murene så han regnet med at det gikk å bruke samme metode som da han reddet Meyret fra fangehullet. Mye av muren var temmelig slitt også og gav gode muligheter for å klatre. Men det var folk overalt og det var et problem. Det alltid en sjanse for at noen skulle se dem og Midar brynte hodet sitt med det lenge helt til Meyret kom på ideen med en avledningsmanøvre. Noe som fanget folks oppmerksomhet lenge nok til at de kunne snike seg inn usett. Hun hadde virkelig lært og kunne bli en virkelig god tyv med tiden, de hadde alltids det å falle tilbake på om alt annet feilet. De tilbrakte resten av ettermiddagen med å gå gjennom utstyret og Midar tok med det han regnet med at de trengte. Hans lange erfaring var god å ha og han var sikker på seg selv igjen. Dette var noe han kunne og han begynte å ha mer tro på Meyret også. Hun skjønte tankegangen hans og fulgte hans ideer uten å stille spørsmål ved noe av det. Midar hadde en god ide til avledning også, den var farlig og stygg men effektiv og burde gi dem nok tid til å snike seg frem. De hadde bare denne natten og den neste og han ville bruke denne første natten på å komme seg inn i byen. Meyret var enig og sammen snek de seg ned mot byen da det ble mørkt. Det var folk også utenfor murene men ikke på den siden som var rett mot åsene. Der var det for steinete og kupert til at noen hadde orket å slå seg ned og Midar kjente stanken fra brakke byen på lang avstand. Det var ikke bare lukta men også lydene, det ble aldri helt stille der og det skjulte dem også skulle noen våge seg ut i skogen. Meyret så på bebyggelsen med avsky og han forsto henne. For henne var det atter et eksempel på hvor elendige menneskene kunne være. Bymurene ble ikke voktet lenger, det var for mange der inne og hva var vitsen når portene sto åpne? Det fantes ikke en eneste båt å se ute på bukta og det var underlig men han tenkte ikke stort over det. Murene var høye og en gang solide men det var århundre siden. Her og der hadde stein løsnet og falt ut og han ristet svakt på hodet av forfallet. Meyret fulgte ham som en stille skygge og han fant snart et lovende sted. Det var ganske stille der og han vurderte stille muren. Det vokste en stor alm langs muren og den var ikke like høy som muren men gav et godt startpunkt for en klatretur. Meyret så prøvende på treet og Midar nikket oppmuntrende."Husk det jeg har lært deg, et steg av gangen!" Hun nikket sakte og han festet ryggsekken sin litt bedre og trakk seg opp på de nederste greinene. Det var svært mørkt men han hadde lært å klatre selv i slike forhold og håpet at Meyret også klarte det. Støyen fra byen var svært tydelig, nesten plagsom på et vis. Og lukta rev i nesa, han visste at for mange folk var presset sammen på et lite område og da skjedde slike ting. Han gyste ved tanken på hvilke forhold de levde under, ikke minst barna. Zhymorne hadde hatt sine slum områder også men de var rene luksus strøkene sammenlignet med dette. Denne byen var ganske enkelt ikke ment å huse så mange folk på en gang. Midar antok at det kanskje hadde bodd et par tusen mennesker der da byen var på sitt beste, nå var det kanskje ti ganger så mange presset sammen der inne og han undret seg på hvor ille det kunne være der ute siden folk foretrakk dette fremfor å gjemme seg i skogene og fjellene. Treet var lett å klatre i og han priset i sitt stille sinn skogåndene som hadde formet det på denne flotte måten. Meyret var rett bak ham og han ble litt imponert over henne igjen. Til slutt var det slutt på treet, de grenene som var over dem var for svake til å bære vekten deres og Midar var nøye med å ikke se ned, de var høyt oppe nå. Muren var svært slitt der og han kjente at gamle teknikker og kunster våknet i ham mens han sakte fant seg en vei fremover. Han hadde spent fast små metall blader under støvlene og de var gode å kile fast mellom steinene og gav fotfeste. Meyret hadde de samme og han kikket fort ned for å se om hun klarte det godt og fikk et lite sjokk. Øynene hennes lyste i mørket! De lignet glødende kuler av blåhvitt lys og han bannet for seg selv. Helt menneskelig var hun altså ikke allikevel og dette kunne avsløre dem. Han kunne ikke forstyrre konsentrasjonen hennes nå så han holdt kjeft men kjente at han ble litt urolig igjen. Kanten på muren var like foran dem og de senket farten. Det kunne være at det fantes folk der oppe nå og Midar utnyttet skyggene for alt de var verdt. Han stakk langsomt hodet frem ved siden av en stein i brystvernet og så seg om. Det var folk der oppe men de sov alle som en. Det lå mennesker til og med på gangveien langs toppen av muren der krigere i stridstid sto for å forsvare stedet. Midar bannet lavt innvendig og nikket til Meyret. Han svingte seg inn over kanten og ble stående helt stille mens hun snek seg opp bak ham. Nå kunne de ikke ta sjansen på å vekke noen, de måtte være helt stille.

Det gikk en trapp ned fra muren og Midar pekte på den,
Meyret nikket og sakte snek de seg frem. Begge gikk med
myke sko og Meyret hadde virkelig lært. Hun lagde ikke en
lyd og Midar var stolt av henne. Han ble stående å orientere
seg, tempelet var ikke langt unna men de kunne ikke ta sjansen
på å ta seg inn allerede denne kvelden. De visste for lite. Han
så at det var flere bygninger som sto svært nær tempelet og en
av dem var helt falleferdig. Faktisk så ille at ingen hadde slått
seg ned der. Det fantes ikke lys der så huset var helt forlatt.
Det passet dem perfekt og Midar ledet Meyret gjennom de
smale gatene mens han gyste av stanken og stemningen av
fortapelse. Ingen så dem, Midar var tross alt den beste og snart
sto de foran den falleferdige rønna.
Midar gyste, en gang hadde det sikkert vært en bolig for vakter
eller noe slikt for den var enkel men nå var det mest bare
gammel vane som holdt bygget oppe. Det var livsfarlig kort og
godt og han nølte litt. Meyret så spørrende på ham og han
nikket bare. De fleste slike bygninger har en liten kjeller til
oppbevaring av ting som kan bederves og han tok en liten
runde rundt bygget. Noen katter løp sin vei fresende og han
gliste kort. Det var en luke der, skjult under alskens søppel og
han fikk den opp med vansker. Det var et lite rom der som han
hadde trodd, det stinket til himmels og hadde neppe vært
besøkt på årtier og han vinket på Meyret som gren på nesa men
hoppet ned.
Han fulgte henne og lukket luka varsomt bak seg. Det var
bekmørkt men han hadde en liten lampe i beltet og tente den
med flintstålet sitt. Rommet var bare et par kvadratmeter og
temmelig klaustrofobisk, han så fort på Meyret men hun taklet
det. Hun satte seg ned på en kasse og så spørrende på
ham."Hva nå? Skal vi sitte her hele natta?"
 Midar satte seg ved siden av henne."Nei, vi venter et par
timer, så skal vi ut og rekognosere litt, jeg trenger å vite en
sikker vei inn i tempelet og forhåpentligvis et par reserve ruter
også om noe skjærer seg."

Hun ristet på seg, skar en grimase.”Dette stedet lukter verre enn en dass, og jeg liker det ikke i det hele tatt men jeg får holde ut. Men hva slags farer kan et slikt tempel romme? Prestene er neppe krigere?”

 Midar strakte beina.”Besvergelser, feller, alskens faenskap som de har tenkt ut. Prester vil som regel ikke skilles ad med rikdommen de har raket til seg.”

Meyret sukket lavt.”Mennesker er så merkelige slik, rikdom er liksom alt for dem. Det eneste som betyr noe liksom. Jeg forsto det før tror jeg, men ikke nå lenger.”

 Midar så litt forundret på henne, hun hadde aldri nevnt fortiden sin slik.”Virkelig?”

 Hun så ned i støvet, det var noe fjernt i blikket hennes.”Ja, en gang var rikdom også viktig for meg. Jeg tror gull har en slags tiltrekningskraft på drager, noe de ikke kan motstå.”

 Midar nikket ettertenksomt.”Jo, jeg har jo hørt eventyr om drager som har voktet gullskatter men trodde det bare var nettopp eventyr.”

 Hun trakk knærne opp og la hodet på dem, så ut som en uvanlig vakker ungjente der og da.”Noen av mitt folk lå på skatter de hadde samlet seg, forlot dem aldri. Mange døde der, mens de voktet skattene sine. Jeg var aldri av dem. Ilden i meg var for sterk og vill”

Midar så skjevt på henne, han visste ikke helt om han likte dette men han var nysgjerrig også.

“Men svar meg på en ting Meyret, jeg trodde alle dragene forsvant med dragemesterne? Måtte de ikke adlyde mestrene?”

Hun så smalt på ham, det lyste svakt i blikket hennes fremdeles og det så vanvittig ut.”Alle forsvant ikke med mestrene, bare stordragene, de første. Noen drager ble igjen og vi hadde ingen vi måtte lyde lenger og spilte våre egne spill. Jeg hadde aldri tjent noen, mitt hjerte var vilt og mørkt og jeg så alt og alle som leker jeg kunne gjøre det jeg ville med.” Hodet hennes sank ned på knærne igjen.”Guder, jeg var et monster!”

Midar svelget sakte.”Ikke vær så hard mot deg selv Meyret, du er noe annet nå. Du har valg nå, kan bli noe annet, gjøre godt igjen noe av det du gjorde!”

Hun hikstet, gjemte ansiktet for ham.”Men du vet ikke alt jeg gjorde Midar, jeg var døden selv. Jeg drepte tusener, knuste dem, brant dem, rev dem i småbiter. Jeg tror aldri jeg kan sone nok for det.”

Han følte seg litt usikker over åpenheten hennes .”Meyret, det var lenge siden. Som jeg sa, du er noe annet nå.”

Hun svelget litt sårt.”Ja, jeg er bare et menneske nå. Jeg begynner å tro at verden er best tjent med det, at jeg bare er et menneske. Om jeg blir drage igjen, hva om jeg blir like ond som jeg var?”

Midar ante ikke helt hva han skulle si. At det var lite sannsynlig? At han trodde på henne? Hun svelget igjen, ansiktet presset mot knærne.”Jeg vet at makten som vil vekkes i meg vil være vanvittig, at den vil forandre alt. Jeg vet ikke lenger om jeg ønsker det.”

Midar ok seg litt nærmere henne.”Hvorfor ikke?”

Hun skalv svakt og strøk håret ut av ansiktet, øynene hennes skinte igjen.”Fordi jeg ikke fortjener annet enn å være menneske, retten til å ri på vindene er ikke lenger min. Jeg føler det. Jeg liker det Midar, jeg liker å være menneske, å føle og leve og ikke kjenne morgendagen. Og jeg …”

Hun ble taus og så bort og han så at underleppa hennes bevret aldri så lite.”Ikke vær redd Meyret, bare slipp det ut”

Hun så på ham, det var en slags naken ærlighet i ansiktet som var svært fascinerende.”I det siste… jeg vet ikke hvordan jeg skal si det men…”

Hun tok seg synlig sammen.”Det å være menneske er så komplisert, dere har så mange følelser jeg ikke har kunnet forestille meg, så mange tanker og måter å gjøre ting på. Det er så mye mer ved å være menneske enn ved å være den jeg var, så mye nytt. Det er så friskt og fremmed og spennende og skrekkelig på en og samme tid.”

Midar holdt bare munn, lot henne snakke."Da de stjal meg fra
deg var jeg sikker på at de kom til å drepe meg, og jeg ønsket
døden velkommen. Det de gjorde var så grusomt at ikke noe
jeg hadde opplevd kunne forberedt meg på det. Bare tanken på
dem gjør meg redd fremdeles, jeg kan føle hendene deres på
meg, huske det de gjorde. Det er som om lukten av dem ennå
henger ved meg"
Hun hev etter pusten."I det siste har…har jeg tenkt på deg
Midar, og tenkt… tenkt at om du gjorde de tingene med meg
ville det ikke være fryktelig, er jeg blitt gal?"
 Midar svelget hardt selv, det hun hadde åpenbart var temmelig
overraskende og ikke så rent lite flatterende for hans stolthet.
Men også vanskelig, svært svært vanskelig."Meyret, er du
sikker på at.."
 Hun snudde ansiktet mot ham, det glitret i tårer på kinnene
hennes."Jeg er sikker Midar, jeg aner ikke hva denne følelsen
er men hver gang jeg ser på deg er det som om brystet mitt
verker, som om alt jeg er skriker at jeg er din, på alle måter!"
Han trakk pusten dypt, kunne ikke være uærlig overfor henne.
Hun hadde vært bunnløst ærlig overfor ham, han skyldte henne
det samme."Meyret, jeg føler det samme for deg!"
Hun gispet, så forskrekket ut men så ble hun åpenbart glad og
strålte opp."Å Midar, jeg…jeg vet ikke hva jeg skal si!"
Midar tok handa hennes og klemte den varsomt."Ikke si noe,
det er nok at vi begge vet. Nå må vi konsentrere oss om dette
vi skal gjøre, etterpå kan vi avgjøre hva vi skal gjøre med disse
følelsene."
 Hun så brått blyg ut."Det er fint, jeg måtte bare få det ut, alt
føles bedre nå."
Midar vågde seg til å strekke handa ut og stryke henne over
håret. Hun lente seg mot berøringen som en kjælen kattunge og
noe underlig rørte seg i ham, en følelse av makt han ikke visste
om han likte. Han hadde henne i sin hule hånd, var han verdig
den tilliten? Hadde han noen rett til å følge det hjertet hans
hvisket om? Men ved gudene, han husket hvordan hun hadde

vært da han fant henne, hva som ble gjort mot henne. Var det galt av ham å ville gi henne nye minner i stedet, gode minner? Vise henne at verden ikke bare var ond? Han ristet tankene ut av hodet og konsentrerte seg i stedet.”Hvil litt Meyret, snart skal vi ut og spionere på noen tørre gamle prester!”
 Det gikk et par timer i stillhet til natten var på sitt mørkeste, da snek de seg opp av kjelleren og tok seg frem i skyggene langs tempel muren. Det var et stort bygg, imponerende nok fremdeles selv om det var temmelig forfallent og dårlig vedlikeholdt. Det stinket like ille der som alle andre steder og Midar så at mange lå og sov på den vesle tempel plassen. Folk søkte den tryggheten de kunne selv om den kun var en illusjon. De kunne ikke snike seg inn den veien, noen kunne se dem og Midar brukte øynene godt. Selv et slikt gammelt sted hadde nok feller på de mer tilgjengelige stedene og selv om de antagelig var gamle kunne de nok ennå være brukbare. Han burde unngå de rutene som en kunne forutse at en tyv ville bruke. Han tegnet seg et mentalt kart over stedet mens de snek seg frem, i forhold til templene i Zhymorne var dette stedet enkelt, nesten sjuskete på et vis. Det var ikke bygd med den prakten og ekstravagansen han var vant med og antagelig var det likedan på innsiden også.
Midar forsto snart at det meste av komplekset faktisk lå under bakkenivå. Tempel bygget i seg selv var ikke stort nok for noe særlig annet enn vanlig tilbedelse og kanskje et par ekstra små haller til feiringer og den slags. Presteskapet bodde sikkert i kjelleren og det var nok der et eventuelt skattkammer måtte søkes opp også. Han begynte å skjønne hvordan bygningen var satt sammen, år med erfaring fortalte ham at inngangen til kjelleren måtte ligge bak i bygget, og dit kom de seg neppe nå. De var nødt til å satse alt på et kort, og håpe at planen deres om en avledning ville virke. Det var ganske stille der, tempelet hadde en viss verdig atmosfære men Midar ante at prestene garantert utnyttet situasjonen. Om de var hederlige ville de aldri tillatt så mange folk å slå seg til der, under slike

forferdelige forhold. Meyret fulgte ham som en skygge og han gledet seg over hvor mye hun hadde lært. De hadde nesten fullført en hel runde da han hørte stemmer og senket farten. Lyden kom fra et lite skur som sto lent mot tempel muren og et svakt flakkende lys røpet et lite bål. Midar gav tegn til Meyret om at hun skulle bli der hun var mens han snek seg litt nærmere. Det kunne være at de kunne få viktig informasjon og han var nysgjerrig.

Skuret var lite men tydeligvis rene luksusen, det var to personer med klasse som satt der, han hørte det på språket. Han var fullstendig lydløs da han snek seg bort til den gisne treveggen og fort tittet gjennom en sprekk. Det var helt klart at disse karene hadde sett bedre dager. Begge to var kledd i kapper og klær som en gang hadde vært fine men som nå var så slitt og møkkete at fargen var umulig å si. De var langhåret og skjeggete og stinket og begge hadde et kroppsspråk som røpet håpløshet og frykt. Midar fikk en slags følelse av medlidenhet med dem. Den ene karen kastet litt ved på bålet og snufset, den andre trakk kappen tettere om seg og hutret synlig.”Alle djevler fortære, jeg tror enden er nær”

Det var mannen som la på ved som snakket, stemmen var rusten og lav og den andre sukket og nikket.”Ikke ei skute å oppdrive etter at sjøen oppførte seg så rart og snart finnes det ikke mer mat her heller”

Mannen som frøs løftet en liten pose, det var ikke mye i den om noe i det hele tatt.”Det siste brødet vårt, det er bare smuler igjen. Og det lukter mugg!”

 Den andre sukket tungt.”Vi har ingen ting igjen å handle med min venn, alt er borte. Selv ringen min kone gav meg er borte nå. Vi kan like gjerne legge oss til å vente på døden, de døde er de heldige nå.”

 Midar ante at de to kanskje var adelige og tanken på at folk så høyt oppe kunne havne i en slik situasjon fortalte ham at ting virkelig var ille. Den kappekledde hostet stygt og lente seg forover igjen.”Hva sa vaktene?”

Den andre lente seg mot veggen, det knaket i den.”Lite nytt, alle kjemper som besatt. Og ingen ser ut til å stanse heller. Alle tror at fienden har den fordømte dragen, antagelig er det bare et rykte.”
Midar fniste nesten, de skulle likt å vite at den fordømte dragen var der i mørket ikke mange fot fra dem. Mannen blåste i nesa.”Alle prøver å unnslippe galskapen, vaktene vil stenge portene snart. Det er ikke mulig å presse inn flere her. Jeg fatter det ikke, prestene sier at byen kan berge folk fra bandene og tvangs verving men det er ingen redning her. Jeg vet det bare!”
 Den kappe kledde sukket tungt.”Nei, her er det bare død og fordervelse, som alle andre steder.” De to ble stille igjen og Midar snek seg tilbake. Så det var virkelig krigen og alt den førte med seg som fikk folk til å klumpe seg sammen på dette viset. Det var lite lurt, men i desperasjon gjør folk de mest vanvittige ting. Meyret ventet utålmodig og Midar fortalte fort hva de hadde sagt, hun rykket til da han nevnte årsaken til krigen. Det vellet tårer opp i øynene hennes og hun så ned, duknakket og fortvilet.
“Dette er min skyld er det ikke? Var det ikke for meg ville dette aldri ha skjedd!”
 Midar omfavnet henne varsomt.”Nei Meyret, det er ikke din skyld. Hvordan kan du tro det? Det var de som fanget deg og holdt deg fanget som har skylden for dette. Det er menneskets grådige natur du skal skylde på.”
Hun smilte svakt og nikket og de snek seg tilbake til kjelleren. Midar tok opp litt niste og de spiste sakte. De måtte holde seg der denne dagen og bruke neste natt til å komme seg inn i tempelet og finne relikvien. Midar la seg nedpå da han hadde spist, de fikk spare på energien og forberede seg mentalt og han følte at det Imla sa lå som en stein i hodet på ham. Byen ville ikke være noe mer et døgn etter at de tok relikviet, havet kommer hadde hun sagt? Hva betydde det egentlig? Han fryktet at de ville finne det ut, og at det var verre enn han

kunne forestille seg.

Dagslyset avslørte virkelig elendigheten. Midar vågde seg en liten tur opp, ikledd en stinkende fille av et plagg som antagelig hadde vært en melsekk en gang i tiden. Han så folk som så ut som om de var døden nær av sult, og alle hus var proppfulle av mennesker. Det var ikke så mye som ei bikkje å se noe sted, alt som kunne spises var spist for lengst og han kjente at noe i ham vrengte seg ved tanken på hva som kunne skje her snart. Han var sikker på at mange kom til å dø, om ikke alle sammen. Og det var ingenting han kunne gjøre med det! Følelsen av desperasjon var intens og knugende og han var nesten på gråten da han snek seg inn i kjelleren igjen. Natten lot liksom vente på seg men til slutt kom mørket snikende tilbake og ting roet seg. Det ble en virkelig mørk natt for det var overskyet og et iskaldt regn skylte ned fra de dystre skyene. Midar og Meyret ventet til det ble virkelig mørkt, da snek de seg gjennom byen til de nådde den andre siden av den. Der var det en del lagerbygninger som huset temmelig mange folk. Midar hadde hjertet i halsen men det var ingen vei utenom nå. Han fant et skjermet lite hjørne og tente på noe søppel han fant der. Da det brant godt skyndte de seg tilbake mot tempelet. Midar hadde oppdaget en svakhet dagen før, en port som antagelig ledet inn til et lager for matvarer og slikt og selv om den var låst var låsen primitiv og enkel. Å få den opp var ikke engang en utfordring for ham. Det var et lager akkurat som han hadde trodd, tomt og støvete men det gikk dører videre fra det og Meyret løftet hodet og snuste forsiktig."Det lukter mat her!"

Midar nikket."Det er sikkert et kjøkken her et sted, selv presteskapet trenger vel mat vil jeg tro."

De valgte en dør videre og snek seg gjennom den, de kom ut i noe som garantert var en spisesal. Den var enkel men ren og en nesten skrikende kontrast til forholdene utenfor murene. Her var det ikke skitt og stank men hvitmalte vegger og fine tepper overalt. Midar knep øynene sammen, samtlige bilder var vevd

med et religiøst motiv men han mistenkte at helligheten sjelden spredte seg særlig mye lengre enn til utkanten av teppet. Meyret la hodet på skakke.”Jeg hører ingen folk her?”
 Midar fant døra inn til kjøkkenet, der luktet det herlig av alskens mat og det virket for at spisskammerset var stappfullt. Utenfor sultet folk nesten i hjel og her satt prestene og koste seg? Midar kjente at det strammet seg i halsen, hvor var rettferdigheten i dette? Meyret pekte mot en dør som antagelig ledet ut i selve tempel komplekset og Midar nikket og snek seg etter henne. Det var stille men de kunne høre en svak lyd Midar etter litt kjente igjen. Det var lavmælt messing og Meyret gliste litt uskikkelig.”De er visst opptatt med sitt” Midar prøvde å orientere seg, målet lå garantert nede i bygget og de måtte finne en nedgang litt fort. Natta varte ikke evig heller og de skulle ut igjen også. Gangen de var i var ganske bred og Midar gikk langs veggen og holdt ørene åpne. Meyret gren på nesa, hun likte ikke lukta der og Midar skjønte henne. Det luktet temmelig innestengt og han syntes det minte ham faretruende mye om lukta av stedet der han ble tatt til fange og tvunget til å ta på seg oppdraget med å finne Meyret. Messingen var høyere nå og Meyret pekte mot en dør til venstre, den var halvåpen og de kjente lukta av røkelse og svette. Bak den døra var det noe som lignet en trappenedgang og han bet tennene sammen. De måtte satse på å komme seg forbi usett, om prestene var midt i bønnene sine kunne det gå. Meyret så spørrende på ham og han gav tegn til at hun skulle gå. De snek seg frem og takket det faktum at golvet var dekket med støv. Det dempet lyden av føttene deres og Midar holdt nesten pusten da de passerte døra. Innenfra hørte de den samme messingen sammen med en litt skarp stemme som resiterte noe som sikkert var hellige vers. De hørtes ikke særlig hellige ut for den som leste la ikke særlig følelse med i det. Det var en trapp som de hadde trodd og den var mye brukt for det lå ikke støv der i det hele tatt. Midar trakk pusten og konsentrerte seg, var det feller her burde han greie å avsløre

dem. Meyret fulgte hakk i hæl og han gikk sakte og stille nedover trinnene. Han fant fort en felle, en helle i ene trinnet var løs og avslørte seg på at det lå støv på den. Ingen tråkket på den siden de visste om den og dermed så den ganske så annerledes ut. Antagelig ville den som tråkket på den falle gjennom en fallem eller få noe i hodet.

Meyret fulgte med så godt hun kunne og på veien ned så de også en snublefelle og noe som nok hadde vært et slags selvskudd som nå var desarmert siden den nok var bortimot forhistorisk og neppe effektiv. Trappa endte i en gang som hadde temmelig mange dører videre og flere av dem så ut som om de ledet til større haller eller bolig områder for prestene. Han måtte prøve å finne riktig dør fort og Meyret stirret på de ulike dørene med smale øyne.»Jeg tror det må være i denne retningen!»

Han så fort på henne.»Hvorfor tror du det?»

Hun gliste svakt, la hodet på skakke.»Det lukter gull her, jeg kan kjenne det!»

Midar så litt forbauset på henne.»Kan du faktisk kjenne det?»

Hun nikket og pekte innover gangen.»Ja, noen drager er gale etter gull, jeg er ikke slik men jeg kjenner lukta ja.»

Midar fulgte etter henne.»Praktisk!»

Gangen svingte en del, så kom de til et stort gitter som stengte den. Døra i gitteret var av det solide slaget og låsen temmelig forseggjort. Midar så at den var brukt en del og den var også innklint med noe som nok var giftig ved berøring. Han hadde tatt med seg hansker så noe stort problem var det ikke. Det var en utfordring han likte og Meyret sto nesten å trippet mens han langsomt dirket seg gjennom låsens skjulte hemmeligheter. Han svettet litt, prestene kunne umulig sitte i bønn hele natten heller og han var engstelig for hvordan de skulle greie å ta seg ut igjen usett. Omsider gav låsen etter og han skyndte seg gjennom før han lot låsen gli nesten i lås igjen. Om noen kom vandrende så den låst ut og Meyret så litt fandenivoldsk ut. Gangen videre var mørk, det fantes ikke lamper der og Midar

kunne bare håpe at den vesle lampen de bar med seg ikke ble
sett. Meyret var på sporet som den rene hunden og han kunne
bare henge på. Det var en del dører også der men de var neppe
brukt særlig ofte. Et par av dem virket for å lede inn til rene
fangehull og Midar skjønte at disse såkalte hellige nok hadde
en del svin på skogen.
Til slutt sto de foran en ganske stor dør lagd av jernforsterket
eik og den var ganske så respektinngytende. Meyret nikket
ivrig."Bak denne døra, jeg kan føle det!"
 Midar sukket og så seg rundt. Det kunne være feller også der
og han betraktet døra med smale øyne og konsentrasjon. Det
var en lås der og den så ganske komplisert ut men Midar
gjennomskuet det med et glis. Låsen var en felle i seg selv, den
åpnet ikke døra i det hele tatt men holdt en tyv opptatt så lenge
at han ble oppdaget. Selve åpningsmekanismen var skjult i det
kompliserte mønsteret av utskjæringer som dekket døra.
Meyret så spørrende på ham og han pekte fort på
utskjæringene.
"Det er steder vi må trykke på, i riktig rekkefølge!"
 Meyret rynket pannen og satte trutmunn, øynene hennes
glødet svakt. Midar ventet litt, han ante at hun forsto mer av
dette enn en skulle tro. Hun bikket på hodet og gikk frem og
tilbake et par ganger, så begynte hun å trykke på utskjæringene
på en temmelig målbevisst måte. Midar følte en fort trang til å
be henne stanse men det var åpenbart at hun visste hva hun
gjorde. Etter litt lød det en svak knaking og døra gled opp på
gløtt. Midar trakk pusten dypt og løftet lampen. Innenfor døra
var det en ganske bred og lang gang og på hver side av den var
det ganske dype avskilte båser som virket for å være stappet
aldeles fulle av verdisaker. Midar måtte svelge flere ganger da
han skjønte hvor mange det var og hvor mye verdier som
fantes der.
"Hvordan skal vi finne den forbanna relikviet her?"
Han følte en trang til å rive seg i håret, det kunne ta år å gå
gjennom alt som fantes der.

Meyret så rolig på ham."Ved å bruke sunn fornuft. Den er gammel, jeg vil tro at de eldste tingene er innerst i rommet."

Midar sukket og fulgte henne, døra bak dem gled igjen men han regnet med at de burde greie å komme seg ut igjen uten større problemer. Overalt var det ting, stappet helt oppunder taket. Det var alt fra sølvtøy og kunst til kasser med gull og edelsteiner. Verdiene i dette store rommet var vanvittige, han kunne ikke engang begynne å forestille seg hva alt var verdt. Meyret brukte øynene og smilte litt selvbevisst."Se? Tingene blir eldre jo lengre inn vi kommer!"

Midar så at hun hadde rett og hun økte farten. Lengst inne var et avstengt rom, det var adskilt fra resten av hallen med et solid gitter og han så at dette nok var gamle skatter. Mange av tingene hadde et religiøst tilsnitt og mengden støv fortalte at dette stedet sjelden ble besøkt. Meyret pekte, armen hennes dirret av iver."Ser du? Den pidestallen der? Det er begeret!" Midar kjente at iveren begynte å gjøre seg gjeldende, de måtte skynde seg. Det var ingen lås på døra inn til denne avdelingen, bare en vanlig dør og de snek seg inn med en følelse av andakt. Det var mange ting der som var fantastisk vakre og Midar kunne ikke bære seg for å tenke at folket der ute fortjente dette mer enn disse inntørkede prestene. Meyret gikk bort til pidestallen, det var begeret de hadde sett tegningen av og Midar løftet det varsomt ned. Det var uventet tungt og han la det fort i en sekk han hengte over ryggen. Meyret tok en runde og kikket med skarpe øyne etter krukken Imla hadde bedt dem finne. Det tok en stund før hun fant den og den var stablet mot veggen som om noen bare hadde kastet den fra seg. Midar skjønte at Imla hadde lært henne hvordan den så ut og hvordan symbolet så ut også, han var glad til for nå ville han ut derfra. De var i ferd med å stenge døra etter seg da de hørte en svak lyd. Det var noen som var på vei mot skattkammeret og Midar hikstet fort og åpnet døra igjen. Bak dem var det et par massive kasser og de hev seg ned bak dem og slukket lyset. Det tok noen sekunder, så gikk hoveddøra opp og to prester kom inn med en liten kasse mellom seg. De var godt oppe i årene og begge to var glattbarbert på hodet som seg hør og bør. Den ene var lang og tynn mens den andre var heller kortvokst med en gedigen vom som disset og gynget når han beveget seg. Karene stønnet av anstrengelse og den lange karen åpnet bingen nærmest døra. Midar holdt pusten og Meyret lå bak ham og klynget seg til krukka. Mennene la kista inn, det var bare så vidt det var plass til den og det smalt i døra da de slo den igjen. Den lange slo støvet av hendene og strakte seg.”Ved gudenes tenner Morich, noen slike dager til og vi må begynne å bruke fangekjelleren også.”

 Morich gliste synlig og Midar kjente at sinnet begynte å koke i ham.”Ja, lovet være vår ærede leder. De gir virkelig så det monner, bønner har blitt mer populært enn noen gang før.” Den lange karen nikket og rettet på den grå kjortelen sin.”Gudene elsker oss, jeg sverger på det. Vi er rikere enn kongen snart, og alt bare for å bli bedt for. Jeg håper krigen aldri gir seg.”

Morich kneggeit og slo den lange vennen i ryggen.”Det gjør den neppe, alle djevler velsigne den dragen om den finnes, den har gjort oss en stor tjeneste. Folket ber igjen!”

 Meyret rykket til, hun så opp og det glødet i blikket hennes igjen, Midar kunne nesten høre henne knurre, han la handa på armen hennes og kjente at den dirret. Hun stirret på de to med hat i blikket og de ble stående å stirre rundt seg med uro i blikket. De merket at de ble sett på og Midar begynte å svette så smått. Morich hevet lampen han bar litt.”Goran, jeg tror det er spor av folk her? Har noen vært her i det siste? “

Midar bannet, de hadde avsatt fine spor i støvet og innerst i rommet var det ingen som hadde gått på lenge. Goran ristet på hodet.”Nei, ingen har hatt noen ærend her nede på en god stund. Det var pussig!”

Mannen virket for å ønske å gå nærmere og Midar ante ikke hva de skulle gjøre. Han hadde en dolk og et lite sverd men var ingen stridsmann. Han ønsket ikke å drepe noen og visste at en

kamp kunne bli avslørt om mennene rakk å rope eller noe.
Meyret så litt nervøst på ham og han bet seg i underleppa og
ristet på hodet. De var i skjul bak kassene men om de to
prestene kom nærmere ble de garantert oppdaget. Karene
begynte å gå, de så på sporene i støvet og Midar visste at de
ville gå helt bort til avdelingen de var skjult i. Meyret fanget
blikket hans og trakk frem krukka, hun hadde noe mørkt i
øynene han ikke visste om han likte. Han ville stanse henne
men kunne ikke røre seg og hun trakk sakte ut proppen i
krukka. Først skjedde ikke noe, så seg en slags røyk ut av
krukka, den la seg langs golvet og så nesten ut som tykk tåke.
De to prestene så tåken og stanset litt perpleks, Midar kjente at
hjertet hans hamret vilt i brystet. Hva kom til å skje nå? Hva
var det Imla hadde lært Meyret? Meyret så ned i golvet, skjulte
øynene mens hun mumlet noe uhørbart og tåka lyste et
øyeblikk opp som om flere tusen små lys var skjult i den. Så
ble den svart og de to prestene hadde begynt å snu seg for å
løpe. Temperaturen der hadde ramlet temmelig mye og Midar
kjente at alle instinkter fortalte ham at det var fare der.
Det skjedde fort, så fort at øyet nesten ikke greide å fange det
opp, fra å være en tåkedott var det brått to enorme ulver, svarte
som en natt uten stjerner med gylne øyne og de var i spranget i
det øyeblikket de var formet. De to prestene åpnet munnen for
å skrike men ingen av dem rakk å komme så langt. De ble
revet overende av de to enorme dyrene og Midar hørte bare
den gyselige lyden av bein som knuses og kjøtt som flerres.
Det lød litt ralling og så løftet de to ulvene hodene og slikket
seg fornøyd om kjeften. Meyret smilte svakt og reiste seg,
åpnet døra igjen. Midar kjente seg litt usikker men visste at de
to dyrene var på deres side.
Meyret gikk mot dem med et smil, dyrene pistret og logret som
hunder og slikket hendene hennes og Midar forsto at de nok
adlød henne mer enn ham. De hilste på ham også og han ble
nesten lamslått av makten han følte i dem. Øynene var milde
og han visste at de alltid ville hjelpe ham, det var ganske

betryggende. Meyret klappet dem på siden og smilte."Vi får komme oss ut, guttene vil hjelpe oss med det!"
Midar kunne bare nikke og Meyret åpnet døra ut. Det var mørkt i gangen som før men de tok lampen fra de døde prestene og skyndte seg ut. Natt og Mørke løp foran dem og det gikk ikke lenge før de møtte de første prestene. Natt bønnen var unnagjort og nå var det folk overalt der. Midar var brått takknemlig for at de hadde blitt forstyrret, uten de to ulvene ville de ikke greid å komme seg ut igjen. Det lød vettskremte skrik når de to gigantiske ulvene styrtet frem fra mørket og hev seg over prestene og Midar og Meyret ble ikke engang lagt merke til. Midar rev til seg to kapper fra prester de to ulvene drepte og med dem på kunne de to fort forveksles med prester på flukt fra dette forferdelige.
Natt og Mørke var overalt på en gang virket det for, skrikene hørtes over hele tempelet og Midar hadde ingen vansker med å få seg selv og Meyret tilbake gjennom kjøkkenet og lageret. Utenfor murene var det kaos igjen, det brant i bygården der de hadde tent på og det var folk overalt. Nå lød skrikene fra tempelet også og fikk de som hadde slått seg til på tempelplassen på beina. Midar og Meyret løp så fort de kunne mot muren der de hadde kommet over og bak dem var det komplett kaos nå. Folk flyktet fra brannen som spredte seg foruroligende fort og i tempelet var det også noe som skjedde for flere vettskremte prester kom rasende ut med ville hyl. Bak dem kom to demoner i ulveskikkelse løpende mens de snerret og glefset og folk flyktet vilt i alle retninger. Midar måtte nesten le men Meyret så strengt på ham."Vi må skynde oss"
De klatret ned igjen så fort de greide og nedenfor murene sto allerede de to ulvene og ventet på dem med vaggende haler og ivrige pip. Midar så at Meyret hadde krukka med seg ennå og så spørrende på henne, hun gliste bredt og viste ham den. Hun hadde fylt den opp med edelsteiner og han ristet på hodet med et lite smil. De kunne komme til å trenge litt ekstra så det var kjapt og riktig tenkt. De fortet seg opp av skogen og mot stedet

der hestene ventet og Midar følte en merkelig uro i kroppen. Det var begynt å bli lyst og han visste at i løpet av denne dagen kom byen til å bli ødelagt. Han fryktet faktisk at brannen de hadde startet skulle bli årsaken til det, det brant godt og de så røyksøyla på lang avstand.

Meyret så på røyken med litt blekt ansikt."Mange kommer til å brenne i hjel!"

Midar ville trøste henne men han hadde fått noe annet å tenke på. De var i åsen nå og var nesten fremme og han så ut mot bukta. Et eller annet skjedde der ute, han forsto egentlig ikke hva han så. Bukta var så bred der at en snaut nok kunne ane andre siden av den, men nå var det brått land midt i den? Det var umulig men allikevel var det en stripe av tørt land der og den virket for å bli bredere mens han så på den? Meyret så det også og hun gispet og så storøyd på ham."Det skjer!"

 Midar bet tennene sammen og tok henne i armen, fikk henne til å løpe igjen."Tydeligvis, men jeg tror ikke vi bør bli her for å se på!"

De raste inn på det forlatte gårdsbruket og hentet hestene, dyrene var urolige og Meyret var underlig stille. Det var et alvor i blikket hennes som fortalte ham at hun visste mer enn hun ville ut med. De fikk salt opp og red opp åsen og når han så seg tilbake nå så han at den smale stripen med land var blitt en øy, det burde ikke være mulig for hvordan kunne bunnen av bukta heve seg så mye? Ulvene travet foran dem og da de var på toppen av åsen stanset de og så seg tilbake. Meyret gispet lavt og pekte. Byen brant nå, flammene hadde spredt seg over mye av den bydelen og de så at det var mengder av folk der som prøvde å komme seg bort fra byen. Og sjøen utenfor byen slo og virvlet som om en eller annen monstrøs men usynlig guddom sto og rørte i den som en kokk rører i en kjele med grøt. Bølger slo mot land stadig kvassere og større og Midar så mot den voksende øya. Den begynte å bølge frem og tilbake som om den var av vann, det var vanvittig å se på og de kjente at bakken under beina på dem også rørte seg. Meyret bet tennene sammen."Jordskjelv!"

Midar klamret seg til salhornet, hestene sto og skalv men de løp ikke ut. Øya der ute ristet noe voldsomt og brått og voldsomt forsvant den ned under vannet igjen med et drønn som fikk ørene deres til å verke. Og vannet slo tilbake som en enorm vegg, skittenbrun og skummende. Meyret gispet av skrekk og nå forsto Midar hva Imla mente med at havet kom. En vegg av vann spredte seg fra stedet og den ble bare større jo nærmere den kom land. Bakken ristet fremdeles og Midar kunne knapt forstå at en bølge kunne bli så enorm. Den kom til å rekke langt opp i åsen og han forsto at alle der nede var fortapt.

Meyret snudde seg med et stønn og de to ulvene pep litt, de så på det med uutgrunnelig blikk og Midar misunte dem roen. Folk prøvde flykte, han så det på avstand. De prøvde løpe mot åsen men det var ingen vits, bølgen kom fortere enn en galopperende hest og den var minst fem ganger så bøy som bymurene. Som en gigantisk mørk skygge suste den over byen og slo mot åsen med et sus og et brøl han aldri ville kunne glemme. Alt var borte, det var en skummende sjø de så på der det før hadde vært en by med skog og åpne jorder rundt. Så trakk vannet seg tilbake og rev med seg alt løst, trær rester av hus og folk og fe. Det var vanvittig å se, en sydende heksegryte av alskens løsøre og jord og skum. Midar så at vannet kom tilbake i alt fem ganger, så roet det seg. Jordskjelvet hadde gitt seg og øya var helt borte og det samme var alt langs bukta så langt de kunne se. Bare renskurt fjell var tilbake sammen med en ubeskrivelig stank av noe slag ingen av dem greide identifisere. Ute i bukta kokte det og Meyret svelget hardt et par ganger."Ingen har overlevd det, ikke herfra i hvert fall!"

Midar lukket øynene og prøvde å ta seg sammen, hans blodsbrors enke og sønn bodde langs kysten lengre ut og han følte en intens trang til å reise dit for å se om de var i live men han visste at det ikke var mulig nå. Meyret så på ham med noe dystert i blikket."Vi må videre, det er ikke lenger noe vi kan gjøre her. Skjebnen må bare få vandre sin egen sti."

 Han nikket men følte seg ennå lammet av sjokk og angst, det de hadde sett var en umulighet, som noe fra en bisarr drøm men allikevel var det virkelig. Natt og Mørke ledet vei og de red videre innover til de kom seg til stedet der de skulle bruke ringen og kartet. Midar tvilte litt men Meyret bare smilte til ham og den rolige tiltroen i blikket hennes fikk ham til å ta seg sammen. Uansett hva som skjedde nå fremover, de måtte gjøre det Imla hadde bedt dem gjøre, for deres egen og verdens skyld. Midar la ringen over kartet som Imla hadde sagt, det lød en fresende lyd og alt ble brått borte i et blendende glimt av lys.

Janos

Janos og hans menn hadde greid å riste av seg det verste sjokket over det som hadde skjedd men nå hadde hevnlysten våknet i dem for fullt og de var totalt dedikert til å finne ut hvem det var som sto bak overfallet på deres hjem. Området var totalt herjet av krig, mange hadde flyktet og enda flere var drept og maktbalansen forskjøv seg for hver dag som gikk. Janos hadde greid å spore opp noen få han kunne stole på, menn og kvinner som hadde vært lojale mot hans hus i mange år. Nå hadde han sendt dem ut for å prøve å innhente så mye informasjon som mulig og nesten daglig kom det nytt til ham. Han og mennene hadde inntatt et forlatt gods og de levde spartansk der. Janos brydde seg ikke mer om luksus og slikt, alt han ønsket var å hevne seg. Hans slektninger var døde, drept av motstandere han bare sakte begynte å forstå og kjenne. Han aktet å begi seg til sine slektninger ved Arusteres hoff etter hvert, men ikke før han fikk mere informasjon. Han følte at han trengte en konkret plan, hans slektninger ville uansett neppe være i stand til å tenke klart, halvgale som de var mange av dem. Og Ademer var den verste av alle så den mannen aktet han å unngå om han kunne. Bare tanken på Arusteres halvbror fikk det til å gå kaldt nedover ryggen på ham.

Han forbannet dagen Arustere ble født, den gale mannen hadde ledet dem inn i elendigheten og mange med dem. Deres slekt var fordømt og han visste det men han skulle bite tilbake, som en slange skjult i torven. Han hadde funnet ut hvordan hans medsammensvorne fant sin ende og metodene talte for at de var blitt utsatt for målrettede attentat. Det var profesjonelle som sto bak og etter en god del diskret graving og etterforskning mente han å vite hvem som hadde beordret det hele. Det forundret ham, for den grenen av Darasher slekten hadde alltid vært tilbaketrukket og fredelig men han begynte å fatte at noe hadde skjedd. Noe som hadde sammenheng med den forbaskede dragen og alt det andre den brakte med seg. Snikmorderne den familien hadde bundet til seg var så avgjort i stand til å ha gjort det som hadde skjedd og han sendte sine spioner ut med like stor beregning som en hærfører fordeler sine tropper før et slag.

En stille kveld ankom en av folkene hans med ny viten, karen var en liten lut fyr som manglet ene handa etter en ulykke, det hadde gjort at ingen hadde prøvd å tvinge ham til å slåss for dem. Men hodet hans var det ingen ting i veien med og han var ganske god til å gå ubemerket rundt, i verste fall lot han som om han var en tigger og slik kom han seg rundt blant folk. Janos satt og varmet seg ved peisen da Urfalk som han het kom inn, fyren ristet av seg snø og nøs før han bukket dypt og satte seg ned på kanten av peisen for å få varme i kroppen. Janos visste at en del av de han hadde sendt ut hadde blitt drept av røvere, medlemmer av andre hus og i rene slag som brått oppsto der mange folk var samlet. Det virket for at alle gikk med nervene på utsiden av kroppen og den minste uoverensstemmelse fikk gnister til å fly og volden til å blusse opp for fullt. Han var derfor glad for å se den vesle karen som trakk av seg den slitte jakken og strakte handa mot ilden.

"Så, hva har du kommet til?"Han så avventende på Urfalk som bikket på hodet og trakk av seg støvlene med et stønn.

"At verden har gått av hengslene"Urfalk så megetsigende på ham og Janos trakk på smilebåndet, det var sjelden han smilte nå for tiden.

"Det er ikke noe nytt, noe mer konkret?"Urfalk nikket og strakte beina med et sukk av velbehag."Jo da, jeg har noe mer konkret. Det var virkelig de du tror som sto bak mordene på dine venner. Den som bestilte mordene var en viss Olric av Darasher, du vet kanskje hvem det er?"

Janos rykket til og så et øyeblikk nesten komisk ut, han visste hvem Olric var, en stillfaren og rolig kar med et lite gods langt nord, en kjærlig og hengiven familiemann som skydde vold som pesten selv.

Han så litt bestyrtet på Urfalk som nikket sakte som for å vise at han delte herrens forferdelse.   "Hva? Den mannen er da fredeligere enn noen annen jeg kjenner til! Slettes ikke interessert i makt!"

Urfalk snøt seg i nesa."Vel, det stemte vel før, men jeg har greid å snoke en god del og det jeg har funnet ut er ikke mye pent. Det er faktisk ganske så skrekkelig. Jeg var så heldig å treffe på en som hadde jobbet som tjener på godset hans og mannen visste nok litt mer enn herren trodde om hva som foregikk der."

Janos svelget bestyrtet, ennå greide han ikke forstå hva som hadde skjedd. Olric var en mann ingen regnet med, fordi han ikke var med i maktkampen som utspilte seg innad i adelen i det hele tatt. Han tok seg sammen med en kraftanstrengelse."Greit, fortell hva du fant ut!"

Urfalk gren på nesa."Du kjenner sikkert til Thomas av Darasher?"

Janos nikket med et gys, den mannen hadde et forferdelig rykte, en offiser som utøvde den aller verste kadaverdisiplin og som var direkte ubehagelig å omgås. Ingen av adelsslektene hadde hatt noen interesse av å pleie noen form for kontakt med karen selv om han visstnok sto høyt i kurs hos kongen."Joda, jeg vet hvem det er."

Urfalk viftet belærende med en finger."Hvem han var, han er død ser du. Men han var Olrics onkel og en kan vel si at eplet hadde ramlet temmelig langt fra treet om Olrics far var som sin bror."

Janos måtte si seg hjertens enig i det."Det visste jeg faktisk ikke."

Urfalk trakk på skuldrene."Det som har skjedd er antagelig at hans slekt var de som opprinnelig hadde dragen fanget, Olric

ante nok ikke noe om det før den forsvant og Thomas gav ham i oppdrag å finne og straffe de skyldige samt å finne skrivet. Tjenerne hadde overhørt Thomas og Olric ved en anledning, og de kunne legge to og to sammen. Ganske godt faktisk."
Janos gyste litt, å ha en mann som Thomas i slekta kunne neppe være hyggelig."Og så?"
Urfalk fortsatte, han så dyster ut."Det neste som skjedde var temmelig opprivende visstnok. Olric's lille datter forsvant sporløst og da de fant henne etter noen dager var hun druknet i en brønn. Det var ikke noe uhell, morderen hadde prøvd å skjule henne og den morderen var Thomas, antagelig hadde barnet hørt noe hun ikke burde og så hadde han skaffet henne av veien. De sier at Olric ble gal den dagen!"
Janos rynket pannen."Gal?"
Urfalk nikket."Han låste seg inne ble det sagt, og sendte ut en hel masse brev, samt at han tok masse med seg også. Han sendte sin syke kone og gjenværende barn til et eller annet kursted, så forsvant han."
Janos prøvde å skjønne hvor dette bar hen."Forsvant?"
Urfalk nikket."Tilsynelatende ja, men folkene dine har greid å finne en sammenheng. En mann har spredd skrifter og viten om dragen mellom ættene, har eglet til strid kan en si. En mann har kastet ved på bålet og fortsetter å gjøre det, enten ved å spre falsk informasjon eller ved rene voldelige midler. Det er nok Olric som hevner seg på sin egen ætt og alle andre for mordet på sin datter. De sier at han har en hær og at han fikk onkelens gods brent og onkelen drept. Mannen er gal Janos, et uhyre. Han er like blodtørstig nå som han før var fredelig og familiekjær, alt som teller er visst å drukne verden i blod."
Janos skulte litt, den vesle karen hadde greid å finne ut alt det der så lett? "Visste tjeneren alt det der du?"
Den mindre karen rødmet svakt."Jeg har snakket med en feltskjær som hadde behandlet overlevende fra et slag et sted lengre øst. En av de sårede hadde ridd med Olric og røpet en del i febervillelse. Mannen vil ødelegge alt og la en ny verden

gjenoppstå av kaos og død.”

Janos kjente t noe som lignet forferdelse steg gjennom sjelen. Så dette var den som hadde startet det meste av denne galskapen, den som gav volden og galskapen frie tømmer. Han tenkte fort, prøvde å bestemme seg for hva han burde gjøre.”Vet noen noe om hvor han befinner seg for tiden?” Urfalk klødde seg i håret så flasset snødde ned over skuldrene.”Noen tror fyren er lengre øst over, på grensen mot fjellene et sted. De trenger jo et sted å tilbringe vinteren på og er hæren hans så stor som de sier må de ha et hovedkvarter. De sparer visstnok ingen Janos, dreper og herjer som villmenn.”

Janos sukket og lente seg tilbake i stolen, så dette var hva de var nødt til å møte for å hevne seg. En mann så gal at han ville ødelegge verden. Han tenkte et øyeblikk på et ironiske i det. Han og hans medsammensvorne hadde også vært ute etter makt, etter å kunne styre og kontrollere det mektigste av alt. Men de hadde aldri tenkt å drepe på en slik skala. Nå var det opp til ham å ordne opp og han sukket og vinket på en tjener, han trengte å tenke nå og tenke hardt. Arusteres slektninger var ikke særlig gode i hodet, de fleste var temmelig tvilsomme og han aktet ikke å be dem om hjelp selv om de antagelig fremdeles hadde en del makt og innflytelse. Han måtte ordne dette på egen hånd, som alltid før. Det var ikke noe annet å gjøre annet enn å sitte der i trygghet og se at krigen rev landene i småbiter. Det kunne han ikke gjøre med god samvittighet. Å angripe med en hær ville aldri i verden la seg gjøre, det var for farlig og sjansen var stor for at det ville mislykkes. Her måtte det list og lempe til og han ante at Oric ville trenge ekstra menn. Han kunne bare håpe at han greide å gjøre seg selv så ugjenkjennelig at ingen skjønte hvem han var. Før eller siden burde sjansen by seg og da ville ikke Olric av Darasher ha så mye tid igjen i denne verden. Det var en hellig ed han svor på å overholde.

Harod

Han skiftet vekten fra en fot til en annen, det verket i beina
hans etter å ha stått stille så lenge. Det store rommet var
halvmørkt og han kjente en trang til å nyse men holdt det inne.
Det skulle tatt seg ut å begynne med den slags i en slik stund.
Langs bordet foran ham satt mange av landet og Zhymornes
øverste menn og han kjente seg litt nervøs av å stå ansikt til
ansikt til en slik respektinngytende forsamling. Men det var
ikke noe valg, han hadde vært nød til å be om audiens og
heldigvis hadde han fått den innvilget. Noen husket nok at han
hadde vært huslærer for kongens barn og det gav ham om ikke
betydning så i hvert fall et minimum av respekt.
Han hadde ankommet grytidlig om morgenen og blitt sjokkert
over det han så. Zhymorne hadde forfalt mye bare på de korte
ukene som var gått siden han var der sist. Mange hus hadde
rast sammen, kloakksystemet hadde brutt sammen totalt så
gatene fløt av alskens utrivelige greier og han så store sprekker
i bakken mange steder. Det gav ham bare blod på tann, det
beviste det han i sitt hjerte var overbevist om kom til å skje.
Det var mye folk der nå. Befolkningen hadde økt med det
dobbelte på bare en måned siden mange kom til byen for å
søke trygghet fra krigen og Harod visste at selv kongens
personlige livvakter var sendt ut for å kjempe. Det var et kaos
han snaut kunne forstå så han konsentrerte seg heller om den
reelle forståelige faren han kunne forstå.
Mennene hadde hørt på ham med alvorlige ansikter men han
sanset det i dem, de trodde ham knapt. Eller så trodde de ikke
at det var så alvorlig. Selv ikke kongens egen rådgiver trodde
ham og han kjente at en følelse av desperasjon arbeidet seg
frem i ham. De måtte høre på ham, de bare måtte. Det ville bli

en forferdelig katastrofe om de ignorerte det han hadde kommet frem til. Hele byen var i fare!

Han prøvde å fremstå som rolig og behersket men svetten rant av ham og han kjente at kroppen føltes stiv og vond av ren anspenthet. Han var ikke ung lenger og det var tydelig nå, på en måte gav hans grå hår ham litt mer vekt bak det han sa, men han var ingen kjent person, ingen magiker eller alkymiker men en forhenværende lærer som nå var sauebonde av alle ting. Allikevel hadde han prøvd alt han kunne å få dem til å lytte og forstå alvoret i det. Han hadde skaffet flotte kart han hadde presentert for dem og han hadde tegnet inn alt han hadde fått vite av folk han hadde snakket med. Det hadde nok imponert dem på et vis men de tok det ikke inn, tok det ikke på alvor. Harod svelget og stirret bedende på borgermesteren som rettet på det enorme gullkjedet som hvilte mot den gedigne vomma hans, mannen var svært forelsket i sin egen betydning og makt og Harod visste at ved siden av dette var mat hans største lidenskap. Og det syntes også, antallet dobbelthaker var imponerende og de sa at han trengte hjelp til det aller meste. Før eller siden orket ikke hjertet til mannen mer men frem til det skjedde levde han virkelig godt.

Borgermesteren så litt fjernt på ham, de små dyptliggende øynene i alt fettet minte Harod om noen stygge fisker faren hans hadde vist ham da han var guttunge. Han passet seg nøye for å la tankene vises i ansiktet."Så. Du tror altså at området rundt bukta er i ferd med å gli ut? Er du klar over hvor vanvittig det høres ut?"

Harod tørket svetten diskret med et lommetørkle."Selvsagt, det er enorme områder vi snakker om. Allikevel kan det skje, naturen er sterkere enn oss og tegnene tydelige!"

 Borgermesteren sukket nesten oppgitt, som om han kjedet seg."Tegnene du snakker om er knapt annet enn spekulasjoner min gode mann. Du har en håndfull gode kart og hva folk har sett og opplevd men det alene er ikke nok til å beordre en evakuering. Det er flere titalls tusen mennesker vi snakker om!"

Harod nikket sindig."Akkurat, livene til alle disse menneskene er i fare! Tro meg, noe forferdelig vil skje! "

Mannen der oppe trakk en grimase og så ut som om han hadde smakt på noe ekkelt.

"Dommedagsprofeter har vi mange av her for tiden og alle høres mer overbevisende ut enn deg, og langt mer underholdende om jeg må få si sannheten. Vi vil diskutere dette innad i rådet men jeg ser ingen grunn til å foreslå noen tiltak for han majestet. Det er mer alvorlige ting å ta fatt i nå enn dette som ikke er underbygget av noen lærde."

Harod svelget tungt. Det var deres egen dom de underskrev ved å ignorere dette, hva i alle guders navn kunne han gjøre for å få dem til å høre? En av de eldste i rådet nikket likegyldig til ham og han skjønte at audiensen var forbi, og han hadde ikke fått utrettet noe som helst, annet enn å bli gjort til latter. Det var bittert men han måtte bare godta det, de ville ikke høre. Han bukket dypt og skyndte seg ut av døra, vaktene smalt den igjen bak ham og det var som lyden av dommedags basuner for ham. Folket var fortapt og han visste det, visste det med hver en celle i kroppen. Han var på vei ned trappene da en krumbøyd kappekledd skikkelse steg ut i veien foran ham. Han stanset forbauset og så litt bekymret og avventende på den kappekledde som lot hetten falle og avslørte seg selv som en eldgammel mann med presteskapets tatoveringer i ansiktet. Mannen virket streng men mild og det var noe fjernt og samtidig desperat i blikket som fikk Harod til å skjønne at denne mannen også visste. Han så avventende på oldingen som grep kappen hans med en skjelvende neve, fyren gav et inntrykk av at skrøpeligheten kun var kroppslig. Mentalt var nok denne mannen minst like skarp som Harod selv.

"Er det noe jeg kan gjøre for deg ærede?"

Harod gjorde stemmen rolig og den gamle nikket ivrig, trakk ham med seg mot en uforstyrret mørk krok. Den gamle tok noen raske blikk rundt som for å forsikre seg om at ingen

lyttet, så lente han seg litt frem. Det sto dårlig til med tanngarden på den gamle og stemmen var litt utydelig men ikke verre enn at Harod kunne forstå.”Jeg er fader Ihra av regngudens tempel, jeg vet hva du snakket med dem om!” Harod så smaløyd på den gamle som sto og dirret som et ospeløv i vinden.”Virkelig?”
Ihra nikket og det var noe som lignet naken angst i blikket hans.”Ja, jeg tjente i oraklenes tempel før, mens de ennå hadde orakler og ikke bare bortskjemte jentunger som snaut kan forskjellen på en visjon og en vanlig drøm.”
Harod ble litt forundret, det var sjelden noen av den standen brukte så kvasse ord om det de selv levde av. Ihra så uttrykket hans og nikket litt beskt.”Ja min gode herre, jeg støtter dem ikke lenger, ikke i det hele tatt. De er korrupte fjols hele gjengen med noen få ærlige unntak, den ordenen har fallert og det til gangs. Det siste rene orakel de hadde satte de på døra siden hun var utsatt for et stygt overgrep og ikke lenger var jomfruelig. Men kraften hadde hun ennå, og jeg vet hva hun så, jeg vet hva hun spådde om!”
Harod svelget hardt, var de virkelig så forstokket? “Så hun spådde om noe slikt?”
Ihra nikket tungt, det var sorg i blikket.”Over flere netter ja, det arme barnet hadde forferdelige syner som plaget henne ille men få skjønte dem. Jeg var en av de få som innså alvoret i det men ingen hørte på meg. Det hørtes ut som vanlige mareritt for dem, de var for redde til å ta det inn over seg.”
Harod kjente at noe som lignet frykt begynte å forme seg i magen, som en tung hard klump.”Og hva var det egentlig hun så?”
Ihra lente seg mot veggen, han så brått utrolig skrøpelig ut.”Slutten på verden som vi kjenner den, og begynnelsen på en ny. Forferdelige katastrofer og endeløs angst men også håp, strålende skjebner som kanskje vil endre alt.”
Han hvisket bare nå.”En gang ble det spådd at dragemestrene vil vende tilbake, at dragevinger igjen vil krysse

himmelhvelvet. Det vil skje. Hun så at krigen som raser kun er begynnelsen, snart vil folket ha noe annet å tenke på enn å krige mot hverandre, fiender er på vei som ingen kan forestille seg.”

Harod så uforstående ut.”Og skjelvene, og det jeg har funnet ut?”

Ihra lagde en parodi på et smil.”Kun et tegn på det som skjer, både her og i Ardot og Hietlai også. Gammel magi får igjen krefter og våkner og ondskapen vil prøve å klore seg fast i verden før noen kan slå den tilbake. Merk deg det, alt ondt vil stige frem nå.”

Harod visste ikke helt om han turte tro på det den gamle snakket om, det ble for makabert. Ihra sukket lavt og klappet ham på armen.”Havet kommer min venn, og det vil komme snart. Dette området vil ikke være mer etterpå, ikke engang ruiner vil være tilbake. Jeg kjenner det i beina alt nå. Jord og vann vil kjempe om herredømmet og hvem som vinner vet ingen. Det er opp til maktene å bestemme.”

Harod svelget og prøvde å se rolig ut men det feilet totalt.”Er det noe vi kan gjøre?”

Ihra ristet på hodet.”Vi vanlige dødelige kan bare møte skjebnen med verdighet om mulig, det er ingen trygge steder igjen nå. Hun så at ilden vil bryte løs fra fjellene og det har allerede vært vulkanutbrudd i fjellene vest for her. Dragetind har våknet, de som vet og forstår sier at det ikke stemmer men den er i live og klar for et siste utbrudd.”

Harod rygget nesten bakover, et utbrudd fra dragetind? Det ville i hvert fall være en katastrofe så mange mennesker som fantes innen rekkevidde for den nå. Han så bedende på Ihra som sorgtungt klappet ham på armen igjen.”Reis hjem min venn, ta din familie og prøv å komme dere vekk så fort som mulig. Om dere reiser innover i bukta og nordover kan det være at dere har en liten sjanse. Alle andre rundt bukta her er ferdige men de vet det ikke selv ennå. Verden skal formes på nytt, hva vi mennesker har skapt blir uten betydning i den

sammenhengen.”
Harod tenkte på familien og kjente at panikken begynte å
banke på og det for full kraft. Han så storøyd på en gamle som
trakk hetten opp igjen.”Hva tid har vi egentlig?”
Ihra smilte skjevt, det innfalne utseendet gjorde at det lignet et
grin.”Dager? Uker? Ingen vet, reis hjem i natt min venn, og
gjør det du må. Kanskje noen kan greie seg, noen bør fortelle
om oss til de generasjoner som kanskje kommer. Så de ikke
gjentar våre feil. For feil har vi gjort min venn, mange og
utilgivelige. Vi har latt historien gå tapt og bli legender, og
historien vil straffe de historieløse, sann mine ord!”
Harod trykket den gamles hånd.”Takk for advarselen i det
minste!”
Ihra bare ristet på seg.”Ikke noe å takke for, de der inne vil
ikke høre på noen av oss, det blir deres egen bane er jeg redd.”
Harod skulle ønske han kunne ha gjort noe for den gamle
presten, vist at han i det minste verdsatte å ha møtt en annen
som trodde. Ihra ristet på hodet og tok noen steg bort fra
ham.”Husk meg, det er alt jeg ønsker. Om du klarer deg, husk
det jeg har sagt. Det er ikke over med det som skjer her, langt
ifra. Det er bare begynnelsen.”
Han begynte å gå og Harod så bare langt etter den gamle som
mumlet sorgtungt der han sjokket bortover det blankpussede
golvet. Prakten der var liksom en slik skrikende kontrast til det
de hadde diskutert, så uvirkelig. Harod så etter Ihra til han
forsvant ned en trapp, så tok han seg sammen og rettet seg opp.
Han gikk rolig ned til hovedinngangen men egentlig ønsket
han å løpe for livet. Det brant i ham av hastverk nå. Hjemme
var hans barn og hustru og de ventet i spenning på hva han
kunne utrette. De forsto at noe alvorlig var i ferd med å skje
men Harod hadde med vilje skjult det verste for dem. Han ville
ikke skremme dem og han var ikke riktig sikker heller, på at
han hadde rett. Det var han nå!
Han skyndte seg ned trappene og utenfor sto en vakt og holdt
hesten hans. Han slengte en sølvmynt til mannen som

overveldet tok i mot, Harod følte på seg at rikdom ikke lenger
burde bety så mye så han kunne like gjerne gjøre denne karens
dager lykkelige. En sølvmynt burde være nok til flere dagers
rotbløyte på de lokale barene. Han red i normalt tempo mot
portene, flere prøvde å stanse ham for å tigge og han slengte
like godt hele belte pungen sin til en gjeng med miserabelt
utseende unger. I porten sto det en hel gjeng med soldater som
prøvde å kontrollere strømmen av flyktninger som prøvde å
komme seg inn. Harod visste at de skulle forsikre seg om at
ingen kom inn som bar på sykdommer men det var umulig å
sjekke, alle så mer eller mindre syke ut og utenfor porten sto
en svær folkemengde som presset på og ville inn. Harod kunne
ikke helt forstå dem, det var ingen trygghet å finne i byen, bare
enda mer elendighet men det virket ikke for at folk var i stand
til å tro det. Zhymornes vakre hvite murer virket som en
magnet på dem, gav løfter om sikkerhet og en bedre fremtid.
Ren elendighet var hva de møtte i stedet og Harod ristet
oppgitt på hodet i det han red ut. Ingen av soldatene så mye
som så på ham, en person som red ut av byen var bare flott.
Det var allerede alt for mange der.
Veien var humpete og full av hull nå, grå gjørme virket for å
presse seg opp overalt og han gyste av synet. Om han ikke tok
feil var hele lavlandet rundt bukta fylt med dette og det hele
var som en tidsinnstilt katastrofe som bare ventet på å utløses.
Graset som stakk opp vannsykt og vissent bare bidro til å øke
den dystre atmosfæren og skylaget lå tungt og lavt. Harod så
seg rundt og så at det lå flere telt leire rundt byen nå, tilfeldig
sammenraskede og fargerike men han visste at det bare var nok
et symptom på elendigheten. Flere steder hadde folk forlatt
gårdene sine og han visste at også flere i hans egen landsby
hadde snakket om å reise inn til hovedstaden, han håpet de
ikke gjorde alvor av det.
Han red fort og han så lysene fra landsbyen før det ble
ordentlig mørkt. Det var temmelig stille og han lot hesten
traske de siste fjerdingene så ikke Myrtle skulle se hvor travelt

han hadde hatt det. Huset var fremdeles i sorg etter tapet av Ivert og vesle Idha og Myrtle hadde sin vane tro overdrevet grundig. Det var svarte sørgeflor overalt og Harod sukket oppgitt i det han red inn på gårdsplassen. Noen sauer brekte usikkert i låven og Harod kjente at strupen strammet seg. Hva ville skje med dyra hans om det han trodde kunne skje virkelig kom til å skje? Han hadde merket det, de var urolige og prøvde å stikke av hele tiden. Antagelig fortalte instinktene dem hva de burde gjøre og han tok en brå beslutning. I morgen skulle han slippe dem løs, hver eneste sau. Kanskje de ville klare seg da. Han satte hesten på stallen selv, de hadde ikke skaffet noen ny stall kar og han hadde ikke planer om det heller. Myrtle var i seng allerede og det samme gjaldt barna, bare Egel var oppe og satt med noe regnskap. Han så sliten og tungsindig ut og Harod visste hvor hardt tapet av datteren hadde rammet ham. Han prøvde å være sterk men til ingen nytte. Egel så hva som hadde skjedd med en gang faren steg inn i rommet og hengte av seg yttertøyet. Ansiktet fortalte alt og han svelget hardt og visste ikke riktig hva han burde si.”De ville ikke høre på deg?”
Harod trakk av seg støvlene med et lavt stønn og satte seg ned med en tung mine.”Åh jeg antar at de hørte, men de trodde ikke på et ord. Å tro på det ville krevd for mye av dem!”
Egel så sint ut.”Men du har jo rett?!”
Harod smilte vemodig.”Det er ikke rett eller urett det handler om her sønn, det handler om makt og navn. Har du makt og et godt navn er du verdig å lytte til, selv om du skulle være rablende gal.”
Egel ristet på hodet og prøvde å ta det med fatning men greide det ikke helt. Det å høre at faren hadde blitt avvist slik gjorde ham egentlig rasende. Hans far var den edleste og mest rettskafne mann han visste om. De imbesile idiotene der borte kunne neppe skille mellom en galning og et geni. Harod fylte et beger med øl og tømte det med velbehag. Han rapte diskret og satte seg ned ved bordet. Han så fast på sønnen.”I morgen

lager vi en plan over hvordan vi best skal komme oss trygt herifra. Vi kan ikke vente lenger, dette stedet er ikke trygt!"
Egel så litt bestyrtet på faren som strøk hendene gjennom det tette grå håret med en trett mine.
"Reise fra alt?"
Harod sukket og nikket."Om det er som jeg tror er ikke noe sted her langs bukta trygt, havet vil ta tilbake hva det engang tapte. Vi må nordover, inn i fjelldalene!"
Egel så skjevt på ham."Folk flykter fra de områdene og du vil at vi skal flykte til dem?!"
Harod nikket sindig."Det de flykter fra er ikke så ille som det de flykter til, tro meg. De ville ha vendt hjem med en gang visste de det vi vet."
Egel skar en grimase."Kan en ikke fortelle dem om det?"
Harod ristet på hodet."Det var folk som spådde om dommedag på hvert gatehjørne hørtes det ut som, vi ville bare blitt enda en bråkmaker i mengden. Ingen ville ha trodd et ord vi sa. Nei, folket der inne har valgt sin egen skjebne. Vi kan ingenting gjøre"
Egel svelget sakte."Det er hardt å si slikt, det er mennesker vi snakker om!"
Harod nikket melankolsk."Det er hardt, men hva kan vi gjøre? Om de tror oss blir det panikk, og det er verre enn noe annet. Nei, vi må berge oss selv, det er forhåpentligvis gjennomførbart."
Egel så nervøs ut."Er det så ille tror du?"
Harod reiste seg igjen."Det er verre, tro meg! Så i morgen må vi ha evakueringen klar. Legg deg nå, vi trenger hvile mens vi ennå kan finne den."
Harod så at sønnen gikk opp til sin kone, selv følte han en slags rastløshet som fortalte ham at han neppe ville greie sove stort. Han la seg men ble liggende våken lenge, akkurat som han hadde regnet med. Hans hustru snorket rent kongelig men han hadde vent seg til det nå. Han sovnet ikke før det begynte å lysne så smått igjen utenfor de små vinduene.

Myrtle vekket ham et stykke ut på formiddagen, hun regnet
med at han trengte søvnen og hun hadde rett. Han var ikke ung
lenger og merket det, det var ikke så lett å holde det gående så
lenge lenger. Han spiste frokost og så samlet han familien i
spisestuen for å legge planer. Mara og Dhabin var ikke så
engasjert i det han snakket om, de var for unge til å helt ut
forstå og Mara var spesielt lite glad for hun var redd for å gå
glipp av en fest noen venninner skulle stelle i stand. Dhabin så
på det som kjedelig tørrprat så Harod lot dem få forlate bordet
med et sukk. Myrtle var nervøs og Egel var smaløyd og så
forvåket ut. Dhiba var som vanlig ikke i stand til å fatte alvoret
i noe og Harod skulle for n'te gang ha sett at sønnen hadde
funnet en kone med litt mer omløp i hodet. Myrtle snurpet
leppene sammen og så bendende på ham.”Men kjære, er det
virkelig nødvendig å forlate huset? Vi kan ikke få med oss
alt?!”
Harod prøvde å smile.”Myrtle, det er bare ting. Det er livet det
gjelder nå! Dere jenter kan sy noen mynter og smykkene dine
inn i noen klær og pakke nødvendigheter i et par kløvsekker.
Vi kan ikke reise med mye, det ser for fristende ut for alskens
landeveisrøvere og slikt.”
Myrtle slo handa for munnen som om bare tanken var for mye
for henne å takle.”Vi kan ikke utsette barna for noe slikt
Harod, jeg nekter!”
Harod så strengt på henne.”Hva er viktigst, livet eller dette
huset?”
Han pekte ut mot bukta.”Om det jeg har funnet ut stemmer
kommer alt her til å ligge under vann om ikke alt for lenge.
Med mindre du vet hvordan en puster under vann foreslår jeg
at du gjør som jeg sier!!”
Myrtle krympet seg, husbonden hadde aldri vært så streng mot
henne før og hun så litt snurt men også skremt på ham. Harod
trakk frem et par kart.”Jeg kommer til å kjøpe et par ponnier
fra Ohlan ved porten, ungene kan ri dem. Vi bør ikke ha for
flotte dyr men de hestene vi har burde holde lenge. Jeg skal få

smeden til å sko dem allerede i dag.”
Egel tenkte mer praktisk enn sin mor, han stirret på
kartene.”Hvor bør vi dra?”
Harod lente seg over bordet og pekte på en linje på ene
kartet.”Hit, dette området er ganske stabilt vil jeg tro. Vi kan ta
landeveien et stykke og så svinge nordøst over til vi møter elva
og så følge den.”
Egel klødde seg i hodet.”Det er en drøy tur! Men jeg tror deg
far, vi må bare klare det!”
Harod smilte litt vemodig.”Jeg akter å slippe løs sauene, det
kan hende at de kan klare seg, da har i det minste noe av mitt
arbeide hatt betydning.”
Myrtle ristet oppgitt på hodet men hun sa ingenting, det virket
for at alvoret var i ferd med å sige inn. Harod så fast på
Egel.”lag en liste over de tingene vi trenger mest, redskaper,
våpen og forsyninger så skal jeg skaffe det vi mangler så fort
jeg kan.”
Egel bare nikket og reiste seg, gikk for å sjekke hva de allerede
hadde. Harod så fast på sin hustru, hun virket ikke for å være
det aller minste begeistret over farten ting skjedde med.”Se til
at vi har gode og varme klær men ved gudene, ikke noe som
ser for fint ut. Og samle de mindre verdisakene våre, det kan
hende vi vil trenge dem senere.”
Myrtle sukket og gikk for å gjøre det han ba om, hun følte på
seg at ting virkelig var i ferd med å endre seg, men hun ante
ennå ikke om hvorvidt det var alvor bak det eller ei. Hun var
en enkel kvinne, oppdratt til å være hustru og mor og hennes
lærdom om verden var preget av det. Harod så at hun gikk ut
døra. Så satte han seg ned for å skrive brev til flere bekjente og
slektninger han også mente burde bli advart. Han ante ikke om
de ville ta det på alvor men det var verdt å prøve, så hadde han
i det minste gjort noe.

Lyenera

Ardot: Nordøst kysten: Havnebyen Ghorasye.

Havet lå blikkstille denne formiddagen, noen få fiskebåter lå
fortøyd ved piren og måkene holdt sitt vanlige leven mens folk
arbeidet. Den ramme lukta av tørket fisk og andre varer rev i
nesa når vindretningen sto mot byen men det var ingen vind
denne dagen og Lyenera var takknemlig for det.. For en gangs
skyld kunne hun kjenne lukta av hagen bak villaen, roser og
hibiscus og mange andre vakre planter hun hadde fått brakt dit
fra innlandet. Hun snudde seg fra vinduet og sukket lavt for
seg selv. Varmen var nesten uutholdelig nå midt på dagen og
det hadde vært uvanlig varmt for årstiden lenge. Mange steder
var det regelrett tørke og for mange var det snart krise, hun
visste at avlingene ville svikte om det ikke snart regnet. Hun
kvalte et gys og lot blikket gli gjennom rommet, alt var
prikkfritt som vanlig. Tjenerne hennes var dyktige og visste
hva hun ønsket, huset skulle være perfekt om ikke andre ting
kunne være det.
Hun trakk fletten frem over skulderen og rettet seg opp, tok på
seg den rette verdige holdningen og skred ut av døra for å gi
kokken beskjed om hva hun ønsket servert når hennes husbond
returnerte fra arbeidet. Å være en av de øverste der i byen var
kanskje en kilde til makt men også problemer, i det siste hadde
de formelig tårnet seg opp over henne. Hennes mann var adelig
og i slekt med en av de sterkeste ættene i Zhandoria og her på
Ardot var de også sterke. De styrte det meste av handelen
mellom kontinentene og siden hennes Olderum var havnesjef i
denne byen var han med årene blitt nesten uanstendig rik. Hun
visste godt at han fikk mer enn sin rettmessige del av pengene

som var i omløp, han tok gjerne litt betaling under bordet for at
kapteinene skulle slippe å betale skatter og avgifter eller få lov
til å komme inn til havna før andre skuter. Lyenera kunne ikke
annet enn å godta dette selv om det stred mot hennes
æresfølelse. I deres husholdning gikk ingen sultne, hun hadde
absolutt all den luksus noen kunne drømme om men allikevel
var hun en fange. Å være en adelsmanns hustru var en byrde
som kunne knuse den som ikke visste å balansere på den
knivseggen denne tilværelsen var.
Hun måtte være den perfekte hustru, styre huset og
eiendommene akkurat slik hennes husbond ønsket det og
samtidig være ydmyk, vakker og ikke minst lydig. Hun hatet
det, hvert minutt av det. Heldigvis var hennes mann svært
opptatt og en god del eldre enn henne. Det var sjelden han
gadd bry seg så mye med hva hun drev med når han ikke var
til stede, i hvert fall så lenge hun styrte huset godt og var en
god vertinne når han hadde besøk.
Lyenera smilte stivt til speilbildet sitt i det hun passerte et av
de mange speilene som hang i hallen. Nok et symbol på husets
rikdom, de færreste hadde råd til et speil og de hadde minst
tjue bare i dette rommet. Et par tjenestejenter neide ydmykt i
det hun passerte dem og hun gav dem et fort og nådig blikk.
Hun var kjent for å være vennlig og godhjertet overfor
tjenerskapet, hennes mann mente hun var utilgivelig bløthjertet
men hun visste innerst inne at hun hadde rett. Han anså alle fra
Ardot for å være noe i nærheten med dyr og han behandlet alle
med en nedlatenhet som til tider var direkte motbydelig.
Olderum var et barn av sin stand og oppdragelse men det
betydde ikke at en burde la alt som het vett slippe, i det minste
burde en ikke gjøre det. Men hennes mann regnet seg som så
skyhøyt hevet over alle der at han anså seg selv som
uangripelig.
Lyenera skar en liten grimase mens hun gikk ned trappen mot
kjøkkenet, hun var selv halv Ardotiansk, han visste ikke om
det og det var hennes store fryd. Hun var adoptert og da hennes

adoptivforeldre døde i en ulykke antok alle at hun var deres ektefødte barn, hun hadde vokst opp i huset til en Zhandoriansk familie som heldigvis ikke var så veldig høyt på strå og hennes lojalitet hadde alltid ligget først og fremst til hennes hjemland. Olderum skulle sikkert likt å vite akkurat hvor lojal hun egentlig var men det var en godt skjult hemmelighet. Lyenera hadde mye kontakt med sine egentlige slektninger og hun tjente faktisk som prestinne for en av de innfødte gudinnene. Hver dag så hun hvordan Zhandorianerne undertrykket og utnyttet landets egen befolkning og for hver dag økte raseriet og hatet. Hun var en meget dyktig skuespiller for ingen ville kunne gjette det på henne i hverdagen. Overfor sin mann var hun ydmykheten og lydigheten selv men hun visste godt hvordan hun skulle manipulere folk. Det var en kunst som var dyrekjøpt og godt og grundig hamret inn i henne. Hun var ikke uten ressurser, som prestinne hadde hun stor makt og det å holde nøye øye med mannens forretninger var bare en av de metodene hun benyttet seg av.

Hun kunne stikke kjepper i hjulene for det meste om hun ønsket det og hun aktet egentlig ikke å la husbonden slippe unna med alt han gjorde av uærlige og nedrige ting. Hevn er en rett som er best servert iskald og hun tok tiden til hjelp og spant sine renker i skjul, før eller siden skulle hun rykke beina bort under alt han hadde gjort og se ham falle fra maktens tinder og ned i total ødeleggelse. Hun levde for den dagen, den var hennes fremtidshåp.

Kokken tok i mot bestillingen og hun beordret ham å bruke mye krydder. Hun vente Olderum til å like sterk mat, kraftig krydder kan skjule smaken av så mangt og det var vanlig med heftig krydring der i landet. De innfødte hadde sin egen kultur som var både rik og tradisjonsbundet men den ble behandlet som barbari av disse invaderende massene. Det gjorde henne rasende. Det luktet herlig i kjøkkenet og hun smilte smalt for seg selv. Olderum var blitt en stor mann nå, på flere enn et vis. Han hadde makt ja, men også råd til å spise det aller beste av mat og det syntes på ham. Han hadde vært kraftig men forholdsvis veltrent da de ble gift, han hadde arbeidet selv også og det holdt ham i form. Hun hadde med vilje skjemmet ham bort med Ardotiske delikatesser som virket lette men var svært fetende. Nå kunne han knapt reise seg fra en stol ved egen hjelp og pustet og peste som en blåsebelg måtte han flytte seg mer enn noen meter. Han var kort og godt blitt et fettberg og ansiktet var rødt og utflytende i konturene. Han trødde selv at han var respektinngytende og stilig men hun visste bedre. Snart var tiden inne til å gi ham litt av et meget spesielt krydder og som enke kunne hun kanskje snu om på den flommen av korrupsjon og maktbruk han hadde startet. Lyenera hadde gitt ham to barn, døtre begge to og det hadde Olderum mislikt til de grader. Han hadde mislikt det såpass at han hadde adoptert en Ardotisk skikk og tatt en hustru nummer to. En liten smal og lyshåret Zhandoriansk adelskvinne fra en av de nesten talløse greinene av Darasher ætten. Hun hadde født en sønn ni måneder etter bryllupet og så strøket med av barselfeber og Lyenera hadde trukket et lettelsens sukk. Nå hadde Olderum en arving og han gadd ikke besøke hennes seng lenger nå som hun i hans øyne ikke lenger var så tiltrekkende. Sønnen ble tatt hånd om av ammer og Lyenera kunne ikke annet enn å si at eplet hadde ramlet så nær stammen det var mulig å komme. Thirat var en arrogant, ondskapsfull og dum gutt på tolv som slettes ikke lignet sin spake og nesten selvutslettende mor. Han var frekk mot sin stemor og de to halvsøstrene og Lyenera visste utmerket godt at han måtte ryddes av veien så fort faren var ute av bildet. Hun vurderte å bruke litt av det gamle folkets magi på ham, det burde slette ut alle minner om hvem og hva han var, og det var alltid etterspørsel etter gutter på slavemarkedene, eller i husene langs havna.

Hennes to døtre, Amara og Veelis var henholdsvis tretten og fjorten år gamle og selvsagt hadde Olderum prøvd å gifte dem bort for lengst. For ham var de kun eiendeler han kunne gjøre hva han ønsket med og han hadde ment å gi dem til to av sine nærmeste samarbeidspartnere. Begge menn som var gamle nok til å være jentenes bestefedre og begge to like sultne på rikdommer og makt som Olderum selv. Den ene hadde stygge kopparr over hele fjeset og den andre hadde ord på seg for å like litt for unge jenter. Lyenera hadde selvsagt ikke protestert på valgene, det ville ikke ha nyttet i det hele tatt. I stedet spilte hun overbegeistret over planene og begynte å planlegge storslåtte bryllup med en gang Olderum annonserte forlovelsene. Jentene var meget godt opplært også, de visste at hun allerede jobbet for å hindre det hele så de spilte også med. Olderum var meget fornøyd med tingenes tilstand helt til den første av de to brått døde som følge av en ondartet lidelse i magen. Han lekte med tanken på å gifte begge de to jentene til den gjenværende mannen helt til han brått ble kalt hjem til Zhandoria av slekten. Det var visst et eller annet uoppgjort skyldspørsmål etter at hans første hustru brått og uforklarlig forsvant.

Olderum hadde ikke greid å finne noen nye lovende ektemenn til døtrene for det virket for at alle som fikk forslaget fikk andre tanker temmelig fort. Lyenera visste hvordan rykter skulle spres og siktes inn mot de riktige personene, alle visste at det ikke lønte seg å bli svigersønn av Olderum, det kunne bli en svært kortlevet tilværelse. Jentene var for øyeblikket plassert hos en venninne av henne som bodde lenger inn i landet. I dalene var det kjøligere og Lyenera hadde greid å overbevise Olderum om at varmen der ved kysten kunne være skadelig for huden deres. Skulle han lykkes i å finne noen nye menn for dem kunne det ikke bli sagt om dem at de var uskjønne. Lyenera var glad for at jentene var trygge der de var, det var urolige tider.

Det hadde kommet mange skuter i det siste med flyktninger fra Zhandoria og ryktene som fløy ble verre for hver dag som gikk. Det var krig der nå, alle mot alle virket det for. Lyenera visste hvorfor, hennes folk hadde beholdt den gamle kunnskapen og visste hva som foresto nå. Det var slutten på denne tiden og starten på en ny, en ny æra sin fødsel og den ville bli voldsom og blodig. Zhandorianerne hadde slått ned den gamle religionen som hadde blitt dyrket i Ardot før, eller de trodde i det minste at de hadde det. Den levde og blomstret ennå men i skjul. De gamle sagnene var sanne og hun visste det meget godt. Hun så tegnene hver dag nå og hun kunne bare håpe og be at de klarte seg gjennom det i live.

Byene langs kysten var overfylt med folk nå, mange steder ble de fastboende jaget fra hus og hjem for å gi rom for flyktninger og stemningen var på kokepunktet. Mange var fylt med et rettferdig sinne mot Zhandorianerne som hadde behandlet dem og deres forfedre på en slik nedlatende og motbydelig måte. Det hadde skjedd flere mord og mange var blitt henrettet eller torturert på det grusomste som hevn for dette, Zhandorianerne som satt med makten slo steinhardt ned på ethvert forsøk på opprør.

Lyenera stanset og kikket ut på havet igjen, hun ristet sakte på hodet for seg selv. Zhandoria ville ikke tillate at strømmen av varer og rikdom fra Ardot minsket, ikke engang litt. Det var egentlig merkelig, Zhandoria hadde så endelig ressurser nok men Ardot var annerledes. Det vokste andre planter der, mineralene var forskjellige også og det var i det hele tatt nesten som to ulike verdener. Ardot lå sør for Zhandoria og var strakt ut øst mot vest, et avlangt og nesten halvmåneformet lite kontinent mange kanskje ville sett på som en stor øy. Den høye kjeden av fjell som fulgte konturene av landmassene delte det i to deler og bak fjellene hadde ikke Zhandoria så mye makt. Det var et villere og friere land, ikke så varmt og mer som en høyfjellsslette selv på havnivå. Lyenera hadde aldri vært der, men hun hadde kontakter der selv om få tok turen over fjellene. Hun antok at trafikken hadde økt i det siste, mange var desperate og for den som har lite å tape er det også lite å frykte.

Skutene ned i havna var vanligvis fullstappet med alt fra

frukter til verdifulle steiner og treverk men nå var de tomme alle sammen. Ingen kapteiner ville gå tilbake til Zhandoria nå, det gikk rykter om jordskjelv og vulkanutbrudd og Lyenera kjente at noe kaldt krøp nedover ryggen på henne. Det var ikke bare i Zhandoria ting var i ferd med å skje. Også der i Ardot var det ting på gang. Som prestinne fikk hun tilgang til mye informasjon andre ikke hadde og det var skremmende. Også Ardot skulle formes over på ny og havet ta tilbake det som en gang ble tatt. Hun hadde lagt planer allerede, alt var forberedt. I en liten bukt sør for denne byen lå en ørliten fiskerlandsby der hun hadde hengivne og lojale tjenere. En skute var klargjort der og bare ventet på henne og jentene, den kunne frakte proviant og utstyr til flere måneders seilas og var spesialbygd. Den kunne tåle nesten hva det skulle være av røff sjø og naturkrefter. Hun hadde selv tegnet utkastet til den og gitt den navn, Havdragen var et meget godt skip og mannskapet var også gode folk hun hadde håndplukket. Det som ville og måtte skje var ikke til å unngå men hun var forberedt og var gudene med dem kunne hun klare det. Til helvete med Olderum og hans rikdommer, Zhandorianerne hadde aldri skjønt at det er ting viktigere enn skinnende gull. I det siste hadde han vært mer irritabel enn vanlig, det gikk visst et rykte om at en slektning av ham hadde myrdet sin svigersønn og tatt noe fra ham som kunne gi ubegrenset makt, kjente hun Olderum rett ville han gitt alt for å slå kloa i hva det nå var. Hun frydet seg nesten over hvor oppgitt han var. Hun gikk til hagen og sjekket at ikke urtene hennes var angrepet av insekter, mellom de vanlige krydderurtene hadde hun mye som var langt kraftigere, urter med krefter få som ikke var innviet kjente til. Det var hennes styrke og hennes rikdom, en rikdom ingen kunne ta fra henne. Hun hadde alltid vært et oppvakt barn og hun lærte meget fort. Lyenera visste at kunnskap er den eneste sanne rikdom og den eneste det var verdt å bry seg med også. Olderum hadde i noen sjeldne vennlige øyeblikk roste henne for å være en økonomisk hustru som aldri krevde dyre smykker og vakre klær, hun hadde bare smilt det vanlige milde og intetsigende smilet og neid for ham. Olderum ante virkelig lite om hvem hun egentlig var, og det var bra slik.

Det var en seremoni den kvelden og hun hadde allerede alibiet klart. Hun hadde en forening av andre bedrestilte hustruer som beskjeftiget seg med veldedighet og hun greide å lure seg bort ved å skylde på møter og slikt. Flere av dem var innforstått med at det var et skalkeskjul og de bakket henne opp. De fleste var fanget i kjærlighetsløse ekteskap og dette gav livene deres det lille glimtet av spenning og fare de savnet så desperat. Lyenera hadde aldri avslørt riktig hvor alvorlig arbeidet hennes var, hun hadde sørget for at flere av fruene sto i takknemlighetsgjeld til henne for tjenester av ulikt slag og hun var nøye med å aldri røpe for mye for dem. Bare nok til at de ble pirret og nysgjerrige nok til å hjelpe.

Hun gliste for seg selv mens hun nøye klippet av noen villvokste skudd av en stor vakker Theba busk, det var en motstandsbevegelse i Ardot men den var så godt skjult og kamuflert at ingen av Zhandorianerne ante noe om den. Deres egen arroganse jobbet mot dem, de var ute av stand til å skjønne at disse tilsynelatende primitive folkene kunne organisere seg slik. Blikket hennes mørknet. Jovisst hadde det vært spilt blod, på begge sider. Kampen hadde vart i flere hundre år, men for hver arm sjel som døde skrikende i tortur kamre eller på bålet steg styrken i folket, i deres samhold og vilje. Hver en helt som ble husket gjennom århundrene var som en spore som økte folkets motstand og stolthet, snart ville tiden være inne til å bryte fri igjen, til å kaste åket og bli et fritt folk.

Presteskapet var selvsagt kjernen i det hele og de visste at det som snart skulle skje ville være gnisten som startet en brann, og de visste også at det som en gang ble spådd var nødt til å være sant. Det ville bli en blodig tid, en tid av fortapelse og død men fra ilden ville de overlevende møte en ny morgen, en morgen som kunne bli starten på noe helt nytt og mektig.

Lyenera satte seg til å veve for å få tiden til å gå. Det var et tilsynelatende uskyldig bilde av en ridder til hest med en pike foran seg i sadelen. Hun holdt en rose i ene handa og et beger i den andre og for en utenforstående så bildet helt normalt ut, som en scene fra en romantisk ballade eller noe slikt. Sannheten var en annen, bildet var en svært forseggjort kode. Alt betydde noe ganske annet enn det for øyet umiddelbart synlige. Fargene som var brukt, trådens tykkelse, hvordan ting var plassert i forhold ti hverandre, hvor knutene var plassert, hvor mange knuter som var brukt på trådene. Det var et budskap i bildet og hun strøk hendene fort over det myke stoffet. Når det var ferdig skulle hun sende det med kurer til en bekjent som ville ta det med over fjellene til et av templene der. Hun hadde nyheter som ikke kunne holdes hemmelige lenger, viktige og muligens kritiske nyheter.

Olric

Solskinnet var merkelig kaldt og flatt og Olric bannet og rettet seg opp, han slapp hoven han hadde rensket og hesten prustet og satte den varsomt ned. De hadde mangel på det meste nå, også gode hestesko og flere av stridshestene gikk halte. Han hadde ført hæren sin i retning Arzam havet og her var riktignok det meste allerede plyndret men det var slikt et perfekt område om en ønsket å holde ilden brennende. De fleste ættene hadde representanter der og de aller fleste hadde også en viss makt og det var flere større gods og landsbyer med lojalitet til kun en ætt. Han hadde brukt tiden godt og det var full borgerkrig i mange len nå, en trengte ikke rive med seg adelen når de som tjente også sloss gladelig.

Han hadde sørget for å skaffe flere forsyninger nå, hadde begynt å lede hæren sin på en mer tradisjonell måte og det gjorde at de ble vanskeligere å skjule. De kunne ikke lenger gi seg ut for å være tilknyttet de ulike ættene så han hadde lagd seg et eget banner som nå ble båret over dem. Det var enkelt, kun et svart banner med en brodert dolk på og det var svært passende syntes han. Han skulle sørge for at landet blødde, rensket seg fra det gamle, reiste seg på nytt. Han hadde tatt til seg flere dyktige menn nå og de sendte fremdeles ut mindre grupper som bar merker som identifiserte dem som alt fra Ranclin sine riddere til Macallif sine folk. Olric spilte sjakk med befolkningen som brikker og han hadde funnet ut at han likte det mer og mer. Det var en merkelig fryd i det å holde folks skjebne i sine hule hender og han hadde begynt å ta fanger også. Det å holde øye med hva som foregikk var klokt og de som ikke snakket frivillig var kun en kilde til underholdning. Han var ikke lenger fremmed for å bruke tortur og mennene hans hadde etter hvert fått en sunn respekt for sin

leder, eller rettere sagt, de hadde oppdaget at den merkelige
mannen hadde en sadistisk side ingen av dem ønsket å uforske.
Leiren de hadde anlagt var stor nå, Olric hadde vært nøye med
å unngå de problemene som vanligvis oppsto når en større
gruppe var på marsj. Han fikk gravd latriner og satt opp teltene
på en slik måte at leiren ble rask å forsvare eller evakurere og
alle kunne finne frem uten problemer. Han hadde delt inn
mennene i avdelinger og hadde utpekt offiserer, han var i ferd
med å bli sin egen onkel og kanskje Thomas ville ha smilt sitt
vanlige sardoniske glis om han hadde sett dette. Olric hadde
alltid hatt det i seg, det lå i blodet for dem alle og han var en
sann Darasher på mange måter selv om det ikke hadde vært
synlig før.
Han gikk gjennom leiren etter å ha sett til at hesten hans ble
stelt, mennene bukket respektfyllt for ham og han sendte dem
stive men vennlige blikk tilbake. Kjøkkenteltet sto et stykke
unna teltene til de øverste offiserene og det luktet som vanlig
svært fristende der. Olric var meget sulten og gikk inn, kokken
de hadde fått tak i var mer eller mindre tvangsvervet, han
hadde tjent en eller annen tjukkas av en adelsmann lenger øst
men fyren hadde visst vært av dem som strøk med da Olrics
menn sørget for at ingen visste om hemmeligheten som var
sluppet fri. Kokken var meget dyktig og Olric hadde gitt ham
såpass god behandling at mannen nå tjente ham med glede og
Olric visste godt at en hær marsjerer på magen. Han så til at
karene fikk utmerket kost og det gjorde ham mektig populær.
Kokken sto ved grytene og kommanderte sine medhjelpere
med røst som en tåkelur, det var en liten hær av folk der inne,
og Olric var meget fascinert av dette urverket av effektivitet.
Kokken som kalte seg Pierr løp fra gryte til gryte, tilsatte
krydder, smakte på maten, skjente grundig på en av de andre
som ikke hadde brukt nok salt, var konge i sitt eget rike. En
god kokk var meget verdifull, han var den tryggeste personen i
hele leiren. Om noen gikk til angrep på dem var han garantert å
bli tatt til fange i stedet for å bli drept og han brydde seg lite

om hvem han tjente så lenge han fikk utøve yrket sitt uten restriksjoner.

Pierr så sin herre og øste opp en stor bolle med stuing, han overleverte den med et stivt bukk og Olric snuste i seg den delikate lukten. Det virket for at denne mannen var i stand til å forvandle selv de mest ydmyke ingrdienser til noe aldeles nydelig og utsøkt og Olric fikk et stort beger vin til maten.

Pierr tørket svetten og så litt irritert ut.»De turnipsene vi fikk i går er elendige, råtne nesten alle sammen. De er ikke brukbare som grisemat engang.»

Olric nikket.»Jeg vet det, dessverre er det dårlig med mat nå, vi kan ikke annet enn å bruke det vi har.»

Pierr sukket og rullet med øynene, kokken var litt av en diva men det var greit nok, Olric unte mannen den vanen.»Greit, vi kan skjære av det verste og koke suppe på resten, karene eter da alt også så fremt det smaker av mat.»

Olric gliste og husket vagt hvordan hans hjem hadde luktet når de feiret vintersolverv, hvordan bordene var fylt med delikatesser og hvordan hele godset hadde feiret i dagevis. Det var som et annet liv, som minner han hadde adoptert fra en annen person. Stuingen smakte utmerket og han satt og prøvde å bestemme seg for hvordan de skulle avansere nå. Det mest fornuftige ville være å trekke nærmere innhavet der det var flere større forlatte eiendommer de kunne bruke som vinterkvarter. Han var ennå ikke helt sikker på hvilken taktikk han nå burde velge, men han hadde fra sikre kilder at det var i nord det meste av kampene nå foregikk. Nesten alle ættene hadde interesser der oppe og det burde være mulig å velte enda mer av maktstrukturen om en rørte litt ekstra i den suppa. Men det fikk bli til våren igjen og nå fikk han sørge for å sikre mennene sine og se til at stridighetene fortsatte. Det gikk rykter om at en eller annen krigsleder sør for fjellene nær Bheki bukta hadde dragen, og Olric hadde bare trukket på skuldrene da han hørte det. For alt han visste kunne det være sant, det spilte ingen rolle. Den forbaskede dragen kunne være

hvor som helst for alt han visste og han brydde seg lite.
Pierr ropte en ordre og en guttunge kom løpende for å hente
vinflasken han holdt og sette den på plass igjen, Olric rynket
pannen. Han hadde ikke tatt inn barn i hæren? Pierr så
uttrykket hans og smilte litt unnskyldende."Dette er Shaad, han
satt og tagg ved veien og jeg trengte en tjener så jeg tok ham
med, foreldreløs ser du."
Olric skar en grimase, barn burde ikke være en del av en
stridsleir, det var alt for mange tvilsomme karakterer der og
selv om Olrics moral var tvilsom nå satte også han en grense.
Alt for mange ville sette pris på den myke huden og faste
bakenden på en guttunge om det ikke var kvinner tilgjengelig.
Han stirret på gutten, han kunne kanskje være en ti elleve år
gammel og noe ved ham minnet Olric om hans egen sønn. Det
var noe ved holdningen, måten han bar seg på. Denne gutten
var ikke hvem som helst og han bikket på hodet."Gutt, du har
adelig blod i årene. Hvem er du?"
Shaad svelget nervøst, han var et svært vakkert barn med
halvlangt mørkt hår og et spisst men sterkt ansikt, dette barnet
kunne komme til å bli en svært vakker mann med årene. Alt nå
var han bredskuldret og forholdsvis lang og Olric merket seg
ved trælene på hendene."Jeg er sønn av en lav adelsmann
herre, og hans frille."
Olric gliste kort, en bastard, vel, verden krydde av dem
dessverre."Hvilken ætt tilhørte din far?"
Shaad så ned i golvet."Bhardhak herre, vi var vasaller til
Ranclin tror jeg."
Olric fnøs, Bhardak var snaut mer enn bønder, de eide lite og
var viden kjent for en total mangel på dannelse og etikette og
de minglet med de under seg uten å gremmes det aller minste.
Men gutten var behagelig å se på og Olric visste at den ætten
før hadde fostret mange store krigere."Du er foreldreløs? Hva
skjedde?"
Shaad så bare trist ut."Far falt av hesten i en turnering i vår
som var og mor fikk svettesyke like etterpå. De kastet meg ut

av godset fordi fars ektefødte sønner ikke tålte meg, jeg har reist rundt siden."

Olric rynket pannen."Og greid deg godt ser jeg, du er ikke skinnmager. Hvordan?"

Shaad var litt blek."Æh herre, jeg….Jeg er pen, mange liker det og…."

Olric forsto, guttungen hadde lært å suge kukk i ung alder, men alt for å overleve. Antagelig hadde han hatt en eller annen ridder som beskytter og velgjører. Olric så smalt på gutten, det var et snev av trass i minen hans, av stolthet på tross av alt."Du har fått trening, trælene på fingrene dine er etter sverd og bue."

Gutten nikket sakte."Ja, far ville at jeg skulle lære, jeg kan bli god mente han. Men ingen har villet ha meg som væpner eller noe siden jeg er en bastard."

Olric så virkelig noe av sin egen sønn i denne gutten, følte en slags sorg over at han hadde etterlatt sin familie slik og han tok en brå beslutning."Jeg ser talent i deg gutt, og jeg trenger en personlig tjener. Du er i det minste halvt adelig og for god til å løpe ærender for en kokk. Hva om du får bli min væpner etter hvert?"

Shaad bare måpte, så lysnet det opp i de merkelig sjøgrønne øynene."Mener du det herre? Velsigne deg"

Olric følte en merkelig varm følelse i brystet, noe som hadde vært glemt lenge nå."Jeg mener det, fra i kveld flytter du inn i mitt telt. Jeg vil gi deg plikter men du vil få privilegier også."

Shaad smilte bredt og Pierr bare ristet oppgitt på hodet."Vel, det er ikke noe galt med tjenestevilligheten hans, han arbeider som en liten hest så du får en god tjener der."

Olric gjorde ferdig måltidet og smilte til Shaad."Meld deg for min kammertjener, han vil gi deg bedre klær, og du trenger virkelig et bad."

Gutten bare nikket ivrig og styrtet ut og Olric måtte smile for seg selv, Han hadde selv vært så ung og ivrig men han kunne ikke engang huske det lenger. Det var som om en tåke lå mellom ham og hans fortid og minner og det ble stadig

vanskeligere å bryte gjennom den. Han svelget det siste av vinen og Jakar kom inn i teltet, mannen var dekket med gjørme og blod og Pierr sendte ham et heller bryskt blikk som virkelig fortalte om en god porsjon harme. Olric hadde sendt ut Jakar og noen andre tidlig den morgenen og nå satte mannen seg ned og skar en grimase."Det er brutt ut kamper i lenet i nord, total galskap vil jeg si. Folk slåss med alt fra høygafler til gjerdestaur."
Olric smilte sakte."Perfekt, hva var det vi brukte der?"
Jakar kaklet ondskapsfullt."En av de peneste av karene her, og kona til lensherren, og deretter sønnen hans. Det er utrolig hva litt utroskap kan vekke av harme."
Olric presset nevene mot bordet og skalv av morskap, jo, han var en mester på å lese mennesker og styre deres tanker og innerste begjær. Og han var en sann maestro når det gjaldt å bruke det mot dem, han kunne ha blitt en stor leder hadde han begynt tidligere. Jakar drakk ølkruset sitt tomt med noen få slurker og satte det ned med et smell."Så, hva er neste mål?"
Olric trakk frem en rull med pergament, han åpnet den og kikket gjennom listen han hadde skrevet der. Det var navn på alle de som satt med makt i landene og han hadde allerede strøket ut mange navn. Der en slekt hadde hatt all makt var det nå andre som styrte og de gamle ættene mistet mer og mer av sin innflytelse mens de som før hadde vært små og uanseelige steg mot maktens tinder. Han skulle bygge dem opp, rive dem ned og bygge andre opp igjen, kun de verdige skulle få herske. Det var en tanke som gav ham pågangsmot og vilje.
"Lord Embrekt av Ranclin, han har et stort len vest for her, godt bevoktet og de sier at det ennå er temmelig rolig der. Det kan ikke fortsette."
Jakar rynket pannen."Er det lurt? De sier at han er en god venn av kongen?"
Olric gliste stygt."Så meget desto bedre, Kong Hanek kan gjerne komme til unnsetning, så kan vi virkelig få fart på dette. Vi har noen opplysninger om Embrekt jeg er sikker på at

herskeren virkelig vil like å høre i detalj.”
Jakar skakket på hodet.”Så som?”
Olric.”Det vanlige, skatter som er holdt tilbake, manglende
respekt for sin øverste herre, jeg tror vi kan smøre tykt på der.”
Jakar strakte de lange beina og det knaket i stolen han satt
i.”Regn det som gjort min herre, skal vi angripe eller ta det i
flere etapper?”
Olric trakk frem et kart.”Vi tar det sakte med denne, han er
sterk men jeg vet at det er mange som klandrer ham for diverse
ubetydelige hendelser for snart en mannsalder siden. Denne
ætten her vil garantert ha tilbake en god del av landområdene
han sitter på om de tror de kan vinne.”
Jakar så på kartet. Olric pekte på et heller tvilsomt område som
var merket av som eiendommen til en mindre ætt som var
tvunget til å være vasaller under Embrekt.”Og det kan de?”
Olric nikket og det var noe ulveaktig i blikket.”Selvsagt, til å
begynne med, når de får hjelp av oss. Når de blir for sterke
snur vi ryggen til dem, heller ikke de skal føle seg for trygge.”
Jakar rynket pannen.”Olric, ikke si det høyt, men du
planlegger å trekke kongen selv inn i dette?”
Olric nikket.”Jeg kjenner til båndene mellom Embrekts slekt
og kongens hoff, om herskeren over dette gudsforlatte landet
omsider begynner å gjøre noe vil det gjøre maktstrukturen i
hovedstaden ustabil. Da kan vi slå til der, det er mange som
ikke liker måten ting blir håndtert på.”
Jakar hadde et uttrykk av beundring i øynene.”Ingen skal si at
du ikke spiller høyt min herre, er du sikker på at du ikke spiller
for høyt?”
Olric bare smilte stivt.”Kanskje, det kan være at jeg spiller for
høyt ja men det er verdt risikoen.”
Jakar gned kruset sitt mellom fingrene.”Karene følger deg
Olric, like til helvete om det trengs. Men selv de har sin
grense, tror du at vi kan stå oss mot de kongelige
elitetroppene?”
Olric trakk på skuldrene.”Nei, det vil bli slakt. Vi har gode

krigere Jakar, gode strupekuttere og kjeltringer. Kongens styrker vil lage et blodbad om vi går opp mot dem så vi vil forsikre oss om at det aldri blir oss som må tåle hans angrep."
Jakar humret."Du er en stor strateg Olric, men kongen har gode strateger også. Kan du forutsi trekkene hans?"
Olric nikket sindig."Selvsagt, og jeg vil sørge for at vi får noen av våre folk inn blant hans tropper, er vi heldige vil vi kunne bruke alt til vår fordel."
Jakar ristet på hodet, halvt i vantro og halvt i beundring. Hans herre var i sannhet i stand til å legge store planer og det verste var at det var meget mulig at de ville gå på skinner. Olric hadde allerede ved flere anledninger bevist at han kunne snu nesten enhver situasjon til sin fordel. Det var en meget verdifull egenskap og Jakar visste at det var kjennetegnet på en dyktig krigsherre.
Olric trakk frem et annet kart, han bøyde seg ned og nikket sakte."Se her, dette er hva vi har å stille opp mot, vi må sende to tropper nordover men ikke før vi har fått kontrollen over dette området her."
Jakar smilte og fulgte med på ordrene og Olric var flink til å forklare hva han ønsket å oppnå. Noen ganger var det bedre med et dårlig gjennomført tvilsomt angrep uten noen tilsynelatende årsak, det provoserte frem motangrep mye bedre enn et godt planlagt et. Å lokke en fiende til å angripe når oddsene egentlig var latterlig lave var en god teknikk. Olric husket alt han en gang hadde lært nå., alle adelige gutter måtte pugge taktikk og strategi og han hadde hatet de timene men på et eller annet vis hadde det festet seg alikevel. Han håpet at det han gjorde nå ville føre til at den slags ikke ble nødvendig igjen på mange generasjoner. Det ville vært det aller beste. Han prøvde å fortelle seg selv at han gjorde dette for å sikre en bedre fremtid og han trodde også på det men i det siste hadde han begynt å innse at han likte det, og egentlig burde den tanken ha skremt ham med tanke på hva hans slekt hadde forårsaket før men han greide ikke tenke i de baner. Når han

sendte sine styrker ut for å drepe og ødelegge gav det ham en følelse av makt, av kontroll han ikke hadde hatt før. Han var en skjebnens mester, og han aktet ikke å la noe eller noen stanse seg.

Zaribi

Hun kunne snaut tro det, at han måtte forlate henne og på denne måten men det var ikke noe de kunne gjøre med det. De to døgnene var omme, han måtte til tempelet for å forberede seg og Zaribi hadde aldri vært mer redd noen gang. Den brennende følelsen hun følte i hjertet når hun var nær ham fortalte henne at de var ment for hverandre, at det ikke var noen vei tilbake nå. De hadde snaut forlatt rommet hennes i det hele tatt og Hebba hadde brakt dem mat og den eldre kvinnen hadde glist godt av Zaribis ansiktsuttrykk og måten de to så på hverandre. Det var liten tvil om at dette ekteskapet ville bli velsignet av gudene, de kunne bare håpe at ikke seremonien ville svekke Ardred for mye.

Han holdt henne svært hardt lenge, hvisket ord til henne hun ikke forsto ennå men hun forsto meningen alikevel. Han var ikke så redd for selve seremonien som for å dø fra henne, det var det eneste han fryktet. Ardred hadde gitt Hebba strenge ordre om hva Zaribi skulle og ikke skulle gjøre mens han var borte og han visste at det ville bli lange dager for henne. Hebba mente at hun kunne holde henne opptatt med nye vevmønstre og slikt men Ardred tvilte. Han begynte å kjenne sin unge kone nå, hun lot seg ikke så lett distrahere. Hebba mente at en tur kanskje ville være en god ting og hun lovte å passe godt på Zaribi, Ardred var evig glad for at de hadde fått tak i en så fornuftig og jordnær person som Hebba, hun hadde reddet ekteskapet for dem bokstavelig talt og Ardred tenkte for seg selv at hun burde belønnes rikelig når tiden kom.

Ardred følte det som om hjertet ble revet ut av ham da han måtte gå, han så henne stå der alene og han ville snu og styrte tilbake, gripe tak i henne og aldri slippe taket men han visste at det ikke gikk. Han hadde gitt sitt ord og han gikk ikke tilbake på det, uansett. Det var en stolthet i ham som krevde at han gikk også til dette med hevet hode, som den lederen han var. Han gav sine menn styrke og mot ved å gjøre dette, han kunne ikke glemme det. Urdar ventet på ham utenfor tempelet, mannen var lett blek og Ardred så noen linjer i ansiktet hans som ikke hadde vært der før. Urdar la hendene på skuldrene hans, Ardred så smerten i blikket og kjente at han tross alt elsket sin bror høyt.”Jeg skulle ønske det var en annen måte å gjøre dette på.”

Ardred sukket lavt.”Men orakelet har talt har det ikke? Det er ingen vei utenom om vi vil unngå en skrekkelig katastrofe.”

Urdar nikket sakte.”Ja, men jeg vet ikke om jeg skal tro på det orakelet sier, kall meg blasfemisk eller svak eller en tviler men jeg klarer ikke helt å se sammenhengen mellom et jordskjelv, de merkelige skapningene og verdens ende.”

Ardred måtte smile.”Du virket troende nok da det skjedde.”

Urdar trakk på det.”Ja, men når en har fått tid til å tenke kan en se ting fra flere vinkler, jeg vet at du må gjøre dette, om ikke annet så for å berolige folket men jeg er nervøs på dine vegne bror.”

Ardred gav Urdar en fort klem.”Jeg tåler det Urdar, ikke vær redd.”

Urdar bet seg i underleppa.”Jeg har fortalt mor om det, svært skånsomt så klart men hun tok det ikke særlig pent. Hun svekkes bror, for hver dag.”

Ardred svelget hardt.”Da er dette offeret også for henne, jeg skal be gudene om å gi henne styrke Urdar, så vi ikke mister henne før tiden.”

Urdar så ned.”Jeg er redd tiden er kommet Ardred, hun har mistet livslysten. Og Iliana er på vei, hun vil ankomme om noen dager.”

Ardred visste ikke hvorfor men de ordene gav ham en merkelig krypende følelse i hele kroppen, det lovte ikke godt. Han grep Urdars skuldre igjen.”Bror, hold henne langt unna Zaribi, jeg kjenner vår søster, hun vil garantert prøve å

ødelegge for min kone.”
Urdar så stivt på Ardred.”Jeg vet, jeg vil plassere noen av mine
lojale blant hennes tjenere, de vil holde et øye med henne.”
Ardred smilte men det smilet var kaldt.”Godt, jeg stoler ikke
mer på Iliana enn jeg vil stole på en gal kimati.”
Urdar sukket og han så ut som en slagen mann.”Du har rett
bror, hun er ikke å stole på, og jeg er redd for at tapet av
sønnen kan bikke henne i gal retning.”
Ardred nikket og de gikk inn, tempelet var et eneste stort rom
hvor gudebildene vanligvis ble oppbevart og det var heller
nakent sammenlignet med templene til andre folkeslag. Det var
et høyt tømret bygg og Urdar så litt trist på Ardred.”Er du
sikker på at du vil dette? Om ikke vil det være til liten nytte.”
Ardred nikket bare og Urdar lente seg frem og kysset ham fort
på pannen.”Gi at jeg hadde bare en brøkdel av ditt mot. Måtte
gudene se til deg i velvilje og beskytte deg mot alt ondt til
dette er omme.”
Ardred skar en liten grimase.”Jeg er redd det trengs bror, jeg
har en merkelig følelse av at ting vil endre seg nå, hvordan vet
jeg ikke.”
Urdar bare smilte trist og så brått gammel ut, sliten. De to gikk
mot noen prester som ventet og Urdar svelget hardt.”Jeg vil
ikke anbefale at Zaribi får være her når det skjer, det vil bli for
voldsomt for henne.”
Ardred nikket.”Jeg vet det, men hun er sta, og sterkere enn en
skulle tro. Jeg tror ikke noen vil kunne stanse henne når det er
noe hun vil.”
Urdar klappet Ardred på armen.”Du har fått en god hustru
bror, gudene har velsignet deg. Jeg bare ber om at fremtiden
vil bli lys for dere.”
Ardred smilte skjevt og prestene begynte å kle av ham, han
skulle vaskes og gnis med hellige oljer før han tilbrakte to
døgn med bønn og meditasjon. Det ville bli hans livs lengste
døgn men han var sikker på at det ble den enkleste delen av
dette. Han foretrakk å ikke tenke på hva som ville skje til slutt,

hva seremonien ville medføre for ham. Han hadde aldri vært redd for smerte, han hadde vært skadet i kamp mange ganger men dette var noe annet, noe han gikk inn i med åpne øyne i sikker forvissning om at det ville bli en pine han neppe kunne håpe å sammenligne med noe annet. Han undret seg over hvilket merke han ville bli nødt til å bære, han håpet at det ble et som ville gi folket håp, som ville vise hans styrke og vilje. Han ville være en hellig mann når dette var over, en som var berørt av gudene selv. De færreste ville engang tenke på å tvile på hans ord eller ordre, han ville få en makt større enn noen annen der, om han overlevde.

Urdar lente seg frem en siste gang og det var noe merkelig vemodig i smilet hans."Far ville vært så stolt av deg."

Ardred nikket sakte."Jeg vet, du vet hva du har å gjøre om…."

Urdar så ned."Ikke si det bror, det vil ikke skje. Men ja, jeg vet."

Ardred smilte mot prestene som ventet tålmodig på at han ble ferdig med å snakke, han fikk ikke si et eneste ord før seremonien var gjennomført."Om vi er heldige vil Zaribi snart bære min arving, det kan ha skjedd allerede for alt jeg vet, jeg vet at min linje er sikker."

Urdar la pannen mot hans, hvisket ømme ord kun ment for hans bror."Tvil ikke Ardred, stol på gudene. De ser i velvilje på ditt mot."

Ardred bare smilte og snudde seg, Urdar fikk en merkelig følelse av at han hadde mistet sin bror, at et eller annet ville skje. Han gjorde et fort beskyttende tegn foran seg, nikket til novisene som sto samlet langs veggen."Steng tempelet, la ingen komme inn. Og tegn de hellige runene på alle dører og på veggene, ingen onde ånder må få forstyrre disse hellige dagene."

Alle skyndte seg for å etterfølge ordren og Urdar forberedte seg på å lede forbønnene. Dette var en oppgave han slettes ikke aktet å svikte og den viktigste seremonien han noen gang ville lede. Om noe gikk galt ville han få skylden og han ville ikke kunne holde ut den tanken.

Nordvest for Gardahavn lå en liten bygd som livberget seg på å dyrke frukt og saueavl. Det var et område som var forholdsvis rikt og svært vakkert med lave skogdekkede åser og store åkre med pent pleide frukttrær. Mange pleide å si at det å skue disse dalene om våren var som å se et lite glimt av paradiset og det var viden kjent for den vidunderlige lukten av blomstrende frukttrær. Noen av kvinnene brukte å lage parfyme fra noen av de tærne som ennå ikke kunne gi mye frukt og mennene lagde både cider og enda sterkere saker fra epler plommer og pærer. Det sto en mild vind inn fra havet der og jorda var dyp og rik, det var et perfekt sted for denne typen jordbruk og de byttet til seg hva de ellers trengte for de produktene de lagde. Folket i Fagerdal regnet seg som svært velsignet og de var en salig blanding av hietlaianere og kimatier, der var det ingen fiendskap mellom de to folkeslagene og de hadde smeltet sammen til et konglomerat som var svært sjarmerende og velfungerende. Det var kun et høysete i dalen, en større oppmuret bygning som også fungerte som bygdeborg i tider med ufred og dalens høvding holdt til der om sommeren og høsten. Om vinteren ble det nesten umulig å holde bygget varmt så de flyttet hele husholdningen inn i et av de lange laftede felleshusene. Gilrod av Fagerdal var ikke adelig, han var sønn av en smed av alle ting men som det gjerne var i Hietlai hadde dåder i ungdommen brakt ham en opphøyd posisjon. Han var sauebonde så god som noen og skrøt som regel hemningsløst av de vakre søyene han og hans folk avlet frem. De var små men gode mødre og lammene hadde uvanlig delikat kjøtt, han var stolt med god grunn.
Gilrod hadde fem barn med sin ferme og temmelige strie hustru Hilda, egentlig var han litt redd for henne for hun hadde et flammende temperament og kunne sette hvem som helst på plass men han var også meget glad for å ha en slik sterk kvinne ved sin side. Hun holdt merkelig nok hodet kaldt i enhver krise

og hadde oppdratt deres fire sønner og ene datter til å bli meget
fornuftige og hardt arbeidende mennesker han var uendelig
stolt av. Hilda var en kvinne fra Gardahavn og hun var godt
kjent og respektert for sine kunnskaper om urter og krydder.
Det brennevinet hun lagde av epler var det ingen som kunne
kopiere og hun hadde sørget for at familien satt meget godt i
det. Gilrod måtte vedgå for seg selv at han var en meget heldig
mann på mange måter, ja, gudene hadde velsignet dem.
Han satt og leste gjennom noen papirer angående noen klager,
han var valgt som leder og det var hans ansvar å løse
småtvister og krangler Var det alvorlige ting ble det sendt til
tings og han hadde vært der da deres Takesh fikk sin nye
hustru. Gilrod hadde vært fengslet av den fremmede kvinnens
eksotiske skjønnhet og han hadde i hemmelighet vært
temmelig misunnelig på deres krigshøvding, Hilda var en stor
kvinne med vekt på akkurat stor. Hun var myk og det disset
behagelig under kjolen men mye å ta og kan også bli litt i
overkant mye. Han syntes hun lot seg selv forfalle mer enn hun
burde og han orket ikke besøke senga hennes særlig ofte
lenger. Han skyldte på alderen men egentlig var det mest det
fakta at hun ikke fristet ham lenger. Papirene beskrev noen
tvilsomme salg en eller annen hadde gjennomført, det viste seg
at denne mannen hadde solgt land som han egentlig ikke eide
og det hadde blitt en real krangel ut av det. De hadde et sett av
uskrevne lover og regler de aller fleste kjente godt men dette
gikk litt over den gjengse kunnskapen om jus. Han kløde seg
i håret, det måtte være mulig å løse det på noe vis, pengene
mannen hadde fått var brukt opp for lengst og det hadde vært
en betraktelig sum. Kunne de ta pant i noen av hans eiendeler
og bruke dem som erstatning? Han måtte sende noen for å
vurdere det han eide og hadde og se om det kunne være en
mulighet.
Det banket på døra og en av bøndene fra innerst i dalen kom
inn, mannnen var dryppende våt for det striregnet ute og han
luktet stramt av hest og våt ull. Gilrod rynket pannen

forbauset, han la fra seg papirene og kjente at det verket i øynene hans. Han slet med å lese og det gav ham alltid en dundrende hodepine."Gadlun? Hva skyldes denne æren?"
Den enkelt kledde mannen satte seg ned på en trebenk, klemte vannet ut av det halvlange glisne grå håret, han var en ganske kraftig kar men over sin beste alder, det var tydelig at det måtte være noe alvorlig på ferde for han var en smule blek og det var noe rastløst i minen hans."Herre, det har skjedd merkelige ting."
Gilrod rynket pannen igjen, han la fra seg papirene og så at Gadlun vred seg på benken, han visste at bonden var en meget sindig kar som slettes ikke var lett å skremme og han var meget jordnær også. Han var så avgjort ikke av dem som hørte på sladder eller lot seg styre av gammel overtro. Det var nok av dem der i bygda og Gilrod var glad han ikke var av dem som mente at en måtte gå baklengs resten av dagen om en så en svart katt eller at en måtte la være å ligge med kona i en uke om en hørte en gjøk som gol så en ikke fikk tyvaktige barn."Merkelige ting?"
Han gjorde stemmen vennlig og Gadlun sukket og la fra seg lua på benken. Han stirret stivt ned i golvet."Ja herre, noe har drept alle trærne i ene frukthagen til naboen min, en hel flokk med sau har blitt sporløst borte og tre barn som var ute og gjette har forsvunnet."
Gilrod så stivt på Gadlun."Kan det ikke være tilfeldigheter? Det er sykdommer som dreper trær og sauene kan ha gått seg ut i elva eller noe, og unger har det jo med å rote seg bort."
Gadlun ristet på hodet."Trærne døde over natten, det virker for at noe har gnagd på dem og de var rett og slett råtne, som om treverket løste seg opp."
Gilrod ble forbauset og han fikk en litt ubehagelig følelse i magen, han visste om tilfeller der misunnelse hadde ført til at folk forgiftet andres hager men ingen gift virket så fort?"Det høres umulig ut?"
Gadlun nikket."Det samme sa jeg til naboen da jeg fikk se det,

men det er fakta. Jeg var der dagen før og da var trærne friske
og sunne. Og sauene ble borte fra et godt kve, ingen grinder
var brutt ned eller åpnet, men jorda virket opprotet og løs, som
om noe hadde kommet fra under bakken og halt dem ned. Det
var ull i jorda men vi vågde ikke undersøke nærmere."
Gilrod hadde blitt skremt nå, han husket gamle fortellinger
barnevakten hadde skremt ham med da han var bare en
guttunge og han husket ryktene om at noen hadde funnet et
uhyre lenger inn i landet. Han lente seg litt fremover, ansiktet
røpet uroen han følte."Har barna også forsvunnet på merkelig
vis?"
Gadlun sukket og vred hendene."Ja herre, de var ute på en liten
holme for å se etter noen geiter, det var nydelig vær og de
hadde rodd ut med en liten båt. Brått var de borte, båten lå
fremdeles fortøyd og geitene gikk og gresset men ungene var
borte vekk."
Gilrod visste at barna som vokste opp i bygdene der var
fornuftige, de visste hva som var farlig, de ville ikke gjøre noe
tåpelig som ville føre til at de druknet eller noe slikt."Hvor
gamle var de?"
Gadlun svelget stivt og Gilrod så en antydning til tårer i
øynene hans."Fem sju og åtte, to gutter og en jente."
Gilrod lukket øynene, barn var det mest verdifulle de hadde, de
mistet allerede for mange til sykdommer og selv det fakta
gjorde aldri tapene noe lettere å bære. Han hadde selv mistet en
brorsønn på grunn av barnehoste og det hadde smertet ham å
se brorens sorg."Jeg vil sende noen av mine menn til deres
bygd, det bør være noe som kan forklare hvor de har blitt av?"
Gadlun ristet på skuldrene."Noen tror det er gudenes straff for
våre syndige liv."
Gilrod snøftet og slo i bordet."Syndige liv? Ved gudene mann,
dere er da ikke mere syndige enn resten av oss, heller motsatt
vil jeg tro. Nei, slå slike tanker fra dere, det må være en
tilfeldighet."
Gadlun så ned i golvet igjen, han gned en amulett mellom

fingrene.”Eller så er det vartegn, bud om forferdelige tider som
vil komme.”
Gilrod kunne bare stirre på den aldrende bonden og prøve å se
trøstende ut men han hadde en skrekkelig følelse av at det var
sannhet i disse ordene, at et eller annet ville skje, noe som ville
endre alt.

Zaribi hadde prøvd å sitte å veve, hun hadde prøvd å sy og hun
hadde prøvd å lære seg flere ord men hun greide ikke
konsentrere seg om noe av det hun gjorde. Det var rett og slett
umulig. Hun var så nervøs på Ardreds vegne at hendene
hennes skalv og de andre kvinnene så det og prøvde å
distrahere henne som best de kunne. De forsto situasjonen og
de forsto også frykten hun følte, tross alt var de selv kvinner og
kunne forestille seg hva de ville føle om deres kjære skulle gå
gjennom noe tilsvarende.
Zaribi satte pris på forsøkene deres, det gjorde hun virkelig
men det føltes merkelig irriterende. Hun ønsket egentlig bare å
låse seg inne og sture men Hebba hindret det ganske så
effektivt. Hun ble plassert i spisesalen med en hel gjeng andre
yngre hustruer rundt seg og praten gikk hele tiden. Det var alt
fra sladder til gode tips som ble fordelt og Zaribi kunne ikke
forbli nedfor. Hun følte fellesskapet i denne gjengen som noe
nesten fysisk og hun koste seg med et glass vin og noen kaker
en eller annen hadde bakt. En av kvinnene smilte skjevt og
nikket mot de andre der.”Jeg hørte at Iliana er på vei tilbake, så
vokt mennene deres jenter.”
Zaribi spisset ører da hun hørte navnet på Ardreds søster, hun
visste jo at Iliana var tvilsom men det var ikke så veldig mye
Hebba hadde sagt og Ardred hadde sagt lite også.”Hun stjeler
menn?”
Zaribi forbannet det fakta at hun ennå ikke greide snakke uten
en særdeles tykk aksent og hun slet med å forstå mange ord
men hun hadde begynt å kjenne rytmen i språket og greide å
skjønne meningen med det meste. Kvinnen som hadde snakket

nikket og det glitret i blikket hennes."Ja, Iliana er Gudruns store sorg, hun er en arrogant tispe."

Zaribi så at Hebba rullet med øynene men hun ville vite mer, hun ante at Ardreds søster kunne være farlig, at det var noe ved henne som ikke var bare positivt."Er det så ille at hun er lett på tråden?"

Kvinnene fniste og noen skjulte ansiktene mens de rødmet."Nei, det er ikke galt i seg selv, ikke her blant oss, men hun legger seg bare etter gifte menn, for å se om hun kan lokke dem vekk fra kvinnene deres. Og om de gir etter snur hun bare ryggen til dem etterpå og så står de der med en meget rasende husfrue og et ødelagt ekteskap."

Zaribi rynket pannen og satte fra seg vinglasset."Det er jo nedrig!"

De andre mumlet seg imellom."Det er sanne ord unge frue, det er nedrig og hun kommer nok ikke til å bli noe lettere å ha med å gjøre nå som hun har mistet sin sønn."

Zaribi kunne synes synd på Iliana, å miste et barn var forferdelig og særlig når det skjedde slikt, så meningsløst. Den første kvinnen som hadde snakket støttet haken i hendene."Hun vil være ute etter et ekteskap nå, så hun kan få en lovlig arving. Hun vil arve sin mor og hun vil ikke la noe stå i veien for seg. Tro meg, hun vil være verre enn en tispe i løpetida, det er ikke mange årene igjen før hun ikke lenger vil være i stand til å bære barn og kun gjennom en sønn kan hun håpe på å få stor makt."

Zaribi bikket på hodet."Jeg trodde både sønner og døtre her var velkomne?"

Hebba nikket."Ja, alle arver likt men om hun greier å kapre en mann med stor rikdom og makt og gir ham en sønn vil hun være den som styrer over eiendommer og rikdom til gutten blir myndig. Jenter får råderett til sine andeler så fort de selv ønsker det, og ingen vil kunne nekte dem det. Hennes skrekk er vel å få en datter som vil bli mektigere enn henne selv."

Zaribi så forskrekket ut."Så en kvinne kan styre hele slektas rikdom gjennom sine sønner?”

Hebba nikket kort, hun likte ikke helt temaet.”I teorien ja, de færreste krever tilbake kontrollen selv etter at de blir myndige, i hvert fall ikke om deres mor er en sterk kvinne. Her i Hietlai er makten i kvinnenes hender og det er godt slik men det gir også noen mindre heldige resultater til tider.”

Zaribi satte seg bedre til rette, hun følte at hun trengte mer informasjon, hun ville gjerne lære så mye som mulig om dette samfunnet hun nå var en del av.”Så som?”

En av kvinnene gliste bredt.”Sjalu svigermødre, min tåler snaut synet av meg siden jeg nå råder over alt min husbond før lot henne styre over. Hun prøver å blande seg opp i absolutt alt vi gjør.”

Zaribi måtte fnise og kvinnen nikket vennlig til henne.”Gudrun er en god kvinne, velsigne henne, vær glad du har henne på din side. Men vær forsiktig også, Iliana liker deg ikke, det så vi på bryllupsfesten. Du er ung og vakker og kan gi Ardred mange sterke arvinger, hennes stjerne er falmende, noen kvinner tåler ikke det.”

Zaribi bet seg i underleppa.”Jeg skal huske det.”

Hebba smilte trist.”Det var en sorg at Gudrun kun fikk tre barn med sin mann, hun ønsket seg flere men slik er det når en blir sent gift.”

Zaribi så at flere vendte blikket bort, hun visste at spørsmålet var lite velkomment men hun følte at hun måtte spørre alikevel.”Hva med Kanir?”

En av de eldre kvinnene smilte trist.”Kanir er en utstøtt, Gudrun har prøvd å få mødrene til bastardene hans til å overlate dem til slekten så de kan knesettes og bli lovlige arvinger men ingen har tillatt det. Gudene vet hvorfor men antagelig er det skammen som gjør det.”

Zaribi så at Hebba var lett blek og flere av de andre der virket ille berørt.”Skammen?”

Hebba svelget hardt, hun klemte hendene sammen til knyttnever.”Skammen over å bli utnyttet Zaribi, det er ingen

skam å nyte elskov med noen her, selv ikke en man ikke er gift
med, men det er en stor skam om en blir med barn og
barnefaren forlater en for en annen. Egentlig er den skammen
farens og ikke morens men det å bli sviktet slik er forferdelig
for en ung kvinne. Oppførselen hans er hinsides stygg, den er
horribel."
Zaribi klemte øynene sammen."Er det oppførselen hans som
har gjort at han er utstøtt?"
Alle ble stille, så på hverandre med smale øyne og Hebba
sukket."Ardred burde fortelle deg dette Zaribi, men han kan
nok neppe plages med det nå. Og du vil neppe gi deg før du får
vite det eller hva?"
Zaribi nikket sakte og litt nølende."Ja, gjerne."
Hebba lente seg bakover mot benken og la hendene på bordet,
hun så tankefull ut."Kanir kunne blitt Takesh i stedet for
Ardred Zaribi, han er en kriger selv ikke Ardred kan måle seg
med. Men han gjorde noe så forferdelig at valget sto mellom
henrettelse og lovløshet."
Zaribi så lett skremt ut, hun ante at disse folkene hadde svært
strenge lover men at det også måtte være slik. De var et barskt
folkeferd og livet var hardt der, det var bare naturlig at reglene
gjenspeilet de fakta. "Så hva gjorde han?"
En av kvinnene skar en stygg grimase."En nidingsdåd, et svik.
Ingen vet hvorfor han gjorde det men det går rykter om at han
var litt for gode venner med de klanene av kimati folket som er
utbrytere, enda han slåss mot dem. I det minste forsto han dem
bedre enn noen andre her, også troen deres og årsakene til at de
kriger."
Hebba snudde seg mot Zaribi."Forstå dette Zaribi, her betyr en
manns ære alt, og hans æresord er ubrytelig. Å gå mot noe en
har sverget er den verste tingen noen kan gjøre her, å bryte en
ed er ganske enkelt utenkelig."
Zaribi så smalt på Hebba."Han brøt en ed?"
Det ble mumlet rundt bordet."Ikke bare en hvilken som helst
ed Zaribi, en brorskapsed. Han hadde sverget å beskytte

familien til en av sine krigere som falt i kamp mot kimatiene, å
ta seg av dem som om de var hans egne slektninger. I stedet
vendte han dem ryggen og kimatiene brant hele gården, de
stengte alle folkene der inne i langhuset og satte fyr på det."
Zaribi frøs nedover ryggen og så uforstående på
Hebba."Hvorfor?"
Hebba sukket tungt."Det Zaribi er det ingen som vet, det
eneste en er sikker på er at han sto på åsen bak gården da det
skjedde, og han gjorde ingenting for å hjelpe, for å stanse
kimatiene. De sier at han var så respektert av selv lederen deres
at han kunne beordret dem til å stanse, men han gjorde
ingenting, bare så på at de brant alle levende."
Zaribi bare måpte."Men…det må jo være en årsak?"
Hebba nikket."Selvsagt, men ingen har fått vite noe om den
årsaken, han nektet å forklare seg. Og kimatiene har heller ikke
sagt noe om hvorfor den gården ble brent på det viset, det
ligner ikke dem."
Zaribi så forvirret ut."Ikke?"
Hebba skar en grimase og en av de andre kvinnene sukket
høylydt."De har sin egen tro og sine egne skikker, en av dem
er at de sjelden dreper barn og kvinner på et slikt vis. Det er en
skam for dem, menn kan de torturere og myrde på de verste
måter men dreper de kvinner gjør de det rent, og de prøver å
unngå det. Det er ikke lov i følge deres regler, det er ingen ære
i å drepe den som ikke kan forsvare seg, men de behandler
ellers ikke kvinner særlig bra. De er ikke regnet som folk
nesten, i hvert fall ikke i utbryterklanene."
Zaribi trodde hun forsto, disse klanene måtte være svært
annerledes enn resten av befolkningen. Hebba klappet henne
på skuldrene. "Nei, dette er for mye dystert snakk, la oss
diskutere noe hyggeligere, jeg vil ha mønstrene til de kjolene
damer bruker der du er fra Zaribi, jeg er sikker på at du kan
tegne noen?"
Zaribi nikket usikkert og fikk et pergament og en pen og litt
blekk og etter litt satt hun og konsentrerte seg med tunga ut av

munnen og kvinnene flokket seg sammen rundt henne som bier
rundt en blomst.

Den største ansamlingen av hus i fagerdal var et gammelt
høysete som nå var blitt til en samling av gårdshus og lagre.
Bygningene var gamle og det syntes men de ble godt tatt vare
på og om det i det hele tatt fantes noe der i bygda som kunne
kalles en landsby var det denne blandingen av tilfeldige
bygninger som var plassert uten noe som helst som minte om
en plan. Noen kvinner satt utenfor et av lagrene og sorterte
nøtter, det var et arbeid som var kjedelig så de underholdt
hverandre med vovede historier og sladder og haugene med
nøtter vokste jevnt og stødig under kyndige hender. Nøttene
ble brukt til mat og skallene til å farge garn, og i noen tilfeller
ble de malt opp og blandet i leire for å lage slipemiddel og
slikt. Kvinnene var snakkesalige som alltid men dog litt
roligere enn vanlig, de visste selvsagt om de forsvunne barna,
de var ikke i slekt med dem men alle kjente alle der i bygda og
det var uhyggelig. Folket var vant med tap så de reagerte ikke
særlig kraftig men det var kun fordi de ikke anså tydelig sorg
eller uro som særlig passende oppførsel. Sola hadde vært borte
i noen dager nå, det var halvmørkt og det småregnet men de
satt under en seilduk noen hadde spent opp og hadde det
egentlig ganske bra.
De hadde flere sekker å sortere og jobbet effektivt og raskt når
de først satte i gang men nå hadde de slappet litt av på farten,
de diskuterte hvem sønnen til den eldste av dem ville gifte seg
med og forslagene haglet da en av kvinnene brått satte i et
forskrekket skrik. De andre så at hun stirret mot skogkanten
utenfor landsbyen og de snudde hodene og stirret også og flere
av dem hylte. En liten skikkelse kom sakte vaklende ut fra
skogmørket, merkelig blek og rød om hverandre og
bevegelsene var rykkvise og unaturlige. Hodet hang til siden

og samtlige følte en brå bølge av instinktiv angst, dette var ikke naturlig. Den eldste av dem kom seg på beina, hun så at flere av mennene hadde hørt hylene og kom til og hun pekte med skjelvende hånd på det som kom sakte mot dem fra skogen."Ved alle guder, hva er det?"

En av mennene hadde grepet et spyd bare ved ren refleks, han holdt fast i det med hardt grep og noen av de andre karene kom også til, med hamre, kniver og hva annet de hadde tilgjengelig i hendene."Det er lille Lanhia, jenta som ble borte?"

Flere løp mot barnet som fortsatte å gå mot dem, som om hun ikke så dem i det hele tatt. De saknet farten da de nærmet seg, jenta var naken og blodig og øynene var merkelig helsvarte, hodet hang i en merkelig vinkel og bevegelsene var mekaniske, stive og langsomme. Det virket for at noe hadde klort henne opp for hele kroppen var dekket med grunne lange risp som hadde blødd kraftig. En av kvinnene var en helbreder og hun knelte sakte foran barnet, stirret vantro på det hun så. Jenta hadde en svært svulmende mage, som på en høygravid kvinne enda hun bare var åtte og hadde vært borte i et par døgn.

"Lanhia? Hører du meg?"

Jenta reagerte ikke, munnen var åpen og tunga beveget seg på den samme merkelige rykkvise måten som resten av kroppen, de stirret med frykt og avsky på barnet som bare sto der, uttrykksløs og umenneskelig. En av mennene svelget hardt."Hun ser svanger ut, men det er umulig er det ikke?"

Helbredersken nikket hardt, hun fikk to av karene til å ta tak i armene på jentungen og de adlød om enn noe motvillig. De la henne ned på graset og helbrederen undersøkte fort det blodige underlivet. Hun så svært blek ut og ristet på hodet."Hun har blitt tatt, av noe som har revet henne opp totalt, hun skulle ha blødd i hjel."

Mennene rygget litt unna."Trolldom, hva skal vi gjøre?"

Kvinnen rettet seg opp."Jeg vet ikke, men dette er ondt, hva det enn er. Det er ikke Lanhia, det har bare besatt kroppen

hennes. Vi må ødelegge dette, hva det nå enn er."
Mennene svelget tungt, det så fremdeles ut som et barn, et barn
de alle kjente og var glad i."Hvordan?"
Kvinnen svelget hardt."Ild, ild ødelegger onde ting."
En av mennene løp for å hente en fakkel og de så ned på
kroppen som lå der på bakken, lemmene beveget seg ennå på
den merkelige rykkvise måten og det kom hese gurglelyder fra
vesenet. Magen beveget seg, de så at noe rørte seg under det
stramme skinnet, noe som gled mot huden som hender. Brått
ble bevegelsene raskere, nesten desperate. Mannen som hadde
hentet en fakkel kom nærmere og kroppen prøvde å komme
seg opp. Karene kastet fort et par svært tunge kjettinger over
det som hadde vært et barn og deretter kastet de ved og en
kanne med olje på dette vesenet som de ikke ante hva var.
Skapningen freste og hveste nå, lagde grusomme lyder og noen
karer sto og sørget for at ingen av de andre der kom nærmere.
Kvinnene holdt seg langt vekk og de kastet enn fakkel på
haugen med en rask bønn.
Skapningen hylte, merkelige ord ingen forsto, den tok fyr og
brått brast mageskinnet og noe klatret ut, noe blodig og
forvridd og groteskt, en skapning som bare hadde formen til
felles med et menneske. Det var nesten en kopi av det vesenet
som hadde blitt brakt til Gardahavn og vist frem til Ardred,
bare mindre. Skapningen hveste og åpnet lange kjever og
skulle hoppe ut av ilden men en av mennene hadde en bue og
skjøt en pil gjennon hodet på skapningen. Den falt sammen og
tok fyr og de sto der til bålet var brent ut. Da var det bare aske
tilbake og helbredersken sto og skalv. Hun hadde aldri sett ekte
ondskap før, aldri følt dens kalde hånd stryke mot sjelen men
hun visste at dette var ondskap, og at de var i fare. Hun snudde
seg mot mennene."Send et bud til Gilrod, og et til Gardahavn
også, de må vite om dette. Og sørg for at ingen går alene der
ute nå, bring ild hvor dere enn går."
Alle nikket og trakk seg unna og helbredersken stirret på den
svartsvidde flekken, synet gjorde henne kvalm. Et eller annet

fortalte henne at dette neppe ble den siste gangen de ville se
noe slikt og hun ønsket brått å flykte sørover, bosette seg i
hovedstaden. Der var det krigere og sterke murer og hun håpet
at det ville være nok til å sikre dem. Kom det til det ville hun
be bygderådet stemme for å evakuere, det kunne være at det
ble nødvendig. Hun håpet bare at ikke de andre bygdene
opplevde noe lignende, det var stammer som levde som
nomader der også og så var det kimatiene. De var fiender men
hun ønsket ikke noen en slik skjebne som dette barnet hadde
fått, selv ikke en kimati. Hun ba en fort bønn, så fortet hun seg
tilbake til de andre, det var trygghet i mengden nå, og hun
håpet at dette ble den siste gangen de så noe så grusomt.

Merkeseremonien skulle avholdes i den store salen, slik var
skikken og forberedelsene hadde tatt flere dager. Zaribi hadde
sett hvordan det store rommet ble vasket og klargjort og hun
visste at mange kom til å være til stede, det var både for å vise
støtte og for å se med egne øyne at det virkelig skjedde, at
deres Takesh gikk så langt for å sikre deres fremtid. Ingen
hadde gått gjennom dette på en mannsalder og den rynkete
gamle mannen som skulle gjøre merkingen var den siste som
hadde utført en slik seremoni. Han hadde tre medhjelpere og
virket svært alvorstynget, dette var ikke noe en tok lett på, det
var temmelig tydelig.
Zaribi hadde insistert på å være der, Urdar hadde prøvd å
overtale henne til å la være men hun lot seg ikke rikke. Om
dette gikk galt hadde hun i det minste sett ham igjen.
Seremonien skulle begynne på kvelden og Zaribi og Hebba
hadde fått seter langt fremme siden Zaribi var Ardreds hustru
og Hebba trengtes for å oversette. Det var rikets fremste som
møtte opp og mange av Ardreds fremste offiserer og krigere.
De satt lenger bak og Zaribi forsto at dette var noe som tok tid,
det kom til å ta mye av natten og hun kjente at hjertet hennes
verket av medfølelse med Ardred. Det var lagd en slags lav
plattform foran ildstedet, den var ikke særlig stor men den

gamle sjamanen og hans lærlinger var allerede der. De satt der
og så ut som om de var i en slags trance og alle mumlet på noe
som måtte være bønner av noe slag.

Urdar hadde så vidt hilst på Zaribi og hun hadde også sett at
Iliana hadde dukket opp, hun hadde kommet tidligere den
kvelden men hun var ikke til stede, hun var visstnok for sliten
og hadde trukket seg tilbake til sine egne private rom. Zaribi
forsto ikke helt at hun overså dette, at hennes bror muligens
kunne være i fare, men med tanke på hva Iliana hadde lidd av
tap var det kanskje forståelig. Det brant få lys i hallen nå, kun
ildstedet og noen få lamper var tent og det var forholdsvis
kaldt der, de fleste var godt kledd og det var en heller stille
stemning der nå. Ingen lo eller snakket høyt og Zaribi skjønte
alvoret. Alle var redde for at gudene skulle være sinte og at
Ardred hadde valgt å gjøre dette for å blidgjøre dem gjorde
dem ydmyke og økte respekten de følte for ham.

Urdar gikk frem og noen brakte gudebildene opp på plattingen
og plasserte dem bakerst. De var dekket med dyreblod og så
groteske ut. Zaribi hørte at Urdar begynte å messe og synge og
så kom Ardred frem fra ene sidedøra, han var kledd i en lang
kappe og ble fulgt av to av krigerne sine. Begge bar et nakent
sverd og gikk med bar overkropp. Zaribi svelget hardt, han så
sliten ut syntes hun, han hadde tross alt fastet og bedd i to døgn
og hun fanget blikket hans i noen sekunder før han gikk opp på
plattformen. Han smilte svakt til henne og nikket men hun så
at han var svært blek og tydelig preget av det som skulle skje.
Folkemassen var helt stille, ingen gav fra seg så mye som et
kny og stemningen var nesten elektrisk, hun frøs nedover
ryggen. Den gamle sjamanen tok av Ardred kappen, han var
naken under og kroppen var enten innsmurt med olje eller så
var han svært svett for han glinset i det svake lyset. Zaribi
rødmet, hun likte ikke helt tanken på at alle så ham slik men
for folket der i landet var ikke nakenhet noe de anså som
skamfullt. De var heller stolte over at deres Takesh hadde en
sterk og sunn kropp, at han var mandig og velskapt. Urdar

messet igjen, høye rop som sikkert skulle påkalle gudene, så
gikk han ned fra plattingen og overlot resten til sjamanen.
Lærlingene begynte å synge et eller annet i en merkelig tung
og nesten hypnotisk rytme og den gamle mannen tegnet
underlige symboler på Ardreds fremside med blå maling. Det
så barbarisk ut men Zaribi skjønte også meningen med dette og
det var noe opphøyet ved selve handlingen, noe hellig.
Ardred la seg ned på en matte og sjamanens lærlinger bant tau
rundt håndledd og ankler. Det var noen sterke fester bygd inn i
plattformen og han grep tak i dem. Tauene var slappe, de ble
også festet men det var tydelig at de ikke skulle holde ham
fast. Hebba lente seg frem mot henne og hvisket."Han skal
selv holde seg fast, å slippe taket er en skam. Tauene er
symbolske, for å vise at han har gått med på dette av egen fri
vilje."
Zaribi hvisket tilbake."Hva med lyd? Skal han være stille?"
Hebba ristet på hodet med et lite glis."Nei, ingen kan la være å
skrike når dette er på det verste, tro meg. Det er ingen skam å
skrike så lenge en ikke forbanner gudene eller noe slikt."
Sjamanen hadde begynt å messe igjen, han strøk hendene
gjennom luften over Ardreds kropp og Zaribi så at hennes
ektemann hadde lukket øynene, han så skrekkelig sårbar ut og
hun skulle ønske at hun kunne trøste ham på et eller annet vis.
Hun håpet at det gav ham litt styrke at hun var der for ham og
delte det med ham i ånden om ikke i kjødet.
Sjamanen avsluttet messingen og grep en bolle med noe som
måtte være blekk og en pensel, han begynte å tegne på Ardreds
rygg men det var umulig å se hva det var han mante frem. Hun
så at Ardred ble anspent i det øyeblikket penselen rørte huden,
så slappet han av igjen og overgav seg til situasjonen, hun så at
leppene hans beveget seg sakte, antagelig ba han hele tiden.
Zaribi så et glofat med noen jern i, og et annet med kniver og
andre redskaper hun ikke ante hva var, men det så brutalt ut og
hun kjente at hendene skalv. Hun skulle ønske hun ikke hadde
gått alikevel, at hun hadde blitt i rommene sine men samtidig

kunne hun ikke unngå å være der. Hun ville følt seg enda verre om hun hadde holdt seg unna.

Den gamle sang hele tiden mens han tegnet, merkelig skingrende ord på et språk Zaribi ikke forsto, hun merket bare at det var merkelig arkaisk, og fylt med underlig klang og tone. Da sjamanen var ferdig med å tegne tok han frem et underlig redskap som lignet litt på en slags liten kam festet på en stang, men tindene var nåler som satt tett sammen og den var kanskje en tomme bred. Han tok frem en hammer og dyppet nålene i blekk og satte redskapet mot huden, begynte å hamre mens han trakk det over tegningen, rytmen var rask og energisk og lyden av treverk mot treverk kunne høres i hele hallen. Zaribi så at Ardred rykket til for hvert slag, at han skar grimaser av smerte men han rørte seg ikke, hendene som holdt rundt festene var hvite og hun forsto at dette antagelig gjorde vanvittig vondt. Hebba lente seg mot henne igjen.”Når de lager vanlige tattoveringer gjør de det på samme måten, men de stikker ikke så dypt. Det er derfor det gjør så vondt”

Zaribi kunne skjønne det, lærlingene messet og sang og lyden fylte hallen med merkelige ekko, hamringen var hypnotisk å høre på og hun undret seg på hvor stort dette merket skulle bli, og hva det skulle forestille. Ardred lå fremdeles med øynene igjen og han svettet intenst, håret var mørkt av svette og han peste tydelig. Kroppen rykket svakt og hun så at mange av karene der var lett bleke. Det var tydelig at de forsto hva han gikk igjennom nå. Det var uttrykk av sympati og medfølelse å se på nesten alle ansiktene der og Zaribi skulle ønske at hun kunne ropt det til ham, at hun var der, at hun led med ham, at hun gjerne skulle tatt hans plass om det kunne gjort ting bedre. Den gamle sjamanen jobbet i et jevnt tempo, klangen av hamringen var hypnotisk og søvndyssende og flere satt og småsvaiet. Hjelperne hans fjernet blod og svette, gned inn ny farge i nålene, sørget for at det gikk fort og uten unødvendige pauser. Etter noe som virket for å være timer men neppe var så lenge la han ned nålene og den gamle begynte på en annen

nynning, en annen rytme. Den var skarpere, mer agressiv og nå
hadde han tatt frem noen merkelige kniver. Zaribi så at Ardred
hadde stivnet til nå, antagelig var det mulig å til en viss grad
venne seg til smertene fra tatoveringen, dette derimot var noe
annet. Hun svelget hardt, ville ikke se på.
Den gamle begynte å skjære, raske harde kutt som lærlingene
med en gang trakk opp og svidde med de underlige
brennjernene de hadde liggende i glofatet ved siden av
plattingen. Zaribi hørte ham stønne og jamre seg av smerte, av
og til skrek han men han slapp ikke taket i festene og ble
liggende. Hun kunne ikke fatte motet han viste og offerviljen.
Det var for henne og de andre der, hun visste det men hun
kunne dypt inne ikke helt tro at dette skulle endre noe.
Jordskjelv skjedde jo, hun visste det og hun hadde skjønt at det
slettes ikke var noe tegn på at gudene var sinte, slik noen
trodde. Hennes far var kanskje en hustyrann men han hadde i
det minste latt familiemedlemmene få litt undervisning i sunn
fornuft og han godtok ikke overtro og idioti. Zaribi visste at
hun hadde to halvbrødre men hun hadde aldri møtt dem, de var
ledere for farens handelsskip og godt voksne. De var
grenseløst lojale mot sin far og hun visste at for ham var de
som brikker på et sjakkbrett. Han hadde alltid ansett verden
som et spillebrett og frydet seg over å kunne manipulere andre
via svært så elegante inngrep og spill.
Den gamle sjamanen skar og løftet sårene opp, han sang hele
tiden med skingrende stemme og det hørtes ikke særlig pent ut
men Zaribi var takknemlig for ulydene, de overdøvet Ardreds
skrik og stønn. Det var mye blod nå, plattingen rant av det og
hun følte seg svimmel, hvor mye blod kunne en voksen mann
tåle å miste? Ardred skrek ikke så mye lenger, han virket mer
eller mindre bevisstløs men det var kanskje ikke så merkelig.
Det virket for at merket ville dekke hele ryggen hans fra øverst
til helt ned mot øverst på setemusklene. Hun undret seg igjen
på hvilket merke dette ville vise seg å være.
Stemningen i salen var fremdeles spent, fremdeles underlig

stille. Zaribi hadde sett at mange hadde samlet seg utenfor portene også, en god andel av befolkningen var der for å vise sin støtte og også fordi de var nysgjerrige eller følte seg tvunget til å være der siden de var religiøse og anså en slik seremoni som meget hellig. Zaribi så at Urdar var meget blek og det samme gjaldt de fleste der nå, det var som om gudene selv var til stede i rommet og hun så at flere beveget leppene i bønn. Hun hadde aldri vært religiøs av seg, men hun forsto hvordan disse folkene tenkte. Det var en slags trøst i det, en styrke i å overlate skjebnen til noe større enn en selv.

Det var meget varmt der nå og mange svettet synlig og Zaribi var temmelig svett selv, det rant under de fine klærne hennes og hun kjente lukten fra de andre der. Mange hadde neppe vasket fin klærne siden de sist brukte dem og det kunne en merke. Zaribi visste at Ardred ville være svak lenge, hun ville bli nødt til å vise seg som en sann husfrue nå, være sterk for ham og sørge for at hans husholdning var like godt styrt som vanlig. Hun skulle klare det, for ham!

Omsider var den gamle sjamanen ferdig med å skjære og brenne, hjelperne hans begynte å gni enn slags grøt av noe slag inn i sårene og Ardred skrek til igjen, det var tydelig at det gjorde vondt og Hebba hvisket til henne."Det skal hindre betennelse"

Zaribi skjønte det og hun så at de også vasket av ham blod og svette og så ble han løftet opp på kne, han satt der og svaiet med lukkede øyne og hjelperne surret kroppen inn i tynne bandasjer av lin. Zaribi ønsket at hun kunne løpe ned til ham og omfavne ham, trøste og støtte ham men hun kunne ikke. Ardred skulle tilbringe de første døgnene i tempelet uten kontakt med andre så en var sikker på at ikke onde ånder kunne skade ham, først da kunne hun kanskje besøke ham og hun så at to av krigerne hans hjalp sjamanens folk med å løfte ham på beina. Han var ikke i stand til å stå selv så det var nødvendig men han åpnet øynene og var bevisst. Flere kom med beundrende utrop, det var tydelig at det sto respekt av det.

Urdar løftet armene."Velsignet være vår Takesh, la gudene
frydes ved hans styrke!"
Flere jublet nå og klappet i hendene og Zaribi så at de andre
trakk ham med bort, pakket inn i en hvit kappe. Hun kjente at
hun var skjelven, hun hadde vært anspent så lenge at hun ikke
hadde merket det en gang. Beina var som visne stilker og
hendene skalv også, hun så ned på dem i vantro. Hebba smilte
og la armene rundt skuldrene hennes, styrte henne med seg
bort."Kom frue, du bør hvile. Dette har vært hardt for oss alle,
jeg skal lage noe kryddervin for deg og så skal du hvile i noen
timer. Det er en ordre!"
Zaribi bare smilte og nikket og lot Hebba lede seg bort, hun så
at Urdar og noen av Ardreds nærmeste offiserer sto og snakket
sammen, de virket lettet og hun var så uendelig glad for at det
var over. Nå kom han til å bli frisk igjen etter noen uker og så
kom alt til å bli bra. Det ville bli kun glede for dem fremover,
hun var sikker på det. Hebba gav henne et stort krus med varm
vin og Zaribi drakk alt, deretter ble hun hjulpet til sengs og hun
sovnet med en gang. Hebba hadde sneket litt sovemiddel i
vinen så ikke hennes husfrue skulle lide av mareritt den natten.
Det hadde vært ille nok å se på det som skjedde og Hebba
hadde den største respekt for Ardred. Nå måtte til og med de
ville Kimatiene respektere ham, å motta et slikt merke var å bli
rørt av gudene, ingen kunne benekte det, eller nekte for at han
nå hadde mer makt enn noen gang. De fikk bare be om at det
gikk bra, at det ikke ble infeksjoner eller andre vansker som
følge av dette. Helst gikk det bra, den gamle visste hvilken
urter han skulle bruke og var svært nøye med at alt ble holdt
pinlig rent, så fort blodtapet ble erstattet og sårene lukket seg
kom Ardred til å bli like sterk som før. Hebba gikk til sengs
selv, beroliget og sikker på at ting ville bli bedre fra nå av. Om
gudene smilte til dem gikk det nok ikke lenge før de ble
velsignet ytterligere og Hebba var sikker på at Zaribi ville bli
en svært god mor. Det offeret Ardred hadde gjort nå burde
virkelig være verdt det.

Nord for Gardarhavn steg landet opp mot åser og høyland og
deretter strakte en forreven fjellkjede seg opp mot himmelen
som en slags stor underkjeve en eller annen gud hadde droppet
ned på kloden. Fjellene var kjent for å være hjemmet til
alskens merkelige skapninger og få vågde seg inn dit om de
ikke måtte. Et par Kimati klaner holdt til i åsene og skogene
nær fjellpassene, de var nomader og levde av jakt og fiske og
de var ikke av de utbryterne som prøvde å krige mot
Hietlaianerne, de hadde sin egen tro og sin egen overbevisning
og de tok avstand fra de som brukte vold og holdt fast ved
gamle profetier og overtro.
Landsbyene deres besto av enkle filtelt som kunne tas ned og
flyttes etter noen uker, deres liv var styrt av årstidene og
dyrene og det var et godt liv. Det var frihet og om det kanskje
var hardt til tider styrte de seg selv og trengte ikke bøye kne
for noen. Det var sjelden mer enn rundt tjue personer i en slik
gruppe og de fleste var i slekt, de holdt kontakten med de
andre gruppene gjennom jevnlige helligdager da alle gruppene
samlet seg på avtalte steder for å feire og det var noe alle så
frem til. Det ble festet og fortellinger ble fortalt og i noen
tilfeller ble det også inngått ekteskap. Det var ytterst sjelden at
noen valgte ikke å komme og da skyldtes det som regel at de
var for langt vekk til at det var bryet verdt.
Denne morgenen red en ung jeger langs en åsrygg og han
virket innbitt og nervøs. Hans brors familie hadde ikke
kommet til feiringen av deres kusines bryllup og det var
merkelig. De holdt til bare en kort times tur unna hoved gruppa
og ingen hadde hørt noe fra dem på flere dager. Ghesan hadde
blitt nervøs og han hadde tilbudt seg å ri ut for å undersøke.
Hans far hadde latt ham få låne klanens beste hest og han
kjente et fort stikk av stolthet. Det var sjelden han fikk lov til å
ri og han visste at mange ville bli veldig sjalu på ham når han
kom ridende på den store røde hingsten faren deres hadde fått
av Hietlaianerne som takk for tjue bjørneskinn og noen vakre

edelsteiner. Men det var merkelig at brorens familie ikke hadde kommet, han visste at en av kvinnene i gruppen ventet barn men det var ennå mange måner til og hun burde kunne gå fremdeles. Hadde noe skjedd? Han var nervøs og jaget på hesten. Noe gnog på ham, gjorde tankene dystre og gjorde ham rastløs og nervøs. Han skyndte seg videre, hesten krysset elva og han lot den store hesten galloppere opp åsen, det var en god sti der og han kunne ri hardt uten fare.

Den vesle samlingen av telt skulle ligge rett foran ham nå og han lot hesten slakne av på farten så ingen ble skremt, han rynket pannen og bikket på hodet. Det var stille der, for stille. Vanligvis ville hundene varsle når noen kom, men det var ikke et bjeff å høre, og han kjente ingen lukt av røyk. Hadde de flyttet uten å si ifra? Det var høyst uvanlig! Han følte en bølge av uro og stanset hesten, dyret grov i bakken og fnøs og han kjente at den spente seg. Ghesan rykket til da en ravn brått lettet fra krattet forut, tungt og med et hest skrik som nesten fikk ham til å skrike tilbake i sjokk. Han steg av hesten, slengte tømmene over en grein og snek seg frem, magen hans kjentes tung, hard. Noe var galt der, han visste det bare. Han tok de siste stegene gjennom krattet og stanset, stirret med vide øyne og munnen åpen. Leiren var ikke der lenger, alt var bortimot jevnet med jorden. Teltene revet i småbiter og slengt overalt, utstyr og husgeråd dekket bakken sammen med klær og våpen og blod. Det var blod overalt, mørkt og klebrig og han svelget desperat, igjen og igjen. Men han kunne ikke stanse kvalmen som steg i ham som en stormflo, han snudde seg og spydde. Det lå kroppsdeler strødd, ikke hele kropper, bare deler. Armer, bein, hender, hoder, innvoller. Han hadde en merkelig følelse av å ha vandret inn i et mareritt, inn i en illusjon. Det kunne ikke være virkelig, det var…det var umulig. Døde hunder og ponnier la der revet i småbiter blant folkene og han kunne ikke fatte hva det var som hadde drept dem. Det var ikke brukt våpen, kroppene var revet i småbiter og han overvant avskyen og tvang seg til å se etter nøyere. Det virket

for at noe med klør hadde grepet tak i alt og slitt det fra
hverandre med rå kraft, han kjente at han pustet for tungt nå, at
han snart svimte av. Han tvang seg til å tenke, til å roe seg ned.
Det hjalp ingen om han svimte av nå. Det var umulig å vite
hvilke deler som tilhørte hvem, han syntes det så ut som om
det som haddee gjort dette hadde gjort det bare for å drepe. Det
var ikke ett noe av kroppene og Ghesan kunne ikke fatte hva
som hadde gjort det. Hvilke skapning kunne gjort noe slikt?
Han svelget igjen, de hadde vært døde i flere dager, og utifra
det han kunne se angrepet hadde skjedd om natten. Og ingen
hadde hatt tid til å forsvare seg, det fantes ikke blod på noen av
de enkle våpnene som lå slengt rundt og han kjente en
merkelig angst. Det var gode jegere i hans brors gruppe, menn
som kunne slåss. Men de hadde blitt drept som fugleunger i et
rede besøkt av en mår, han måtte advare de andre.
Han løp tilbake til den nervøse hesten og sprang opp på ryggen
av den, gav den av hælene og det allerede nervøse dyret løp alt
den greide bortover stien. Ghesan bare ba om at dette ikke
skjedde igjen, klanene måtte samles i såfall, forberede et
forsvar, prøve å finne årsaken til dette, hva det var som hadde
drept alle. Han var ikke vant til å ri hardt og etter litt verket
baken og beina men han brydde seg ikke om det. Han greide
turen tilbake til sin egenn gruppe på rekord tid og stanset
hesten foran farens telt med et lite skrik. Dyret peste og svetten
rant av den men den var en god hest og kunne løpt hele dagen
uten å ta skade.
Flere kom løpende og hans far kom ut, stirret på sin bleke sønn
og den pesende hesten med smale øyne, han ble sakte blek,
sanset at noe var aldeles galt.”Hva er det Ghesan, hvorfor har
du ridd så hardt?”
Ghesan sank i kne, han kjente at sorgen kom sigende nå som
sjokket var kommet litt på avstand.”De er døde, alle sammen
er døde!”
Hans far gispet, sank i kne også.”Hva er det du sier?!”
Ghesan måtte gispe noen ganger før han greide å ta seg

sammen.”Noe har drept alle, revet dem i småbiter, og teltene også, og hundene og alt, alt er slitt i småbiter!”

Hans far bare stirret vantro på den unge jegeren som nå gråt så tårene rant.”Det er umulig!”

Stemmen hans var hul, merkelig tom. Flere som sto der jamret seg og noen begynte å skrike opp, en eldre mann brøytet seg vei gjennom mengden og han var kanskje gammel og skrøpelig men det var makt og myndighet i blikket som var skarpt som ørneøyne.”Om de var slitt i småbiter som Ghesan sier var det troll!”

Ghesans far snudde på hodet, stirret smaløyd på den gamle.”Tullprat Idhar, det finnes ikke troll!”

Idhar bare smilte stivt, et kaldt smil som ikke nådde øynene.”Å jo Sibhar, troll finnes. Jeg har sett dem da jeg var bare en guttunge.”

Sibhar rullet med øynene.”Det du og broren din så var steinblokker noen hadde lekt seg med, du vet at det er overtro!”

Idhar ristet på hodet, det merkelige smilet var fremdeles der.”Jeg snakker ikke om de steinblokkene vi ertet jentene med, jeg snakker om noe jeg ikke har fortalt noen om noen gang.”

Sibhar rynket pannen, klanene respekterte de eldre og Idhar hadde ikke blitt rørete ennå, han var like smart som noen og stammens sjaman. Den gamle satte seg ned på en stubbe og stirret Sibhar rett i øynene, Ghesan så vantro på den gamle mannen.”Da jeg var ung og ugift ble jeg med en gruppe hietlaianere som lettet etter gull og edelsteiner. Vi kom til en dal langt inne i fjellene og der fant vi en hule. Vi trodde det kunne være noe verdifullt der inne men det vi fant var så forferdelig at vi aldri fortalte om det til noen. Vi fant en flokk med troll.”

Sibhar bikket på hodet.”Nå får du gi deg! Du skremmer barna!”

Idhar lot seg ikke rokke, han bare stirret kaldt.”De sov, de

merket ikke at vi var der og godt var det for de ville ha drept oss som mus, for det var hva vi var til sammenligning med dem. Jeg har aldri sett noe så grusomt noen gang og ved forfedrenes haller, jeg håper jeg aldri får se det igjen."
Sibhar sukket lavt."Så hvorfor var de i den hulen? Sov sier du?"
Idhar nikket sindig."Ja, troll sover lenge, i århundrer. Tiden er ikke noe som bryr dem, for de er evige. Men jeg snakket med en gammel vismann som sa at trollene en dag vil våkne igjen og søke seg ut for å på nytt søke føde og maker, og når trollene våkner vil også den gamle fienden søke lyset og verden vil formes på nytt."
Ghesan svelget hardt."De hadde ikke spist av de døde...."
Idhar nikket."Troll eter ikke kjøtt, de fortærer selve livet i dem de dreper. Energien i dem, derfor er de så grusomme. De liker å ødelegge, å skape smerte og frykt, det gjør dem sterkere."
Sidhar var lett blek."Om du sier sannheten, og det er troll der ute, hva gjør vi da?"
Idhar sukket og så ned i bakken."Det er bare en ting de er redde, ild. Og sollys selvsagt. Så vi må advare alle klanene og få samlet alle på trygge steder."
 Sidhar virket vantro fremdeles."Trygge steder? Er noen steder trygge?"
Idhar nikket sindig."Hellig grunn, de kan ikke bevege seg på helliget grunn. Men sterke vegger og store borger gir ingen beskyttelse, de er sterke og sta og lar ikke noe stanse seg. Men dumme, det er de til de grader."
Sidhar reiste seg og vinket på de yngre jegerne som hadde samlet seg der."Ri til de andre gruppene, advar dem og be dem samle seg ved klarsjøen. Om dette er alvor må vi trygge oss."
Ghesan kjente seg kald til margen."Er det ikke noe som kan stanse dem?"
Idhar sukket og lukket øynene."De gamle sagnene sier at drager var noe trollene fryktet, drageild smelter dem visstnok. Noen sagn sier at den siste av de gamle, den veldige skal

fordrive de uhellig fødte fra landene, de glemte folkene kalte trollene for de uhellig fødte siden de visstnok ble skapt av trolldom og ikke av naturen selv.”

Ghesan så at flere av de andre sadlet ponniene sine og red ut, han syntes han burde ridd med dem men han var sliten og redd og han greide ikke å glemme det han hadde sett. Det satt fast i tankene hans på et vis og han kjente at han skalv og svettet. Sidhar grep ham i arme.”Bli med meg, du trenger mat og en god støyt med mjød. Så kan du fortelle meg alt igjen.”

Ghesan klynket.”Noen må begrave dem…”

Sidhar nikket sakte.”Ja, jeg vil sende noen som kan gjøre det, men ikke før i morgen. Det blir mørkt snart, vi kan ikke ta sjansen.”

Han kjente sorgen over broren som noen tungt i sinnet nå og visste at Sidhar også følte sorgen, deres mor gikk bort for flere år siden og de hadde ikke flere familiemedlemmer i live. Deres klan hadde vært ille rammet av pesten for en del år siden og mange hadde blitt drept av den snikende sykdommen.”Tror du på Idhar?”

Stemmen hans var spinkel, han var en voksen mann men greide ikke å holde stemmen fast og bestemt. Sidhar sukket og la en hand på skulderen hans.”Vi har ikke råd til å la være å tro på ham, om han tar feil skjer ingenting galt, men om han har rett må vi forberede oss.”

Ghesan følte seg som en guttunge igjen, usikker og redd. Sidhar strøk ham over håret en gang.”Når du har kommet deg skal du ri til klanen som holder til ved Dolketind, de må også advares.”

Ghesan følte seg litt forvirret.”De er utbrytere?”

Sidhar nikket.”Ja, og de er krigere. De kan kjempe og ja de er utbrytere og mordere men vi kan ikke la dem bli slaktet ned, for de er også av kimati. De er vårt blod sønn”

Ghesan nikket og bet seg i underleppa, han hadde ikke lyst til å dra men nå hans far sa det måtte han adlyde. Han bare klemte farens hånd fast og Sidhar smilte kort.”Jeg er stolt av deg gutt.

Hvil deg nå, jeg snakker til deg senere."
Ghesan smilte blekt og la seg ned for å hvile. Sidhar gikk ut og hjalp til med å bryte leir, de kunne flytte leiren på bare et par timer og nå ville de komme seg til et tryggere sted fort. Sidhar kunne bare håpe at det fantes et slikt sted.

Den vesle hytta var godt gjemt mellom kampesteiner og falne trær, mer som en jordgamme enn en hytte egentlig og få kjente til den. En tynn strek av røyk steg sakte fra taket og på dette stedet var det ingen som brydde seg om det. Ingen bodde der i villmarka, frosthøene var et område ingen besøkte frivillig. Den gamle kvinnen som satt ved bålet så mer eller mindre ut som en tugge med gammel lav en eller annen hadde rullet sammen, små øyne glitret i det rynkete fjeset som var så møkkete at en ikke kunne se huden noe sted. Hun var kledd i skinnlapper som var nødtørftig sydd sammen med tarmer og hele skapningen stinket så ille at det var vanskelig å puste der. Hun spyttet i flammen og stirret på mannen som satt på andre siden av det vesle ildstedet."Hun tok feil gjorde hun, ikke noe kan hindre dette. Det kan kanskje redde byen og sakne det men det som skal skje vil skje."
Han flekket nesten tenner."Si ikke at han gjorde det til ingen nytte?!"
Hun viftet med en lang finger med en klolignende negl."Åh nei, ikke til ingen nytte, han vil trekke på åndene nå, de vil lyde ham, de glemte vil høre ham og kjenne ham og hans åndedyr vil lyde ham også. Det blir viktig senere. Men det som har våknet lar seg ikke stanse av noe offer han kan gi. Nei blodofferet er det hun som må gi."
Han stivnet til, så smalt på henne."Blodoffer?"
Hun så kaldt på ham, det var makt i det blikket men også ondskap, en tøylet og temmet ondskap men like fullt var hun ikke god, kanskje knapt nok nøytral."Åh ja, av ufødt blod vil den siste gamle våkne, der elven fødes. Du vil lede henne dit, når tiden er inne."

Han snerret.”Jeg nekter å la noe skje henne!”
Hun gliste stygt.”Du kan ikke beskytte henne mot den slangen dere har båret ved deres egen barm, fra den galskapen som sakte eter seg sterkere.”
Han følte en merkelig trang til å trekke blankt og kappe hodet av den gamle heksa, der og da. Men hun var god, hun så mer enn noen andre, mer enn selv orakelet.”Hva mener du?”
Hun lente seg bakover, det glitret av skadefryd i blikket.”Den som var den øverste vil dø, og kilden til enden bar hun selv under hjertet. Og så er den unge den neste, ingen skal stå i slangens vei nå.”
Han tvang seg til å sitte stille.”Iliana!”
Heksa kaklet igjen.”Åh vokt deg for den vakre, for hennes hjerte er svartere enn en stjerneløs natt. Hun vil forråde dere alle men hun vil betale prisen, og den vil være tung. Frykt ikke, hennes ende vil være verdig hennes dåder, eller heller udåder.”
Han svor innvendig.”Hva må jeg gjøre?”
Hun strøk handa sakte over en rune planke hun hadde i fanget.”Ri til Khebar, advar ham om at profetiene har våknet, den glemte fienden samles nå, og de uhellig fødte vil vandre. Verden vil skapes på nytt, av blod og død”
Hun hveste de siste ordene og han overvant trangen til å rygge tilbake, han bare stirret hardt på henne med kaldt blikk.”Hvorfor skal jeg advare ham? Han er en gal morder kvinne!”
Hun så på ham med senket blikk.”Du har hjulpet ham før, du kjenner sannheten, du har sett hva som venter. Du så hva som hadde våknet i de brente, du gjorde det du kunne for å redde oss alle.”
Han sukket lavt.”Og det var fånyttes om det du sier er sant.”
Hun lente seg fremover, de klolignende hendene grov i skinnfillene.”Åh nei, det var ikke fånyttes, hadde det brutt løs da ville alt vært tapt, du forsinket det. Porten forble stengt.”
Han bikket på hodet.”Og nå er den åpen? Hvem åpnet den?”

Hun freste lavt."Et barn, det besatte et barn. Men frykt ikke, den makten besatte er allerede død, porten fortærer den som åpner den."

Han klemte hendene om skjeftet på sverdet sitt, for å kjenne noe solid i hendene."Og den kan ikke stenges?"

Heksa ristet på hodet."Nei, for det er allerede satt fri. Glem porten, den var, men med den åpen åpnet andre seg også, over hele vår verden. Men det den satte fri vokser i styrke, landet har allerede merket det."

Han myste, røyken der inne fikk øynene til å renne."Hvor?"

Hun fniste."Flere steder, Fagerdal blant annet. Og snart også rikene i sør og øst, det vil spre seg, de vil våkne av jorden og spre død og mørke."

Han flekket tenner og reiste seg."Jeg lytter til deg gamle heks. Og vet ikke engang hvorfor jeg orker å ta deg på alvor, det kan være galskapem din som snakker for alt jeg vet!"

Hun kaklet igjen, viftet en finger frem og tilbake."Du lytter fordi du vet jeg snakker sant, du har sett hva jeg har sett, og du vet hva din mor visste. Du er den eneste av hennes barn født med gaven og du vet hva som må ofres og hva som vil bli."

Han så bort."Jeg vet, ja, og jeg ønsker jeg ikke visste."

Hun virket et øyeblikk nesten normal "Så gjør vi alle sønn av Gudrun av Gardahavn, så gjør vi alle. Din bror er nødt til å godta det som har blitt gitt ham skal dere klare dette, og ikke stol på den vakre, aldri! Hun vil dere bare ondt, jeg kan føle henne, hjertet hennes er mørkt og fordervet, unaturlig. Tapet har drevet henne over kanten av stupet."

Han skar en grimase."Det er synd i henne"

Heksa spyttet."Det er synd i en gal hund som biter eieren også, gjør det du må nå, gudene vil vise dere veien dere skal gå."

Han trakk til side skinnet som fungerte som dør, så seg tilbake et kort øyeblikk."Jeg skal advare dem, men be meg ikke hjelpe dem."

Hun fniste igjen."Kunne ikke falle meg inn!"

Hun så på at den brede ryggen forsvant gjennom døra og hørte

at hesten hans knegget ivrig, den enorme røde hingsten hadde
vært urolig mens han var inne i hytta og hun visste at dyret
sanset henne. Den var mer enn den så ut til å være. Hun lukket
øynene sakte, et sardonisk flir gled over munnen på henne og i
et kort øyeblikk så hun ung ut, som en kvinne i sin beste
alder."Vokt deg for skyggene Ashitan, og vokt den siste av
gammelt blod, kun hennes hånd kan fri den siste, den veldige.
Kun hun kan berge det som var."

Kanir klappet Blodøks på nakken, han steg i sadelen med en
merkelig følelse av at det hastet mer enn han var klar over.
Han kjente skogene og villmarka som sin egen lomme,
forbindelsen han hadde med den var mye sterkere enn for
vanlige mennesker. Den advarte ham om at noe var galt, det lå
noe kaldt i lufta, noe merkelig ondt. Han ville ri til kimatienes
hovedleir og de ville høre på ham, for dem var han en hellig
mann, en utvalgt. Bare Gudrun hadde kjent til sannheten, og
hun hadde fortrengt den, nevnte det aldri til noen. For henne
var det noe som ikke fantes, noe som aldri hadde skjedd. Men
det var sant og det hadde formet skjebnen hans, bittert var det
så visst men han hadde ikke noe valg. Han så rollene de alle
ville måtte ta og han bannet mens han sporet hesten. Iliana
ville ødelegge alt, hun kunne føre dem alle i fordervelsen og
han fryktet for sin mor. Så fort kimatiene var advart ville han ri
til Gardahavn, ingen ville se ham, men han ville vokte dem.
Han aktet ikke å svikte nå.

Gudruns kammer tjener var en eldre kvinne som var sitt ansvar
meget bevisst, hun var både respektert og en smule fryktet
siden hun sjelden unnlot å si akkurat hva hun mente. Gudrun
stolte på Gyrid og de var som søstre. Begge hadde vært
prestinner og arbeidet sammen og Gyrid hadde av og til vært
barnevakt for Gudrun. Nå satt Gyrid i en stol ved siden av
Gudruns seng, hun var blek og virket mer ustelt enn vanlig,
hun visste at Gudrun lå på det siste, det som feilet henne kunne

ikke helbredes og hun var ofte fristet til å forbanne gudene som hadde kastet slik djevelskap på en slik god kvinne. Gudrun hadde vært meget nervøs på Ardreds vegne men nå var seremonien over og han var i live, tjenere ville bringe beskjed om hvordan det gikk med ham svært ofte og Gudrun var glad det verste var over. Hun hadde vært redd for hvordan Zaribi ville reagere på seremonien men det virket for at den unge jenta var sterkere enn en skulle tro.

Gyrid halvsov og rykket til da Gudrun brått rørte seg, den forhenværende prestinnen satte seg opp i senga og hun så seg rundt som for å forsikre seg om at de var alene. Gyrid satte seg på sengekanten og hvisket til Gudrun."Du bør ligge, ikke anstreng deg!"

Gudrun smilte stivt."Det er for sent for den slags hensyn nå Gyrid, jeg har ikke lenge igjen og jeg vet det. Men det er noe du må gjøre for meg, noe veldig viktig."

Gyrid nikket sakte, litt forbauset."Selvsagt min frue, hva ønsker du?"

Gudrun svelget hardt."Hent skrinet på bordet der borte, det svarte."

Gyrid hentet det vesle smykkeskrinet og Gudrun åpnet det og til Gyrids forbauselse falt bunnen ut. Den var falsk og noen papirer falt ned i fanget på den gamle prestinnen."Ta disse til Urdar, og la ikke Iliana få se dem eller vite om dem. Hun er ikke lenger min arving Gyrid, hun har gjort for mye som har skadet slektens omdømme til å regnes som den verdige. Zaribi skal arve meg."

Gyrid svelget panisk."Iliana kommer til å bli rasende, helt ute av seg!"

Gudrun nikket."Uten tvil, og det vil sette Zaribi i fare, men det er ingen vei utenom. Zaribi trenger respekten hun vil få som min arving, jeg sanser det i henne, at hun nok kan bli en god prestinne om hun ønsker det. Iliana tenker kun på makt og innflytelse."

Gyrid nikket og sukket."Sanne ord."

Hun stappet papirene inn i kjolen under korsettet der ingen ville kunne finne dem uten å skjære av henne klærne. Gudrun gliste svakt, hun var svak men hodet var like klart.”Gå til Urdar med en gang og se til at han kunngjør det umiddelbart. Iliana vil ikke vente på at jeg er borte før hun krever arven, jeg kjenner henne. Hun kan ikke bli slektens overhode, hun vil ødelegge alt jeg har arbeidet for å oppnå.”

Gyrid bet seg i underleppa.”Hva med Kanir?”

Gudrun svelget og lukket øynene.”Kanir….kan ta vare på seg selv, det er ting dere ikke vet om min sønn, ting kun han og jeg har hatt kjennskap til. Stol på Kanir Gyrid, hva dere enn tror om ham, han har bare gjort det for å sikre oss.!”

Gyrid måpte.”Men…han er utstøtt?”

Gudrun smilte svakt.”En utstøtt kan gjøre hva en fri mann ikke kan Gyrid, jeg ber ikke om at du skal forstå, bare godta det. Han er ikke hva han umiddelbart fremstår som, men det er vår hemmelighet. Han kan bli steinen i vektskålen for oss alle”

Gyrid bare rynket pannen og forsto at Gudrun hadde flere hemmeligheter enn en skulle tro. Den gamle prestinnen skar en liten grimase.”Jeg vil at du skal tjene Zaribi når jeg er borte, sammen med Hebba og Jelena, vis henne hva en prestinne bør kunne. Og jeg vet hvor sterk du er Gyrid, beskytt henne, om nødvendig med ditt liv.”

Gyrid nikket og kysset Gudruns hånd.”Selvsagt min frue”

Gudrun smilte nådig.”Hent Ennah, be henne sitte hos meg mens du er hos Urdar. Men si ikke at du skal til ham, si at du skal til kjøkkenet for å varme melk.”

Gyrid nikket og reiste seg, Gudrun så at den gamle venninnen forlot rommet, hun smilte svakt. Iliana ville prøve å sette fart på sin mors død, men Gudrun var smartere enn som så. Hun hadde gjort seg selv immun mot de fleste gifter opp gjennom årene og ville aldri røre mat Iliana hadde vært nær. Ennah kom inn og neide høflig før hun satte seg ved peisen og satte fart på varmen igjen, Gudrun visste at Ennah var en svært naiv og tanketom jente som garantert allerede var på Ilianas liste over alierte, med vitende og vilje eller ei. Iliana var en ekspert på å manipulere andre og ofte gjorde hun det uten at offeret engang forsto hva som skjedde. Gudrun hadde ofte undret seg på hvor det kom fra, selv var hun ikke slik og det hadde ikke hennes mann vært heller. Ennah ville aldri skade noen med vilje men Iliana kunne lett lure folk og Gudrun skulle gjerne sett at hennes datter hadde endret seg men det var nok for sent nå. Tapet av Ilianas sønn hadde vært hardt for dem alle og hun visste at Iliana hadde skjemt gutten bort etter noter men samtidig hadde hun overbeskyttet ham og aldri latt ham få utvikle seg. Slike gutter blir aldri gode menn, de blir slu og dyktige til å snike seg unna ansvar og plikter. Kanskje Ilianas gutt kunne blitt en skikkelig kar om noen tok ham vekk fra moren men Gudrun ante at han ville blitt ødelagt i lengden. Det var synd men sant.

Gyrid spurtet ned til kjøkkenet så alle så at hun gikk dit men hun snek seg ut tjener inngangen og løp ned til tempelet som ikke lå så langt vekk fra avdelingen som rommet prestinnenes boliger. Urdar skulle være der nå og hun fant ham ganske riktig i gang med å diktere en liste over ting som måtte skaffes til en festival som skulle holdes uka etter. Han rynket pannen da han så Gyrid og hun så at han umiddelbart fryktet det verste så hun skyndte seg å trekke frem papirene."Disse er til deg Urdar, fra din mor. Hun ba meg si deg at du må offentliggjøre det med en gang!"
Urdar så på papirene, ansiktet hans endret seg til en temmelig stri maske før han sukket og lukket øynene."Selvsagt, jeg skal samle rådet og alle de fremste her. Det er mors ønske og slik skal det bli."
Gyrid smilte fort."Det er bra, jeg vet at hun vil sette pris på det"
Urdar nikket til lærlingen som satt og skrev ned det han sa."Skriv ned fem hele okser og førti tønner mjød, så kan du ta lista ned til kjøgemesteren og be ham legge til det han tror

trengs."

Lærlingen nikket og Urdar vinket til seg en tjener."Si ifra til alle i rådet at de skal komme til rådssalen med en gang, og si ifra til de andre øverste her også. Det haster!"

Mannen løp av gårde og Urdar stirret ned på brevene, han visste at dette var Gudruns vilje men det kunne skape problemer for dem. Store problemer faktisk. Han hadde ingen illusjoner om hva Iliana ville gjøre, hun var troende til det meste så han huket også tak i en av de unge soldatene som sto vakt utenfor tempelet."Alfrey, du er lojal mot din Takesh?" Alfrey nikket og slo seg for brystet."Til døden ærede gode." Urdar smilte fornøyd."Godt, gå til hovedbygget og sørg for at hans kone Zaribi og hennes tjenestepiker alltid er bevoktet, vær diskret men de skal aldri være alene."

Alfrey rettet seg opp og så umåtelig stolt ut over å ha fått et slikt ærerikt oppdrag."Jeg vil vokte dem med mitt liv ærede gode"

Urdar klappet ham på skulderene."Godt Alfrey, gå nå, skynd deg!"

Det gikk kanskje en kort time før alle var samlet og da var Gyrid tilbake hos Gudrun som hadde tatt i mot glasset med melk med et smil. Ingen hadde sett at Gyrid hadde vært noe annet sted enn i kjøkkenet. Urdar stirret ut over forsamlingen i rådssalen, den var ikke spesielt stor eller prangende men stemningen der nå var intens. Alle visste at det var noe viktig som skulle skje. Urdar ventet til alle hadde satt seg, nå var hele rådet der og samtlige av de som betydde noe der i riket samt flere gode venner av Gudrun og hennes avdøde husbond. Ingen kunne benekte sannheten i det som sto på disse papirene etter at de var offentliggjort slik. Siden de færreste kunne lese eller skrive var det talte ord like bindende som noen kontrakt og Urdar visste at ikke engang Iliana kunne klare å overbevise alle disse om at Gudrun var blitt rørete. Alle her visste bedre. Han sukket og løftet handa, alle så på ham og han kremtet."Ærede

forsamling, jeg har den ære å frembringe min kjære mors
testamente for dere her i dag i denne sal.”
Mange ble svært stille, de forsto at dette var noe uvanlig, et
testamente ble normalt aldri fremført før den det gjaldt hadde
gått bort. Urdar svelget hardt.”Min kjære mor ønsket det slik
siden hun vil være sikker på at hennes siste vilje ikke kan
betviles av noen.”
Det var en svak uro i salen, alle forsto hva som var ment med
dette. De kjente til Ilianas eskapader og dårlige rykte og visste
hvordan det hadde såret Gudrun både før og nå. Urdar nikket
til en skriver som hadde tatt plass foran talerstolen, han var
meget rask og ville notere og lage kopier av alt. Det var det
tryggeste, jo flere kopier jo mindre sjanse for at noe kunne
betviles.”Her følger min, Gudrun av Gardahavns siste vilje og
testamente. Det skal fremlegges i solide vitners nærvær og jeg
er ved mine fulle fem og langt ifra svekket når det gjelder mine
sjelsevner.”
Det var musestille rundt dem, ingen sa noe og Urdar visste at
mange var svært nysgjerrige nå. Han fortsatte.”Min sønn
Ardred skal arve det jeg har etter hans far. Min sønn Urdar er
gode og arver dermed ikke noe annet enn sin fars navn og ære.
Min sønn Kanir er utstøtt men jeg etterlater alikevel jorden
etter min egen mor til ham, han er tross alt født av min kropp.
Min datter Iliana etterlater jeg gården vi eier i nord, hun får
den med alt, fe og hus og jord på den betingelsen at hun
bosetter seg der og driver den skikkelig.”
Det kom spredte fnys fra forsamlingen, Iliana drive en gård
ordentlig? Det ble den dagen storhavet frøs til. Urdar kremtet
og det ble stille igjen.”Mine eiendeler og min tittel går dermed
til min svigerdatter Zaribi av Nurmadag, hun skal ha mine
personlige eiendeler og min plass i tempelet om hun ønsker
det. Jeg har tre hele gårder i verdier spredt rundt samt to gårder
verdi i skuter og fiskehjell. Hun arver også min andel av
familiens gruver, frukthaver og stutteri. Mine smykker og
kjoler går også til henne, og det er min vilje at min

tjenestekvinne Gyrid tjener Zaribi når min tid her er omme.
Min datter Iliana skal ikke ha noen av mine eiendeler og hun
skal erklæres uønsket i tempelet, søsterskapet har det bedre
uten tisper i sin midte."
De siste ordene fikk flere til å gispe høylydt men testamentet
var lest opp og snart kom hele byen til å vite om det. Urdar så
at mange nå nesten kokte etter å få kommet seg ut og spredt
nyheten, Zaribi var Gudruns arving og kom til å bli en av
Gardahavns mest innflytelsesrike kvinner. Urdar håpet nesten
at han fikk sett Ilianas ansikt når hun fant ut av dette.

Wulf

Wulf og Barech hadde ridd temmelig rolig tilbake fra kysten, de møtte folk langs veiene og mange så rart på dem, det var merkelig at noen satte kursen vekk fra det de fleste anså som trygghet. Wulf var glad de hadde kledd seg som soldater for det kunne forklare deres tilstedeværelse og det gjorde også at ingen prøvde å ta kontakt. Mange var redde for tvangsverving siden det åpenbart foregikk en del slik lenger nord langs bukta og Wulf hadde undret seg litt over noen av de ryktene de hadde hørt ble spredt. De gjorde forholdsvis god fart gjennom terrenget også, de tilbrakte natta i et tett holt med grantrær som skjulte dem godt og han visste at de ville nå tilbake til leiren og de andre på formiddagen. Været var slettes ikke så verst så turen var forholdsvis behagelig. Barech hadde endatil våget å tenne et lite bål og de grillet en uheldig hare over det. Wulf følte en underlig uro i kroppen, han kunne ikke riktig forklare det. Det klødde mellom skulderbladene og han visste at det aldri lovet bra, han stolte på instinktene sine og de hadde reddet ham mange ganger. Nå skrek de at noe var galt og Barech merket seg ved den urolige måten han tedde seg på.”Du ser ut som en hund med lopper Wulf, hva er på ferde?” Wulf ristet på skuldrene, han følte at Barech også kanskje merket not.”Det er noe som tærer på nervene mine, noe er galt.”
Barech brummet og rotet i bålet.”Du har rett, jeg føler også at noe har skjedd.”
Wulf rynket pannen.”Bør vi virkelig slå oss til for natten da?”
Barech nikket og pirket seg i tennene med en kvist.”Ja, hestene trenger hvile og vi kan ikke bare storme av gårde, vi kan ri rett inn i fare.”
Wulf smilte stivt, han burde tenke så langt også, tross alt var

416

han en offiser og svært erfaren. Barech rapte og tok en slurk av
feltflaska si.”Prøv å sove Wulf, om vi rir mot vansker bør vi ha
hodene våre klare og kroppene uthvilt.”
Wulf ante at det ble vanskelig å hvile nå.”Jeg er for rastløs,
fortell meg et eller annet som kan distrahere meg.”
Barech gliste stygt.”Hva da?”
Wulf bare gjorde en flytende gest.”Hva som helst!”
Barech spyttet i restene av bålet.”Okay, hva med hvordan jeg
møtte Fhadan?”
Wulf nikket.”Ja, fortell meg det, jeg har lurt på det lenge.”
Barech lente seg bakover mot salen sin og gliste litt
selvbevisst.”Du vet at jeg ikke akkurat har vært typen til å slå
meg til ro med noen, det er få som har greid å holde tritt med
meg kan en si.”
Wulf blåste i nesa, han husket noen av Barech sine korte
affærer og de færreste hadde endt særlig pent og rolig. Barech
hadde en tendens til å stikke halen mellom beina og trekke seg
vekk så fort partneren begynte å tro at forholdet kunne bli mere
fast og det hadde skapt mange situasjoner, noen komiske og
andre heller tragiske.”Jeg vet det, du kan være
litt…overveldende…til tider!”
Barech bare nikket.”Men Fhadan ser du, åh der har jeg møtt
min like. Han er alt jeg noen gang har ønsket meg.”
Wulf smilte litt skjevt, han visste hva det var. Feminint pen
uten å være en kvinne og samtidig livsfarlig.”Tenker meg det
ja, så hvordan møttes dere?”
Barech så litt drømmende ut.”Jeg var sendt ut for å lete etter en
gjeng lovløse ute ved kysten vest for Arzam bukta. De plyndret
reisende og jeg og karene var temmelig ivrige etter å ta dem,
de var svært brutale, skremte livet av kvinnfolk og unger”
Barech ristet på hodet, Wulf visste at Barech var av dem som
så på kvinner som ukrenkelige og mye mer verdt enn menn
selv om han ikke var tiltrukket av dem. Det å føde barn var
visst for ham noe som automatisk gjorde en fotjent til en
gudinne tittel. Wulf kunne levende forestille seg hva Barech

hadde gjort med de landeveisrøverne.
"Viste seg at noen private også var lei av de idiotene og hadde
hyret inn Fhadan, vi møttes i skauen mens vi spionerte på det
pakket og det sa bare pang med en gang."
Wulf måtte glise litt, Barech sin stemme var nesten litt
undrende og Wulf hadde vel ikke egentlig trodd på kjærlighet
ved første blikk men kanskje alikevel. Det var jo alltid mulig.
Barech gliste."Jeg har aldri sett meg tilbake, du vil ikke tro
hvor bra vi har det sammen."
Wulf bikket på hodet."Jeg tror, jeg har sett dere. Så han var en
slags leiesoldat eller noe?"
Barech nikket."Ja, tok på seg oppdrag. Er ikke alle som tåler
synet av halvblods alver, aner ikke hvorfor men slik er det
bare. Han har lært å tåle mye spott og spe må jeg si, men om
noen blir for påtrengende vet han å sette seg i respekt. Han er
nesten sterkere enn meg."
Wulf nikket med hodet på skrå, det betydde at Fhadan faktisk
var sterkere enn Barech. Den svære mannen sukket og lukket
øynene."Prøv å sove Wulf, i morgen ser vi dem igjen."
Wulf kjente fremdeles den merkelig murringen i brystet men
etter litt greide han å slappe av og falt i søvn.
Den neste morgenen red de på tidlig, hestene var ivrige og nå
kjente de veien så de unngikk noen vanskelige myrer og huller.
Wulf kjente uroen igjen, han så kråker og ravn som sirklet på
avstand og Barech rynket pannen. Det betydde som regel at
noe var dødt og han så at den svære mannen også jaget på
hesten. De red opp en bratt bakke da Ublan kom styrtende, den
bykset og jamret seg og oppførte seg akkurat som en svært
ulykkelig hund. Wulf kjente at noe kaldt samlet seg i brystet da
han så leiren, kun to satt ved bålet. Fhadan og Ushara og begge
to virket nesten lammet, Fhadan hadde flere synlige blåmerker
og blodflekker på klærne og Ushara var blek. Det var ikke noe
tegn til resten av gruppa og Wulf undret seg på hva som kunne
ha skjedd. Barech sprang av hesten og Fhadan kastet seg rett i
armene hans med en gang, halvalven virket nesten forstyrret av

sorg og Wulf ble iskald tvers igjennom.”Hva har skjedd, hvor er de andre?”

Ushara satt fremdeles, øynene var store og merkelig mørke.”Det var en jordbjørn, den angrep Lathisa og Jochmun og Kalek prøvde å redde henne. Det gikk ikke bra.”

Wulf kjente at beina nesten ikke bar ham, han hadde sviktet oppdraget, han hadde sviktet kongen og han hadde sviktet Lathisa ikke minst.”Jochmun var da en dyktig kriger?!”

Fhadan svelget hardt.”Ja, men ikke dyktig nok, en såret jordbjørn er livsfarlig. Den tok nesten meg også hadde ikke Ublan grepet inn.”

Ushara gjemte ansiktet i hendene.”Lathisa ble revet opp av klørne og blødde i hjel, Kalek ble knust mot en stein og Jochmun brakk ryggen og ribbeina, han druknet i sitt eget blod. Åh guder!”

Barech holdt Fhadan ømt som om han var et barn og mumlet lavmælt til halvalven.”Vi begravde dem sammen, det var det eneste vi kunne gjøre for dem.”

Wulf seg ned på en stokk, stirret på de gjenværende personene der og han følte seg totalt uforberedt og også totalt forvirret. Hva skulle han gjøre nå? Fhadan svelget hardt.”Dokumentet Lathisa tok fra sin svigersønn, det er viktig. Jochmun ba meg si at ingen må få tak i det som kan misbruke det”

Wulf svelget hardt.”Det er sanne ord, egentlig burde vi brenne det.”

Barech rynket pannen og sukket.”Ja, så avgjort men jeg tror det kan komme til nytte.”

Wulf stirret på den svære krigeren.”Tror du virkelig at det er en drage der ute?”

Barech trakk på skuldrene.”Tror og tror, jeg tror på å være forsiktig, på å være forberedt.”

Wulf måtte glise litt.”Det skulle en neimen ikke tro når en ser hvordan du slåss.”

Barech nikket kort.”Jeg er aldri uforberedt Wulf, du vet det. Kun når en kjenner til alle sider av en situasjon kan en håpe på

å unngå uforutsett fare.”
Wulf nikket sakte.”Jeg vet selvsagt det. Men ærlig talt, hva
nytte kan vi ha av det dokumentet?”
Fhadan svelget og tørket seg rundt øynene.”Er det en drage der
ute vil dokumentet gi eieren makt over den ikke sant? Hva om
den dragen er ond, hva om den dreper folk?”
Wulf hadde vansker med å vri hodet sitt rundt tanken på en
drage som noe virkelig.”Jeg tror ikke det finnes noen drage der
ute, jeg tror det er kun folkesnakk, kun noe skremte sjeler har
sost sammen i fylla og så har det balet på seg.”
Ushara ristet på hodet.”Jeg har sett dragebein i fjellene,
enorme bein. Ublan er virkelig nok selv om han ikke er en ekte
drage, jo, jeg tror. Jeg er sikker på at det finnes en drage der
ute og folk vil gjøre alt for å få kontroll over den.”
Wulf sukket lavt og lente seg bakover, tvang kroppen til å
slappe av.”Om vi tar utgangspunkt i at du har rett, og at det
virkelig en en slik skapning et eller annet sted, da vil jeg tro at
den neppe lar seg styre av mennesker uansett. Drager var ville
skapninger, stolte. De lot seg ikke styre av dødelige.”
Ushara så skjevt på ham.”Om det er så burde vi ha sett
effektene av den allerede. Den burde ha gjort seg bemerket tror
du ikke?”
Wulf svelget sakte, tenkte seg om. Jo, var det en drage der ute
som var vill og farlig slik sagnene sa burde den ha herjet og
drept allerede. De hadde ikke sett noe til det. Ushara smilte
skjevt.”Dragemestrene kunne styre drager ikke sant? De adlød
dem. Kanskje skrivet er noe som har overlevd siden de glemte
tidene? Magi de brukte for å temme sine gangere!”
Wulf svelget fort, kanskje det stemte, for alt han visste kunne
denne magien være eldgammel. Noen ting ble aldri borte, ble
aldri glemt og det kunne være at dette var et slikt relikt. Barech
gryntet.”Stemmer det bør det være noen som kan bekrefte det.
Det dokumentet kan bli særdeles viktig om det er ekte.”
Wulf vred seg som en åme.”Jeg har fremdeles problemer med
å tro at det er en drage der ute. Ja, alle tror det og slektene har

gått til krig på grunn av det men det er som panikk i en hønsegård, der en tilter tilter også de andre, uten at det gjør det mer nødvendig av den grunn."
Ushara så ned, øynene hennes var fjerne."Det er magi i verden, jeg vet det godt, bedre enn de fleste. Og det er gamle sagn som forteller om ting som ennå kan skje. Vi må ære det Jochmun sa, vi må sørge for at det skrivet aldri faller i gale hender."
Wulf trakk pusten."Lathisa ante ikke hva hun gjorde da hun snappet det med seg, det må ha vært gudene som lo da hun gjorde det. Men for henne bør vi ta det på alvor, om ikke annet så for å ære hennes navn."
Fhadan lente seg mot Barech, øynene var halvt lukket."Hva kan vi gjøre? Vi er i vilmarka, folk har gått fra vettet og det flyr alskens rykter overalt. Hva skal vi finne på? Vi er ikke akkurat i stand til å gjemme oss i mengden er vi vel?"
Wulf prøvde å tenke logisk."Vel, hva foreslår dere?"
Barech brummet og strøk fingrene gjennom Fhadans hår."Jeg for min del foreslår at vi sjekker om det skrivet i det hele tatt er ekte. Om hun tok det fra en konspiratør og intrigemaker er det ikke noen garanti for at det er noe annet enn et falsum."
Ushara nikket sakte."Han snakker sant, det kan være en forfalskning, kanskje enda til en svært gammel forfalskning."
Wulf så skrått på henne."Kjenner du til slike ting?"
Stemmen hans var unødvendig skarp og hun rykket til, blikket ble et øyeblikk vilt."Nei, jeg kjenner til så lite, men jeg er ikke uten sunt vett for det"
Wulf prøvde å rette opp tabben med et varmt smil."Jeg har aldri sagt annet enn at du er en meget smart ung dame. Men finnes det folk som kan finne ut av det? Som kan avklare hvorvidt eller ei det er ekte?"
Fhadan bet seg i underleppa."Kanskje, jeg vet om en person som muligens har den kunnskapen men jeg vet ikke om han er i live eller ei. Det er år siden jeg hørte om ham."
Barech rynket pannen."Guder, ikke si at du mener…ham?!"
Fhadan skar en grimase."Jo, kjenner du til noen andre

kanskje?”
Wulf så forvirret på de to.”Hva snakker dere om?”
Fhadan sukket lavt.”En halv alv som meg, svært lærd og
eldgammel. Og dessverre mer eller mindre gal også”
Wulf løftet et øyebryn.”Gal? Hvordan da gal?”
Fhadan vred seg, han så tvilrådig ut.”Vel, det er en dårlig ide å
blande dødelige og udødelige, det hender at resultatet blir
ustabilt og den fyren er ingenting om ikke akkurat det.
Rablende gal for å være ærlig men svært full av kunnskap.
Aberet er at han ofte lyver så det renner av ham og han tjener
kun sine egne interesser. En må være utrolig varsom med å
stole på ham, og ta alt han sier med en gedigen klype salt.”
Wulf blåste i nesa.”Javel, og hvor holder denne gærningen
til?”
Fhadan sukket kort.”Nordover, mot grensen til Longaria, ved
en stor sjø. Det er en by der, står ikke på noe kart men den ble
anlagt av alver for sju tusen år siden og de sier at en ikke kan
finne den med mindre en er ment å gjøre det”
Wulf bet seg i underleppa.”Nordover nå? Det er galskap, og
jeg skulle egentlig bare eskortere Lathisa, ikke gjøre noe annet.
Min konge vil forvente at jeg vender tilbake til ham nå som jeg
har feilet oppdraget han gav meg.”
Barech ristet på hodet.”Wulf, Kong Hanek vil neppe protestere
mot at vi sjekker ut om det skrivet er ekte eller ei. Her kan vi
ikke bli, kysten er snart overrent med folk og jeg har en
ubehagelig følelse av at ting kommer til å bli enda mer stilt på
spissen her. Magen min forteller meg det. Og jeg lytter til den.
Nordover vil vi være tryggere.”
Wulf skar en grimase.”Nordover vil vi møte på de forbaskede
kampene mener du vel? Alle sier at slektene slåss så busta
fyker der oppe. Jeg akter ikke å bli fanget i kryssilden og jeg
akter i hvert fall ikke å bli tvangsvervet og brukt som levende
skjold.”
Barech trakk pusten dypt.”Wulf, vi er soldater, vi kan ferdes
der ingen andre tør å gå. Vi bruker skogene og fjellene og vi

har tross alt den digre halvdragen. Ser noen den vil de rømme for livet tro meg. Vi kan greie det."
Wulf sukket og gjemte ansiktet i hendene."Jeg burde sjekket om Vardhys har det bra, jeg skylder Lathisa det."
Barech nikket sakte."Hør, dette er hva vi gjør nå. Vi rir nordover i en ukes tid. Vi holder oss på denne siden av lang fjellene til vi når Bheki, der tar vi av nordover igjen. Det går en gammel handelsvei gjennom fjellene der, ingen bruker den lenger men den er trygg. Jeg vet det, jeg har krysset der før. Det er en landsby like ved fjellene i det området, der kan du antagelig finne informasjon om det meste. Jeg kjenner folk der og vi kan få tak i alt vi trenger der."
Wulf så skarpt på Barech."Det var svært så overtalende du var blitt? Hvorfor?"
Barech lente seg bakover og øynene hans var harde."Fordi jeg vet hva slags helvete det blir om de virkelig er noen der som har en drage, og kan de styre den vil de bli herrer over alt og alle. Tro meg, jeg vil ikke se det skje. Jeg har sett slagmarker der de har brukt ild som et våpen, og en slagmark der en drage har fått fritt spillerom er noe jeg helst vil slippe å se i dette livet."
Wulf nikket."Så for å redde stumpene?"
Barech nikket sindig."For å redde stumpene og hindre at noen får total makt. Det er en ting jeg vet om makt Wulf, og det er at den fortærer en, eter opp sjelen og den lar kun det verste i en person forbli. Du husker da vel Nafet av Tupjer?"
Wulf nikket motvillig, en forhenværende kommandant i kongens hær, høyt på strå og utrolig gemen og sikker på sin egen makt. Han var så ille at hundretalls av soldater døde under hans kommando selv i fredstid og til slutt ble han funnet død i en stall, gjennomboret med et spyd som var blitt kjørt opp gjennom kroppen via endetarmen og ut gjennom brystet. Ingen fant ut hvem morderen var men alle visste at samtlige i den forlegningen ville gjort det, og med glede."Du har rett, makt korrumperer."

Fhadan lukket øynene."Det blir flott, et eventyr! I skogene er
vi trygge for folk, og Ublan kan jakte for oss."
Ushara ristet svakt, trygge ja, men var de trygge for henne?
Hva om hun brått trengte blod? Det var ikke alltid at dyreblod
var nok. Fhadan så på henne gjennom lange øyevipper."Ikke
vær redd, det blir en løsning."
Hun bare skar en grimase. Hun ville følge dem for hvor skulle
hun ellers gjøre av seg? Hun hadde ingen, det var sannheten
nå. Hun måtte følge dem og Ublan fulgte henne og de trengte
den, det var en merkelige sannhet men sant like fullt. Ublan
var deres fremste våpen nå. Hun smilte smalt. Jo, han var et
våpen, et forrykt våpen med egen vilje men svært effektivt.
Wulf så uttrykket i ansiktet hennes og han nikket sakte."Lar vi
noen se ham vil de tro at han er dragen ikke sant? Han kan
brukes som en distraksjon."
Ushara nikket varsomt."Ja, du tenker som meg. En distraksjon.
Folk lider Wulf, jeg sanser det. Slektene må bringes til fred
igjen. Jeg frykter at ting bare vil bli verre."
Wulf så spørrende på henne og hun nektet å si mer, nektet å
nevne gamle sagn som hadde fylt selv hennes hjerte med gru.
Barech kremtet kort."Er skrivet ekte er det verdifullt, så
verdifullt at det er verdt liv. Så jeg håper at vi alle skjønner at
ingen så mye som nevner det for noen før vi er hos den lærde."
Wulf sukket og stirret inn i bålet. Fant noen ut at de hadde
skrivet ble de like jaktet på som Lathisa hadde vært, om ikke
verre enda. Barech hadde rett, de kunne ikke tillate seg å
fortelle noen om den virkelig årsaken bak deres reise nordover.
Han hadde fått frie hender fra kongen, nå fikk han utnytte det.
Han ville måtte reise som en privatperson og ikke som en
offiser men trengtes det kunne det være at papirene han hadde
kunne komme til nytte alikevel. Han strøk hendene langs
sverdskjeftet og skar en grimase. Han lengtet hjem, han måtte
innrømme det. Han lengtet tilbake til det trygge velkjente livet
i kongens by men han ante at ting der også hadde endret seg
drastisk siden han reiste ut. I det minste var det noe nyttig de

gjorde, noe som ville kunne ha betydning for mange flere enn
dem selv. Sverdskjeftet kjentes trygt i hendene hans, som en
forsikring. Det var noe håndfast, noe virkelig, noe som forbant
den han var med den virkelige verden. Dette skrivet var jo
også virkelig men det som sto i det uvirkelig, kanskje bare
gammelt nonsens uten forankring i noe annet enn gammel
overtro. Var det verdt det?
Han grov med støveltåa i bakken, Jochmun Lathisa og Kalek
var døde, det hadde vært tilfeldig, et uhell. Men han skyldte
dem å la dem bli husket, at de ikke døde som tilfeldige ofre for
naturkreftene. Jo, det var verdt det. Var skrivet ekte var alt
verdt det. Selv deres død, var skrivet ekte var de alle noe som
kunne ofres, som kunne kastes til side. Han trakk pusten
dypt."I dag hviler vi og minnes de døde, i morgen rir vi"

Daithe

Stemningen i hulen var merkelig, hun kunne ikke annet enn å
definere den slik. Alle satt for seg selv, fanget i sine egne
tanker og egne følelser og hun kjente seg merkelig fanget der.
Hun forsto ikke hva som skjedde, hvorfor og hvordan alt hadde
endret seg slik. Alt hadde vært så enkelt så hvorfor hadde det
blitt så forferdelig komplisert? Hvorfor hadde det blitt så totalt
annerledes enn alt hun hadde forestilt seg? Hun skulle bare
finne de som drepte hennes ektemann og nå, nå var hun et sted
i villmarka, ute av stand til å egentlig styre noe av det som
foregikk.

Hun burde ha nektet, burde ha vendt tilbake til Zhymorne men
det var for sent, og hun ville ikke svikte dem, nei, hun kunne
ikke svikte dem for de var hennes venner og hun hadde hatt få
slike noen gang. Derfor gjorde det så veldig vondt å vite at
venner også var tapt. Hun hadde ikke kjent de døde mennene
særlig godt men hun hadde likt dem, og de hadde fulgt henne,
fordi hun hadde vært deres dronning. Hun var årsaken til at de
ikke var mer, og det var vondt å tenke på. Bhan og Dew hadde
kunnet vende hjem uten problemer, de ville blitt ønsket
velkommen tilbake, gode soldater var verdifulle, også for de
som tok over etter henne. I stedet hadde de vært lojale og det
hadde ført dem i døden.

Var Feargus virkelig verdt det? At andre døde på grunn av det
som skjedde med ham? Hun skulle ha stått bak alt, hun skulle
hevne ham, andre skulle ikke lide på grunn av det, Men så
hadde Lamara kommet, og Cherdis og…. Alt var annerledes
nå. Totalt annerledes og hun kunne ikke lenger skimte den

stien hun hadde tenkt å gå blant alle skyggene som samlet seg
om henne. Hun husket snaut Feargus lenger, det var ironisk.
Han var den som hadde utløst alt dette for henne og nå var han
kun et minne som falmet faretruende fort. Hadde hun i det hele
tatt brydd seg om ham? Hun hadde begynt å tvile. Hun trodde
at det var tryggheten han gav henne hun elsket, muligheten han
gav til å gjøre som hun selv ville. Som hans dronning styrte
hun og ingen ville våge å gå imot hennes ord eller kritisere
hennes måte å være på. Det var tapet av den livsstilen hun
sørget over, ikke ham, ikke så mye, ikke nå lenger.
Cherdis hadde kledd på seg igjen og hvilte, Ighal gjorde det
samme og Aidan hadde kommet tilbake, noe skamfull men
synlig lettet. Bhikoor og Arphaene var utenfor hulen, de holdt
vakt og Lamara hadde sovnet. Det var stille og Daithe likte
ikke stillheten, ikke nå lenger. Den føltes nesten truende. Hun
forsto den ikke, den var som et snikende rovdyr og hun skvatt
da Moyesh gav seg til å nynne. Enten syntes hun også at
stillheten var plagsom eller så forsto hun hva Daithe følte og
ville hjelpe. Rytmen var merkelig og tonen underlig flat men
det var noe fengslende ved sangen også. Daithe grep seg i å
lytte til den og hun slappet av. De trengte hvile nå, alle
sammen. De var trygge der og morgendagen fikk komme når
den ville.
Daithe våknet av at Ighal rusket i henne, hun følte seg sliten og
lemster og hodet spant. Bhikoor stakk hodet inn i hulen, det
svære vesenet gren på nesa.”Kaldt, vått”
Han hadde rett, det var kaldt og det var vått, en egen rå kulde
som var meget ubehagelig. Moyesh skuttet på seg, Tåkesang
virket upåvirket men Cherdis og Lamara virket for å fryse. De
var ikke utstyrt for slike høyder og Daithe visste at de måtte
trekke ned fra fjellene fort, før hestene ble svekket og de ble
for kalde. Om noen ble syke var det ille. Arphaene hadde
fanget noen harer og Ighal gjorde dem fort opp og stekte
kjøttet over bålet. Det smakte heller tamt men det var varmt og
fylte magen og de trengte næringen. Ighal sto lenge og stirret

ned i dalen foran dem, han tygget ettertenksomt på noen
kjøttslintrer og skar en grimase. Daithe stilte seg ved siden av
ham.”Hva tror du?”
Han trakk på skuldrene.”Om vi virkelig skal til det slottet bør
vi komme oss av gårde, men jeg vet ikke hva vi har foran oss
nå. Denne dalen står ikke på noe kart og jeg har en følelse av at
vi virkelig er på vei inn i ukjent terreng på flere måter enn en.”
Hun så fort på ham.”Hva mener du?”
Ighal spyttet i snøen.”Det finner vi ut av, om jeg har rett.”
Han gikk bort til hestene og begynte å gjøre dem klare, Daithe
ble stående igjen å stirre. Hun likte ikke den litt tverre tonen
hans men skjønte at han sørget, at han ikke ville ha noen nær
ennå. Hun prøvde i stedet å lese terrenget mens de red nedover
fra passet. Det var et virkelig vilt sted og hun ante at det var
farer der de ikke hadde noen forutsetning til å forutse. Her og
der var det tydelig at snøskred hadde feid bort vegetasjonen og
de så sporene av alskens dyr. Ighal begynte å tine opp igjen
utover dagen men det var fremdeles noe fjernt i blikket.
Lamara hadde ikke sagt et eneste ord den dagen og Daithe likte
ikke helt det merkelige blikket hennes. Det var som om den
jenta visste noe, noe viktig hun ikke ville dele med de andre.
Kanskje det var slik det var å være et orakel? Gudene visste
hva slags holdninger hun hadde vært vant med før.
Daithe stirret på jenta i skjul, hun red med hetten sin langt frem
men det var et svakt smil om leppene på henne, et slags lys i
øynene. Gudene alene visste hvorfor. Daithe hadde slåss hele
livet, slåss for sin plass i verden, for sin egen selvrespekt og
sin egen verdi. Å være annerledes var aldri enkelt og hun
forsto at det å være et orakel kanskje medførte at en fikk et
merkelig syn på verden. Tross alt, hun hadde hørt om hvordan
oraklene ble forkjælt og bortskjemt og samtidig behandlet som
om de var skjøre nipsgjenstander uten noen egen vilje. Lamara
hadde overlevd i slummen, helt alene. Det fortalte om styrke
og Daithe visste ikke om hun ville hatt den styrken selv.
Antagelig ville hun ha latt seg selv falle for fristelsen til å

stjele eller enda verre, solgt seg for mat.

Daithe hadde lært å vurdere en motstander nøye før hun overhodet vurderte å gå til kamp mot noen og nå brukte hun den opplæringen for å prøve å forstå Lamara. Det hun kom frem til var ikke bare bra, Lamara var sterk, så sterk at hun antagelig ikke var redd for å ofre andre for å oppnå sine egne mål. Hun lot synene lede seg og antagelig var hun svært fanatisk når det gjaldt nettopp synene, hun tvilte neppe på dem. Daithe visste ikke om det nødvendigvis var bra.

Landskapet var vilt men svært vakkert, en sur vind lå over den litt glisne skogen og de red forholdsvis sakte, hestene slet i snøen og hun så at Ighal brukte øynene hele tiden for å finne en god rute videre. Sent på ettermiddagen kom de ned i en vid grunn dal med tykk skog, den var varmere og det var lite snø der og de kunne ri på. De fant ly for natten ved et vindfall og Ighal vågde å tenne bål. De spiste litt og hvilte og red videre så fort det ble lyst og Daithe fant ut at hun egentlig ikke likte dette livet som reisende. Hun var en av de som var igjen som kunne slåss, hun var tross alt å regne som en fullt utlært ridder og kunne det meste men hun hadde ikke egentlig tenkt på hvordan livet fortonte seg for fattige hekke riddere som ikke eide annet enn klærne de sto og gikk i og hestene de red. De red videre to tre dager til og stemningen mellom dem var heller dyster, ingen av dem oppmuntret til samtaler og de frøs og var sultne og følte seg ganske enkelt miserable. Bare Bhikoor var i godt humør, han fikk jakte for dem og han likte det og han satte pris på at styrken hans ble verdsatt. Det var en slags stille verdighet ved den store skapningen og Daithe var glad den var der. Moyesh og Tåkesang snakket av og til lavmælt sammen på sitt eget språk og Daithe kjente en slags irritasjon ved det. De burde ikke stenge de andre ute slik.

De red ned gjennom en smal dal med en elv i midten da Ighal brått stanset hesten, han stirret rundt seg og så løftet han hendene og gjorde tegn til at de andre skulle gjøre det samme. Daithe så forbauset på ham men adlød, hun så av uttrykket i

ansiktet hans at det var alvor. Brått sto det flere bueskyttere
rundt dem og selv om ingen hadde buene spent var det ingen
tvil om at de kunne skyte på noen sekunder om det trengtes.
Ighal bukket høflig og sa noe Daithe ikke forsto og en av
skikkelsene kom nærmere. Hun så at Bhikoor var rolig og det
samme var arphaene, de virket faktisk glade for å se disse
fremmede.
Daithe så at den som kom gående var svært høy, faktisk
oppsiktsvekkende høy og helt kledd i klær i en merkelig
skimrende tone som gjorde at han nesten gikk i ett med
terrenget og han hadde en hette kastet frem over hodet. Han
svarte noe tilsvarende og trakk hetten tilbake og nå fikk Daithe
sitt livs sjokk. Mannen hadde spisse ører! Det var en alv og
hun stirret storøyd på skapningen som sto der og snakket til
Ighal. Hun hadde aldri sett slik maskulin skjønnhet noen gang
og heller ikke en slik styrke og eleganse. Alven var mørk
blond med skinnende grønne øyne og hun hadde aldri sett slike
øyne før. Det var som om de var bunnløse, som om en skuet
selve stjernehimmelen i dem. Håret var flettet i et komplekst
mønster og bundet med lærreimer og alt tøyet virket for å være
laget av enten ull eller silke eller noe mellom samt lær. De
andre alvene kom også nærmere og Bhikoor bukket dypt for
dem. Moyesh virket overveldet og Lamara bare glante. Aidan
glante også, han hadde øyne som tallerkener. Daithe så både
kvinner og menn blant dem og det var kanskje tolv stykker i
alt. Cherdis hilste høflig og Daithe husket hva Cherdis hadde
fortalt henne. Prestinnen hadde hatt erfaringer med denne rasen
før.
Alven snudde seg og stirret mot gruppen, blikket gled over
dem alle, vurderende, før det stanset ved Daithe. Hun visste at
hun var uvanlig, kledd som en mann og bevæpnet og hun følte
seg brått som et merkelig dyr på utstilling. De merkelige
øynene gjorde henne svimmel, det var som om de stirret like
inn i sjelen på henne og ingenting ble tilbake av hennes
hemmeligheter og hennes indre jeg. Han snudde seg tilbake til

Ighal.”Dere følger oss, det er en leir et stykke ned i dalen, vi har funnet mange flyktninger i fjellene i det siste. Mange ville ha dødd uten oss.”

Ighal rynket pannen.”Flyktninger her? Dette er ikke noe område folk vanligvis tyr seg til.”

Alven nikket stille.”Nei, men mange er desperate etter å komme seg vekk fra krigen og alle ryktene. Det vi har hørt blir bare verre og verre.”

Daithe stirret på alven, hun syntes han minnet henne om en stor katt og det var virkelig noe vagt felint over ansiktstrekkene.”Hva slags rykter da?”

Alven så forskende på henne.”Rykter om at en av adelsslektene har en drage, at den blir brukt mot deres fiender. At verden vil gå under, at det er monstre løs.”

Daithe blåste i nesa.”De eneste monstrene en trenger frykte er folk, så mye vet jeg.”

Alven smilte skjevt, det blinket i nesten uvirkelig hvite tenner.”Du er vis for en så ung, du har rett, mennesket er det verste monsteret der ute.”

Daithe ville glefse ut at hun slettes ikke var noe barn men så husket hun at alver er evig unge, det var mulig at denne tilsynelatende unge karen var eldgammel.

Ighal sukket lettet.”Vi har dårlig utstyr, tror dere at det er mulig å bytte til seg noe?”

Alven trakk på skuldrene.”Godt mulig, men det er stort sett fattigfolk og de har lite fra før. Hva gjør dere her forresten? En slik gruppe har vi ikke møtt på før.”

Ighal pekte på Lamara.”Hun er et orakel, hun har sett at vi må nordover, til et gammelt slott ved en sjø. Det er viktig.”

Alven rynket pannen, han stirret på Lamara og det var noe fjernt i blikket.”En gude rørt, vi kan se det. Hennes sjel er ikke som andres. Vi vil hjelpe, dere vil få hvile mat og det dere trenger.”

Alven bare nikket til de andre og de begynte å gå, Ighal lot hesten følge dem og resten av følget gjorde det samme, Daithe

ante at de ville bli tatt godt vare på så lenge de var i dette
folkets nærhet og de ville uten tvil bli holdt trygge. Hun følte
at hun var svært nysgjerrig, hun ante nesten ingenting om
alver, det var synd men sant. De var så fremmedartet, så totalt
annerledes enn det hun kunne forestilt seg. På en måte minte
de henne om spøkelser, om ånder som bare gled gjennom
verden som skygger, sjelden synlige og alltid uhåndgripelige
men samtidig var de så til stede, så der. Faktisk var de mer til
stede enn noen andre hun hadde møtt før. Det var som om de
trakk på blikket, som om det å se bort og ignorere dem var en
forbrytelse, en skam. Hun så skjevt bort på alven som hadde
snakket med dem, han beveget seg lydløst og så uanstrengt.
Hun følte seg nesten sjalu for et øyeblikk, bevegelsene røpet en
overlegen kriger og hun forsto at hun aldri ville kunne stått en
sjanse mot en alv om hun måtte ha kjempet mot en. Alle guder
prise det fakta at de var på det godes side.
De gikk nedover dalen og brått var det som om et tåketeppe
gled bort og de så ned på noe som best kunne beskrives som en
liten landsby. Den var helt klart delt i to, ene halvdelen besto
av merkelige hytter som var bygd oppe i en rekke med svært
høye kraftige eiketrær. Hyttene så ut som noe trærne selv
hadde skapt og spinkle taustiger gikk opp til dem.
Den andre halvdelen av landsbyen var telt og vogner og noen
svært enkle hytter lagd av stokker og greiner, det var tydelig at
det var en flyktningleir og det løp folk rundt og det virket for at
det nettopp hadde ankommet flere. Daithe så på forsamlingen
av bygg og folk med smale øyne, dette var i sannhet en
flyktningleir og det for fattige folk også. Ikke noe hun så der
fortalte om noe annet enn fattigdom og hun så noen få
skinnmagre hester som sto og hvilte under noen trær. Ighal
sukket og visste at de ville skille seg ut, de var forholdsvis godt
kledd og red gode hester og Moyesh snakket fort til Bhikoor
som tok en annen sti ned til leiren, Han og arphaene ville
skjule seg, det var ikke verdt å skremme noen.
Alvene ledet dem ned til leiren men de ble bedt om å følge

dem videre. Bak rekkene med tre hytter sto det noen bygg som var plassert på bakken, de var tømret og vakkert dekorert med innskjæringer og malte skinn. De steg av hestene og Daithe så på byggene som virket merkelig riktige, som noe som var født av naturen, akkurat som trehyttene. Det var flere alver der, noen virket for å gå til flyktningleiren med alskens utstyr mens andre var opptatt med å renske skinn eller reparere utstyr. De færreste så på de nyankomne og Daithe antok at de var vant med folk som ankom.

Alven som hadde snakket til dem gjorde tegn til at de fikk følge ham inn i den største av hyttene og Daithe holdt pusten i det hun steg inn gjennom den ganske smale men høye døra. Det var en slags hall, et ildsted var bygget i midten og røyken steg i en slags skorstein og lyset kom inn gjennom glugger i taket som kunne stenges. Noen alver satt ved et bord ved ene kortenden av hallen og snakket sammen. Daithe hørte de merkelige melodiske stemmene og hun forsto ikke en stavelse av det de sa. Hun følte seg brått som en innntrenger og gikk med vilje bak Ighal. Aidan gikk ved siden av Lamara og hun kunne ikke unngå å se det beskyttende uttrykket i ansiktet hans.

En av alvene reiste seg, han var kledd i skinn som de andre og lite skilte ham fra resten om en så bort fra den merkelige myndige minen og styrken i blikket. Han som hadde møtt dem la armen over brystet i en slags hilsning og bøyde nakken, snakket fort. Daithe så at denne lederen eller hva han var måtte være nesten et hode høyere enn selv ham og han hadde håret trukket tilbake og festet i en tykk flette. De to alvene utvekslet enda flere ord og den svarthårete stirret lenge på Lamara men merkelig nok så han enda lengre på Daithe og det var et merkelig smil om den smale munnen. Det var et glimt i øynene som fortalte at han visste et eller annet de ikke gjorde.

Han nikket nådig til Ighal og smilte vennlig til Lamara, blikket gled nesten vurderende over Cherdis og han bukket nesten for Moyesh og Tåkesang. Og så falt blikket på Daithe igjen, øynene hans var underlige på farge, nesten gylne med sølvaktige spetter og blikket var så klart, så utrolig dypt. I et øyeblikk spant verden for øynene på henne og hun visste at denne skapningen nå visste alt om henne, absolutt alt. Han fortsatte å stirre på henne, et svakt smil kunne sees om munnen."Dere er velkomne reisende, må åndene beskytte og bevare dere."

Ighal bukket dypt."Vi takker dypt for den vennlige velkomsten."

Alven smilte igjen og blikket var fjernt."Vi ser mer enn mennesker, vi ser at dere alle har en rolle å spille i skjebnens spill. Noen en større rolle enn andre."

Han vinket på et par andre alver som kom gående med noen krus og noen mugger med noe som måtte være vin."Jeg er kjent som Fhirdhag og jeg er leder for denne klanen, haukene. Dere er velkomne til å bli så lenge dere ønsker."

Ighal sukket lettet, de trengte virkelig en hvil og kanskje også bedre kart om det var mulig å oppdrive. Disse alvene virket for å være bofaste der og han visste at det fagre folket satte stor pris på kunnskap."Jeg takker deg, vi har reist lenge og er slitne."

Fhirdhag smilte sakte."Og tapt mye, jeg sanser sorg i deres sinn, frykt ikke, her er dere trygge."

Daithe fikk et krus vin i handa og stirret ned på væsken, den virket svært sterk og hun tok en nervøs sipp. Den var sterk, hun hadde rett men smakte vidunderlig av friske bær og hun skjønte at hun fikk passe seg, ellers ble hun full før hun fikk sukk for seg. Hun hadde aldri likt vin og det var merkelig å finne en som var god. Hun angret nesten på at hun godtok det kruset, men å si nei ville vel vært uhøflig. Fhirdhag smilte skjevt."Jeg har beordret at et noen hytter blir forberedt for dere, og hestene deres vil bli tatt vare på. Vi har sjelden gjester men vi tar godt vare på dem."

Ighal rynket pannen."Det er mange flyktninger her?"

Fhirdhag nikket trist."For mange, det gikk en gammel vei

gjennom fjellene her før, bare våre eldste husker den og mennesker har bare sagn som forteller om den. Allikevel er det mange som prøver å finne den nå, tidene er dystre og det er de fattige som flykter først, de som har minst å tape på å ta en sjanse.”
Ighal sukket.”Som det pleier å være, er det bygdefolk alt sammen?”
Alven smilte sakte.”Ja, noen forhenværende soldater for gamle til å slåss og noen omreisende taskenspillere men ellers er det bønder.”
Ighal hadde sett de fattigslige vognene.”Arme folk, hva har de å vende tilbake til etter dette annet enn sorg og elendighet?”
Fhirdhag bikket på hodet.”Lite er jeg redd, men vi kan holde dem i live til våren igjen. I det minste er det noe.”
Daithe la merke til at han ennå stirret på henne, det uutgrunnelige blikket gjorde henne litt nervøs. Hvorfor stirret han slik? Var hun så merkelig? Alven smilte mot Moyesh og Tåkesang.”Vi har aldri hatt gjester så langt bortefra noen gang, jeg ser frem til å lære mer om deres land ærede.”
Moyesh rødmet og Tåkesang bøyde seg grasiøst.”Det vil være en ære.”
Fhirdhag tok Lamara’s håmd og kysset den sakte, det flakket noe merkelig i blikket hans igjen og Daithe så at Lamara’s øyne et øyeblikk ble store, så rødmet hun svakt og det var et uttrykk av noe som lignet triumf i blikket hennes. Aidan så litt sjalu ut men det endret seg da alven la handa på skulderen hans og kalte ham en staut og lovende ung kriger. Brått så han ut som om han var rede til å gjøre alt for litt ros fra alve høvdingen. Daithe merket at Fhirdhag hadde en lammende personlighet, den tok totalt overhånd og en måtte være vanvittig sterk om en ikke skulle bøye seg for den helt automatisk.
“Det er en feiring i kveld, vi feirer høstens siste fullmåne. Dere er selvsagt velkomne til å delta.”
Ighal trakk pusten dypt. Å delta i en fest hos dette folket var en

stor ære, de var normalt svært private og holdt seg for seg selv.
Daithe kunne ikke annet enn å føle at det var en invitasjon med
en undertone av en ordre, at denne høvdingen hadde en
baktanke med det hele. Hun følte seg brått usikker, hvorfor
ante hun ikke men det var bare slik.
Ighal takket og en alv med langt rødbrunt hår og et vennlig
ansikt kom og viste dem veien til noen hytter som var bygget
langs en loddrett klippevegg et stykke unna flyktningleiren.
Daithe ante at dette var bygg reservert for gjester og de var
forseggjort og vakre. Hun og Cherdis tok en av de minste
sammen med Moyesh. De så at Bhikoor og arphaene allerede
var der, det virket for at ohrusen snakket med noen alver og
han virket ivrig og avslappet. Disse skapningene måtte være
vant med vesen som ham og Daithe tenkte igjen på hvor lite en
egentlig visste om dette folket.
Cherdis smekket med tungen, hytta var godt utstyrt og det var
en merkelig eleganse å skue i det meste av den. Hver en form,
hver en detalj gjenspeilet naturen på et vis og hun lot hendene
gli over tepper og laken som var vevd så tett at hun snaut
kunne tro det. Hennes fostermor hadde desperat prøvd å lære
henne å veve og sy som alle adelige jenter var forventet å
skulle bedrive tiden med men hun hadde aldri greid å få til noe
annet enn tvilsomme resultater som ikke ville vært brukbare til
saltepper en gang. Dette derimot var som silke og hun greide
ikke identifisere fibrene det var lagd av. Det lignet en slags ull
men var for fint.
Cherdis satte seg ned på den ene senga, den var bred og vakker
med et utskåret hodegjerde og en tykk madrass fylt med noe
som måtte være halm og fjær blandet. Hytta hadde flere lamper
som var tent og de brant på en eller annen slags olje som
etterlot en frisk lukt. Daithe hadde aldri sett noe slikt før.
Moyesh stirret på alt med store øyne og Daithe begynte å
forstå at Moyesh virkelig ikke kunne ha sett så veldig mye av
verden. Hun hadde antagelig ikke lært så veldig mye før hun
kom til Zhandoria. Cherdis sukket lavt og strakte seg, hun

hadde sparket av seg støvlene og det var noe fjernt i blikket
hennes.”En feiring hos alvene, jeg trodde aldri at jeg skulle få
oppleve det. Jeg får håpe at vi får låne noen klær for jeg nekter
å stå frem for en som deres konge kledd som en fillefrans.”
Daithe bikket på hodet.”Jeg trodde han bare var en høvding?”
Cherdis skar en grimase.”Ja, men av kongelig blod. Så du
tatoveringene hans? De forteller at han er av en av de eldgamle
ættene, fra den tiden da det skjulte folket levde blant oss
andre.”
Daithe rynket pannen.”Jeg så ingenting?”
Cherdis bikket på hodet.”Nei, du kikket bare på fjeset hans,
men jeg la merke til toppen på en slik tatovering, den stakk så
vidt opp over kanten på tunikaen hans. Det er slik folket deres
merker de som har stor makt, med tatoveringer.”
Moyesh nikket sakte, blikket hennes var fjernt.”Mitt folk også,
de forteller ens historie og hvem en er. Slik er det”
Daithe lengtet etter å hvile, hun syntes det var nesten stygt å
legge seg på de varme tepppene uten å ha skiftet og badet
først.”Tror dere at denne feiringen blir veldig høytidelig?”
Cherdis ristet på hodet.”Nei, til å begynne med er den nok det
men uttover natten tar det nok av, jeg regner med at de virkelig
slår seg løs, de bruker gjøre det visstnok.”
Daithe blåste i nesa.”De virket for verdige til å virkelig kunne
slå seg løs.”
Cherdis gliste skjevt.”Det du ser og hva de er kolliderer
Daithe, de er ganske annerledes enn du tror. Jeg er sikker på at
du vil merke det snart nok.”
Det ble banket varsomt på døra og en alve kvinne kom inn,
hun var kledd som en mann med bukser og tunika men bar
noen kjoler over armen og hun så meget vennlig ut. Daithe
stirret på kjolene, de virket enkle men tøyet var fantastisk og i
mange lag med ulike farger så det skimret i lyset.”Vår høvding
ønsket at dere skulle få disse, feiringen begynner så fort månen
stiger i kveld.”
Cherdis strakte seg dovent.”Er det mulig å få vasket seg litt?”

Kvinnen nikket."Om dere går til enden av klippen og snur mot sola er det en kulp med varmt vann, den er delt inn i to avdelinger og det er såper og håndklær der."
Cherdis sukket lettet."Takk gudene, det blir vidunderlig."
Kvinnen fniste kort."Om dere trenger noe er det bare å si ifra. Jeg er Alialah og jeg er ansvarlig for hyttene og for de gjestene vi får."
Daithe rynket pannen."Flyktningene, får de også bade?"
Alialah nikket men det kornblomstblå blikket var litt dystert."Selvsagt, de har fått tilbud om å dele alt vi har men de nekter, ikke vil de bade og maten vår rører kun kvinnene og barna. De stoler ikke på noen lenger."
Cherdis sukket og la armene under nakken."Bygdefolk, de bader jo vanligvis bare når de blir født og når de skal begraves så det skjønner jeg men maten? Tror de at dere vil forgifte dem?"
Alialah ristet på hodet."Nei, de tror vår mat gjør dem umandige, de tror at det er maten som gjør at våre menn ikke har skjegg og ser så vakre ut."
Cherdis begynte å le, en rå latter."Så lite vet de, vel, jeg skulle likt å se den maten som kan forvandle en hårete grobian til en slik adonis som deres menn er."
Alialah fniste igjen."Gode ord du vakre, si meg, er du en danser?"
Cherdis løftet et øyebryn."Ja, faktisk, hvordan vet du det?"
Alven smilte blygt."Du beveger deg som en danser, som om du flyter. Det er makt i det søster."
Cherdis bikket på hodet og så litt forbauset på alvekvinnen som satte seg ned på sengekanten."Makt?"
Alialah nikket."Alt er rytme vet du, alt er musikk. Når du blir ett med musikken blir du ett med alt, med skapelsen og du kan skape tilbake, forandre ting. Det er noen av våre som har den kraften, jeg ser den i deg."
Cherdis rynket pannen."Jeg har aldri sett slik på det, interessant. Tror du jeg kan få danse for deres høvding?"

Alialah smilte bredt."Uten tvil, vi vil være beæret over å få se deg danse du vakre."

Cherdis rødmet faktisk, hennes skjønnhet var så annerledes enn den eteriske skjønnheten til denne alven, den var mer jordnær, mer reell. Alialah var nesten for vakker til å være sann, som en drøm eller en engel. Det var en perfeksjon i den glatte huden og de jevne trekkene som var umenneskelig, og slik var det vel bare med dette folket.

Alven reiste seg igjen."Bad dere og kle dere, her er dere trygge, vår høvdings makt beskytter denne dalen mot alt ondt."

Moyesh nikket skjelvent."Jeg har allerede følt den, som varme kjærtegn mot sjelen. Han er mektig."

Alialah smilte og nikket."En kan trygt si det ja. Jeg ser frem til å se dere igjen i kveld."

Daithe så langt etter alven da hun forlot hytta. Cherdis reiste seg fra senga igjen."Greit jenter, da er det på tide å få av seg noe skitt og bli klar for fest. Jeg vet ikke helt om jeg er i fest humør men en bør i hvert fall ikke slå fra seg et godt måltid. Jeg er sulten som en ulveflokk."

Daithe kjente at magen knurret, hun gliste skjevt og trakk av seg kappen og grep en av kjolene. Den var utrolig vakker i en dyp blågrønn farge og Cherdis nikket til henne."Et god valg kjære deg, den passer deg. Og jeg tror du vil ha godt av å være litt feminin for en gangs skyld. En glemmer det liksom om en ikke øver"

Cherdis tok en rød kjole og Moyesh tok den siste, i en vakker dyp rødbrun tone som lignet på kobber. De gikk til kulpen og Daithe så at det virkelig var to avdelinger der, skilt med seilduksvegger. Det var ingen i mennenes avdeling og Daithe så at kulpen var temmelig dyp men vannet var varmt og det var en lun og vennlig atmosfære der. Noen store lamper gav lys og Cherdis vrengte av seg og stupte utti uten å nøle. Moyesh gjorde det samme og Daithe nølte noen sekunder før hun fulgte de to andre kvinnene. Hun kikket i smug på de to, Moyesh var rundere enn Cherdis, men det var en styrke i henne som ikke var i danserinnen, hun hadde mer muskler og allikevel var hun kurvet og myk. Cherdis var lang og smekker og hennes former mer diskrete og alikevel utrolig elegante. Daithe så fort på seg selv, hun var senete og for tynn, de fleste menn ville avskrekkes av en som henne, tro at hun ikke var dugelig til noe annet enn hardt arbeide. Og de hadde rett, hun husket hva Cherdis hadde sagt om henne, at hun antagelig var ute av stand til å få barn.

Cherdis så skarpt på henne, det var noe nesten aggressivt i blikket hennes.”Ikke tillat deg selv å tvile på din egen verdi Daithe. Du er ikke som andre, og det er verdifullt.”

Daithe sukket og skrubbed armene, så at vannet ble faretruende mørkt rundt henne.”Jeg hører deg Cherdis”

Cherdis gikk bort til henne, grep det lange mørke håret og gav seg til å gni såpe i det.”Ikke ta den tonen, du er en kriger Daithe, vær stolt av det. Ikke alle kan passe inn i standard formen, om alle gjorde det ble verden et heller kjedelig sted å være.”

Hun tvang Daithe til å sette seg på en stein og de sterke hendene gned seg gjennom muskelknuter Daithe ikke hadde visst at hun hadde.”Se bare på meg, jeg ble regnet som den vakreste av alle i Zhymorne, alle ville ha en bit av meg. De tilba meg Daithe men jeg kunne aldri være meg selv, jeg kunne aldri tillate noen å se den jeg egentlig var. Jeg var et bilde, et ideal ingen virkelig person kan håpe å kunne bli.”

Daithe svelget hardt.”Jeg visste ikke det.”

Cherdis nikket hardt.”Selvsagt ikke, det var som å danse på et nakent sverd, et feiltrinn og du var ute. Å konversere høflig med folk som du egentlig forrakter er aldri enkelt.”

Cherdis strøk hendene gjennom Daithes lange hår.”Men jeg var ikke alltid slik, jeg var et stygt barn tro det eller ei. Det beviser bare at ting endrer seg. De vil endre seg for deg også, tro aldri noe annet.”

Daithe skar en grimase, Cherdis avsluttet med å skylle ut såpa og det sved i øynene.”Nå, tørk deg og få på deg den kjolen

jente, om vi klarer å få alvene på vår side har vi vunnet mye.
De kan hjelpe oss og sikre at vi kommer oss videre uten
problemer."
Daithe skar en grimase."Så hva foreslår du? At jeg skal vifte
ekstra med øyevippene og vrikke på rumpa?"
Cherdis gliste."Det tar jeg meg av jente, nei, jeg tror du er
interessant for dem, jeg vet ikke hvorfor men noe sier meg at
høvdingen fikk interesse i deg."
Daithe kjente seg brått usikker igjen."Virkelig? Hvorfor tror
du?"
Cherdis trakk på skuldrene og Moyesh smilte litt skjevt."Du
har gjort ting andre ikke kan Daithe, og tro meg, om noen kan
forklare det er det dette folket. De merker det uvanlige ved oss,
de sanser slikt lett. Om det er svar du er ute etter kan du
kanskje finne dem her."
Daithe trakk pusten, om det var sant ja da ville hun ikke sky
noe middel for å finne de svarene.
Etter litt gikk de tilbake til hytta og Cherdis hjalp Daithe med å
flette og ordne håret, de tre kvinnene sørget for at de så godt ut
og utenfor hytta så de at Lamara og Tåkesang kom vandrende.
De to hadde blitt mye nærere de siste dagene og Daithe undret
seg over hvorfor men hun var glad for at Lamara ikke var
alene. Tåkesang var så eksotisk og merkelig og alikevel var det
en verdig visdom ved skapningen som skapte en følelse av
respekt. Aidan kom ruslende bak dem, han hang på em som en
skygge og Daithe følte et kort øyeblikk et stikk av en
ubestemmelig frykt. Det var noe der, noe hun ikke kunne sette
fingeren på, noe i blikket hans når han stirret på Lamara.
Daithe var ikke en vis kvinne, hun hadde aldri brydd seg om de
maktspillene som foregikk i korridorene, hun deltok ikke i
sladderen som grodde som ugress hver gang hoffets damer
samlet seg. Ingen vågde å si nei til å delta i disse tilsynelatende
sosiale sammenkomstene for de visste at om de uteble var det
de som ble målet for skarpe tunger og ondsinnede rykter. Det
var nok at en kom til en fest iført litt feil farger eller at en var

litt blekere enn vanlig, så løp ryktene løpsk som et spann
hester. Daithe hadde aldri brydd seg, og hun hadde dermed
aldri lært men hun var følsom og hun hadde sine instinkter.
Det var noe annerledes ved Lamara nå, noe som gjorde blikket
merkelig dypt og blankt og minen moden. Daithe undret seg på
hva det kunne være.
Men Aidan holdt seg alltid nær henne og hun forsto at gutten
muligens var interessert i Lamara, det var ikke så rart for hun
var enn søt jente og vennlig mot alle. Daithe kjente bare at noe
i henne protesterte, Aidan var kanskje en bra kar men han
hadde vært en del av en gruppe snikmordere, ufrivillig ja men
allikevel. Ingen kan unnslippe en slik tilværelse uten
problemer. Han bar antagelig mer baggasje enn noen kunne tro
og Daithe var litt nervøs på Lamaras vegne. Det bare gnog i
henne, en slags uro.
Ighal hadde fått på seg noen svært gode klær og han var også
renvasket og smilte, han så nesten yngre ut og bukket fort for
damene. Det bar ironisk men nå var de flest kvinner i følget og
Daithe bet tennene sammen. De var ikke krigere, det var
problemet. Tre av dem kunne slåss, hun og Ighal og Aidan, og
Bhikoor da selvsagt men Cherdis og Lamara var ikke vant til
den slags og hun begynte å tvile på det hele. Om ting var så
forandret burde det ha vært trygt å vende tilbake til Zhymorne
men hun hadde sverget å hevne Feargus og alt Lamara hadde
sagt…
De gikk mot hallen og det var alver overalt, Daithe ble svært
forbauset for hun hadde ikke sett så mange av dem da de
ankom, og det var ikke så mange hytter der. Antagelig bodde
de svært spredt og skjult og befolkningen kunne være stor.
Daithe følte seg som en måneformørkelse, hun var så kjedelig
sammenlignet med disse alvekvinnene, de var så vakre og det
var som om de var omgitt av et slags indre lys. Ingen så ut til å
være en dag over tjuefem og det var ikke en rynke eller et arr å
se. De fulgte strømmen inn i hallen og Fhirdhag løftet handa
og vinket dem til seg. Daithe så at det var klargjort plasser ved

hans bord og hun rødmet fort mens hun satte seg ned. Benkene var dekket med skinn og bordene dekket med vakre gjenstander som antagelig var eldgamle og nesten uvurderlige. Hun fikk ta seg sammen og vise at hun faktisk var av kongelig blod, at hun hadde fått en god oppdragelse tross alt. Høvdingen ventet til folk hadde satt seg, så snakket han til forsamlingen og Daithe forsto ikke en stavelse av det men mange smilte eller lo og noen begynte å løpe frem og tilbake med krukker med mat. Daithe kjente en lukt av mat som var himmelsk og kruset hennes ble fylt med noe som kunne være en slags vin. Cherdis sendte henne et advarende blikk, antagelig var det svært sterkt. Maten var superb, og hun så at alle la i seg med god appetitt, selv Lamara åt ivrig og Bhikoor hadde fått en plass ved døra og en hel gryte med stuing bare for seg selv. Han så ut som om han var i himmelrike. Daithe merket fort at vinen var sterk, hun følte seg lett i hodet og fnisete og snakket i hallen ble en slags bakgrunnsstøy mens hun snakket med Ighal om et eller annet og lo av alle de flaue vitsene hans. Hun merket at Fhirdhag stirret på henne av og til, det var noe vurderende i alvens klare øyne og hun følte seg lett nervøs men glemte det igjen fort.
Noen tok frem instrumenter og begynte å spille og noen alver begynte å danse, det var ville utemmede rytmer og hun sanset at dette folket var like fritt som musikken. De lot ikke noe holde seg tilbake eller fange seg. Det var noe forheksende over det, noe lokkende. De levde evig og allikevel levde de så totalt i øyeblikket og Daithe kjente et sug av lengsel i hjertet. Her kunne hun ha levd som hun ønsket, her ville hun ha vært kun Daithe, suggas datter ville vært glemt. Hun ville ikke ha vært kongelig av fødsel, ei heller en enke eller forhenværende dronning, kun Daithe. Cherdis hadde reist seg og hun snakket til høvdingen som nikket nådig og alvene som danset gled til side og lot henne få dansegolvet. Daithe ante hva de ville få se, og hun ble ikke skuffet. Cherdis kunne danse også til denne merkelige frie musikken, og tilpasset seg perfekt.

Mange stirret storøyd på henne og for Daithe var det som om dansen varte evig, som om Cherdis brått var den solen de alle drakk lys og varme fra, som om de for evig var forbundet til denne virvlende baunen av skjønnhet og lidenskap. Da Cherdis omsider stanset var hun svett og kjolen klebet seg til kroppen, hun smilte bredt, et underlig overgitt og alikevel sultent smil Hun bøyde seg for høvdingen som sa noe høyt og flere alver ropte et eller annnet høyt, det måtte være et uttrykk for takknemlighet. Cherdis satte seg igjen med strålende øyne og hun pustet fort, Daithe så at flere av hann alvene der stirret på Cherdis med noe i blikket som så avgjort ikke kunne misforstås. Daithe svelget fort, kunne Cherdis finne på å…? Så avgjort, Daithe tvilte ikke på at Cherdis ville tilbringe natten med en eller flere beundrere, og et øyeblikk følte hun et stikk av sjalusi. Men hvem ville vel tenke på henne på den måten, ingen ville se på henne med en slik ild i blikket? Feargus hadde kanskje vært lidenskapelig av seg i den korte tiden de fikk sammen som mann og kone men det hadde vært en lidenskap som var like flyktig som morild. Han hadde vært en guttunge, ikke enn mann. Det var sannheten.

Hun så at Moyesh satt ved en smekker mørkhåret alv og snakket og det var flørt på gang, uten tvil. Lamara satt med Aidan og Daithe kjente igjen det merkelige kalde grepet i brystet, som om noe grep tak i hjertet hennes. Lamara flørtet med ham uten tvil og Aidan virket totalt fengslet av henne. Daithe ville gå bort til henne, be henne ikke leke med Aidans følelser, sky ilden. Hvorfor var ikke godt å si men hun kunne bare ikke se for seg at de to var sammen.

Daithe stirret på kruset sitt, det var tomt, og det var merkelig for hun syntes å huske at en alv med langt gyldent hår og grå øyne nettopp hadde fylt det. Hun kjente seg merkelig vel og avslappet og lente seg mot bordet, kjente at hun hadde et merkelig flir om munnen og alt virket ustyrtelig morsomt. Ighal satt og snakket med to alvejenter som begge fniste og lo av alt han sa og Daithe kjente seg brått litt alene. Selv

Tåkesang var ivrig involvert i en konversasjon og Daithe
hikket og ønsket brått at hun hadde hatt Feargus der, i det
minste hadde de hatt den samme sansen for humor. Hun skvatt
da hun merket en hånd på skulderen, hun snudde hodet og så at
det var Fhirdhag. Han satte seg ned ved siden av henne, blikket
var skarpt og gjennomborende men han smilte vennlig og
Daithe kjente seg dum, fjollete, som et barn.
Alven vinket på en av de som serverte og Daithe fikk kruset
fylt igjen, ypperlig, hun elsket smaken av den merkelige
vinen.”Du er ikke som de andre i ditt følge unge kriger”
Fhirdhag’s stemme var merkelig myk og Daithe følte seg
påfallende trygg i hans nærvær.”Kanskje ikke ærede.”
Alven vendte de merkelig øynene mot henne, det glitret i det
sølvfargede i dem.”Så avgjort ikke Daithe, jeg sanser noe
annet i deg enn i dem, noe eldgammelt.”
Hun svelget fort.”Jeg …jeg gjorde noe merkelig, jeg styrte dyr
tror jeg og jeg forstår ikke…”
Fhirdhag tok handa hennes, det danset noe ubeskrivelig i
blikket men berøringen var elektrisk.”Ønsker du å forstå?”
Hun svelget hardt, han smilte smalt og det var en utfordring i
det smilet, en utfordring hun ikke ville avslå.”Ja, å ja, jeg
ønsker det.”
Fhirdhag smilte sakte, hun så et glimt av hvite tenner. Det vred
seg i henne, han satt så nær at hun kjente lukta av ham og den
var ikke som noe hun hadde følt før, merkelig dragende og
lokkende og hvordan kunne noen være så uforskammet
vakker? Det svarte håret minnet henne om Feargus, men det
var lenge og tykkere og mer silkeaktig. Fhirdhag strøk handa
langsomt oppover armen hennes.”Jeg kan vise deg, våre folk
har evnen til å bringe det skjulte frem i dagen.”
Daithe kjente at hodet hennes spant.”Er det farlig?”
Alven ristet på hodet, smilet ble beroligende.”Nei, men det vil
vise deg sannheten.”
Hun stirret på kruset sitt, merkelig, det var halvtomt igjen.”Jeg
vet ikke om jeg tør”

Fhirdhag strøk handa gjennom håret hennes og det føltes himmelsk, "Åh men jeg tror du tør, du er modig, dere har alle mot."

Hun fniste."Du kjenner oss ikke?"

Fhirdhag bikket på hodet."Gjør jeg ikke? Ighal er en dyktig soldat og offiser, ærlig og pliktoppfyllende, han fulgte deg selv om han ikke egentlig trengte det. Han er en mann av stor ære og stolthet og han har reist seg over tapet av sine menn på en beundringsverdig måte. Han er styrke Daithe, men ikke lenger ung. Hans stjerne falmer ennå mens vi snakker, for slik er de dødelige. De er som stjerneskudd, de brenner fort og hett og så er de borte."

Daithe svelget hardt."Det var harde ord."

Alven trakk på skuldrene."Sanne ord Daithe, for oss er de dødelige som falne stjerner. Så vakre men så kortlivede."

Hun så fort på ham, dette snakket var for makabert for henne."Og resten av følget?"

Fhirdhag tiltet på hodet."Moyesh er en stolt en, og magien i henne er sterk og naturlig, som den er i Tåkesang. De er dedikert til sitt oppdrag men har valgt å følge deg. Cherdis har dansens gave, en magi få lenger kjenner til. Hun kan få stor makt, om hun velger å ta den. Og den vil uansett bli hennes skjebne."

Daithe så på alven med store øyne, han leste dem alle, bare ved å se på dem."Og Aidan"

Fhirdhag så bort, det var noe fjernt i det sølv gylne blikket."En sjel av lyset som bærer mørket i sitt hjerte, han prøver å gjøre det som er riktig men jeg ser skygger i hans fremtid. Store skygger. Mye vil avgjøres av hans valg, svært mye."

Daithe kjente at Fhirdhags store varme hånd kjælte med hennes, det fikk hjertet hennes til å slå fortere, villere."Lamara?"

Alven hadde lagt andre handa rundt skulderen hennes, en merkelig fortrolig gest som virket nesten litt vel intim."Hun bærer en stor gave Daithe, en stor evne. Men hun evner ikke å se at den kan bringe fordervelse så vel som redning. Hun er mer skadd enn hun tror.”

Daithe fant det vanskelig å tenke med Fhirdhags hender mot kroppen, hun følte seg underlig forvirret.”Jeg tror Aidan er interessert i henne.”

Hun ante ikke hvorfor hun sa det, kanskje for å bare si noe. Fhirdhags ansikt var så nært og nærværet hans var lammende, overdøvende. Som om personligheten hans totalt overtok en, gjorde en myk som leire i en pottemakers hender. Han strøk handa nedover ryggen hennes og det føltes så merkelig godt, så trygt.”Jeg tror også det, Lamara har mange hemmeligheter Daithe, jeg ville ikke stolt på henne helt og fullt. Hun er lunefull.”

Daithe hikket på hodet.”Hva får deg til å si det?”

Alven stirret henne rett inn i øynene og hun følte seg svimmel.”Fordi hun ikke evner å se at synene hennes har to sider. De er visjoner av en mulig fremtid, ikke fastlåste sannheter. Hver en minste ting en gjør vil endre det som ligger i fremtiden, hvert et valg, hver en tanke.”

Daithe rynket pannen, hun følte seg svært omtåket nå.”Så hun tar feil?”

Fhirdhag ristet på hodet.”Nei, ikke om ting skjer som hun tror de vil skje, men som jeg sa, visjoner kan bare vise deg en mulighet. Og den muligheten er kanskje ikke hva du ønsker skal skje når alt kommer til alt.”

Daithe kjente seg forvirret.”Så vi bør ikke reise nordover til det slottet?”

Fhirdhag smilte skjevt og hendene hans var så varme mot huden hennes.”Om du lærer hva det er du bærer på av kraft kan det kanskje gi svaret også på det spørsmålet.”

Daithe kjente en merkelig iver, om hun visste betydde det at hun fikk en plass i verden, at hun ville bety noe.”Hvordan lærer jeg?”

Fhirdhag lente seg nærmere og brått kjente hun at han kysset henne på kinnet, et mykt og forsiktig kyss.”La meg hjelpe deg, jeg kan åpne sinnet ditt, la deg se hva du selv ennå ikke er i stand til å finne."

Daithe følte på seg at hun burde nølt, burde tvilt. Rundt henne alt var som et kaos av lyder og bevegelser og alt som virkelig var ekte var ham, der han satt så nær henne. Hun så blikket hans, det var ild i det, og det var noe av den samme typen ild som hun hadde sett brenne i blikket til de som stirret på Cherdis. Det fikk en svak varme til å forme seg i magen hennes, han kunne da vel ikke? Hun kjente hjertet hamre."Hva må jeg gjøre?"

Fhirdhag reiste seg, han tok henne i handa."Bli med meg. Det er et sted her i skogen som kan hjelpe oss med det"

Hun reiste seg nølende, brått svingte verden og han gliste kort og løftet henne opp."Du har drukket for mye, den vinen er farlig sterk for dere av dødelig blod."

Hun fniste og det var underlig behagelig å bli båret. Han bar henne ut en dør bak i bygget og hun lente hodet mot skulderen hans og smilte. Lukta av ham var så forheksende og maskulin og hun kjente varmen fra ham gjennom den tynne kjolen og den vakkert broderte tunikaen han bar. Han bar henne langs en sti og de var stille til Daithe så at de ankom noe som måtte være et slags hellig sted. Noen store steinstøtter strakte seg mot himmelen og noe som lignet et slags alter sto i midten. Det var en merkelig atmosfære der, som om noe ventet. Fhirdhag stanset foran alteret og slapp henne ned, hun greide nesten ikke stå på beina og alt svingte noe helt vanvittig. Det var som om steinene hvisket til henne, ord hun ikke kunne gripe fatt i eller forstå. Hun kremtet, stemmen hennes var merkelig tynn."Hva nå?"

Fhirdhag holdt henne nært, de skimrende øynene var myke men hun kunne ikke annet enn å føle at de var beregnende, at det var noe han ville, noe han ikke lot henne se. Fhirdhag strøk hendene gjennom håret hennes, det føltes så godt at hun måtte lukke øynene."Dette stedet lar en se gjennom sløret som skiller magiens verden og den verdslige. Her kan du se hva det er du

eier av krefter."
Daithe trakk pusten dypt, hendene hans gled over henne på en
måte som var nesten litt for nærgående. Og alikevel vekte de
hunger i henne, en hunger som hun så vidt hadde smakt på da
Cherdis danset for Dew. Fhirdhag var så vakker, umenneskelig
og lokkende og hun husket brått hva Cherdis hadde sagt. En
burde være vel vant med det for å ta seg en alv som elsker om
en ikke ville slite etterpå. Hun ante ikke hva hun burde si eller
gjøre, hun følte seg så inderlig brydd."Jeg ser ikke noe?"
Fhirdhag lente seg forover, kysset henne på pannen og hun
stivnet og holdt pusten."Du må se det gjennom meg, jeg vil
vise deg sannheten."
Hun dirret nå, handa hans la seg over baken hennes, huden
føltes brått så følsom og varmen sank enda dypere i henne, hun
følte det som da Cherdis lå med Ighal i hulen."Jeg…hvordan?"
Fhirdhag hadde løsnet beltet på kjolen hennes, han kysset
henne under øret, hun følte varmen fra pusten hans og den var
intens, som fra en esse."Mitt folk kan forbinde våre sinn med
andres, når vi er ett med dem."
Daithe trakk pusten skarpt."Ett med? Mener du at vi…?"
Han nikket, hun kjente at han nippet henne i øreflippen og hun
måtte lukke øynene igjen, brått brant hun og hun ante ikke
hvordan hun skulle kontrollere det."Ja, akkurat det! Jeg kan
lukte at du vil, jeg hører blodet ditt synge unge kriger og mitt
svarer."
Hun hikstet og vred seg, fanget mellom iver og frykt, mellom
tvil og håp."Men…vil du det? Jeg er bare…"
Han ristet på hodet."Du er ikke bare Daithe, si aldri det. Du er
som en ulvetispe, slu og sterk og vill og modig. Du er alt vi
ønsker å være."
Han kysset henne på munnen og hun klynket, det hadde aldri
føltes slik når Feargus kysset henne, aldri. Som en ild som
spredte seg i hver en tomme av kroppen."Jeg…"
Fhirdhag presset henne mot seg og hun kjente at han ville det,
det var ingen tvil. Hun stirret storøyd på ham, Cherdis hadde

neimen ikke løyet, halvparten av henne var brått skremt mens den andre nyoppvåknede delen hungret som aldri før."Si at du vil vesle kriger, si at jeg er velkommen."

Hun kjente en hånd som la seg om ene brystet hennes, fingre som kjælte med en allerede hard brystvorte og det føltes som om knærne hennes ble gele. Cherdis hadde sagt at det var synd at hun aldri hadde opplevd gudinnens nåde og velsignelse med Feargus, ingen tvil om at Fhirdhag ville vise henne veien og det med glede. Hun tynte den vesle stemmen som hvisket om tvil til den tidde, møtte ham i et nytt kyss og han lagde en merkelig lyd og nå kysset han henne dypt, hun følte en glatt tunge som gled mot hennes egen og knærne hennes gav etter. Han smakte av vin og luktet av skog og villmark og han lot henne gli ned på bakken, fulgte etter.

Daithe visste ikke av det før de begge var nakne, og hun hadde aldri sett en slik kropp som hans. Han var perfekt, andre ord kunne ikke beskrive det, og han visste også hva han skulle gjøre med perfekt teknikk. Hender og munn kjærtegnet henne til hun vred seg, til alt hun følte var den intense lengselen Feargus aldri hadde greid å tenne i henne. Hun så tatoveringene hans, de virket for å gløde svakt som om det var lys under huden og mønstrene var abstrakte og merkelig vakre og det var nesten som om de beveget seg, forandret seg hele tiden. Mønstre gled over i nye mønstre som dansende tåke over et tjern og det var noe forheksende ved det, hun kunne ikke trekke blikket bort. Det var fremdeles en liten strime av tvil i henne, han var så mye mer enn Feargus på alle måter og det var lenge siden…Men frykten ble borte, han var svært varsom og Daithe skrek ut i det han tok henne, et skrik i overgivelse. Hun hadde aldri kunnet forestille seg at det føltes slik, at det kunne være så overveldende. Han fylte henne men på flere måter enn den rent fysiske, hun var komplett, hel, sterk. Fhirdhag beveget seg sakte og i en jevn rytme som fikk henne til å klamre seg til ham, trygle ham om å la henne komme. Det var tydelig at han aktet å ta dette sakte, å gjøre det til en reise mer enn et kort fall mot en brå avslutning. Daithe var flammer i dette øyeblikket, var en sult like gammel som livet selv. Det var ingen tvil lenger, ingen frykt. Fhirdhag stønnet og hun kjente at det silkeaktige håret hans gled mot huden hennes, som et kjærtegn i seg selv. "Du har aldri blitt ført helt frem har du vel min vakre? Ingen har vekket livsflammen i deg"

Hun kunne bare riste på hodet og jamre seg, bølge på bølge gled gjennom henne og de steg høyere og høyere. Hun greide snaut puste, kunne ikke tenke. Fhirdhag kysset henne hardt, sultent. "Se på meg Daithe, møt blikket mitt, la meg slippe det fri."

Hun tvang seg til å gjøre som han sa, hun hev etter pusten, presset seg mot ham. "Nå Daithe, kom, kom for meg!"

Han endret vinkelen på hoftene bare litt, økte rytmen og hun skrek til i det bølgene brått nådde stranden og kom rasende ned og hun skrek navnet hans igjen og igjen mens han støtte til i en rask tung rytme. Hun hørte stemmen hans men den var i hodet hennes, ikke en vanlig stemme. "Nå Daithe, åpne sinnet ditt for meg"

Hun ante ikke hvordan hun gjorde det men hun følte en merkelig enhet, og han brølte i det han fulgte henne og kom voldsomt. I det øyeblikket var det som de var blitt en sjel og kropp, ikke lenger to separate skapninger. Hun følte det inne i seg, hvordan han tømte seg totalt i henne og hun hadde aldri kjent det når Feargus tok henne. Det var merkelig tilfredsstillende og han gispet etter luft og la pannen mot hennes. Smilte svakt og hvisket ord hun ikke forsto, ord som virket merkelig arkaiske. Det var magi i dem, men hun ante ikke hva slags. "Se Daithe, åpne dine indre øyne og se"

Hun følte at et merkelig rykk gikk gjennom henne, som når en nesten har sovnet og brått rykker til. Brått så hun ting hun aldri hadde opplevd. Ting som fikk henne til å skrike stumt, ting som var for overveldende for henne, som lammet selve sjelen. Og han så dem også, hun så ikke det smale fornøyde smilet, glimtet i blikket hans. "Vær ikke redd Daithe, jeg lar ikke noe hende deg, du er trygg."

Hun stønnet igjen og øynene hennes rullet bakover, overveldet av syner for mektige for den personen hun hadde vært. Hun svimte av og Fhirdhag kysset henne varsomt på pannen, fremdeles med et smalt smil om munnen."Og du er min nå Ashitani, for evig min!"

Daithe våknet sakte, hun hadde vondt i hodet og husket ikke noe. Så følte hun varme mot huden og kjente en arm som lå rundt henne, merkelig beskyttende. Å guder, hun hadde… Hun gispet og åpnet øynene, det begynte å lysne mellom trærne, hun hørte fuglesang og hun ristet på hodet. Hun husket merkelige bilder i hodet men ikke hva de betydde, hun husket at hun hadde latt Fhirdhag ta seg og hun husket ekstasen han hadde skapt i henne, følelsen av å være i ett med selve verdensveven. Hun kjente seg underlig, som om hun ikke helt greide å gripe tak i virkeligheten. Fhirdhag kysset henne på skulderen, det føltes nesten som glødende metall mot huden, vekket den slumrende gloen i henne igjen. Hva i alle guders navn var det den mannen gjorde med henne? "Sovet godt?" Hun strakte seg, kroppen føltes merkelig lett."J..jeg tror det, hva skjedde?"

Han snudde henne mot seg, hender gled over huden hennes, distraherte henne."Du så hva sinnet ditt skjuler, men du var ikke klar for det, ikke sterk nok. Men jeg vil hjelpe deg med å forstå."

Hun svelget, strupen var tørr og hun var svimmel men det han gjorde med henne føltes så godt, så uendelig lokkende. Daithe gispet og han skjøv seg over henne, tunge og lepper kjærtegnet halsen hennes, skuldrene. Hun verket enda en gang, og bare han kunne stilne den lengselen og han gjorde det. Hun slå beina sammen rundt ham, brød seg ikke om at hun før ville ha følt at kun dårlige kvinner viste slik en iver. Det var himmelsk, hinsides himmelsk, hun var fanget av noe som lignet nesten galskap og hun ønsket ikke fri seg fra det. Hun hadde aldri virkelig trodd at det kunne være så deilig og hun skammet seg ikke over å skrike navnet hans igjen. Fhirdhag stønnet og løftet henne, snudde henne rundt og hun forsto hva han ville og kom seg i posisjon villig nok. Feargus hadde så vidt prøvd å ta henne liggende på magen men han hadde ikke greid å holde igjen mer enn noen sekunder. Fhirdhag hadde ingen problemer med å holde ut svært lenge.

Sola var kommet høyt over tretoppene før de omsider var tilfreds, Daithe følte seg seig over det hele og hun var lemster og øm med merker over alt. Det var ingen tvil om hva hun hadde drevet med og hun fniste mens Fhirdhag presset ansiktet mot halsen hennes og sukket fornøyd.”Nå min vakre, er du skuffet?”

Hun fniste.”Slettes ikke, det var…jeg kan ikke forklare det”

Fhirdhag smilte skjevt og strøk henne over håret.”Godt valgte ord.”

Han hjalp henne opp og de fant klærne sine igjen, de var fulle av grønske og barnåler og Daithe fniste kort. Fhirdhag ristet enda mer nåler fra håret deres og hjalp henne på med kjolen.

De gikk ned mot badekulpen og Daithe la merke til hvor stille det var der. Bare fra flyktningleiren hørte de lyder, rop, bikkjer som gjødde, noen som sang et eller annet sørgmodig. Daithe snudde hodet mot lyden.”Jeg undres på hvordan folk egentlig har det der ute nå, om det virkelig er så ille?”

Fhirdhag sukket lavt og kysset henne ømt på hodet.”Min vakre, du vil ikke vite hvor ille det egentlig er.”

Daithe bare sukket, hun følte en trang til å høre det fra flyktningene selv, men først ville hun ha seg et bad og roe seg litt. Det var ennå litt uvirkelig for henne at hun virkelig hadde gjort det, at hun hadde latt Fhirdhag ta henne. Hva kom resten av gjengen til å si om henne? Eller forresten, hun skulle ikke bry seg om det. Hun var en voksen person, hun bestemte selv over sitt liv. Det var ingen ved kulpen og Fhirdhag hjalp henne med vasken, hun følte seg mye bedre da hun var ferdig, hodet var ikke så tungt og hun følte seg heller deilig avslappet og søvnig. Fhirdhag trakk henne inntil seg og kysset henne hardt og lenge.”Jeg må gå, jeg har plikter men jeg vil møte deg igjen senere i dag.”

Hun nikket bare og følte seg brått alene, i samme øyeblikk som han slapp henne. Det var merkelig men hun følte seg så vel når han var nær, så merkelig trygg. Hun gikk til hytta og Cherdis satt utenfor i sola og smilte skjevt til henne. Moyesh lå på et teppe sammen med Tåkesang og virket for å diskutere et eller annet. Cherdis bikket på hodet og det var noe litt nervøst i blikket hennes.”Ikke fortell meg at du ble med ham?!”

Daithe satte seg ned, hun følte seg brått veldig bevisst på sugemerkene på halsen og den milde verkingen mellom beina.”Hvordan det?”

Cherdis bare blåste i nesa.”Jeg så brått at du var borte og trodde du hadde gått til hytta. Jeg ser det på deg jente, nå, var han god?”

Daithe rødmet ned i tærne.”Jeg vet i det minste hva velsignelsen og nåden er om ikke annet.”

Cherdis gliste bredt.”Utifra måten du gløder på vil jeg tro at du er velsignet mange ganger også. Vel, jeg fikk også gleden av å tvinne lårene rundt en av de fagre men jeg sov da i det minste i hytta etterpå. Vi begynte å bli nervøse for deg jente.”

Daithe bare fniste lavt og Moyesh så på henne med noe som lignet respekt men også uro.”Bare pass deg så du ikke faller for ham. Det går sjelden bra, vi er dødelige, de er evige.”

Daithe skar en grimase, det var da voldsomt hvor negative de var. Hun bare rettet på skjørtet.”Ingen fare, vi hadde det moro, og jeg akter å nyte godt av det så lenge vi er her.”

Cherdis så bare skjevt på henne, det var en stum advarsel i det blikket.”Du har hatt en natt med en av de evige, enda du slettes ikke var forberedt på det. Jeg tror aldri du vil komme over det, tro meg. Fra nå av er du merket.”

Cherdis sa ikke mer og Daithe bare gryntet og reiste seg.”Uansett, jeg er sulten. Er det noe mat her?”

Moyesh nikket.”Inne, brød og ost. Den er god.”

Daithe gikk inn og spiste en solid porsjon før hun slengte seg
ned på senga. Hun var virkelig sliten og la seg til å sove.
Merkelig nok drømte hun ikke engang og hun ble vekket sent
på dagen av at noen rusket i teppet hun hadde lagt over seg.
Det var Moyesh og hun gliste litt skyldbetynget.”Beklager at
jeg vekket deg, men det er noen her som vil snakke med deg.”
Daithe strakte seg og kom seg opp, utenfor sto det en stor
rødbrun hest og Fhirdag holdt den i tøylene. Han var kledd i en
lærrustning og skinn og det var våpen spent til beltet og brystet
hans.”Jeg beklager min vakre, men jeg og noen til må ut og
fjerne skadedyr. Det er gnomer løs nord for dalen og de er på
vei hitover. Jeg kommer tilbake om et par dager.”
Daithe kjente seg brått rastløs, nesten redd. Hun trippet
nesten.”Jeg…lov meg at du er varsom?”
Fhirdhag nikket fort og kysset henne ømt.”Selvsagt vakre, tenk
på meg.”
Han steg til hest og hun så nå at flere hester med ryttere ventet
i skogen ovenfor leiren. Han sporet den store hesten sin etter
dem og så seg ikke tilbake. En alvekvinne kom bærende med
noen kurver med tøy og plasserte dem på trammen foran hytta,
hun så skjevt på Daithe.”Fhirdhag er ikke enkel menneske, tro
ikke at du vil kunne eie ham.”
Daithe rynket pannen.”Selvsagt ikke? Jeg er bare en gjest.”
Kvinnen smilte smalt.”Virkelig? Han forente seg med deg i
sirkelen, om han vil ha noe tar han det menneske, og har han
noe lar han det aldri slippe fra seg. Husk mine ord”
Daithe kjente noe kaldt gli nedover ryggen, hva hadde hun
rotet seg inn i? Cherdis la en hånd på armen hennes.”Jeg tror vi
skal ta oss en liten spasertur, du trenger det.”
Cherdis trakk et sjal rundt skuldrene og Daithe gjorde det
samme, de gikk sakte gjennom landsbyen og Cherdis satte
kursen mot flyktningleiren.”Stol på hva ditt eget hjerte sier
Daithe, la deg aldri dupere. Det er noe jeg tidlig lærte. Jeg er
redd du fort kan gjøre dumme ting for du lar deg styre av andre
i alt for stor grad.”

Daithe skar en grimase."Jeg har aldri vært kjent for det? Jeg har gått mine egne veier."

Cherdis så skarpt på henne."Virkelig? Du har alltid gått i motsatt retning av det andre ønsket av deg, det er også å bli styrt."

Hun så forvirret på Cherdis."Hva mener du?"

Cherdis bikket på hodet."Vær uforutsigbar, vær mystisk uten å være uleselig."

Daithe grep Cherdis i armen."Hvorfor sier du det til meg? Hva betyr dette?"

Cherdis gren på det."Jeg tror ikke på Lamara Daithe, jeg tror hun har hatt visjoner ja men jeg tror ikke at vi skal lytte alt for nøye til dem. Hun stoler på dem og hun tror men jeg har en mistanke om at det er flere sider av dette enn vi er klar over."

Daithe svelget sakte. Fhirdhag hadde sagt noe lignende. Hun begynte å gå igjen og Cherdis fulgte henne. Flyktningleiren lå foran dem. Det var mye folk der og det luktet svette bål og mat samt en lukt Daithe visste var lukten av generell fattigdom. De færreste la merke til dem, de to var kledd som alver riktignok men sjalene var vanlige og ikke noe ved dem røpet rikdom eller makt. Daitle så at mange var skinnmagre, og noen virket syke også. Noen alver drev å delte ut mat og medisiner men det var stort sett kvinnene som samlet seg om dem. Mennene holdt seg for seg selv. Daithe måtte trekke på smilebåndet. Om disse mennene trodde at alvene ikke var mye til mannfolk tok de feil, hun tvilte på at noen av dem noen gang kunne måle seg med Fhirdhag og det han hadde blitt velsignet med. Ved en av vognene satt en gjeng som måtte være omreisende gjøglere, de bar fargerike klær og et par menn sydde på en seilduk mens en kvinne kledd i filler pusset på en glasskule. Daithe rynket pannen, det var noe merkelig kjent ved dem?

Hun snudde seg, lot som om hun beundret den fargeglade dekoren på vogna. Jo, hun hadde sett dem før. En av karene kom frem i lyset, han bar på en rull til med duk og det var som et lynnedslag i henne. Disse folkene hadde vært på slottet da

Feargus døde, hun husket det tydelig. De hadde vært ansatt for
å underholde ved hoffet og de reiste den dagen han ble ble syk.
Daithe kjente at noe i henne sank, at hun ble iskald. Cherdis
grep henne i armen.”Hva er det Daithe, er du syk?”
Daithe tok seg sammen med et kraftgrep.”Jeg…jeg er bare litt
uvel, mye vin.”
Cherdis nikket strikt.”Den alviske vinen er for sterk for oss, du
drakk alt for mye.”
Daithe gispet etter luft og Cherdis trakk henne med
seg.”Daithe?du er blek som et laken.”
Daithe småløp tilbake til hytta, hev seg ned, hun stirret blindt
foran seg. Cherdis så mer eller mindre forstyrret ut.”Hva er
det, ved gudene jente, du skremmer meg!”
Daithe svelget hardt.”De gjøglerne, de var hjemme der jeg
kommer fra da min mann døde, de reiste den morgenen han ble
syk. Jeg tror ikke det er tilfeldig.”
Cherdis så smalt på henne.”Du tror da vel ikke at?”
Daithe snerret nesten.”De folkene drepte min mann, og jeg
akter å bevise det!”

Harod

De hadde forlatt landsbyen i grålysningen, Harod kjente det
som om hjertet ble slitt ut av brystet på ham men samtidig følte
han en nesten desperat iver etter å komme seg vekk, komme
seg i trygghet. Det var som om noe jaget ham, noe navnløst og
urgammelt som føltes som enn sur smak i munnen, som ulver
glefsende etter hælene hans. Myrtle gråt, hun klaget og jamret
seg over alt de forlot men Harod gjorde hjertet hardt. Mara var
nesten verre, hun var hysterisk og Egel tok henne ganske
enkelt og slengte henne over ryggen på hesten og satte seg opp
bak henne, ignorerte hylene og sparkingen og sprellingen.
Dhabin tok det med ro, gutten var forbausende moden når det
gjaldt den brå avreisen men Harod visste at det var godt to i
ham. De hadde ridd i retning fjellene i to dager og Harod så
bare vannsyke marker og skog som virket for å dø sakte. Det lå
en slags lukt over alt, en sur emmen stank av noe han ikke
kunne identifisere og Myrtle gråt igjen over at klærne deres
stinket. Hun var da en husfrue, ikke noen tjenestejente og
Dhiba støttet henne i det.
Harod valgte å overhøre sutringen fra de to kvinnene og han
følte ansvaret som en tyngende stein om halsen. Det var hans
jobb nå å holde dem trygge. Egel var en gårdbruker, han visste
lite om verden utenfor sin lille sfære og hadde aldri hatt
interesse av boklig lærdom. Dhabin var den som var mest ivrig
på det av barna og Harod ble mer og mer stolt av gutten. Han
tok alt med et smil og optimisme og for ham var det vel
kanskje et eventyr mer enn noe annet. Været var heldigvis ikke
alt for ille, det var grått men det verken regnet eller snødde og
Harod var glad han hadde fått tak i gode hester og ponnier.
Han hadde sluppet løs sauene, noen mente han var gal men det

brydde han seg ikke om. Han prøvde å advare de andre i
landsbyen men de nektet å forlate tryggheten den gav dem. Det
vante og familiære, det kjente.
De hadde møtt en gruppe med andre reisende på tredje dagen.
Det var en fire fem familier med av et folkeslag som ofte reiste
rundt som handelsfolk, de kom opprinnelig fra Sør øst og det
var synlig også, de var mørkhåret og hadde gyllen hud og
kvinnene var små og smekre med vakre trekk. Med flere i
følget følte Harod seg tryggere. Denne lille klanen ville også
nordover og innover i landet, Harod ble forskrekket men også
ganske så stolt over å høre at deres leder hadde tenkt som ham.
Mannen hadde sett tegnene og der i sør var det ikke uvanlig
med oversvømmelser og ras og han hadde ikke noe som bant
ham til et bestemt sted så valget var enkelt. De var på flyttefot
hele tiden, å reise nordover var slettes ikke noe uvanlig for
dem.
Harod likte dem, mange så på disse omreisende med mistanke
og forakt men han beundret den frie innstillingen deres og
stoltheten de utstrålte på tross av at de hadde lite. Myrtle
smeltet litt opp siden det var flere barn i følget og de var
bedårende og veloppdragne. Dhiba fikk mye oppmerksomhet
fra de unge kvinnene på grunn av det vakre lange blonde håret
og Egel utvekslet kunnskap om avl av dyr. Dette folket var
viden kjent for å avle gode hester og dyrene de hadde med seg
var utrolige. Harod ville ikke ha hatt råd til en slik noen gang,
de gikk for vanvittige summer på markedene. De tok sikte på å
finne en dalgang som ofte fungerte som reiserute for de som
ville til Altarab. Det var kanskje en slags omvei siden det ville
vært enklere å følge elva oppover men Harod visste at
terrenget var flatt, og det var den samme leira helt opp til Or-
Altarab. Han følte på seg at det lønte seg å holde seg vekk fra
lavlandet.
De reisende hadde vogner så det gikk litt saktere men de var
vant til å reise slik og Harod beundret hvor innarbeidet
rutinene deres var. De var koselige og etter som dagene gikk

ble de tettere og tettere knyttet til denne gruppen. De var på vei
inn mellom fjellene da Harod til sin forundring og fryd
oppdaget at Dhabin hadde begynt å henge veldig mye sammen
med en av de jevnaldrende jentene. Det var en søt ung frøken
med vakkert langt svart hår og myke dådyr øyne og Harod
hadde ikke noe i mot tanken på å ha en omreisende som
svigerdatter. De var dugelige folk, men foreløpig var de jo bare
barn og det var ennå minst fire år før noe giftermål kunne bli
diskutert. De reisende var svært nøye på det, ingen jenter ble
gift før de var fysisk voksne og helt klare for det og Harod
visste at de på dette viset var mer fornuftige enn selv de
adelige i landet. Han husket alt for godt hvordan to av kongens
døtre hadde blitt giftet bort før de engang var begynt å vokse
til, den ene hadde dødd i barselseng bare elleve år gammel og
den andre hadde visstnok dødd av en slags infeksjon men hele
hoffet hadde visst at hun hadde dødd av indre blødninger etter
at hennes ektemann hadde krevd sin rett selv om hun ikke var
mer enn et barn. Harod hadde vært forferdet men det var slik
det var i de øvre lagene, barn var kun brikker, noe en brukte
for å knytte forbindelser og sikre makten. De hadde ingen
egenverdi.
Myrtle hadde sluttet å klage, hun hadde fått nye venninner i de
voksne kvinnene og lærte mye og Harod var glad han hadde
gjort dette valget. Det bant familien tettere sammen og selv
Mara hadde blitt sitt gamle glade jeg. Hun flørtet uhemmet
med guttene og fniste med de andre jentene og det var bra for
henne for de reisendes jenter var mye mer modne enn henne
selv og de plukket av henne en del uvaner ganske fort. Harod
fikk stor respekt, han var en eldre mann og alder ble sett opp
til. De eldste der hadde mye å si og han ble fort godtatt i
sirkelen av beslutningstagere.
Det var kaldere i fjellene og snø lå ofte i liene men det var ikke
så fryktelig kaldt egentlig og de hadde gode klær. Noen av
mennene jaktet og stemningen var god helt til de en dag møtte
på en annen gruppe. Det var fem seks menn som red

halvdårlige hester, de var elendig utstyrt og noe ved dem
fortalte Harod at de antagelig var desertører fra en eller annen
hær. De red som soldater og adlød han som måtte være lederen
deres uten spørsmål. Harod ante at det var en forhenværende
adelsmann, ikke av de med mest makt og innflytelse men dog
mer enn en vanlig person. Han var høflig nok og presenterte
seg som Soran av Arzam, Harod forsto at han nok var en
hederlig person men det kunne ikke sies om alle i følget. Et par
av de andre karene stirret på kvinnene der på en heller ufin
måte og Harod så at Soran ble anspent av det.
De reisende inviterte dem til å dele et måltid og det var for å
være høflige. Harod merket at de hadde skjønt at disse karene
ikke nødvendigvis var til å stole på så jentene ble gjemt bort og
kun mennene deltok i måltidet. Harod var ivrig på hva Soran
kunne fortelle om situasjonen andre steder og han kunne
meddele at det var svært ille mange steder. Han hadde tjent en
lord av Darasher ætten og han ble myrdet av sine egne
visstnok, Soran hadde tjent som soldat enda hans far var en jarl
men da alt bare gikk i oppløsning rundt dem fant de ut at det
var bedre å flykte enn å bli og ende opp med å bli slaktet som
dyr. Et par av de andre karene var også forhenværende
offiserer og de var bra karer men Soran lot det skinne igjen at
to av de siste tre var mindre gode. De hadde vært leiesoldater
og eide ikke ære.
Harod var nervøs da han gikk til ro den kvelden, de seks
karene hadde lagd seg en liten leir utenfor de reisendes og det
var satt opp vakter. Soran hadde liksom hintet om at det kunne
være lurt og mannfolkene hadde satt opp en vaktliste. Myrtle
mumlet noe om at de karene skremte henne og Harod forsto
det godt. Dette var soldater, menn vant med vold og død og det
satte spor i sjelen, gjorde den til noe fremmed og kaldt andre
hadde vansker med å forholde seg til. Myrtle var en fornuftig
kvinne med mye intuisjon og når hun hvisket at de karene nok
var truende til det meste hadde hun rett.
Neste morgen våknet de til et lurveleven, en av jentene til de

reisende var savnet og det ble lett overalt. En av karene som de
hadde møtt på manglet også og det var ikke vanskelig å legge
to og to sammen. Soran var fortvilet og ingen der klandret
ham, han hadde prøvd å beskytte dem og advare dem.
Jenta ble funnet på ettermiddagen, gjemt under et vindfall og
bare en liten flik av det røde skjørtet hennes røpet hvor hun
var. Liket var grundig mishandlet og hun hadde vært voldtatt
på omtrent alle måter en mann kan ta en kvinne. Harod var
forferdet, han sørget for at Myrtle og Mara holdt seg i vogna
de hadde begynt å dele med ene familien og hjalp til med det
nødvendige arbeidet. Jentas slekt var sønderknuste og flere av
mennene red ut for å lete etter den skyldige. Soran mente at de
skulle ha flaks for å finne ham men dette var reisende, de var
like flinke til å tyde spor som en alv og de red gode hester. På
kvelden fanget de mannen i det han prøvde å krysse en elv og
han ble grundig blåslått før han ble halt tilbake til leiren. Soran
var rasende og fortvilet og ba ydmykt om å få straffe ham slik
hæren straffet illegjerningsmenn. De reisende gjorde som regel
bare kort prosess men de godtok forespørselen, de trengte å se
at dette uvesenet fikk sin straff.
Soran pisket mannen til han var nesten bevisstløs før han skar
av mannen kjønnsorganene. Deretter gjorde han ende på ham
med et sverdhugg gjennom brystbeinet. De reisende var
forferdet over volden men Harod visste at dette var forholdsvis
mildt. Mange steder ville de brent en som var skyldig i noe
slikt sakte. De reisende brant liket av jenta men mannen som
drepte henne ble kastet ned i en kløft. Han var ikke annet enn
bedervet kjøtt best egnet for ravn og kråke.
De fem som var tilbake av mennene red med dem i to dager til,
Soran var svært tynget av skyldfølelse og prøvde å hjelpe. Den
tredje dagen red fire videre og Soran ble, han lovte å bli med
de reisende og beskytte dem og Harod var litt overrasket men
det var gledelig. Han skjønte at de kunne trenge noen som var
våpenkyndig om de kom ut for farer og nå som de var inne i
fjellene var det ikke bare mennesker som kunne slå til mot et

reisefølge. Det var både gnomer og andre skapninger av
mørket der og mennene hadde begynt å bevæpne seg.
Stemningen ble bedre igjen etter noen dager, sorgen lå under
overflaten men dette var et folkeslag som var vel vant med å
reise seg igjen etter problemer og vansker. De godtok tap som
en del av livet og gikk videre uten å la seg knekke, men det
hadde blitt en endring nå.
Harod merket det, flere var blitt mer nervøse og kvinnene satt
sjelden alene som de hadde gjort før, nå hadde de en bevæpnet
mann nær seg til enhver tid. Landskapet var vilt og vakkert
med mye vilt og Dhabin var svært interesert i å vite mest mulig
om landet. Harod fortalte ham om Dragetind som nå ble
sørvest for dem og om de få byene han kjente til som lå
mellom fjellene. Noen av de reisende viste gutten hvordan en
sporer og Egel oppmuntret ham. Mara hadde oppdaget at de
reisende kunne veve utrolig vakre stoffer på flyttbare vever og
nå var hun ivrig opptatt med å lære kunsten, Harod kunne ikke
huske at familien hadde vært så harmonisk på lenge. Dhiba var
den som var minst optimistisk men hun hadde tross alt mistet
et barn og de reisendes kvinner forsto og støttet henne og trakk
tankene hennes bort fra det dystre. Harod begynte å vurdere å
slå seg sammen med de reisende, han følte seg nesten
forrynget av deres livsstil, av det frie ved det. Han var da
hendig ennå og svært god på å lage små trefigurer og desslike
og Myrtle var svært god på å spinne.
De hadde vært ute i fjellene i flere uker da de kom til en lang
smal sjø med store enger i enden, det ble besluttet at de skulle
ta en større stans der for hestene trengte å beite og de hadde
flyttet seg mye på en kort tid. De fortjente en real hvil og
Myrtle var svært glad for det. Hun kjente nok at kulda slet i
kroppen og Harod merket også at han slettes ikke var ung. Det
ble gjort i stand til en permanent leir av det slaget som de
brukte når de skulle bli mer enn noen dager på et sted, store
telt ble pakket ut og satt opp og i løpet av få timer lignet det
nesten en liten landsby. Harod var oppriktig imponert over

hvor elegant alt ble ordnet. Det ble til og med satt opp vann til
kok så alle kunne få seg et godt bad og den kvelden ble det
festet.
Jegerne hadde brakt med seg en hel hjort og kvinnene
forvandlet den fort til ypperlige retter og Myrtle spurte og grov
om oppskriftene. Mara flørtet med guttene igjen og Dhabin ble
tatt på fersken mens han kysset den jenta han ofte hang
sammen med på kinnet, gutten ble rød som en peon men Harod
bare lo av det. Han var lettet, nesten lykkelig. Havet kunne
komme, i fjellene var de trygge, i det minste for slike farer.
Noen hadde trukket frem instrumenter og flere danset og sang.
Det var en god stemning, ilden strakte seg mot himmelen fra
bålene og Harod kjente seg yngre, sterkere. Han danset faktisk
litt med Myrtle og hun rødmet og spilte fortørnet men likte
egentlig å bli svingt rundt igjen som en ungjente.
Dagen etter ble Harod sittende med Soran og lederen for de
reisende, de studerte kart og besluttet at de nå kunne svinge
østover igjen for å unngå de villeste områdene av fjellkjeden.
De ville være langt nok vekk fra elveslettene og lengre inn var
det kaldere siden dalene lå høyere. De satt der og diskuterte
mulige ruter da et par av jegerne vendte tilbake, det var to unge
menn som var fettere og de lignet hverandre nok til å kunne
være brødre. De stanset hestene og Harod så at de virket
urolige. Lederen var en kar i femtiårene som bare ble kalt
Undhag, hans egentlige navn var det bare de nærmeste som
kjente for slik var skikkene deres. Han reiste seg og de to
bukket kort."Undhag, vi har akkurat sett noe merkelig."
Harod reiste seg også, han ble nysgjerrig men ikke urolig."Hva
da?"
De to steg av hestene, dyrene var svette og pustet tungt, de
hadde vært ridd hardt."Vi var innom en sidedal og vi så en
hule, det hadde gått et ras der så den har nok ikke vært synlig
før men det lå en flokk med døde fjellgeiter utenfor den og det
stinket noe helt vanvittig."
Harod rynket pannen, han så forbauset på dem."Ras? Ja det

skjer jo ofte her men døde geiter? Kunne de ha blitt drept av fallende steiner?"
Guttene ristet på hodet."Nei, de var slitt i småbiter av noe."
Undhag bikket på hodet."Sikkert bjørn, det er mye bjørn i fjellene."
Harod så litt smalt på karen."Nå? Bjørnene er i hi på denne tida."
Lederen bare trakk på skuldrene."Kan være en gammel hannbjørn som er for mager til å gå i dvale? De vil angripe alt som engang ligner mat og er tanngarden dårlig sliter de i stykker byttet."
Harod smilte litt usikkert."Det er vel mulig men jeg tror ikke det, men det er vel neppe noe farlig."
Undhag nikket og gjorde en gest mot karene."Vi sørger for å sette opp ekstra vakter. Er det rovdyr der ute vil hestene advare oss også."
Harod følte en slags vag uro den kvelden men han skjulte den godt, han ville ikke at Myrtle skulle merke det, hun skravlet høylydt om et utrolig vakkert vevd belte en av de andre kvinnene hadde og lovte å kopiere for henne og deretter maste hun om at Mara var for nærgående med noen av de unge mennene. Harod følte en trang til å plugge ørene etter bare litt. Dagen etter var det strålende sol og barna løp rundt ute og lekte mens kvinnene reparerte klær og seletøy og karene skar til noe ekstra utstyr til vognene og naglet kjerrehjulene om igjen. En av karene var en dugelig smed og han hadde en flyttbar smie og de hadde fyrt den opp dagen før for å få den varm nok. Harod brukte tida til beundre arbeidet mannen gjorde, han var dugelig til det og hadde en helt egen evne til å forme metall. Det var svært verdifullt og Harod visste at smeder stort sett ble regnet blant de øverste i samfunnet. Alle var avhengige av at de fikk gjøre arbeidet sitt og uten smedene var det mye som det ble umulig å få gjort for de andre.
Kvelden kom med forunderlig varm luft for årstiden og Harod undret seg litt, de andre mente det var mild vind sørfra som

gjorde det. Normalt kom det aldri slik luft nordover på denne tiden av året og han syntes at det var merkelig, men alt hadde jo vært stilt på spissen i det siste så hvorfor ikke. Harod og Myrtle hadde valgt å bo i kjerra, det var ikke mange telt og i vogna var det ganske behagelig å ligge med tykke skinn under. Harod prøvde å bestemme seg for hvilket valg han skulle ta senere, om han skulle se seg om etter et nytt bosted når de kom til Altarab eller om han skulle følge de reisende. Han var fristet, det måtte han vedgå. Og både Dhabin og Mara var svært interessert i å leve med dem, det var noe ved livsstilen som tiltrakk seg de unge og eventyrlystne. Men Myrtle var ikke ung lenger, for henne var reisingen ganske så utmattende og hun hadde ikke godt av det. Hun så eldre ut enn før og hun klaget ikke så mye som før, det var et tydelig tegn på at noe virkelig var galt. Han kom til at de fikk finne seg et trivelig lite sted og leve de siste årene sine der, og så fikk ungdommene styre seg selv. Egel ville nok bli bonde igjen og Harod håpet at det ble flere barnebarn også etter hvert. Han sovnet med et svakt smil om munnen.

Hva som vekket ham var ikke godt å si, det kunne være en lyd, eller en lukt, men våkne gjorde han i hvert fall. Han ble liggende å stirre opp i seildukstaket, litt forvirret. Han hørte en fjern dur, som av en foss men det var ingen fosser i nærheten? Så ble duren en torden og han satte seg opp brått, skremt over hva det var som bråkte slikt. Han rakk å gripe tak i ene bøylen som holdt seildukstaket før vogna brått veltet, et brått vindkast snudde den nesten helt rundt og han skrek til og grep seg for av rent instinkt. Myrtle skrek også, et tynt forferdet skrik og han prøvde å gripe henne også men det var for sent for det. Hun ble kastet rundt i vogna akkurat som ham. Han stønnet i det han traff et eller annet hardt med hoften og kjente en skarp intens smerte. Vogna ble liggende stille men duren døde bare sakte bort og det var blitt kaldt, iskaldt, og rått.

Harod svelget panisk, det var totalt mørkt og det kom snø inn av sprekker i vogna og seilduken. Snø? Han forsto brått,

snøskred! Det var kommet et snøskred ned fra de øvre dalene. Suset hadde vært snøen som rett og slett fløy gjennom lufta et stykke før den traff bakken. Han prøvde å flytte seg og skrek nesten av smerte, hofta verket vanvittig men skrekken gav ham krefter til å vri seg rundt. Han fomlet rundt etter Myrtle, desperat. Hun måtte være nær og han kjente tøy mot fingrene, det var den tykke nattkjolen hennes. Han peste, halte seg fremover, kjente en varm arm og strøk handa oppover den, dirret rent."Myrtle? Kjære?"
Hun svarte ikke, det var ingen lyd og han klynket og halte seg opp ved siden av henne, lot hendene gli over kroppen. Hun var slapp, bevisstløs? Han la handa på brystet hennes og kjente ingenting, ingen pust, ingen hjerteslag. Han løftet hendene mot ansiktet og kjente at hodet hennes lå i en merkelig posisjon. Han skrek til, hun hadde i det minste dødd øyeblikkelig av en brukken nakke men sorgen og sjokket rev i ham. De andre!! Han ropte ut men hørte ingenting, bare noen hester som vrinsket panisk og bjeffingen fra en hund. Harod kjente at tårene sprengte seg frem, de andre måtte være i live, de bare måtte! Han greide ikke røre seg mer, smertene var for store. Han stønnet og det gnistret for øynene hans, han hadde antagelig brukket hofta eller lårhalsen og i hans alder var det svært alvorlig. Han kjente at han frøs, var han den eneste igjen i live der?
Så hørte han en stemme, en høy panisk stemme han kjente og hjertet hamret vilt. Det var Dhabin."Far? Mor?"
Noen rev i seilduken og Harod så et svakt lys. Gutten bar på en lampe av det slaget som gav ganske bra lys og Harod så innholdet i kjerra for første gang. Alt var endevendt."Jeg er her Dhabin, se om de andre er ok!"
Dhabin hulket."Det var et skred, det var et skred, det er snø overalt!"
Harod bet tennene sammen."Jeg vet det, ser du noen andre der?"
Dhabin klynket."Isra, vi…vi var ute i skogen."

Harod var evig glad for at guttungen hadde begynt å bli ulydig.”Se om du finner Egel”

Dhabin forsvant, tok lykta med seg og Harod lukket øynene, stengte mørket ute. Han ble liggende der lenge, hørte stemmer, gråt, skrik. Noen hadde greid seg, han kjente et desperat håp. Så kom det lys igjen og han hørte Egels stemme. Han kunne skreket av lettelse.”Far? Er du skadet? Hvor er mor?”

Egel rev opp seilduken og Harod kunne se grålysningen, og at kjerra var nesten helt dekket av snø.”Jeg…jeg er skadet ja, Myrtle…hun er ikke mer”

Egel gav fra seg et merkelig stønn, et slags skrik i vantro og han løftet lykten.”Far!”

Harod kjente at svetten rant av ham på tross av kulden, smertene var grusomme.”Jeg har brukket noe i hofta, jeg tror ikke jeg kan flytte meg.”

Egel kravlet inn i vogna, grep noen pelser og dekket over Myrtle, ansiktet var grått og Harod så på ham med blekt ansikt, Egel var nærmest grå.”De andre?”

Egel surret noen pelser rundt Harod med varsomme men skjelvende hender.”Jeg og Dhabin er i live, Dhiba er død, Mara også.”

Harod jamret seg, halve familien utslettet. Egel fortsatte.”Bare en sju åtte av de reisende er i live, Isra og to andre jenter og resten er yngre karer. De var nede ved sjøen da raset kom.”

Harod kjente at Egel begynte å trekke ham ut, varsomt og sakte men det gjorde så vondt at Harod snaut greide puste.”Er noen av dem skadd?”

Egel ristet på hodet, han gav seg ikke før Harod var ute av kjerra og det han så der fikk ham nesten til å besvime. Hele sletta var dekket av et flere meter tykt lag med hardpakket snø. Rester av telt stakk opp her og der sammen med utstyr og vogner, det lignet et mareritt.”Nei, vi er uskadd. Noen småsår men ikke mer.”

Harod stønnet, sorgen slet i ham og han så at de overlevende hadde samlet seg utenfor skredet, de hadde tydeligvis gravd

desperat etter sine men det var håpløst. Slik snø ble hard som stein med en gang. Harod så fort på Egel, ansiktet var på en måte uttrykksløst, sjokket hadde lammet ham.”Egel, du er eldste her nå. Resten er ungdommer, uten erfaring. Du må lede dem videre. Det er ennå hester igjen, dere kan ri.”
Egel så vantro på Harod.”Jeg forlater deg ikke far?! Er du gal?”
Harod svelget hardt, han kjente at hjertet hamret merkelig ujevnt i brystet på ham, han kjente en sur smak i munnen av frykt men visste at han ikke hadde lenge igjen.”Du må, tenk på din bror. Det er ingenting igjen her for dere nå, ingenting. Dere må redde det utstyret dere kan og ri, adlyd meg nå!”
Egel så fortvilet på ham.”Men far, jeg kan ikke bare…”
Harod så fast på sønnen, han hadde aldri elsket ham høyere enn nå.”Du må, en må ta hensyn til de mange før en tenker på de få. Jeg har kanskje noen timer igjen, neppe mer. Jeg blør innvendig sønn.”
Egel gjemte ansiktet i hendene.”Hvordan kan du være så sikker på det?”
Harod smilte sakte.”Jeg er en lærd ikke sant? Jeg kjenner symptomene. Egel, dere må vekk herfra. Det vil lukta av likene snart, det vil trekke til seg nesten hva som helst av beist. Samle hestene, få de andre til å samle utstyr og så rir dere så fort det blir lyst.”
Egel lagd en merkelig lyd og Dhabin sto bak sammen med Isra og han gråt åpenlyst.”Jeg må vite at noen av min familie vil klare seg, jeg må vite det! Gjør som jeg sier!”
Egel snufset tungt.”Jeg skal adlyde far.”
Harod smilte og følte seg merkelig svimmel, lett i hodet. Smertene var ikke så voldsomme lenger. Han møtte døden med løftet hode, men han skulle ved gudene ha dødd hundre ganger selv heller enn at hans kone og datter og svigerdatter døde med ham. Tårene rant uhindret ned av kinnene, han hadde berget dem fra farene langs kysten men fjellene ble hans bane, en kan ikke flykte fra skjebnen, det var sikkert og visst.

Egel fikk satt de andre i arbeide, de samlet inn hestene, lette gjennom ruinene etter brukbare ting, prøvde å komme seg etter sjokket. Det var ingenting de kunne gjøre for de døde, de var begravet allerede og Egel bak Harod til en liten grasdekket flekk over der leiren hadde vært. Han hadde utsikt der. Etterpå hentet han Myrtles kropp og la henne ved siden av ham. Harod grep Egel i handa, han begynte å se dårlig nå, hadde vondt for å få nok luft. Antagelig hadde han flere skader enn de han i sjokket greide å identifisere, Dhabin skalv og hulket og Isra gråt også, hun var foreldreløs også arme jente og det gjaldt flere av dem der. De fleste var yngre personer som ennå ikke var å regne som voksne men de var ikke barn heller. Harod så tungt på dem.”Ri videre, finn sikkerhet. Dere må ikke nøle nå, ellers har alle dødd fånyttes.”

Egel grep handa hans og kysset den og skulle til å si noe da de hørte en merkelig lyd fra andre siden av sjøen. Alle snudde hodene og stirret. Lyset var godt nå så de så flere svære merkelige skikkelser som sakte tok seg frem langs den steinete stranda som for øyeblikket lå i dyp skygge, det lignet litt på mennesker i form men alikevel ikke, og de var minst fire meter høye og svært kraftige med gråaktig hud og svære hoder med pistret svart hår. Skapningene lagde underlige hule brøl og Harod svelget sakte. Han kunne så vidt skimte dem og Egel gispet lavt.”Hva er det?!”

Harod kjente en underlig rystelse som spredte seg i hele kroppen, gamle historier dukket opp i minnet igjen.”Det er fjell troll, hvor mange er det av dem?”

Egel stirret storøyd på skapningene, de var ennå langt unna men en merket at de var farlige på lang avstand.”Jeg ser elleve.”

Harod lukket øynene.”En hel klan, Egel, hør på meg. De var antagelig i den hulen, det betyr at det er store farer i fjellene nå, glemte farer. Ri med en gang, bruk dagslyset og så fort det blir mørkt så tenn bål og slå dere ned på en bratt klippe eller noe slikt. Og noen må holde vakt, hele tiden.”

Egel var likblek.”Far, de kommer hitover”
Harod smilte svakt.”Jeg er død før de rekker å krysse elva, og
de eter ikke kadaver. Det er ingen fare gutt, det de finner er
bare et tomt skall, jeg vil være sammen med din mor igjen. Ri
nå, de dreper dere får de tak i dere.”
Egel kysset handa hans igjen og Dhabin falt hulkende på kne
og gjorde det samme.”Far!”
Harod klemte den spe neven, Dhabin var ennå bare et barn
men han hadde potensiale til å bli en god mann.”Dhabin, hør
på meg. Du må passe på Isra, hører du? Hun har bare deg, ikke
glem det. Lov meg at du gjør som jeg sier, hør på Egel og kom
dere av gårde”
Dhabin svelget igjen og igjen.”Jeg…Jeg…”
Harod så strengt på gutten.”Lov meg det!”
Dhabin klynket kort.”Jeg lover far, jeg lover.”
Harod smilte stille, han grep Myrtles kalde hånd.”Gå nå barn,
la meg se dere komme dere til hest og ri til sikkerhet. Fortell
alle at troll er løse i fjellene.”
Egel grep Dhabin og slengte ham opp på ryggen av en stor grå
vallak, han satte Isra bak ham og grep tøylene til en brun
langbeint hoppe selv.”Jeg skal be for deg far, fortell mor at vi
elsker henne.”
Harod smilte igjen, smertene var borte, han følte seg
bemerkelsesverdig vel. Kroppen var i ferd med å gi opp.”Det
lover jeg, ri barn, ri nå!”
Egel tørket tårer og jamret seg, så sprang han opp på hoppa og
snudde den, grep tømmene til vallaken og trakk den etter
seg.”Vi rir, vi kan sørge når vi er i trygghet.”
Harod så at den vesle flokken med overlevende red bort, de
hadde en stor flokk med ekstra hester, de ville klare seg godt.
Trollene ville ikke kunne klare å krysse elva ennå, sollyset
spredte seg i dalen og de måtte trekke seg tilbake men til
kvelden ville de returnere. Harod så smalt på himmelen over
seg. Han følte merkelig nok lite sorg nå, liv og død går hånd i
hånd og han var tross alt en mann som hadde levd lenge men

det føltes bittert at han ikke skulle få følge med sine kjære
lenger. Men han følte at den andre siden kalte på ham, han
lukket øynene en siste gang og så for seg Myrtle slik hun
hadde vært da de møttes for så mange årtier siden. Hun hadde
vært lettbeint og nett med lange gylne fletter og et bredt smil
og han hadde aldri sett noe vakrere enn henne. Han smilte
mildt."Myrtle, min kjære, jeg kommer til deg nå."
Harod pustet ut en siste gang og så var han fri, han snudde seg
og så seg rundt, han var ikke lenger i en dal herjet av en
katastrofe men en vakker hage med frodige trær og blomster
og foran ham sto hun , som hun hadde vært i sin ungdoms vår.
Harod smilte og strakte frem armene, de var sterke og smekre
som i hans ungdom og hun lot ham omfavne seg. De var
sammen igjen, for evigheten.

Egel og de andre red hardt i flere timer, de følte det som om de
ble jaget og sjokket og vantroen lå ennå tungt i dem alle. Egel
var brått en leder, brått en andre avhang av og ansvaret var
tungt. Da det begynte å mørkne fant de en stor klippe som
stakk ut fra dalsiden, der tente de bål og slo seg til for natten.
Egel kunne snaut tro det, hans far var borte, og hans mor og
kone og søster. Det var lammende og flere av ungdommene
bare satt der med fjerne blikk, for sjokkert til å egentlig reagere
på noe. Egel bet tennene sammen. Før eller siden fant de folk,
før eller siden nådde de trveggheten det gir å være mange. Egel
var ingen kriger, han var ingen lærd. Han var en bonde og det
var alt han kunne. Men nå var han brått så mye mer, håpet for
flere andre og noe i ham strakte seg og endret seg. Også Egel
hadde andre evner enn de han normalt sett brukte og han kunne
blitt en god offiser om han hadde kommet fra en familie med
militær bakgrunn. Nå gav han ordre nesten uten å tenke seg om
og de andre adlød, han var rolig og trygg og selvsikker og for
øyeblikket var det alt de andre hadde å støtte seg på. Egel satt
ved ilden og stirret inn i den, lenge. Verden hadde endret seg
totalt i løpet av noen få skjebnesvangre minutter, han ville bli

nødt til å tilpasse seg, de måtte alle tilpasse seg. Verden var i
endring og det var ikke noe annet valg om en ikke ville forgå.

Vardhys

Vardhys hadde aldri sett noe lignende, han hadde sett en slagmark dekket med døde kropper men dette, dette var verre. Det var blitt gravd massegraver overalt der det var plass til overs og haugene med lik vokste hele tiden. Først hadde de døde blitt dekket til med laken og tepper, så med jord og nå ble de bare dumpet useremonielt rett ned i gropene, uten å få så mye som en velsignelse. For mange døde til at det var mulig å gjøre noe for dem. Det stinket helt grusomt og noen guttunger var kommandert til å stå og jage bort åtseletere og fugl som ellers ville ha forsynt seg av likene.

Vardhys red sakte forbi en av gropene, Skygge slo med hodet og vrinsket nervøst og han klappet hesten varsomt på nakken, kjempet mot kvalmen og fortvilelsen.

Det var pest, det var som Alfons hadde sagt. Leiren med folk var blitt en dødsfelle og han kjente angsten hvert øyeblikk, hvert sekund. Alfons og Iarda var friske, han sørget for at de holdt seg langt vekke fra slumområdet der de fleste dødsfallene skjedde og Mahrepa hadde foreslått å brenne hele leiren. Det var kommet en stemning av fortapelse der nå, av tapt håp. Folk var redde, selv de beste av soldatene gikk med nervøse blikk for pesten var ikke en fiende en kunne møte med sverd i hånd. Det var en fiende som smøg seg frem som en katt på silkemyke poter og snappet sine ofre her og der som den selv ville. Noen klarte seg, andre døde og bare gudene visste hvem den mørke engelen ville velge neste gang. Mahrepa var fortvilet, hennes felttog hadde stått i stampe siden pesten brøt ut, de mistet for mange folk, moralen var lav og mange deserterte selv om de visste at de ble drept om de ble tatt. Men heller det enn å dø av pest, det var en ende så grusom at bare tanken fikk selv sterke karer til å pisse på seg.

Mahrepa hadde angrepet et gods nordvest for leiren, det tilhørte en lord som før hadde vært lojal mot henne og han var som så mange andre i Dheesa av Macallif slekten. Det var også kongen av Dheesa, Hanek, og de fleste av de mektigeste familiene der og Vardhys ante at Mahrepa hadde begynt å miste grepet. I hele Solamida regionen var det få som ville våge å gå mot selve kongen om han bestemte seg for å gripe inn men de fleste visste at hans øyne var vendt nord vestover, mot Arzam og Darazzen siden det var på den siden av fjellene at det meste av kampene foregikk nå. Mahrepa hadde vært vinneren, hun hadde flere folk og større ressurser og kampen hadde vært over på to dager, godset falt fort og Mahrepa sparte kvinner og barn og de som svor lojalitet til henne men lorden fikk hun radbrukket og hengt. Det ble murret om at det var uklokt, hans menn hadde sverget å tjene den sorte rosen men hvor mye betydde en ed nå i disse dager? Folk brøt eder hele tiden, det var slik det var. Ære og stolthet betydde lite når livet selv sto på spill.

Vardhys var ofte nede ved kokongen, lindormen hadde ikke rørt seg på flere uker og han begynte å bli nervøs, han var redd den var død men det sto en varme fra kokongen som fortalte at det var liv der. Spørsmålet var hva slags liv det var. Han hadde aldri hørt om at slike skapninger kunne bytte ham eller noe slikt og han håpet bare at den ville huske ham som en venn. Alfons begynte å bli rastløs,han var nervøs for hvor lenge det ville gå før noe fatalt skjedde, Mahrepas styrker var svekket nå, de var flere enn før men pesten hadde ødelagt disiplinen en hær er avhengig av for å fungere og Vardhys merket frustrasjonen og frykten hennes hver gang han var innom teltet hennes for å rapportere. Han oppførte seg fremdeles som en forelsket guttunge, passet på å opprettholde illusjonen av å dyrke henne grenseløst og hun var smigret og behandlet ham som en yndling, enn så lenge.

Det merkelige dyret som hadde blitt fanget gikk bare der i en

innhegning og ble foret med alt fra gras til kjøtt, ingen hadde
tid til å bry seg med det men Alfons kunne av og til stå ved
innhegningen og stirre på det. Det var vakkert og skremmende
og noe i ham følte en slags tiltrekning mot den underlige
skapningen. Det var som om han hadde sett den før. Så ble
Småen syk, han kom snublende til teltet deres en tidlig morgen
og kollapset foran det og Vardhys fant ikke engang en
helbreder før den svakelige vesle karen slapp ånden. Det var
bitrere enn noe annet, Småen var den eneste han hadde igjen nå
bortsett fra Alfons og desperasjonen jobbet i ham. Han hadde
greid å forme karene han hadde blitt gitt om til dyktige og
gode riddere og de var lojale mot ham, han så det hver dag.
Han hadde greid å forbedre livene deres betraktelig og de var å
regne som en elitetropp. Mahrepa var svært stolt av dem og
Vardhys også, men han trengte dem om han skulle komme seg
vekk. Han aktet ikke å forlate dem der, han skyldte dem
friheten.
Det kom nye folk til byen rett som det var og nå gikk det
rykter om at byer lengre ute langs kysten var ødelagt, blant
annet en med et eldgammelt ærverdig tempel. Bølger hadde
reist seg så høye som de største tårn og skylt alt på havet. De få
overlevende hadde fortalt om grusomme scener og Vardhys
hadde desperat prøvd å finne ut om byen der Esther's søster
bodde var rammet. Det gikk dager før han fant noen som visste
noe sikkert og det fikk hjertet til å nærmest falle ut av ham.
Den byen hadde blitt fullstendig utradert, det var ingen
overlevende der siden bølgene hadde slått til mot kvelden og
ingen rakk å slippe vekk.
Vardhys falt ned i en dyp brønn av desperasjon etter det, ikke
engang det løftet fikk han overholdt. Eneste trøsten var at den
familien nå var forenet på andre siden, vel, kanskje ikke Esther
siden han tvilte på at gudene så med blide øyne på hennes
oppførsel men om hun hadde vært syk i hodet var det kanskje
ikke hennes feil tross alt. Alfons prøvde å muntre ham opp og
Ianda brukte mye tid på å synge og fortelle historier for å få

tiden til å gå. De lot henne ikke ut nå, det var mange desperate mennesker i leiren, det var vakter overalt men for noen var det ikke avskrekkende nok. Det ble snakket om ran og mord hver dag og en enslig jente ville neppe ha unngått uønsket oppmerksomhet. Det ble snakket om at noen av Macallif hadde begynt å samle tropper et sted mellom dem og Zhymorne, ryttere ble sendt ut for å etterforske men de så ingenting, alikevel var ryktene der. Det ble snakket om et hevntokt for den drepte lorden og Mahrepa hadde blitt synlig nervøs da det ryktet nådde henne. Hun begynte å flytte leiren, til et nabodalføre der det var enklere å forsvare seg. Bakdelen var at der ble folk tvunget til å leve enda tettere på hverandre. Vardhys hadde selv båret Småens døde kropp til en av massegravene, nå skjøt pesten enda mer fart.

Så en morgen var Alfons syk, han hadde feber og virket svært matt og øynene var fjerne og skinte på en underlig måte. Det var ingen leger tilgjengelige lenger, de fleste hadde stukket av og bare Mahrepas personlige medikus var ennå i leiren og mot pest kunne han ikke gjøre noe. Vardhys var fortvilet, han ønsket ikke å miste også sin aller beste og siste venn. Var det meningen at alle han elsket skulle dø? Var døden hans eneste sanne følgesvenn i livet? Alfons ble fort verre men han manglet de tydelige byllene og blå merkene eller den raspende pusten som røpet lungepest. Han hadde bare høy feber og smerter overalt og Vardhys satt der og led med ham. Iarda var fortvilet også, hun skjønte at de to guttene var den sjansen hun hadde til å greie seg, ute i leiren ville hun bare bli et offer for enten mord eller voldtekt og hun vant til å slåss men det var grenser for hva selv en gatevant jente kunne klare å forsvare seg mot. Hun eide ikke våpen og knyttneven var effektiv mot noen men langt fra alle.

Det var blitt natt da Vardhys våknet fra en merkelig drøm og så at de ikke var alene i teltet lenger En svært høy kappekledd skikkelse sto foran Alfons seng, gutten var bevisstløs og huden glinset av svette. Vardhys var på beina med et rop og trakk en kniv for å forsvare dem men den hettekledde bare veivet med handa og Vardhys ble formelig kastet tilbake til senga, han kunne ikke røre seg. Skikkelsen gjorde en merkelig bevegelse og Alfons svevet brått i løse lufta, klærne hans forsvant med teppene og Vardhys stirret vantro på det som skjedde. Han var så redd at han nesten pisset på seg men noe fortalte ham at dette ikke var hva det syntes å være. Skikkelsen nikket sakte."Frykt ikke unge ridder, hva som ble spådd vil skje, jeg vil berge din venn her og forberede ham. Storhet venter dere alle, forbundet de er som tråden i et tøystykke. Det har våknet og vil jage og du vil bli jegeren som jager de førdømte, de uhellig fødte. Tiden vil vise hva du kan gjøre."

Vardhys forsto ikke, han bare stirret på skikkelsen som øyensynlig manglet kropp? Det virket for at det bare var en kappe uten noe i men det var umulig. Alfons hang der i løse luften og usynlige hender begynte å berøre ham, tegnet merkelige mønstre over huden som ble synlige som en svak grønnlig glød, som om noen hadde tegnet på ham med grønnlig lysende maling. Her og der strålte det opp i punkter og Vardhys husket at en helbreder hjemme der han kom fra satte nåler i kroppen på disse punktene og påsto at det kunne gjøre folk friske.

Alfons klynket svakt, svetten fikk kroppen til å glinse og han vred og rykket men den hettekledde gav seg ikke. Hele kroppen ble dekket med det underlige nesten organiske mønsteret før det brått bare ble usynlig. Vardhys så at Iarda bare lå der på soveplassen sin uten å røre seg, hun merket ingenting åpenbart. Skapningen begynte å nynne noe, underlige arkaiske ord og Alfons stønnet og vred seg enda mer, Vardhys ville skrike ut i protest men greide ikke få frem en lyd. Den hettekledde lot Alfons kropp falle tilbake på senga, trakk teppene over ham igjen og strøk ham over håret med noe som lignet ømhet."Sov nå og husk det som ble lovet. Din ganger venter deg, tjen jegeren og du skal bli hans ypperste våpen."

Skikkelsen snudde seg, Vardhys følte at skarpe øyne stirret på
ham selv om han ikke så noe og det fikk kalde frysninger til å
løpe nedover ryggen på ham. Han svelget nesten panisk. De
øynene så like inn i sjelen hans, gjennomskuet alt han var og
alt han hadde gjort."Frykt ikke unge ridder, din venn blir hva
maktene har bestemt at han skal bli."
Skikkelsen snudde seg mot Iarda, la en hånd på den sovende
jentas skulder."Vesle villkatt, vesle gnist. La din gave vekkes,
la din styrke bli kjent. Led veien for jegeren og hans våpen, vis
dem hvor de uhellig fødte hviler."
Iarda stønnet i søvne og vred seg litt men sov videre ganske
trygt og skapningen snudde seg enda en gang mot
Vardhys."Om tre netter er det ingen måne, den natten skal dere
dra, ta med deg dine menn og alt du har for den fjerde natten
vil ikke dette være et godt sted."
Vardhys så spørrende på skapningen."Hva mener du?"
Den hettekledde bikket på hodet, en svakt ydmyk gest."En hær
er på vei mot dere, og ingen vil bli tillatt å leve som har sverget
troskap til henne."
Vardhys svelget hardt."Mahrepa vil dø?"
Skikkelsen ristet på hodet."Hun blir en fange, et symbol, et
pressmiddel. Nei, dø vil hun ikke men hun vil ønske døden
velkommen tusen ganger før hennes prøvelser er over."
Vardhys trakk pusten dypt."Da må jeg tro deg, og prøve å
forlate stedet. Men hva med dragen?"
Skapningen kaklet, andre ord kunne ikke beskrive
det."Lindormen mener du vel? Du kjenner den, du vet at den
ikke er noen drage."
Vardhys nikket sakte."Ja, men den har blitt en venn, jeg vil
ikke at fiendene skal drepe den."
Det glitret som i øyne under hetten."Frykt ikke, den vil våkne
til live igjen den natten, og følge deg. Du er dens herre nå, en
mare vil bryte løs over landene unge ridder, den vil også være
et våpen. Og så vil det moderens flukt ga gis til sønnen og det
vil bli klart. Det vil bli fullbrakt."

Vardhys svelget hardt."Jeg forstår ikke."

Skikkelsen rettet seg opp."Du vil, med tiden. Sov nå. Og glem dette, husk bare at dere må vekk om tre netter. Bruk mørket."

Vardhys ville spørre om mer, hodet spant av forvirring og spørsmål men han greide ikke si mer før alt ble mørkt og han sovnet igjen.

Da han våknet neste morgen var det med en følelse av å ha drømt noe merkelig, han strakte seg og husket Alfons, kom seg opp i en faderlig fart. Alfons sov, han hadde ikke feber lenger og virket helt frisk og Vardhys svelget igjen og igjen. Det var et mirakel, ingen annen han kjente hadde blitt frisk av pesten. Men det var noe merkelig ved gutten, han la handa på Alfons sin panne og han var kaldere enn han burde vært, og han pustet så lett. Vardhys rynket pannen og ristet i vennen og Alfons hostet og slo øynene opp. De hadde endret seg, brått var de blitt merkelig mørke, som polert flint med sølvaktige pletter i og pupillene virket for å strekke seg til smale streker som på en katt. Vardhys gispet og Alfons blunket og gned seg i hodet."Hvem slo meg ned? Hodet mitt verker!"

Vardhys bare strirret."Ingen, du ble syk men nå er du frisk igjen."

Alfons bare trakk på skuldrene, huden var blitt merkelig blek på farge og så jevn som porselen."Da var det ikke pesten for hadde det vært pest ville jeg vært død."

Vardhys rusket i Iarda som gryntet og kom seg opp, det mørke håret sto som en sky rundt henne og hun strakte seg og gjespet."Ved gudene Alfons, jeg var sikker på at du ville ha forlatt denne jammerdalen nå."

Alfons gryntet og strakte seg så det knakte i leddene."Som du ser er jeg svært levende, er det noe mat her? Jeg er sulten som en ulv!"

Vardhys syntes ikke det var noe merkelig egentlig, gutten hadde akkurat overkommet noe som burde ha tatt livet av ham. Det var litt brød og ost igjen og Alfons åt alt sammen og var sulten ennå etterpå. Iarda svelget og trakk på seg kappen

Vardhys hadde greid å få tak i til henne, det var surt og kaldt
der og hun var såpass liten at kulda fort fikk godt tak i henne.
Vardhys følte en underlig uro, en slags trang til å komme seg
unna. Alfons så smalt på ham.”Du kjenner det også ikke sant?
Du føler at noe er i gang som vil ende med katastrofe?”
Vardhys nikket sakte.”Ja, vi må bort, fort.”
Alfons smilte skjevt.”Ja jeg blir ikke her lenger enn høyst
nødvendig, jeg vil ikke bli syk igjen, neste gangen går det
kanskje ikke så bra som denne”
Vardhys frøs på ryggen, han hadde en følelse av å ha glemt
noe, noe viktig men sinnet greide ikke fange det opp. Iarda
nikket mot utgangen og hun trakk seg i luggen.”Om tre netter
blir det helt mørkt, det bør bli mulig å snike seg vekk da.”
Vardhys følte seg fanget på et vis, det var ingen andre valg
igjen. De kunne ikke bli der, ikke lenger. Noe ville skje, noe
forferdelig. Han reiste seg.”Jeg går og skaffer oss mer mat, så
skal jeg trene med troppen min, jeg skal prøve å få dem med
meg.”‘
Alfons nikket sakte og blikket hans var fjernt.”Det er bra, jeg
skal se til det underlige dyret igjen, noe sier meg at jeg skal til
det.”
Vardhys bikket på hodet.”Virkelig? Det er livsfarlig?”
Alfons så fast på ham.”Det var lindormen også.”
Vardhys gikk ut av teltet, ute var det grått og vått og han hørte
noen offiserer brøle ordre. De prøvde å bygge en slags mur
mot skogen og mange var opptatt med å felle trær. De hadde
ikke redskaper til å bryte stein og bygge en ordentlig mur så en
enkel pallisade av tre var alt de fikk til. Antagelig tok Mahrepa
ryktene på alvor og Vardhys følte på seg at det virkelig var fare
på ferde. Han skulle ønske at hun ikke hadde henrettet den
lorden, Macallif slekten var kanskje mest kjent for en hang til
prakt og nytelsessyke men de var svært beskyttende mot sine
og noe slikt kunne få dem til å samle seg igjen, glemme
gammelt nag og krigen som raste og forenes. Og Vardhys ville
slettes ikke være på den siden som tok imot en hær av rasende

Macallif tilhengere.

Han fikk tak i litt mat, kvaliteten og mengden var gått ned i det siste og kokkene brukte hva de fant å stappe i gryta. Vardhys ville ikke vite hva det var han spiste så han spurte ikke, kort og godt. Det var godt å få noe varmt i kroppen og etterpå gikk han til trenings området. Karene hans var allerede der og de sto klare. Vardhys hadde bedt stallkaren komme med Skygge og hesten knegget ivrig etter ham, i det minste var den glad for å se ham. Karene sto der og så temmelig misfornøyde ut, de var våte og kalde og hestene hang med hodene. Vardhys måtte få dem vekk fra leiren, her var det ører som lyttet og han kunne ikke ta sjanser. Mennene var lojale mot ham, han hadde sørget for det. Han visste hvordan han skulle vinne folk til sin side, hans egen ridder hadde lært ham det. Å ha lojale folk rundt seg kan ofte være eneste muligheten en har til å klare seg.

Han steg opp på skygge og smilte mot adjutanten som sto der for å holde øye med treningen.”I dag er det elendig vær så jeg tenker vi øver på å ri taktisk i terrenget, mindre regn i skogen og vi trenger ikke lange treningen heller. Dere er gode allerede men jeg vil se om dere klarer å gjennopprette geledd fort og uten å lage rot i linjene.”

Karene lysnet litt opp, å ri i terrenget var mye bedre enn å ri på den kjedelige banen og de så frem til litt fart og spenning. Adjutanten sto der og så tvilrådig ut og Vardhys smilte til ham.”Du er hjertelig velkommen til å bli med? Vi har en ekstra hest klar?”

Vardhys hadde fått stallkaren til å komme med en stor svart merr som sto der og nærmest flekket tenner, det var en sterk og modig hest men hun hadde et grusomt temperament og hadde flere ganger tatt flere biter av stallkarene. De hatet merra av et fullt hjerte men hun var en utmerket stridshest. Adjutanten bleknet synlig og ristet på hodet.”Nei, jeg…jeg blir her. Jeg vil bare forstyrre, kjenner ikke deres system vet du”

Vardhys ristet på seg.”Skyld på deg selv, det er en fin dag for litt fart!”

Han snudde Skygge mot skogen og gav den av hælene og karene red etter med et høyt rop. Vardhys hadde lært dem å rope stridsrop og bruke ulyd som et våpen, og han gikk i motsatt retning av hva andre lærte bort. Det normale var å ri taktisk i et kavaleri angrep, i rette ordentlige linjer under nøye gjennomdrillede strategier. Han lot sine ryttere ri mot fienden som en ren åsgårdsrei av hylende menn og hester og han hadde lært karene å bruke en lang spiss lanse først og så skifte til noen lange svakt krummede sverd som var et brutalt våpen fra ryggen av en gallopperende hest. Hans ide var å skremme fienden på flukt allerede før de rakk å få kontakt med kavaleriet og han regnet med at det ville være effektivt. Mange hærførere satt hjelpeløst fast i gamle dagers regler for strid og det nyttet ikke nå lenger.

De red fort gjennom skogen og Vardhys gjennomførte første del av treningen som normalt, helt til de nådde en liten glenne der de normalt sett stanset for å gå over eventuelle feil og mangler. Vardhys satt på Skygge mens de andre samlet seg rundt ham, de stirret på ham med rolige ansikter og Vardhys nikket stramt.”Menn, dere kjenner meg og dere vet at jeg aldri vil svikte dere, og at dere for meg er brødre, som blod av mitt blod.”

Samtlige karer nikket som en, de var blitt en meget godt sammensveiset gjeng og siden de nå var bortimot tredve var de faktisk en tropp å regne med. De kunne virkelig utgjøre en forskjell og Vardhys var stolt av dem. De så på ham og han svelget fort.”Dette stedet er ikke trygt lenger menn, vi tjener en sak som bare vil føre oss i fordervelsen. Jeg håper jeg har alle av dere med meg på dette, men si ikke et ord om det til andre for det vil bli regnet som forræderi.”

Karene så fast på ham. Den han hadde utnevnt til øverste offiser for dem red frem, han la handa over hjertet.”Vardhys, du har vår lojalitet, vi er dine til døden.”

Han smilte skjevt, det var svulstige ord, store ord.”Jeg vet det Hala, det jeg ber om nå vil føre til at vi kan miste hodet, eller

verre. Men det er ikke noe valg, vi må vekk. Er dere med
meg?"
Karene nikket, Hala smilte skjevt."Selvsagt, vi er ikke noe
glade i å tjene det skabelonet av et kvinnfolk, hun har bare
brakt oss elendighet og tap mens du har gitt oss håp og stolthet.
Det er verdt alt."
Vardhys trakk pusten og smilte til dem, et åpent smil."Godt,
jeg stoler på dere. Om tre netter er det ingen måne, da skal vi
forlate dette stedet."
Hala rynket pannen."Hvordan? Vi kan ikke bare ta hestene og
ri ut av leiren? Vi vil bli stanset!"
Vardhys gliste kort."Vi vil bli beordret ut av leiren, jeg har
nemlig en plan og jeg er temmelig sikker på at den vil fungere.
Min væpner vil sikre at vi har det vi trenger klart."
Hala senket hodet og slo seg for brystet."Vi adlyder herre, led
oss ann."
Vardhys snudde Skygge."Godt, vær forberedt, ta med dere
klær og utstyr i saltaskene men ikke så mye at det virker
mistenkelig. Jeg vil få Alfons til å skaffe våpen."
Han sporet hesten igjen og de andre fulgte ham gjennom
skogen, han bare håpet at den temmelig vågale planen ville bli
noe av. De red ned til treningsbanen igjen og han så at
adjutanten sto der og virket utålmodig men lettet over at de var
tilbake. Vardhys steg ned av Skygge og klappet hesten
kjærlig."Det gikk fort i dag men de har blitt bedre, mye bedre.
Eneste jeg er redd for er angrep i mørket men jeg får bare tro at
vi aldri trenger å tenke på det."
Adjutanten rynket pannen."Angrep i mørket?"
Vardhys smilte skjevt."Å ja, om en fiende skulle finne på å
angripe oss vil det antagelig skje når det er mørkt ikke sant? Så
ingen greier å se noe som helst Karene er ikke trent i å ri
angrep eller forsvar i mørket men det er vel neppe noen som
vil finne på å angripe oss. Den sorte rosens makt er
uangripelig."
Adjutanten så tankefull ut og han ruslet bort fra treningsbanen

med en merkelig grimase på ansiktet. Vardhys skjulte et grin, frøet var sådd, adjutanten ville nevne det til Mahrepa for å få en høy stjerne hos henne og Vardhys regnet med at de ville bli beordret ut på natt trening temmelig kvikt. Han så til at karene skrittet ned hestene før stallkarene overtok dem, så gikk han til teltet med et flir om munnen.

Alfons hadde gått til innhegningen med det merkelige dyret, han følte på seg at det var noe som hadde endret seg og han så det jo også. Øynene hans, og huden. Han hadde trukket på seg en tett kappe med hette og det så ikke så merkelig ut nå som det var så kaldt. Innhegningen var stor og han nølte litt i det han gikk nærmere. Få vågde seg nær skapningen som prustet og så på ham med intelligente rovdyr øyne. Alfons stanset ved gjerdet og svelget hardt. Han hadde ikke forestilt seg noe slikt noen gang og nå følte han på seg at det dyret og han på et vis hørte sammen. De røde øynene stirret og dyret lagde en merkelig malelyd og kom nærmere. Den var høyere enn noen hest og luktet helt annerledes og det lange smale hodet med beinutvekster senket seg mot ham. De tennene kunne lett rive armen av en mann og han så på de kraftige musklene i den smekre kroppen og gyste kort. Men dyret bare snuste på ham og det var noe avventende i blikket på den. Han strakte armen opp og klappet den forsiktig på snuten og den lagde malelyden igjen og bikket på hodet. Alfons følte en slags indre fryd, en ganger som ikke er en hest, sanne ord. Det var ingen hest men noe vel så godt og han ante at dette ble hans ridedyr fremover. Han klappet den på nakken, skinnet var like blankt som et speil og han følte styrken i skapningen som noe nesten fysisk.”Du må ha et navn venn, hva skal jeg kalle deg? “
Skapningen grov i bakken med hoven og prustet og han smilte litt drømmende.”Flamme, det er navnet ditt.”
Dyret nikket og spant rundt og Alfons merket nesten en slags stemme i hodet, en slags positiv besvarelse. Det var godtatt og han skuttet på seg og gikk videre. Vardhys ville at han skulle sørge for å skaffe dem våpen og utstyr og det ble en verre jobb

men det var ikke umulig. Orden og disiplin hadde falt fra hverandre i det siste og de store teltene som var våpenlager og slikt var ikke lenger bevoktet av de aller beste men av tilfeldig sammenraskede karer. Alfons visste at dette ble meget hardt å forklare om det ble avslørt men de kunne ikke bare ta sjansen på villmarka ubevæpnet. Alfons hadde lært å lese å skrive siden han tross alt var en adelsmanns bastard, Vardhys hadde skaffet til veie pergamenter og noen av dem med offisielle segl på også. De bare slipte bort den opprinnelige teksten og skrev en ny og Mahrepa hadde ingen oversikt over hvor gamle ordre og slikt ble gjort av. Sånt sett var hun en svært uorganisert person og ingen dyktig hærfører gjør en slik tabbe.

Alfons hadde tegnet noen riktig så flotte merker på pergamentene og ordrene var normale, faktisk så de helt ekte ut og han gikk bort til våpen lageret med selvtillit men en sliten mine, som om han egentlig ikke orket gjøre dette men måtte. Det sto to soldater utenfor, begge to halvsov og lente seg på spydene sine og Alfons rakte den ene den ene ordren med en grimase."Her, ryttertroppen til min herre skal på patrulje snart, trenger våpen."

Soldaten leste gjennom det med en grum mine og stønnet lavt."Og vi må ordne alt? "

Alfons nikket trist."Redd for det, men dere har til i morgen." Alfons visste at det ble vaktskifte dagen etter, ordre ble fort glemt og de nye soldatene ville ikke vite om ordren deres forgjengere hadde fått. Karene bare mumlet og Alfons fikk pergamentet tilbake. Om de ba om alt på en gang ble det mistenkelig, men om de ba om bare litt virket det tilforlatelig nok. Og det de fikk ville bli gjemt i skogen.

Iarda satt i teltet og ordnet det andre de trengte, hun pakket klær og utstyr, studerte kartene de hadde og hun var stolt over at de satte slik lit til henne. Hun hadde kanskje ikke hatt stort til tilværelse før men nå begynte hun å føle en slags stolthet tross alt.

Det gikk til kvelden, så ble Vardhys kommandert til Mahrepas telt igjen og nå fikk han ettertrykkelig ordre om å ri natt trening med karene. Alt den kvelden og alle kvelder etterpå. Han spilte fortørnet og det godt også men adjutanten sto der i bakgrunnen og gliste selvbevisst og han visste at mannen hadde smurt godt på for Mahrepa var svært ivrig på at alle ble trent i det. Han håpet bare at ikke resten av planen ikke gikk i vasken.

Det gjorde den ikke, de fikk en pakkhest med utstyr brakt til seg før de red ut og utstyret gjemte de i skogen før de vendte tilbake og pakkhesten ble ført tilbake til stallen uten sadel, noen slo i ei plate om at den allerede var hentet med utstyr og alt av en annen soldat. Ingen brydde seg, jo mindre arbeid jo bedre.

Det samme skjedde neste kveld også og Vardhys sørget også for at de fikk noen ekstra forsyninger med tepper og slikt. Når en hadde lært seg hvordan systemet fungerte var det lett å lure det. Vardhys var nede ved kokongen og den var som før men han merket at varmen fra den hadde avtatt, og han syntes han følte bevegelser under det merkelige silkeaktige materialet. Gudene alene visste hva som ville stige frem fra den.

Det nærmet seg den tredje natten og Vardhys kjente at spenningen fikk ham til å riste. Han hadde fått Iarda til å legge alt utstyret deres i en samling saltasker som sto like innenfor teltet. Iarda kunne ikke ri så hun fikk sitte opp med ham og han hadde trukket på seg en stor kappe som ville skjule henne i mørket. Alfons hadde allerede sneket seg bort, han hadde vært borte ved innhegningen hver kveld og Flamme kom til ham nå når han snakket til den. Han tvilte ikke på at han ville få lov til å ri dyret.

Vardhys skjulte nervøsiteten han følte ved å plystre høylydt mens han red mot treningsbanen, han hadde sørget for at salveskene han og Alfons eide allerede var satt på hester karene red og alt utstyret var forberedt også. Karene satt der, alt til hest, samtlige var godt kledd men virket ikke uvanlig utstyrt på noe vis. Vardhys visste at de nå ville måtte utnytte

farten og været maksimalt, de ville bli forfulgt og kunne ikke
risikere å bli tatt igjen. Vardhys så at ingen adjutant hadde
møtt opp for å registrere treningen, det øsregnet og var surt og
det kunne ikke vært bedre. Han ropte kommandoer og karene
fulgte ham, de red ned gjennom leiren som de hadde de siste
dagene, satte kursen mot åsene bak. De passerte teltet Vardhys
og Alfons hadde og akkurat der lot Vardhys hesten sakne
farten litt mens han lot som om han justerte ene stigbøylen.
Iarda skjøt frem fra teltet og spratt opp på hesten bak ham, ble
skjult under den lange kappen og klamret seg til beltet hans.
Vardhys sporet hesten og red hardt etter de andre.
Alfons hadde sørget for at det ikke var noen fakler plassert i
nærheten av innhegningen Flamme sto i, det var bekmørkt der
og han lempet forsiktig bort stokkene som holdt grinda stengt.
Dyret kom bort til ham, snuste varsomt og han klappet den på
hodet."Nå min venn, lar du meg sitte på deg?"
Flamme bøyde seg ned, strakte seg så ryggen ble såpass lav at
han kunne sprette opp på den. Han satt brått temmelig høyt og
det uten noen form for seletøy men han visste instinktivt at
dette dyret aldri ville godta noe slikt. Han presset svakt med
beina og Flamme adlød øyeblikkelig og brått var han på vei
mot skogen i en fart han hadde vansker for å tro. Han klamret
seg til den strie manen og ville ha jublet av fryd hadde det ikke
vært viktig at ingen hørte ham. Flamme's hover var nesten
lydløse og de forsvant i skogen som spøkelser.
Vardhys og de andre fant våpnene og utstyret de hadde lagt til
side og fikk det på ekstra hestene de hadde tatt med, deretter
ventet de på Alfons og de trengte ikke vente lenge. Det gikk
kanskje fem minutter, så kom han ridende på det merkelige
dyret og karene stirret storøyd. Det var et merkelig lys i
øynene til Alfons nå, en merkelig verdighet som var hinsides
det en normalt skal forvente i en så ung mann. Han bare nikket
og Vardhys kastet et siste blikk ned mot leiren, den var bare
svakt opplyst og han visste at det ville gå et par timer før de
ble savnet, minst. I det fjerne over en åskam syntes han at han

så det blinket i noe og Alfons myste og stirret i den samme
retningen."Det var refleksjoner av leirlysene i rustningsplate,
det er folk der ute."

Vardhys så ned mot gropa der kokongen lå, han følte på seg at
det den skjulte ville bryte ut denne natten, at det ville finne
dem igjen. Han bare nikket, dommen var på vei mot Mahrepas
leir, ingen kunne stanse den."Vi rir, stans ikke for noe!"

Han sporet Skygge og dyret raste av gårde med Alfons på
Flamme like ved. Karene fulgte etter og de red i totalt mørke
nå, brukte ikke fakler siden det kunne ødelegge nattsynet til
hestene. I stedet stolte de på dyrene og tok seg frem
forbausende lett gjennom natten. Iarda satt og lente seg mot
Vardhys rygg og Skygge gjorde ikke noe av den ekstra vekten,
hesten var sterk nok til å takle to ryttere og jenta var ikke tung.
Vardhys stirret opp på den svarte himmelen, det var ikke noe
glipper i skylaget og ingen stjerner å se. For en gangs skyld var
tungt mørke en fordel.

Nede i leiren var det forholdsvis rolig nå, pesten gjorde at få
vågde seg ut om kvelden fordi en del trodde at det var den
tunge tåka som spredte sykdommen. Og de brente aromatisk
trevirke og røkelse for å fjerne lukta som de også trodde var en
medvirkende årsak. I gropa med kokongen var det ikke lenger
vakter, det hadde ikke vært noen bevegelse der på lenge og
magikeren hadde ment at den ikke våknet igjen før til våren.
Mahrepa var fortvilet over det, for hun trengte dragen sin nå.
Skulle de klare å erobre nok land og ta hevn måtte hun ha
dragen sin tilgjengelig. Kokongen hadde blitt kald de siste
dagene og den virket mer solid, hardere. Men nå skjedde det
noe, det var en svak knakelyd og en nesten buktende bevegelse
som først kunne merkes. Så ble bevegelsene sterkere, raskere.
Den store kokongen begynte å rulle fra side til side og flere
knakelyder kunne høres, sprekker ble synlige. Nå kunne det
sikkert blitt oppdaget hadde det ikke vært for at rop hørtes fra
andre enden av leiren, ild blaffet brått opp flere steder og noen
skrek. Brått var det et kaos, brennende piler skjøt ut fra

nattemørket og satte fyr på teltene og folk løp skrikende ut
bare for å bli brukt som blink. Mahrepa ble brått vekket av
livvaktene sine og hun ble halt med som et annet gissel, blek
av skrekk. Det var bueskyttere flere steder i trærne oppe i
åssiden og nå hørte de en fjern torden i det både fotsoldater og
kavaleri brått stormet frem gjennom leiren. Mahrepas hær var
ikke spesielt godt trent, de var mange og det hadde gitt dem
flere seiere men disiplinen manglet og de færreste var særlig
lojale mot saken de kjempet for. Bare noen få av ridderne ble
for å forsvare sin herskerinne og de falt en etter en. Mahrepa
prøvde å flykte til hest men hesten ble felt under henne og hun
ble kastet bortover i gjørma og kom seg ikke opp igjen før hun
ble grepet av jernharde never. Overalt ble hennes folk hugget
ned som dyr og hun skjønte kanskje for første gang hva hun
egentlig hadde gjort for hun begynte å skrike og sluttet ikke før
en av krigerne slo henne i hodet, hardt.
Kokongen revnet, ingen så mot gropa, for alle var opptatt med
å slåss. Det kom en siste spjærelyd og skallet var helt åpent.
Det som hadde vært inne i kokongen lagde en merkelig
klynkende lyd, så strakte det seg, merkelige skimrende øyne
åpnet seg og den hveste lavt. Det var et svært forvandlet dyr
som nå satt i gropa, lindormen hadde ikke hatt bein som
fungerte men denne skapningen hadde bein, lange sterke bein.
Den var nesten som en mynde i fasong, men med en svært lang
slangeaktig hals og en enda lengre hale og langs hele ryggen
halen og hodet og halsen sto det opp en børsteaktig kam med
flerfarget hår i strålende farger. Selve kroppen var skjelldekket
men den skinte som huden på en bille og hodet var bredt og
avlangt med vid kjeft. Den åpnet og lukket de enorme kjevene,
tennene var som sagtagger, og ekstremt skarpe, halen svingte
sakte frem og tilbake og den løftet beina og strakte tærne med
lange klør på som for å teste dem.
Ildøye løftet hodet og været, nesen var utrolig god og den
kjente lukta av den ene den visste den kunne følge. Han
gryntet kort og bykset ut av gropa i et mektig hopp, bak den

sto det et slag av en annen verden men den forhenværende lindormen brydde seg ikke om det. Den skulle finne sin rette herre og mester, deretter skulle den tjene ham. Et par av Mahrepas soldater kom løpende forbi, vettskremt og med døden i hælene. De bråstoppet da de så det som nå sto der og stirret på dem og de skrek ut. Ildøye hveste og åpnet kjeften, en intens stråle av rent lys sto ut av strupen på den, ikke ild men lys som fra en mektig lampe og karene ramlet om, svidd til aske på sekunder. Skapningen gryntet fornøyd, så la den på sprang. Det ville ikke ta den alt for lang tid før den tok igjen sin rette herre. Den visste at den skulle jakte nå, at den hadde en oppgave.

Midar og Meyret

Midar kastet på seg, urolig og merkelig rastløs. Han fant ingen hvile nå, ingen fred. De hadde ankommet til et flatt platå mellom jevne åser og på kartet så de at de måtte ri videre i noen dager før de kunne bruke ringen igjen. Meyret hadde åpenbart fått mange instrukser fra Imla Midar ikke hadde hørt noe om og han godtok det egentlig. Men det gjorde ham også frustrert for han følte på seg at det var hans plikt å holde dem begge trygge og når han ikke engang visste hvor de skulle ble det vanskelig. Han sukket og snudde seg, stirret mot Meyret som satt ved bålet de hadde tent og stirret inn i det. Natt og Mørke lå på andre siden av bålet og de gylne øynene var avslappet men årvåkne, ingen ville greie å snike seg innpå dem uten at de to enorme ulvene merket det.

Midar var i det minste glad for beskyttelsen de gav, for han følte seg alt annet enn trygg. Det var ingenting ved Meyret nå som røpet hvem hun var, hun var en svært vakker kvinne men ingenting ved henne sa at hun var noe annet enn et menneske, bortsett fra det forbaskede halskjedet som ikke lot seg fjerne. Han så at fingrene hennes gled over det, ubevisst, lekte med det. Blikket hennes var så fjernt og han undret seg på hva hun tenkte på. Hun snudde hodet, så på ham, smilte fjernt og sukket, lente seg fremover."En gullmynt for tankene dine Meyret."

Hun fnøs, smilte skjevt."De er ikke så mye verdt."

Han krøp nærmere."La meg avgjøre det."

Hun sukket og strakte de lange beina."Jeg bare tenkte på minner jeg har, minner uten mening,"

Han bikket på hodet, satte seg opp ved siden av henne og Meyret gjemte ansiktet i det nå skulderlange sølvfargede håret,

det vokste åpenbart flere centimeter i uka.”Uten mening?”
Hun trakk knærne opp, lente haken mot dem og han måtte
beundre smidigheten hennes igjen, hun lukket øynene.”Ja, for
det er minner om noe som er borte, en skapning jeg var men
ikke lenger er. Jeg kan ikke forholde meg til det lenger, det er
ikke meg.”
Han strøk en finger langsmed kinnet hennes.”Hvordan da?
Fortell.”
Meyret sukket og øynene hennes var fjerne.”Du vet, det stedet
vi skal til, det magiske stedet hvor jeg kan fjerne halskjedet,
jeg vet ikke lenger om jeg vil ha det bort. Jeg vet ikke lenger
hvem jeg er Midar. Hva om jeg blir ond igjen når det er borte,
en fare for deg, og for andre?”
Hun gjemte ansiktet igjen og noe som lignet et hulk tvang seg
frem.”Jeg var forferdelig, jeg aner ikke hvordan jeg noen gang
kan gjøre opp for hva jeg har skapt av død og ødeleggelse.”
Midar forsto henne, hun hadde fått samvittighet nå, og den rev
i henne som drageklør i kjøtt. Hun trakk pusten dypt og ristet
svakt.”Jeg husker alt Midar, alt. Noen ganger er god
hukommelse en forbannelse, jeg vet ikke hvordan jeg skal
unnslippe det.”
Han tok handa hennes, så smalt på henne.”Meyret, hør på meg.
Du kan gjøre gode ting i stedet, tenk om du får tilbake evnen
til å skifte form? Da vil du kunne gjøre fantastiske ting, bli en
helt i stedet for en mare.”
Hun bikket på hodet.”Ja, men hva om jeg ikke klarer det? Hva
om fristelsen blir for stor? Som drage er jeg sterk Midar, så
enormt sterk. Jeg så på alle andre skapninger som noe mye
mindre verdifullt enn meg selv. Jeg var så selvsentrert, så
selvsikker. Jeg elsket å skape panikk og høre skrik. Jeg vet
ikke om jeg tør å ta sjansen igjen.”
Han svelget, hva sa en til slike tanker? “Jeg tror ikke du blir
ond igjen, du har sett selv hva ondskap er, hva den gjør med
en. Du vil ikke glemme.”
Hun lente seg fremover igjen, stirret inn i ilden.”Nei, jeg vil

ikke glemme."

Han rørte skulderen hennes varsomt, lente seg mot henne."Du er ikke den eneste som har gjort dumme ting Meyret, alle gjør ting de angrer på. Men du må selv velge hvordan du går videre, du kan la det være en blylenke som tynger deg ned, eller du kan bruke det som et fundament for å komme deg videre."

Hun smilte litt fjernt."Du er vis, til å være en tyv."

Midar skar en liten grimase."Kanskje, jo, du har vel rett. Men jeg fikk da litt utdannelse tidlig i livet, og mesteren min mente at jeg burde kunne så mye som mulig. Om en kan gli inn blant folk og bli godtatt som en av dem så vil en jo ikke bli avslørt så fort. Jeg måtte lære å skifte både holdning og dialekt og å te meg som alt fra en tigger til en adelsmann."

Meyret smilte litt."Nyttige egenskaper uansett hva en driver med."

Han nikket litt stolt."Ja, og jeg var den beste min mester noen gang hadde trent, det sa han selv."

Meyret stirret ned i bakken."Da jeg….da jeg var drage vet jeg at mange trodde at det å være adelig betydde at en var bedre enn andre, på alle måter. Nå vet jeg at det ikke er sant. Det er hjertet og sjelen som avgjør hvor bra en er, ikke blodet."

Midar løftet et øyebryn i en imponert grimase."Ser man det? Det er ikke bare jeg som er smart."

Hun fniste lavt og bikket på hodet."En lærer mye gjennom et langt liv."

Midar stirret på henne et kort øyeblikk."Sant nok, men Meyret, hvor gammel er du?"

Hun rykket til, øynene ble et øyeblikk enorme og hun så tomt fremfor seg."Jeg…jeg vet ikke, ærlig talt! Jeg husker…jeg husker bare de siste årene før jeg ble fanget…og noen få fragmenter av noe som må ha vært en krig, for veldig lenge siden."

Han bikket på hodet."Husker du dragemestrene?"

Meyret ristet på hodet temmelig konsekvent."Nei, jeg kan ikke

huske dem, ikke i det hele tatt. Men jeg er ganske sikker på at jeg var i live på den tiden.”
Midar så smalt på henne.”Underlig, men om mye av minnet ditt er borte er det vel bare å vente.”
Hun så bare på bålet og Midar likte ikke helt den fjerne minen hennes.”Som sagt, også jeg har gjort dumme ting. Som da jeg ble hyret til å finne deg, ja ikke at det i seg selv var dumt men måten jeg ble lurt til det på var dum. Og jeg har gjort blundere før også.”
Hun lente seg nærmere, lente hodet på skulderen hans.”Fortell?”
Han stirret på bålet og på de to ulvene som lå der og peste svakt, det var bortimot noe av det mest surrealistiske han hadde vært borti, og allikevel var det ekte.”Vel, det var den ene gangen jeg måtte kle meg ut som en jente.”
Meyret gjorde store øyne.”Virkelig? Hvordan greide du det?!”
Han trakk på skuldrene.”Enkelt var det ikke, for jeg var alt voksen da, men med litt stopping her og der, pudder og parykk og sminke og en av de mest tette barberinger jeg noen gang har fått så greide jeg det. Selv om de påsto at jeg var stygg som juling”
Meyret fniste, det var slik en velsignet lett og glad lyd og han følte seg mye lettere til sinns med en gang.”Hvorfor måtte du se ut som en jente?”
Midar trakk på skuldrene.”En danserinne faktisk, jo, i Zhymorne var det vanlig å stjele ting fra hverandre, jeg tror ikke det var noe av verdi som ikke hadde vært stjålet en fire fem ganger minst. Og jeg ble hyret for å stjele en verdiful juvel fra en eldre frue som hadde stjålet den fra en av kongens rådgivere som hadde stjålet den fra en gammel vismann. Og den eldre fruen likte å se på dans så jeg snek meg med et essemble med danserinner og klarte jobben. Og uka etter ble den juvelen stjålet igjen av en av mine mange kollegaer.”
Meyret rullet med øynene.”Må ha vært veldig forvirrende til tider, hvem har hva liksom?”

Midar nikket og husket alle de hysteriske situasjonene som gjerne oppsto og alle de finurlige teknikkene som ble brukt for å hindre tyveri. Teknikkene fungerte bare så lenge tyvene ikke visste om dem og det varte som regel bare noen timer før alle i tyvenes laug visste om feller og diverse ekstreme låser og gjemmesteder. Han måtte humre for seg selv og Meyret så litt avventende på ham.”Du lo, hvorfor?”

Han strøk en hånd gjennom det sølvaktige håret hennes.”Jeg husker bare en som valgte en veldig uvanlig måte å gjemme verdisaker på.”

Hun så forventningsfylt på ham.”Jammen så fortell da?”

Midar skar en grimase.”Det er usmakelig?”

Hun ristet på hodet.”Gjør ikke noe, fortell!”

Midar blunket lett konspiratorisk.”Greit, men skyld på deg selv om du mister appetitten.”

Han satte seg bedre til rette.”Du ser, en av kongens egne brødre var litt paranoid av seg, han prøvde å gjemme verdisakene sine så godt at ingen kunne finne dem. Og han gikk alltid nesten omringet av digre vaktbikkjer. Var flere som prøvde seg for fyren var skamløst rik med en forkjærlighet for diamanter og rubiner og ingen greide finne en eneste stein hos ham, noen gang”

Meyret så spent på ham.”Og?”

Midar flirte rått.”Og så en vakker dag da han var ute og promenerte i parken begynte en av bikkjene hans å huke seg over for å skite og møkka glitret gitt. Det gikk to dager, så hadde noen foret alle vakthundene med avføringsmiddel og var blitt skittent rike, bokstavelig talt.”

Meyret måpte.”Ja, det kan en jo kalle vakthunder, bokstavelig talt!”

Midar lo igjen.”Og det verste var at de steinene snart ble spredt rundt og det ble vanlig at folk liksom snuste på de fine damene, som for å sjekke om de gikk med stjålne diamanter. Var skrekkelig fornærmende vet du men allikevel, noen fikk mye moro av det.”

Meyret så drømmende på ham, det var noe fjernt i blikket hennes."Det vil jeg tro. Jeg husker de som tok meg til fange Midar, hvordan de bukket og skrapte og var underdanige og hvor falskt det var, men jeg gjennomskuet dem ikke, for jeg var falsk selv. Jeg forsto ikke at noen kunne våge å gjøre det de gjorde mot meg. Det var ufattelig."
Midar svelget bare tungt."Det forstår jeg, men skyv det til side nå. Vi skal videre i morgen tidlig og vi trenger hvile. Det er en lang tur."
Hun sparket til en kvist, så den lande i bålet og ta fyr.
Stemmen hennes var merkelig fjern da hun svarte."Ja, en lang tur"
Midar begynte å lure på om hun visste noe han ikke gjorde og han så litt mistenksomt på henne men hun røpet ikke noe, ansiktet var temmelig intetsigende for øyeblikket. Han sukket og gjorde i stand for natten, dyrene ville holde vakt så de kunne sove men han greide ikke å slappe av i det hele tatt. Det var et eller annet som gjorde ham svært urolig, og Meyret virket ikke for å kunne sove heller. Hun hev på seg i teppene og han ble liggende å lytte til henne lenge før han til slutt sovnet på tross av alt.
Midar våknet av at sola stakk i ansiktet hans, han bannet og rullet seg ut av teppene, de hadde sovet lenge siden sola alt var oppe. Hestene sto fredelig og viftet hverandre med halene og de to ulvene lå ved bålet og gnog på noe som måtte være et lår fra et eller annet dyr av noe slag, antagelig en hjort. Meyret sov ennå, hun hadde pakket seg totalt inn i teppene og Midar rusket forsiktig i henne, hun blunket og gjespet og Midar måtte smile av det forvirrede uttrykket i ansiktet hennes."Vi må komme oss videre snart, jeg skal lage litt mat."
Meyret kom seg opp og begynte å pakke sammen tingene deres, hun virket svært stille denne morgenen og han begynte å undre seg på hvorfor. De spiste i stillhet også og Midar greide det ikke lenger, han sukket og strakte seg mot henne, la handa over hennes og Meyret rykket til og så på ham med forvirrede

øyne."Hva?"

Midar skar en grimase."Du er så stille, er det noe som plager deg?"

Meyret sukket og så ned, hendene hennes pirket ubevisst på lissene på støvlene hennes, blikket var fjernt."Ja, men jeg vet ikke hva. Det er umulig å sette ord på det."

Midar bikket på hodet."Prøv?"

Hun trakk pusten dypt, bet seg i underleppa, øynene flakket litt."Det er…Guder, hvordan beskriver jeg det, det er som om jeg nesten husker noe, noe viktig, noe jeg for all del ikke burde ha glemt men jeg greier ikke for mitt bare liv å huske det."

Midar rynket pannen."Er det noe som har kommet nå nettopp?"

Meyret nikket, øynene hennes skinte på en litt underlig måte, de var ennå fjerne."Ja, da vi ankom hit. Det er et eller annet, noe som nesten får meg til å huske noe, men jeg greier ikke gripe tak i det. Det er som å prøve å få tak i en dott med tåke."

Midar satte seg bedre til rette ved siden av henne."Er det noe her som har vekket det til live? Noe du ser kanskje?"

Meyret lukket øynene, ansiktet var nesten litt katteaktig når hun gjorde det og hun strakte hals, virket for å søke dypt i henne selv. Hun satt slik, så bikket hun på hodet så det sølvfargede håret danset."Lukt!"

Midar så litt forvirret ut."Hva mener du med det? Lukt?"

Hun så på ham."Det er en lukt her, noe jeg nesten husker, men bare nesten!"

Midar visste at lukter kan frigjøre minner, de kan være uløselig knyttet sammen til tider. Han hadde alltid for vane å huske dagene på barnehjemmet der han levde sine første år når han kjente lukta av nybakt brød, det var som om han ble trukket med tilbake i tid hver gang han kjente den lukta. Brått var han fem igjen og hang foran døra til kjøkkenet, ivrig ventende for dagens første måltid."Vet du hvilken lukt?"

Meyret ristet på hodet."Nei, for jeg kan ikke navngi den, og den er så svak. Jeg antar at du ikke kan lukte det, du er

menneske, nesen din er svært lite følsom.”
Midar fnøs, han likte ikke å bli snakket til på en så nedlatende
måte.”Den er da følsom nok for meg, men greit, du har nese
som en hund. Prøv å beskrive den?”
Meyret lukket øynene, la hodet bakover og visste ikke hvor
sensuel hun så ut i det øyeblikket.”Den er merkelig rå, minner
meg om…sopp? Råte? Men samtidig har den en slags krydder
aktig overtone, noe jeg ikke har ord for, dessverre”
Midar knep øynene sammen, prøvde å tenke.”Det er ikke bare
skogen her som lukter slik? Det kan være sjeldne planter eller
noe slikt?”
Meyret ristet på hodet.”Ikke på denne tiden av året nei, og
ulvene har ikke reagert. Jeg tror dette er noe jeg reagerer på
kun fordi jeg har vært i kontakt med det før, for alle andre har
det ingen betydning. Om jeg bare husket.”
Stemmen hennes døde ut og hun bet tennene sammen, så
frustrert ut. Midar reiste seg.”Det trenger ikke bety noe, jeg er
sikker på at du husker det med tiden, bare slapp av.”
Meyret skar en grimase.”Jeg har bare en litt ubehagelig følelse
Midar, av at den lukta ikke er noe annet enn trøbbel som
venter.”
Han klappet henne på skulderen.”Det får vi tidsnok se, vi må
komme oss videre nå!”
Hun bare nikket og de brøt leir og red videre, terrenget var
forholdsvis lett å ri gjennom og Midar visste at de nå måtte
være et sted nord og muligens vest for Bheki, men han visste
ikke akkurat hvor. Dette området hadde han aldri besøkt men
det virket på en måte kjent siden han kun så velkjente arter og
formasjoner der. Han prøvde å underholde Meyret med å
fortelle om de ulike trærne og plantene de så og hun fulgte
med men blikket var ofte fjernt. Han begynte å undre seg på
om Imla hadde fortalt Meyret mer enn han visste, det gjorde
ham litt betenkt, nesten litt fornærmet.
De kom seg av gårde og red i jevnt tempo gjennom et landskap
som var temmelig vilt til tider. Det virket ikke for at det bodde

folk der og Midar var glad til. Han visste at de ville vekke oppmerksomhet om noen så dem og han ville unngå det.

Meyret var stille og satt bare på hesten og slappet av og Midar prøvde å holde motet oppe. Heldigvis var det lett å ri der og ulvene ville advare dem om det dukket opp noe farlig. Noen fugler svinset rundt dem i nysgjerrig dans og Meyret smilte til dem og så ble hun tydelig trist igjen. Han skulle ønske at han kunne hjulpet henne.

De kom ned i en dal som måtte være bebodd da dagen gikk mot slutten, det var noen åpne områder og Midar så noen sauer som gresset fredelig på en eng nede ved den heller smale og stakkarslige elven som tvang seg frem mellom tette skogholt og kampesteiner. Det kunne ikke være mye å leve av der. Meyret rynket pannen.”Lukta, jeg kjenner den igjen, så sterk!” Midar ble betenkt, han holdt hesten inne og stirret på landskapet foran dem. Det var ingen landsbyer eller større samlinger av hus å se, kun noen få mindre gårder som virket temmelig fattigslige. Dette var folk som var vant med å livberge seg på lite og de var sannsynligvis ikke vant med å omgås fremmede. Det kunne være lurt å unngå å bli oppdaget. Midar smattet til hesten.”Vi holder oss i lia, jeg tror ikke at vi bør la oss bli sett av noen.”

Meyret så forvirret ut.”Det er sikkert bare fredelig bønder her?”

Midar nikket sindig.”Fredelige ja, og sikkert skrekkelig overtroiske, ser de ulvene eller deg tror de sikkert at det er onde krefter på ferde.”

Meyret måtte fnise men hun skjønte at han hadde rett. Midar kjente verden, det gjorde ikke hun. Hun hadde vært kunnskapsrik og klok en gang i tida men det var så lenge siden at ikke engang hun ante hvor lenge siden det egentlig var. Hun stolte på ham, red bak ham og de holdt seg langt borte fra de smale stiene som snodde seg gjennom skogen. Det var krøtter stier og det var nesten ingen tegn til folk i det hele tatt men hun så at noen hadde beskåret en del løvtrær for å sanke løv til

dyrene og her og der var det satt opp noe som måtte være grenserøyser mellom eiendommer. Antagelig var sauer og geiter det som berget folket gjennom vinteren pluss fangst og fiske, husene de så på avstand var temmelig enkle, noen av dem var mer gammer enn hus og Midar begynte å føle seg urolig. Han så ikke folk noe sted, og det røk ikke fra noen av pipene de så. Det var stille der, for stille. Selv om det var lange avstander mellom gårdene burde det vært mere aktivitet. Meyret hadde også merket seg ved den uvanlige roen og freden."Kan de ha reist sin vei? Imla snakket om krig? Men den kan da ikke ha nådd dette området? "
Midar ristet på hodet."Ingen her er vel tilknyttet noen av de store ættene på noe vis, folket her inne i villmarka er selvstendige og har levd slik i generasjoner. Jeg tviler på at de engang vet at det er krig på gang utenfor fjellene."
Meyret så seg rundt."Men hvor er de da?"
Midar kjente seg litt skremt, han hadde en følelse av at de burde komme seg vekk."Det kan ha vært uår her?"
Meyret trakk på skuldrene."Men se på gårdene da? Det virker ikke for at det har stått tomt lenge? Sauene ser velstelt ut, den åkeren ved åsen der er forberedt til våren igjen."
Midar husket fortellingene om øyene utenfor kysten av Arzam. Det hadde brutt ut pest der for mange hundre år siden og kongen som ledet folket der hadde satt øynene i karantene for å forhindre at det spredte seg. Det ble forbudt å engang nærme seg øyene og da folk omsider vågde seg i land våren etter var alle døde. Det var ikke en levende sjel i live bortsett fra en slavejente fra kongens eget palass som hadde det med å drikke to kopper med en spesiell urtete hver morgen fordi den gav henne frisk pust og hun slet med dårlig ånde. Etter det ble den urten meget popular og ble brukt mot pest flere steder, med varierende resultat.
Kunne noe lignende ha skjedd her? Var det pest? Om noen ble syke på slike avsides steder var det lite trolig at de klarte seg, det var langt mellom legene og de som fantes var som regel alt

annet enn dyktige. De var faktisk som regel temmelig livsfarlige. Meyret så litt spørrende på den underlige minen hans og Midar gliste svakt."Jeg tenkte bare på de legene som finnes ute i bygdene."
Meyret bikket på hodet, hun virket nysgjerrig og Midar måtte le."Noen av dem kan ingenting, men de later som om de kan kurere hva som helst"
Meyret lukket øynene, hun virket tankefull."Jeg tror jeg husker at folk var flinke den gangen jeg ble fanget, de visste mye."
Midar nikket."Tviler jeg ikke på, mye er glemt som burde vært tatt vare på. Jeg skulle kureres for hoste en gang da jeg var bare guttungen. Den gamle røya som liksom var en helbreder kom med et inntørka kattehode og la det i et tørkle og bant det rundt halsen på meg. Jeg var skitredd og turte ikke hoste så en kan jo si at jeg ble kurert."
Meyret måtte le og Midar smilte skjevt. Han brukte øynene mens de red innover dalen men det var ikke tegn til folk noe sted, det var unaturlig og han begynte å ane at dette var noe annet enn hva en først ville tro. De to ulvene gikk og småsnerret hele tiden og hestene var nervøse også. Midar tok en brå beslutning."Vi er nødt til å finne ut av dette, vi kan ikke fortsette om det kanskje lurer farer her vi ikke aner noe om."
Meyret bet seg i leppa."Er du sikker på at det er lurt? Jeg mener, det kan være farlig?"
Midar nikket."Jeg er redd for det, men vi må prøve. Noe er galt her."
Meyret nikket og blikket var mørkt."Lukta, det har å gjøre med den, jeg er sikker"
Midar ristet på hodet."Lukt har aldri skadet noen?"
Hun så ned i nakken på hesten."Kanskje ikke, men noe har lagd den lukta ikke sant?"
Midar siktet seg inn mot den nærmeste gården, den virket for å være av de største der og de nådde snart en heller dårlig kjerrevei som var dekket med sporene etter dyr. Det fantes ikke folkespor noe sted og Midar så at gjerdene var nedfalne

og dyrene løp rundt vilt. Meyret svelget synlig, hovedbygget var en laftet hytte som virket svært gammel og det lå utstyr og redskaper utenfor. Midar gryntet kort.”De har forlatt stedet helt brått, se her, det garnet er halvt reparert og det ligger nåler og snor rett under det”

Meyret nikket.”Det ligger en halv bunt med visne turnips på trammen der borte.”

Midar kjente at det gikk kaldt nedover ryggen på ham. Brått? De måtte ha forsvunnet i løse lufta! Han ville ikke stige av hesten og de to ulvene knurret lavt og virket for å ville ha dem bort fra tunet, begge to. Han snudde hesten, stirret inn gjennom den åpne døra. Det var lyst inne i bygget for gluggene var åpne og det var ingen der, alt så vanlig ut men det lå en geit i ene langbenken og noen fugler hadde prøvd å rive bort ulla fra en jakke som lå over ene bordet.

“De har ikke tatt med seg noe, de har bare blitt borte.”

Meyret lot blikket gli over det vesle tunet, hun syntes nesten at hun hørte noe, en slags svak klynking. Men lyden var så svak at hun ikke greide å bestemme hvor den kom fra, og det kunne være et dyr for alt hun visste. Midar så at hun virket distrahert.”Hva er det?”

Hun trakk på skuldrene, strammet tømmene.”Jeg vet ikke, men det er noe her, noe…jeg vet ikke!”

Midar knep øynene sammen, han tiltet hodet til siden, prøvde å lytte nøye men han hørte bare de vanlige lydene. En sau brekte nede ved gjerdene og noen skjærer kranglet på taket. Hadde det ikke vært for at det ikke fantes mennesker der ville det vært totalt normalt.

Meyret løftet hodet brått, øynene hennes var ville.”Det er stemmer, jeg hører stemmer. De er fjerne men her, de kommer alle steder fra”

Midar forsto at hun antagelig hadde andre evner enn et menneske, at hun kunne sanse ting han aldri ville kunne forstå. Han kjente en brå trang til å spore hesten og ri bort fort som bare rakkern.”Hva sier de?”

Meyret gispet."De snakker om død, om noe som har drept dem. Og det har…det har dukket opp helt brått."

Midar snudde hesten og så hardt på henne."Hva? Sier de noe om hva?"

Hun så skremt ut."Nei, dem de er bleke, og ikke mennesker, og skrekkelige."

Midar klasket til hesten hennes på baken og den skjøt frem, han sporet sin etter."Vi kommer oss vekk, om noe har drept alle her er vi også i fare!"

Meyret hulket."Sjelene deres er fanget her, jeg føler det. De er usalige, kan ikke få fred!"

Midar tvang hestene over i stri galopp nedover veien."Det er tragisk men ikke noe vi kan gjøre noe med, vi må bort!"

De red hardt nedover kjerreveien og Midar greide å holde kursen mot stedet de skulle bruke ringen på nytt. Men i det de krysset elva så Midar at en hel flokk med ravn og kråke tok til vingene like ved veien og de fikk en stram stank rett i ansiktet da vinden et øyeblikk snudde. Det var likstank og den var så sterk at Midar aldri hadde kjent noe verre. Søppelfyllingene utenfor Zhymorne kunne være forferdelige om sommeren i varmen men dette var så mye verre, langt verre faktisk. Meyret var grønn i ansiktet."Å guder!"

Midar lot hestene trave forbi, de stanset ikke men de så godt, og ønsket at de ikke hadde sett i det hele tatt. Det var lik, en stor haug med kropper og det måtte være samtlige som bodde i dette området. Alle likene var redusert til stort sett bare bein og sener og Midar kunne ikke engang begynne å gjette på hvor mange det var. Han så tydelige gnagemerker på noen av beina og sporet hesten igjen, ivrig etter å komme seg vekk fra den stygge lukta. Meyret hikstet."De har blitt gnagd på, hva kan ha gjort det?"

Midar så at ulvene hadde strittende pels og de snerret, de var tydelig ikke særlig begeistret for dette."Ingen dyr, det er ganske sikkert."

Meyret skalv svakt."Kan det ha vært troll? Jeg husker at folk

snakket om troll da jeg var fri?"
Midar ristet på hodet."Troll er bare overtro, og jeg husker at de
ikke eter folk, de bare dreper alt de klarer å få klørne i."
Meyret så seg ikke tilbake."Men disse har drept og ett alle som
levde her, og slengt alle kroppene fra seg, det må ha vært
mange"
Midar nikket."Det tror jeg også, de snakket om noe blekt? Som
bare dukket opp?"
Hun nikket og Midar ristet på seg."Ok, da vet vi det, se opp for
bleke skapninger"
Hestene løp som om de hadde fanden selv i hælene og Midar
kjente på seg at det hastet, de måtte vekk. Hva det enn var som
hadde angrepet dette stedet, det var antagelig en fiende ingen
av dem kunne overvinne. Midar hadde en merkelig følelse av
at dette hang sammen, at de måtte få kjedet av Meyret av flere
årsaker enn bare det at det bant henne til den slekten han var
av. Til slutt måtte de la hestene hvile, de var langt vekk fra den
vesle bygda nå og skogen sto temmelig tett. Det var en skog av
svære bartrær av et slag Midar ikke hadde sett før, de skygget
for lyset og gjorde omgivelsene en smule dystre men det var en
naturlig friskhet der som var svært god for humøret. Her og der
så de spor av ville dyr og det virket ikke for at fienden brydde
seg noe om dyr i det hele tatt. De hadde jo ikke sett noen
skrotter av annet enn mennesker ennå. Ulvene sprang foran
dem, ledet dem rett og Midar var glad de hadde dem. Det
begynte å mørkne så smått og de begynte å se seg om etter et
sted å overnatte da Natt og Mørke brått stanset, begge ulvene
begynte å snerre lavt og la på ørene og Midar kunne sverge på
at de vokste? De ble større, det var ikke bare synsbedrag og
Meyret gispet høyt. Hestene knegget skremt og slo med
hodene og Midar trakk sverdet sitt, han ante ikke om det var
noe vern i det hele tatt men han følte seg litt sterkere med stål i
nevene.
Meyret var blitt blek."Kjenner du lukten? Den er gyselig!"
Han nikket, han kjente den også nå, merkelig motbydelig, som

noe unaturlig i luften. Det lød en svak hvesende lyd fra skogen og han så øyne som beveget seg, bleke skimrende øyne som ikke virket for å ha noen pupill. Det var mange, og de nærmet seg. Meyret gav fra seg et lite skrik av avsky, de kunne se de første skapningene nå og de var groteske, bleke misformede vesen som hadde et menneskes form men hodene var ikke som på folk. Bare enorme mørke øyne og en bred kjeft med skrekkelige tenner og ingen nese.»Hva er det?!»

Stemmen hennes var åndeløs og Midar tvang hesten inn under kontroll.»Gudene vet, men de har ikke godt i sinne!»

Han syntes han kunne sanse følelsene deres, en grenseløs uendelig hunger for blod og kjøtt og liv. Disse tingene var onde, de var mørke og død og lite annet enn det. Midar så at de sjokket nærmere og det var lite intelligens å spore i de merkelige tomme blikkene, men det var et slags glimt i dem, som om de ble sterkere når de var mange samlet. Det kunne være at disse skapningene var som maur, de eksisterte som en koloni, ikke som enkelt personer. Natt og Mørke knurret, de hvite tennene skinte i halvmørket men de groteske skapningene virket ikke får å merke seg ved ulvene i det hele tatt. Natt bykset frem, stor som en liten hest nå. Den grep en av de merkelige vesnene med kjeften og bet den i to, skapningen ramlet i bakken uten en lyd men de andre lot seg ikke merke med det i det hele tatt. De bare fortsatte fremover mot de to rytterne og Meyret skalv av avsky. De var unatur, noe som aldri skulle ha eksistert og hun hveste og merket at hesten også dirret. Midar bannet lavt, han nikket til Meyret.»Vi rir på, det bør gå å komme seg rundt dem.»

Han lot hesten få strekke ut og Meyret fulgte på men skogen var så tett at hestene ikke kunne løpe fullt så fort som vanlig. Beistene gav fra seg underlige tynne hylende lyder, det hørtes groteskt ut men de fulgte etter dem. Og de løp fort, det var som om de fløt over bakken mer enn beveget beina og Midar kunne knapt tro det han så. De greide ikke holde unna for disse udyra og han ante at de neppe kunne slåss mot dem og greie seg. Han

hadde et sverd men de var så mange og så raske og Meyret,
vel, hun var neppe noen slåsskjempe akkurat. Han svor at han
aldri ville la dem fange seg levende og Meyret var tydelig like
oppsatt på å unnslippe som ham. Hun var vill i blikket og lå
fremover hestenakken.
Skapningene virket for å kommunisere, de skjærende hylene
ble skarpere, mer ivrige. Midar bannet, det begynte å bli mørkt
og det var vanskelig å se hvor de var på vei nå. Han måtte stole
på at hestene så hvor de løp. Ulvene løp bak dem nå, som for å
beskytte dem og Meyret mumlet et eller annet som hørtes
temmelig rasende ut. Midar så fort bakover på henne.”Hva?”
Hun flekket nesten tenner.”De minner meg om meg, da jeg
var…annerledes. Og de som fulgte meg.”
Midar skar en grimase.”Jeg tror ikke du var så blodtørstig.”
Hun nikket fort.”Men det var jeg, hvordan skal vi komme oss
vekk fra de små ubeistene?!”
Midar måtte bøye seg for å unngå en grein som hang lavt,
hestene peste.”Aner ikke, de vil jage oss til hestene styrter er
jeg redd. Vi må finne et eller annet som kan holde dem unna!”
Meyret svor stygt.”Men hva? De virker for å kunne klatre
også, og det er ingen høye klipper i nærheten heller. Tror du de
kan svømme?”
Midar nikket hardt.”Garantert, de er nok tilpasset ethvert
miljø”
Meyret fikk noe som lignet desperasjon i blikket.”De er som
dyr, dyr frykter ild, har du flint og knusk?”
Midar så forskrekket på henne.”Er du rusk? Tror du at jeg kan
tenne opp i denne farten? Hva nytte har vi av en fakkel? Det
skremmer dem neppe vekk!”
Meyret klynket kort, beistene kom nærmere for skogen ble
tettere og hestene måtte sakne farten litt for ikke å løpe rett på
trærne. Det lød et triumferende ul fra flokken som jagde dem,
Natt og Mørke stoppet av og til og rev noen i småbiter men det
kom bare flere, det bunnet ikke i det hele tatt. Hun så bakover
og plutselig var det som om det brast for henne, hun kjente

stanken fra disse udyra, visste at de kun levde for å drepe. Hun hatet dem, hatet dem fordi hun i dem kunne se en skygge av den hun hadde vært, av det mørket som hadde vært hennes sjel. Uten å tenke seg om slo hun ut med hendene og brått brant det heftig i det tykke laget av døde barnåler på bakken, det var mye olje i det og ilden spredte seg fort.

Midar ropte ut i sjokk og Meyret bare glante, hadde hun gjort det?! Hun var jo en drage men de evnene hadde hun mistet, eller hadde hun det? Skapningene var sjanseløse, ilden slo opp rundt dem og de skrek skjærende, prøvde å flykte men kom ikke langt. Flammene virket for å jakte på dem, strekke seg etter dem og trekke dem inn og den bleke tynne huden tålte lite. De skrek som besatt mens de brant og Meyret stirret villøyd på synet. Skogen brant bak dem, et stort område var i full fyr og flamme og Midar svelget hardt.”Meyret, jeg tror vi rir herifra, før ilden sprer seg mer.”

Hun bare nikket og blunket. Natt og Mørke kom travende og slikket henne på handa med merkelige vitende blikk.

Midar forsto at hun ikke var så menneskelig som han hadde trodd, hun var en drage innerst inne og det virket for at de evnene faktisk var på vei tilbake, hvorfor? Hun gyste av avsky og vred seg og ilden speilet seg i øynene hennes på en merkelig måte. Midar måtte vedgå for seg selv at han egentlig ikke kjente henne så godt som han kanskje trodde. Det var avgrunner i Meyret han aldri ville kunne fatte og kanskje det var til det beste at han heller aldri prøvde å utforske dem. Han smilte til henne men smilet var litt ustødig.”Du greide det, du ble kvitt dem”

Hun så litt forskrekket ut.”Ja, men…”

Han strakte seg over og rørte handa hennes varsomt.”Ikke noe men, da vet vi at du kan forsvare oss mot slike skapninger.”

Hun greide å sende ham et heller nervøst smil tilbake. Det føltes meget godt å ha brukt evnene sine til å redde dem men hva ville prisen for det bli? Hun hadde en ekkel følelse av at den ville bli meget høy, kanskje større enn hun var villig til å betale. Hun prøvde å smile tilbake til Midar men merket at ansiktet hennes føltes merkelig stivt og underlig. Dette hadde forandret alt, og hva var de beistene? Var de bare der? Om ikke var det forferdelig, da var det fare på ferde andre steder også, ikke bare i denne fredelige lille fjelldalen.

Kanir

Han red hardt mot hovedkvarteret til utbryterklanene, Khebar
ville lytte til ham, det var det eneste han kunne være sikker på.
Blodøks var en god hest, like god som den han gav sin bror og
han visste at den ikke ville bli trett på lenge ennå. Han følte at
hjertet hamret vilt i brystet, de var alle i fare. Om hans mor
virkelig var så syk kunne hun allerede være døende og han
ønsket å si farvel til henne, å kunne holde armene rundt henne
en siste gang. Men han regnet ikke med at det ville bli mulig.
Og Zaribi, uskyldige naive vesle Zaribi som hans bror etter
sigende allerede forgudet. Hun ville ikke klare seg lenge, ikke
med Ilianas renker og onde planer. Han skulle ønske at deres
mor hadde forstøtt Iliana da hun var bare en oppesen og
selvopptatt jentunge. Men hun var Gudrun's eneste datter og
for kvinner der i landet var døtre mer verdifulle enn sønner, og
det var godt slik. Deres slekter vokste seg sterke på det viset,
ble ikke tappet for rikdom slik det skjedde andre steder. Og når
det gjaldt arverekkefølgen, hvilken mor hadde vel noen gang
tvilt på om et barn var hennes eller ei? Nei, det var godt slik,
kimatiene forsto ikke deres tankegang men hietlaianerne var
vise på dette viset.
Han måtte glise litt skjevt, på noen måter var de håpløst naive,
nesten som barn. Kimatiene hadde levd der i årtusener før
folket som skapte Hietlai ankom, de kjente landet og kreftene i
det og kanskje var det en slags vakker ironi der et sted.
Kimatiene hadde ventet på en blodfødt lenge, og så skulle det
vise seg å bli en hietlaianer, en sønn av deres øversteprestinne.
Jo, det var ironisk, men det gav ham mye de ikke visste av.
Han var utdannet, lærd. Han evnet å se lenger enn til den
horisonten kimatiene hadde bygget opp rundt seg selv og sin

forestilling om virkeligheten, og han var tross alt sønn av
Gudrun. Hun var en meget mektig prestinne, gudene lyttet til
henne, de lyttet også til ham.
Landet var vilt og nakent nå, åpne åser med små daler
innimellom, dekket med tette skogholt. Det var ikke land å
dyrke her, jorda var grunn og mager og full av stein, dette var
kimatienes opprinnelige land og utbryterklanene krevde det
ennå, holdt beinhardt fast på gamle tiders tro og levemåte og
nektet å innordne seg. Stahet var det så avgjort, galskap også
på mange måter men Kanir forsto dem, som den eneste av sitt
folk. De var stolte, de hadde levd godt før de ble sakte slukt av
det nye folkeslaget og deres skikker og de ønsket å returnere til
den levemåten de hadde hatt. Jo, han forsto dem., og han visste
at Ardred også forsto selv om han ikke godtok det. Khebar
respekterte Ardred, det sa ganske mye for den mannen
respekterte bare styrke, lite annet. Og han fryktet Kanir, som
de alle gjorde det, og med rette. Han hadde et lite glis om
kjeften mens han ledet Blodøks gjennom de skjulte portene
som ledet inn mot hovedleiren til kimatiene.
Han luktet den på lang avstand, kimatiene var sjelden bofaste
lenge men her hadde de skapt seg en slags by selv om den
kunne forlates og flyttes på kort varsel. Han hadde blitt
oppdaget for lenge siden men ingen hadde stanset ham, han
fikk komme og gå som han ville. Leiren var full av folk, unger
dyr og telt, noen store og forseggjorte og andre bare noen
skinnfiller spent over trestokker men felles for alt var en
overveldende bruk av sterke farger og det var tydelig på
folkene også. Kimatiene elsket farger, de pyntet seg skamløst
med smykker, fargede bånd og glorete stoffer og mange malte
seg også eller fikk tattoveringer i ung alder. Det var et leven
uten like og luktene fikk en til å rygge bort noen steder.
Kanir brydde seg ikke om det, han bare red på til han ankom
foran Khebar's telt. Det var det største og mest prangende der,
dekket med fine skinn og svært luksuriøst. For utbryterklanene
var det styrke som gjaldt, som i en ulveflokk var det den

øverste som ledet og Khebar var alfa hannen i denne flokken, den alle så opp til. Hans styrke var legendarisk, ingen kunne overvinne ham i kamp men han måtte bøye seg for Kanir. Slik var loven, slik var reglene og troen deres. Å svikte det var å svikte seg selv, bli til ingenting, til noe alle ville se på med avsky og forrakt.

Khebar sto foran teltet og ventet, Kanir så at han var i et heller dårlig humør på måten han sto og bet tennene sammen på men den store mannen bøyde hodet ærbødig for ham og la høyre handa over hjertet som skikken tilsa."Kanir, ulvenes bror, hva bringer deg hit?"

Kanir steg av Blodøks og så seg rundt, han så at flere av Khebar's beste menn var i nærheten, de virket opptatt med arbeide men han visste at de holdt et øye med sin leder, hele tiden. Det var slik det var, alle så etter et svakt punkt, lette etter noe å utnytte, noe å klatre med."Noe svært viktig, vi må snakke, men privat"

Khebar nikket sindig og snudde seg, slo teltflappen til side. Kanir fulgte ham inn og teltet var delt i flere avdelinger, bakerst var Khebar's private rom og foran var det en slags stue med puter på golvet og flere små ildsteder der mat ble forberedt. Noen kvinner sto og flådde et villsvin og de så ikke på ham. I kimatiene's verden var kvinner annenrangs borgere, de måtte adlyde og bøye seg og Kanir hadde aldri likt den delen av kimatienes kultur. Khebar vinket på en av dem, en yngre kvinne med forholdsvis vakre jevne trekk. Mange av kimatiene hadde svært tunge og grove ansikter og hår som lignet hestetagl men denne jenta var faktisk pen å se på."Min yngste hustru, Janese. Ta fløyten din og spill, høyt"

Janese bukket kort og fant en stor fløyte fra et futeral i en kiste langs veggen. Hun satte seg ned og begynte å spille og Kanir forsto Khebar's kløkt. Om noen prøvde å lytte til dem ville fløyta forstyrre dem. Melodien var enkel men vakker og fengende og Kanir smilte svakt, han bikket på hodet."Klokt tenkt."

Khebar smilte selvbevisst.”Ja, mange lurer rundt hjørnene i
disse tider, unge hvalper som tror de har sterke nok tenner til å
ta ned lederulven. Jyplinger!”
Kanir bare nikket og satte seg til rette på en av putene. Han
holdt hodet høyt, oppførste seg stolt og arrogant for det var slik
de forventet at han skulle være.”Jeg har kommet for å advare
dere, de gamle spådommene er i ferd med å vekkes til live, de
uhellige vandrer igjen”
Khebar rykket til, et øyeblikk var øynene hans store og han
bleknet.”Guder, vi fryktet for det. Hva kan vi gjøre?”
Kanir så hardt på Khebar.”Hva dere alltid har gjort, klart dere.
Dere vet hvordan dere skal kjempe mot de utyskene.”
Khebar skar en grimase.”Umlar, troll, ja, vi har kjempet mot
dem før, men det er mer, jeg ser det i ansiktet ditt o blodfødte.”
Kanir nikket.”Da jeg brente gården med familien til min
svorne venn gjorde jeg det ikke av ondskap, ikke for hevn og
ikke for dere. Jeg gjorde det for å redde folket. Den gamle
fienden våkner Khebar, trollene er bare en del av faren. Det har
blitt åpnet en port, flere er åpnet andre steder, de kommer”
Khebar svelget synlig, grep et vinglass som sto på et lite bord
og tømte det.”Er du sikker?”
Kanir nikket sindig og det var mørk ild i blikket hans.”Ja, noen
har allerede funnet en død sjelløs. Min bror har sett den. Han
vil forstå.”
Khebar spyttet i ildstedet, ristet på deg.”Din bror er merket,
stemmer det?”
Kanir smilte stramt.”Det stemmer, blodofferet vil spare
Gardahavn tror de men de tar feil, det vil bare utsette det som
kommer.”
Khebar knep øynene sammen.”I det som kommer må vi stå
sammen, for vi vil ikke klare oss alene. Ikke vi, ikke dem.
Feiler vi er vi alle døde.”
Kanir krysset armene over brystet.”Sanne ord, men den siste
gamle kan stanse dem, den siste veldige.”
Khebar sukket lavt.”Den kunnskapen er tapt for oss, vi vet

ikke lenge hva som menes med det."

Kanir bikket på hodet."Jeg har en ide om sannheten bak den spådommen, men jeg er ikke sikker. Det jeg vet er at min brors kone har noe med spådommene å gjøre, at hun er meget viktig."

Khebar spyttet igjen."Den vesle Zhandorianske hora? Hva makt har vel en kvinne?"

Kanirs øyne glødet farlig."Makt til å redde oss alle, makt til å se til at spådommene går i oppfyllelse. Hun er viktig Khebar, men jeg frykter for henne."

Khebar satte seg bedre til rette."Hvorfor?"

Kanir sendte høvdingen et heller giftig øyekast."Fordi min ondskapsfulle geit av en søster vil gjøre alt for å rydde henne av veien."

Khebar humret, han så ut til å være i bedre humør med en gang."Åh jeg har hørt ryktene om din søster Kanir, vakre Iliana, en skjøge verre enn de som jobber i havnene i sør. Jeg forstår."

Kanir reiste seg igjen."Dere er advart nå, hold øynene åpne. Se til å holde folkene deres trygge."

Khebar smilte skjevt."Og jeg er takknemlig ulvenes bror, svært takknemlig. Om denne kona til din bror skulle trenge hjelp vil hun få det av oss, en takesh sin hustru er mektig om det så er kun gjennom sin ektemann."

Kanir senket hodet, la handa over hjertet."Jeg er takknemlig Khebar. Nå må jeg ri, Gardahavn må også advares."

Khebar nikket sakte, øynene var fjerne."Vi har kjempet så lenge mot ditt folk Kanir, kjempet for vårt levesett, for å bevare den viten som aldri bør bli glemt. Men nå, nå står vi alle foran skjebnen, gi at den ikke blir for tung, gi at vi kan si at vi døde kjempende om det kommer dit."

Kanir bare smilte stivt."Tvil ikke på det Khebar, du vil dø med sverdet i hand, som dine forfedre gjorde det"

Han gikk ut og steg til hest igjen, tankene surret i hodet på ham men han tvang seg til å se rolig ut, avslappet.

I Gardahavn hadde nyheten spredt seg fort, Gudrun hadde offentligjort sin siste vilje og den var annerkjent av rådet. Det var ingen som kunne klage på det nå, alle visste hva hun egentlig ville ønsket og mange godtet seg kanskje over å vite at Iliana var blitt skjøvet ut til fordel for Zaribi. Ingen der likte Iliana, ganske enkelt fordi de alle visste hvordan hun egentlig var innerst inne, selv når hun var så sjarmerede og glatt som smør var det helt klart at det kun var et skalkeskjul. Hun lurte ingen.

Iliana hadde ankommet i sorg og hun hadde kanskje vært for oppslukt av den følelsen til å helt forstå hvordan ting ellers hadde utviklet seg etter at hun reiste nordover. Hun hadde isolert seg og glefset til selv sine mest trofaste tjenere og alle gikk på nåler i nærheten av henne. Iliana hadde aldri vært noen god mor, for henne var sønnen en kilde til fremtidig makt og innflytelse, hun håpet at han skulle få en viktig stilling som hun så kunne kontrollere via ham. Hun hadde skjemt ham grundig bort med vilje, for å gjøre ham avhengig av henne, for å gjøre seg selv til den eneste han ville stole på og vende seg mot. Han skulle aldri se noe negativt ved sin mor, hun skulle være hans klippe og hun skulle styre ham gjennom den hjelpeløsheten hun med vitende og vilje skapte i sin sønn.

Hun var ikke så dum at hun trodde at hun kunne få innflytelse alene, hun var for velkjent og for omkranset av rykter og tvil. Men gjennom gutten hadde hun kunnet få den makten hun syntes hun fortjente, han hadde vært hennes sikring av fremtiden. Nå var den muligheten borte og hun gremmet seg grenseløst.

Hun savnet ikke sønnen, han hadde vært kun noe hun hadde skaffet seg for å ha et kort å slå i bordet med overfor sin mann og uten barnet sto hun alene. Hun hadde ikke lenger noe krav til eiendommene hennes mann hadde etterlatt seg og hun hadde heller ikke lenger noen å legge lit til for fremtida. Det hun

sørget over så intenst var ikke barnet hun mistet men tapte
muligheter, tapt makt. Hun var ennå vakker og sterk men for
gammel til å gifte seg på nytt, hun kunne neppe gi noen flere
barn nå og hun ville ikke det heller. Det ene barnet hun hadde
skaffet seg hadde ødelagt fasongen hennes totalt og hun hadde
hatet forandringene. Hun var vant til å bli respektert for navnet
hun bar men i det siste hadde folk begynt å se på henne med
avsky på tross av at hun var sin mors datter. Det var ikke bra.
Hun kunne ikke skryte av å være Ardred's søster, tittelen som
Takesh var noe som ble gitt, ikke arvet og ikke noe av hans
makt dryppet over på henne. Og Urdar var jo en Gode men
heller ikke det var noe som påvirket hvordan folk anså resten
av familien. De hadde oppnådd hva de hadde ved hjelp av egne
evner, ikke på grunn av slektskapet med Gudrun. Iliana hadde
ingenting, det var den grimme sannheten. Hun hadde ikke
intelligens nok til å bli en prestinne og manglet totalt den
takten og finfølelsen som trengtes i den ærerike posisjonen, og
ikke minst manglet hun tro! For henne hadde det alltid vært
hva hun kunne oppnå som betydde noe og det var likegyldig
hvor mange tær hun trampet på for å oppnå det hun ville.
Iliana hadde bare sin skjønnhet, og den var legendarisk men
selv den falmet, det var uunngåelig og med en sønn hadde hun
kunnet sitte trygt og bli forsørget. Nå var hun uten den ekstra
forsikringen og det fikk det til å koke i henne. Det var ingen
mektige menn der hun kunne forføre, alle var klar over hva og
hvordan hun var og selv om en kvinne utmerket godt kunne
klare seg alene og bli respektert på lik linje med mennene
hadde Iliana vent seg til å leve i luksus. Hun hadde hatt arven
etter sin mann og forvaltet den for gutten men nå var det ikke
lenger hennes. Hennes mann's ætt hadde krevd det tilbake og
hun var brått fattig.
Det hun nå arvet etter sin mor var minimalt og farsarven hadde
hun sløst bort for lengst. Nei, situasjonen var grim, tvilsom.
Hun måtte gjøre noe!
Raseriet hadde kokt i henne det siste døgnet, etter at hun fikk

vite at Gudrun hadde bestemt at hun ikke skulle arve noe annet enn litt land og Iliana hadde et forferdelig temperament. Hun hatet Zaribi nå, hatet den vesle tøyta som hadde stjålet alt hun skullle hatt. Ardred var visstnok totalt forgapt i den mørke jenta og Iliana skar formelig tenner. Men hun skulle vite å ordne seg, hun skulle få den hevnen hun ønsket. Hun hadde planene klare og det skinte djevelsk i øynene i det hun gikk ned mot tempelet for å vise sin mor respekt. Gudrun lå på det siste, ingen tvilte på det og Iliana visste også at ikke noen makt på denne jord kunne få henne til å endre mening angående hennes arv. Iliana var uten utsikter til den makten hun hadde ønsket seg og det gikk henne ikke forbi ustraffet. Hun snerret nesten i det hun gikk inn hoveddøra.

Tempelet var stille og de fleste var til bønn på denne tida av dagen. Det var kun noen tjenere som gikk rundt og gjorde sine plikter og Iliana var god til å snike seg frem. Hun kjente tempelet og snart var hun i bo avdelingen der Gudrun lå. Som forhenværende ypperste prestinne var hun såpass viktig at hun fikk de beste rommene som var å oppdrive og Iliana kjente at raseriet kokte i henne igjen, Hun selv skulle hatt den æren, den makten.

Det var ingen inne hos Gudrun for øyeblikket, og den syke kvinnen sov. Iliana smilte smalt, hun hadde aldri hatt noe godt forhold til moren, alltid hadde det kvinnfolket prøvd å holde henne tilbake, hindre henne i å nå sitt fulle potensiale. Men ikke nå mere. Iliana snek seg stille frem, det sto et krus med mild vin ved morens seng og Iliana vred på en ring hun bar, den var innsatt med en stor og vakker rød stein, tilsynelatende en rubin og hun brøt den løs og slapp den varsomt opp i vinen, så at den løste seg opp med et hiss. Hun kjente at det formelig brant i kinnene i det hun skyndte seg ut, hun brukte en lite benyttet gang som en normalt bare åpnet når det var storrengjøring og alle rommene skulle luftes og hun gliste mens hun snek seg gjennom låven som var tilknyttet tempelet. Det var høner og andre dyr der siden prestinnene hadde sin egen husholdning og hun la ikke merke til at en av de yngre novisene satt i en binge med en syk søye. Jenta gav ikke lyd fra seg og det var bra for henne, Iliana så ikke Frid men Frid så henne klart og tydelig.

Det gikk noen timer, så hørte folk at den store klokken på tempelet ble slått på, tunge harde slag som fortalte at noen var gått bort. Alle visste hvem dødsklokken ble slått på for og mange bøyde seg og hvisket bønner eller knelte og sang på sørgehymner. Urdar fikk nyheten først av alle og han visste at moren hadde vært dødssyk men dette var i raskeste laget, han fikk en ekkel følelse i magen og følgte seg et øyeblikk aldeles alene og redd. Han var familiens overhode nå, ansvaret var hans. Og det var et tungt ansvar!

Ardred var fremdeles holdt under oppsikt i tempelet, i tre dager skulle han være der før han fikk vende tilbake til Zaribi og det var for å hindre infeksjoner. Helbrederne holdt skarpt øye med ham og Urdar visste at broren allerede var svært ivrig etter å returnere til henne. Urdar kunne ikke si at han ikke forsto det. Zaribi var slik en utsøkt ung skapning og hun hadde slikt et liv og slik en uskyld. Det var sjelden å finne nå for tiden. Men nå var det viktige ting å ordne, moren skulle gravlegges med pomp og prakt og Urdar var glad for at hans stilling som Gode gav ham mange oppgaver i det henseende. Det tok tankene bort fra tapet. Han syntes synd på Ardred, han hadde ikke fått si adjø til moren og heller ikke Zaribi hadde vært der. Det var merkelig, han skulle helst ha trodd at Gudrun ville kalt familien til seg når hun merket at det gikk mot slutten.

Han fikk på seg de vakre svarte klærne som signaliserte at han var i sorg og sørget for at alle i templet gjorde det samme, nyheten spredte seg fort. Mennene skar skjegget eller fletten og kvinnene svertet ansiktene ved sot for å vise sin sorg. Prestinnene var allerede i gang med å vandre i prosesjon med tente lys mens de sang bønner for den avdødes sjel. Urdar skyndte seg forbi dem og raste nesten til rommet der Gudrun hadde tilbrakt sine siste dager. Gyrid satt ved senga og øynene

var hovne og røde av gråt, den kraftige kvinnen ristet rent.
Urdar svelget hardt, de hadde lagt moren vel til rette i senga,
hun så ut som om hun sov og ansiktet var fredfylt og vakkert.
Smerten var borte fra det, i det minste var det en god ting. Hun
led ikke lenger.
Gyrid svelget og renset nesa."Hun sov så godt, og da jeg kom
tilbake var hun borte, det gikk så fort."
Urdar så at tempelets helbrederske sto i bakgrunnen og så
dyster ut. Solfra hadde et rykte for å være stri men også for å
være den dyktigeste helbreder de hadde hatt på svært lenge.
Han så at kvinnen sendte ham et heller hardt øyekast og han
bukket for Gyrid og reiste seg fra benken han hadde sittet på,
gikk bort til Solfra som sto med hendene foldet over magen.
Hun var prestinne og bar en prestinnes uniform men den hadde
noen spesielle merker som røpet at hennes makt var verdslig,
ikke åndelig.
"Jeg deler din sorg Urdar."
Solfra's stemme var heller tørr og en smule kald men hun var
omsorgsfull overfor de syke. Det var hun som hadde oppdaget
hva det var som gjorde Gudrun syk men da var det allerede for
sent. Urdar nikket."Takk søster, jeg tviler ikke på det"
Solfra svelget fort."Det er noe jeg må diskutere med deg
Urdar, men ikke her"
Urdar så spørrende på henne og hun kastet på hodet og gikk
sakte ut av rommet, han fulgte etter. Hun gikk til sykestua der
hun gikk inn i et av rommene som ble brukt til å behandle
akutt syke personer. Hun så skjevt på ham."Urdar, din mor
døde ikke av sykdommen"
Han så stivt på henne, kjente at det gikk kaldt nedover ryggen
på ham."Hvorfor er jeg ikke forundret?"
Solfra smilte stivt."Det sto et beger vin ved din mors seng.
Gyrid hadde fylt det før hun gikk for å be, da hun kom tilbake
var det tomt og Gudrun var allerede død men hun hadde slitt
Urdar. Hun så ikke….vakker ut"
Urdar pustet merkelig ujevnt, beina føltes tunge,

motvillige."Det du mener er at?"
Solfra tok frem et beger fra et låst skap, det var noen rødaktige rester av vin i bunnen av det."Lukt på dette"
Urdar luktet og kjente en merkelig vammel lukt, ikke sterk men sterk nok til å bli merket. Han svelget hardt."Å guder."
Solfra låste begeret inn igjen, hun så stivt på Urdar."Rød dragenepe. Antagelig i krystallform. Det dreper fort, men er ufattelig smertefullt. De sier at det er som å bli brent levende, som å bli gjennomboret av hundre sverd. Gudrun hadde immunisert seg selv mot de fleste gifter, og ville overlevd dem men denne er for sterk, og svært lite kjent. Det er ingen kur mot den, og den har ingen lukt eller smak heller, den som gjorde det visste at din mor var på vakt. Det ble sluppet i begeret mens hun sov."
Urdar måtte sette seg, raseriet begynte å kjempe om herredømmet over ham, han hev etter pusten, skalv."Alle guder, å mor."
Solfra satte seg ved siden av ham, helt inntil ham og lente seg så nær at hun kunne hviske rett i øret hans."En av novisene kom løpende til ypperste prestinnen akkurat da de oppdaget at Gudrun var død, hun hadde vært i låven og fulgt med på en syk sau. Iliana hadde kommet snikende sa hun, ut av side gangen til bo avdelingen. Rett før Gudrun døde!"
Urdar rykket til."Virkelig? Vokt den jenta nøye, Iliana vil drepe henne også om hun finner ut av det. Vi må fange Iliana før hun stikker av igjen."
Solfra smilte kaldt."Vi vet at Iliana var der, men vi vet ikke sikkert at hun la giften i begeret. Det kan ha vært noen andre, det er lite sannsynlig ja, men mulig. Vi må ta det med i beregningene, hun vet å sno seg. Hun kan kunsten å så splid og så tvil."
Urdar freste."Et monster er hva hun er, hun drepte mor, jeg er sikker. Hun visste at mor aldri ville godtatt mat hun hadde rørt ved, det måtte skje slik."
Solfra la armene over kors."Selvsagt, hvem andre ville vel

ønske livet av Gudrun? Men om vi arresterer henne nå vil hun bare være en sørgende mor og datter og hun vil antagelig greie å spre nok tvil til å gå fri.”
Urdar knurret nesten, han var så sint og sorgtung at det gjorde vondt å tenke.”Så hva skal vi gjøre da? Noe må gjøres, hun kan ikke gå fri?”
Solfra smilte igjen, det var et kaldt glimt i blikket.”Selvfølgelig ikke. Jeg har noen av mine folk blant tjenerne hennes, det var folk som bevokter henne til enhver tid Urdar. Hun vet det ikke selv men hun blir spionert på, hele tiden.”
Urdar sukket.”Hun er sleipere enn en ål og mer motbydelig enn en igle, jeg håper de folkene vet hva de gjør!”
Solfra nikket bare, reiste seg.”Hun vil gjøre en tabbe, før eller siden vil hun røpe seg. Hun har ikke særlig med midler lenger og om hun vil leve godt må hun godta de gårdene Gudrun etterlot seg. Jeg tror jeg vet hva hun vil gjøre.”
Urdar skar en grimase.”Det kan så være, men hva nå?”
Solfra slo ut med armene.”Vi sørger, som seg hør og bør. Vi synger for hennes minne og ærer henne og gjør gode miner til slett spill. Iliana må ikke vite at vi vet. Og for gudinnens skyld Urdar, se til at Zaribi blir godt bevoktet. Hun er sårbar nå, veldig sårbar.”
Urdar kom seg på beina.”Jeg har allerede gjort det. Det er mange som er svært lojale mot Ardred og som ikke vil nøle med å risikere livet for ham og hans hustru.”
Solfra sukket og lukket øynene.”Dette er slik en tragisk affære, jeg bare ber om at det ikke skjer enda flere grusomme ting nå fremover. Måtte Ardred’s offer beskytte oss.”
Urdar nikket kort.”Jeg ber om det samme”
Han skyndte seg nedover til tempelet igjen og tok en snarvei gjennom et smug mellom to bygg, i det han passerte noe søppel og et par store kasser reist på høykant hørte han en stemme som hvisket til ham.”Urdar”
Han bråstanset, snudde seg, han hadde ikke engang sett at det sto noen der i skyggene men Kanir var da også en ekspert på å

ikke bli sett. Den mannen var fabelaktig på akkurat det.”Hva gjør du her?”

Stemmen hans var krassere enn han hadde ment, han angret med en gang men det var som det var. Kanir så smalt på ham.”Det er sant? Mor er…gått bort?”

Urdar så bare i bakken, nikket sakte. Kanir hadde ikke hatt noe særlig kontakt med noen av dem på mange år men Urdar visste godt at Kanir var den av sønnene som hun hadde hatt det nærmeste forholdet til før, av en eller annen grunn han aldri hadde forstått.

Kanir trakk pusten i et hiss, øynene skjøt lyn.”Guder, jeg hadde ikke trodd at det ville skje så fort.”

Urdar nikket litt usikkert.”Ikke jeg heller, det…”

Han greide ikke helt å få seg til å si ordene men Kanir merket godt at noe var galt, han lente seg frem og så hardt på broren.”Det er mer?”

Urdar svelget tungt.”Helbredersken som har sett til mor fant gift i vinbegeret hun drakk av før hun døde, og Iliana ble sett snikende ut fra avdelingen der mor bodde.”

Urdar knurret og øynene ble svarte.”Som jeg fryktet, jeg har blitt advart om Iliana Urdar, av den vise.”

Urdar gyste nedover ryggen.”Den vise, jeg ville ikke lagt for mye vekt på det hun sier! Hun er gal”

Kanir viste tenner i noe som ikke var et smil.”Ja, og hun ser mye, mer enn deres såkalte orakel. Den vise ser lengre enn noen annen, og hun vet at Iliana er et råttent eple i tønna. Hva vil dere gjøre?”

Urdar trakk pusten.”Vi har ikke gode nok bevis for at hun gjorde det, men det er liten tvil om at hun står bak. Vi vil vente til hun gjør en tabbe og røper seg.”

Kanir bare gliste kort.”Hun gjør ikke det, vokt dere! Hun er en fare for alle, den vise har sett det. La henne ikke lure dere til å tro at hun er ufarlig på noe vis. Hun har lengre armer enn en blekksprut i en grotte”

Urdar rynket pannen.”Hva mener du?”

Kanir hadde fremdeles det beske gliset om munnen.”Jeg mener
at hun er i stand til å manipulere andre til å hjelpe seg, uten at
de egentlig skjønner hva de gjør. Hold Zaribi under oppsikt,
Iliana vil garantert hate henne enda mere nå som mor's arv
gikk til Ardred's hustru i stedet for henne.”
Urdar nikket og ansiktet var merkelig stramt. Kanir satte ord
på hans egne tanker.”Det er allerede gjort, jeg har bedt noen av
Ardred's beste holde øye med henne”
Kanir smilte stivt.”Godt, min bror fortjener en god kvinne som
henne, hun er viktig.”
Urdar bikket på hodet.”Du kom ikke hit bare for å høre
hvordan det står til med mor?”
Kanir trakk på skuldrene.”Du tenker kjapt Urdar, det skal du
ha. Nei, det er ikke årsaken til at jeg kom nå. Jeg kom for å
advare dere. De uhellig fødte vandrer igjen.”
Urdar rygget nesten bakover.”Hva? Men…troll?!”
Kanir nikket.”Og de sjelløse, det vet dere allerede. En er
funnet, og det vil spre seg.”
Urdar følte seg nesten svimmel et kort øyeblikk.”Guder, åh
guder, men…Er det sant? Hva med orakelet, merket vil
beskytte oss?”
Kanir nikket tungt.”Ardred's offer vil beskytte dere ja, til en
viss grad. Det vil gi ham styrke til å møte det som kommer.
Men dere er nødt til å forberede dere, de sjelløse lar seg ikke
stanse så lett, trollene er avhengige av mørke men det gjelder
ikke de monstrene.”
Urdar lente seg mot veggen, han hadde en merkelig følelse av
å ha havnet i en slags underlig drøm.”Jeg kan knapt tro det, det
monsteret de viste oss var en sjelløs? Ja det har kommet bud
fra en av bygdene i nord om at et eller annet hadde besatt et
barn, noe skrekkelig. Og det skjer underlige ting overalt, de
karene Ardred sendte ut kom tilbake og fortalte mye
merkverdig”
Kanir nikket.”Som gamle sagn forteller om ja, fra tiden før
landene skilte lag. Forbered folket Urdar, samle dem. Blod har

allerede blitt spilt.”

Urdar trakk seg i fletta i ren frustrasjon.”Hvordan? Hvordan kan folket reddes unna noe slikt om det stemmer? Og troll? Hvordan forsvarer vi oss mot dem?”

Kanir bikket på hodet.”Ild, og vann. Ta de som ikke kan kjempe ut i skipene og ankre opp, de kan ikke svømme. De sjelløse kan bare stanses av hellig grunn, det hjelper mot troll også.”

Urdar snerret nesten.”Hellig grunn? Det er pent lite av det rundt her”

Kanir sendte ham et heller stramt smil.”Så gjør noe med det da vel? Du er Gode, sørg for at byen blir helliggjort men gjør det fort. Jeg er redd dette vil endre alt, og det fort.”

Urdar sukket tungt.”Alt dette og Ardred er ikke sterk nok ennå til å lede oss, hva med Kimatiene? Hva om de angriper?”

Kanir ristet på hodet.”Det vil de ikke gjøre, tror meg. De har like mye å tape som oss, troll og sjelløse vil bare en ting, drepe. Om en er av det ene eller andre folkeslaget spiller ingen rolle, vi er i samme båt. De vil kjempe med oss nå.”

Urdar så smalt på broren som sto der med et steinhardt uttrykk i ansiktet.”Hvordan kan du være så sikker på det?”

Kanir gliste sakte.”Fordi jeg har snakket med Khebar og har hans ord på det.”

Urdar fikk noe forskende i blikket.”Hvorfor lytter de til deg? Du er av fienden, og du har drept dine egne.”

Kanir sukket lavt, så seg rundt.”Det er ting du ikke vet om meg Urdar, ting bare mor ante noe om. Men nå, ting er endret, kanskje tiden er inne til å avsløre sannhetene som ble skjult for alle.”

Urdar rynket pannen.”Nå aner jeg ikke hva du snakker om?”

Kanir nikket bryskt.”Nettopp, dere fikk aldri vite, fikk aldri ta del i det mor visste om meg.”

Urdar myste, han husket et vagt minne fra sin barndom, husket at Kanir aldri ble sluppet ut for å bade sammen med de andre barna, at Gudrun alltid holdt ham tett ved seg, selv etter at de

to yngste var født.”Det var noe annerledes ved deg? Mor sa du var svakelig men alle kunne se at det ikke stemte?”
Kanir smilte, et heller sardonisk smil.”Mor hadde flere hemmeligheter enn dere er klar over. Dette var den største hun bar tror jeg, og den tyngste.”
Han snudde seg litt bort og trakk opp den tette tunikaen og undertrøya, blottla ryggen og snudde den mot Urdar som stirret mot noe han hadde trodd var kun en myte. Kanirs rygg var dekket med underlige merker, det var ikke noe mønster i dem men alikevel kunne en skjelne figurer og former i de pussige rødlige flekkene som virket for å sitte under selve huden. Det var et fødselsmerke men ikke som andre slike, Urdar hadde aldri sett noe slikt før.”Blodfødt!”
Kanir nikket.”De blodfødte var det som først startet tradisjonen med merking, med den skikken. De prøvde å etterligne oss.”
Urdar kjente at hjertet hamret fort, han husket hva sagnene sa om de som ble født med slike merker.”Kimatiene helligholder deg!”
Kanir bare nikket og trakk klærne ned igjen, Urdar var glad han gjorde det, det var noe ved det synet som gjorde ham uvel.”Selvsagt, for dem er jeg en forbindelse med gudene, med jordens egne krefter”
Urdar lente seg mot veggen igjen, kjente seg svakt svimmel på nytt.”Så det var hemmeligheten, men hvorfor drepte du de folkene? Du hadde sverget å ta vare på den familien og brente dem i stedet?!”
Stemmen hans skalv og Kanir så skarpt på Urdar, det glitret i blikket og Urdar ble igjen var det merkelig umenneskelige ved broren. Før hadde han ikke hatt noe ord for det, det hadde han nå. Blodfødt.
Kanir hadde et kaldt uttrykk i ansiktet.”Du vet hva de blodfødte skal gjøre? Beskytte balansen, beskytte lyset med alle midler? Intet offer er for stort, eller for fryktelig. Det var hva jeg gjorde, beskyttet balansen.”
Urdar svelget.”Hvordan kan det å brenne en hel familie med

tjenere og alt inne beskytte noe?"
Kanir så hardt på Urdar, blikket brant formelig."Jo, det skal jeg
fortelle deg. Det var åpnet en port i det huset, og de som bodde
der var allerede besatt, de var fortapte og kunne ikke få
unnslippe."
Urdar så forvirret ut."Jeg forstår ikke?"
Kanir sukket lavt."Det regner jeg heller ikke med at du gjør, og
du gjør klokt i å ikke forstå. Sannheten vil skremme deg."
Urdar tok et dypt åndedrag."Jeg er Gode, jeg skal liksom være
vis. Hva er dette du snakker om?"
Kanir så belærende på ham."Den sjelløse den bonden fant,
monsteret som ble vist frem for Ardred, den kom gjennom en
port. En dør mellom deres verden og vår, kall dem gjerne
demoner om du vil. De kan besette mennesker, infisere dem
med sin ondskap og gjøre dem til bærere av den makten, skape
enda verre monstre. De jeg drepte av allerede døde Urdar, men
sannheten må skjules. Finner folk ut av dette blir det panikk"
Urdar hadde vansker med å tro det."Men porten ble stengt?"
Kanir nikket stramt."Stengt ja, men flere andre er åpnet. De
første har alt merket det."
Urdar kjente seg skremt."Det er sant? Verden…verden vil
forgå?"
Han så at Kanir hadde det ironiske glimtet i blikket
igjen."Formes på nytt er et bedre ord på det. Hva som vil skje
nå fremover er det kun gudene som vet, vi kan bare prøve å
beskytte oss som best vi kan. Og krysse fingrene. Husk hva jeg
sa Urdar, folket må forberedes. Ardred må lede dem."
Urdar hadde fremdeles vansker med å tro dette."Jeg…jeg skal
fortelle det til ham."
Kanir klappet ham fort på skulderen."Godt bror, jeg stoler på
deg. Som Gode har du makt, bruk den. Om vi feiler er vi et
steg nærmere enden alle som en"
Urdar svelget."Du drar?"
Kanir nikket stoisk."Jeg har ikke noe valg, fredløs vet du? Men
jeg vil komme tilbake, om det så er for å ære mor."

Urdar smilte stivt.”Begravelsen, vi vet ikke ennå når det blir?”
Kanir var på vei til å forsvinne i skyggene igjen.”Jeg vil vite
om det, frykt ikke for det”
Urdar så bare på i stillhet mens broren forsvant, han kjente seg
tom, forvirret. Hva var det som skjedde? Han følte en intens
trang til å trygle gudene om å gjøre tingene mer klare for ham
men det gikk neppe. Han skyndte seg av gårde, det var brått
mye som måtte gjøres, og enda mer å forberede.

Ghesan red i sakte tempo mot fjellene, Dolketind var forut og
han undret seg igjen på hvorfor det fjellet hadde fått et slikt
navn. Det lignet ingen dolk, heller en bolle som noen hadde
snudd på hodet. Det var ingenting spisst eller skarpt ved det i
det hele tatt. Leiren til klanen han skulle advare lå under den
vestre delen av den enorme åsen og han sukket og smattet på
hesten. Det var en stor klan, mange hundre personer og han
følte seg rimelig sikker her. Riktignok var de utbrytere men en
Kimati ville aldri skade en annen om vedkommende kom i
fred, og det gjorde han jo.
Han hadde fått en ny hest og hadde forlatt leiren for to dager
siden, de andre hadde ridd mot hans onkels leir for å begrave
de døde og Ghesan var egentlig glad for at han slapp å være
med på den jobben. Det måtte være aldeles grusomt nå, etter
flere dager med forholdsvis godt vær. Han kunne levende
forestille seg stanken. Hesten strakte seg etter noen grasstrå
langs stien og han skyndte på den. Han ville nå frem snart, var
lei av dette og redd også. Han hadde tilbrakt forrige natt oppe i
et stort tre siden hans far mente at troll var for dumme til å
skjønne at folk kan klatre og han følte seg alt annet enn trygg
men sov da litt, kun fordi han var utmattet.
Han halvsov på hesteryggen, var sår bak og øm i lårene men så
frem til å komme til målet og avlevere budskapet. Om de da
ikke allerede visste om det? Han lot tankene gli, vurderte
muligheten for å kunne få noen av jentene i stammen på

tomannshånd ved neste fest. Hans folk var vant med tap, de kunne ikke sette seg ned å sørge for lenge for det kunne være farlig. En så fremover, aldri bakover. Han hadde ridd så nær leiren at han passerte de enkle gjerdene som markerte yttergrensene da han skjønte at noe var galt. Det var ikke stille der, han hørte merkelige rop og ulende lyder og hesten hans bråstanset og ble stående å nærmest skjelve. Ghesan kjente at magen sank i ham, at han ble iskald. Guder nei, ikke der også?! Han steg av hesten som bare sto der, tilsynelatende paralysert. Han kjente den sure stanken av død nå, svetten begynte å renne av ham. Han snek seg frem, instinktet sa at han skulle komme seg vekk, løpe så fort han bare kunne men han greide det ikke. Han måtte vite! Det surret i fluevinger og han så seg rundt, blikket vilt og svart og han så det brått. Det hang likrester i trærne der, nesten overalt. Disse hadde vært døde lengre enn de arme ofrene i onkelens klan og han ble akutt kvalm. Men ropene og lydene fortsatte, var noen i live?
Han så at teltene sto, ikke noe var ødelagt slik sett og det forundret ham, trollene hadde ødelagt alt hos hans onkel. Han kikket frem bak et hjørne og det han så fikk ham til å nesten røpe seg. Det som var ansamlet foran det store ildstedet i midten av leiren var folk, men alikevel ikke folk. De beveget seg som om de var dukker, stive og mekaniske. Blikkene var tomme og svarte og ansiktene uttrykksløse og mange hadde store skader men de virket ikke får å merke seg ved dem. Ghesan svelget desperat, hva var dette? Flere av dem virket oppsvulmet, nesten som om de var gravide men hvordan var det mulig? Noen av dem så ut til å ha grått en seig svart væske og det var noe ved dem som fortalte Ghesan at de var onde, at dette var noe aldeles forferdelig, noe mye verre enn troll. Han kjente kaldsvetten renne nedover ryggen, skalv så beina nesten ristet og han ville ha pisset på seg om blæra hadde vært full. Han snudde seg for å snike seg tilbake til hesten, stirret rett inn i flere slike ansikter, umenneskelige og kalde. Han skrek til, vred seg til siden men det var for sent, hender som jernklør

grep tak i ham, rev ham overende. Det var fire menn som
hadde fått tak i ham, krigere om han skulle bedømme de
forseggjorte frisyrene og klærne men det var ikke noe liv i
øynene. Ghesan skrek, han greide ikke å holde det inne. Han
kjempet desperat mot de unaturlig sterke nevene som la ham i
bakken med brutal iver. Hva var det de ville med ham?! Han så
at flere av de groteske personene hadde kommet dit, tiltrukket
av skrikene hans. De bare sto der, stirret tomt med en slags
kald triumf i de livløse glisene.
Ghesan kjente at de rev buksene hans ned, røsket dem vekk
som om de var lagd av papir og han forsto brått hva de ville,
han skrek igjen, vilt i panikk og total angst men til ingen nytte.
Han ble holdt nede av hender uten varme eller liv og en av
disse fryktelige parodiene på liv trengte brutalt inn i ham.
Ghesan visste at menn kunne ligge med menn, det var flere
slike i stammen og det ble godtatt som helt naturlig og gudenes
vilje men han hadde aldri hatt den tilbøyeligheten selv og han
hadde aldri latt en annen mann røre seg slik. Han skrek til han
så røde flekker for øynene, det gjorde så vondt at han trodde
det i seg selv ville stanse hjertet på ham og avskyen og frykten
gjorde det enda verre. Han skrek til lungene verket, til tårene
rant uhemmet av ham mens de grufulle skapningene byttet på å
voldta ham. De rev ham opp innvendig, han følte det. De var
kalde og unaturlig harde og han følte kald væske bli sprøytet
inn i ham igjen og igjen. Til slutt besvimte han og håpet at han
slapp å våkne igjen.
Ghesan åpnet øynene igjen i et telt, ene halvparten var vekk og
det var lyst der. Han var slengt inn i en krok og greide ikke
røre seg, smertene i hele kroppen var så forferdelige at han
ikke engang greide å jamre seg. Han så bevegelse til siden for
seg, det var en guttunge som lå der, med svarte døde øyne og
merkelig hvit hud, et groteskt glis lå om munnen på ham og
kroppen var oppsvulmet og flekkete. Det rørte seg under
huden, som om noe levde der. Ghesan svelget et klynk av
avsky og vantro, han så at gutten var halvnaken som ham selv.

Kaker av størknet blod satt på de magre lårene og Ghesan
forsto brått, skjønte alt. Han kjente at alt snudde seg for ham,
at han nesten ikke greide trekke pusten lenger. Alt spant,
frykten fikk hvert sekund til å virke som en evighet. Guder,
han var fortapt, alt var tapt.
Gutten rørte seg svakt, den utstrukne huden virket for å bli
presset utover og det lød en spjærende lyd i det mageskinnet
revnet så svart blod sprutet helt til taket i teltet. Noe arbeidet
seg ut av kroppen, vått og seigt og forferdelig, Ghesan ville
skrike men kunne ikke, greide ikke. Han kunne bare stirre på
det uvesenet som befridde seg fra kroppen til den rykkende
unggutten, det var noe nesten obskønt ved det. Skapningen
hadde et hode som minnet litt om et slags dyre hode uten pels,
med små ører og store skrå svarte øyne men det var flatt uten
nese med skarp hake og kroppen var smal og kort med lange
insektaktige bein og armer med klofingre. Tingen hveste,
kjeften var enorm og full av nåleskarpe tenner og den så ham
og noe som lignet et glis spredte seg over det sleipe svartgrå
ansiktet.
Det kom seg løs, pilte over bakken og ut og Ghesan hørte en
merkelig hvinende pipende lyd og forsto at den kom fra ham
selv. Han lagde den, han skalv fra hode til fot, kjente smertene
i magen og kroppen og visste at det samme vokste i ham, næret
seg på ham. Et monster.
Ghesan var en modig kar, en gang hadde han slåss mot en
bjørn med bare et sverd for å berge en av familiens beste
hester. Dette var mer enn han greide, han skrek ut igjen, ristet
av total angst og visste at han hadde sviktet dem, sviktet alle.
Hans far kom aldri til å få vite hva som hadde skjedd med
ham, og fra hans kropp kom noe grufullt til å møte verden. Om
han prøvde å rømme kom det bare til å finne klanen hans, det
måtte aldri skje. Ghesan visste brått hva han måtte gjøre, hva
som måtte til for å redde sjela om ikke livet. Han så seg rundt,
teltet var halvveis rasert men tingene var ikke fjernet fra det og
han visste at de fleste Kimatier har en fast tradisjon rundt hvor

ting oppbevares. Slik kan selv fremmede finne det de trenger
om de ankommer uten at det er folk til stede.
Han trakk seg bort til den enkle senga av strå og halm, det var
en slags enkel treramme rundt den og han fant det han lette
etter i en skuff i den. Han trakk frem en pung med ting en
normalt sett brukte til den daglige pleien. Det var en beinkam,
noen enkle hårspenner og en barberkniv. Ghesan peste rent,
han kjente tårene renne nedover ansiktet. Han kjente på eggen,
den var lynende skarp, den som hadde eid dette var nøye,
velsigne ham. Ghesan trakk seg opp i sittende posisjon, han
tenkte på å tenne på teltet men det ville bare tiltrekke seg folk
og han ville ikke det. De ville også falle offer for dette
grusomme. Han svelget desperat, handa hans skalv så han
nesten ikke greide å holde kniven. Det var det vanskeligeste
han noen gang hadde gjort, men det var ingen utvei. Det som
vokste i ham måtte dø, det var ingen tvil om det.
Ghesan lukket øynene, tvang seg til å puste rolig, tvang seg til
å godta det som måtte skje. Han hadde aldri vært redd døden,
bare å dø i vanære. Det var ingen vanære i dette om en døde
for å redde andre. Han svelget hardt, satte barberkniven mot
strupen."Far, tilgi meg, det er bare en løsning"
Han gjorde en rask bevegelse, skar fort og dypt og kniven var
så skarpt at det var lite smerte, blodet sprutet umiddelbart og
Ghesan åpnet ikke øynene igjen. Hans siste tanke var en
følelse av stolthet, han ville ikke føre fienden tilbake til sin
egen klan. Kroppen sank sammen på golvet og noe bakset i
magen på den, desperat, vilt. Så stilnet også de bevegelsene og
om gudene var rettferdige tok de i mot Ghesan med ære.

Cian

De hadde ridd på etter oppholdet i det merkelige slottet. Cian greide ikke helt å fjerne tankene på at Tandhar hadde visst noe viktig og han var ofte fanget i sine egne tanker. Georg prøvde å gjøre ting mer lystige men det var sjelden han helt greide å komme gjennom muren av dystre tanker som Cian omgav seg med. Det hadde blitt heller surt nå og Cian begynte å bli nervøs, han trengte å finne et sted der den voksende hæren hans kunne overvintre. De hadde beveget seg temmelig mye nordover nå og også vestover. De måtte holde en mer østlig kurs i noen dager før de kunne dreie vest igjen. Om de skulle til dette stedet Tandhar hadde nevnt måtte de virkelig skynde seg og Cian var en smule i villrede. Han var tross alt sendt for å sikre at Ohdrasar fikk beholde sine eiendeler og interesser der i nordvest, men han begynte å tro at det var noe helt annet han egentlig skulle gjøre.

I det siste hadde de møtt på en del flyktninger og de var på flukt bort fra områdene der kampene ennå sto. Cian forsto ikke hvordan folk kunne våge å reise på denne tiden av året men om livet står på spill har en ikke annet valg. Det ble fortalt om mange som frøs i hjel underveis, om folk som døde av sult og om ville bander med herreløse soldater som plyndret og herjet uhemmet. Cian begynte å tro at det var et vel så ille problem som at adelsslektene nå var i tottene på hverandre.

Folk prøvde å komme i sikkerhet og var utrolig sårbare og det var det alltid noen som ville utnytte på verst tenkelige måte. Han var sjokkert over mye av det som ble fortalt og han skulle ønske at det var noe han kunne gjøre for å stanse opp for all volden. Det ble snakket om at en eller annen med ondt i sinne hadde satt alle ættene opp mot hverandre med vilje, at det var ankommet brev som rippet opp i gammel urett, vekket forgangent hat til live igjen. Cian tvilte ikke, at en slik krig brøt ut så plutselig og voldsomt var aldri tilfeldig, og ryktene om en drage i fangenskap hos en av ættene var til å le av. Men noen av flyktningene bannet på at det var sett drager i sørvest, i områdene rundt Dragetind, og at fjellet var ved å bryte ut igjen. Cian visste at den gamle vulkanen var farlig i sin tid men ingen trodde da vel på alvor at den var aktiv? Det hadde ikke vært utbrudd fra den på mange lange mannsaldre og selv de vise sa at den var utdødd.

Det var blitt vanskelig å finne nok mat, å finne skjul og for til hestene og Cian visste at de ikke hadde noe valg snart, de måtte slå seg til et sted. Vindenes fjell var ennå et godt stykke unna, og hva ventet der? Tandhar hadde sagt de glemte, Cian ante ikke hva som ble ment med det. Om været fortsatte å forverre seg måtte de overvintre et annet sted, og det var liten tvil om at de ville bli sittende fast i fjellene før de nådde slettene igjen. Fjellkjeden var temmelig bred der med mange dalfører og områder som snaut var kartlagt. Cian skulle ønske han hadde visst mer sikkert, at han hadde hatt rapporter å legge sin lit til. Men de red i blinde, noen mente at kampene var i ferd med å dø ut, at folk var utslitt og at kamplysten hadde dødd ut. Andre igjen var sikre på at det var i ferd med å gå andre veien og at slektene nå organiserte seg og at det ble mer tradisjonelle slag og reell krigføring og ikke bare tilfeldige angrep som før. Cian skulle ønske han hadde visst sikkert. Det gikk også rykter om at kong Hanek av Dheesa nå prøvde å skape ro og orden igjen i Tholir, at han hadde utkommandert alle sine styrker for å tvinge opprøret inn under kontroll. Områdene nord for hans land tilhørte Longil og kongen som hersket over det området hadde for lengst flyktet etter hva folk sa. Han var uansett en svært svak hersker med et uttall lydriker og samtlige av dem hadde røket i tottene på hverandre siden lederne tilhørte forskjellige ætter.

Hvordan det sto til øst for Tholir bukta og Arzam havet var det
ingen som visste med sikkerhet men en omreisende gjøgler
som hadde seilt inn Tholir bukta for å prøve å underholde ved
det som hadde vært hoffet til Arustere mente at havet oppførte
seg merkelig. Det ble sagt at en nå kunne gå tørrskodd mellom
øyene Isar og Bhik utenfor innseilingen til Tholir bukta. Og
øyene enda lengre nord langs kysten av Coluria og Nierez
hadde opplevd store jordskred og noen steder hadde bakken
tippet på seg så husene ikke lenger sto vanrett men på skjeve.
Cian hadde en ekkel følelse i brystet, gjøgleren svor på at han
hadde sett røyk fra Dragetind fra innerst i bukta og det var
betenkelig. Noen av soldatene var overtroiske og mente at det
betydde at det var sant hva ryktene sa om en drage. Det ble
sagt før at når dragetind våknet til live igjen kom dragene til å
vende tilbake. Han skulle ofte ønske han kunne hjelpe folk
som var på vei bort fra alt de kjente til, mange var utfattige og
utsultet men det var lite han kunne gjøre for dem. Hans hær var
ikke akkurat velutstyrt heller, soldatene gikk sultne ofte og det
vesle de greide å fange av vilt var magert og så utskremt at de
skulle ha en stor porsjon flaks for å greie å fange noe som
helst. Karma brakte ofte vilt tilbake til ham, men det var oftest
bare noen kaniner eller radmagre gamle hjorter og en gang
hadde katten kommet tilbake med en ulv i kjevene. Det virket
for at ulveflokkene ble mer og mer plagsomme nå, dyrene var
desperate og glemte sin frykt for mennesker og det ble sagt at
hele følger var blitt angrepet. Antagelig var ulvene ute etter
hestene deres og ikke menneskene men Cian visste at noe var
galt i selve naturen. Han sanset det.
De hadde hatt ennå en uke på veien da de ble stanset av et
jordskred som ganske enkelt hadde revet ut hele bunnen av en
dal og forvandlet den til et gjørmehav ingen kunne ha håp om
å forsere. Cian måtte beordre troppene tilbake flere mil før de
fant en vei forbi og de måtte bevege seg gjennon en temmelig
smal dal bevokst med tett furskog da de kom over det første
eksempelet på at det virkelig var lovløse tilstander der. Det

hadde vært en stor flokk flyktninger, antagelig minst to hundre av dem og de var blitt slaktet ned på et vis som gjorde selv veteranene blant dem syke om hjertet. Cian følte seg direkte kvalm, folk var hugget ned med brutal likegyldighet og alt de hadde av eiendeler var blitt gjennomrotet. Det var ingenting tilbake av verdi, noen hadde blitt frarøvet til og med klærne og de nakne likene var slengt vekk som søppel.

Karma knurret stygt og hestene vrengte med øynene og fnøs stygt. Noen jenter og kvinner var bundet til skjækene på noen vogner, samtlige hadde blitt voldtatt og deretter drept enten ved slag mot hodet eller ved at strupen var revet ut. Flere av soldatene måtte ut i buskene for å spy og Georg var blek og svett. Han prøvde å se uberørt ut men det var umulig, Cian kjente ham godt nå. Det var ingenting de kunne gjøre for de arme sjelene nå, alt de kunne bidra med var å trekke kroppene sammen i en haug og dekke dem med det de fant av brennbart virke og tenne på. Det brant heller dårlig men det var bedre enn at de ble liggende der for ulv og andre åtseldyr. Georg var stille også da de red videre, Cian sendte ut noen av de mest erfarne sporfinnerne deres og de kom tilbake med beskjed om at røverne som hadde stått bak angrepet hadde vært rundt førti stykker men godt bevæpnet med gode hester og godt utstyr. Cian freste nesten, leiesoldater uten tvil. Krek uten ære eller moral, han var opplært fra barnsben av til å forakte slike som pesten selv og han håpet nesten at de ville komme ut for et slikt angrep så han fikk utløp for noe av raseriet og fortvilelsen. Hæren var på rundt tusen soldater nå, mange var flyktninger eller forhenværende vasaller til Ohdrasar eller menn fra forlegningene i Felderi. Nå hadde de for lengst krysset grensen til Ar-Altarab og han visste at lederen i Altarab holdt til ute ved kysten rett nord for Zetir bukta. Det var en hovedstad der som var viden kjent for sin skjønnhet og kultur. Der i landet var det visstnok Macallif som var sterkest med en god del adel fra Darasher og Ranclin, en Ohdrasar hadde ikke mye å si der. Han visste lite om hvordan tilstandene var der i

riket, langs elva og nordover var det lite befolkning og han
visste at dette riket aldri hadde vært så opptatt av ætter og
lojalitet som rikene i sør og vest for fjellene. Det var et rike
med ressurser stort sett langs kysten i øst og inne i landet var
det lite å leve av.
Cian visste at en hær av deres størrelse var avskrekkende,
ingen røverbande ville våge å angripe dem, uansett hvor
desperate de ble. Slik sett var de trygge men Cian kjente et
heller brennende raseri mot disse misdederne. Han ville treffe
på dem, han ønsket å straffe dem, sikre befolkningen. Det var
ikke hva hans konge hadde beordret av ham men noen ganger
må ordre vike for sunn fornuft og ære. Cian var oppdratt som
en sann ridder, han ville ikke svikte folk, ikke nå som
situasjonen var så kritisk. De hadde forflyttet seg enda lengre
inn i fjellene da de oppdaget tegn på aktivitet. Dette var et
område så avsides at ingen flyktninger hadde brukt det, Cian
hadde beodret alle de møtte til å trekke mot østkysten av Or-
Altarab der han trodde de kunne være trygge. Der var det
antagelig fredelig ennå og om nå endringene de hørte om
spådde om katastrofe av noe slag var områdene der
høytliggende og sikre. Han hadde hørt noen spøke om at det
eneste folket i Or-Altarab ble rike på var gråstein og granitt.
Det var stier i skogbunnen der, godt brukt også, og det var ikke
noe vilt å si. Dette området var bebodd og Cian samlet sine
beste menn for å rådslå. Det kunne egentlig bare være folk som
skydde andre og han hadde en stygg mistanke om at dette var
et slags hovedkvarter. En av de få noenlunde trygge veiene
gjennom fjellene fra vest mot øst gikk like sør for der og
mange av de som de hadde støtt på snakket om overfall og ran.
Det ble diskutert ganske heftig ved leirbålet den
kvelden,mange ville ri videre og finn et trygg sted å tilbringe
vinteren på mens andre igjen mente at det var deres plikt å slå
til mot eventuelle misdedere. Det var også tryggest så de slapp
å bli falt i ryggen av en fiende de ikke visste nok om. Cian var
enig med det, og det ble besluttet at han og noen andre skulle ri

ut dagen etter å se om de fant ut mer. Cian følte at han trengte å gjøre noe igjen, at han hadde vært en leder lenge nok. Han trengte å være en soldat igjen, å kjenne at han virkelig gjorde noe.

Den kvelden la han seg med Karma malende like inntil seg, varmen fra den enorme katten var så sterk at den holdt ham også varm og han sovnet sakte mens han stirret opp på himmelen. Han drømte om Isabeau, så henne slik hun var den dagen ved det gamle slottet, frisk og lykkelig og leken. Han savnet henne så det verket i hjertet. Hun var alt som hadde vært godt og vakkert i livet hans, nå kunne han bare håpe å gjøre noe bra og nyttig, å stanse galskapen som spredte seg før den fikk fotfeste overalt. Han våknet i grålysningen og følte seg merkelig rastløs og samtidig sliten. Som om han slettes ikke hadde sovet godt i det hele tatt. Han gjorde seg klar, spiste og fikk på seg rustningen sin og pusset over Tordenkile. De karene han hadde valgt ut til å følge seg var veteraner, herdede fra mange slag og noen av dem var ikke engang krigere men jegere vant med å snike seg frem ubemerket. Det var de beste soldatene en kunne ha i slikt terreng og til et slikt oppdrag. Cian hadde utstyrt mange av dem med gode buer og koggerne var fulle av piler.

Han tok tredve med seg denne dagen, og beordret resten av mennene til å bli hvor de var. Han aktet ikke å gå til åpen kamp riktig med en gang, kun rekognosere men han tok såpass mange med seg uansett for å være på den sikre siden. De red ut med morgengryet og Cian kjente at noe som lignet spenning begynte å bygge seg opp i ham. De kom ut i en litt bredere dal langs en elv og terrenget var temmelig vilt så de steg av og satte igjen hestene. Cian løftet hodet og været mot vinden, han kjente at det luktet røyk der og en av speiderne nikket sindig.”Det er folk der fremme, antagelig en leir.”

Cian nikket og vinket på noen av karene.”Ghirab, Ruban og Thared, dere ser om dere ser noe, men bli ikke sett.”

De tre var alle erfarne skogsfolk og de var da også kledd som

jegere og ikke soldater men han visste at alle var dyktige med sverdet og enda mer med buen i handa. Karma knurret og Cian smilte fort til den."Greit, følg dem, men pass deg"
Katten dultet hodet mot ham før den vandret etter de tre og ble borte i skogen. Cian satte seg ned på en stubbe for å vente og Georg satte seg ved siden av ham, tygget på et strå og spyttet på bakken. Den var frossen, så høyt i fjellene var det temmelig kaldt nå."Tror du dette er hvor det pakket holder til?"
Cian nikket fort, strøk handa over sverdet sitt, som for å forsikre seg om at det var der, lett tilgjengelig."Ja, et sted må de også bo og denne dalen virker perfekt. Og det er så avgjort bebyggelse her, stiene er godt brukt."
Georg sukket."Så mye for gruvene i Ibaria og Longaria hva?"
Cian smilte igjen, temmelig stivt."De er kun rikdommer, ingen kan ete stein. Dette er viktigere."
Georg bikket på hodet."Modig sagt av deg, er ikke han kongen din temmelig stri? Vil ikke han føle seg snytt når du går mot ordrene hans slik?"
Cian trakk på skuldrene."For alt jeg vet er han død allerede. Det ble gjort anslag mot ham alt før jeg forlot godset mitt."
Georg nikket sindig."På grunn av ætten ikke sant?"
Cian nikket og strakte seg, trakk det lange håret ut av ansiktet. Han så mer og mer vill ut, mindre og mindre som en ridder og mer som en barbar men han brydde seg ikke om det."Stemmer, etter hva jeg har hørt var det en Ranclin som prøvde seg sist, fordi Ohdrasar greide å få makten over Na-Felderi etter at den siste Ranclin herskeren druknet i et vinfat under sitt eget bryllup."
Georg gliste bredt."Jeg hørte om det, tre hundre år siden ikke sant? Det er jæskla lenge å gå å bære på et nag som det."
Cian trakk på smilebåndet igjen."Det har du rett i, men slik er det bare. I Unlan vet jeg om en slekt av Macallif som hatet Nurmadag som pesten på grunn av noe som skjedde for mer enn tusen år siden. Og den delen av Nurmadag døde ut for fem hundre år siden men ennå får det navnet dem til å fråde bare de

hører det."
Georg ristet på skuldrene."Noen burde lære seg å se fremover i
stedet for å sitte der med hodet bak frem og knuge på gammel
og innbildt urett"
Cian klappet vennen på skulderen."Du har så inderlig rett."
De satt der temmelig lenge og alle var så stille som de greide,
så kom de tre tilbake og Ruban tok ordet. Han smilte stivt og
tørket svetten av pannen."Det er en leir, en stor leir faktisk. Vi
telte kanskje tre hundre mann, mulig noen flere. Pakk og
avskum alle i hop, leiesoldater. Det er kanskje en ti femten
kvinner der også, lite trolig de er der frivillig."
Cian svor."Da må de ikke komme til skade. Så dere noe mer?"
Ruban nikket."Flere store flokker med hester og kyr, stjålne
uten tvil. Og flere telt som virket rimelig pakket Antagelig
tjuvegods alt sammen, er en ren teltleir men det er rester av en
gammel festning der nede. Bare en ringmur står igjen men det
går å beskytte seg bak den, de bør ikke få muligheten til det."
Cian så litt forbauset ut."En gammel festning? Det er uvanlig
her i fjellene?"
Georg så nysgjerrig ut."Antagelig rester av et jaktslott eller
noe slikt."
Ruban skar en grimase."Noen mener at dette området var rikt
og mye brukt da dragemestrene styrte, det kan ha vært restene
av en av de store borgene fra den tida."
Cian blåste i nesa."Jeg tviler, riktignok kan dette ha vært
strategisk viktig men ikke til de grader? Vel karer, hva synes
dere?"
Soldatene så på hverandre, Georg klappet skjeftet på sverdet
sitt."Det er tre hundre der nede, for mange for oss selv om vi
angriper brått. Skal vi greie dette må vi være flere."
Cian nikket, Georg var dyktig, godt opplært. Han smilte skjevt
og så bort på de tre sporfinnerne."Godt, dere tre rir tilbake til
hæren, tar med dere tropp en to og fire. Tropp tre kan sikre
området og se til at ingen greier å stikke av."
Ruban bare nikket servilt og forsvant uten en lyd. Cian regnet

med at de ville være tilbake like før det ble mørkt. Det var en fordel, ingen forventet et angrep sent på kvelden og han gliste kort for seg selv. Han så på de rundt tretti som satt der."Hvil og spis, forbered dere."

Karma kom diltende fra skogen med et par harer i kjeften og Cian roste den lavmælt. De kunne ikke tenne opp ild nå så han lot katten få spise dem, noe Karma godtok med et fornøyd knurr. Cian hadde en følelse av at dette ble en test på hva hans folk kunne få til. Før eller siden ville de bli nødt til å kjempe mot større hærstyrker og han visste at de burde ha fått prøvd seg først. Om de skulle ha noen sjanse til å stanse galskapen måtte de være sterke nok til å stanse selv store styrker, og det uten å nøle. Cian aktet å skape ro og orden igjen, om det så ble med sverdet i hånd.

De ventet i stillheten, flesteparten av karene hans hadde slåss før men hans regler og måte å gjøre ting på var temmelig annerledes enn den tradisjonelle. De visste at han gikk bort fra stilen og reglene som tilsa at en hær alltid skulle stilles opp og angripe i sluttet rekke og orden, i hans øyne var det ren galskap og om de slåss mot folk som tilsynelatende var grepet av ren galskap brydde han seg ikke om å være den som gav fienden et overtak. Troppene ankom i stillhet, alle visste hva de hadde å gjøre og samtlige var bevæpnet og klare til kamp.

Cian samlet de han hadde utpekt til offiserer, Ruban hadde tegnet et enkelt kart over leiren der nede og Cian hvisket korte ordre. Karene fordelte seg og Cian kjente at han var stolt av dem. Han fulte Georg ned gjennom skogen i stillhet, leiren var ganske riktig stor og den var elendig planlagt om en kunne snakke om planlegging i det hele tatt. En kjente lukta av den før en så den og Cian skar en grimase. Det var slik det ble når en bare lot folk slå seg ned hvor som helst uten å kontrollere dem. Han så at noen telt var litt større og finere enn andre og antagelig var det lederne for denne flokken med pakk som bodde i dem. Han antok at det kunne ha vært forhenværende adelsmenn, folk som visste å samle andre rundt seg og som hadde enn viss mengde makt.

Han fanget blikket til Georg og de snek seg frem til de utpekte punktene der angrepet skulle starte. Det var ganske stille i leiren, han så at det brant i ildsteder og Cians skarpe øyne så godt at mennene der fremme ante fred og ingen fare. De var ikledd alt fra vanlige klær en bonde ville brukt til uniformer og noen var pyntet med diverse glorete gjenstander og plagg de måtte ha tatt fra dem de ranet. Georg blåste i nesa."Hva sa jeg? Pakk!"

Cian så seg rundt, troppene hans var i ferd med å komme seg i posisjon nå og han ønsket ikke å vente for lenge. Disse udyra hadde myrdet og plyndret uhemmet litt for lenge, før ville de blitt slått hardt ned på med en gang men slik det var nå fantes ingen lov lenger og ingen konge hadde ressurser til å slå til mot røvere. Brått ble han var et opptrinn i utkanten av leiren, det lød kvinneskrik og han stivnet til. Det var kvinner der som Ruban og de to andre hadde sagt og antagelig var de kidnappet fra flokkene med flyktninger. Nå så han og de andre at et par karer kom slepende med en jente, hun virket ikke får å være særlig gammel og selv på avstand var det tydelig at hun var ille medtatt. Hun ble halt så å si etter det lange håret og hun var nesten helt naken, restene av et linett hang ennå på henne. En større kar kledd i noe som måtte ha vært svært fine klær kom ut av et av de store teltene, det var tydelig at han ville vite hva som foregikk og de to ropte og skrek så de overdøvet jentas hyl.

Cian spisset ører, det var ikke så langt vekk fra dem, de lå skjult i buskaset langs skogskanten og han skjønte at jenta hadde bitt den ene av de to da han prøvde å tvinge henne til å suge ham. Cian holdt pusten og gav Georg et stille signal. Georg var en dyktig bueskytter og han hadde en meget god bue Cian hadde rekviert fra et av kongens lagre på veien nordover. Den svære karen lyttet til hva de to sa og deretter trakk han sverdet. Det var tydelig at han aktet å drepe jenta og Cian nikket til Georg, alle var i posisjon, de fikk ta sjansen nå.

Georg siktet fort men godt, pila ulte gjennom lufta og traff den svære karen i tinningen, han falt uten en lyd og de andre bueskytterne hadde allerede forstått situasjonen og fyrte løs. Cian hadde kanskje femti gode bueskyttere, de var godt trent og hver en pil drepte. På så kort avstand kunne de sikte seg inn mot individuelle mål og ikke bare skyte opp og håpe at pilene traff noe på vei ned igjen. Cian hadde sørget for at de fikk gode våpen og ypperlige piler og de hadde med seg store lagre med ekstra pilespisser.

Kong Marcellius var kanskje ikke forberedt på at Cian brukte fullmaktene han hadde fått på denne måten men det var like fullt nødvendig. Kaos brøt løs, og Cian brølte en ordre, bueskytterne ble stående igjen i skogkanten mens resten av troppene raste fremover med sverdene klare. Fienden måtte ikke få tid til å organisere seg eller søke tilflukt bak den gamle ringmuren. Cian så den nå, og han forsto at det faktisk kunne ha vært en stor borg en gang i tiden. Kun en ynkelig rest var tilbake men størrelsen på steinene og den elegante måten de var sammenføyet på fortalte ham at dette var mer enn bare et tilfeldig jaktslott eller bygdeborg bygget av lokale innfødte som beskyttelse. Han løp fremover og så at Karma kom stormende ut av skogen og den enorme katten grep en mann rundt livet med kjeften og bet ham formelig i to.

Cian gyste men nå lød ropene og han måtte kjempe. Han hadde vært trent som ridder, hans foretrukne måte å slåss på var fra hesteryggen men han var også en utmerket fekter og den første som kom stormende mot ham ble møtt av et lavt hugg som skar gjennom kroppen på karen og felte ham umiddelbart. Tropp to hadde sirklet leiren og angrep bakfra og han visste at flere skjulte seg i skogen for å ta seg av de som prøvde å flykte. Her og der kom det løpende vettskremte kvinner og noen av karene hans samlet dem sammen temmelig bryskt og fikk dem bort fra slagmarken. For det var akkurat hva stedet var forvandlet til, en slagmark. Dette var leiesoldater og de kunne slåss. Det var lite tvil om akkurat det. De var desperate og forsto ikke hvor mange de slåss mot og det gav dem et mot Cian visste var svært farlig for hans karer. Den som ikke har noe å tape har lite å frykte så han brølte noen ordre og hans menn adlød øyeblikkelig, de rykket frem taktisk, sirklet og beveget seg sidelengs, lot ingen få tid til å samle seg til et motangrep.

Cian så at Karma vekte stor frykt der den raste frem, fienden hadde ikke bueskyttere og den enorme katten var dekket med blod nå og øynene lyste formelig. Den slo ned menn og knuste skaller med kun et slag med de voldsomme potene. Flere menn kom løpende mot dem, godt bevæpnet og Cian så at disse måtte være de øverste der. De var godt trent og våpnene var gode, Cian så at de hadde skjønt at han ledet dette angrepet og nå siktet de seg inn mot ham. Han gliste kaldt, de ville få en stygg overraskelse. Cian hadde hatt en lærer som var utradisjonel, hans far hadde ment at sønnen burde lære å slåss også som en vanlig gateramp og Cian hadde lært temmelig mange ufine knep en ridder ville ha blitt forferdet over å engang tenke på. Den første av karene var heller kort og spe men han bar en smekker kårde Cian visste var livsfarlig. Det var et elegant våpen som sjelden var særlig skremmende men det var kun fordi det så nesten feminint ut. Sannheten var en ganske annen. Kården var et utmerket stikkvåpen og fortalte at denne mannen utnyttet sin mangel på størrelse på en utmerket måte, han var rask og elegant, slo til og kom seg vekk med en gang. Cian hadde et sverd som var kraftigere og mer egnet til hugg enn kården, han måtte vende motstanderens sterke sider mot ham.

Det første angrepet var lynraskt, elegant, nesten katteaktig uanstrengt og Cian visste at dette var en mann som antagelig var godt trent. Det tilsa at han sikkert var adelig og kanskje også fra en av de sterke ættene, slik trening tilsa som regel det. Cian var mye raskere enn enn skulle tro, til å være en meget høy og sterk kar var han rask og han spant ut av veien og så at motstanderen hadde en ørliten svakhet. Han lot seg selv gli litt for langt frem i angrepet, det tok for mye tid å hente seg inn igjen etter det, å komme tilbake til en brukbar forsvarsposisjon. Antagelig stolte han så mye på hurtigheten og teknikken sin at han glemte fot arbeidet. To av Cians offiserer gikk på de andre karene i gruppa og han kunne konsentrere seg om denne mannen.

Karen bannet grovt på en temmelig tykk dialekt som røpet at hans røtter måtte stå et eller annet sted nord for Arzam havet, det var merkelig at noen så langt vestfra hadde havnet der. Han spant bakover og fintet, stakk mot Cians lår men Cian hadde gjennomskuet taktikken og spant også rundt, kården traff bare tom luft og Cian benyttet seg av det grove triksene han hadde lært. Han var nå svært nær på mannen og kjørte sverdknappen rett i ansiktet på karen så han hørte det knaste i bein.”Et sverd har to brukbare ender!”

Mannen skrek av smerte og ravet bakover, kinnet og kjeven på ene siden knust, det rant blod fra munnen og nesen på ham og han var for lammet av smerten til å greie å ta seg sammen. Cian snerret og kjørte sverdet gjennom brystet på mannen med liten anstrengelse. Karen falt sammen og Cian snudde seg, konsentrerte seg om å hjelpe offiserene sine mot de andre som hadde kommet i angrep. Det var fire igjen av gruppen som hadde kommet i motangrep og en var drept allerede, en av Cians menn var også felt og Cian kjente et kaldt raseri stige i brystet. Disse mennene var sverdfektere, tradisjonelle og dyktige men en av dem brukte en stridsøks av et design Cian ikke hadde sett før. Bladet var formet mer eller mindre som den smale sigden av en nymåne med festet til skaftet i midten og han forsto at dette var et skrekkelig våpen. Og det var vakkert, så fantastisk formet han skjønte at en mester hadde lagd det. Skaftet var langt, det tillot kamp også på avstand og mannen svingte den med en mesters uanstrengte eleganse. Cian så at dette var en erfaren kriger, en mann som burde ha valgt en bedre levevei enn å rane andre. Det var noe kaldt og nesten hånlig i blikket på ham som fortalte Cian at dette var en

mann som bare så på andre med forrakt. Cian forsto at han var den farligeste av dem, resten av røverne var allerede grundig desimert, bueskytterne plukket ned en etter en og få unnslapp fotsoldatene hans. Han ropte til de to offiserene som desperat holdt fienden stangen og de konsentrerte seg om sverdfekterne. Cian gikk på mannen med øksa nå og forsto fort at dette var en kar som kunne slåss. Og våpenet var skremmende, så skarpt at det kunne splittet et fallende hår. Cian hadde aldri møtt en slik motstander før, og denne karen slåss også uten regler eller forbehold. Han gav alt og Cian var kanskje udødelig men han tvilte på at han ville få tilbake lemmer som ble kappet av. Motstanderen kjempet perfekt, blokkerte og angrep i en flytende rytme som var fengslende, Cian ante at dette ikke var hvem som helst. Han prøvde å se om noe ved mannen røpet hvem han var, ethvert lite tegn til svakhet var noe Cian kunne bruke og han måtte tenke fort nå. Denne soldaten kunne så utmerket godt skade ham alvorlig. Karen var mørkhåret med langt hår bundet i en stram flette, ansiktstrekkene strenge men faktisk vakre og øynene var dypt grå. Klærne var tilfeldig sammenrasket, selv en blind kunne se det men Cian så at karen bar noe i et kjede rundt halsen, det måtte være forholdsvis tungt for kjedet hang stramt og Cian gliste for seg selv. Han visste hvem dettte var.
For de adelige var det sport å pugge slektstavler og Cians mor var totalt oppslukt av akkurat det. Og Cian hadde lidd seg gjennnom talløse timer med intenst kjedelig pugging av slektstrær og han syntes det var mye morsommere å lære seg hva de ulike ættene hadde gjort. Denne mannen var garantert den nest eldste sønnen til en jarl fra Unlan som var notorisk for å feie over omtrent alle de pene unge ridderne han fikk nevene i. Antagelig var ikke jarlen den biologiske faren hans i det hele tatt, rykter sa at han fikk en av sine nærmeste menn til å besvangre kona siden han ikke hadde lyst på kvinner i det hele tatt.
Cian ante ikke hva som kunne ha fått denne forholdsvis

høyvelbårne mannen til å forlate alt men han hadde planene klare. Han unnvek et hugg med et stønn og virlet utenfor rekkevidde og forberedte seg på et svært stygt angrep."Så, hvordan går det med din ærede far, er det i det hele tatt noe rasshøl i hans rike han ikke har besøkt?"
Mannen ble blek og brølte et eller annet svært lite høflig før han hugg mot Cian i et angrep som var svært lite uttenkt i forhold til de forutgående. Cian hadde forutsett det, han blokkerte hugget med sverdet og trakk dolken han bar i beltet i en lynrask bevegelse, kjørte den rett inn i halsen på motstanderen vanrett så han punkterte både begge halspulsårene og luftrøret i et stikk. Mannen mistet grepet i øksa, blikket var fylt med forvirring og raseri men lite smerte. Han ravet bakover, blodet sprutet fra såret og Cian gliste stygt."Beklager, om du tror du har slåss mot en ridderlig person tok du smertelig feil."
Mannen falt i bakken og Cian så på mens han trakk et siste hvesende boblende åndedrag. Det var groteskt men Cian trakk på skuldrene og tok opp øksa. Den var utsøkt og så velbalansert at han ikke kunne bære seg for å undres over hvordan denne karen hadde fått tak i den. Ætten hans falne motstander var av hadde faktisk bånd til Ohdrasar, de var i teorien i slekt men Cian brydde seg ikke om det. Han så at øksa hadde vakre runer inngravert langs eggen og Cian forsto at denne øksa var gammel, faktisk utgammel. Det var dverg arbeide uten tvil og Cian bar den med seg. De siste motstanderne ble felt nå, noen få prøvde å forsvare seg i små grupper men de ble fort felt og Cian brølte til karene om at de fikk gå gjennom leiren å sjekke at ingen gjemte seg i teltene. Cian følte ennå kamprusen rase gjennom årene, han skalv og kjente seg mer levende enn noen gang før. Georg kom løpende, han dryppet blod og noe av det var hans eget, han hadde et kutt over ene øyebrynet men det virket ikke for å være dypt."Se på dette Cian, du må komme!"
Cian så at Karma sto og lekte seg med et skjold noen hadde

kastet fra seg, den lignet en forvokst huskatt der den sto. Han
gliste kort og fulgte Georg som gikk med raske steg mot et av
teltene. Det sto flere soldater utenfor og noen av dem så heller
rystet ut. Cian slo teltfliken til side og gikk inn, det var kasser
og sekker overalt, og alt var fylt med verdisaker. Det var alt fra
smykker og dyre klær til fine våpen og tøyer og det var også
pyntegjenstander, servicer og sølvtøy. Georg kremtet kort."Jeg
tror disse folkene har drevet på med dette lenge, før krigen brøt
ut. De har forsynt seg av de som reiser gjennom fjellene lenge"
Cian bet tennene sammen, Georg måtte ha rett. Dette var store
verdier. Han snudde seg mot en av de andre offiserene der."Se
om det finnes gode pakkhester og vogner her. Om det gjør det
tar vi dette med oss, jeg tror det er andre som vil trenge dette
mye mer enn oss"
Mannen bare gjorde honnør og Cian gikk ut igjen. Det var
flere slike telt og han så skarpt på et par soldater som
øyeblikkelig strammet seg opp."Undersøk om det finnes mat
her et sted, fordel det mellom troppene."
Georg løp foran ham mot et telt der de hadde samlet de
befridde kvinnene. Cian gikk inn med en synkende følelse i
brystet, han ante ikke hva han kunne forvente seg og han
stanset i døra, temmelig sjokkert."Damer, dette er Cian av
Ohdrasar, av Or-Felderi. Han er den dere skylder deres frihet"
En av Cians offiserer sto der og holdt oppsikt med kvinnene og
Cian telte seksten. De fleste var kanskje rundt tjue men han så
også en som neppe kunne ha sett tretten somre og en som
måtte være bortimot femti skulle en tolke det rynkete ansiktet
og det grånende håret. Et par av jentene hev seg ned foran ham
og prøvde å kysse støvlene hans og Cian rygget tilbake, skremt
og forvirret.
"Damer, dere trenger ikke vise noen takknemlighet, jeg er kun
en ridder og det er min plikt å se til at ingen flere må
gjennomgå hva dere har opplevd."
Den eldre kvinnen neide kort."Jeg er Sigrari, de tok meg for å
bruke meg som kokke. Jeg har tjent disse svina i nesten et helt

år.”

Cian så smalt på kvinnen, hun virket sterk.”Godt, fortell meg alt du vet om disse misdederne, og hva vi kan gjøre for å hjelpe dere.”

Sigrari smilte stivt, hun fiklet med det slitte skautet sitt.”De kommer vestfra, men har vært her i fem år, til å begynne med var det visst bare noen få, en ti femten stykker men flere har kommet til, og de har blitt mer og mer rå. I det siste året har flere adelige slått seg sammen med dem, drittsekker og galninger av første klasse.”

Cian sukket.”Det tviler jeg ikke på. De har ranet de reisende?”

Kvinnen satte seg, hun virket sliten og var mager, det var svarte grimer i huden på henne og Cian gyste ved tanken på å ete mat lagd av noen så gravskitten.”Til å begynne med ja, men de begynte å drepe etter at de tok meg. Og de tok de vakreste jentene også, mange har dødd her ærede herre, svært mange!”

Cian ble stiv.”Hvordan?”

Sigrari så beskt på ham.”Hvordan tror du? Flere har tatt livet av seg, noen har blitt bokstavelig talt voldtatt til døde og mannen med den øksa du bærer pleide å pine jenter i hjel. Han likte dem unge og uskyldige, likte å bruke glødende jern på dem.”

Cian snerret.”Da er jeg ikke lei for at jeg drepte ham som jeg gjorde. Han fortjente ingen ren død.”

Sigrari nikket kort.”Og de kvinnene du ser her har alle lidd, ingen har unnsluppet dem. De har gått på omgang mellom karene flere ganger. Jeg var jordmor der jeg kommer fra, jeg har sett flere jenter blø i hjel og mange av de som er i live er skadd for livet.”

Cian kjente seg kvalm, ingen av jentene der så på ham, ansiktene var magre og dratt og møkkete og det mest skremmende var mangelen på lys i blikkene. Cian prøvde å smile men det ble et grin.”Jeg forstår, frykt ikke, ingen vil skade dere mer. Vi vil gjøre alt vi kan for å holde dere trygge.”

Noen av jentene så fort på ham og den yngste av dem skar en grimase."Trygge? Vi er vanæret, æreløse. Ingen vil ha mer med oss å gjøre? Hvor vi enn reiser vil alle vite at vi har vært horer"

Cian kjente hjertet synke i brystet, den flate tonen i stemmen var skrekkelig å høre på."Mange lider grusomme skjebner i disse tider. Tvil ikke på at dere vil bli verdsatt igjen, hva betyr ære og andre tomme ord når en har livet i behold?"

Sigrari tiltet på hodet."Kloke ord fra en ung mann, men tomme like fullt. Du kan ikke forestille deg hva som har foregått her til tider. Intet menneske kan, det har vært for grusomt."

Cian kjente seg flau, usikker."Det er uansett over nå, vi er på vei vestover og dere vil være sikre med oss. Vi har en stor hær, før eller siden finner vi et trygt sted dere kan være."

Sigrari sukket lavt."Det vi trenger er først og fremst varme bad, mat og klær. Bare det å bli rene vil bety mye for mange her. Og ingen av oss har spist oss mette på svært lenge"

Cian vinket på Georg."Se til at noen setter noen gryter til kok med vann, og sett opp et telt vi kan bruke som bad. Vi kommer oss uansett ikke herifra ennå. Og send noen for å hente hestene også."

Georg forsvant ut av teltet og Cian studerte kvinnene som var samlet der."Jenter, dere kommer vestfra ikke sant? Hva kan dere fortelle om situasjonen der nå?"

En av jentene kremtet usikkert, hun så ikke så mager ut som de andre, hun kunne ikke ha vært der så lenge som resten."Det er kun de sterkeste som står igjen der nå herre, de store godsene eller de som har mange folk. Og de kriger som før, men det er ikke like tilfeldig som før. Nå risikerer folk å bli vervet, å bli tvunget til å kjempe. Det er derfor mange flykter"

Cian sukket, han hadde regnet med noe slikt. Den alle mot alle tilstanden som hadde eksistert kunne selvsagt ikke vare. Mindre grupper ble overvunnet eller svelget av større og til slutt ville de sterkeste slåss seg i mellom og de arme sjelene som ble fanget i de kampene ville ikke ha en sjanse. Han så på flokken med kvinner og følte at medfølelsen sprengte i ham, men han kunne ikke la følelser styre seg nå. Det var for farlig. Han måtte ta seg sammen og gjøre det han kunne, det han var skjebnebestemt til å gjøre. Georg hadde fulgt ordrene og kom tilbake, det var stor aktivitet der nå, noen av Cians soldater trakk alle likene sammen i hauger utenfor selve leiren og telte dem og det endte på tre hundre og tjue fem menn. Fire av Cians soldater hadde blitt drept og det var ikke til å unngå at han tapte noen men det gjorde alikevel på et vis vondt å vite at de kunne vært i live. Men da hadde de arme jentene måttet lide enda mer og disse røverne ville ha fortsatt å spre skrekk og angst.

Cian fant et telt som var ledig og valgte det som sitt eget, litt privilegier burde han ha siden han var lederen for denne hæren og han tente opp i det enkle ildstedet og kokte litt vann. Han var sulten og tørst og fant litt vin og lagde noe te. Karma var opptatt ennå så han gikk for å se om det fantes mat der. En av karene i hæren som tjente som kokk hadde funnet forsyningsteltet og gav ham en liten pakke med brød og ost, det var ikke mye men spiselig og han returnerte og spiste før han gikk til sengs. Karma kom og la seg i teltet hos ham og Cian følte seg merkelig strukket. Han følte på seg at han måtte skynde seg av en eller annen grunn, men hvorfor?

De kunne ikke komme stort dypere inn i fjellene nå, det ble snart snø og alt for vanskelig og utrygt til at han turte å risikere livene til de som fulgte ham. Han måtte finne et trygt sted å overvintre. Denne dalen var for merket av røverne, det var lite mat å finne og ingen bygninger og for lite mat for hestene. Han trengte et sted der de kunne overvintre og samle krefter.

Cian våknet tidlig, Karma var allerede oppe og ruslet rundt og han vasket seg fort i ansiktet, gredde håret og barberte seg før han gikk ut. Det var gråvær med snø i lufta og temmelig surt. Georg kom ruslende mens han gnog på en liten skinke, han virket for å være i godt humør.”God morgen herre, vi fikk ordnet bad for kvinnene i går kveld. Og alle fikk en velvoksen porsjon med grøt, og litt vin.”

Cian smilte og klappet Georg på ryggen.”Det er utmerket, nå, ellers noe å rapportere?”

Georg ristet på seg.”Det er femti hester her og rundt åtti kyr og en flokk sauer og geiter litt lengre opp i dalen. Magre dyr, lite vits i å tvinge dem med oss så jeg har beordret at de svakeste skal slaktes og kjøttet tørkes så vi har noe å bruke senere. Og de beste kan kanskje klare seg, vi kan uansett ikke reise langt nå før det blir for mye snø.”

Cian følte seg litt fornøyd på grunn av den opplysningen, det var mye der de kunne bruke eller eventuelt bytte til seg senere og teltene var gode. De ville ikke kunne reise fort uansett, og med ekstra hester kunne de frakte med seg mye mer. Han gikk på måfå og endte opp ved den eldgamle muren, den var imponerende og han regnet med at det hadde vært bygget et nyere bygg på toppen av den men at det hadde forsvunnet igjen. Men denne eldgamle muren sto ennå, som om den var nesten ny og han kakket forsiktig på steinen med skjeftet på dolken sin og fikk en litt metallisk nesten glassaktig lyd. Det var utrolig hard stein, den virket nesten som obsidian men han hadde aldri hørt om noe bygg med obsidian grunnmur. Det ville vært nesten umulig å få til.

Han vandret rundt muren, det hadde vært en enorm bygning, noe av muren lå lavere i bakken og andre steder sto flere rader av glatt stein over bakken. Han strøk fingrene over den, det var ikke mulig å få et hår inn mellom steinene. Han var på baksiden da han brått ble var en ujevnhet i steinen. Det var en ekstra stor blokk som var felt inn i muren, tre ganger så stor som de andre og helt glatt og flat. Han strøk fingrene over steinen, det var noe gravert inn i steinen, noe som bare kunne være enten skrift eller en slags hieroglyfer. Cian ble nysgjerrig, han så seg rundt og fant et bål der noen hadde lagd mat. Det var aske i det og han tok asken og begynte å gni den mot steinen. Asken klebet seg til steinen siden den var litt fuktig etter natten og han gned og skurte og langsomt dukket det frem

fresker. De var nesten umulige å oppdage med det nakne øye
men Cian stirret snart på et tablå han snaut kunne tro.
Figurene var utrolig godt formet, nesten som på et godt maleri
og han kjente at hjertet hamret i brystet mens han lot blikket
gli over scenene foran seg. Først var det et bilde av et fjell som
spydde ut ild og røyk og i skyen av flammer og mørke var det
figurer synlig, figurer med vinger. Noen store og andre små
men bak dem alle var en synlig som virket så stor at den kunne
favnet hele skyen med vingene.
Det neste bildet var av en kvinne som sto der med to store
kattedyr ved sin side, hun bøyde seg for en annen kvinne som
sto med hendene strakt ut og lagt på skuldrene til to høye
kraftige menn. Bak den ene var det hugget inn en ulv og bak
den andre en slik katt som Karma. Bak alle dem kunne han se
skyggen av nok en slik enorm drageaktig skapning.
Det tredje bildet kjente han igjen, en sirkel av steiner, en
kvinne som sto med en rund juvel i hendene, bak henne så han
en merkelig alveaktig kvinne, et enormt beist av noe slag og
flere krigere. Foran henne sto en figur som fikk ham til å gispe
etter været, en høy kriger i en rustning, ham selv. Det kunne
neppe være tvil, det var ham selv, likhetene var for store. Over
dem svevde to slike gigantiske skygger.
Cian svelget igjen og igjen, det var umulig. Disse freskene
måtte være årtusener gamle, minst! Han gikk videre, den neste
fresken viste en by, temmelig stor og murene var sterke. Men
foran den sto en enorm bølge, og bak den var en elv av ild.
Cian visste hvilken by det var, Zhymorne. Det var ingen tvil.
Det var en siste freske, en jente med bind for øynene, en meget
vakker kvinne som virket for å danse og en rekke med
ansiktsløse figurer, alle med en drageskikkelse bak seg. Cian
ante ikke hvorfor men det gjorde ham redd, meget redd. Han
skyndte seg vekk, kjente seg kvalm på et vis. Var alt dette
skjebnebestemt? Hva betydde alt? Han ante ikke, han var en
ridder og hadde egentlig alltid trodd at det var alt han var men
nå begynte han å tvile og det var ikke en god følelse. Han var

udødelig, kanskje det var for en grunn?

Han prøvde å roe seg ned, Karma kom luntende og knuffet til ham lekent og han smilte skjevt og klappet katten på nakken. Den var i det minste ubekymret nok og han lente seg mot det enorme dyret og sukket lavt."Hva tror du gutt, har vi en eller annen rolle gudene har tilkjent oss?"

Karma brummet lavt og slikket ham, Cian nikket sakte."Greit, en kan vel bare godta det, men jeg skulle ønske jeg visste hva alt dette betydde."

Karmas grønne øyne betraktet ham med uutgrunnelig visdom. Det var lite å høre fra leiren ennå så Cian gikk bort til hestene og ble stående å klø Tordenkile bak øret en stund. Hva som enn kom, han skulle møte det med hevet hode. Om gudene på et eller annet vis hadde utpekt ham til å gjøre noe ingen andre kunne skulle han vite å la det bli noe det ville gå gjetord om langt inn i evigheten. Det var et hellig løfte.

Eirannes

Havet var stille denne dagen, ikke blikkstille men behagelig
rolig. Skuta gjorde god fart på tross av at vinden var
forholdsvis svak, Sølvmåken var ei god skute av det slaget som
var lagd for å frakte varer fra Ardot til Zhandoria og
hjemhavnen var byen Thek i Solamida rett innenfor øya Os.
Sølvmåken var lagd for en ting alene, fart. Skroget var
smekkert og langt, som et sverdblad og hun hadde hele fire
master, alle med fem store seil. Å mestre en slik skute var ikke
for hvermann, kaptein Eirannes av Solamida var en meget
erfaren skipper og han hadde krysset havet flere ganger enn
han kunne telle. Han var en meget lykkelig mann, han elsket
havet og skuta og for ham var hver dag tilbrakt i land en dag
totalt bortkastet.

Han vandret langsmed ripa, betraktet mannskapet som arbeidet
og øynene var smale og huden brunbrent og ru etter år i
alskens vær. Sølvmåken hadde flere rekorder, hun hadde
krysset mellom sørøst enden av Unlan til Ardot på fem dager,
ingen hadde greid det så fort noen gang. Eirannes var meget
stolt over det. Han var født som sønn av en sjømann og hadde
antagelig mer sjøvann enn blod i årene, for ham var havet en
mektig hersker som kunne ta og gi og en visste aldri hva det
ble. Lev som om du aldri vil angre noe, det var hans yndlings
ordtak og et han sto for. Nå var han snart seksti somre og var
ikke lenger like sterk som før men ennå kunne han arbeide og
ennå var han skarp som et godt sverd og visste å sette seg i
respekt. Det var ikke noe ved havene han ikke kunne alt om og
han frydet seg over alt han hver dag lærte.

Sølvmåken tilhørte en lord av Arcan ætten og det hadde lenge
vært litt av et press på Eirannes for å frakte mest mulig fortest

mulig. Det betydde profitt og Eirannes var ofte forbannet på denne idioten som ikke forsto at havet har sin egen rytme. Om vinteren måtte en legge på minst fire dager på turen siden strømmene var annerledes da og om våren når vindene snudde ble det umulig å krysse i minst to uker før varmen tok tak og fikk vindene til å gå riktige veien igjen. Eirannes hadde glemt mer om båter og seiling enn det den lorden noen gang ville lære men slik var det vel med den gjengen. Adelige hønseskaller, enten de het Arcan, Ranclin, Ohdrasar, Macallif eller Darasher, de ante ikke noe om havet. Da var Nurmadag noe annet, de kjente havene men det var bare et par familier igjen av dem dessverre og de var under felles overhode. Eirannes var lei for at den ætten hadde tapt så mye makt og innflytelse, de hadde vært fornuftige, ikke interessert i makt og prestisje men i å gjøre en god jobb, i å kunne drive handel uforhindret. Åh det var respekt verdig, han visste at Nurmadag sine skuter aldri ble seilt til de ramlet fra hverandre, nå nei, hver skute var gull verdt og ble tatt vare på som om de var barn. Der hadde en folk etter Eirannes smak, virkelige sjøfolk. Men i det siste så en ikke Nurmadags merke mer så langt sør, det ble sagt at lorden bare konsenterte seg om handel langs nordkysten mellom Zhandoria og Hietlai. Det var risikabelt men kjente han dem riktig hadde de nok greid å sikre seg en fredsavtale med Hietlaianerne.De var stridige og kunne kapre skuter som ikke betalte toll til dem, eller enda verre. Eirannes var glad han seilte der i sør, vel var havet der vilt men ikke så vilt som i nord og i det minste var det varmt. Om en seilte sør for Ardot ble det kaldt igjen, merkelig egentlig men slik var vel verden. Noen han kjente hadde seilt så langt sør at det ble isdekket hav hele tiden og kulda slapp aldri taket heller. Eirannes tok det med en stor klype salt, det var kaldt i nord og vatmt i sør, slik hadde det alltid vært og slik kom det alltid til å være.

Han pattet fornøyd på pipa, havet hadde oppført seg merkelig lenge nå, han hørte fra kapteiner inne fra bukta at øyer hadde

steget og sunket, at en by lengre inn i Bheki bukta var tatt av
flodbølger og at merkelige ting skjedde. Vel, sjøen hadde vært
pussig, han var enig i det men Eirannes var ikke så overtroisk
som mange andre. Antagelig hadde det gått et undersjøisk ras
et eller annet sted og de fjolsene trodde det var verdens
undergang. Slikt skjedde, han visste det godt. Da han var ung
førstereist gutt hadde han vært med en skute som seilte rundt
Zetir og inn mot hovedstaden i Or-Altarab. De hadde sett en
bølge som nærmet seg i det fjerne med forferdelig fart og
kapteinen hadde snudd skuta mot den og ridd den av med
glans. Den var ikke høy eller noe, kun en bølge men den gikk
fra horisont til horisong og kapteinen hadde sagt at det var en
skjelv bølge, at den ville skape ødeleggelse når den nådde
land. Og det hadde den gjort. Flere fiskerbyer var skylt på
sjøen og tusener var døde.
Eirannes hadde sett at mange kapteiner hadde seilt til Ardot nå
og nektet å komme tilbake selv om prisene for en passasjer nå
var vanvittige. Mange var villige til å betale sin egen vekt i
sølv for å komme seg vekk fra stridighetene som rådet i
Zhandoria. Eirannes hørte om en kvinne som tvangsrekruterte
folk i områdene sør for Zhymorne i Bheki og Solamida og og
vest for fjellene som delte Dheesa i to var visst alle ættene i
tottene på hverandre. Eirannes hadde sitt eget originale syn på
adelsskap. Var en sjømann var en i hans øyne en verdig
person, var en ikke sjømann var en uten betydning for ham.
Det spilte ingen rolle om det så var kong Hanek selv, sjøen
hadde sin egen rangordning.
Sølvmåken var snart tjue år gammel, en godt holdt skute og
Eirannes kjente henne godt, visste hva hun kunne gjøre og
hvordan hun lød roret selv i tung sjø. En slik skute som henne
var ytterst farlig i sterk storm, med den massive seilføringen
kunne skuter som henne bli tvunget ned i dypet om hun fikk en
stor bølge inn over baugen, Eirannes var en mester til å lese
værtegnene og han søkte nødhavn heller før enn siden. Skuta
og mannskapet var hans ansvar, så til helsike med lasten. Han

hadde flere ganger berget seg ved å hive lasta på havet og andre kapteiner ville heller risikert alt for å berge de pengene men ikke Eirannes. Han likte å tenke på seg selv om en god sjømann, og i hans øyne var det ingen høyere hedersbegnelse enn det.

Eirannes lå utenfor kysten av Unlan nå, noen korte sjømil fra øya Zer der planen var at han skulle ankre opp i et par dager for å få overhalt seilene. Et par hadde fått små flenger i den siste stormen og Eirannes seilte ikke med seil som kunne spjære. De tapte de heller de dagene. Han hadde ingen bestemt dato han skulle ankomme til Ardot nå og så på det hele mer som en avslappende tur for å holde mannskapet skjerpet. Sølvmåken og han hadde seilt også vestover, oppover langs kysten av Tholir og Coluria og Arzam. Han hadde vært helt nord til Rooz og området de kalte kroken. Der møttes havstrømmene som gikk vestover mellom Zhandoria og Hietlai og de møtte de nordovergående varmere havstrømmene akkurat utenfor kroken. Det skapte et område som var en sjømanns mareritt og Eirannes hadde den største respekt for de kapteinene som seilte der jevnlig. Det var mange skuter som gikk fra de tre øyene utenfor Arzam og Nierez og der var folk stort sett født i en båt og lærte å ro før de lærte å gå. Det var hans type mennesker og de var tøffere enn noen andre. Havet der oppe var kaldt og tåka hang som regel tung hele året rundt og det var grå nakne heder og lite grønt å se men havet var rikt. Det var fisk nok der til noen og enhver og alle der visste å forvandle det havet gav til rikdom og de rene delikatesser. Han husket ennå med velbehag den skjell og østersgryta ene kona til en kaptein der oppe hadde servert for ham, det hadde vært hinsides delikat.

Han gikk til kapteinskahytten og satte seg ned med noen kart. Han trengte noen nye nå, ene tømmermannen hadde uheldigvis greid å velte en blekkholder over flere kart og de var blitt uleselige. Ikke for det, Eirannes kjente havet som sin egen bukselomme og enhver liten bukt og krok av kysten men de

andre gjorde ikke det. Han kunne finne en sikker bukt å ankre
opp i med bind for øynene og armene bundet på ryggen og var
stolt av det. Om natten var stjernene velkjente venner og han
hadde aldri mistet kursen. Han satt og beregnet hvor mye nye
seil ville koste da første styrmannen banket på døra, han så litt
nervøs ut. Eirannes så litt forbauset på mannen som sto der
med den flate lua i handa."Kaptein, det er noe du bør se"
Eirannes rynket pannen og reiste seg. Han fulgte etter ut på
dekk og ved baugen sto samtlige av karene som var på vakt og
stirret. Eirannes kjente et fort stikk av en irrasjonel frykt,
overtroisk eller ikke, sjøfolk er vare for tegn og han hadde en
merkelig følelse av at dette var et tegn, hva det nå var.
Eirannes gikk stødig frem og sjøfolkene gikk til siden for ham,
slapp ham forbi. Annenstyrmannen sto der og han var blek.
Eirannes gispet lavt. Det de så var en hel flokk med hval og
samtlige var døde. Eirannes hadde sett døde hvaler før, tross
alt, levende skapninger dør jo som regel før eller siden og en
hval er jo levende. Noen ble drept av hai og andre ganger var
det antagelig sykdommer som tok dem men aldri en hel flokk?
Han hadde hørt om flokker som strandet men dette var langt
fra nærmeste grunne. Akkurat der var det utrolig dypt, utenfor
Zer startet det en undersjøisk renne som ble videre utover og
den var som et sverdhugg i selve havbunnen, gikk rett ned i
dypet. En vismann hadde prøvd å lodde dybden der og kom til
at det var over en mil til bunnen, Eirannes var ikke forbauset.
Havet gjemte store hemmeligheter.
Andre styrmannen svelget krampaktig. Hvaler er hellige dyr
for sjøfarere, særlig de mindre artene og de store rolige
kjempene fikk også være i fred. De var sterke nok til å knekke
kjølen på ei skute med et slag av de massive halefinnene og
Eirannes husket med gru historien om en krigsskute av det
lange smekre slaget som fikk en hoppende hannhval av det
enorme gråblå slaget på tvers av midten. Skuta knakk og sank
på mindre enn to minutter og tok seks hundre sjeler med seg i
dypet."Kaptein, det er flere arter?"

Eirannes måpte nesten, han stirret på de døde dyrene som fløt
med buken i været. Det stemte, det var minst tre arter der, han
visste at de ofte trakk oppover og nedover langs kysten i
sammen siden de alle levde av de små krepsdyrene som det
krydde av i det farvannet. Det var en litt mindre slankere
hvalart som ofte underholdt sjøfolk med å stikke hodet opp av
vannet og glo på de merkelige menneskene og en art som var
heller rund og langsom med svært mørk hud og merkelige
korte kjever og lange sveiver. Den siste arten var den enorme
grå med lange sveiver og et enormt gap, de var fredelige og en
kunne høre dem synge til hverandre gjennom bunnbordene i
skutene. Eirannes svelget kort, han følte en dyp sorg ved synet
av dette, det var både voksne dyr og kalver og ingen virket for
å ha synlige skader. Eirannes visste at disse havets kjemper var
kloke, når en så dem i øynene så en at det var noen der som så
tilbake, som vurderte hva de så. De var ikke tanketomme
sjelløse klumper med kjøtt og Eirannes visste at de små artene
ofte hjalp folk i nød på sjøen. Derfor ville ingen sjømann noen
gang skade en hval, det var tabu og et de aldri ville finne på å
bryte.
"Hva har skjedd med dem?"
En av matrosene spurte, han var blek og hadde trukket av seg
lua, holdt den foran brystet som tegn på sorg og respekt og
Eirannes likte det. Han skar en grimase."Gudene vet, men de
må ha dødd fort, flokken har ikke drevet fra hverandre og det
er ingen haier her ennå. De kommer som regel fort når noe
dør."
Førstestyrmannen pekte på noe som fløt like ved ene
hvalen."Det er da ingen hval?"
Eirannes myste, det var for mye glitter av sollyset i de krappe
små bølgene til at de så tydelig og han nikket til tre av de beste
matrosene."Ta lettbåten og undersøk det nærmere, se om dere
ser noe."
Han snudde seg til matrosen som sto ved roret."Hold henne på
kursen."

Han gestikulerte til resten av matrosene."Rev seilene, vi stanser opp."

Karene forsvant opp i masta som aper og trakk inn seilene og de beholdt bare det fremre seilet for å hjelpe skuta med å holde kursen. Sølvmåken stanset nesten helt uten trekkraften fra seilene og Eirannes så at matrosene fort rodde bort til de døde hvalene. De pirket borti de enorme kroppene med båtshakene og var metodiske, rodde fra kropp til kropp. Eirannes ventet utålmodig og skremt, hva kunne ha drept så mange hvaler slik? Sykdom? Et ukjent naturfenomen?

Han så at en av karene hoppet over på en av hvalene, skar i den tykke huden og det virket for at han snuste på den? Deretter rodde de videre til det de hadde sett ved den ene hvalen og nå hørte Eirannes at de ropte ut. De halte noe opp i båten og fossrodde tilbake og Eirannes måpte da han så hva det var de hadde med seg. Det var noe han hadde trodd var en legende. Det var en havfrue. Ikke det langhårede forførende vesenet mange mente de hadde sett men et vesen med svakt menneskelige trekk, lange armer med hender med svømmehud og en sterk delfinaktig underkropp. Det var ikke hår på vesenet og selv om hodeformen var som på et menneske var øynene som på en sel og munnen var bred med skarpe tenner. Det var ingen ytre ører og heller ingen nese og skapningen hadde en slags gjellelokk på halsen men formen på brystet indikerte at den hadde lunger også, og et slags blåsehull kunne ses bak i nakken.

Karene samlet seg om den bisarre skapningen der den nå lå livløs på dekket, Eirannes kjente at det krøp nedover ryggen på ham. Han svelget hardt. Skapningen var antagelig svært intelligent for hodet var stort og noe som måtte være en slags form for utsmykking var festet rundt halsen og midjen. Det var skjell tredd inn på lange fibre fra tang og tare og Eirannes kunne forstå at dette vesenet kunne mistas for å være mer menneskelig om lyset sto bak den og den hadde mye tang og tare hengende på seg. Men vakker var den ikke, i hvert fall ikke etter menneskelige mål. Ene matrosen som hadde rodd peste nesten, de hadde rodd tilbake skrekkelig fort."Hvalene kaptein, de virket for å ha blitt kokt!"

Eirannes så vantro på ham."Kokt?!"

Matrosen nikket frenetisk, det var et unnskyldende uttrykk i øynene hans."Ja, hvor utrolig det enn høres ut"

Skipets lege hadde også hørt alt bråket over kommet til, han bøyde seg ivrig over skapningen på dekk, ansiktet lyste formelig av iver."Guder, åh guder, så spennende. For en utrolig eksotisk art, så uvanlig."

Eirannes så smalt på mannen. Skipets lege eller medikus var en drukkenbolt som vanligvis snaut visste hvordan en kurerer skjørbuk, Eirannes var dyktigere på mange områder men mannen hadde studert. Riktignok hadde han studert poesi fra tiden under kong Harramangas av Zhymorne men i sin ungdom hadde han nok vært svært skarp."Vidiel, hva tror du om den?"

Vidiel bikket på hodet, han var en svært tynn mann med en smule vom, tynt pistrete hår som sto i alle retninger og en evigvarende stank av svette som fikk selv sjøfolkene til å kvie seg for å oppsøke ham."Jeg har hørt om slike vesen, men aldri sett en. Kan jeg få dissikere den?"

Vidiel var bedende i stemmen og øynene lyste formelig. Eirannes nikket kort."Gå i gang, la meg ikke stanse deg men vask av dekket etterpå. Det der kommer ikke ned under dekk, forstått?"

Vidiel nikket så de store øynene rullet og så sprang han for å hente utstyr og de av sjøfolkene som ikke var på vakt samlet seg for å se. Eirannes sukket og ristet på hodet, men kanskje Vidiel kunne finne noe interessant tross alt, eller noe som kunne forklare dette. Hva kunne ha kokt en hel flokk med hval? Så fort at de ikke rakk å svømme vekk? En undersjøisk vulkan kanskje? Det kunne forklare at havet hadde oppført seg så merkelig i det siste. Eirannes var mer enn klar over at havet skjulte mye mennesker ikke vet noe om, han hadde selv sett ting han ikke kunne forklare på noe vis. Han gikk ned i kahytten igjen for å legge seg nedpå litt, han var sliten og trengte en blund.

På dekket gikk Vidiel i gang med å skjære og han var så ivrig at han nesten ristet der han sto. Sjøfolkene måtte dyttes unna mange ganger for de også var utrolig nysgjerrige nå.

Eirannes hadde sovnet og drømte et eller annet vagt noe da han ble brutalt vekket av at Vidiel sto og ristet i ham. Den vesle mannen sto der og formelig ristet av iver, han så ikke ut, var dekket av grønnaktig væske og stinket rent fryktelig men det var noe i fjeset som sa at han hadde viktige nyheter."Jeg sov, er du blind?"

Eirannes kunne ikke annet enn å føle seg litt fornærmet, han satte seg opp, han kunne ikke ha sovet lenge. Vidiel hoppet nesten opp og ned."Jeg vet hva som drepte den, åh guder dette er spennende!"

Eirannes gyste og skjøv den vesle mannen litt bort."Hva kan være så spennende at du ikke engang vasker av deg den gørra før du vekker din øverste offiser?"

Vidiel så et øyeblikk litt himmelfallen ut."Åh, vel, jeg beklager, altså…"

Eirannes trakk seg i det halvlange grå håret, han var sliten ennå."Spytt ut, kom igjen, hva er det som er så spennende?"

Vidiel tok seg sammen."Vi vet jo at hvaler bruker lyd til å kommunisere med ikke sant? Alle slike havdyr har god hørsel. Den havfruen eller hva en skal kalle den hadde sprengte ører, det blødde fra ørene på den. Og den var ikke kokt slik hvalene var."

Eirannes så smalt på den merkelige fyren. Det måtte bety noe."Kunne den ha dødd et annet sted? Og drevet sammen med hvalflokken?"

Vidiel ristet på hodet."Jeg tviler sterkt, den var for fersk, kan ikke ha vært død lenger enn de hvalene. Men jeg la merke til noe annet. Den skapningen har ikke store lunger, og gjellene er primitive. Den kan ikke dykke dypt men det kan hvalene."

Eirannes forsto.”Det som drepte hvalene drepte den havfruen
også? Men den var høyere i vannmassene da det skjedde?”
Vidiel nikket så det tynne håret danset.”Eksakt, hvalene var i
dypet for å spise og de ble kokt men havfruen var kanskje bare
noen titalls meter under overflaten og den ble truffet av noe
som knuste den innenfra, den blødde overalt!!”
Eirannes ble svakt nervøs.”Åh guder, hva kan det ha vært, et
undersjøisk utbrudd?”
Vidiel nikket sakte.”Godt mulig, slettes ikke utenkelig. Jeg tror
vi skal komme oss vekk kaptein. Dette er ikke trygge farvann.”
Eirannes svelget kort, skuta og hennes sikkerhet gikk alltid
først. Han kom seg på beina, rettet på klærne.”Greit, jeg skal gi
ordre om at vi skal sette seil igjen, jeg vil være i havn før
kvelden.”
Vidiel så ned i golvet.”Noen av sjøfolkene er redde kaptein, de
tror dette er et dårlig omen.”
Eirannes skar en grimase.”Det kan være, men jeg legger min
lit til Sølvmåken Vidiel, hun er et heldig skip. Hun vil ikke
svikte oss.”
Vidiel bare bukket og gikk ut, antagelig for å rydde opp etter
seg, Eirannes håpet i det minste det. Han fant førstestyrmannen
og gav ordrene, skuta skjøt fart igjen og Eirannes så at sola var
på vei ned mot horisonten. Det skulle holde hardt å nå havna
før kvelden men han ville ikke være der ute i mørket. Mørket
kunne skjule så mye og han følte en merkelig irrasjonell frykt.
Noe var galt, noe var aldeles galt. Kanskje de kapteinen som
klaget over alt fra kjempebølger til merkelige lyder snakket
sant tross alt.
Sølvmåken var skapt for å seile fort, selv om vinden sto svakt i
mot kunne de seile henne i god fart og selv om det knaket i
skroget noen ganger gjorde hun unna sjømil etter sjømil med
en nesten menneskelig besluttsomhet. Eirannes var stolt av
skuta si. Hun var en perle, den beste han noen gang hadde vært
herre over og han strøk handa kjærlig over det blankpussede
treverket. Noen av kapteinene seilet frakteskuter som var større

og tok enormt med last, de var sterke og solide men så i hans
øyne ut som forvokste prammer. Nei Sølvmåken var ei vakker
skuta, så slank og elegant som en fullblodshest.
Da det mørknet så de Zer i det fjerne og Eirannes nikket
fornøyd, han ville rekke havna før det ble helt mørkt. Han ba
mennene reve seilene igjen og skuta saknet farten, han rynket
pannen i undring da han så at en av de lange smekre utrigger
kanoene de lokale brukte kom fossende ut fra havna og mot
dem. Det lå noen skuter for anker der inne, det var vanskelig å
se nå som mørket sank fort men de virket for å være ankret opp
utenfor selve havne området. Kanoen svingte rundt, den var
rodd av åtte mann og to litt pent kledde karer sto i midten av
den, han kjente igjen den ene av dem. Det var en
forhenværende kaptein på en stridsgallei som nå var
havneformann på Zer og han så sliten og dratt ut.”Eirannes,
skip ohoi der.”
Eirannes lente seg over skutesida.”Skal jeg senke en leider til
dere?”
Formannen ristet på hodet.”Ikke nødvendig, du kan ikke gå inn
til havna Eirannes, vi har sperret av hele anlegget.”
Eirannes rynket pannen.”Stengt havna? Caphyn, hva snakker
du om?”
Caphyn strøk seg over håret, han var langhåret men hadde en
tydelig måne og ansiktet var rundt og blussende rødt. Han var
kjent for å være litt vel glad i det sterke.”Tror du ikke at ene
moloen kollapset totalt for to dager siden? Hele innseilinga er
full av steinblokker og ingen av skutene kommer ut igjen før vi
har greid å rydde opp. Det blir sterk fjære igjen på tre netter, da
håper vi at vi skal få ryddet innseilinga igjen, om gudene vil
det.”
Eirannes svor.”Vel, det var beklagelig men vi får ro i land da,
jeg trenger to nye seil.”
Caphyn smilte skjevt.”Det vil glede seilmakerne, de har hatt
lite å gjøre i det siste. Er snart ikke skuter igjen på denne siden
av grønnhavet. Alle har stukket til Ardot.”

Eirannes svelget kort.”Jeg har merket det. Har det skjedd noe mer i det siste?”

Formannen ristet på det.”De sier at det har vært et vulkanutbrudd et sted i fjellene sør for Dragetind, og at det gamle monsteret også rører på seg nå. Ja utbruddet var tidlig i høst faktisk, flere måneder siden. Men mange er redde, det blir kriget overalt.”

Eirannes bare gren på det.”Lite nytt er jeg redd, at landkrabbene er gale er jo en kjennsgjerning. De hadde hatt godt av litt sjøluft.”

Caphyn fikk karene sine til å snu kanoen.”Sanne ord min venn, ankre opp utenfor den olivenlunden du ser sør for havna. Det er et godt sted, lite strøm og svært dypt også.”

Eirannes løftet handa til hilsen.”Jeg skal gjøre det Caphyn, ha en god natt”

Han så at kanoen fosset tilbake til land og sukket. Karene ble ikke glade for dette, vel, han fikk tilby dem landlov dagen etter. Han beordret to grupper ut i lettbåtene og de rodde Sølvmåken inn til området der de hadde fått oppankring. Det var et vakkert sted på nordvest siden av øya og i liene lå det små idylliske klynger med hus mellom lunder med trær av ulike slag. Zer var viden kjent for sin produksjon av ulike verdifulle oljer og de dyrket alt fra oliven til nøtter, urter og frukter. Han så at noen av husene hadde røde tak, det betydde at de lagde parfymer, husene ble merket siden den produksjonen var svært brannfarlig. De kunne ikke bygges tett inntil andre hus og måtte merkes. Matrosene var ikke blide, men det hadde han ikke regnet med heller. De klaget ikke høylydt for de forsto problemet men det betydde ikke at de godtok det. Det ble murret en del før skuta falt til ro for natten. Eirannes sto ute på dekket og beundret stjernehimmelen, det var helt klart og han nøt synet av de velkjente stjernene som var gamle og gode venner for ham. Han gikk igjennom navnene i tankene, hvordan de ville ligge i forhold til horisonten til enhver tid, hva det fortalte en om hvor en var.

Det var verdifull viten, viten han skulle ønske han hadde ført videre.

Han hadde vært gift i fem korte år, med en svært vakker jente fra Felderi. Hun hadde vært hans lys og hans glede og hun hadde elsket havet også. Men hun hadde dødd av en slags magesykdom og de hadde ikke fått noen barn. Eirannes hadde aldri orket tanken på å finne seg en ny hustru, han savnet henne for mye.

Han så til at styrmannen hadde fått ordre om vaktrekkefølgen, så gikk han til ro for natten og så frem til en morgendag med bestilling av seil, litt god mat og god vin og kanskje en spasertur i en av de vakre lundene. Han sovnet fort og den velkjente rytmen til havet var beroligende og han sov aldri godt på land. Det var for stille for ham. Selv når de var ankret opp for mange dager sov han på skuta. Han drømte om den gangen han hadde dykket etter perler med de andre guttungene da han var bare barnet, det var slik han lærte å svømme og lærte å respektere havet. Det var en god drøm, minnene var kjære for ham og han smilte i søvne. Det hadde vært gode dager, hans barndom hadde vært fylt med arbeide og plikter men også med stor glede. De hadde levd slike enkle liv, men de var gode, svært gode.

Han våknet brått, ante ikke hvorfor. Han løftet hodet fra puta og holdt pusten, stirret rundt seg i mørket. Det var ennå svært mørkt ute, han så en velkjent stjerne i ene gluggen og visste at det ennå måtte være to timer til det begynte å lysne ute. Hvorfor hadde han våknet? Han la hodet ned igjen men rykket til, det var en lyd. En merkelig dump rumling han ikke kunne identifisere, merkelig metallisk. Han satte seg opp, det dirret i skuta, lyden kom fra vannet. Han hev seg på beina, trakk på seg en slåbrok og løp ut. Hva var dette? Eirannes stolte på intuisjonen sin, han visste at hans erfaring var verdifull, at noe var på ferde og at det kunne utgjøre en fare for skuta hans. Han så at andre styrmannen var på dekk, mannen virket forvirret. De hørte brått et skrekkelig lurveleven og en enorm flokk

måker fløy over skuta, fuglene var på kurs utover havet, alle
som en. De skrek og bråkte men det var ikke de vanlige måke
lydene. Dette var skrik i frykt og Eirannes løp bort til
skipsklokka og slo på den, tre harde slag etterfulgt av tre raske.
Det var et signal som betydde alle mann på dekk og det gikk
ikke mange sekundene før de første av sjøfolkene kom
løpende.
Han kjente at skuta beveget seg på en merkelig måte, bølgene
var ikke normale, de rullet ikke bortover, det var mer som vann
som skvulper i en balje som blir ristet. Fisk begynte å hoppe
vilt i overflaten, den underlige lyden steg til et dunder han aldri
hadde hørt maken til.
Sjømennene var bleke som laken, de var livredde og Eirannes
skulle ønske han kunne si noe som ville berolige dem, men det
var lite han kunne gjøre nå. Han ante ikke hva som skjedde.
En av karene pekte inn mot øya, ild lyste flere steder, hus sto i
fyr og flamme og han så at flere bygg måtte ha rast sammen.
Jordskjelv? Selvsagt, det måtte være et skjelv. Han ble enda
mer nervøs, var senteret for skjelvet øya eller lå det ute i
havet? Han skrek til en av karene.”To mann i utkikken, med en
gang. En holder øye med horisonten, en med øya.”
De to raskeste klatrerne de hadde raste opp i masta som aper
og Eirannes vinket på en av de mest erfarne matrosene.”Mål
dybden vår Yehens, gi meg måling hvert minutt.”
Det var mørkt, de kunne ikke se om skjelvet hadde utløst
bølger, men havet trakk seg alltid tilbake om det var en
skjelvbølge på vei. Førstestyrmann sto der og ventet på ordre,
han så blek ut men var fattet.”Snu henne mot havet og legg ut
begge ankrene, fem kabellenger på begge sider fra baugen.
Gjør det nå!”
Ordren ble fulgt, Sølvmåken ble snudd og ankrene sluppet ut.
Kom en bølge ville ankrene holde henne på plass, ellers kunne
hun bli skylt med og bli knust mot stranda. Han løp ned i
kahytten, fikk på seg klær og støvler, kjente at hjertet hamret
av spenning. Det brant mange steder på øya da han kom

tilbake, ild danset og han hørte skrik og rop og noe som måtte
være den fjerne lyden av bygg som raste. Det var et svakt lys
nå, månen var oppe og den var ny så det var lite lys men nok
til at de så at mye av bebyggelsen var rasert grundig. Og flere
steder så det ut til at deler av den bratte kystlinja hadde rast ut
også, det hang en stank av knust stein i lufta og Eirannes gyste.
Dette var alvorlig, hva var det egentlig som var i ferd med å
skje? Vulkanutbrudd på fastlandet, øyer som forsvant,
jordskjelv. Var verdens ende nær?
Yehens ropte ut."Kaptein, vi var på åtti favner, nå er det sytti"
Eirannnes bannet."Forbered dere menn, skalk lukene, de som
vil kan gå under dekk"
Ingen gjorde det siste, de fant i stedet tau, klamret seg til
ripa."Seksti favner kaptein, femtifem!"
Eirannes trakk pusten dypt, det gikk raskt, det betydde at
bølgen var stor, at den kom fort. Men havet var dypt helt inn til
øya, det ville bli stygt. Der ute var det så dypt at bølgen neppe
var særlig høy, men meget sterk, og det var aldri bare en bølge.
Det kom alltid flere.
"Førti fem kaptein"
Yehens hørtes lettere hysterisk ut men Eirannes holdt seg rolig,
han måtte ha et kaldt hode nå, for skuta sin skyld. Utkikken
brølte."Jeg ser hvitt kaptein, rett forut"
Eirannes grep roret, kjente en merkelig ro. Om dette gikk
filleveien gikk han i det minste ned med skuta si, som en sann
kaptein skal. Han slapp å vente lenge, en mørk masse kunne
synes mot horisonten, som om den brått hevet seg. Han trakk
pusten i et hiss, bølgen var ikke bratt ennå men alikevel var
den høy, kunne hun greie dette? Kunne ankerkjettingene tåle
belastningen? Han svelget hardt, klamret seg til det velkjente
treverket. Sølvmåken møtte bølgen rett på, hun var ikke tungt
lastet og var lett. Et øyeblikk pekte baugen til himmels men
hun red bølgen av som en god hest springer et hinder, Eirannes
lagde en merkelig lyd i det hun bikket fremover igjen, den
første bølgen var unnagjort. Ankerne holdt, de låste henne i

riktig retning, tvang henne til å la bølgene gli under seg. Sjøfolkene ba frenetisk til omtrent alle de guder Eirannes hadde hørt om og en god del han aldri hadde hørt om, kapteinen snudde hodet. Bølgen nærmet seg øya og brått ble det grunt. Bølgen reiste seg av havet som en eksploderende vegg av vann. Raste over havna og innover den lavereliggende bebyggelsen som en mørk skygge. Det virket for at vannet skyldte nesten helt opp til åsene rundt havna. En ny bølge kom rullende, ikke fullt så høy men bredere. Sølvmåken red den av med eleganse, skar gjennnom toppen og lå stødig i vannet. Eirannes kunne ropt høyt av stolthet. Vannet slo enda høyere nå, ble presset opp.

Erirannes så at ene neset på andre siden av havna rett og slett løsnet, et voldsomt drønn kunne høres mens tusenvis av tonn med stein gled ut i havet og han så at det samme skjedde flere steder, bare i mindre skala. Øya virket for å riste hele tiden. En ny bølge kom rasende, møtte bølgen fra raset og druknet den totalt, havet kokte, sydet. Vannet så svart ut, det fløt av alt mulig i det nå. Eirannes ventet på flere bølger men det kom ikke flere, det var bare tre. Sølvmåken hadde greid det. Han trakk et dypt lettelsens sukk. De var ikke ute av fare ennå men det verste var over. Skutene som hadde ligget i havna var knust, kun pinneved var igjen av dem og Eirannes så at vannet søkte seg utover igjen, stappfullt av vrakgods. Han ante ikke hvor mange som var døde men han fryktet at det var svært mange. Vidiel kom sjanglende bort til ham, øynene var svarte av sjokk.”Hva gjør vi nå kaptein?”

Eirannes svelget hardt, hjertet hamret ennå vilt i ham.”Vi venter på dagslyset, så prøver vi å berge så mange vi kan.” Legen så forvirret på ham.”Hvor skal vi ta dem, hvor er det trygt?”

Eirannes så trist på ham.”Unlan Vidiel. Vi tar dem med til Tharinga, der burde folk være trygge.”

Janos

Han huket seg ned ved bålet, varmet fingrene og voktet seg vel for å løfte hodet for mye. Han var rimelig sikker på at ingen ville kunne kjenne ham igjen men han tok ingen sjanser. Han hadde farget håret brunt med nøttesaft og hadde latt skjegget vokse ut. Heldigvis var det mørkt og med skitne fillete klær og mye møkk overalt burde ingen kunne skjønne at han var en adelsmann. Og ingen burde i hvert fall skjønne hvem han var, det å begi seg dit var virkelig å havne i ulvens hule men han hadde ikke noe valg. Han hadde skaffet seg en gammel mager hest og hadde etterlatt alle karene sine, det var ikke verdt at mer enn enn person tok på seg dette oppdraget og han syntes at det burde være ham. Det var på en måte hans feil at hans menn hadde mistet alt og ansvaret for å hevne de døde og stanse denne galskapen var da også hans. Han sukket og trakk kappen tettere rundt skuldrene, han var dyt sjokkert over hva han hadde sett og opplevd og kun flaks og et kaldt hode hadde holdt ham trygg foreløpig.

Janos hadde gitt seg ut for å være en hestehandler, han var en ekspert på hester og heldigvis fikk han jobb som stallkar. Han greide å overbevise Olric's offiserer om at han var utrent med våpen og ubrukelig på en slagmark og han hadde slikt håndlag med dyrene at han var verdifull for dem slik. Han hadde valgt seg navnet Elaff og fortalte at han var fra grensa mellom Ar-Altarab og Na-Bheki, ved den store elva. Han hadde blitt fanget på slettelandet i Darazzen av vinteren og krigen og hestene hans hadde en eller annen lord rekvirert og han hadde ikke fått så mye som en koppermynt for det. Han hadde blitt trodd, og han hadde blitt godtatt. Første steg var unnagjort og nå var det et spill om tålmodighet og sluhet. Han kunne ikke nærme seg Olric ennå, det ville virke merkelig og mistenkelig.

I stedet oppførte han seg helt som en skulle vente, han tok
ordre godt og var ydmyk og vennlig og lot som om han var
takknemlig for den beskyttelsen det gav å være i Olric's
tjeneste. Han hadde sett Olric et par ganger, ikke mer. Mannen
var ikke som han hadde ventet i det hele tatt, han var yngre for
det første og så langt mer hardbarket ut enn en skulle tro. Men
det var noe som var kommet i det siste, han forsto det. Olric
hadde vært en fredelig godseier og nå var han en hærfører.
Janos hadde sett hvordan denne hæren endret seg, det hadde
gått forholdsvis fort også. Olric hadde ledet en geriljakrig med
mål å kun spre skrekk og uro. Han jaget på konfliktene, fikk
dem til å blusse opp igjen og Janos måtte vedgå at karen hadde
utmerket kunnskap om hvordan menneskesinnet fungerer. Han
visste hvilke knapper han skulle trykke på for å få en reaksjon
ut av selv den mest stae, og han spilte de ulike gruppene som
hadde dannet seg som en mester styrer et stort orkester. De
svakeste var allerede døde nå, et utall små grupper med ulik
tilknytning var blitt færre og mye sterkere og det tok mer preg
av virkelig krig. Ikke lenger små tilfeldige angrep nærmest i
affekt men planlagte slag og beleiringer. Og Olric sto midt i
det, sendte folk dit han mente at det gikk for sakte, visste alt
om alle virket det for.
Janos hadde ørene åpne og brukte øynene også. Olric var svært
dyktig, slu. Han virket for å virkelig kunne bringe alt og alle i
kne til slutt. Men ryktene gikk nå om at kongen endelig hadde
fått nok, Hanek av Dheesa hadde virkelig besluttet å slå ned
opprøret, en gang for alle. Olric rekruterte alt og alle nå, han
var klar til å stå opp i mot kongens egne styrker og det kunne
bli stygt. I Arzam var det ingen sentral konge og i Longil
hadde kongefamilien flyktet for lengst, de hadde uansett vært
av en svært svak og lite kjent familie som hadde tilknytning til
en fjern gren av Ohdrasar. Det ble sagt at de hadde flyktet til
øya Bhik men ingen visste det sikkert. Uansett var det nå
småkonger og krigshøvdinger som styrte også der. Hanek var
kjent for å være steinhard, for å gi lite nåde og for å kreve total

lydighet og Janos tvilte på at Olric hadde nok menn og materiell til å stå i mot særlig lenge. Det han hadde var tilfeldig sammenraskede menn, noen var soldater men de fleste var kun halvtrent og de kunne ikke håpe på å kunne stå i mot et godt utført angrep. Enten hadde Olric noen triks oppe i ermet eller så ville han bli utslettet. Om nå ryktene var sanne.

Janos hadde sett at Olric hadde en gutt med seg, en forholdsvis pen mørkhåret fyr som virket for å traske i hælene hans hele tiden. Det gikk rykter om at Olric hadde en litt spesiel smak men Janos hadde forstått at det kun var rykter. Gutten var hans væpner eller skulle i det minste bli det og Janos forsto at Olric på en måte så på gutten som en sønn. Antagelig trengte han noe som minnet ham om den han hadde vært, om hva han hadde tapt. De sa at han behandlet gutten svært godt og at den spe ungdommen formelig tilba Olric til gjengjeld. Janos syntes synd på guttungen, Olric var et monster men antagelig greide ikke det arme barnet å se sannheten.

Leiren hadde vært et møkkhøl uten like, elendige telt, hygiene var et fremmedord og feltskjær fantes ikke. Nå derimot lignet det mer og mer på en ordentlig teltleir, Olric hadde skaffet ordentlige telt og utstyr og alt ble stadig bedre organisert.

Janos visste at Thomas av Darasher hadde vært en profesjonell offiser og noe hadde åpenbart smittet over på nevøen til tross for at Olric aldri hadde hatt mye til overs for det militære. Darasher hadde tross alt alltid vært en slekt med stor makt og de fleste mennene hadde vært soldater, i det minste i perioder av livet. Det lå i blodet deres. Janos ante at Thomas hadde vært en av dem som voktet hemmeligheten, men Olric hadde antagelig vært uvitende helt til den ble stjålet. Hans egne spioner var kanskje ikke så gode som dem Darasher hadde til rådighet men de hadde en fordel. De var ikke profesjonelle. De hadde ikke dette udefinerbare som røpet at en person var ute etter noe, de kunne gli inn i mengden som en av de vanlige folkene ganske enkelt fordi de var en av de vanlige folkene.

Janos reiste seg fra bålet, han passet på å gå med en svak

halting og lutet fremover, heldigvis hadde han aldri vært av
dem som sparte seg selv, hendene hans var trælete og harde og
han var vant med å gjøre grovarbeide. Det gjorde ham mer
troverdig, tryggere. Han gikk bort til den enkle stallen, Olric
hadde fått tak i fem gode smeder og karene fikk lønn og
behandling som sikret at de ville forbli lojale mot sin herre
nesten uansett. Janos hadde utviklet en sunn respekt for Olric
nå, en motvillig beundring også. Det var ingen tvil om at
forferdelige ting var gjort av denne mannen men han var god
på det han gjorde, skremmende god. Janos begynte å forstå at
han måtte gjøre mer enn å hevne sine døde, han måtte redde så
mange som mulige fra en mulig massakre. Om Hanek virkelig
aktet å slå ned all uroen i Dheesa ville han neppe stanse der.
Hanek var en Macallif, uten en sterk konge i Longil ville det
riket være for fristende for ham. Og I nord var det områder alle
ættene ønsket kontroll over, gruver og rike forekomster av
mineraler. Hanek var sterk, Dheesa var det mektigeste av
rikene for tiden, med mye folk og foreløpig lite berørt av
konfliktene. Hanek ville feie nordover som en stormflo over en
tidevanns slette og neppe stanse før han nådde grensene til
Nierez. Kong Ebdhel av Nierez var stri, og folkene der i nord
tøffe, de ville ikke bøye kne for noen fra sør, aldri. Janos hadde
en merkelig følelse av at kun gudene selv kunne sette en
stopper for dette nå.
Ene smeden nikket til ham, en god hestekar var alltid verdsatt
og denne Elaff var svært god med dyrene, tålmodig og
varsom."Du kan hente den grå merra, hun trenger nye baksko."
Janos bare bukket høflig og gikk for å hente hesten. Den var
verdifull og vakker og tilhørte en av Olric's fremste offiserer.
En mann som antagelig var fra Zetir med skarpe trekk og
mørke øyne. Karen gikk alltid pakket inn som om det var
midtvinters allerede og flere spøkte med at han neppe ville bli
å se igjen før til våren. Merra snappet irritert etter ham men
han roet den ned og fikk den med seg og smeden spyttet og
løftet ene bakbeinet."Forbannet dritt, hun har vært skodd

skjevt før, hovene hennes er vridd. Blir en helvetes jobb å få henne i balanse igjen."

Janos var fascinert av kunnskapen til disse mennene, han var mer eller mindre vokst opp i en stall men disse karene kunne så mye mer enn ham."Kanskje hun burde bli avlsmerr i stedet for ridehest?"

Smeden nikket heller stramt."Å ja, men vi trenger ridehester om ryktene stemmer."

Janos holdt merra stramt, hun likte ikke å bli skodd og kunne bli stri."Hvilke rykter da?"

Smeden gren på nesa."Herren har sendt to tropper over grensa til Arzam, for å hente stål hos en eller annen lord ved bukta. Han har planer, tro meg. Vi skal lage mere hestesko og våpensmedene har allerede begynt å bygge flere smier."

Janos prøvde å spille naiv."Men…trengs det mere våpen nå? Vinteren er snart her for fullt?"

Smeden vred av den gamle skoen og hev den i en haug med andre utgåtte sko."De sier at Hanek mobiliserer, at han er lei av all faenskapen."

Janos passet på å le litt nervøst."Det kan umulig stemme, ikke på denne tida av året? Og han må krysse fjellene mellom Tholir og Ebanar også?"

Smeden sukket og rettet på ryggen litt."Hanek er en stor konge Elaff, med trykk på stor. Han tror han er en av de legendariske kongene fra svunne tider og folk tør ikke protestere. Alt det vi småfolk kan gjøre er å prøve å holde hodet nede og på halsen."

Janos svelget."Jeg har hørt mye godt om Hanek?"

Smeden fant en ny sko, trimmet av hoven mens han mumlet for seg selv."Å ja, mye godt er sagt om ham, og mye er sant også men tenk over det. Han har vært fastlåst, sterke ledere overalt og småkonger som har styrt for ham, lojale spyttslikkere og lakeier både i vest og øst. Nå er de borte, eller de har byttet side totalt. Hva ville du gjort?"

Janos trakk på skuldrene, om han skulle være ærlig ville han gjort akkurat hva Hanek var i ferd med å gjøre men han skulle

liksom bare være en stakkars hestehandler."Prøvd å få
kontrollen tilbake?"
Smeden nikket."Og krevd mer land i samme slengen. Tro du
mine ord Elaff, den karen er slu, slu som en rev. Vår herre har
banet veien for ham, Hanek har ikke gjort noe før nå, for nå er
det mulig å se en slags maktbalanse igjen. Nå kan Hanek slå
til, for nå vet han hvem som er sterke og hvem som er svake og
hvor han skal slå til"
Janos strøk merra over hodet, hun klippet irritert med
ørene."Og hvor tror du han vil slå til?"
Smeden la hodet på skakke."Olric forbereder seg på å slåss på
flere fronter gutt og jeg tror han må være gal. For det Hanek
vil gjøre er å laste halve hæren på skip og seile opp gjennom
Bhik stredet og inn Tholirbukta mens andre halvparten følger
grensa gjennom fjellene. Passet ved Sidhnar er så stort at
vinteren neppe hindrer dem i det hele tatt, og det vil ta kanskje
tre uker å få en stor hær gjennom. Ikke mer."
Janos telte i sitt stille sinn. Det gav dem fem uker før ting
kunne bli stygge, fem uker han måtte bruke som best han
kunne. Han måtte finne en måte å komme seg nær Olric på, en
måte som ikke vekket mistanke. Olric skulle ikke dø i strid,
Janos skulle være der og se ansiktet hans i det svinet forlot
denne verden. Han skulle ved gudene være den som befridde
dem alle fra denne mannen, som hevnet døde slektninger og
venner, som satte en stopper for denne galskapen.
Smeden slapp ned beinet og klappet merra på baken."Slik, et
bein igjen. Hun sliter skoene skjevt, men er en god hest
egentlig. Ikke som den jævla hingsten til vår mester."
Janos hadde sett at Olric red en stor vakker stridshest han
visstnok hadde tatt fra onkelens gods."Å, er den vanskelig?"
Smeden blåste i nesa."Vanskelig? Prøv livsfarlig, vakker ja og
godt trent men for et gemytt. Den bet nesten armen av ene
stallkaren her ene dagen. Olric kan virkelig ri og dyret er jo en
perfekt stridshest men hva godt er det i det når gampen vil
kverke alle som prøver å stelle den?"

Janos fikk en merkelig følelse av at dette var noe han kunne utnytte."Hvorfor det tror du?"

Smeden løftet det andre bakbeinet på merra, trakk på skuldrene."Antagelig er den nervøs, og vant med kun en stallkar. Og den har sett for mye kamp, for mye blod, Det ødelegger dyra akkurat som det ødelegger folk gutt."

Janos smilte for seg selv, der, der hadde han en innfallsvinkel, en mulighet."Det tror jeg så gjerne. Jeg har vært borti en del vanskelige hester selv, men aldri noen som var totalt håpløse."

Smeden smilte skjevt og litt nostalgisk."Åh ja, jeg har fått meg en del jævler opp gjennom årene. Husker en gamp spesielt"

Janos skiftet vekten litt, klødde merra i manen."Fortell?"

Han passet på å virke interessert, det gjorde rollen han spilte enda mer troverdig. Smeden sukket og brøt av den brukte skoen, merra flekket nesten tenner."Var en liten merr, blanding av de små lette gampene fra Zetir og ponniene fra Isar. Nydelig dyr, snøhvit med lang man og hale og så yndig som noen. Men alle jævler fortære så bortskjemt."

Janos måtte trekke på smilebåndet."Virkelig?"

Smeden gryntet kort."Ja, hun bet meg flere ganger, sparket meg enda flere og tror du ikke at hun rett og slett prøvde å legge seg på meg for å klemme meg flat. Mest ondskapsfulle beist jeg har vært borti noen gang. Rakk meg bare til livet men jeg sloss hardere mot den merra enn mot noen stridshest."

Janos tiltet på hodet."Hvor var det?"

Smeden begynte å trimme hoven med raske sikre bevegelser."Arzam, en havneby akkuratt ved innseilinga mot bukta. Var en eller annen jarl av Arcan ætten som bodde der, hesten tilhørte dattera hans, jævla megge akkurat som gampen."

Janos måtte kvele et knis."Javel?"

Smeden sukket."Bortskjemt etter noter, totalt uten oppdragelse og overbevist om at alle burde bukke og skrape for henne hele tiden. Hun dro til meg med en ridepisk tre ganger mens jeg sloss mot den dømrade merra, en gang så hun trakk blod.

Mente jeg var brutal mot kjæledeggen hennes. Jeg kunne tenkt
meg å være brutal mot henne i stedet."
Janos ristet på hodet."Guder, jeg har aldri hørt noe verre"
Smeden spyttet."Da har du ikke vært mye rundt blant de fine
gutt. De bryr seg ikke noe om oss vanlige folk men går med
nesa i sky og spiller sine egne spill."
Janos trakk pusten."Jeg antar at du har rett."
Smeden gryntet og skar av litt ekstra horn på hælen av
hoven."Visst fanden har jeg rett. Dette mølet om en drage?
Bare forbannet løgn og idoti. En unnskyldning for å starte en
krig, hensikten helliger middelet."
Janos smilte stivt og prøvde å se normal ut."Jeg har hørt at den
dragen er ekte?"
Smeden fant en ny sko, samlet noen nagler i neven."Åh nei du
gutt, hva tror du hadde skjedd om noen hadde presentert en
drage for verden nå? Det ville blitt total panikk! Og om noen
hadde den fordømrade øgla ville de brukt den, tro meg"
Janos ante ikke hvor hun var blitt av, det var det verste. Hvem
som helst kunne ha henne nå, og det var en temmelig
motbydelig følelse. Smeden fortsatte."Men jeg snakket med en
sjømann i havna innenfor stredet mot Bhik, han hadde hørt fra
noen som seilte inn Bheki bukta at det er et kvinnfolk i fjellene
nord i Solamida som har den. Han hadde snakket med en kar
som hadde jobbet for henne og sett den, skrekkelig beist
visstnok."
Janos holdt pusten. Kunne hun ha havnet der? Det var faktisk
troverdig, det var i området der fjellkjeden som strakte seg
sørover delte seg i to at de hadde mistet sporet av henne. Hvem
kunne den kvinnen være."Et kvinnfolk? Du må spøke?"
Smeden ristet på hodet."Nei, en hærfører, på jakt etter hevn.
Gudene vet hvordan hun har fått tak i den men det var en
drage, den karen var temmelig bestemt på det."
Janos rynket pannen men passet seg for å vise usikkerheten
han følte. Hun hadde vært i menneskeform, hadde denne
hærføreren funnet en måte å gi den rette formen tilbake på? I

såfall, hvorfor hadde han ikke hørt om det før nå? Smeden avsluttet arbeidet og stønnet lavt, gned ryggen."Jeg er ingen ungsau lenger, men takk og lov for denne jobben gutt. I det minste lønner Olric oss godt, og vi blir behandlet bra."
Janos bare smilte servilt."Ja takk og lov for det"
Smeden var ferdig for dagen så Janos begynte på det vanlige stellet. Han fikk ikke komme nær stallen der mesterens egne hester ble holdt, det var dyre og flotte dyr bare hans egne folk fikk stelle. Det måtte være en måte han kunne utnytte sin posisjon der på? Han måtte komme seg nær Olric, så nær at han kunne ta hevn og forhåpentligvis komme seg unna selv også.
Dagene i leiren var temmelig monotone men han var vant med det. Han gjorde sin jobb som han skulle og sørget for å ikke tiltrekke seg oppmerksomhet. Olric jobbet på strategier nå, og Janos greide å snike seg til nok informasjon til å få frysninger. Det var tydelig hva Olric ønsket å gjøre, og det var uhyrlig men også utrolig intelligent gjort. Han ville bruke Hanek's hær til å fullføre det han selv hadde startet. Ved å splitte sin hær og egge de andre ættene til kamp ville han sørge for at Hanek og hans soldater knuste all motstand, alt ville bli lagt øde. Hanek og hans tropper ville forsvare seg, ville prøve å rykke fremover og Olric ville tvinge sine motstandere foran seg så de ble knust mellom to fronter. Janos hadde aldri trodd at noen kunne være så kald, så grusom. Det eneste som kunne stanse denne infernalske planen var om noen fikk advart Hanek om at han ble brukt, eller at noen angrep Olric i ryggen, men hvem skulle det være? Ingen nord for Darazzen var lenger samlet og organisert nok til å kunne gå til motangrep og områdene var tynt befolket og temmelig rasert også om rapportene han hadde hørt stemte.
Janos begynte å bli litt desperat da han omsider fikk en sjanse, en som han kunne utnytte. Han var i ferd med å pusse over en kjørehest da han hørte skrik og vrinsking og rop fra den delen av leiren som var forbeholdt herren og hans offiserer. Han

slapp utstyret og løp, som så mange andre og så at den store hingsten danset rundt og rullet med øynene mens den skrek og slo etter karene som prøvde å roe den ned. En yngre kar ble båret bort med et tydelig brukket bein og en annen sto der og klemte handa rundt en tydelig blodig skulder.”Forbannede beist, burde vært skutt”

Janos banet seg vei gjennom mengden, det hang et løst tau fra grima på hesten og han sprang frem og grep det. Ingen andre turte og han begynte å snakke til hesten slik hans far hadde lært ham, med myke syngende ord. Han unnvek de sveivende hovene og de to andre som hadde tau på hesten vek unna, de så at han kunne det han gjorde. Han sørget for at hesten aldri fikk tid til å samle seg til et nytt angrep, distraherte den kontinuerlig og sakte roet den seg ned. Janos kunne lovprist sin far som lærte ham dette.

Hingsten blåste i nesa og trippet, de store øynene var oppsperret og musklene skalv men Janos visste at den ikke var ondskapsfull, den var bare meget nervøs av natur. Han hadde ikke merket at Olric og et par av offiserene hans allerede var der og nå sto de og stirret på ham. Janos roet hesten helt ned, strøk de svette flankene, hvisket rolig til den og han skvatt nesten da han hørte en stemme som snakket til ham.”Jeg må si, det var virkelig…imponerende!”

Han snudde seg, det var Olric og han måtte ta seg sammen for ikke å la hatet han følte bli synlig i blikket, i stedet bukket han dypt.”Takk herre”

Olric bikket på hodet.”Den hesten er min beste, men karene mine greier ikke kontrollere den. Alikevel ser det ut til at en vanlig mann kan.”

Janos svelget stivt, passet på å virke sky og nervøs.”Jeg er hestehandler herre, jeg kan hester”

Olric smilte og så forskende på den høye mannen som sto der og stirret i bakken, han så en ustelt og litt sky yngre mann som virket litt overveldet over å stå ansikt til ansikt med herren over denne hæren.”Det er tydelig, du jobber med hestene våre?"

Janos nikket ivrig."Ja herre, jeg duger ikke i kamp, er ikke trent"

Olric klappet ham på skulderen og Janos greide å tvinge et gys inn under kontrol."Hva er navnet ditt?"

Janos lot stemmen skjelve litt."Elaff, sønn av Hjaff, av Na-Bheki."

Olric smilte bredt."Jeg tenker du fra nå av skal få stelle hestene mine, du er bedre på dette enn disse fjolsene her. De greier bare å hisse dem opp"

Janos gispet og bøyde seg igjen, en sjanse, en virkelig sjanse! "Åh takk herre, mange takk!"

Olric smilte igjen og gikk videre."Flytt tingene dine til det blå teltet der, du er min stallmester fra nå av"

Janos bøyde seg igjen, gudene var med ham, det var ingen tvil om det lenger. Hevnen var innen rekkevidde, bare litt mer tålmodighet, bare litt. Han smilte for seg selv, Olric var en død mann, han visste det bare ikke selv ennå!

Lyenera

Hun gikk med stødige og rolige steg gjennom den lange korridoren mor Olderums kontor, i hendene hadde hun en karaffel med en meget dyr vin han satte stor pris på og hun brukte den som en unnskyldning for å få tilgang til hans papirer og personlige værelse. Hun tillot ikke tjenerne bringe så dyre ting til deres herre og Olderum hadde rost henne for dette tiltaket. En visste aldri når de fordømte Ardotianerne prøvde å stjele eller enda verre, drakk av vinen.

Dagen før hadde en grønnsakhandler ankommet med en hel sekk med halvmodne bananer av det slaget som ble så gode når de ble stekt og i bananklasen var det en liten lapp der det sto at teppet hun hadde sendt var kommet frem og tolket. Hun smilte skjevt, ingen andre enn de innviede kunne tolke budskapet hennes. Men hun hadde vært nødt til å la dem få vite det, det endret alt. Hennes folk i Zhandoria var ikke mange men de var dyktige. De var egentlig hennes fosterforeldres kontakter men hun hadde overtatt dem og de var lojale til henne på grunn av tjenester hun hadde gjort dem, tjenester hun hadde greid å lure Olderum til å gjøre. De hadde vært dyktige og hadde sporet den siste til Zetir, herren til Nurmadag hadde fått kongens datter og hadde ikke forlatt riket på mange år. Og de hadde greid å bekrefte at det var en datter der ute, en jente som måtte være rundt en seksten sytten nå, kanskje nærmere atten. Da de sendte den utvalgte ut for å finne henne hadde det vært med vitenen om at hun var i Zetir, at hun kunne finnes der. Nå hadde folkene hennes fått ny informasjon som endret alt. Den siste av den gamle ætten var ikke lenger i Zetir, var ikke i Zhandoria i det hele tatt. Hun var tatt til Hietlai for å bli konen til en krigshøvding og Lyenera var forferdet over den informasjonen. Mange sa at folket i Hietlai var enda verre barbarer enn Zhandorianerne, det var ikke engang sikkert at jenta var i live lenger.

De øverste måtte vite om det, det var mulig at de kunne greie å kontakte den utvalgte å styre henne rett, fortelle henne hvor hun skulle dra. Zhandoria var enormt, de hadde visst at det ble som å lete etter en nål i en høystakk da de sendte henne av gårde men hun hadde ikke nølt. Lyenera var imponert over motet, virkelig. Den siste var viktig for dem, ytterst viktig. Om sagnene snakket sant måtte de ha noe å stå samlet om, et felles symbol. Den siste var et godt valg slik, folket ville kjempe for en etterkommer av deres sanne herskere.

Lyenera var glad nyheten var ankommet, nå fikk hun se hva som kom til å skje videre. Hun åpnet døra til kontoret og så at mannen satt der i den store polstrede stolen sin. Det var et merkelig fornøyd uttrykk i ansiktet hans og hun ble øyeblikkelig på vakt. Det var aldri et godt tegn. Hun satte fra seg karaffelen med et passelig nøytralt og servilt uttrykk i ansiktet, passet på å ikke lage for mye bråk. Han likte ikke bråk, ikke i det hele tatt. Det var det eneste han ikke tolererte fra Thirat, at gutten bråkte. Så det vesle beistet hadde vent seg til å snike seg rundt og gjøre pek mot alle i husholdningen og stort sett fikk han aldri noen straff. Olderum leste gjennom noen papirer og det var en slags glød i blikket hans som hun ikke hadde sett før. Hun neide som for å forlate rommet og han stanset henne, grep henne i armen, ikke brutalt men nesten ivrig."Se her hustru, se hva mine menn har greid å grave frem."

Hun så skjevt på ham og holdt opp papirene, lot som om hun hadde store vansker med å lese det. Olderum likte ikke utdannede kvinner og hun hadde aldri vist ham at hun kunne lese og skrive likeså godt som noen. Det som sto på papirene fikk magen hennes til å slå krøll på seg, hun ble iskald men beholdt et intetsigende forvirret uttrykk i ansiktet."Herre, jeg forstår ikke?"

Olderum kaklet kort."Selvsagt ikke, mine folk ved havna i

Zherebe har oppdaget en skjult skatt, jaggu har de dyra greid å
skjule store rikdommer for oss."
Hun kjente at svette rant nedover ryggen på henne."Å, så
frekt!"
Olderum bare nikket, for ivrig til å kunne se at hans hustru var
temmelig opprørt."Ja, et gammelt tempel, stappfullt med alt
mulig, gull, juveler, gudebilder. Ja de vil vi jo smelte om
selvsagt men bare tenkt det, mine folk fant det. Vi blir rikere
enn noen gang før!"
Han gliste og slo seg på knærne."Og siden ingen skuter tør
seile tilbake til Zhandoria rekker vi kreve alt før de fjolsene der
i nord skjønner noe!!"
Han lo så fettet disset og hun kjente hjertet hamre vilt men
tvang seg til å reagere på en for henne totalt unormal måte.
Hun strakte seg frem og selv om det bød henne i mot kysset
hun ham nesten kjærlig på toppen av det nå tynne håret og lot
fingrene gli over skuldrene hans."Så praktfullt, du er så dyktig
min herre. Jeg håper at du ikke har fortalt om dette til noen?
De kan jo forråde deg!"
Det siste kon åndeløst og skremt og han kaklet som en forrykt
høne."Ingen fare min skatt, kun jeg og mine to formenn der
borte vet om det. De greide å tvinge det ut av en gammel kall
som bodde ved tempelet, han tålte visst ikke å bli satt fyr på."
Lyenera skjulte sorgen og raseriet i et mildt smil, arme Asghar,
hun kjente vokteren, mild og klok og lojal. Dette måtte aldri
skje, de tingene var hellige, de var uvurderlige. Hun klappet
ham på kinnet igjen."Du er så…håndfast min herre, så mandig.
Når skal dere hente den?"
Olderum så beundringen i ansiktet hennes og gliste bredt,
svetten rant av ham som den alltid gjorde. Han stinket surt av
gammel bukk men merket det ikke selv."Om tre dager, jeg skal
sende bud med første dagslyset. De trenger vogner og hester
og slikt så jeg må organisere alt først."
Lyenera slapp fra seg et lydløst lettelsens sukk. Hun rullet
nesten med øynene."Så kloke ord, du fortjener virkelig en skatt

min herre, en så storslått mann som deg.”

Hun smurte tykt på men visste at han likte smiger.”Jeg skal få kokken til å lage noe særskilt godt til deg, for å feire.”

Olderum nikket, han grep arkene og leste gjennom dem igjen, grådigheten lyste i blikket på ham. Hun strøk ham over det seige håret igjen og gikk ut greide å gå normalt men panikken arbeidet i henne hele tiden. Hun måtte handle, nå! Ting måtte fremskyndes, voldsomt. Hun kunne ikke nøle, alt var tapt om hun nølte. Det var ting i templet der som kunne peke tilbake til henne og Olderum var ikke dum, slettes ikke. Hadde han vært det ville ting vært temmelig annerledes. Hun småløp til kjøkkenet og kokken sto og jobbet med litt deig. Han skulle lage noen delikate kaker Olderum elsket og han lagde dem alltid ekstra fete. Han så litt forbauset på henne, mange av de som jobbet i husholdningen var fra Ardot og hun hadde fått dem inn ved hjelp av falske papirer eller falske attester. Kokken var en mann som hadde tjent ved et tempel i en av hovedbyene lenger inn i landet. Mannen som hadde makten over området var en tyrann som hadde krevd at alle unge kvinner som skulle giftes bort først måtte tilbringe natta i hans seng og kokken hadde sendt sin datter bort for å spare henne for det. Straffen skulle vært å bli galleislave men Lyenera hadde greid å lure alle med sin vante kløkt og raske reaksjonsevne. Nå bodde han der under annet navn og var en meget dyktig kokk.

Hun smilte stivt til ham.”I kveld skal herren feire, lag den spesielle desserten jeg lærte deg om, og bruk mye.”

Kokken bare bukket for henne og gikk i gang med å lage et festmåltid. Lyenera svelget hardt og øynene var et øyeblikk svært kalde. Det måtte bli Olderums siste festmåltid. Hun gikk videre til den vesle frukthagen som lå nedenfor hovedbygget. Den var vakker og godt holdt og akkurat nå var det modne ferskner på mange av trærne. Hun fant et tre med mange fine på og gav seg til å plukke, hun gjorde det sakte, metodisk og var nøye men noen frukter ble hengende igjen. Tilsynelatende

fordi hun ikke rakk dem men også dette var en kode.
Hun rakk så vidt inn i bygget igjen da en av stallguttene kom
gående, han mistet lua i golvet da han bøyde seg for henne og
hun gav ham en fort lusing i det han prøvde å ta den opp. Hun
hvisket fort to navn og gutten unnskyldte seg nesten gråtkvalt
og løp videre. Han var lojal og attpåtil fra Zhandoria. Ingen
ville mistenke ham for noe. Lyenera tvang seg til å smile mens
hun gikk for å gjøre seg klar til kvelden. Hun var forventet å
spise middag med sin mann og hun prøvde å gjøre det hver
dag, det lot henne holde et godt øye med ham. Hun forsikret
seg om at hun var alene i rommet og at ingen spionerte før hun
gjorde alt klart, hun visste at gudene ville tilgi henne for dette.
Det var ingen annen utvei nå. Da det var klart gikk hun ut og
så at sola sank i havet. Himmelen var blodrød og hun skjulte et
fort smil. Det var ingen tvil om at døden ville høste denne
natten, og høste godt. En av tjenerinnene i huset gikk rundt og
tente lamper og Lyenera smilte til henne og viftet seg
halvhjertet.”En varm aften ikke sant? Kvelende!”
Kvinnen neide litt nervøst, blikket mot bakken.”Ja frue, så
avgjort. Det må da snart snu, ellers blir hele Ghorasye en
bakerovn.”
Lyenera pekte mot en lampe som hang midt i den lille
hagen.”Ikke tenn den i natt, den tiltrekker seg så mye mygg.
Elendige blodsugere, de er en pest og en plage.”
Kvinnen mumlet bare noe.”Som fruen ønsker.”
Lyenera hørte at middagsklokka klang og reiste seg grasiøst,
hun hadde tatt på en Zhandoriansk kjole han hadde kjøpt til
henne og den var vakker men i hennes øyne vulgær. Hun bare
håpet at dette spillet hun hadde satt i gang ville ende vel. Hun
skyndte seg til spisesalen, den var et heller anonymt rom
sammenlignet med resten av huset simpelthen fordi Olderum
som regel ulvet i seg maten og sjelden ble der lenge. Hadde de
gjester var de i storsalen og Lyenera så at Olderum allerede var
på plass. Han satt og tørket svetten og stappet i seg et par fylte
kaker noen hadde lagt der som en aperitif. Akkurat som om

den mannen trengte det.

Han gryntet bare da han så henne, hun så at Thirat ikke var der, antagelig var gutten fremdeles hos sin mentor, en gretten gammel gubbe helt i Olderums ånd som lærte guttungen akkurat det faren ønsket og ikke noe mer. Han var virkelig i ferd med å bli sin fars speilbilde på flere måter enn en, de fleste tolvåringer der var smekre kjappe små rakkere men Thirat var i ferd med å bli en blekfet gutt som sjelden orket bevege seg. Olderum hadde prøvd å få ham til å lære å fekte, tross alt må en adelsmann kunne såpass, men Thirat hadde bare klaget over at han hadde vondt i armene og at sverd var et så uelegant våpen. Han fikk dermed en smekker kårde selv en liten jente kunne greid å bruke men eide verken talent eller vilje. Sverdmesteren de hadde hyret inn for å trene gutten hadde nesten frest av sinne over å ha blitt tilsidesatt med noe slikt.

To tjenestejenter kom inn med forretten, det var alltid tre retter minst og Lyenera hadde gitt ordre om at hun skulle ha grønnsakssuppe. Hun var nøye med å holde vekten og hun visste også hvilke urter hun burde bruke for å holde seg ung og vakker lenge. Olderum hadde fått en temmelig hardt krydret kjøttsuppe som var så fet at den glinset. Men Olderum elsket denne suppen og Lyenera lot som ingenting, ikke noe av den maten han fikk denne kvelden var ufarlig, alt var tilsatt det lille ekstra. Hovedretten var helstekt smågris marinert i ulike kryddere og Olderum hugg innpå som om det var hans første måltid på en uke. Lyenera passet seg for å vise uttrykket i øynene, hun bare smilte tamt og prøvde å oppføre seg som om det var en vanlig ettermiddag.

De var nesten ferdig med desserten som var en svært lekker rett lagd av rørte bær og noen spesielle gryn en fikk tak i mot fjellene da en av tjenerne kom inn og bukket nervøst, han så blek ut. Olderum så skarpt på ham, han hatet å bli avbrutt i maten.”Ja?”

Tjeneren så fort på Lyenera, han blunket fort og svelget,tydelig skremt."Herre, det har brutt ut pest på en av skutene i havna, de er redd det allerede har spredt seg."

Olderum så brått vettskremt ut, han var hysterisk redd for sykdom og særlig pest. Det var slettes ikke uvanlig at ulike pestsykdommer slo til når det var så varmt og havnene var særlig utsatt."Hva slags pest snakker du om?"

Det var en tone av rent hysteri i stemmen til Olderum og tjeneren svelget stivt."Svettesyken herre, de sier at ti sjøfolk allerede er døde."

Olderum ble grå i ansiktet, han var som alle der livredd den særlige varianten av pest, den rammet brått, var totalt dødelig og det var ingen kjent kur. De syke kunne være friske om morgenen og døde om kvelden og sykdommen var meget ubehagelig også. Det var en forferdelig måte å dø på for i siste stadium rant det blod fra alle porer og kroppsåpninger og smertene var sagt å være grusomme."Hvilken skute dreier det seg om?!"

Olderum hadde selv vært nede ved havna den dagen, besøkt noen skuter for å diskutere prisene for transport av varer med kapteinene. Tjeneren bukket kort."Den grå bølge herre, og også Perlenes dronning."

Det kom et halvkvalt gisp fra Olderum, han hadde vært om bord på den siste skuta den dagen, han kunne være smittet. Han reiste seg så fort at bordet nesten veltet og Lyenera satt der og så forferdet ut."Guder nei!"

Tjeneren sukket."De skal brenne skuta i kveld, for å stanse smitten."

Lyenera nikket bare og Olderum var alt på vei ut av rommet, han var på stiv kurs mot soverommet og hun visste at han ville isolere seg der. Hun ropte på kammertjeneren hans og på butleren som kom styrtende til."Se til at Thirat blir hos læreren, han kan ikke komme hit om vi har pesten i huset!"

Hun var glad hun hadde en gyldig grunn til å holde den ufordragelige hvalpen ute av huset, butleren bukket servilt."Godt tenkt frue, jeg skal gi beskjed med en gang."

Hun prøvde å se skremt ut."Sett vakter ved portene, ingen inn, ingen ut!"

Mannen skyndte seg ut og Lyenera satte seg tungt ned, som for å hvile. Egentlig var hun meget lettet, faktisk nesten hysterisk. Det gikk rette veien, hennes folk hadde sørget for å dope de sjøfolkene så de så ut til å ha pesten før de døde og flere i byen ville legge seg syke med riktige symptomer også. Det var fordelen med den enorme men skjulte motstandsbevegelsen. Hun gikk til sine rom og lot som om hun var skremt og fortvilet. Et par av hennes kammertjenersker var i Olderum sin tjeneste men hun visste det og utnyttet det godt. Hun hadde gjort dem til sine tilsynelatende mest betrodde venner og de avleverte temmelig mye løgner til ham. Nå beklaget hun sin nød hele tiden og de så da også at hun virkelig var redd for sin manns liv og at hun var en god hustru. Hun la seg med en stor knute i magen, nå kunne hva som helst skje.

Hun ble vekket midt på natten, av butleren. Han var grå i ansiktet."Herren er syk frue, svært syk"

Hun spratt opp av senga, brydde seg ikke om at hun var halvnaken."Å guder nei, å nei. Er det pesten?"

Butleren så tungt på henne."Symptomene stemmer frue."

Hun trakk på seg en slåbrok og løp etter ham. Det var nå det gjaldt, urtene de hadde gitt Olderum gav symptomene på pest men de drepte ikke. Og var det synlige sår på kroppen ble det øyeblikkelig mistenkelig. Hun hadde lært et knep som var svært effektivt men også stygt og det krevde at hun var omgitt av sine folk, og kun dem. Olderum lå på senga og svettet som et dyr, han stønnet og øynene rullet i hodet på ham. Butleren så fortvilet ut."Hva kan vi gjøre for vår arme herre?"

Lyenera svelget hardt."Prøve å gjøre ting mer behagelige for ham. Løp ned til apotekeren i urtegata og be om å få tre klyper med hvit Theleander blomst, tre klyper! Og ikke la noen ta på deg, få ham til å kaste ut posen til deg. Det senker feber!"

Butleren raste ut døra og husets egen medikus trådte i aksjon. Det var en aldrende kar som tjente Lyenera godt og han var dyktig. Han løftet et beger kaldt vann til Olderums lepper og mannen drakk grådig. Han var varm og vannet lindret nok mye men det var tilsatt noe også i vannet. Etter bare litt gled øynene hans igjen og han sov, tungt. Lyenera visste at butleren ikke ble lenge borte, de hadde lite tid å gjøre noe på. Fort trakk hun teppene til side og trakk opp nattskjorten som var våt av svette. Olderum var så fet nå at det å finne manndommen hans nesten var vanskelig men hun fikk tak i den heller ynkelige kroppsdelen og medikus rakte henne en tynn og lang nål som var svært bøyelig siden den var lagd av et spesielt type gress som vokste noen få steder. En pose var festet i enden og Lyenera dyttet nålen opp gjennom urinrøret og opp mot blæren og klemte på posen. Hun tømte den og trakk nåla ut igjen, la nattskjorten tilbake på plass og trakk teppene på plass igjen. Medikus dryppet et par dråper av noe på mannens lepper og etter noen sekunder blunket han og våknet. Siden alle sto eksakt der de hadde vært da han ble bevisstløs skjønte han ikke at det hadde gått tid. De bare satt der, helt stille helt til butleren kom tilbake med medisinen.

Medikus blandet det trofast ut og Olderum drakk alt sammen selv om det smakte grusomt. Lyenera visste at det nå kun var et spørsmål om tid. Den giften hun hadde tilført ham var så sterk at den ville bli tatt opp av kroppen i løpet av få minutter og gjøre en forferdelig jobb. Det gikk en time, så begynte Olderum å blø, først fra nesen, så fra ørene og øynene og munnen og han lå der og skrek og jamret seg og var meget forvirret. Det var også på grunn av urtene, hun ville ikke at han skulle greie å samle seg og endre på testamentet sitt eller noe slikt.

Hun så at skuta nede i havna ble brent, og flere med den. Noen av hennes medsammensvorne hadde også skaffet lik, fra et av likhusene i byen, og de ble nå brent. For alle ville det virke som om det virkelig var et brått utbrudd av pest men svettesyken hadde også den effekten at utbrudd som regel bare varte et par dager og kun de som var i fysisk kontakt med andre ble smittet. Olderum trakk sitt siste åndedrag rett før soloppgang, Lyenera greide å gråte å skrike som en skulle forvente og liket ble brakt ut med en gang og lagt på bålet allerede før sola var nådd Zenit. Thirat fikk komme hjem, ingen andre der var blitt syke så da var faren over men gutten var hysterisk og rasende og forvirret. Medikus dopet ham like godt ned.

Nyheten om hva som hadde skjedd med Olderum spredte seg fort i byen, flere kom for å kondolere og en av mennene fortalte henne at han nettopp hadde mistet to gode venner til pesten, lengre sør langs kysten. Hun smilte for seg selv, de to vennene til Olderum var også tatt av dage, antagelig i en eller annen mørk bakgate. Det var særdeles til pass for dem.

Lyenerea satt og sørget i flere dager, hun forlot ikke huset men sendte hemmelige beskjeder hele tiden. De to jentene ble kalt hjem igjen, og Thirat begynte å skjønne at han nå var familiens overhode. Han var tolv og ikke voksen på to år ennå men det brydde han seg ikke om. Han begynte å bli plagsom, rett og slett truende og uten faren der for å holde ham i tømme kom de mindre pene sidene av gutten frem fullt ut.

Lyenera hadde hørt ham mase om en egen hest i månedsvis, han var for stor nå for en ponni og faren hadde holdt igjen fordi han var redd en ordentlig hest ble for vanskelig for gutten å hanskes med. Han var for brå og utålmodig og hadde ikke den rette forståelsen for hester. Olderum hadde heller ikke vært noen hestekar, han var uten empati for andre men han behandlet hestene sine godt fordi de var dyre og han elsket dyre ting. Lyenera kalte Thirat til seg en ettermiddag, hun satt i svart i bakhagen og gutten kom surmulende som vanlig. Han åt enda mer nå og kom snart til å bli like fet som faren om det ikke ble satt en stopper for det. Han var vakkert kledd i fløyel og sateng men ansiktet fortalte at han var konstant misfornøyd. Det var ikke noe rart så bortskjemt som han hadde blitt på mange måter. Lyenera smilte stivt.”Min kjære stesønn, jeg vet at du lenge har ønsket deg en egen ganger og jeg må si at jeg

har vært enig med din far i at du er for ung, men nå er du vår
nye herre og en herre kan ikke ri rundt på en simpel ponni"
Hun vinket med handa og en stallkar kom leiende med en
halvstor meget vakker lysebrun hingst. Dyret var utsøkt og
svært verdifullt og et øyeblikk fikk gutten øyne som tekopper
og et bredt glis spredte seg over ansiktet. Lyenera fikk for et
øyeblikk dårlig samvitighet, han var kun et barn men et barn
som ville skape problemer for henne og hennes døtre. Hun
måtte være hard nå. Svært hard. Thirat hoppet nesten opp og
ned av begeistring og hun greide å tvinge frem et nesten
moderlig smil."Husk nå en ting unge mann, det er en fyrig hest
så ta det varsomt til du blir vant med ham og ri aldri alene"
Thirat gliste bare, han takket henne ikke engang men gikk bare
bort til hesten som sto og klippet med ørene. Den var rolig og
sedat der og da men Lyenera visste at det var grunnet en dyktig
blandet beroligende urtemiks. Thirat spratt i salen og
stallmesteren ble med ham på tur og Lyenera smilte for seg
selv. Noen dager til, så ble hesten tatt av dopet, og hun ville bli
helt fri. Døtrene hennes kom hjem to dager senere, de var
friske og raske og klare for å gjøre hva deres mor ønsket og
Lyenera hadde jobbet intenst i skjul de siste dagene. Det meste
av Olderums eiendeler var for lengst overført til folk hun
kjente og stolte på, store rikdommer var gått tilbake til folket
der og alt var så diskret at ingen merket noe. Lyenera fikset på
regnskapene som en sann mester, og ved hjelp av tjenere fikk
snart byen vite at Olderum egentlig ikke hadde eid nåla i
veggen men vært ei fattigrotte som lånte penger i nord og sør
og sjelden eller aldri hadde rede penger. Mange vrede
kreditorer dukket opp de neste dagene og Lyenera vred sine
hender og gav bort til og med smykkene sine. Hun var
fortvilet, ja, knust.
Så red Thirat ut en ettermiddag med tre venner som var litt
eldre enn ham og stallmesteren. De ble lenge borte og alle i
huset ble nervøse da det var midnatt og gutten ennå ikke hadde
vendt tilbake. Da klokken var over tre var alle våkne og redde

og Lyenera gikk og var gråblek og jamret seg, de kunne da vel ikke miste både herren og hans arving på en slik måte, gudene var grusomme!

Da det ble lyst kom stallmesteren tilbake, foran seg i salen hadde han Thirats kropp, vennene hans kom etter, sønderknust og i sjokk. Hesten hans hadde brått fått panikk og løpt ut, antagelig hadde noe stukket den og dyret hadde løpt utfor en klippe før Thirat rakk å hoppe av. Kroppen var ikke noe pent syn, ansiktet var mer eller mindre knust og det var få hele bein igjen siden hesten landet oppå ham etter fallet. Lyenera greide å besvime svært så naturtro og måtte bæres i seng og huset ble innhyllet i svart for andre gang på under en måned. Lyenera hadde instruert begge døtrene meget godt, de gråt kontinuerlig og hele huset gikk og var sønderknust, det var mulig noen reagerte på at det ble brukt mye løk der en stund men mange brukte mye løk i varmen,det skjulte lukta av bedervet mat. Lyenera var utad en sørgende enke som var virkelig knust over tapet men egentlig frydet hun seg hemningsløst. Hun sørget for at Thirat ble brent med alle mulige hedersbevisninger og hun viste seg kun iført svart fra topp til tå.

Det neste som sto for tur var enkelt, det enkleste av alt. Hun hadde sørget for at det meste av den tilsynelatende enorme gjelden hadde havnet hos en av de få Zhandorianerne der som var loyal mot sitt nye hjem og ikke sin ætt der i nord. Han hjalp dem mye og hadde stukket kjepper i hjulene for utnyttelsen av riket i mange år, selvsagt meget diskret. Nå krevde han huset og all eiendom der som betaling og Lyenera og jentene måtte forlate stedet. Hun spilte fortvilet med glans men i løpet av to dager var hun pakket og klar. Hun tok de to jentene og forlot stedet og hadde sjelden vært så glad for å forlate det som skulle vært et hjem. Hun hadde egentlig tenkt å sette kursen mot havnebyen der Havdragen ventet på dem men hun måtte snakke med sine øverste og finne ut om de hadde greid å kontakte den utvalgte. Så hun og jentene red mot fjellene og hun tok med seg tre av de mest lojale tjenerne sine.

De var fra Ardot og dyktige krigere. Som enke etter en Zhandoriansk mann burde hun være trygg men det var et sørgelig fakta at en aldri kunne være helt trygg der i landet. Det var mange Zhandorianere der og noen av dem anså alle fra Ardot som langt under seg selv, om de aldri så mye var kledd som en Zhandorianer eller gift med en.
Lyenera merket at jentene også hadde blitt mer fri og lette av sinn, de kunne smile og le og de nervøse minene var borte. Hun syntes det var godt å se, de hadde vært fanget i et nett av skrekk lenge men dette hjalp stort og nå skulle ingen lenger kunne tvinge dem til å gjøre noe mot deres vilje. Fjellene var som en enorm vegg foran dem, forrevne og ville og det var få steder de kunne krysses på en trygg måte. Lyenera var på vei mot et tempel som var lite kjent og nesten helt skjult. For de fleste som ankom dit lignet det en ruin og når skatteoppkrevere eller andre av Zhandoriansk avstamning kom dit fant de som regel lite rikdom og desto mer skitt og stank og motvilje. Det var et skalkeskjul, tempelet lå egentlig under bakken og det var praktfullt og vakkert og selve hovedkvarteret for Ardots motstandsbevegelse. Lyenera hadde hørt forferdelige historier der, om plantasjene langs nordkysten der folk ble tvunget til å arbeide til de falt om halvdøde eller helt døde. Hun hadde hørt om slavemarkeder, om jord og eiendommer som ble brutalt annektert. Mange steder hadde også befolkningen lidd under det fakta at alt de greide å dyrke ble krevd inn i skatt og sendt til Zhandoria men det ville endre seg snart. Sagnene fortalte om store endringer som var i vente og Lyenera var overbevist om at ting ville bli mye bedre for alle der.
Det var en del trafikk langs veiene, mange var på vei innover mot høylandet for å unnslippe den klamme heten langs kysten og Lyenera visste at de innfødte også visste om faren som truet. Det var få trygge steder der men høylandet var et av dem. Amara og Veelis koste seg, de hadde ikke reist mye i sine liv og dette var spennende for dem. Lyenera hadde oppdratt dem godt, de røpet aldri hva de egentlig mente og oppførte seg som

de perfekte små damer. De overnattet på et vertshus drevet av
en Zhandoriansk familie av en sidegren av Ranclin ætten og de
var kjent for å være temmelig kry av det. Og de slapp ikke
Ardotianere inn i det hele tatt. Heldigvis lignet verken Lyenera
eller jentene folket der i landet i særlig stor grad, og siden
Lyenera bar sin avdøde manns merker ble de tatt vel i mot.
Amara og Veelis visste å oppføre seg og var nedlatende
overfor Ardotianerne mens de innerst inne hatet disse
innvaderende arrogante menneskene like mye som de fleste
andre der.
Det tok nesten en uke å komme seg til tempelet, høylandet
reiste seg nesten i terrasser oppover og Lyenera visste at det
var på grunn av den forrige katastrofen da deler av Ardot
hadde hevet seg voldsomt mens andre deler sank. Det var
umulig for noen å fatte kreftene som hadde vært sluppet løs og
sagnene fra de tidene var utrolige. Hun håpet bare at ikke noe
like voldsomt skjedde denne gangen, men noe var i ferd med å
skje. Det var ingen tvil om det. Hun lot dem overnatte i skogen
disse siste dagene, hun sørget for å skifte klær og reise som en
vanlig person og de tok omveier så ingen skulle kunne gjette
hvem de var eller hvor de kom fra.
Da de omsider nådde tempelet var de slitne av reisen og
Lyenera var takknemlig for at de hadde ankommet i god
behold. Tempelet var beskyttet av meget sterk magi og hun
smilte skjevt når hun tenkte på de kreftene hennes folk egentlig
hadde. Krefter Zhandorianerne mente var overtro og gammel
heksekunst. De red inn på den tilsynelatende sammenraste
borggården og en prestinne kom for å møte dem. Hun var lut
og kledd i en elendig gammel kappe og en kjole som var så
slitt at den nesten ikke var anstendig. Lyenera lyste opp da hun
så den eldre kvinnen."Mor Shishraka, jeg er glad for å se deg"
Shishraka smilte mildt og klemte Lyenera varmt."Kjære barn,
og jeg er glad for å se deg også. Hvordan var reisen?"
Lyenera smilte og la hendene på skuldrene til jentene."Ikke for
slitsom ærede mor, jentene mine er også glade for å være her."

Shishraka la hodet på skakke.”Vakre døtre, du er en velsignet kvinne Lyenera, ja jeg hørte en fugl som kvitret om at du har blitt enke, kan jeg få gratulere deg?”
Det var et skjelmsk glimt i den gamle kvinnens øyne og Lyenera fniste kort.”Det stemmer, min ektemann har forlatt denne verden, det var et tragisk utbrudd av svettesyke, skrekkelig tragisk”
Shishraka lo lavt.”Noen ganger kan slikt være en kvinnes beste venn, kom nå barn, de venter på dere.”
De fulgte etter prestinnen som ledet dem inn gjennom noen smale mørke ganger som stinket kattepiss og søppel. De kom inn i et rom som var dekket med støv og kingelvev og det var mørkt og helt tomt med unntak av noen knuste møbler i et hjørne. Det var et gammelt teppe på golvet, tykt og stygt og råttent og de stilte seg midt på det. Det var et blaff av lys og brått sto de i en stor sal, taket var høyt der oppe og vakkert formet i elegante buer og det var lys og vakre farger alle steder. Jentene stirret storøyd på alt rundt dem men Lyenera hadde vært der før og visste hva som ventet. Et par yngre prestinner bukket fort for dem.”Vi er her for å vise dere til rommene deres. Lyenera, de øverste venter på deg”
Hun smilte og snudde seg mot jentene, klappet dem på kinnene.”Gå med disse to prestinnene, jeg vil møte dere etter at jeg har snakket med de øverste”
Amara og Veelis nikket lydig og fulgte etter og Lyenera så smalt på Shishraka.”Hvordan er situasjonen?”
Den eldre kvinnen sukket lavt.”Den informasjonen du sendte oss var velkommen men også svært skuffende. Vi har ikke greid å kontakte henne Lyenera, noe blokkerer kreftene våre. Vi finner henne ikke kort og godt.”
Lyenera skar en grimase.”Det var ikke bra”
Shishraka nikket stivt.”For å si det mildt ja, men vi prøver, hele tiden.”
De gikk gjennom flere enorme haller med vakre gudebilder og stor prakt og Lyenera frydet seg over følelsen av fred som

hvilte over stedet. Dette var i sannhet et hellig område, uberørt av grådigheten til de fra nord. Her levde deres kultur og tro videre uforstyrret og Lyenera var takknemlig for at hennes manns folk aldri hadde greid å skjønne hvor lite de egentlig visste om Ardot før de invaderte landet. De øverste ventet i et mindre rom som var minst like spektakulært som de store hallene. Veggene var dekket med vakre speil som ikke speilet det som var foran dem men heller andre steder i Ardot og Lyenera visste bedre enn å se på dem. Det kunne gjøre en mer eller mindre gal å se på dem om en ikke eide magien som gjorde en i stand til å forstå hva en så. De øverste var ti i tallet, alle svært gamle men også meget sterke i magien. De var den største skatten på dette kontinentet, deres folks samlede viten og historie i levende live og Lyenera bøyde seg dypt. De øverste var kledd i helt like hvite kapper med forgylte border langs kantene og samtlige hadde latt håret vokse hele livet. På et par av dem nådde det bakken. Det var fem menn og fem kvinner og på tross av den høye alderen var det lite som røpet at de var over hundre vintre.

Den som var taleren for dem var en svært vakker kvinne som var uvanlig høy, hun hadde sølvgrått hår som var flettet i et komplisert mønster og bar en vakker brosje over hjertet. Den var lagd av en stor ildopal og strålte formelig. Lyenera bøyde seg dypt for Eiledeen og kvinnen smilte mildt, en stol ble satt frem og Lyenera satte seg ned, litt nervøst. Hun ante egentlig ikke hva hun kunne vente seg nå. Eiledeen sukket lavt.”Jeg skal gå rett på sak kjære deg. Jeg er redd vi har mistet den utvalgte!”

Lyenera svelget nesten litt panisk.”Men…hvordan er det mulig? Hun er sterk, den eneste! Magien hennes er....”

Eiledeen nikket hardt.”Sterk ja, meget sterk. Hun var modig som reiste, svært tapper. Men Zhandoria er stort Lyenera, meget stort. Du vet det utmerket godt, og det er ikke alle som er vennlig innstilt mot en fra Ardot. Jeg er redd noe har skjedd henne.”

Lyenera trakk pusten hardt.”Moyesh ville aldri sviktet oss, jeg
vet det. Jeg var blant dem som trente henne ved gudinnen, jeg
kjenner henne!”
Eiledeen smilte trist.”Jeg vet det, vi merket henne lenge men
nå, for ikke lenge siden forsvant hun, og vi kan ikke føle henne
lenger. Enten er hun død eller så er det et eller annet magisk
som hindrer oss. Og det kan være hva som helst så vi må gå ut
ifra at hennes oppdrag er avsluttet.”
Lyenera svelget bare, opprørt og forvirret.”Men hva gjør vi
da?”
Eiledeen satte seg ned, hun så alvorlig ut.”Vi kan ikke sende
en ny prestinne som Moyesh, vi har ikke flere med hennes
egenskaper. Det er umulig. Men vi må få denne jenta hjem,
folket trenger henne. Hun er den siste av det gamle folket, den
siste med deres blod i årene. Hun må finnes, uten henne vil vi
ikke klare å gjenopprette det som var. Det er i hennes blod
Lyenera.”
Lyenera følte seg forvirret og fortvilet.”Så hva da?”
Eiledeen strakte seg frem, tok Lyeneras hånd.”Jeg vet at du har
skjønt at det er store forandringer på gang, katastrofer. Vi vet
om skuta du har liggende klar. Det vi ønsker av deg er at du
seiler nord til Hietlai og finner denne jenta og får henne med
deg tilbake hit.”
Lyenera kjente at hjertet hennes sto over flere slag, hun bare
stirret vantro på den gamle kvinnen.”Du kan ikke være
alvorlig?! Jeg…jeg kan da vel ikke bare…”
Eiledeen smilte trist.”Du kan, og du må. Du er den eneste av
oss som kan gå for å være Zhandoriansk og du har en god
skute også. Vær ikke redd, dine døtre vil være trygge her.”
Lyenera trakk panisk etter pusten, hvordan kunne dette skje?
“Men…er dere sikre på at det er tid? Det tar minst tre uker å
seile nord til Zetir, to til å seile rundt kysten der og forbi Or-
Altarab og så må en seile i nesten en uke før en kan nå Hietlai.
Og vi vet ikke hva hun heter, hvordan hun ser ut?”
Eiledeen smilte igjen, ansiktet var merkelig melankolsk.”Jeg

vet, det vil ta tid. Mye tid, kanskje mer tid enn vi egentlig har til rådighet. Men vi må forsøke"
Lyenera svelget hardt."Og om hun ikke vil tilbake? Om hun ikke ønsker å forlate sitt nye hjem? Hva da? Skal jeg kidnappe henne?"
Eiledeen ristet på hodet."Selvsagt ikke, kjære deg, vi oppfordrer da aldri bruk av makt på noe vis men jeg vil tro at hun vil ønske å vite mer om hvem hun egentlig er, hvor hun er fra. Og Hietlaianerne er barbarer, kanskje hun vil være lykkelig over å kunne slippe vekk?"
Lyenera sukket tungt."Og om hun er død? Hva da?"
Eiledeen så ned i golvet."Da må vi prøve å gi folket håp uten henne, uten noe samlende symbol. Det kan gå men jeg tviler sterkt for vårt folk er sterkt knyttet til det gamle folket."
Lyenera smilte litt skjevt."Det er sant, de knekket oss nesten da de drepte kongefamilien, men de undervurderer oss også. For dem er kvinner aldri å frykte, de har aldri sett hvor farlige de kan være."
Eiledeen smilte mildt og strøk over Lyeneras hånd."Det har du rett i, du må gjøre dette Lyenera, for folket."
Lyenera så ned i golvet."Jeg vet det, og ved gudene som jeg skulle ønske at det ikke var slik. Men det er vel ikke til å unngå. Når skal jeg reise?"
Eiledeen reiste seg grasiøst."Når vi har gjort unna diverse forberedelser her. Vi har skaffet en kaptein som kjenner kysten av Unlan og Zetir som sin egen bukselomme og Havdragen er en rask skute."
Lyenera svelget hardt."De snakker om jordskjelv, om vulkanutbrudd og oversvømmelser, Vil det være trygt?"
Eiledeen ristet på hodet."Nei, verden er i endring barn, et tideverv er til ende og det neste skal fødes, verden skjelver nå, som i fødselssmerter."
Lyenera samlet alt det motet hun hadde, det føltes som om verden falt bort under føttene på henne men hun kunne ikke nekte."Jeg skal gjøre mitt ytterste ærede moder."

Eiledeen lente seg frem og kysset henne fort på pannen.”Jeg venter ikke noe annet av deg Lyenera, du er i sannhet en datter av Ardot, tapper og sterk”

Lyenera følte seg svakt svimmel.”Jeg lyder gudinnen moder, jeg ærer hennes ord”

Eiledeen tok henne i hendene, det glitret av beundring i blikket hennes og de andre der mumlet svakt, stemmene fylt med lettelse og håp.”Du er vårt håp nå Lyenera, måtte gudinnen holde sin hånd over deg.”

Lyenera nikket bare.”Jeg må fortelle mine døtre om dette, og jeg kan bare be om at de vil tilgi meg at jeg blir borte fra dem slik.”

Eiledeen smilte varmt og Lyenera følte seg fylt med ny selvtillit ved synet.”De vil forstå, du har gode døtre Lyenera, de vil bli vise kvinner og gjøre gode ting for folket.”

Lyenera bare neide og en tjener kom for å ta henne med seg tilbake til døtrene. Hun følte seg litt som en forræder over å forlate dem slik men når de øverste gav henne en slik ære kunne hun ikke bare nekte. Amara og Veelis hadde tatt et bad og satt og spiste på sengene sine da hun kom inn, begge skjønte med en gang at noe var på gang og Lyenera tvang seg til å være rolig mens hun fortalte hva som var skjedd. Amara virket rolig men ansiktet var stivt, Veelis begynte å gråte. Hun var ikke så moden som søsteren og Lyenera strøk henne over det silkeaktige mørkblonde håret med et sørgmodig smil.”Ikke vær redde, jeg vil komme tilbake og alt vil bli bra.”

Amara svelget hardt, øynene var blanke.”Mor, jeg er redd”

Lyenera omfavnet henne hardt.”Jeg også min skatt men det er ingen utvei. Jeg kan klare det, jeg kan finne den jenta.”

Veelis snufset.”Kan vi ikke bli med deg?”

Lyenera smilte trist.”Nei, ikke fordi jeg ikke vil ha dere med meg men fordi dere vil være trygge her. Jeg vil slippe å være redd for at noe skal skje dere, er ikke det bra?”

Amara nikket stivt.”Hvor lenge kan du vente?”

Lyenera sukket lavt.”Noen dager, ikke mer.”

Amara prøvde å være tapper men Veelis begynte å lage en klynkende lyd."Å guder, jeg vil ikke at du skal dra mor, det er farlig der oppe i nord."

Lyenera klappet henne på kinnet."Nettopp derfor trenger jeg at dere er tapre jenter, at dere holder motet oppe. Dere vil gi meg styrke, greier dere det?"

Veelis hikstet og gjemte ansiktet mot skulderen hennes men Amara satte opp et tappert uttrykk."Ja mor, vi skal være sterke"

Lyenera smilte varmt og klemte Amara."Det er flott, pass på søsteren din Amara, og husk at jeg kommer tilbake til dere."

Amara trakk pusten og den spede kroppen rettet seg opp."Selvsagt mor"

Lyenera klappet dem begge på hodet."Det er ennå noen dager til jeg må dra, vi kan kose oss mye i mellomtiden, kom nå jenter, det er så mye dere må se her, og jeg er sikker på at de kan skaffe dere noen fine nye kjoler."

Veelis løftet hodet, hun var svak for vakre ting."En slik pen en som nabojenta hjemme har?"

Lyenera smilte for seg selv, hun leste datteren rett."Selvsagt min kjære, enda penere, mye penere!"

Hun trakk med seg jentene og håpet at gudinnen ville holde sin hånd over dem mens hun var borte, og henne selv også ikke minst!

Dharian

Dharian av Zhymorne var en mann som var meget klar over sin egen innflytelse, han var regnet som en ypperste viter av sin generasjon og han strålte hver gang en eller annen jypling bøyde kne og åpenlyst godtok at Dharian var den beste. Kongen hadde stor nytte av ham og hans viten og kunnskap og hørte alltid nøye på hans råd. Egentlig brydde kongen seg fela om Dharian fordi mannen var en ufordragelig idiot som trodde verden roterte rundt ham men han ble godtatt for han kunne mye. Ingen kunne nekte for at Dharian var et geni, men et geni med et ego enda større enn lasten av visdom og kunnskap han bar på.

Dharian var ikke adelig, han tilhørte ingen av de bedre ættene og faren hans hadde vært en vinhandler som var rik nok til å sende sønnen på skole så fort de skjønte at han var intelligent nok. Det å ha en lærd i familien gav status og Dharian hadde elsket det å studere. For ham var all kunnskap verdifull og han var like ivrig som en grevling i en grøft etter å snuse opp ny kunnskap. Nå var han i sitt syttiende år og var blitt skrøpelig og synet var ikke hva det hadde vært men stanset ham ikke. Han hadde vært på talløse reiser rundt i riket for å finne alt fra eksotiske planter til glemte dialekter og eventyr og alt interesserte ham like mye. Derfor hadde han nå tatt fatt på en ny ekspedisjon, en som var både meget nyttig og svært interessant. Han hadde aldri fått gleden av å bevitne et vulkansk utbrudd. En vulkan lengre sør i tverrfjellene like ved grensa mellom Solemida og Bheki hadde etter sigende hatt utbrudd tidigere den høsten men han hadde ikke fått det med seg og området var øde og nesten ikke bebodd av noe levende. Han skulle ikke gå glipp av noe slikt igjen. De sa at Dragetind var i ferd med å våkne igjen, han skulle vite å bevitne det og gjøre de korrekte vitenskapelige observasjonene.

Alle sa at vulkanutbrudd skjedde fordi gudene var sinte men han visste bedre, guder? Det var kun overtro, nei, han var sikker på at det kom seg av en form for gjæring i jordens indre og han aktet å bevise det også. Nå var han og hans folk på vei innover dalen mot Dragetind, han hadde forlatt Zhymorne nesten fjorten dager før og de hadde hatt vansker på grunn av alle de som flyktet fra krigen i vest og denne gale kvinnen i Solamida som tvangsvervet folk og kriget mot gud og hvermann, i det minste virket det slik. Dharian brydde seg ikke om slikt, for ham var krig noe kjedelig som bare engasjerte folk med små sinn. Nei, viten, viten var rikdom, rikdom ingen kunne ta fra deg. Han var overivrig og peiset på folkene sine titt og ofte og de ble ikke akkurat i bedre humør av det. Han hadde med seg tjue av kongens egne soldater og en liten hær av medhjelpere som bar med seg alt fra teltutstyr og ting til å frakte prøver i til våpen og ting han ikke klarte seg uten. Slik som den enorme tekokeren sin og senga med en god gåsedunsmadrass og tykke gode tepper. Og mat, masse god mat av ypperste kvalitet.

Dharian var ikke særlig elsket før, og han ble det neppe etter dette heller, han var ute av stand til å innse at det bare var ham som syntes dette var interessant. Medhjelperne var redde, bakken skalv ofte og kraftig og en sur stank fylte nesene deres. De ville ha snudd om ikke Dharian var så høyt på strå hos kongen, de risikerte å bli anklaget for forræderi om de stakk av. Kongen mente at Dharian var egnet til å undersøke om vulkanen kunne være en trussel og Dharian hadde tatt oppdraget med et hyl av glede. Han skjønte ikke at kongen ville bli overlykkelig over å slippe å ha ham ved hoffet i noen uker. Det var mer enn nok av andre ting å tenke på enn at den tørre gamle kallen gikk rundt og prøvde å belære alle. Om kong Hanek virkelig planla å rykke nordvestover ville det sette Bheki i en vanskelig situasjon. De ville bli klemt som et par bukser i en presse mellom Hanek og Marcellius av Felderi om ting virkelig ble satt på spissen. Bheki var ikke noe stort og mektig rike, mye av det var fjell og selv om de flate områdene ned mot bukta og elva var fruktbare gav de ikke mye gull, heller arbeide.

Dharian hadde bare sett det som nok et eksempel på hvor verdsatt han var og egoet hans hadde formelig eksplodert i det siste. Han krevde at alle sto på tå hev for ham til enhver tid og det var en stående vits blant medhjelperne at det bare var et tidsspørsmål før han trengte noen som kunne hjelpe ham med å tørke baken hans red etter at han gjorde fra seg. Eller til å dra'n for ham, om han da hadde slike lyster i det hele tatt. Dharian ante ikke noe om dette pratet, hadde han gjort det ville han ha eksplodert av sinne. Han var meget ærekjær av seg og tålte ikke mye fornærmelser før han la noen for hat, og han visste virkelig hvordan en gjør det. En arm sjel som en gang greide å si at Dharian var oppblåst endte opp med å bli forvist fra Zhymorne på livstid siden noen fant en del papirer hos ham som aldri skulle ha forlatt det kongelige biblioteket. Dharian var egentlig både ondskapsfull og slu på sitt eget vis, han brukte folk for sitt eget forgodtefinnende og de som ikke lot seg bruke ble hurtig regnet som ikke verdt å bruke tid på. Dalen inn mot foten av Dragetind var naken og øde, det vokste ikke et grønt strå der så de hadde satt igjen hestene noen mil lenger ute. Nå bannet og svor mange mens de bar på alt mulig og Dharian selv løp rundt som en sinnsforvirret nisse mens han av og til ropte av begeistring over sjeldne steiner eller sære formasjoner eller andre ting de andre ikke forsto noe av. Det røk fra toppen av fjellet, og av og til hørte de en buldrende lyd som gjorde flere nervøse. Dette kunne neppe være særlig smart, men de kunne ikke protestere. Dharian mente at det var ufarlig, om det kom litt lava kunne de bare løpe unna, det rant sakte og var tyktflytende.

Dharian kjente varmen fra bakken, den var intens noen steder og det boblet og kokte i geysirer og gjørmegroper. Han koste seg, var fra seg av begeistring. Selvsagt var dette en form for

gjæring, han ville skrive en flott rapport som ville sette all tvil
til side for resten av evigheten og navnet hans ville bli
udødelig. Han gikk og koste seg med tanken på dette da han
brått ble var noe merkelig i ene fjellsiden. Det var et hull der,
og det var forholdsvis stort. Han rynket pannen. Det lå stein
rundt det, mye stein. Som om noe hadde kommet ut av fjellet?
Kunne det ha vært en gass eksplosjon? Ah selvsagt var det
gass, uten tvil! Enda et bevis for hans teori, han gliste bredt.
Det var flere slike hull i et område av fjellet, noen større og
noe mindre men de var forholdsvis ferske for det var ikke aske
eller støv på de nye bruddflatene i steinen. Han rynket pannen
og bestemte seg for å gå nærmere for å se. Et par menn ble
med ham, temmelig skjelvne i knærne men Dharian lot seg
ikke stanse av idioti og overtro. Han gikk på med mot og iver
og snart sto de foran et av hullene, det var nesten helt nede ved
flata og ikke særlig stort, men det stinket et eller annet
merkelig fra det og Dharian snuste litt forbauset. Det var ingen
kjemisk lukt? Det luktet mer organisk? Han gikk nærmere og
en av karene stoppet og så ned, temmelig forbauset. Han tok
opp noe, et øyeblikk trodde Dharian at han hadde funnet et
skjold, formen og tykkelsen tilsa det men et tykt slimete lag
med et eller annet blåaktig dekket ene siden og det var mer av
den gufne substansen på bakken."Ved gudene, hva er dette?"
Dharian skyndte seg bort, nesten skjelven av iver. Det var et
stort flak av et meget hardt materiale som lignet litt på negler?
Og det var faktisk nesten formet som skjoldene til elitegarden
til kongen, en slags avrundet trekant form med en tydelig spiss
i ene enden, som et flak fra en grankongle? Den andre mannen
gispet høyt."Det er et skjell fra en drage, det er hva det er!"
Dharian blåste i nesa, det hørtes ut som snøftet fra en sint
sauebukk."Sludder, drager finnes ikke lenger"
Mannen slengte skjellet over til ham."Se selv da menneske!"
Dharian bare ristet på hodet og tok opp skjellet, det var tungt
og meget hardt og strukturen var merkelig, han ble virkelig
nysgjerrig. Den tykke guffa som klebet til det stinket kongelig

og var svakt ubehagelig å ta på, som om det sved huden. Han ble nysgjerrig, svært nysgjerrig. Kunne dettte være en eller annen art av kjempeøgle eller noe ingen ante noe om. Salamandere likte jo ild og ble født av flammer så det kunne jo være en kjempesalamander eller noe slikt? Å ved alt hellig, om han kunne bekrefte en ny art på toppen av alt ville det bli hans største triumf. Han ville kalle den Dharianis Ultimata og hvem hadde vel hatt en slik ære før? Han skyndte seg bort til åpningen i fjellet, det var flere slike skjell der, og mer av den blåaktige guffa. Dharian var for sta til å høre på andre, og for dum på tross av sin intelligens til å høre på folk han regnet som mindreverdige. De to karene skrek til ham at han skulle stanse og bli der han var men han hørte ikke. Stanken ble sterkere og han kaklet opprømt for seg, ansiktet blusset av iver. Han sjokket innover den grove gangen av knust stein og peste rent der han hoppet og spratt som den rene ungdommen.

Han så noe massivt forut som nesten blokkerte gangen og han gav fra seg et lite skrik av begeistring. Der var det en slik skapning, han trengte bare å se den så skulle hans navn leve evig. Han kjente ingen frykt, ingen følelse av at dette kanskje kunne være farlig. Han var for naiv og for beskyttet til å fatte at han kunne være i fare. Han gikk nærmere og blikket strålte formelig, Dyret der fremme lå sammenkrøllet og pustet hardt og han så at den var på størrelsen med par hester i høyden og en fire fem i lengden pluss hals og hale. Han så ikke hodet og beina men hva var det? Det virket for at den hadde vinger? Ingen salamander har da vinger? Var dette virkelig en ny art? Han saknet farten og sannheten seg sakte inn, han kunne ikke tro det, nei, det var umulig!

Hunndragen som lå der fremme var en av de aller minste av de som brøt ut av de nedre rekkene med egg, de minste klekket først og ennå var det mange som ikke var ferdige til å bryte fri fra eggene sine. De store trengte mye varme før de var ferdig rugede, mye mer enn en liten en som henne. Hun hadde kjempet seg oppover etter sine større sterkere søsken og

underveis hadde en av de andre bitt henne stygt i ene
bakbeinet. Nå var det betent og hun var svak og forvrirret, og
sulten. Skrekkelig sulten. Turen opp tok mye av kreftene hun
hadde igjen fra egget og næringen det inneholdt og nå led hun.
Hun freste svakt, en fremmed lukt fylte neseborene og hun
løftet hodet sakte, hun var en drage med et temmelig kort og
butt hode, det lignet litt på et kattehode men underkjeven var
svært kraftig og lignet litt på baugen på et skip, nesen bulte ut
over munnen og øynene var små og røde og beskyttet under et
kraftig utstikkende lag av grove skjell som strakte seg bakover
og ble flere horn. Fronten av hodet var dekket med skarpe horn
og hun hadde en kort og kraftig nakke og beina var korte og
grove med enorme muskler og enda mer enorme klør. Hun var
en drapsmaskin, en av mange og alikevel kun et ynkelig insekt
sammenlignet med de som ennå ventet der inne i fjellet. De var
trygge der inne, langt vekk fra hovedsjakten som foret
vulkanen men det var alikevel varmt nok med nok lava til å
klekke eggene og hun hadde nytt varmen og freden der. Nå var
hun plaget, det gjorde vondt og hun var sulten, det gnog i
henne og hun var ikke vant med følelsen. Raseriet kokte, hun
var en hunn, instinktet hennes sa at hannene skulle ha
respektert henne men i stedet hadde en av dem bitt henne, i
desperasjon ja men like fullt.
Hun løftet hodet, røde øyne betraktet det vesenet som sto der
og stirret på henne, det var ikke stort, rakk henne kanskje til
oppunder buken om det sto fullt oppreist. Hun freste og kom
seg opp, siden bare de aller største av eggene kom til å bli ekte
drager var hun av de som brukte vingene som forbein. Hun var
klumpete på bakken, men nå var hun ikke mye uelegant. Hun
bykset fremover mye raskere enn noen skulle tro det var mulig
å de kraftige kjevene åpnet seg og smalt sammen rundt
Dharian som kanskje rakk en siste forvirret tanke før det var
over. Hun glefset i seg hele vesenet i to tygg og ristet på seg,
det mettet ikke, men hun følte seg bedre. Hun la seg ned igjen,
hvile litt til, så skulle hun slå seg sammen med sine brødre og

søstre der ute.

De to karene hørte bare at noe massivt beveget seg, så kom det et vettskremt skrik fra mørket etterfulgt av knase og gulpelyder men da var de to allerede på vei tilbake til resten av gruppen. De løp alt de maktet og ramlet sammen da de omsider var omringet av sine egne og i trygghet. En av soldatene grep tak i de to pesende karene "Hva er galt? Hvor er Dharian?"

Karene støttet seg på hverandre."Død, noe der inne åt ham!"

Soldatene så forvirret på hverandre."Så dere det?"

Begge to ristet ivrig på hodet."Nei, vi så ingenting, men vi hørte det! Å guder!!"

Soldatene svelget hardt."Vi må undersøke, han kan være i live, er dere sikre på at dere ikke hørte et ras eller noe slikt?!"

Mennene ristet på hodet."Noe stort rørte på seg og vi vet hvordan det høres ut når noe blir ett!"

Alle så usikkert på hverandre, svelget og ingen turte si noe mer, redde for å bli den som ble sendt ut for å undersøke. Brått ristet bakken igjen, voldsommere enn noen gang og en sky av røyk steg fra toppen av fjellet,, mørkere og tykkere enn før. Det avgjorde saken, de la igjen alt utstyret og løp og så fort de nådde den flate sletta slo de alle personlige rekorder. Ras løsnet i fjellsidene rundt, larmen var øredøvende og varmen steg til uutholdelige nivåer. De løp for livet men brått begynte de å ramle om, gispende etter luft. De kunne ikke se det men bakken spydde gasser og de var ikke det slaget som det går ann å puste i. De som prøvde å løpe bort ble bare overveldet mye fortere og dermed stupte over halvparten av dem før de kom særlig langt unna fjellet. De som kom seg forbi løp alt de greide, forvirrede og skremte og bakken hev på seg som en utemt hest før et øredøvende smell kunne høres, så voldsomt at det fikk ørene deres til å ringe og de hørte ikke engang sine egne skrik. Steiner begynte å regne rundt ørene på dem, aske falt som snø og av og til kom det dumpe drønn av svære kuler med glødende stein som kom dreisende ned som de rene bomber. Flere ble truffet av dem og døde skrikende av smerte.

De gjenværende løp men det var liten nytte i det, Dragetind
hadde ventet i århundrer på å få våkne igjen og nå rensket hun
halsen og forberedte seg på å synge ut. Askeskyen strakte seg
til himmels, gløden av lava var sterk i bunnen og nå begynte de
første glødende elvene å renne sakte ned fra toppen. Dharian
hadde tatt feil, dette var ikke sakteflytende lava men
tyntflytende stein som var ubegripelig varm.
Noen få menn var igjen i live, de var de raskeste og de kom
seg ned til der hestene var tjoret. Mange hadde slitt seg i
panikken men noen få var tilbake og de hev seg på ryggen av
en hver før de kappet tauene og dyrene styrtet nedover dalen
med ville øyne og hamrende hover. Dragetind ristet, trykket
ble stadig større, det var vanvittige mengder stein på vei opp
og det var en svakhet i siden av vulkanen på den siden som
pekte østover mot dalene og Bheki. Det lød en utrolig skarp
lyd, som om noe knuses brutalt, så skjøt fjellsiden ut og en
gigantisk sky av opphetet stein og aske skjøt frem raskere enn
et pileskudd. Hadde dalen vært en normal fjelldal med skog og
liv ville alt blitt forvandlet til støv på sekunder, i stedet rullet
den pyroklatiske strømmen frem mellom fjellsidene uten å bli
stanset av noe og farten var vanvittig. De flyktende mennene
hadde kommet seg et godt stykke unna fjellet allerede, hestene
var livredde og raske og bar kun mennene, ikke sal eller noe
slikt. To av dem hadde trukket ifra. De red varmblodshester
som hadde lange bein og som var godt trent, det hadde vært
ridehestene til et par offiserer og dyrene var i toppform. Den
tredje av dem red en litt mindre hest som var av mer tvilsom
avstamning og trening. Den hadde trukket kjøkkenvogna og
var ikke spesielt rask og greide ikke holde farta oppe selv om
rytteren jaget på den nærmest desperat. Den peste og
gallopperte fortere enn noen gang før i sitt liv men til ingen
nytte. Heldigvis rakk verken hesten eller rytteren å merke noen
smerte, det gikk lynende raskt.
De to gjenværende red på og dalen gjorde en liten sving på
seg, det reddet dem. De greide å holde unna for strømmen og

red helt til hestene vaklet og nesten ikke greide puste lenger.
De to karene var bare tjenere men de visste hva de hadde å
gjøre. De slapp løs de to halvsprengte dyrene og fanget inn to
nye fra flokken av løse hester som hadde fulgt dem ut dalen og
red videre på dem. Zhymorne måtte advares.

Dragetind skalv, brølet fra vulkanen kunne høres i mange mils
omkrets og lavaen rant fra toppen i en stødig flom. Fra hullet i
siden strømmet det også aske og stein og sakte brøt siden helt
sammen. Flommen av brennende stein raste nedover dalen
samme veien som den pyroklastiske strømmen. Ikke så rask
men like ødeleggende, like ustoppelig. Den kom som om det
var en vilje bak den, og dalene endte like utenfor Zhymorne.
De to red hele natten, byttet hester og da de nådde slettelandet
dagen etterpå hadde de slått alle rekorder. De fant nye hester
ved en skysstasjon og sendte ut bud til områdene der at de
måtte komme seg vekk alle som kunne. Helst burde de reise
over til Felderi eller enda lengre øst.

De to ankom Zhymorne om kvelden, det mørknet men i det
fjerne så en gløden fra vulkanen og en kunne høre en svak
tordnende lyd og aske regnet det overalt. Vinden sto østover og
mange var blitt meget skremt. De to red opp mot slottet og ble
møtt av noen svært bekymrende rådgivere som ikke forsto
noen ting. Det de kunne fortelle fikk rådgiverne til å røske dem
med seg opp mot tronsalen der hans majestet ventet på nyheter.
De forklarte at det kom lavastrømmer nedover dalene men et
fåtall av de som var samlet der brydde seg særlig om det fakta.
Det som bekymret alle var asken og kongen mente at lavaen
ville stanse lenge før den nådde slettelandet. Han gråt ikke
over Dharian akkurat og befalte at noen skulle ut og fjerne
aske fra takene på palasset. Det var ikke en velkommen ordre
for takene var bratte og farlige og i dårlig stand og selv om en
bant seg fast kunne en nesten kveles av den fine substansen.
De to fikk hvile og mat og mye ros men begge to ante at dette
kun var starten. De husket gamle spådommer, ild og vann vil
møtes, det ville skje. De ventet til dagen etter, så fikk de tak i

hver sin hest og red alt de greide inn mot fjellene igjen, men bort fra Dragetind, de siktet seg inn mot Longil og Darazzen og aktet ikke å stanse for noen. Riktig nok var det krig der borte men de foretrakk det hver dag fremfor et vulkanutbrudd. Nådde lavaen Zhymorne ble det en katastrofe. Vel var byen av stein men den var ikke særlig sterk lenger, murene hadde tapt mye styrke og de var sprukne og skjeve. De hadde hørt at en tulling fra bygda hadde prøvd å advare rådet om at områdene rundt bukta kunne skli ut og ingen hadde hørt på ham. De to ante at den mannen nok hadde rett, og de aktet ikke ta noen sjanser. De red inn i fjellene ved grensa mellom Bheki og Dheesa og der fikk de ri sammen med tropper av Haneks menn på vei vestover for å høvle ned opprøret og uroen langs Tholir bukta. De var takknemlige for selskapet, svært takknemlige. De så ikke tegnene i landskapet rundt Zhymorne, sprekkene i bakken, bekker og elver som skiftet løp, trærne som veltet som om det var sterk vind. De kjente ikke den sure lukta av leire, så ikke hvordan bakken noen steder formelig gynget. Bakken ristet helt dit, vulkanutbruddet var voldsomt, det sterkeste noen gang fra Dragetind. Aldri før hadde rystelsene spredt seg så langt øst. Dypt i bakken skalv alt kraftig, det som var solid leire ble sakte til en suppe som ikke kunne holde noe. Et enormt område fra åsene sør for Zhymorne nord til flatene langs estuariet til den store elva i Na-Bheki lå på denne suppa. Den var gamle havavsetninger og til og med Zhymorne selv lå på dem, de strakte seg helt inn til fjellene. Det var som om hele naturen selv holdt pusten, ventet på at noe skulle slippe dens krefter løs, et eller annet. I Zhymorne var det nå overfyllt med folk siden mange flyktet fra krig og stridigheter og mange hadde kommet fra Solamida. Det ble sagt at den Sorte rosen vervet alt og alle hun fikk tak i og flere adelshus var i krig med denne kvinnen. Noen mente at hun var blitt overvunnet nå men andre mente at det var umulig og uansett, før folk visste noe sikkert turte de ikke vende hjem igjen. Hanek hadde antagelig ikke reagert på det kvinnfolket ennå siden hans øyne var vendt mot Tholir som tross alt var den rikeste og viktigeste delen av riket hans. Men om hun fortsatte som hun hadde var det liten tvil om at han måtte ta seg av det problemet også.

Himmelen var svart over store deler av Bheki nå og skyene av aske nådde også Felderi og skapte forvirring og frykt. Noen mente at verdens ende var nær og byen krydde formelig med alskens religiøse fanatikere som mente at folk ville bli reddet bare de ba til deres spesifikke gud og fangehullene under byborgen var smekkfulle av alt fra mordere til lommetyver. Så begynte det å regne, tunge dråper som ble et styrtregn uten like, folk holdt seg innendørs og bakken trakk til seg vannet siden det ennå ikke hadde vært frost. Inne ved Dragetind var vulkanen i ferd med å nå siste stadium av utbruddet. Kammeret med lava var i ferd med å bli tomt men det hadde blitt store sprekker i selve grunnen under fjellet, mer lava var på vei opp fra dypet, av en annen og seigere type, med mer gass. Presset der nede var forferdelig, ubeskrivelig. Gassen var fanget i lavaen men så fort den passerte flaskehalsen tilførselskanalen til lavakammeret var forsvant mye av trykket og mye av gassen ble frigjort. Resultatet var en eksplosjon ulik noe annet. Gass, lava og aske og stein fløy til himmels, dypt inne i siden av vulkanen skalv kammeret med de gjenværende drageeggene men magi beskyttet dem, den ekstra varmen ville klekke dem snart. Hele toppen av Dragetind gikk i oppløsning, veggene falt innover og ble møtt av en sjokkbølge på vei opp. Det kastet tusenvis av kubikk med stein i lufta og jordskjelvet det utløste raste gjennom fjellene og fikk ras til å løsne mange steder samt at flere sjøer brått oppførte seg om om noen rørte rundt i dem med en enorm øse.

Og bakken rundt Zetirbukta skalv, dirret og så hørtes et svakt sukk. Det hadde begynt. De første tegnene til at lavastrømmene ville nå slettene var blitt skjult av askeregnet, nå krøp de fremover foret av den voldsomme eksplosjonen, brennende stein regnet ned over byen og askelaget var mange fot tykt allerede. Tak begynte å kollapse, templene ristet siden

de var bygget på klipper som samtlige var gammel sprø stein.
Lavastrømmene var ikke raske, en kunne løpe vekk fra dem.
Men ingen så at de var på vei og det helte nedover mot
Zhymorne, de fikk ekstra fart. Da de første så at et hav av
brennende stein var på vei mot byen var det allerede for sent.
Ropene spredte seg, mange prøvde å nå portene på fremsiden
av byen som vendte ut mot bukta langt der fremme, men
gatene var tettpakket og panikk brøt ut. Snart løp alle som gale.
Folk ble trampet ned i galskapen, etter kun en time nådde
strømmen bakre muren og stanset siden portene var blitt stengt
men de aldrende murene var ikke sterke nok til å motstå
presset lenger. Tusener av tonn med rennende stein ble for
mektig. Sakte falt de sammen, og Zhymorne var fortapt. For
hovedstaden i Bheki var dommens dag ankommet.

Vardhys

De hadde ridd så hardt de turte hele natten og stanset da de
nådde en mindre elv som kom ned fra tverrfjellene. Dagen
grydde og hestene var slitne nå, de fant et skjermet sted å slå
leir på og Vardhys gikk rundt og så til at alle hadde det bra.
Alfons hadde sjokkert dem da han kom ridende på Flamme
men det var ingen tvil om at det merkelige dyret adlød ham.
Iarda gikk i gang med å lage litt mat av de forsyningene de
hadde tatt med seg og karene satte seg ned for å diskutere hva
de nå skulle gjøre. Vardhys gikk opp på en ås og stirret
nordover mot Bheki, han syntes han så røyk fra området der
Mahrepas leir hadde ligget. Han gyste, han forsto at det neppe
var mange igjen i live der borte nå.
Alfons satt og gnog på litt kjøtt, ansiktet var blitt merkelig
umenneskelig og flere av karene så skjevt på ham. Han hadde
vært en pen gutt men nå med den merkelig klare huden og de
underlige øynene var han blitt direkte vakker, og skremmende.
Iarda satt og prøvde å sy på kappen sin og mennene var såpass
godt trent at de sjekket hestene først før de spiste og slappet av
selv. Dyrene kom først, uansett. Vardhys hadde pusset Skygge
og sto og prøvde å huske hvordan terrenget var i dette området
da han hørte en merkelig lyd. Noe var på vei, noe tungt som
beveget seg fort. Han grep sverdet sitt og holdt pusten, noen
trær ristet på seg på en lite botanisk måte og så kom noe
styrtende frem, noe som fikk ham til å rygge tilbake. Han
stirret vantro på det enorme beistet men skjønte hva det var.
Dette var hva lindormen hadde blitt, det var Ildøye.
Skapningen kom med en merkelig ulende lyd og labbet
fremover mot ham, den virket glad og stanset foran ham, den

var så svær at den kunne ha tatt ham i et jafs men den vante malelyden kom fra den og Vardhys strakte nølende ut handa og klappet den ytterst på den massive overkjeven.
Ildøye gryntet lykkelig og dultet borti ham, ivrig etter mer oppmerksomhet. Herren var her, og da var alt bra. Karene fikk øye på dyret og flere ble synlig bleke men ingen grep etter våpnene, de visste at Vardhys hadde temt lindormen og at den ville endre seg. Ildøye overså dem men den virket interessert i Alfons og snuste lenge på Iarda, det var noe avventende i blikket og den slikket seg fort om kjevene som for å si "Hva venter vi på sjef, sett i gang!"
Vardhys satte seg ved bålet og Ildøye la seg bak ham, gjespet og virket for å sovne fort, den var sliten og trengte å bygge styrke etter metamorfosen. Karene så på Vardhys, de stolte på ham et hundre prosent. Hala så skjevt på ham."Så, hva nå herre, hva skal vi gjøre? Vi er frie fra den tispa, men hvor skal vi gjøre av oss?"
Vardhys svelget fort."Jeg tenkte på å slippe dere fri, la dere reise hvor dere vil. Men noe sier meg at vi har en oppgave, at det er en grunn til at vi er her nå. At vi kom oss vekk."
Hala så smalt på Vardhys."Du sier ikke det? Alfons ser ut som…tja, et spøkelse? Han rir på det forbaska beistet ingen andre kommer nær og du har temt en lindorm som har blitt til …gudene vet hva! "
Sarkasmen i stemmen hans var tydelig."Jeg tror vi er valgt ut, valgt til å gjøre noe viktig. Vi karene er stolte av å tjene deg herre, ingen av oss har familie igjen, og alt vi kjente er borte. Det er en ny verden nå. Vi følger deg!"
Vardhys følte seg litt rørt over tilliten, han måtte vedgå det. Han var snaut voksen og allerede fulgte folk ham, det var nok til å gjøre ham temmelig ydmyk. Han grep en kartrull og trakk ut et kart over Dheesa og områdene opp til Tholir bukta."Jeg føler for å reise gjennom tverrfjellene og krysse høyslettene i Solemida og så krysse fjellene igjen mot Darazzen. Det er riktignok stridigheter der men vi kan kanskje komme oss til

bukta og ta oss ut til Coluria eller et annet sted der det er
forholdsvis rolig."
Hala nikket kort."Det kan være det eneste fornuftige ja,
østover går ikke, Bheki bukta er ikke farbar lenger, de bølgene
vi har hørt om har skremt bort alt som heter skippere, er neppe
en båt å oppdrive noe sted og uansett, hvem vil ønske oss
velkommen? Felderi er så vidt jeg har hørt i opprørt også, Zetir
er for langt vekke og det samme gjelder Altarab."
Vardhys nikket."Det stemmer, vi kommer oss ikke dit uten
vansker. Det eneste jeg engster meg for er kongen selv. Hanek
skal visstnok mobilisere, og jeg akter ikke å bli tvangsvervet
enda en gang."
Flere gliste kort. Vardhy visste at hans egen mor hadde vært en
vasall til Hanek, og han hadde selv sett at den fyrsten ikke
brydde seg så mye om lydrikene sine så fremt de betalte skatt
og ikke lagde vansker. Men gjorde de det kom silkehanskene
av. Hanek var en Macallif, en burde ikke legge seg ut med
ham. Hala så kort på mennene."Er vi enige? Vi krysser over
tverrfjellene og tar oss over høylandet og gjennom ryggraden
til Darazzen"
Karene nikket og Vardhys kjente seg merkelig fanget. Men det
var en lang reise før de i det hele tatt kom seg til fjellkjeden
kjent som ryggraden, siden den strakte seg på langs av hele
kontinentet hadde den fått det navnet men ingen visste hvem
som først kalte den det. Tverrfjellene skar ut i vinkel fra den
like ved grensa mellom Bheki og Solemida og mye av
Solemida lå som et kakestykke mellom de to fjellkjedene. Det
var høyland og ikke spesielt rikt men Hanek fikk mye av
inntekten derfra siden folket avlet på noen dyr som var
importert fra Ardot og grodde særdeles fin ull. Det ble vevd
om til vakkert stoff av veverne i Tholir og skipet ut til diverse
havner via Tholir bukta. Han husket at morens lille
fyrstedømme hadde hatt mange veverier.
Han smilte mot Iarda som satt og halvsov og Alfons hadde
rullet seg inn i teppene sine og sov allerede. Han pekte på noen

av karene."Dere kan holde vakt, bytt på hver time. En eller
annen, prøv å finne noe vilt, og gjerne urter og røtter også om
dere kan finne det."
Et par karer grep buene sine og forsvant og noen flere gikk for
å sette opp vaktposter. Akkurat der var det neppe folk siden det
var et øde fjellområde uten bebyggelse men en kunne aldri
være for trygg. Det krydde av folk på flukt overalt. Vardhys
følte seg sliten også, han fant sine egne tepper og la seg ned
ved siden av Iarda og sovnet relativt fort.

Der hvor tverrfjellene møtte ryggraden lå det flere landsbyer
og en av dem hadde akkurat fått noen nye beboere. Det hadde
kommet en gjeng med heller ustelte folk sent en kveld og de
som bodde der visste at de måtte ha kommet fra en gammel
borg som lå inne i fjellene et sted. Det ble sagt at slekten som
eide stedet hadde holdt noe skjult der lenge, det var bare rykter
men de ryktene fikk fart på seg for disse folkene virket ikke
akkurat for å være villige til å snakke. De var bare interessert i
å få seg mat og tak over hodet og sa lite om hvem de var men
ved hjelp av litt vin og mye overtalelser greide han som eide
det eneste vertshuset der å lure ut av dem at de var tjenere og at
de ikke lenger fikk lønn eller ordre så de hadde funnet ut at de
ikke ville bli der lenger. Dessuten hadde viltet der forsvunnet,
husdyrene ble gale og noen hadde sett merkelige fotspor.
Det var et par kvinner som antageligvis var kokker, noen
vaskedamer, en fem seks karer som sikkert var alt fra
hestepassere til vedhoggere og to menn som virket for å ha
vært soldater. Nå var de godt opp i årene og det var noe bittert
ved dem som fikk vertshusholderen til å skjenke dem med
ekstra sterk vin. Han fikk sjelden gjester, det var lite folk som
ferdes gjennom denne landsbyen men det gikk en slags vei
videre ut mot høyslettene der og det var også en del som
fraktet varer fra Bheki bukta og inn mot høylandet. Folket der
inne trengte saltet fisk temmelig ofte for om de ikke fikk det
ble de syke på en merkelig måte med oppsvulmede struper og

store plager. Ingen ante hvorfor men høyfjellet var nesten å regne som et rike i seg selv, folk der inne styrte seg selv og foreløpig hadde lite av urolighetene andre steder spredd seg dit. Det skyldtes enkelt og greit at ingen av adelsættene hadde hatt noe særlig makt der, ikke var det særlig med adelige der heller med unntak av noen få fjerne slektninger av Macallif og de var uansett lojale mot kongen og kun som litt rikere bønder å regne.

Vertshusholderen hadde en gang i tiden bodd nærmere Zhymorne, hans familie hadde eid et ganske stort vertshus med skysstasjon langs hovedveien som gikk langsmed kysten og han hadde giftet seg med en kvinne fra denne landsbyen og overtatt hennes foreldres eiendom da de gikk bort. Han hadde ikke angret, livet der inne var kanskje stille og rolig men det var godt, ingen storsnutede adelsfolk som krevde spesial behandling, ingen ampre reisende som forlangte at det skulle være varm mat klar til enhver tid på døgnet eller klagde over veggedyr, harde senger og trekk. Han var en god menneskekjenner, disse folkene var dessillusjonerte og slitne, klærne fattigslige og utslitt og han greide å tyne ut av den ene av de to at de hadde tjent Darasher, en viss offiser ved navn Thomas og en annen mann han ikke husket navnet på men han hadde visst en sønn som var godseier et eller annet sted i Darazzen. De hadde bodd på det gudsforlatte stedet i nesten en mannsalder uten at noen av ætten hadde vært der mer enn en sjelden gang og de fikk snaut lønn for strevet i det hele tatt. Og nå hadde dett gått flere år siden sist de engang hørte fra sjefen og det de hadde passet på var vekke så til helvete med den slekten og hva det nå var de drev med.

Vertshusholderen hadde hørt ryktene, de spredte seg fort langs veiene og han hadde hørt at en av ættene hadde hatt en drage i fangenskap men at den var blitt stjålet. Han følte et fort stikk av iver, hva om han kunne tjene på dette? Det var liten tvil om at disse folkene hadde voktet den dragen men hvordan kunne noen i det hele tatt holde et slikt beist fanget? Han trodde ikke

på det egentlig og slo det fra seg men han syntes synd på disse
folkene. De hadde brukt livet sitt på ingenting, og fått lite
tilbake. De hadde tenkt seg utover mot bukta, ene kokka hadde
slekt på Os og ville dit og de andre fulgte bare på. De ville i
hvert fall lengst mulig vekk fra Darasher og han holdt ikke det
i mot dem.
Men de fortalte noe som gjorde ham litt betenkt og nervøs,
merkelige fotspor? Og skremte dyr? Det pleide som regel å
bety noe, noe viktig. Han stolte på instinktene til husdyra og
husket at flere av gjeterne i området hadde klaget over uvanlig
urolige sauer og kyr de siste dagene. Det levde mye rart inne i
fjellene, for tre år siden hadde noen sett en jordbjørn og det
gikk enda til rykter om at det kunne være dverger og troll der
inne. Han avskrev slikt som tull, han var for klok til å ikke
gjøre det, men folket trodde på slikt og det var best om han
gjorde noe for å berolige de andre der, for syns skyld Han så til
at alle gikk til ro for kvelden, så gikk han ut og fant en bøtte
med fersk tjære og tegnet beskyttende runer på alle bygningene
der. Det var en gammel skikk og han håpet at det hadde noe
for seg.
Landsbyen gikk til ro og den nyankomne valgte å bli i noen
dager siden de var eldre folk som ikke lenger hadde styrken til
å reise særlig fort. Vertshusholderen hadde noen hester han var
villig til å selge billig, det var eldre dyr han ikke lenger brukte
og de var stø og rolige og han hadde også en flatvogn han ikke
trengte. Kokkene hadde tatt med seg en del gamle verdisaker
fra borgen og det burde være nok til å betale for alt sammen.
Dagen etter var det gråvær og det silte ned, ingen orket gå
utenomhus og ble inne. Noen fikk tida til å gå ved å drive med
håndarbeide mens andre prøvde å spille kort. De eldre
kvinnene var litt reservert og sky men snart kom de i snakk
med kona til vertshusholderen og tinte opp utrolig.
Dagen gikk hen som vanlig helt til uttpå ettermiddagen, da
kom en av de som bodde et stykke utenfor selve landsbyen
ridende i en temmelig halsbrekkende fart. Han var blek som

kalk og skalv og hev seg av den kortbeinte hesten utenfor døra
til vertshuset. Han bare raste inn uten engang å banke på og
alle så forbauset og ikke så rent lite sjokkert på mannen. Han
gapet et par ganger som en fisk på tørre land, før han lente seg
mot et bord og fikk igjen pusten.”Det er en morder løs!”
Vertshusholderen så vantro på mannen som rullet med øynene
og tørket svetten med en heller skitten hånd. Resultatet var
ikke pent.”Hva snakker du om Abal?”
Abal trakk pusten dypt.”Jeg lånte en sag av Eidan nede ved
elva, da jeg skulle levere den i dag var alle der døde, revet i
stykker. Husene også, og dyra. Alt var dødt”
Han svelget panisk.”Å Ivert, jeg tror verdens ende er nær!”
Ivert ristet på seg, han var mer utdannet enn de som bodde der
men noe som rev alle i småbiter? Hva ved alle guder?”
Han ristet Abal forsiktig.”Ta det med ro mann, forklar
nærmere. Det kan ikke ha vært bjørn?”
Han visste at noen bjørner ikke gikk i dvale om høsten, som
regel gamle og svake dyr som ikke hadde greid å legge på seg
nok fett og var farlige og desperate. Abal ristet på hodet.”Jeg
har da for fanken sett hva en bjørn kan gjøre, det var ingen
bjørn. Det var merkelige spor der, og det stinket forferdelig.
Ikke noe var ett av dem, det var merkelig.”
Ivert trakk pusten dypt.”Når skjedde det tror du?”
Abal gned seg i øynene, han skalv synlig.”Jeg…jeg tror det må
ha vært et par dager siden, likene hadde begynt å blåse seg
opp. Å guder, noen må begrave de arme sjelene!”
Ivert prøvde å tenke, hodet spant og han satte seg ned.”Ja,
selvsagt!”
En av de eldre kvinnene fra borgen stirret på dem og øynene
hennes var enorme.”Troll, det er troll! Mor fortalte meg om
dem, de dreper slik”
Ivert sukket tungt. Overtro og galskap, han hadde sett mye og
det der var ikke noe annet enn rent oppspinn. Det måtte være et
eller annet slags dyr, kanskje en gal jordbjørn? De var mye
større enn en vanlig bjørn og uvanlig brutale.”Ti stille, det må

ha vært en jordbjørn, en gal en. Så ikke Jhan borte ved mølla
en rabid rev før i høst? Da vet vi at det er hundegalskap i
området."
Abal svelget krampaktig og Iverts kone rakte ham et krus med
noe i. Han slengte det bak som om det var vann og hostet
grundig og lenge etterpå."Dæven, det gjorde godt. Jo, en
jordbjørn er jo kanskje ikke utenkelig."
Ivert nikket sindig."Og dette tullet med troll? Gammel overtro!
Jeg skal samle noen karer til å begrave de arme sjelene, og
noen kan sjekke de andre gårdene rundt her for andre tegn til
angrep."
Abal bikket på hodet."Men om det er en gal jordbjørn? Hva
gjør vi da? De er vanskelige å ta knekken på skal jeg si, og
seigliva som lite annet?"
Ivert smilte fort."Er den så gal at den gikk på en gård på det
viset har den bare dager igjen å leve uansett, den sykdommen
dreper fort når den har nådd det stadiet. Den er nok død
allerede"
Han passet seg vel for å vise at han var nervøs, riktignok hadde
han tegnet verneruner på husene men de var mot onde makter,
ikke naturlige ting som en syk jordbjørn. Ikke at han la så stor
tro til de runene men det beroliget som regel folket der.
Abal nikket sakte."Jo, den er vel død da, vi får tro det"
Han reiste seg skjelvent."Jeg må hjem, kona kommer til å bli
nervøs snart."
Ivert vinket på en av karene som sto og varmet seg ved
peisen."Heldan, du kan sørge for at Abal her kommer seg trygt
hjem? Hesten hans er halvsprengt"
Heldan nikket bare og Agal fulgte ham ut, noe dukknakket.
Ivert ristet på hodet, troll! Det var vanvittig hva folk der i
fjellene trodde på. Han huket tak i kjøkkengutten og fikk ham
til å sende ut noen av landsbyboerne, jo før de fikk de arme
døde i jorda jo bedre. Det ble snart frost og da var det
vanskelig å grave graver. Noen karer red ut og Ivert satte seg
ned for å gjøre litt regnskap. De trengte snart nye forsyninger

og han gruet seg for å sende noen ut til kysten nå, det gikk så mange rykter om alt mulig fra jordskjelv til ras og kjempebølger.
Det var fred og ro på vertshuset i noen timer, Ivert satt og røkte ved peisen og leste da det banket på og en av de mennene som hadde ridd ut kom inn, han var våt til skinnet og stinket og ansiktet var temmelig dratt. Ivert la fra seg pipa og så skjevt på mannen som ble stående å dryppe vann på golvet.”Ja?”
Den heller vindskjeve karen skar en grimase.”De er i jorda, gamle Dhora leste over dem. Hun kan mer enn de fleste, de får nok fred.”
Ivert smilte og tenkte for seg selv at Dhora andre steder hadde blitt brent som heks men der var hun nødvendig og respektert, hun kunne helbrede det meste med urter og de aller fleste der var hjulpet til verden av henne.”Det er bra Torban, er det noe mer? Sjekket dere de andre gårdene i området?”
Torban så ned i golvet, han skar en stygg grimase.”Ja, det samme har skjedd hos Niels ved myra og hos Serah borte ved Brunbekken, alle døde. Det er ingen bjørn Ivert”
Ivert så vantro på Torban.”Hva snakker du om?”
Torban så tungt på Ivert, han lignet litt på en hund som har gjort noe veldig galt og vet det.”Ingen bjørn kan gjøre slike ting, og sporene er helt feil. Det var flere om det, ikke bare en. Jeg vil tro det var minst en sju åtte stykker.”
Ivert trakk pusten dypt.”Men om det ikke var en jordbjørn, hva var det da?”
Torban så litt blek ut.”Troll!”
Ivert reiste seg fra stolen og blåste i nesa.”Nå får du gi deg?! Troll!! Jeg trodde ikke du var av disse overtroiske idiotene?”
Torban bikket på hodet, han så sint ut.”Det er ikke overtro, du er fra slettelandet og har ikke sett hva folk her har sett. Du skal ikke avfeie det som tull Ivert, for vi vet. Det er troll sier jeg, og de er våknet til live igjen.”
Ivert rullet nesten med øynene.”Greit, ved gudene! Hva gjør vi da?”

Torban svelget litt panisk, blikket flakket."Brenner bål, eller finner hellig grunn"

Ivert sukket tungt."Som om det vil hjelpe mot noe? Om vi nå sier for sakens skyld at det faktisk er troll, og at de er i området, bør vi evakuere?"

Torban så smalt på vertshuseieren."Du tenker fremdeles som en sletteboer. Forlater vi landsbyen er vi uten beskyttelse. Vi kan ikke reise, det er ingen steder vi er trygge i mørket."

Ivert slo ut med armene."Så hva da? Bål? Det krever noe vanvittig med ved."

Torban gren på det."Dhora mente at hun kunne legge beskyttelse rundt landsbyen, at det er gamle besvergelser som hjelper. Og selvsagt en ring av ild."

Ivert ristet på hodet."Det er idiotisk, er du klar over hvor arkaisk det høres ut?"

Torban så hardt på ham, det var et strengt glimt i blikket."Ja, men om det stemmer er det den sjansen vi har."

Ivert sukket dypt."Greit, greit, få Dhora til å lage de besvergelsene sine, og få karene til å tenne en ring rundt landsbyen, og samle folk her. Ved gudene for en smørje!"

Torban bare gikk ut og de som var kommet fra borgen satt og så redde ut. Ivert prøvde å smile til dem men greide det ikke. Troll? Han trodde på onde ånder og desslike, han hadde sett nok til å vite at det var mer mellom himmel og jord enn en skulle tro. Men troll? Det var slikt en skremte unger med. Mennene gikk i gang og han hjalp til med å bygge en ring av ved rundt hele landsbyen, det gikk med veldig mye brenne og de felte noen trær og ofret en gammel falleferdig låve også. Ivert følte at de gjorde dette bare for å tilfredsstille den overtroen som regerte i landet, han ville ha evakuert.

Dhora gikk rundt og helte noe på bakken mens hun messet underlige ting og Ivert så at alle stirret på henne med forhåpninger og tillit. Det var rene galskapen men så lenge det hjalp folk var det vel greit. Kona hans var halvt hysterisk og han brukte mye tid på å roe henne ned, hun var en fornuftig kvinne med et stort hjerte men akkurat når det gjaldt den slags var hun langt fra sterk. Han ble nesten fristet til å filleriste henne. Landsbyen var full av folk nå, det var plassert mennesker fra alle gårdene rundt i hvert et hus og normalt sett skulle det ha gjort det til et livat sted men i stedet var alle stille og merkelig innadvendt. Til og med barna var rolige og satt stille, det var unaturlig. Da natten kom ble veden tent fyr på og det brant godt, noen menn hadde fått i oppgave å holde ringen brennende og de gikk på med iver.

Mange i landsbyen var nervøse og ville ikke gå til ro for natten men etter hvert ble de fleste for slitne og la seg allikevel. De fleste der hadde jobbet hardt og trengte hvile og snart ble det meget stille. Bare de som hev ved på bålet var oppe og de jobbet utrettelig med å holde ilden brennende. Mye av veden var langt fra tørr og de måtte holde ilden svært varm for at det skulle brenne godt, de løp og gjorde sitt beste og håpet at det ville være nok. Ingen av dem merket at de ble betraktet fra mørket, at noe stirret på dem med kalde øyne. Hadde de vært mindre opptatt med å bære ved ville de ha sanset det men nå halset de rundt for å holde utkikk med ilden og la ikke merke til at skogen hadde blitt svært så stille. Det var ingen nattelyder å høre, ingen ugler tutet, ingen fugler sang, det var en nifs stillhet som ville blitt merket ellers.

Ilden brant ganske friskt men ikke spesielt høyt og brått hørte de noen høye brak fra baksiden av landsbyen. Mennene løp for å se hva det var og stanset sjokkert. Flere store trær var veltet over ildringen, lå som en bro over glør og gnister. Og over broen kom noe som fikk samtlige karer til å snu og løpe, enorme grove skapninger som lignet litt på slike leiremenn barn ofte morer seg med å lage. De var høye som tre menn og kraftige med store hoder og små mørke øyne samt en svær kjeft og armene var som på en gorilla, lange og sterke. Karene rakk ikke langt, trollene var forbausende raske og bykset fremover mer enn de løp, ingen rakk mer enn å skrike som advarsel.

Ivert hadde sovnet ved siden av kona og sov tungt da han brått
våknet av at hele senga ristet som om det var jordskjelv. Han
slo øynene opp og kona hans skrek vilt og prøvde å komme
seg ut av senga som hoppet og danset på golvet. Golvet bulte
oppover som om noe under det prøvde å presse seg opp og
Ivert grep en gammel øks han hadde stående der, den ble brukt
til å kløve ved til ovnen i rommet som ikke tok større kubber.
Han stirret vantro på det som skjedde, det lød skrik og brøling
og merkelige burende lyder han ikke kunne identifisere i det
hele tatt. Han var så skjelven at han nesten pisset på seg og det
ble ikke bedre av de ville hylene fra hans hulde viv.
Ivert prøvde å komme seg til trappa men golvet revnet brått, et
groteskt hode som så ut som noe en eller annen har hugget ut
av stein presset seg opp og med det grove skuldre og et par
lange armer. Han visste det da, han tok feil. Troll var ekte, de
eksisterte og dette var et troll. De var fortapt. Trollet fikk øye
på kona som ennå satt i senga og hylte vilt og kylte neven mot
henne, Ivert hørte et dumpt smell i det trollet rett og slett
knuste henne mot den solide tømmerveggen og han følte et
sydende ras av sorg og raseri fare gjennom sjelen. Han trev
øksa og hev seg fremover, mye raskere enn en skulle tro at en
heller aldrende og omfangsrik mann skulle kunne klare. Han
kylte øksa rett ned i hodet på trollet og det heller rustne bladet
forsvant ned i skallen på det, helt ned til bare skaftet sto opp.
Trollet hylte vilt, svart blod sprutet himmelhøyt men det døde
ikke. Troll er utrolig hardføre skapninger, det bare ristet på seg
og burte rasende og trev mannen med ene handa og knuste
ham. Ivert rakk ikke føle særlig smerte, det var nåden ved det,
han rakk å føle en svak stolthet over å ha fått slå tilbake før
sjelen hans var på vei dit sjeler drar. I landsbyen døde skrikene
hen temmelig fort, en hel arme med troll dreper alt levende på
kort tid, det var ingenting tilbake da ilden døde ut og trollene
trakk tilbake til skogen. Kun ulmende ruiner og lemlestede lik.

Vardhys og hans menn stirret på ruinene som lå foran dem,

ingen av dem greide si et ord men Ildøye knurret intenst og
Flamme hadde begynt å danse rundt mens den lagde
snøftelyder. Iarda hadde oppført seg merkelig i et par dager,
hun hadde følt det som om noe trakk i henne, noe skrekkelig
kaldt og samtidig brennende hett, som klør i sjelen og det
hadde blitt sterkere og sterkere. De hadde blitt forskrekket over
å se at de vakre øynene hadde begynt å gløde på en heller
skremmende måte og hun virket for å være fylt av en slags
energi som viste seg i hver en utålmodige bevegelse. Hun
kunne ikke forklare det, men hun slapp ikke vekk fra den
følelsen. Landsbyen de stirret på var ikke stor, og det kunne
ikke være mer enn et par døgn siden det skjedde, stanken av
likdeler var sterk men ennå ikke overveldende og Vardhys
svelget krampaktig igjen og igjen for å prøve å holde kvalmen
stangen.
Det var en ruinhaug, eller heller noe som lignet på resultatet av
at noen hadde brukt hus og konstruksjoner som barn gjør når
de spiller et pinnespill. Det stakk tømmerstokker og bjelker
frem i det mest vanvittige vinkler og mellom alt stakk det frem
deler av folk og fe og det var ikke stein tilbake på stein. Iarda
skalv av synet og Alfons så nervøs ut, han slikket seg om
leppene.”Hva kan ha gjort dette?!”
Hala sto der og så temmelig utskremt ut.”Troll, det er ingen
tvil.”
Vardhys skulle til å si at troll ikke finnes men kastet et blikk på
Ildøye og Flamme og holdt klokelig kjeft.”Men…”
Hala så bare tungt på ham.”Jeg er oppvokst i fjellene nord for
Zhymorne Vardhys, jeg vet hva troll er, og hva de kan gjøre.
Det er lite mer destruktivt.”
Vardhys så på haugene av oppsplintrede tømmervegger og
ristet sakte på hodet.”Jeg tviler ikke, hva er det du vet?”
Hala satte seg ned på en tømmerstokk, han så litt skjelven
ut.”De ødelegger bare for å ødelegge, de har ingen baktanke
med det. Et troll gjør det ikke for å hevne seg eller for å finne
mat, de bare dreper og ødelegger fordi det er deres natur.”

Alfons knurret nesten."Har de noen svakheter?"

Hala smilte svakt."Sollys, og hellig mark"

Vardhys fnyste."Jeg kan tro det siste, men hellig mark? Den er drøy! Hva lever de av forresten, de har ikke spist noen av folkene her så langt jeg kan se?"

Hala trakk på skuldrene."Noen sier at de lever av død, at det nærer dem! Jeg vet ikke om det stemmer men jeg skal ikke se bort fra det. De er eldgamle skapninger, fra tiden før dragemestrene også."

Vardhys sukket lavt."Trenger vi være redd dem?"

Hala så fast på ham."Ja, troll er sterke, nesten som en drage. Det er lite som kan drepe dem, og de vil angripe alt som rører på seg."

Noen av karene hadde gått rundt og sett på ødeleggelsene, den ene av dem kom bort til Hala."Det er minst en tjue tredve stykker, etter sporene å dømme fullvoksne."

Hala bet seg i underleppa."Guder, det er absolutt ikke hva jeg ønsket å høre."

Vardhys så fast på sin øverste offiser."Så hva gjør vi?"

Hala så ned i bakken."Kommer oss vekk, jeg er redd denne flokken neppe er den eneste."

Vardhys så smalt på Hala som bare fortsatte å glo i bakken."Hva snakker du om?"

Hala svelget synlig."Det er sagn som forteller om dette Vardhys, om at trollene en dag skal vandre igjen. De og noen forferdelige beist fra forgangne tider, sjelløse kalte de dem. Jeg er redd det var spådommer, om hva som nå skjer."

Vardhys løftet armene."Ptroo, brems litt ned, aner du hvor absurd det høres ut?"

Hala nikket."Selvsagt men alt passer, krigen, ødeleggelsene og nå dette"

Vardhys ristet oppgitt på hodet."Men hva gjør vi, rent praktisk. Kan vi ri videre?"

Hala nikket."Ja, vi må videre, men vi må være forsiktige"

Vardhys nikket kort, vinket på et par av mennene som sto og

stirret på ødeleggelsene med store øyne.”Det har regnet mye i
det siste, det er ingen fare for skogbrann så tenn fyr på ruinene,
vi kan ikke bli og begrave alle, de får heller få en bålferd.”
Mennene tente opp og satte fyr på alle haugene, hestene slo
nervøst med hodene på grunn av lukta og Vardhys steg opp på
Skygge igjen.”Kom igjen folkens, vi rir. Jeg vil ikke være her
et sekund lenger enn nødvendig.”
Iarda så litt lidende ut.”Vi må ri rett mot tverrfjellene, jeg tror
trollene er bak oss nå”
Vardhys så forskende på henne.”Hvorfor tror du det?”
Iarda så ned i bakken og grov i det visne graset med tåa.”Jeg
vet ikke, jeg…føler….at noe er bak oss, noe farlig. Og at vi
bør reise rett mot fjellene”
Alfons hadde kommet bort til dem på Flamme, han så dyster
ut.”Hun har rett, jeg tror de trollene som ødela her har sirket og
er bak oss, vi bør komme oss vekk”
Vardhys gav ordre til at alle skulle stige til hest og så red de
hardt ut mot fjellene igjen. Terrenget steg ganske bratt her og
de ville ikke presse hestene for hardt men de måtte vekk.
Vardhys følte seg direkte jaget. Han hadde en merkelig følelse
av at dette var noe han burde ha kjent til, at han hadde glemt
noe viktig. Men han greide ikke huske hva det var. Det gikk en
vei innover mot høylandet og de begynte å skjønne at noe
virkelig var galt etter et par dager. De hadde nådd passene over
tverrfjellene og det fantes ikke spor av folk noe sted. Ingen
hadde brukt veien på lenge virket det for og her og der hadde
steinsprang og ras sperret veien. Vardhys fikk en ekkel følelse
i brystet og Alfons så alvorlig ut. Iarda så vettskremt ut og
klamret seg til ham nå hun satt bak ham på Skygge og
mennene virket nervøse også. Vardhys hadde aldri sett slik
ødeleggelse noen gang som det som hadde skjedd med den
landsbyen, han bare håpet at han slapp å se noe lignende igjen.
Men det var vel kanskje å håpe på for mye.
De hadde sovet på skift om nettene men Iarda sov nesten ikke i
det hele tatt, av og til glødet øynene med et merkelig blålig lys

og hun klynket og skalv. Vardhys så til fulle hvor ung hun var, hun var herdet og hard men det var utenpå. Hun var knapt mer enn et barn og hun hadde blitt tvunget til å være voksen alt for tidlig. Vardhys prøvde å spørre henne ut om hennes historie før hun ble tatt til fange men hun nektet å si noe, trakk seg bare totalt inn i seg selv om han prøvde å spørre henne ut så han sluttet fort. Alfons var også merkelig stille, han satt og virket for å være mot vinden og det var noe nesten dyrisk ved ham til tider som gjorde Vardhys urolig. Begge de to vennene han hadde igjen hadde forandret seg, blitt noe han nesten ikke kjente igjen til tider, hva med ham selv?

Han hadde endret seg også, han hadde vært en løsunge, en væpner for en ridder med heller lav status. Så hadde alt endret seg og han måtte tenke tilbake på de siste månedene med et gys. Nei, han var ikke lenger den samme, han hadde drept, han hadde sett død i flere former enn han hadde kunnet forestille seg, han hadde blitt forført og selv spilt det samme spillet. Nå var han en leder, en andre snudde seg til og det var slikt et ansvar.

Vardhys svelget hardt, det var ikke hva han hadde ønsket for seg selv, eller var det det? Han var å regne som en ridder nå, enda mange snaut nok ville ha regnet ham for å være en mann ennå. Men han hadde blitt voksen på kort tid, og på en heller utrivelig måte også. Mens de red på den gamle slitte veien så han på de som fulgte ham frivillig og følte seg takknemlig De stolte på ham, og de så opp til ham. Ville de gjort det samme om de kjente sannheten? At han var en bastard, at hans mor var enn morder? Han satt dypt i egne tanker da Iarda brått lagde en merkelig lyd og begynte å skjelve kraftig, øynene lyste igjen og hun så halvt vanvittig ut.”Noe er galt, noe er der ute, foran oss”

Vardhys stanset Skygge, han så tvilrådig ut.”Hva?”

Hun stønnet hult.”Jeg føler dem, mørke sinn, kun sinne og hat, og hunger.”

Han så fort på Alfons, den høye rødhårede gutten så brått ut

som om han også glødet og Flamme skrapte utålmodig i bakken, blåste i nesa. Ildøye knurret og den stive raden av hår langs ryggen la seg flat, spredte seg utover på en merkelig måte som et slags skjold av strie hår i glitrende farger.”Kan vi snu?!”
Iarda ristet på hodet, øynene rullet i skallen på henne.”Nei, det er flere bak oss, de trekker mot høylandet, de kommer ut av fjellene overalt.”
Vardhys så panisk på Alfons som stirret fremover med underlige katte aktige øyne, han smilte svakt.”Jeg hører en stemme Vardhys, dette er ment å være. Du er jegeren, vi er dine våpen.”
Vardhys stønnet hult.”Hva i alle verdens land og riker snakker du om?!”
Mennene så skjevt på dem, flere så nervøse ut og Hala var blek som kritt.”Å guder, jeg har hørt om det, jegeren, den siste ridder. Og rytteren og søkeren. Det er et gammelt sagn!”
Vardhys rakk ikke å svare, de hørte hese brøl komme fra et sted foran dem og Vardhys skrek nesten da han så at noe enormt sjokket nedover mot dem langs veien, det var fire digre skikkelser som svingte på lange grove armer og de grovskorne ansiktene røpet kun en ting, raseri og blodtørst. Vardhys ante ikke hva han skulle gjøre, Iarda spratt ned av Skygge og søkte dekning i en steinur.”Vardhys, åpne sinnet ditt, slipp det inn!”
Han så fortvilet på henne.”Hva? Jeg aner ikke hva du snakker om!”
Alfons ristet oppgitt på hodet, red bort til ham og la handa på Vardhys skulder, det brente formelig og brått raste bilder gjennom hodet på ham, bilder han ikke kjente igjen, minner fra et annet liv. Han skrek til, hørte stemmer som ropte ord han ikke forsto men han kjente kraften som formelig sev gjennom årene hans, fylte hele kroppen. Han var stiv som en pinne, så visste han brått hva som skulle gjøres. Han følte en slags selvtillit han aldri hadde kjent maken til, en iver og samtidig en ro. Han satt rett på hesten, stirret mot de tre trollene. Det var

temmelig mørkt og overskyet og derfor turte de angripe i
dagslyset. Stemmer ropte i hodet hans, fortalte ham hva han
skulle gjøre, hva han kunne gjøre. Det var i ham, i sjelen hans
som var uendelig mye eldre enn den kroppen den bar. Han
hadde gjort dette før, tanken traff ham som et ras. Det var
velkjent.

Han løftet armene."Menn, dann en rekke bak meg, klargjør
brannpiler."

Alfons smilte kaldt, et skrekkelig bredt glis som gjorde ham alt
annet enn menneskelig. Øynene lyste nå og han strakte armene
i været, holdt ingen våpen men lys virket for å stråle fra
fingertuppene og formet to lange skaft med blader i enden,
svakt krummet og perfekte for en rytter. Vardhys stirret opp
mot de svarte sydende skyene, sola var bak dem, uten å
egentlig tenke på hva han gjorde strakte han hendene opp,
tenkte seg at skyene trakk vekk og sakte begynte skylaget å
tynnes ut.

Alfons skrek til Flamme som skjøt frem, mye raskere og
smidigere enn noen hest, Ildøye løp ved siden av, den var
høyere enn Flamme og beveget seg i voldsomme byks, halsen
på den begynte å gløde og Vardhys så lys strømme ut mellom
kjevene, som om den var fylt med det og lyset var en væske.
Trollene stormet frem og brølte ivrig men ble møtt av noe de
neppe hadde ventet seg. Vardhys brølte en ordre til mennene
som hadde adlydd med en gang."Skyt mot hodene, nå!"

De som var bueskyttere hadde tent på pilene og skjøt så fort de
så at holdet var brukbart. De traff også, pilene boret seg inn i
de merkelige skallene og trollene burte av smerte og klorte mot
ilden som tydeligvis skremte dem. Alfons angrep fra venstre
og Ildøye fra høyre, rytteren svingte de merkelige lys våpnene
i vakre buer og de skar gjennom vev og bein som om det var
smør. Et troll stupte med begge beina hugget av og Ildøye
åpnet kjeften og en stråle av kompakt lys svelget trollet ytterst
på andre flanken. Det lød et skrekkelig skrik og skapningen
ramlet sammen, virket for å krympe og bli svart som noe som

råtner, bare i meget raskt tempo.
Alfons kylte det ene bladet ned gjennom hodet på det liggende trollet før han svingte Flamme rundt og skar et dypt kutt i selve kroppen på troll nr to. Det brølte og svingte for å ta ham men Alfons var ikke der lenger. På ryggen av Flamme var han mye raskere enn noen skulle tro det var mulig og dyret spant rundt trollet og Alfons spratt opp og var i lufta, han snurret med bladene utstrakt og skar rett og slett gjennom halsen på monsteret. Det ramlet om uten en lyd og ble til stein. Vardhys så at dagslys nå begynte å strømme ned fra sprekker i skydekket, han kjente at hjertet hamret i ham, at han var svett og kvalm og hodet verket men sola skar gjennom. Det siste trollet fikk ene beinet grundig svidd av Ildøye men nå så det sola og fikk panikk, det prøvde å flykte. Det haltet bort men rakk bare noen skritt før en stråle av skinnende lys strakte seg ned og traff det midt i ryggen. Trollet skrek skrekkelig, et avgrunnsbrøl som fikk alle til å skjelve, så stivnet det til og ramlet om, lignet nesten på en stor ur med stein siden det gikk i hundrevis av biter da det traff bakken. Det hele hadde tatt kortere tid enn det tar å sadle opp og gjøre klar en hest. Vardhys følte seg svimmel, det var en åpen sirkel i skyene over dem, lys strålte over dem alle og han kunne ikke tro det, kunne ikke fatte det.
Alfons red tilbake, gløden i øynene døde ut og de merkelige våpnene ble borte, han smilte og klappet Flamme på nakken, dyret hveste og virket kampvillig ennå. Iarda klatret opp av ura, hun var blek.”Det er flere bak oss, vi kan ikke slåss mot så mange ennå, vi må videre”
Hun kløv opp bak Vardhys som følte seg som i en merkelig bisarr drøm. Hadde han gjort dette? Han forsto ingenting, men mennene stirret på ham i ærbødighet og Hala la handa over hjertet.”Herre, vi er dine tjenere, vi tjener jegeren.”
Vardhys så fortvilet på Alfons.”Hva er dette? Hva betyr det?”
Alfons så rolig ut.”Du er jegeren Vardhys, den som skal kjempe mot de uhellig fødte, den som skal vokte og beskytte

folket. En mørk tid kommer"

Han bare smattet på Flamme og begynte å ri videre og Vardhys
så forvirret på Iarda som nektet å se ham inn i øynene."Nh'e
enem rhu'al Ashitan"

Han rynket pannen, følte seg kvalm, totalt utslitt."Hva betyr
det? Hva sa du?"

Iarda så bare tomt på ham."Du vil finne det ut"

Vardhys klynket, brått var alt forandret, brått var hele verden
snudd på hodet. Han hadde kommandert skyene vekk?! Det
var umulig! Det var... Han hadde ikke ord! Han bare stirret på
mennene som nå tydeligvis var overbevist om at han var noe i
nærheten av en guddom og skjønte ingenting. Alfons var
åpenbart i stand til å slåss mot beistene, Iarda kunne finne dem
og han selv kunne bringe lys? Ved gudene, han ønsket seg
brått tilbake til sin mors hoff, selv Arusteres slektninger var
bedre enn dette. Han følte en merkelig trang til å gråte over sin
tapte ungdom og uskyld men greide ikke engang det. Han
måtte være sterk nå, for de som fulgte ham. Han skulle
beskytte folket? Han var bare en uerfaren ung ridder, ingen
stor leder, ingen mektig hærfører. Han var en ridder med et
tredvetalls menn og to venner som var langt mer talentfulle
enn ham selv. Gudene hadde så avgjort gjort en tabbe, eller
hadde de det?

De red sakte videre og Vardhys skalv fra hode til fot, Iarda
holdt rundt midjen hans, hun pustet varmt mot ryggen hans og
han lukket øynene og nøt følelsen av nærhet. Den trøstet ham,
gav ham styrke. I det minste hadde han Iarda og Alfons, og
Ildøye. Med de tre i ryggen burde han greie seg, han sukket og
jaget på Skygge, så han skulle være jegeren, greit, da var det
på tide å lære hva det innebar, hva han kunne gjøre. Han antok
at det ikke lenger var noe valg for ham, at skjebnen var utpekt
alt før han ble født. Han sukket og løftet ansiktet mot
himmelen, han kunne bare møte dagene som de kom, godta
det. Og be om at han ville vise seg som en sann ridder, at han
ville kunne gjøre dette med mot og styrke.

Zaribi

Zaribi skyndte seg ut gjennom hallen, hun var så oppskjørtet at
hun nesten skalv. Ardred skulle snart få komme hjem igjen,
han trengte ikke være i tempelet lenger og hun kunne få ta seg
av ham, slik hun ønsket seg. Hebba var i ferd med å gjøre i
stand rommet deres og Zaribi var i ferd med å gi ordre om
hvordan han skulle behandles nå. Hun hadde oppdaget en ny
myndighet i seg selv i løpet av disse siste dagene, en slags
stille styrke hun ikke hadde hatt før. Det virket for at hun
trengte litt press før hun virkelig slo ut i full blomst og avslørte
hvor sterk hun egentlig var.
I den store salen drev tjenerne på med å skrubbe golvene på
ene halvdelen og noen få silte sanden i gropa rundt det store
ildstedet. Det var en hektisk stemning der og Zaribi så seg
rundt med fornøyd blikk, hun kjente seg både forberedt og
sterk. Hun skulle pleie ham tilbake til full styrke på kort tid.
Hun nesten løp ned trappene og smilte strålende til alle der,
hun greide ikke annet. Egentlig burde hun vært mer alvorlig,
holdt seg i ro og ikke gått rundt og strålt slik, Gudrun var tross
alt død og hun sørget oppriktig over den kloke gamle kvinnen
men Adred kom hjem denne ettermiddagen. Det var viktigere
enn noe annet.
Det skulle være en begravelse på et par dager, når noen
høytstående i Hietlai døde krevde en begravelse temmelig mye
forberedelse så det gikk gjerne noen dager før avdøde ble stedt
til hvile. Zaribi hadde ikke snakket med Urdar de siste dagene,
han var opptatt med forberedelser men hun visste om arven og
hva Gudrun hadde krevd. Det hadde sjokkert henne men i
stillhet frydet hun seg litt. Hun hadde for lengst skjønt at Iliana

var en real tispe og det folk sa om henne var ikke mye vakkert.
Urdar hadde hatt et eller annet ved seg sist hun så ham, noe
nesten fordekt. Det var et mørke i blikket som ikke hadde vært
der før og hun nektet for at det bare var sorg. Det var sinne i
uttrykket, godt skjult men alikevel der.
Hun hadde nevnt det for Hebba og fått et temmelig stramt smil
som svar, det var tydelig at Hebba visste noe Zaribi ikke kjente
til og det gjorde henne nysgjerrig. Hun gikk ned til bordene
som ble dekket til og satte seg, hun så at flere kom til nå,
mange var nysgjerrige på å se hvor godt deres Takesh hadde
klart påkjenningen. Hun fikk et beger med vin stukket til seg
av en av tjenestejentene og kjente at utålmodigheten hun følte
fikk det til å rykke i henne. Hebba hadde gjort ferdig arbeidet
sitt og satte seg ned ved siden av henne, hun virket litt sliten og
strøk noen løse hår ut av ansiktet. Flere av Ardreds beste menn
kom inn i hallen og tok plass. De virket spente og ærbødige og
Zaribi ante at de nå ville vise sin herre og mester enda mer
respekt enn før.
Salen begynte å fylles opp og et par kvinner som pleide å veve
sammen med Zaribi kom og satte seg ved siden av henne, hun
smilte mot dem og de nikket tilbake. Den ene lente seg litt mot
Hebba og hvisket noe til henne og Hebba nikket sakte og
øynene hennes var temmelig fjerne. Zaribi så spørrende på
kvinnen som skar en grimase. Hun lente seg frem og hvisket til
Zaribi."De sier at Iliana har blitt gal, hun har prøvd å banke
opp to av tjenestejentene sine. Den ene måtte til
helberedersken, hadde fått slått ut to tenner og brukket nesa og
den andre fikk trukket ut temmelig mye hår"
Zaribi gispet."Det er jo skrekkelig, jeg skjønner jo at hun
sørger over sin sønn men slik oppførsel?"
Hebba svelget og grep Zaribis hånd mykt."Iliana er virkelig
gal kjære deg, tro ikke annet. Hun er som et villdyr trengt opp i
et hjørne, Urdar snakket med meg i dag Zaribi."
Zaribi bikket på hodet."Virkelig? Om hva?"
Hebba trakk seg nærmere sin herskerinne, satt helt inntil

634

henne.”Urdar har bedt en av Ardreds menn om å passe på deg, hele tiden. Han har voktet deg, og vil fortsette med det til Ardred er frisk igjen.”
Zaribi så forvirret på Hebba.”Voktet meg? Hvorfor?”
Hebba sukket lavt.”På grunn av Iliana, hun er sjalu på deg Zaribi, og tro meg, den kvinnen kan gjøre skrekkelige ting om hun er sjalu. Stol aldri på henne!”
Zaribi rynket pannen.”Jeg har ikke merket noe til at jeg har blitt voktet?”
Hebba nikket og smilte litt stivt.”Det er meningen, men om du ser bort mot ildstedet ser du den utvalgte krigeren sitte ved bakerste benken, den tynne karen med bart og blondt hår.”
Zaribi så hvem Hebba mente, han så ut som en helt alminnelig kar.”Men…Iliana er da vel ikke gal nok til å gjøre noen noe?”
Hebba så ned i bordet, fingrene hennes lekte med fletta hennes.”Ikke det? Det er ikke for alles øreer men Urdar er temmelig sikker på at Iliana drepte sin mor.”
Zaribi stivnet til, hun så forskrekket på Hebba som bare så ned fortsatt, øynene var mørke.”Er det sant?”
Hebba nikket sakte og det var et uttrykk av smerte i ansiktet hennes.”Urdar tror det, og flere med ham. Men de har ingen direkte bevis, så de venter bare på at hun skal gjøre noe dumt og røpe seg.”
Zaribi fikk en merkelig følelse av at det var mer, at Hebba skjulte noe.”Hva? Det er mer ikke sant? Urdar har sett svært redd ut de siste dagene.”
Hebba så skrått på Zaribi, hun trakk på skuldrene.”De sier at han vet noe, om en stor fare som truer. De har gjort klar alle langskipene i havna, jeg tror du har sett det. Og Urdar forbereder en seremoni for å hellige hele byen her, det vil kreve mye av ham men han er villig til å gjøre det.”
Zaribi så skremt på Hebba, brått glemte hun nesten gleden hun hadde følt bare minutter tidligere.”Hva er det du snakker om?”
Hebba slengte fletta si bakover og så bort mot ildstedet.”Det monsteret du så like etter at du kom hit? Det er flere av dem,

og de er farlige. Urdar vil prøve å beskytte folket mot dem, og de frykter vann og hellige steder."

Zaribi kjente at en frysning løp nedover ryggen på seg."Ardred, han skal lede folket ikke sant? De vil følge ham."

Hebba strøk handa over Zaribis blanke skinnende hår."Ja, enda mer nå som han er merket. Til og med Kimatiene vil følge ham."

Zaribi gyste."De beistene, kommer de hit?"

Hebba smilte beroligende."Neppe, de vil bli stanset før den tid. Urdar vil bare være forsiktig, ha alle utveier klare. Frykt ikke Zaribi, snart har du Ardred hos deg igjen og ting vil bli bra, bare bra."

Zaribi nikket men blikket var ennå mørkt og nervøst.

Urdar hadde arbeidet hardt de siste dagene, han hadde fått noen av sine folk inn blant Ilianas tjenestefolk, det var ikke vanskelig for få ble særlig lenge i hennes tjeneste uansett. Han hadde fått en vakt til å passe på Zaribi og han visste at Hebba var klar over situasjonen nå som han hadde forklart det. Å hellige hele Gardahavn var ikke gjort i en håndvending, han måtte gjøre mange forberedelser og hadde satt flere av de yngre godene inn i oppgaven. Og så var det Gudruns begravelse også, den ble forberedt nå og han følte at sorgen konstant kvernet i ham. Det var ikke riktig, morens morder slapp foreløpig unna og alt han var steilet ved tanken på at Iliana kanskje kom til å gli ut av dette også, sleip som en ål. Han undret seg på hva det var i deres familie som hadde gjort at Iliana ble som hun var. Det måtte være en slags svakhet av noe slag.

Ardred hadde kommet seg betraktelig og Urdar visste at Zaribi ville ta seg godt av ham. Antagelig kom hun til å skjemme ham bort etter noter. Men han var bekymret, oppriktig bekymret. Det hadde begynt å komme rykter til byen, rykter om bygder en hadde mistet kontakten med lengre nord, om merkelige jærtegn og dyr som flyktet fra områder. Han følte en knute av angst i magen, prøvde å skjule uroen men visste at hans

nærmeste allerede visste. Zaribi satt med Hebba og så både
redd og forventningsfull ut, hun var virkelig unik den jenta og
Urdar var glad hun var blitt Ardreds hustru. Hun hadde
virkelig gode kvaliteter, og større styrke enn en skulle tro det
var mulig å ha for en så ung.
Han hadde beordret at skipene skulle være klare til å legge ut
på kort varsel, og diskrete bud var spredd gjennom byen, folket
måtte være forberedt og han håpet bare at de aldri ville trenge å
ty til den løsningen. Han satte seg ned ved høysetet og hørte en
lur som indikerte at Ardred var på vei. Zaribi stirret mot døra
med blussende kinn, øynene skinte og munnen var åpen i iver
og Urdar kjente at det knøt seg litt i ham. Han kunne ikke gifte
seg som gode, det var mot reglene. Det betydde ikke at han
måtte holde sølibat på noe vis, faktisk burde en gode være et
godt eksempel på virilitet men det å avle barn var ikke
ønskelig. Han ville aldri få gleden av å høre til med en spesiel
sjel. Han var alikevel svært lykkelig på sin brors vegne, og
ønsket kun det aller beste for dem. Bare så synd Iliana var slik
en trussel mot den lykken.
Zaribi satt som på nåler, to av tjenerne fra tempelet kom inn og
holdt døra åpen og Ardred kom inn, han var litt lut, og ansiktet
var blekt og dratt men han gikk uten støtte og det var stolthet i
øynene hans, men også stor smerte og utmattelse. Zaribi skrek
nesten, hun greide snaut holde tilbake iveren hun følte. Hebba
grep henne i armen for å holde henne tilbake, dette måtte
gjøres riktig, hun fikk ikke forstyrre dette nå. Flere av Ardreds
menn fulgte ham og han stanset foran høysetet og snudde seg
mot folkemengden. Han hadde på seg et par svært løse bukser
av lin og støvler og ellers en slags tynn skjorte også av lin. Alt
var enkelt og uten utsmykninger og håret hans var løst. Salen
var stille, en kunne nesten hørt en nål som falt. Ardred trakk
pusten, han sendte Zaribi et ømt øyekast før han rettet seg opp
i sin fulle høyde, alle stirret på ham nå.
“Mitt folk, mine brødre, mine søstre. Jeg er tilbake, jeg har
møtt gudene, sett deres ansikt og bærer deres merke. Jeg er

ikke lenger kun en kriger, jeg er den merkede, jeg skal lede
dere"
Alle mennene reiste seg og slo knyttneven mot brystet som
tegn på respekt og lojalitet."Led oss ærede, og vi vil følge"
Ardred svelget synlig og trakk den hvite skjorten fra
hverandre, lot plagget falle i golvet og snudde seg, lot alle se
merket han bar."Se da under hvilket banner dere skal kjempe,
for hvilket banner dere skal knele."
Zaribi gispet hardt og slo handa for munnen. Ryggen hans så
ikke ut! Det så ut som en ulykke men det var antagelig fordi
vevet ennå var hovent og i ferd med å heles. Men det var ingen
tvil om at det var en mester som hadde skapt dette merket, og
hun krympet seg over synet. Det var ingen tvil om at det måtte
ha vært ufattelig smertefullt og ikke bare under selve merke
seremonien, dagene etter måtte ha vært bortimot uutholdelige
også. Hun stirret vidøyd på det merket som nå for alltid ville
prege hennes manns liv, forandre alt han var i sitt folks øyne.
Det var hodet på et kattedyr av noe slag, og det var utsøkt. Det
var som om ryggen hans var forvandlet til ansiktet på dette
dyret og hun ante ikke hva slags skapning det var. Hun hadde
aldri sett en katt med et slikt pelsmønster. Hebba hvisket til
henne."En vinterkatt, eller S'haga som de kaller dem i sør.
Gudenes egne rovdyr"
Folket som var samlet der løftet hendene i en slags gest som
tydeligvis ble brukt for å uttrykke ærbødighet. Urdar hadde
reist seg, han lukket øynene og messet noe sakte og
høytidelig."Vintervandrer, vinterklo, nattens jeger, månens
ledsager. Hør oss gudenes valgte, led våre steg, styrk våre
hender."
Folket gjentok ordene og Ardred sto der med en høytidelig
mine. Hebba hvisket til Zaribi."Nå som han er merket kan
ingen nekte ham noe. Og vinterkatten er det mektigeste merket
her i landet. Kun et er mektigere men det har ingen noen gang
fått."
Zaribi rynket pannen."Ikke? Hva slags merke er det?"

Hebba så bort på Ardred med ærbødighet i blikket."Dragen,
ingen har noen gang blitt merket med en drage"
Zaribi rykket til, hun fikk en underlig frysende følelse i brystet
og et øyeblikk var det som om verden var blitt et stillbilde
foran henne, og bak det skjulte det seg noe forferdelig. Folk
satte seg igjen og nå begynte noen å synge noe som måtte være
en lovsang. Ardred så sliten ut ogUrdar la en kappe av mykt
skinn over ham, han satte seg i høysetet og Hebba smilte
kjærlig til Zaribi."Nå kan du gå til ham."
Hun trengte ikke å oppmuntres til det, hun løp nesten frem til
ham og Ardred senket hodet respektfylt for henne."Hustru"
Hun fniste nesten."Husbond"
Ardred grep tak i henne og trakk henne inntil seg, kysset henne
hardt og hun kjente at han var blitt tynn og at han skalv svakt
men det var liv og energi i ham, han ville komme seg. Folk lo
og jublet og Ardred strøk hendene nedover henne og kysset
henne under øret."Så fort jeg har grodd igjen vil jeg fortsette
der vi slapp. Jeg har drømt om deg hver natt, forbered deg
kvinne for du vil ikke bli i stand til å gå på noen dager!"
Zaribi bare gliste og kysset ham tilbake og så at alle der var
glade på deres vegne. Hun satte seg ved siden av ham og så
begynte tjenerne å bære inn mat og Ardreds nye status ble
behørig feiret og Zaribi satt der hele kvelden og følte en intens
stolthet og glede. De var sammen, og nå skulle ikke noe få
skille dem igjen.
Det ble danset og sunget og skrålt og Zaribi ble sliten men hun
nektet å gå før han gjorde det. Hun betraktet i stedet folket som
var samlet der. Hun hadde begynt å bli kjent med mange der i
Gardahavn men det var mye folk der fra bygdene rundt og hun
bet seg merke i en liten gruppe menn som satt ved et langbord
like ved høysetet. De var høyreiste kraftige karer som garantert
var i slekt med hverandre og samtlige hadde dette litt
hardbarkede uttrykket som røper sjøfolk vel vant med havets
harde lov. Den ene av dem hadde reist seg og han gestikulerte
ivrig mot de andre, det var tydelig at han beskrev et eller annet

han hadde sett. Zaribi begynte å lytte, hun ble nysgjerrig for de faktene var voldsomme, skrøt han av en stor fisk som slapp unna?

Mannen sølte nesten ut ølet sitt og de andre gliste bredt.”Det er sant som jeg sier, det er noe under isen i den fjorden, noe under breen. Vi så det alle sammen, en stor skygge, lengre enn skuta vår.”

En av de andre karene dasket til ham over skuldrene.”Nå tror jeg at du har drukket nok Gudmur, det er da ingenting under breen? Hva skulle det være? En innefrosset hval?”

Gudmur så frustrert ut, han skvulpet enda mer øl ut over bordet.”Nei, det var ingen hval, men jeg vet ikke hva det var. Men det var enormt, hva det enn var. En blå blå skygge i den blå isen.”

Den andre karen gliste bredt.”En svær stein Gudmur, breen trekker med seg enorme steiner noen ganger, alle vet det.”

Gudmur så furten ut.”Det var ingen stein sier jeg, det var …det var noe…jeg vet ikke hva det var men det gjorde meg redd”

Karene gliste bredt.”Gudmur, ikke fortell oss at du er redd skygger? Du som skryter av at ingenting skremmer deg!”

Gudmur skjøt underkjeven frem og skulte ned på kameraten.”Jeg blir ikke lett redd nei, jeg har til og med harpunert en kraken en gang, nei, jeg blir ikke lett skremt. Men det skremte meg. Og merk dere ved mine ord, det under breen der oppe er ikke noe vi har kjennskap til.”

Karene så bare smalt på ham og han satte seg ned igjen, temmelig hardt. Zaribi syntes han så litt ut som en furten unge men det mannen hadde sagt uroet henne. Noe under isen?

Ardred snakket med en av høvedsmennene sine og hun tok ham i handa med en gang han kunne bli forstyrret.”Kjære? Er det breer i nord? Ved havet?”

Ardred smilte, han så litt medtatt ut og hun håpet at han snart innså at han måtte gi seg for kvelden.”Ja kjære, det er mange breer i nord, og flere av dem leder ut til kysten, hvordan det?”

Hun trakk på skuldrene.”Å det var bare noe jeg hørte noen sa.”

Ardred smilte kjærlig til henne.”Jeg kan la deg få se noen kart om du vil? Du bør gjøre deg kjent med landet vet du.”
Zaribi bare smilte takknemlig.”Gjerne, men nå er jeg sliten.”
Ardred kysset henne fort.”Jeg også, vi trekker oss tilbake.”
Han reiste seg og nikket til Urdar og høvedsmennene.”Min hustru er sliten, jeg vil følge henne.”
De bukket og han lente seg umerkelig på henne.”Takk Zaribi, jeg er slapp som en vaskefille!”
Hun fniste og de gikk sakte opp trappene. Hun visste at han ikke kunne sove på ryggen ennå så senga var redd til så det ble behagelig for ham å ligge på magen og hun hadde fått klare instrukser om hvordan hun skulle behandle ham fremover. Infeksjoner var hva de var mest redde for men sårene så fine ut ennå og de var ikke varme eller rennende. De grodde faktisk fabelaktig fort og noen så det som et sant tegn på at gudene hadde hørt bønnene deres. Hun hjalp ham av med klærne og fikk ham i seng før hun selv tok på seg en nattkjole og la seg. Hun lengtet etter ham men det kunne ikke bli noe intimt mellom dem ennå, han var ikke sterk nok ennå og sårene måtte gro helt. Hun blåste ut lysene og så at Ardred nesten sov allerede. Hun bøyde seg over mot ham og kysset kinnet hans ømt.”Alt vil bli bra kjære, nå er vi sammen igjen”
Han bare mumlet, på full ferd inn i drømmeland.”Sammen igjen”
Zaribi prøvde å slappe av og sovne også men hun slet med det, hun greide liksom ikke helt å falle til ro. Det var noe ved alt dette som nå skjedde som gjorde henne merkelig nervøs. Hun følte liksom at alt bare tårnet seg opp over henne, truet med å kvele den gleden hun følte over at Ardred hadde overlevd merkeseremonien. Hun sovnet til slutt, men det var av ren utmattelse. Det gikk ikke lenge før hun drømte, og det var ikke noen hyggelig drøm. Hun var kledd i en merkelig tung kjole av et hvitt stoff og hvert steg var som om noe prøvde å trekke henne ned, holde henne tilbake. Men hun måtte løpe, måtte komme seg vekk for noe jaget henne og hun løp og løp uten å

komme noe sted. Rundt henne var det bare tåke og mørke og ingenting å egentlig feste blikket på og hun kjente at panikken jobbet i henne, kontinuerlig.

Brått var det ikke tåke og mørke rundt henne men en stor åpen slette, det var kaldt der og rundt henne steg ville tinder mot en grå himmel. Sletten var ikke jord men is, hun så ned og så at hun antagelig sto på en slags bre. I det fjerne syntes hun at hun hørte bølger som brøt mot klipper og hun kjente lukten av sjø og hav. Hva var dette egentlig? Hun så seg rundt, følelsen av å bli jaget var borte, men hun var fremdeles like redd, like nervøs. Hun følte en merkelig kulde spre seg gjennom kroppen, den steg opp fra føttene og hun så ned. Den hvite kjolen var ikke hvit lenger, nå var den rød som blod og det virket nesten som om den trakk til seg blod fra isen, at den sakte ble farget av væsken og hun fikk en brå og skrekkelig følelse av tap. Hvorfor ante hun ikke.

Bakken skalv under henne, ristet som en utemt hest og hun hørte en grov mannsstemme som ropte et eller annet hun ikke forsto. Den lignet Ardreds røst men var mer rå, mer hås. Foran seg så hun noe umulig, noe utenkelig. Midten av breen hevet seg, løftet seg opp sakte og svære sprekker dannet seg, enorme biter med is raste ned og bråket var brått øredøvende. Stemmen messet ennå men hun forsto nå, kunne skjønne ordene."Kom til oss o frostens konge, kom til oss du gamle, du glemte, frels oss, lyd oss, lyd den utvalgte"

Zaribi skjønte at noe var på vei opp, noe kom fra under breen og hun følte at en dyp angst grep henne, hun kunne ikke røre seg, kunne bare se. Isblokker på størrelse med hus fløy himmelhøyt men det som var på vei gjennom isen var så veldig mye større. Noe presset seg opp, hun hørte en dyp rumlende buring og isen gav helt etter, en merkelig blåhvit struktur stakk brått opp av isen, frostrøyk drev av den og hun stirret vantro. Det var tuppen av en snute og bare den var minst fem meter lang. Bakken skalv igjen og hun skrek, et kort åndeløst skrik og slo øynene opp i sin egen seng. Hun blunket panisk, stirret bort på Ardred som ikke hadde våknet, hun hadde neppe lagd noe lyd i virkeligheten. Men hva var dette? Et vanlig mareritt var det neppe? Hun strøk håret ut av det svette ansiktet og la seg bakover. Hvem hadde snakket i drømmen, og hva var det som hvilte under isen? Hun tvang seg til å puste rolig igjen, til å slappe av. Det var ikke noe hun kunne gjøre med det uansett, om Gudrun hadde vært i live kunne hun sikkert ha hjulpet henne med å tolke drømmen men hun turte av en eller annen grunn ikke stole på de andre prestinnene der. Hun kjente dem ganske enkelt ikke. Da hun sovnet igjen sov hun tungt og trygt men det lå ennå et agg i henne av forvirring og angst.

Den neste dagen tilbrakte hun stort sett på rommet med Ardred, han var sliten og trengte pleie og hun så til at han spiste ofte og bra. Hun prøvde å glemme frykten hun følte og konsentrere seg om ham i stedet og det var merkverdig enkelt. Ardred var takknemlig for omsorgen men han delte svært lite av opplevelsen med henne. Han fortalte ikke noe om hva han hadde gjort i tempelet og snakket lite om hvordan han følte seg. I stedet var det mest løsprat og minner om moren som ble delt og hun merket sorgen i ham. Stemningen i Gardahavn var en smule trykket nå, de visste om trusselen som hadde våknet og de visste at Urdar ville hellige byen for dem. Og de hadde tapt Gudrun og selv om ingen hadde sagt noe trakk folk sine egne slutninger. Vel hadde deres ærede leders mor vært syk lenge men det var ingen grunn til at hun skulle dø så fort. Det ble murret blant folket og mange fingre pekte mot Iliana men ingen turte si noe høyt. De fleste gikk ut fra at Urdar og Ardred var vise nok til å skjønne at Iliana nok hadde en finger med i spillet og at de ville ta tak i det så fort Gudrun var stedt til hvile.

To dager senere var det på tide med begravelse og Zaribi hadde aldri sett hvordan folket der begravde sine døde. Siden Gudrun hadde vært et høyt æret medlem av samfunnet fikk hun en gravferd som var storslått og forseggjort og Hebba sto ved siden av Zaribi og skulle forklare. Ardred og Urdar sto ved

siden av den vakre langbåten som skulle bli Gudruns siste
hvilested og begge to var kledd i svart. Sårene hadde lukket
seg helt nå så Ardred kunne bære vanlige klær og godt var det
for det var bitende kaldt og surt. Nesten hele byen hadde møtt
opp på åsen bak bosetningen, det var flere store gravhauger der
og Zaribi skjønte at Gudrun skulle hauglegges. Det var ikke
slik de gjorde det der hun kom fra men skikken var
eldgammel. Båten var stor og vellaget og hadde vært i bruk.
Det var en god båt, en som tjente en vel. Gudrun hadde blitt
kledd i sine vakreste klær og hun var vasket og stelt og var
nesten vakker der hun lå på en god seng av pelser og dun
madrasser midt i skipet. Alt mulig av husgeråd og eiendeler
var lagt rundt henne, klær, mat, smykker og små gaver fra de
som sto henne nære. I ene baugen av skipet var det lagt to
hunder, to katter og noen sauer og geiter samt et kull griser og
andre smådyr samt utstyr til å ta vare på dem. Den andre enden
var fylt med to kyr og to hester som hadde blitt brakt om bord
og slått i hjel med en piggøks. Seletøy og utstyr var lagt med
samt at en fin vogn var lesset om bord og demontert. En slede
var også lagt ved samt flere sadler. Det var en stor gravgave
Gudrun fikk med seg.
Urdar og Ardred var hennes nærmeste familie og de sto der og
messet gamle gravhymner mens tjenere dekket til skipet med
tykke bunter med tørr kvist. Før hadde de skjøvet skipene til
sjøs og satt fyr på dem med brannpiler men nå ble skipene
begravd etter at de ble brent. Da skipet var dekket til begynte
folk å vandre rundt det, alle kastet en liten stein opp på haugen
av kvister for å sikre at ingen onde ånder kunne forstyrre
ferden. Urdar var eldste sønn, det var hans oppgave å tenne
bålet og han sto der med en fakkel og tårene rant av ham.
Zaribi så at Iliana sto et stykke bak dem, kledd i en vakker
svart kappe av sobel og hun så svært stolt og kald ut, selv om
ansiktet virket sorgtungt var det et glimt i blikket som fortalte
dem at hun neppe var helt god i hodet, det luet av triumf i det.
Ardred gråt også, Zaribi hadde skjønt at det ikke var noen

skam i å vise følelser for menn der i Hietlai. En var ikke mindre mandig om en felte tårer, det viste bare at en ikke fryktet noe og levde fullt og helt. Urdar avsluttet med en bønn, så løftet han fakkelen og pekte dem mot alle fire himmelretningene for å hellige den. Han tok seg synlig sammen, slengte fakkelen opp på bålet som tok fyr med en gang. Det var et godt tegn, det betydde at den avdøde hadde levd et rent liv og var velkommen i åndenes verden. Folk begynte å synge, en merkelig enstonig og rytmeløs hymne som alikevel var underlig hypnotisk. De gikk langsomt i sirkler rundt bålet som nå brant livlig og røyken steg til sky. Av en eller annen grunn gav synet Zaribi gåsehud. Hebba hadde forklart at folket ville gå rundt til ilden døde ut, det tok som regel en god stund. Hun ble med på vandringen og etter hvert fikk hun gå ved siden av Ardred. Han snufset og smilte trist og hun klemte handa hans kjærlig og merket at han satte pris på det."Hun er hos gudene nå, og de vil ære henne høyt."
Zaribi nikket stille."Jeg tvilte aldri på det"
Ardred svelget hardt."Urdar skal hellige hele Gardahavn etter at vi har fullført dette. Jeg tror vi skal gå før det skjer."
Zaribi så smalt på ham."Hvorfor bør vi gå?"
Ardred hadde noe fjernt i blikket."Det er ikke bare morsomt å se på, jeg advarer deg. Det innebærer ofring og blod og en gode gjør ikke slikt med mindre det er absolutt nødvendig. Det krever bruk av magi som sjelden bør vekkes og aldri uten grunn."
Hun svelget hardt."Ardred, er jeg ikke en av dere nå? Er jeg ikke din hustru? Jeg bør tåle såpass. Jeg må lære det jeg kan om deres kultur for den skal bli min ikke sant?"
Ardred smilte ømt til henne, kysset henne fort på pannen."Du er tapper Zaribi min, ingen skal kunne si noe annet."
De fortsatte å gå, ilden gav stor varme så de holdt avstand og noen sang ennå, det var en merkelig verdig og trist stemning, en stemning av noe nesten vemodig. Zaribi og Ardred passerte Iliana et par ganger og Zaribi merket at den høye blonde

kvinnens blikk brant av hat hver gang det falt på henne, hun gyste. Hvordan kunne Iliana ha blitt så forskjellig fra sin vise og milde mor? Omsider brant bålet ned, det var blitt kveld og mørket senket seg og de fleste gikk hjem men Urdar og de andre prestene klargjorde seg for helliggjøringen av grunnen byen sto på. Ardred virket temmelig sterk nå men Zaribi var alikevel redd for at han skulle overanstrenge seg. Noen menn begynte å kjøre frem lass med jord som ble skjøvet inn over restene av skipet, etter et par dager ville det stå en haug der. Hun så at prestene gikk langs hele den lave muren som gikk rundt byen med unntak av fronten som gikk ned mot sjøen, de messet og helte hellig vann på bakken og lot bare en liten åpning bli igjen akkurat ved hovedporten. Der hengte de opp diverse hellige gjenstander og sto og messet under dem litt før Urdar steg frem. Han hadde tatt på seg en annen kappe nå, en med rødelige runer brodert inn langs kantene , og han så svært alvorlig ut. En gutt på kanskje tolv tretten kom frem, han leide på en helt hvit hoppe og en annen kom med en brungrå hingst. Urdar begynte å synge et eller annen Zaribi ikke skjønte en stavelse av, det var tydeligvis en meget gammel dialekt få kunne snakke, annet enn presteskapet. De to guttene steg til hest, begge dyrene så svært unge ut og de red langs muren i rolig tempo, en i hver retning. De var borte en god stund og kom tilbake på andre siden av muren. Da de kom tilbake til porten steg de to guttene av og stilte seg foran Urdar som la hendene på hodene deres og leste en slags bønn. Ardred hvisket til henne."De er uskyldige, ingen av dem har hatt en kvinne ennå."

Zaribi fniste kort.

Urdar tok en liten men meget hvass kniv og skar et lite kutt i tommelen på begge guttene og de steg tilbake og lot noen bloddråper falle ned i portåpningen. Urdar ropte et eller annet høyt og det ble skvettet mer hellig vann på bakken, så det nå ikke var noen åpning i halvsirkelen rundt byen lenger. Ardred virket for å stivne litt til."Det som skal skje nå kan være

ubehagelig Zaribi min, er du sikker på at?"
Hun bare så stivt på ham og nikket og han sukket og trakk
kappen tettere rundt seg. To voksne karer tok hestene og det
var tydelig at hoppa var brunstig for den hvinte og løftet halen
og hingsten var tydelig interessert. Den prustet og gryntet og
Zaribi så litt brydd ut. Hun så at en av mennene hadde et spyd
med en svært lang og spiss odd og hun svelget hardt. Hun
forsto hva som mentes med offer nå. Hun ville ikke se men
følte at hun måtte. Hun måtte lære hva det betydde å være en
Hietlaianer, det var noe ganske annet enn å være fra Zetir.
En av karene holdt hoppa og hingsten snuste på henne før den
tydeligvis skjønte at hun var klar for den løftet seg opp på
bakparten til merra i en overraskende fart og prustet og hvinte
før den kom seg på plass og begynte å støte ivrig. Hoppa
prustet og holdt halen til side og Zaribi så bort. Mannen med
spydet sto klar, i det hingstens hale begynte å rykke som tegn
på at den ejakulerte kjørte han det lange spisse bladet rett inn i
brystet på hesten, rett i hjertet. Dyret skrek til, et underlig
nesten menneskelig skrik og falt sidelengs av hoppa, kroppen
rykket i spasmer og hun gyste da hun så at det ennå sprutet
dampende hvit væske ut av den dødende hesten. Ardred
sukket."Det er en del av det kjære, liv og død skal skjenkes
jorden i like store deler."
Zaribi bet seg i underleppa, hun forsto men syntes skrekkelig
synd på dyrene. Hoppa rullet med øynene og skrek skremt og
mannen med spydet slo til igjen, et kjapt kutt med det smale
bladet skar halsen over på hesten og blodet sprutet utover. Det
kom ingen lyd fra hoppa for luftrøret var skåret over men den
vaklet og dødsangsten lyste i de vakre øynene. Blodet dekket
snart grunnen der og Urdar messet uavbrutt. Lufta virket for å
ha blitt merkelig elektrisk, ladet på et vis. Bakken skalv nesten
og Ardred hvisket imponert."Han greier det, han greier å gjøre
byen til hellig grunn"
De to mennene skjøv på den døende hoppa så den landet oppå
hingsten, den var alt død men rykket ennå i dødskramper og

det var noe merkelig obskønt ved synet. Zaribi ble direkte kvalm og greide ikke se på det mer. En av prestene samlet opp det siste blodet som sprutet fra den døende hoppa og to prester gikk for å spre det ved enden av muren i begge ender. Urdar fortsatte med messingen til begge de to dyrekroppene hadde blitt stille.

Zaribi så at Urdar trakk en lengre kniv og de dro kadaveret av hoppa vekk fra hingsten, han bøyde seg ned og gjorde et eller annet, det var tydelig at han skar løs noe og etter litt reiste han seg med blodige hender og Zaribi brakk seg da hun så hva han holdt opp. Det var hingstens avlsorgan og det var ennå stivt. Urdar festet noen forseggjorte vevde bånd til det og så ble det hengt opp i porten så det pekte ut mot landene bak byen. Ardred var en smule uvel, hun så det på ham.”Det skal beskytte mot onde ånder, fortelle at de vil bli underkuet om de kommer hit.”

Zaribi ristet på hodet. På noen måter var nok Hietlaianerne barbarer på tross av alt. De to mennene skar hodet av hestekroppene men tok med mesteparten av skinnet fra halsen og skuldrene. De trakk de groteske gjenstandene med seg og to kraftige pæler ble slått ned utenfor porten, hestehodene ble montert på dem pekende ut mot landet og Urdar tegnet runer på stolpene med hesteblod før han ropte et eller annet som hørtes svært truende ut. Zaribi skjønte at det nok var et skremmende syn men hun tvilte på at det ville hjelpe mye. Ardred smilte skjevt.”Det er eldgammel magi Zaribi min, og den er meget effektiv.”

Zaribi gyste bare nedover ryggen, det var virkelig svært annerledes der enn i Zetir men hun kunne ikke klandre dem for det. Livet der var tøft, så harde tiltak måtte til. Ardred tok henne i handa og de gikk tilbake til husene, mange ville bli svært beroliget av dette men Zaribi hadde en motbydelig følelse av at det neppe ville bli nok. Noe var på vei, noe farligere enn de hadde innsett at det var. Den kvelden lå de tett sammen og søkte trøst og fred i nærheten, alene ville de neppe ha greid å takle uroen de begge var grepet av.

Dragetind hadde fortsatt å spy ut lava selv etter at den nærmest eksploderte, varmen var intens og det fantes ikke levende liv i mange kilometers omkrets. Alt var dekket av aske nå, og luften var forvandlet til gift. I Longil så de røykskyen i det fjerne og i Bheki var det allerede aske overalt siden vinden slo østover på denne tiden av året. Mange var svært redde. Den siden av vulkanen som ennå sto rommet kammeret med drageeggene, og stadig flere kom seg opp til overflaten og søkte ut. Noen omkom med en gang, kvalt av gasser eller truffet av lavabomber. Andre falt som offer for andre sterkere nyklekkede men sakte tømte kammeret seg. Større og større ble de som kom opp i dagen og så ble det slutt. Ingen flere kom opp gjennom sprekkene, de søkte til de skjulte dalene, ventet på at tiden var inne, på kallet som skulle vise dem hva de hadde å gjøre.
Så raste en større del av fjellsiden ut med et drønn, på en åskam et stykke unna sto en merkelig skapning og stirret, den lot seg ikke merke med giften i luften eller den intense heten. Den smilte smalt og strakte ut en hånd. Det glødet svakt av den, endelig var det fullbrakt, endelig var de alle født. Det siste egget var klekket.
Skapningen sto rolig mens noe massivt arbeidet seg ut i dagen, enorme forbein med grove klør grov gjennom stein og lava og sakte dukket beistet opp. Den var enorm. Ti ganger større enn den største av sine søsken, svart som en måneløs natt og den var en ekte drage, med fire bein og vinger. Huden var dekket med grovt panser og det grove hodet hadde kraftige kjever som mest minnet om kjølen på et skip. Horn og tagger stakk frem og de dype røde øynene glødet av intelligens. Den trakk kroppen ut av hullet, asken og lavaen kunne ikke skade den,

den løftet hodet og brølte i triumf. Den ville jakte på mindre og svakere søsken og så ville den følge kallet, når det kom. Den så den lysende skikkelsen på åsen men brydde seg ikke. For dragen var denne skikkelsen mindre enn en maur og han slo ut vingene og slo litt med dem, bare for å bli kjent med dem. Skikkelsen smilte vitende og gløden forsvant. Den visste og den ville adlyde, nå gjaldt det bare at den fikk det riktige kallet, at alle de valgte gjorde som de var født for. Det var så mye som kunne gå galt, å så veldig mye. Han ristet sakte på det avlange merkelige hodet og vandret tilbake mot fjellene. Flammenes konge var født, den sterkestes rett ville råde. Hans oppgave var over og det var ikke engang spor i asken etter ham. Dragen brølte og tok til vingene, den skapte en storm bak seg og suste inn mot dalene. Snart ville hans tid begynne.

Midar og Meyret

De hadde ridd hardt for å komme vekk fra skogbrannen de hadde startet, nå nærmet de seg det punktet på kartet der de kunne reise videre til neste stopp og de måtte stanse og hvile. Hestene orket ikke løpe lenger og de trengte å samle tankene. Meyret satt og så tankefull ut, hun lot hesten følge Midars uten å styre den og av og til så hun bakover mot det brennende skogområdet de nå forlot. Midar ante ikke hvor de var, han hadde en mistanke om at de var i områdene et stykke nord for dragetind på grensa mellom Na-Bheki og Longil men var ikke sikker. Hvor var det egentlig at de var på vei?

Natt og Mørke travet fornøyd ved siden av hestene, de enorme ulvene hadde drept en god del av beistene og Midar var glad de var der. Meyret virket svært takknemlig da de omsider fant et godt sted å slå leir. Det var bekmørkt og de så ikke noe så de tok ikke sjansen på å bomme på målet. Midar lagde et lite bål under et vindfall der vinden ville spre røyken og lyset ble godt skjermet og usynlig for andre. Meyret gled av hesteryggen med et stønn, hun var ikke vant til å ri så fort over tid og hun ynket seg litt. Midar smilte litt skjevt.”Øm bakside?”

Hun skar en grimase og gned seg med en lidende mine.”Åh ja, den verker.”

Hun satte seg ved bålet, strakte beina og lukket øynene. Midar så litt skjevt bort på henne.”Du gjorde noe utrolig der borte.”

Hun nikket bare.”Ja, jeg visste ikke at jeg kunne, jeg mener. Jeg er menneske er jeg ikke?”

Midar rakte henne litt brød og noen biter med ost fra oppakningen og hun tok det takknemlig.”Jeg skjønner ikke dette Midar, Imla sa da aldri noe om at jeg kan gjøre slikt?”

Midar så skarpt på henne, tok en bit brød selv.”Jeg tror hun har sin egen agenda, kanskje du må oppdage disse tingene selv?”
Hun nikket sakte.”Ok, det er vel kanskje slik, men jeg forstår det ikke. Jeg har halskjedet på, det hindrer meg da i å være drage gjør det ikke?”
Hun fiklet med det forhatte smykket og Midar bet seg i underleppa.”Vel, jeg tror de som satte det på deg gjorde en tabbe. De kunne ganske riktig hindre deg i å forvandle deg tilbake men du er en drage Meyret, selv i menneskeform er det en del av hvem du er! Du kan ikke benekte det. Du har nok ennå evner du ikke kjenner til.”
Meyret la seg bakover, stønnet lavt og la hendene over ansiktet.”Jeg trodde jeg kjente meg selv, følte meg trygg på hvem jeg var. Og nå dette? Jeg begynner å gå lei.”
Midar nikket.”Det skjønner jeg, men kanskje ting blir klarere når du får bort det kjedet? “
Meyret bare sukket.”På en måte tror jeg ikke det”
Midar bare lente seg frem og klappet henne på skulderen.”Hold håpet oppe Meyret, jeg skal gå og undersøke omgivelsene litt før vi går til ro.”
Hun bare nikket og han så at Natt og Mørke tok plass bak henne, som for å passe på henne. Skogen var temmelig mørk men han hadde godt syn og tok en liten runde rundt leirplassen, bare for å se om alt var fredelig der. Han ble brått var en merkelig glød i horisonten, det var ikke skogbrannen for det var i feil retning og mye lengre unna. Han skyndte seg opp på en bar liten knaus og stirret mot sørvest med smale øyne. Det var virkelig en glød, og et mørke og han fikk en merkelig følelse av frykt. Hva kunne lyse opp på det viset? De hadde vært nede i dalene hittil så de hadde ikke sett noe i den retningen siden åsene og fjellene var i veien men om han ikke tok veldig feil kunne det bli i retning dragetind? Han svelget, det hadde gått rykter om at vulkanen hadde våknet til live da han forlot Zhymorne. Kunne det være sant? Kunne den ha hatt utbrudd? Det var for langt unna byen til at det var farlig var det

vel? Eller? Han snudde på hælen, løp fort tilbake mot leiren og
Meyret.
Hun satt ved bålet og gnog i seg resten av brødet og ulvene lå
og slikket pelsen på hverandre nesten som katter. Hun visste at
Midar ikke var langt vekk men hun følte seg alikevel nervøs.
Det bare lå i blodet på henne nå, hun ante ikke lenger hva hun
burde vente seg. Hun slikket fingrene rene da hun brått frøs til,
hun følte en underlig lyd, nesten som en fjern sang men det
kom ikke utenfra, den kom fra henne selv og i løpet av et brått
sekund visste hun det bare. Hun var ikke lenger alene, det var
en annen drage der ute, nei, flere! Hun reiste seg brått, stirret ut
i natten med ville øyne, søkte ut med sansene slik hun hadde
gjort under fangenskapet, desperat etter å møte et sinn som sitt
eget. Men hun fant ikke noe, alikevel var det et eller annet der,
noe velkjent. Hun søkte videre, hodet verket og hun følte seg
svimmel men hun presset på, det var drager, det kunne ikke
være noe annet. Hun traff noe, noe uendelig fjernt og noe mye
nærmere men ingen av de sinnene hun berørte var som hennes
eget. De var sinnene til noe som bare så vidt var mer enn dyr,
ikke i det hele tatt som hennes skarpe intelligens og store
visdom. Hun gispet skuffet, to drager, og de var ikke som de
urgamle? Hva betydde dette? Hun sank sammen og Midar kom
løpende ut av skogen, han så oppskjørtet ut.”Meyret, dragetind
har utbrudd, jeg er livsikker. Det gløder under horisonten der
borte og jeg tror jeg så en svær sky som skygget for stjernene”
Han så den bleke minen hennes.”Meyret? Hva er det?”
Hun svelget hardt og lente seg mot ham.”Det er andre drager
Midar, jeg følte dem, i hvert fall to, men de er ikke som meg.
De er…dyr! Jeg aner ikke hva det betyr!”
Midar så skremt på henne.”Andre drager?! Guder Meyret, tror
du at det blir farlig?”
Hun så trett på ham.”Selvsagt blir det farlig, om de ikke har
den bevisstheten jeg har vil de bare drepe. Men jeg vet ikke
hvor de kommer fra, den ene var så veldig langt vekk.”
Midar strøk henne over håret.”Ta det med ro Meyret, slapp av.

Vi skal videre, vi vil finne ut hva det betyr, jeg vet at vi vil."
Hun gjemte ansiktet mot halsen hans, skalv svakt."Jeg er redd
for at det er verre enn som så. De må ha merket meg Midar,
drager vil aldri bare godta at andre er i nærheten av dem uten å
utfordre dem. Og om det er hanner vil de garantert lete etter
meg."
Midar rynket pannen."Hvorfor det?"
Hun blåste i nesa."Hvorfor tror du?"
Han krympet seg."Åh, jeg forstår. Men…hva kan vi gjøre?"
Meyret ristet på seg."Komme oss videre, så fort som bare
mulig."
Midar strøk henne gjennom håret."Åh, det burde vi klare. En
god natts søvn, og så rir vi."
Meyret rynket pannen."Men om vulkanen har utbrudd, er det
farlig for Zhymorne da? Du har venner der har du ikke?"
Han nikket stille."Jeg har alle jeg kjenner der."
Hun prøvde å smile."De er sikkert ok, det er jo langt vekk."
Han smilte skjevt og kjente at noe i ham dirret, de var ikke ok,
han bare visste det. I byen han kjente til var ingenting ok nå.
Kanskje var han heldig tross alt som var der ute i
villmarka."Ja, det er langt vekk, de…klarer seg nok"
Han orket ikke si mer, bare holdt henne nær og satt slik lenge,
til de begge to nesten falt i søvn.

Hadde Midar tilfeldigvis fått et glimt av sin hjemby der og da
ville han neppe ha kjent seg igjen, han ville sannsynligvis ha
fått sitt livs sjokk. Lavaen som presset mot de bakre murene
hadde for lengst blitt for tung, for sterk, murene gav etter og
flytende stein begynte å innta byen, branner brøt ut overalt og
den panikkslagne befolkningen prøvde desperat å flykte i
retning bukta. Bakken ristet og skalv, merkelige bløte lyder
kunne høres og her og der oppsto det sprekker og flytende leire
skjøt flere titalls fot i været. Ville skrik og brak fra bygninger
som kollapset skapte en sann kakofoni av lyder og en ram lukt
av brent aske og svovel spredte seg. I palasset øverst i byen

hadde mange forskanset seg og en stund så det ut til at palasset faktisk kunne greie seg. Det lå høyt i terrenget og lavaen fløt vekk rundt det, men rundt bygget så en at templer og andre større bygg sakte begynte å synke ned i grunnen. Palasset var en enorm bygning, svært tung og bygget av massiv marmor og granitt. Bakken stønnet lavt, så begynte også det å sige, sidelengs. Søyler og vegger gav etter i skyer av støv og steinprosjektiler og folk løp skrikende vekk men det var ikke lenger noen sjanse for å redde seg. Noen hadde tatt tilflukt i kjelleren og de var muligens de heldigeste, de ble brått slukt av en flomm av suppetynn leire og druknet i løpet av sekunder. Andre prøvde å klatre, de kjempet seg desperat oppover i den ødelagte bygningen, flere var bevæpnet og hogg ned alle som kom i veien for dem og blodet fløt. Hjerteskjærende scener utspeilet seg mens lavaen sakte begynte å flomme inn. Kvinner forlot barna sine for å redde seg selv, menn slo ned kvinner og barn for å komme seg vekk, de kongelige hadde for lengst kommet seg opp på taket, der sto de i en tett klynge og siden taket ennå var høyt opp kunne de se hva som skjedde. Landet mellom fjellene og bukta slapp taket, andre ord kunne ikke forklare det. Grunnen tålte ikke mer, fuktigheten og vekten brøt de siste barrierene og hele byen seilte brått nedover mot bukta. Det var et leirras, på mangfoldige kvadratkilometer. Lavaen hadde flytt nedover i byen og det meste av den brant nå, det var et surrealistisk syn og leirraset fløt ut mot bukta i økende fart. De fleste i byen var allerede døde av ilden og lavaen eller de var trampet i hjel men for de levende sto nye mareritt for tur nå. Naturens vrede sparte ingen, selv ikke de som trodde de var uangripelige.

Mye av landet bare forsvant ned under vannet som kokte og danset som en kjele til kok. Det var en gang spådd at ild og vann ville møtes ved portene og nå skjedde det, lavaen nådde porten akkurat i det muren traff vannet og de siste restene av Zhymornes murer falt i grus, på taket av palasset så de dommen komme. Vannet hadde blitt presset tilbake og nå

returnerte det, som veldige rasende bølger. I støvet og røyken
kunne kanskje noen ha sett at det fløy noe massivt men ingen
så opp nå. Om det så var ble det gjort bare for å slippe å se
slutten som nærmet seg. Kongen var tapper, han hadde ikke
greid å berge sine og han sto fremdeles oppreist da de
monstrøse bølgene slo inn over det som hadde vært en storby
og raste innover, svelget lava og leire og jord og ikke stanset
før de slikket grådig mot foten av fjellene. Bølgene raste
innover bukta, slukte land som løsnet langs hele kysten opp
mot bunnen av bukta og også i Nar-Felderi gikk det massive
ras nå. Bakken hev på seg i ville byks og bølgene som raste
utover mot havet slukte øya Os totalt før de roet seg ned. Det
var mer leiresuppe enn vann nå, fylt med treverk, rester av
bygg, døde mennesker og dyr og en intens stank av knust stein
lå over hele området. Der Zhymorne hadde ligget var det nå en
gjørmeslette, et hav av mange meter tykk suppetynn leire som
sakte rant ned i bukta og øverst mot fjellene sto bare
blankskurt grunnfjell tilbake. Her og der var det noen små
flekker med solid grunn som hadde klart seg men de var få og
kadavrene fløt i gjørma.
Den enorme svarte dragen tok noen stup ned mot elendigheten.
Den ble ikke rørt av hva den så, den fisket opp noen
hestekadavre og åt dem i lufta og så seilte den inn mot fjellene
igjen. Tiden var ikke inne ennå, men snart, snart ville verden
kjenne hans vrede. De tre ville samles, mørket lyset og
skyggene og ingenting ville noen gang bli som før.

Historien fortsetter i bok 3: Lysets søster mørkets bror. Den kommer innen utgangen av mai 2016

9 788829 335531